Mukden

Schankwa

Peking

Chochow

KOREA

Tungtschou

Tsinan

Tsining

Kaifeng

大明朝

Schanghai

Hangtschou

Nantschang

PAZIFISCHER OZEAN

Futschou

Kweilin

Tschuantschou

TAIWAN

Amoy   Anhai

Wutschou

Kanton

Macao   Hongkong

0   400

Meilen

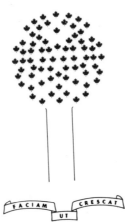

MULTILINGUAL
BIBLIOSERVICE

BIBLIOSERVICE
MULTILINGUE

 National Library
of Canada

Bibliothèque nationale
du Canada

Robert S. Elegant

MANDSCHU

Roman

Deutsch von Margaret Carroux

Rowohlt

FÜR JULIAN UND BEVERLY

Die Originalausgabe erschien 1980
unter dem Titel «Manchu»
bei der McGraw-Hill Book Company, New York
Umschlagbild Tony Chen
Typographie für Schutzumschlag
und Einband Manfred Waller

1. Auflage August 1982
Copyright © 1982 by Rowohlt Verlag GmbH,
Reinbek bei Hamburg
«Manchu» Copyright © 1980 by Robert S. Elegant
and Moira B. Elegant
Alle deutschen Rechte vorbehalten
Satz aus der 10 pt Garamond Monotype Lasercomp durch LibroSatz, Kriftel
Druck und Bindung Clausen & Bosse, Leck
Printed in Germany
ISBN 3 498 01627 x

VORWORT

Dieser Roman hält sich so eng wie möglich an geschichtliche Tatsachen. Zwar sind einige der Hauptfiguren frei erfunden, aber die meisten handelnden Personen sind historischen Gestalten nachgezeichnet, deren Wesen und Verhalten mit nachprüfbaren Fakten zu belegen sind. Fast alle der wichtigen und viele der nebensächlichen Ereignisse haben sich so zugetragen, wie es hier beschrieben wird. Aber auch die erfundenen Gestalten und Geschehnisse entsprechen so weit wie möglich den nachweisbaren Tatsachen und Verhältnissen, so daß auch sie den Geist der Zeit getreu wiedergeben. Soweit Daten und Ereignisse noch nicht wissenschaftlich belegt sind, folgt ihre Einordnung der Logik der Geschichte.

Die Sprache und die Darstellung der Atmosphäre sind bei jedem in der Vergangenheit angesiedelten Roman problematisch. Ich habe mich bemüht, die Gedankengänge der Männer und Frauen, die vor dreihundert Jahren lebten – also am Anfang unseres Zeitalters der angewandten Wissenschaft –, glaubwürdig zu schildern. Ihr Standpunkt ist manchmal erstaunlich modern, manchmal fast mittelalterlich, und in gewisser Hinsicht weiter entfernt von dem klarsichtigen, pessimistischen, fatalistischen Agnostizismus, der das Opium des intelligenten Menschen unserer Zeit ist, als unsere Psychologie vom perikleischen Athen.

Die Christen jener Zeit – die Europäer wie die Chinesen – waren Gläubige, die mit glühendem Herzen glaubten, und ihr Glaube wurde durch die aufblühenden Naturwissenschaften noch gestärkt. Die Nicht-Christen waren keineswegs die abergläubischen Heiden, die ihre europäischen Zeitgenossen in ihnen sahen. Sie waren freilich nicht von der Renaissance berührt worden und letzten Endes in der konfuzianischen Ethik geborgen, die das persönliche und öffentliche Leben ihrer Vorfahren fast zweitausend Jahre lang beherrscht hatte. Das Denken weder der Christen noch der Nicht-Christen entsprach dem unseren.

Diese Bemerkungen beziehen sich natürlich nicht nur auf ihr Denken, sondern auch auf ihr Sprechen. Ihre Gespräche sind etwas förmlich und nur sparsam mit umgangssprachlichen Wendungen gewürzt, denn es ist nicht möglich, das Chinesisch oder Portugiesisch des 17. Jahrhunderts in einer heute gesprochenen modernen Sprache wiederzugeben. Ich habe mich bemüht, peinliche Archaismen und mißtönende, nicht in die Zeit gehörende moderne Redewendungen zu vermeiden.

Zum Schluß noch ein Wort über die Quellen. Zwar ist kein Mensch in der Lage, das gesamte umfangreiche Material, das es über diesen Zeitraum gibt, zu sichten, aber ich habe sowohl Quellen als auch wissenschaftliche Nachschlagewerke in englischer, lateinischer, chinesischer, japanischer, deutscher, französischer und portugiesischer Sprache konsultiert. Auf der Suche nach Informationen unternahm ich Reisen nach Portugal, Frankreich, Deutschland, Macao, Hongkong, Taiwan, Japan und China.

Juni, 1980, Loongshan House
Greystones, County Wicklow, Irland

DIE ARTILLERIE
DES HIMMELS

Juni 1624 bis Februar 1632

SAINT-OMER
IN DEN SPANISCHEN NIEDERLANDEN

20. Juni 1624 bis 15. Oktober 1624

Die Regenrinne an dem hohen, steilen Dach erzitterte, und das Rotkehlchen flog auf in den Morgendunst. Ängstlich flatternd, kreiste es über den aufgesperrten Schnäbeln der jungen Brut in seinem Nest aus Moos und Federn. Die zwischen den rostbraunen Dachziegeln und dem Mauerwerk hängende Regenrinne erbebte von neuem. Die jungen Vögel krächzten heiser im Chor, und einen Augenblick lang wurde ihr ständiger Hunger durch Angst verdrängt.

Fünfzehn Meter tiefer quoll Rauch aus der Kellertür. Die Butzenscheiben der Bogenfenster im ersten Stockwerk vibrierten heftig, als eine zweite und eine dritte Explosion das mächtige Gebäude erschütterten. Ein Nebel aus Schwarzpulverschwaden hing über dem von hohen Mauern umschlossenen Hof. Als eine vierte Explosion an diesem frühen Morgen des 20. Juni 1624 die klösterliche Stille des englischen Jesuiten-Kollegs Saint-Omer zerriß, stürzte ein schlanker Jüngling in schwarzer Priestertracht aus der Kellertür.

Er keuchte und hustete und krümmte sich vor Übelkeit. Seine braunen Augen schwammen in Tränen und sahen in seinem rußgeschwärzten Gesicht wie Löcher in einer Maske aus. Seine Robe war zerrissen und angesengt, aber in den schmierigen Händen hielt er krampfhaft einen breitkrempigen Schaufelhut, der einem würdigen Gemeindepfarrer in gesetztem Alter besser angestanden hätte als einem erschreckten Siebzehnjährigen.

«Francis! Francis Arrowsmith!» Die Stimme des Rektors ließ den Missetäter wie angewurzelt stehenbleiben. «Was hast du nun wieder angestellt? Wirst du denn mit diesem Teufelszeug nie aufhören?»

«Gar nichts, Pater... wirklich gar nichts. Das heißt... kaum etwas. Ich habe nur einen Versuch gemacht mit...»

«Francis, mein sehr geliebter Sohn, was *soll* ich nur mit dir machen?» Besorgnis verdrängte den Ärger des Rektors; als er näherkam, flatterten die flügelartigen Ärmel seiner Jesuiten-Soutane hinter ihm. «Was *soll* nur aus dir werden?»

«Ich weiß es nicht, Pater. Ich weiß es wirklich nicht. Es tut mir leid . . . sehr leid. Ich glaubte, diesmal . . .»

Mit beiden Händen stülpte sich der junge Mann den schwarzen Schaufelhut auf den Kopf. Sein langes blondes Haar war rauchgeschwärzt und an einigen Stellen versengt.

«Mir mache ich Vorwürfe, nicht dir, Francis.» Der Rektor warf einen wütenden Blick auf die Gesichter von Jungen und Lehrern, die durch die Fenster starrten, und sie verschwanden. «Ein meiner Obhut anvertrautes Waisenkind, und ich habe jämmerlich versagt. Worin habe ich gefehlt? Warum gelang es mir nicht, deine Seele anzurühren?»

«Ich weiß es nicht, Pater. Aber es war nur eine kleine Explosion. Ich verspreche Euch, es wird nicht wieder vorkommen.»

«Hast du wieder Schießpulver hergestellt, Francis?»

«Ja, Pater.»

«Dabei hättest du in Pater Pearsons Homiletik-Unterricht sein sollen. Ich habe es dir oft genug gesagt. Alles zu seiner Zeit und am rechten Ort . . . Und versuche es niemals mit der Alchimie ohne Aufsicht. Das nächste Mal könntest du weiß Gott das ganze Kolleg in die Luft sprengen. Wie oft habe ich es dir gesagt?»

«Oft, Pater. Recht oft, ich weiß.»

Der Jesuit sah den Jungen scharf an, konnte aber weder Frechheit noch Trotz in seinem Gesicht lesen. Francis Arrowsmith sah entwaffnend reuig aus, denn Tränen hatten breite Rinnsale durch den Ruß auf seinen Wangen gezogen.

«Francis, ich fürchte, du bist nicht wirklich zum Priester berufen. Deine Klassenkameraden, die keine Berufung haben, werden nach England zurückkehren. Auch in einem von Ketzern regierten Königreich werden sie katholische Edelleute sein . . . Sie haben ihre Familien und ihre Ländereien. Aber du hast keine Verwandten und keinen Besitz. Wenn nicht Priester, was willst du dann werden?»

«Ich will Priester werden, Pater. Ich verspreche Euch, ich werde eifriger studieren. Ich will nur Priester der Gesellschaft Jesu sein.»

«Ich bezweifle das, Francis. Dich rüttelt Trompetengeschmetter mehr auf als Choralgesänge. In deine Hand paßt der Schwertgriff weit besser als der Abendmahlskelch. Caesar liebst du, aber Cicero und sogar Vergil verpfuschst du. Obwohl ich zugeben muß, daß du nicht schlecht Latein sprichst.»

«Dann bin ich also kein ganz hoffnungsloser Fall?»

«Wir sind Männer des Friedens, nicht des Krieges», erwiderte der Jesuit. «Du bist nicht zum Priester geboren. Denke an die Wünsche deiner Mutter und laß den kriegerischen Unsinn beiseite . . . Schlage es dir ein für allemal aus dem Kopf.»

«Ich will's versuchen, Pater.» Francis sah die dunkelblauen Augen des Jesuiten unter den zusammengezogenen Brauen belustigt und mitleidig aufblitzen. «Ich werde mir Mühe geben. Ich verspreche es.»

Der Rektor traute ihm nicht, aber Francis Arrowsmith hatte sein Versprechen absolut aufrichtig gegeben. Nicht nur Dankbarkeit band ihn an die Gesellschaft Jesu, sondern seine ganzen Zukunftsaussichten beruhten auf ihr. Würde er nicht Jesuitenpater, wäre er gar nichts auf dieser Welt.

Francis beteuerte von neuem, er wolle sich bemühen, die Erwartungen zu erfüllen, die seine Mutter ausgesprochen hatte, als sie ihn vor acht Jahren in die Obhut der Jesuitenpatres des englischen Kollegs Saint-Omer im damals spanisch besetzten Pas de Calais gegeben hatte. Ein Jahr später war Marie Dulonge Arrowsmith ihrem geliebten Mann Peter in den Tod gefolgt, und sie war nicht ungern aus einem Leben geschieden, das ihr freudlos erschien, seit er im Kampf gegen die Protestanten gefallen war. Francis hatte immer noch ihre Stimme im Ohr: «Werde Priester, mein Sohn, ein Diener Gottes, und nicht ein Haudegen wie dein Vater.»

Francis vergötterte den Vater, den er nicht gekannt hatte, denn Peter Arrowsmith war im Juni 1607 gefallen, nur vier Monate nach der Geburt seines einzigen Kindes. Seine Mutter, die so ernst und anmutig in ihrem Witwenschleier war, liebte er innig.

Für seine Großeltern Dulonge, die ihn pflichtschuldig einmal im Jahr besuchten, empfand Francis nichts; nur für ihr einziges Geschenk war er ihnen dankbar: eine dilettantische Miniatur seiner braunhaarigen Mutter. Diese behäbigen Bürger aus den spanischen Niederlanden hatten sich nie damit abgefunden, daß ihre Tochter einen bettelarmen englischen Emigranten geheiratet hatte. Widerwillig erkannten sie Peter Arrowsmiths außerordentliche Hingabe an den wahren Glauben an, die ihn aus Lancashire vertrieben hatte, nachdem der Grundbesitz seiner Familie, weil sie ihren Katholizismus nicht aufgab, enteignet worden war. Aber die Dulonges verachteten Peter Arrowsmith wegen seiner Armut und waren entzückt, den eigensinnigen Enkel loszusein, den ihre widerspenstige Tochter ihnen hinterlassen hatte.

Nur einen einzigen Engländer rühmten die Dulonges: Pater Edmond Arrowsmith, der in diesem Augenblick in einer Zelle in London lag und auf das Henkersbeil wartete. Die Patres von Saint-Omer hatten Francis hauptsächlich deshalb aufgenommen, weil Edmond, der Sohn seines Onkels Robert, Jesuit war und sich in geheimer Mission im ketzerischen England befand. Der Rektor hatte indes bald erklärt, daß er seinen Entschluß bereue.

Aber der Vetter hielt nicht mehr die Hand über Francis. Tot oder lebendig, Edmond Arrowsmith konnte das Ungemach nicht abwehren, das sich der Junge durch seine ungestüme Veranlagung zuzog. Da er niemanden auf der Welt hatte, wußte Francis, daß er seinen Weg allein gehen mußte – und der Weg der Jesuiten war der einzige, der ihm offenstand.

Unter dem Rußfilm war seine hohe Stirn reuevoll gerunzelt und die Augen durch die dichten, braunen Wimpern verschleiert. Aber die kühn gebogene Nase in dem schmalen Gesicht wirkte selbstbewußt. Er war fast sechs Fuß groß, aber schmächtig, obwohl er immer mit Wolfshunger über die kräftigen Mittagsmahlzeiten des Kollegiums herfiel, und die soutaneähnliche Tracht der Zöglinge von Saint-Omer schlotterte um seinen mageren Körper.

Wieder fiel dem Rektor das eigenartige Nebeneinander von hellbraunen Augen und blondem Haar auf, und er dachte darüber nach, daß seinem Schüler die Widersprüchlichkeit angeboren war. Francis war absolut offen und ehrlich, aber auch dickköpfig und rebellisch. Fast hatte er die Hoffnung aufgegeben, aus diesem Jungen einen guten Priester zu machen, und fragte sich, ob es klug sei, darauf zu bestehen. Für einen Priester und dessen Gemeinde könnte es ein Unglück sein, wenn er zu gut aussieht. Sollte Francis die jungenhafte Arroganz beibehalten, die seit vielen Jahren schon nicht mehr durch weiblichen Einfluß in Schach gehalten worden war, dann würde er für Frauen viel zu attraktiv werden. Vielleicht wäre es wirklich besser, wenn der Junge Soldat würde. Aber der Rektor hatte Marie Dulonge Arrowsmith versprochen, aus Francis einen Priester zu machen.

«Gut, mein Sohn, gib mir jetzt deine Hand. Diesmal lasse ich dich noch gelinde davonkommen, aber nächstesmal, das verspreche ich dir . . .»

Die lederne Zuchtrute – einen Fuß lang, drei Zoll breit und dick wie eine Stiefelsohle – sauste zwanzigmal auf Francis' Handfläche nieder.

Als Francis entlassen war, ging er zum Tor und blies auf seine geschwollene Hand. Der Stolz hielt ihn davon ab, zum Pferdetrog zu rennen und den Schmerz im kühlen Wasser zu lindern. Just ehe er das Tor erreichte, ließ ihn die Stimme des Rektors innehalten.

«Francis, morgen ist der monatliche Feiertag. Aber du wirst nicht in Blandyke Schlagball spielen. Du wirst unserem Gast aufwarten, dem jungen Priester aus Rom, Pater Giulio di Giaccomo. Und du wirst mit ihm Lateinisch sprechen, Francis.»

Zwei Tage später flatterte die grüne Fahne mit dem weißen Doppelkreuz von Saint-Omer im Nachmittagswind über dem Kolleg. In den vier Jahrzehnten, in denen die geflohenen englischen Jesuiten dankbar die Gastfreundschaft von Saint-Omer genossen, war das Schulgelände um ein Vielfaches erweitert worden. Besucher aus England, wo die großen Liegenschaften der römisch-katholischen Kirche von der Krone beschlagnahmt worden waren, blieben manchmal beim Anblick des wuchtigen Sandsteingebäudes verdutzt stehen und flüsterten: «Mein Gott, das ist eher ein Palast als eine Schule.»

Das Feuer des englischen Katholizismus durch die Erziehung junger katholischer Engländer in den spanischen Niederlanden zu unterhalten, war indes keine leichte Aufgabe, und sie wurde den Priestern nicht nur durch die ketzerische britische Monarchie erschwert, sondern auch durch die örtlichen Behörden, bis Seine Katholische Majestät, König Philipp IV. von Spanien und Portugal, die Emigranten unter seinen persönlichen Schutz und seine Schirmherrschaft nahm. Im Sommer 1624 wurden hier etwa hundertfünfzig Jungen im Alter von zehn bis neunzehn Jahren unterrichtet nach einem streng klassischen Lehrplan, ergänzt durch Mathematik und die neuen Naturwissenschaften, die die intellektuelle Neugier ihrer jesuitischen Lehrer reizten. Sieben bis acht Jahre Studium reichten, obwohl nie durch Ferien unterbrochen, kaum aus für alles, was sie lernen mußten.

Mit geflickter schwarzer Robe und vom heftigen Schrubben gerötetem, aber wieder hellem Gesicht saß Francis Arrowsmith bei der feierlichen Versammlung in der Großen Halle des Kollegs in der ersten Reihe. Weder sein Alter noch sein Rang berechtigten ihn zu diesem bevorzugten Platz. Mit siebzehn gehörte er noch zur Mittelstufe und wurde gewöhnlich wegen seiner Unaufmerksamkeit in den religiösen Fächern in die letzte Reihe verbannt. Weder sein ab und zu erkennbarer Charme noch seine begeisterte Teilnahme an den drei Stunden dauernden und im Kolleg beliebten lateinischen Dramen trugen ihm Nachsicht ein, wenn er häufig schwänzte, um die spanischen Soldaten in ihrer nahegelegenen Kaserne zu besuchen. An diesem Nachmittag war ihm ein Ehrenplatz angewiesen worden, weil er bei der Aufführung, mit der etwas verspätet der vierzigste Jahrestag des Kollegs gefeiert wurde, eine führende Rolle gespielt hatte und auch, weil er sich der ihm vom Rektor zur Strafe übertragenen Aufgabe so gut entledigt hatte.

Mit beispielhafter Umsicht hatte Francis dem neunundzwanzigjährigen italienischen Priester aufgewartet, der gekommen war, um dem Kolleg über ein ruhmreiches Unterfangen der streitbaren Gesellschaft Jesu zu berichten. Pater Giulio di Giaccomo, erst ein Jahr zuvor zum Priester geweiht, war selbst für die Missionstätigkeit im Großen Ming-Reich ausersehen worden, wo einige Dutzend gottbeseelte Priester den ungefähr hundertfünfzig Millionen Heiden das Licht des wahren Glaubens brachten.

In der Zeit bis zu seiner Einschiffung für die zwei Jahre während Reise zur portugiesischen Niederlassung Macao an der chinesischen Küste war Pater Giulio di Giaccomo vom Jesuitengeneral in Rom mit einer fast ebenso wichtigen Aufgabe betraut worden. Zusammen mit einigen anderen sollte er den wichtigsten katholischen Bürgern, Adligen und Fürsten Europas und den Jesuiten-Kollegs, die den Missionsnachwuchs heranzogen, Nachrichten über die großartigen Fortschritte der China-Mission überbringen. *Propaganda fidei* nannte die Kirche die heilige Pflicht, den Glauben zu verbreiten. Um die finanzielle und geistige Unterstützung der Laien zu erlangen, hielten die Jesuiten mit ihren Erfolgen nicht hinterm Berg.

Fast als einziger unter den Schuljungen ließ sich Francis nicht ablenken vom Summen der Bienen oder den Rufen der Hirten auf den grünen Wiesen rings um das Kolleg. Aufmerksam beobachtete er den molligen italienischen Priester, der die Welt aus runden, dunklen Augen, ähnlich denen der braun und weiß gefleckten friesischen Rinder, betrachtete. Obwohl sich Giulio di Giaccomo so lässig freundlich gab, war er doch von beflügelnder Begeisterung für die China-Mission erfüllt. Am Vormittag hatte er Francis seine Schätze gezeigt und sie ehrfürchtig wie heilige Reliquien aus einer Lederschachtel mit scharlachroten und goldenen Verzierungen herausgenommen.

«Die Reiseschatulle eines Mandarins», erklärte er. «Darin bewahren sie unterwegs ihre Papiere auf.»

«Mandarin?» fragte Francis. «*Qui est hoc? . . .* Wer ist das?»

«Ach ja.» Die vollen roten Lippen des Priesters verzogen sich zu einem Lächeln. «Das weißt du natürlich nicht. Der Name kommt aus dem Portugiesischen, *mandar* bedeutet befehlen, regieren. So nennen wir die Literaten-Beamten, die Platons Ideal vom vollkommenen Philosophen-König so nahe kommen, wie ein Sterblicher es nur vermag.»

«Mandarin . . . Mandarin.» Francis ließ das Wort auf der Zunge zergehen. «Ein seltsames Wort, scheint mir.»

«Aber nicht seltsamer als vieles in diesem wundersamen Land. Noch erstaunlicher ist das hier.»

Der Jesuit wickelte einen Bogen Papier von einer Holzrolle ab. Auf einer Tuschzeichnung sah Francis zwei Männer mittleren Alters, die vor einem Altar standen. Das Altartuch trug die vertraute Inschrift IHS, *In Hoc Signo,* ein Gemälde der Madonna mit Kind hing an der Wand dahinter zwischen Blättern, die mit eckigen Schriftzeichen bedeckt waren. Der Mann links hatte einen weißen Vollbart, eine lange Nase und große Augen. Das Kinn des anderen zierte ein Spitzbart, und seine Augen standen merkwürdig schräg. Beide trugen wallende Gewänder und hohe, schwarze Hüte, wie Francis sie noch nie gesehen hatte.

«Pater Matteo Ricci, der Vorkämpfer der China-Mission; er ruht jetzt in Gott», erklärte Pater di Giaccomo. «Und neben ihm steht Dr. Paul Hsü, der große Mandarin, die Hauptstütze der heiligen Kirche im chinesischen Reich.»

Mit einer Art Besitzerstolz betrachtete Francis das Rollbild, das jetzt über einer Staffelei neben dem jungen Italiener hing. Es wurde eingerahmt von zwei völlig anderen Bildern. Das eine war ein höchst realistisches Gemälde von Matteo Ricci mit der strahlenden großen Sonne des Orients hinter ihm und einer lateinischen Inschrift: *Pater M. Ricci aus Macareta in Italien, der als erster der ganzen Gesellschaft Jesu das Evangelium in China predigte.* Das zweite war eine Kohlezeichnung und stellte einen Jesuiten-Missionar in der formellen Kleidung eines chinesischen Herrn mit spitzem Hut und weiten Ärmeln dar.

Francis' Blick schweifte über die leuchtenden Farben des Altarbildes. Es war von demselben Peter Paul Rubens gemalt, der den Missionar gezeichnet hatte, und als er auf die üppigen Busen der die Jungfrau Maria begleitenden Damen sah, packte Francis ein Gefühl sträflicher Lust. Aber die Kohlezeichnung zog ihn wieder an.

Er bemühte sich, seine Gedanken zu formulieren: Das Gemälde stellte die Kirche in Europa dar, das bereits gereifte und vollendete Christentum, die Zeichnung dagegen die Kirche in dem geheimnisvollen Reich der Ming, wo die Jesuiten vor etwa vierzig Jahren ihre Bemühungen aufgenommen hatten. War es nicht lohnender – und spannender –, beim Beginn dabei zu sein als beim Erfolg?

«. . . vieles gibt es in China, das wundersamer ist als alles, was man sich in Europa vorstellen kann.» Die Beredsamkeit des italienischen Priesters war ebenso ciceronisch wie die fließenden Kadenzen seiner lateinischen Rede. «Nur wenn man mit den Chinesen eins wird . . . nur dadurch, daß die Gesellschaft Jesu zuerst die Gewohnheiten der Chinesen übernahm und sich ihr Wissen aneignete, konnte sie ihnen den wahren Glauben bringen. Darum tragen die Priester die Gewänder der chinesischen Mandarine und studieren eifrig die gesprochene Sprache und die klassischen Schriften Chinas. Vorkämpfer und Führer bei dieser schwierigen Akkomodation war Pater Matteo Ricci, dessen Tagebuch heute überall in Europa gelesen wird. Doch Pater Matteo, der jetzt in Peking, der Hauptstadt des Ming-Reiches, begraben ist, hat nur den Anfang gemacht. Der größte Teil der Aufgabe muß noch erledigt werden . . . mehr als hundert Millionen Seelen zur Erlösung durch Christus zu bringen.»

Der Priester hielt inne und trank aus einem Zinnbecher einen Schluck Bier. Die Engländer sind wirklich anders, dachte er, und verzog unwillkürlich das Gesicht. Wer sonst würde Dünnbier trinken, wenn er guten Wein haben könnte? Immerhin hatte er die Aufmerksamkeit der englischen Schuljungen auf sich gelenkt und auch die ihrer zurückhaltenden Lehrer, die schließlich seine Amtsbrüder waren. Aber keiner war so brennend interessiert gewesen wie dieser Grünschnabel Francis Arrowsmith, sein Führer im Kolleg. Giulio di Giacomo beschloß, sich mit einem Scherz für ihre Freundlichkeit erkenntlich zu zeigen.

«Kurz ehe Pater Matteo Ricci vor Gottes Thron gerufen wurde, erklärte er selbst, daß die größeren Aufgaben noch zu erfüllen seien. ‹Ich habe›, sagte er, ‹mein Möglichstes getan, um mich zu einem Chinesen zu machen, habe ihre schwierige Sprache und ihre knifflige

Schrift gelernt, habe alle ihre Bräuche übernommen und mich nach ihrer Art gekleidet. Wenn ich nur meine lange, dünne Nase hätte kurz und flach machen können, wenn ich nur meine großen, weit aufgerissenen Augen hätte klein, schräg und dunkel machen können, dann wäre ich vollkommen chinesisch gewesen. Aber diese Gnade hat mir der Herr versagt.›»

Einige Jungen kicherten, andere lachten schallend. Selbst die zurückhaltenden Lehrer lächelten. Pater Giulio kam zum Schluß seiner Ausführungen, die, wie er festgestellt hatte, ältere Adlige ebenso beeindruckte wie unreife Schuljungen, und sah dabei Francis Arrowsmith direkt an:

«Gott der Herr hat unserer Generation die lockendste Aufgabe aller Zeiten gestellt: die Gelegenheit, unter Millionen Heiden das Christentum zu verbreiten. Der Große Ming-Kaiser wird von den barbarischen Stämmen aus dem Norden behelligt, die Tataren oder manchmal Mandschu genannt werden. Über die Jesuitenpatres in seiner Hauptstadt hat sich der Kaiser an die Portugiesen von Macao gewandt und sie, unsere katholischen Brüder, aufgefordert, ihm Geschütze und Artilleristen zu schicken. Er weiß, daß die Portugiesen die stärksten Kanonen der Welt haben und katholische Artilleristen die besten Soldaten sind.»

Francis Arrowsmith warf den Kopf zurück und strich sich das blonde Haar aus der Stirn. Verstohlen blickte er zu dem gestrengen Rektor hinüber, ob er wohl seine unziemliche Erregung bemerkt habe. Aber der Priester hatte den Gast nicht aus den Augen gelassen und die Brauen forschend zusammengezogen. Francis stützte das Kinn auf die Hand und hörte aufmerksam dem Italiener zu, der seine Rede wie folgt beendete:

«Den Patres widerstrebte es zuerst, dem Kaiser bei der Beschaffung europäischer Waffen Beistand zu leisten. Sie seien, sagten sie, Männer der Heiligen Schrift, nicht des Schwertes. Aber der große Mandarin Dr. Paul Hsü wies darauf hin, daß Gott ihnen eine einmalige Gelegenheit geboten habe. Wenn sie die Bitte des Kaisers unterstützten und dadurch sein Wohlwollen errängen, könnten sie den Verfolgungen ein Ende bereiten, die verschiedentlich die Verbreitung des wahren Glaubens im Kaiserreich verhindert haben. Die Patres in Peking haben daher beschlossen, Geschütze und Artilleristen aus Macao zu beschaffen.

«Es werden mehr gebraucht, viel mehr, um Gott in China zu
dienen. Es gibt viele Möglichkeiten, dem Herrn zu dienen. Nicht alle
Männer sind dazu ausersehen, Ihm mit Betglocke und Brevier zu
dienen. Manche . . . viele . . . sind ausersehen, Ihm mit dem Schwert
zu dienen!»

Pater Giulio di Giaccomo reiste am nächsten Morgen nach Antwerpen
weiter, wo er wohlhabende Kaufleute ermahnen wollte, die China-
Mission mit ihren Gulden zu unterstützen. Der Rektor sah den Italiener nicht ungern scheiden, obwohl ihn der Bericht über die China-
Mission bewegt hatte. Doch glaubte er, der flatterhafte Südländer
habe die Schüler verwirrt. Seiner Ansicht nach gab es für die Blüte des
katholischen England nur eine Möglichkeit, Gott zu dienen, und zwar
als geweihte Priester der Gesellschaft Jesu. Im dritten Jahrzehnt des
17. Jahrhunderts gab es allzu viele Soldaten auf der Welt, allzu viele
Haudegen, aber zu wenige beherzte Diener des Friedensfürsten, zu
wenige Jesuiten, die geschworen hatten, den wahren Glauben in der
ganzen nicht-christlichen Welt mit friedlichen Mitteln zu verbreiten –
und auch das Märtyrertum auf sich zu nehmen, wenn das Gottes Wille
war. Nichts Gutes, fand der Rektor, konnte dabei herauskommen,
wenn man Kreuz und Schwert miteinander verquickte, wie es die
reizbaren Lateiner taten.

Nach dem Sommersemester bewertete der Rektor die Leistungen
und das Verhalten seiner Schüler und schrieb über Francis Arrowsmith: «Einige Monate nach dem Besuch von Pater Giulio di Giaccomo hat der Junge fleißig studiert. Er hat sich so gut geführt, daß ich
fürchtete, er sei krank. Meine Besorgnis legte sich indessen. Der Junge
war nachher so ungebärdig wie immer.»

Fast drei Monate lang stand Francis Arrowsmith ein Traumbild vor
Augen. Die Erinnerung des Rektors an den Wunsch seiner Mutter, er
sollte Priester werden, hatte es im Verein mit Giulio di Giaccomos
Botschaft hervorgerufen.

Wenn er von seinen Schulbüchern aufblickte, sah er sich, asketisch
in einem schwarzen Gewand von seltsamem Schnitt, das Gesicht ernst
und gelassen unter einem hohen Hut, der eine priesterliche Tonsur
verbarg, wie er den Chinesen das Evangelium des Herrn in ihrer
eigenen, wohltönenden Sprache predige. Er sah sich immer als einen

Jesuiten, der furchtlos den Schwertern der Heiden entgegengeht, die sie gezückt haben, um seine heilige Mission zu vereiteln. Es sei lobenswerter, sagte er sich, für den lebendigen Christus im Reich der Ming zu sterben, als andere Menschen zu töten – und sei es um Gottes willen. Er hielt das Andenken seines Vaters in Ehren, dachte aber voll ungläubigem Entsetzen daran, daß es ihn früher danach verlangt hatte, Soldat für die heilige Kirche und die katholischen Herrscher Europas zu sein.

Der winterliche Nebel senkte sich in jenem Jahr früh über die spanischen Niederlande, und den langen, milden Septembernachmittagen folgten kurze, trübe Oktobertage. Die Entschlossenheit, die in der Sonne erblüht war, welkte in den Stürmen, die über den Ärmelkanal fegten und auf das Kolleg Saint-Omer prasselten. Francis Arrowsmith sehnte sich nach der Gesellschaft von Männern, die anders waren als seine in sich gekehrten Jesuitenlehrer – und er träumte von der unerreichbaren Wärme von Frauen. Die rauhe, gute Kameradschaft des Lagerfeuers schien ihm wieder weit mehr zuzusagen als die einsame Frömmigkeit des Priesterstandes.

An einem Samstagnachmittag im Oktober schlich er sich gleich nach der kärglichen Mahlzeit, die es vor der Abendandacht um sechs Uhr gab, aus dem Kolleg. Er war überzeugt, er werde schon längst wieder auf seinem Strohsack liegen, wenn die Hilfslehrer morgens um fünf die Jungen zur Sonntagsmesse weckten. Im Nebel machte er sich auf den Weg zur Kaserne der spanischen Garde.

Er hoffte, die Unteroffiziere würden ihm wieder etwas zum Anziehen leihen, damit er das auffällige schwarze Gewand der Schüler von Saint-Omer ablegen konnte. Er freute sich auf den schweren spanischen Wein und die Unterhaltungen in einer Mischung aus Küchenlatein und gebrochenem Spanisch. Er war fest entschlossen, die Finger von den Marketenderinnen mit ihren aufreizend tief ausgeschnittenen Blusen zu lassen. Aber genau ansehen wollte er sich diese drallen Mädchen und mit ihnen scherzen wie die Gardisten. Und bald vielleicht auch mehr. Schließlich war er fast achtzehn und kein schüchterner Knabe mehr, der sich gehorsam an alle von den Lehrern aufgestellten Verbote hielt.

Der Oberfeldwebel begrüßte Francis stürmisch und schrie, das englische Priesterlein sei endlich zu seinen Freunden zurückgekehrt. Andere Unteroffiziere scharten sich um ihn und machten unflätige

Witze, während er ein Wams und Kniehosen anzog. Sie waren entzückt, daß sie den Sohn des Engländers wieder bewirten konnten, der im Dienst des Königs von Spanien im Kampf gegen seine ketzerischen Landsleute gefallen war, und drängten ihm den roten Rioja gleich humpenweise auf. Als sie sich zum Wirtshaus Zu den drei Raben aufmachten, war Francis schwindlig – aber sein Mut war ungebrochen.

Später versuchte er, sich an den Abend zu erinnern. Aber er wußte nur noch, daß er Arm in Arm mit den Unteroffizieren der spanischen Garde die überfüllte Schankstube betrat. Alle anderen Erinnerungen waren nur Bruchstücke: Wein aus Zinnhumpen und billiger Schnaps aus Zinnbechern, der aufregende Weibergeruch der drallen Mägde, die feindseligen Blicke der ortsansässigen Landarbeiter in dem düsteren Schankraum, und schließlich eine undeutliche Vorstellung von Fußtritten und Faustschlägen, unter denen eine gute Kameradschaft in einem wütenden Kampf endete. Er konnte sich nicht an die Konstabler erinnern, die ihn ins Kolleg zurücktrugen und glaubten, ihm damit einen Gefallen zu tun, statt ihn seinen Rausch ausschlafen zu lassen.

Die kurze, entscheidende Auseinandersetzung mit dem Rektor, der ihn nach der heiligen Messe am nächsten Morgen hatte rufen lassen, vergaß er indes nie. Francis hatte Brechreiz und Kopfschmerzen und betastete behutsam die Beulen auf seinem Gesicht.

«Ich werde meine Zeit nicht damit vergeuden, dir Vorwürfe zu machen.» Der Rektor hob die Stimme nicht. «Ich halte es für zwecklos, mich über jemanden zu erregen, der verloren ist, rettungslos verloren. Eine Zeitlang glaubte ich . . . aber du bist einfach nicht zum Priesterstand berufen. Du magst berufen sein, dem Teufel zu dienen. Diese Frage ist strittig. Unbestritten ist, daß du das Kolleg verlassen mußt. Ich kann dich nicht länger hierbehalten.»

«Aber, Pater, soll ein Fehltritt bedeuten, daß ich . . .» Die Wörter, die des Rektors Herz hätten rühren können, gingen ihm nicht von der schweren Zunge. «Pater, Ihr sagtet doch, Ihr habt meiner Mutter versprochen . . .»

«Genug, Junge!» Francis hatte nie zuvor eine so kalte Wut in des Rektors Stimme gehört. «Ich habe deiner Mutter versprochen, ich würde es versuchen . . . und ich habe es versucht. Aber nun kann ich es nicht mehr. Du mußt uns verlassen.»

«Pater, was soll aus mir werden?» Verzweifelt zwinkerte Francis verräterische Tränen weg.

«Mein Junge, du taugst nicht für uns. Ich muß dich vom Kolleg verweisen. Was gestern abend geschehen ist, hat dem Faß den Boden ausgeschlagen . . . es ist der letzte Beweis. Es hieße Gott verhöhnen, wollte man weiterhin versuchen, einen Priester aus dir zu machen. Ich kann dich der Gesellschaft Jesu nicht empfehlen.»

«Was soll ich nur machen, Pater? Kein anderer sorgt für mich oder würde mir helfen . . .»

«Das weiß ich, mein Junge. Und du hast zu lange bei uns gelebt, als daß wir dich vergessen könnten – oder du uns. Ich werde dir einen Brief an meinen geliebten Bruder in Christo mitgeben, Pater Antonio d'Alicante in Madrid, der in König Philipps Gunst steht. Vielleicht kann er etwas aus dir machen. Vielleicht bist du zum Soldaten bestimmt. Zechen kannst du, weiß Gott, wie ein Soldat!»

MACAO

Samstag, 4. Juni bis Montag, 6. Juni 1628

Der strahlende Sonnenuntergang am 4. Juni im Jahr des Herrn 1628 ließ seine schimmernde Schleppe über die roten Ziegeldächer von Macao schleifen, der winzigen europäischen Enklave am Rand des Großen Ming-Reichs. Der Lichtschein fiel auf die pastellfarbenen Häuser mit einer Klarheit, die man nur sieht, ehe die Dämmerung einen vom Regen reingewaschenen Tag beschließt. Strahlen glitzerten auf den schmalen Fenstern der Residenz des Generalkapitäns, des Befehlshabers der Niederlassung, und beleuchteten die rot-grüne Fahne, die über der auf dem weißgekalkten Fort Guia dräuenden Bronze-Kanone flatterte. Die untergehende Sonne vergoldete den breiten Perlfluß an der Stelle, wo er seine Kette von Inselchen abschüttelt und rostbraun durch das grüne Wasser des Südchinesischen Meers strömt.

Gleichgültig gegen den Nieselregen, hockten vier Kulis in schwarzen Kitteln und weiten Hosen zwischen den Pfützen. Ihre breiten

21

Füße hatten sie zwei Handbreit auseinander aufgesetzt, und ihre gebeugten Knie waren höher als ihr mageres Gesäß, das dicht über dem Kopfsteinpflaster hing. Ein kräftiger Köter sah zu, wie sie um Kupfermünzen würfelten. Die ockerfarbenen Gesichter mit der straff über die breiten Backenknochen gespannten, wettergegerbten Haut verzogen sich vor Begeisterung oder Verzweiflung, wenn der Würfel fiel. Aber die braunen Augen hinter den schrägen Schlitzen waren nur auf das Spiel gerichtet. Mit keinem Wort oder Blick reagierten die Spieler auf den Lärm, der sich am Ufer erhob, wo Feiernde sich um Freudenfeuer scharten.

Der süße Duft von gebratenem Schweinefleisch hing schwer in der Luft. Von den Dschunken der Fischer, die vor der Küste ankerten, zog der scharfe Gestank von trocknendem Fisch herüber und wetteiferte mit dem ätzenden Dunst von geröstetem Knoblauch aus den Straßenwirtschaften. Schwitzende Köche füllten knusprige Nudeln aus rauchgeschwärzten Woks in grobe Porzellanschüsseln und krönten die bräunliche Masse mit Stückchen von orangefarbenem Tintenfisch und scharlachroten Innereien vom Schwein, und der leicht salzige Geruch des Meeres mischte sich mit dem von modriger Erde. Vor allem aber wetteiferte das fruchtige Bukett von europäischem Rotwein mit der kräftigen Würze der fernöstlichen Sojasauce.

«Sie essen, weiß Gott, wie hungrige Wölfe . . . Und das Spielen ist geradezu eine Sucht.» Der stämmige portugiesische Hauptmann grinste. «Wann sie die Zeit finden, sich wie die Kaninchen zu vermehren, weiß Gott allein. Aber wie sonst könnte es so viele Chinesen geben, Francis?»

«Ja, wie sonst, Miguel?» Der schlanke englische Leutnant lachte etwas gezwungen.

Francis Arrowsmith war jetzt einundzwanzig, aber die obszönen Witze der Soldaten bereiteten ihm immer noch Verlegenheit. Das Gefühl für Schicklichkeit, das seine jesuitischen Lehrer ihm beigebracht hatten, war ihm noch nicht abhanden gekommen trotz all der Sittenlosigkeit während der vier Jahre als spanischer Soldat und der langen Seereise von Lissabon bis zum fernen Macao, die er sich durch Arbeit an Bord der Karavellen verdiente. Ehrlich, wie er war, mußte er zugeben, daß sein eigenes Verhalten kaum prüde war. Aber er hielt seine Zunge im Zaum und verabscheute die Geringschätzung der

Frauen, die den Soldatenwitzen zugrunde lag. Die Verehrung, die er der Jungfrau Maria und seiner eigenen frommen Mutter entgegenbrachte, machte es ihm unmöglich, über ihr Geschlecht zu spotten, als wären sie nur dazu geschaffen, die Lust der Männer zu befriedigen.

Wohlweislich behielt der junge Engländer seine Ansichten über die sogenannten Herren, die Macao regierten, für sich. Wenn sie ihre übermäßige Gier nach Gold und Weibern schon nicht zügeln konnten, dann sollten sie sie wenigstens mit etwas Schicklichkeit bemänteln. Die etwa hundert portugiesischen Damen in Macao verachtete er ebenso – wegen ihrer berechnenden Scheinheiligkeit. Sie machten viel her von ihrer Frömmigkeit und noch mehr von ihrer unerschütterlichen Tugendhaftigkeit. Doch schon mehrmals hatten sie ihm Anträge gemacht, und von einem guten Dutzend wußte er, daß sie unterschiedslos mit japanischen *ronin,* afrikanischen Sklaven und einfachen Soldaten schliefen und sie gut bezahlten. Auf jeden Mann in Macao kamen zehn Frauen.

Die Männer hier waren ebensowenig wirkliche Herren wie die Frauen wirkliche Damen. Sie wurden *fidalgos* genannt, «Söhne von jemandem». Die meisten waren eindeutig Söhne von niemandem, wenn man ihr sündhaftes Verhalten zum Maßstab für ihre Werte nehmen wollte. Am erschreckendsten waren indes die lüsternen Dominikaner und Franziskaner, die von der orientalischen Sittenlosigkeit angesteckt worden waren. Viele lebten in offenem Konkubinat, und ihre Trunksucht und Gefräßigkeit empörten sogar die portugiesischen Laien.

Die freimütige Derbheit des portugiesischen Hauptmanns Miguel Gonsalves Texeira Correa stieß Francis nicht ab. Bei seiner Ankunft in Macao vor einer Woche hatte ihn der rauhbeinige Hauptmann herzlich begrüßt. Seitdem hatte Miguel Texeira dem jüngsten Rekruten ebensoviel Zeit gewidmet wie Pater Giulio di Giaccomo von der Gesellschaft Jesu, sein Schirmherr in der Kolonie. Francis empfand bereits eine starke Zuneigung zu dem Mann, von dem er hoffte, daß er bald sein Kommandeur werde.

Mehr als ein Jahrzehnt, fast ein Viertel seines Lebens, hatte der Portugiese im Fernen Osten Dienst getan. Er hatte Reisen nach Japan, Taiwan und den Philippinen unternommen und war im Osten ebenso zu Hause wie die allgegenwärtigen Jesuiten. In Schlachten gegen die Holländer, die Engländer, die Spanier und dann bei der Bekämpfung der Seeräuber in den chinesischen Meeren hatte er seine in Europa gelernte Kriegskunst vervollkommnet.

Selbst in dem losen Matrosenkittel, den er über weißen Leinenhosen trug, wirkte Texeira unbestreitbar soldatisch. Seine breite, schwarzbehaarte Hand tastete zwar vergeblich nach dem Heft des Schwertes, das an diesem Abend nicht getragen werden durfte, dennoch wirkte der Portugiese durchaus kriegerisch, und seine Nasenflügel und der harte Zug um den breiten Mund ließen eine gewisse Grausamkeit erkennen. Aber die Falten in seinen schwärzlich-grauen Wangen verschwanden, wenn er lachte, und er lachte oft.

«Da drüben, am Fuß des Monte Guia, Francis», Miguel Texeira deutete in die Richtung, «haben wir im Jahr 22 den Einfall der Holländer abgewehrt, im selben Jahr, in dem wir die erste Kanone nach Peking schickten. Haben die Ketzer besiegt und Macao als Bastion der Heiligen Kirche und unseres Handels im Fernen Osten behalten.»

«Du hast in der Schlacht gekämpft, Miguel, nicht wahr?» Francis strich sich über die Hüfte, um sich zu vergewissern, daß er den Dolch, den er wie der Hauptmann unter dem Kittel trug, nicht verloren hatte.

«Ja. Aber wir paar Berufssoldaten haben eigentlich gar keine Rolle gespielt. Die Schlacht wurde von betrunkenen schwarzen Sklaven und den streitbaren Jesuiten gewonnen. Die guten Patres haben gekämpft wie die Löwen. Ein junger Priester . . . ein deutscher, richtete einen großen Mörser auf die Holländer und jagte ihr Pulvermagazin in die Luft. Er stürzte sich ins Gefecht, schwang eine Pike und schrie wie ein wilder Teutone.»

«Das war Adam Schall, nicht wahr, Miguel?» fragte Francis. «Ich habe von Pater Giulio gehört . . .»

«Ja, bei Gott. Adam Schall war sein Name. Er ist jetzt in Peking – und ich bedaure jeden, der . . . Aber wir müssen uns eilen, Francis, mein Junge.»

Der Junitag hatte mit Nieselregen und grauen Wolken begonnen und endete mit dem leuchtenden Lodern der Sonne, die hinter den runden Bergkuppen Südchinas unterging. Die neuntausend Einwohner des Gebiets, das die Ming-Dynastie sieben Jahrzehnte zuvor an Portugal abgetreten hatte, um europäische Kaufleute von der Handelsmetropole Kanton fernzuhalten, rührte dieser Anblick nicht. Die Macanesen waren daran gewöhnt, daß der Himmel abrupt von bleierner Blässe in feuerwerkartige Pracht überging.

Indes frohlockten alle, weil zwei von Wind und Wetter mitgenommene Karavellen aus Goa, der portugiesischen Kolonie in Indien, nach einer zwei Monate währenden Seereise kurz vor Sonnenuntergang eingelaufen waren. Schwarze Sklaven aus Angola und Moçambique, Geishas aus Shimabara und ihre Beschützer, die *ronin* genannten, geächteten Krieger aus Edo, beleibte Dominikaner aus der Algarve und zähe Matrosen aus Java – alle freuten sich über die Unterbrechung ihrer gewohnten Isolation.

Soldaten wie Sklaven und Leibeigene vergnügten sich lärmend an den Feuern, die auf der Uferpromenade, der Praia Grande, loderten. Sie machten Freudensprünge, tranken und aßen im Schein von Fackeln. Zwanzig gertenschlanke schwarze Amazonen, die nur Lendenschurze trugen und auf deren eingeölter Haut sich die Flammen widerspiegelten wie auf poliertem Jett, führten hüpfend einen Kriegstanz aus Dahomey auf und sangen gellende Kriegslieder. Matrosen saßen im Kreis um die Tänzerinnen und klapperten im Takt mit den abgenagten Rippen von Spanferkeln. Ein beschwipster Franziskaner, der schwankend auf einem Weinfaß saß, dirigierte eine Dankeshymne an den gütigen und toleranten Gott, der seine Geschöpfe so liebte, daß er sie mit zwei Wohltaten beschenkte, dem Saft der Reben und der Fleischeslust.

Francis betrachtete die auf Strohmatten im Halbdunkel knienden Geishas. Zwei *ronin,* deren Schwertgriffe aus ihren Schärpen ragten, kamen o-beinig auf ihn zu. Als er sah, daß ihre Wangen vom Sake scharlachrot waren, ging er ihnen aus dem Weg. Die japanischen Krieger waren wahnsinnig streitsüchtig, wenn Alkohol ihre Sehnsucht nach den heimatlichen Inseln und den Feudalherren, die sie nie wiedersehen würden, entfachte.

Eine Geisha in einem lotosgeblümten Kimono, das Gesicht weiß gepudert, winkte ihm mit der Hand. Francis zögerte unentschlossen. Der Duft nach Wildnis der tänzelnden Amazonen hatte ihn zutiefst erregt.

«Komm weiter, mein Junge», befahl Miguel Texeira in rauhem Portugiesisch. «Wir haben heute abend anderes zu tun. Erst die Arbeit, dann die Hurerei.»

Francis folgte dem Hauptmann eilends, denn ihm war klar, daß eine Mißachtung von Giulio di Giaccomos Instruktionen den Italiener verärgern könnte. Das Wohlwollen der Jesuiten hatte ihn nach Macao gebracht. Nur wenn ihr Wohlwollen anhielt, würde er Zugang nach China erlangen. Die einzigen Ausländer, die im Ming-Reich leben und reisen durften, jene schwarzen Priester, öffneten das Tor zu China, und nur China konnte Francis die Gelegenheit bieten, die notwendigen Reichtümer zu erwerben, um die Ländereien der Arrowsmiths in Lancashire zurückzukaufen. Ohne die Gönnerschaft der Jesuiten wäre er nur Strandgut an der chinesischen Küste, nicht mehr als ein weiterer Landsknecht.

Die Offiziere traten aus dem Schein der Fackeln in die Schatten auf dem Berghang unterhalb des Friedhofs. Da Macao von Tropenkrankheiten heimgesucht wurde, gab es mehr Grabsteine auf dem Friedhof als Häuser in der Stadt. Der Bedarf an Feuerholz hatte den Baumbestand der Halbinsel zwar stark vermindert, aber die hohen Zypressen standen immer noch zwischen den Sträuchern. Nur Tollkühne schlugen Holz in diesen Hainen, denn hier – so behaupteten die Chinesen – lauerten die nicht zur Ruhe gekommenen Seelen den Lebenden auf. Alle hier ansässigen Volksstämme fürchteten sich vor bösen Geistern. Auch die Portugiesen mieden den Friedhofshügel, obwohl die meisten Priester über ihre Ängste lachten.

Francis folgte Texeira, der im Schein des Halbmondes weiß schimmerte. Er lächelte beklommen bei dem Gedanken, daß die Chinesen ihn für einen Geist halten würden. Seine gebogene Nase, das helle Haar und der schlanke Wuchs – lauter Merkmale von menschenfressenden Gespenstern für die Chinesen. Mit gespielter Tapferkeit lachte er und unterdrückte einen Schauder. Natürlich gab es Gespenster, aber vor Gespenstern fürchtete er sich nicht. Er war ein kaltblütiger Engländer, kein abergläubischer Orientale.

Zwei weiße Gestalten, körperlos in flatternden Gewändern, tauchten ein paar Meter vor ihnen über dem dichten Gebüsch auf. Ihre Köpfe leuchteten gelblich im Mondschein, und sie stießen ein klagendes Geheul aus.

«Du wirst seltsame Dinge sehen», hatte Giulio di Giaccomo gesagt, «aber das bedeutet nur, daß alles gutgeht. Ich darf nicht ... kein Priester darf dabei sein. Du mußt unser Stellvertreter sein wie Texeira der des Generalkapitäns. Du sollst nicht eingreifen, sondern nur beobachten – und mir berichten.»

Francis rief sich diese Anweisungen ins Gedächtnis, um seine Nerven zu beruhigen, und folgte dem gleichmütigen Hauptmann. Die

Gespenster jammerten kläglich, und ihre Gewänder flatterten. Aber daß sie sich verbeugten und mit bleichen Händen die Stirn berührten, als die Offiziere vor ihnen standen, paßte gar nicht zu Gespenstern.

Unter einer Schicht aus Mehlbrei erkannte Francis die Züge von zwei getreuen afrikanischen Leibeigenen der Jesuiten, die, wie er jetzt sah, in alte Segel gehüllt waren. Er wußte, daß einige Leibeigene mit Silber und geweihten Medaillen überredet worden waren, unerwünschte Zeugen zu verscheuchen, indem sie Gespenster spielten.

Miguel Texeira und Francis Arrowsmith folgten ihnen zum anderen Ende des Friedhofs, wo zwei gefleckte Gestalten schattenhaft im Mondschein auftauchten. Als er näher kam, sah Francis, daß es zwei portugiesische Soldaten waren. Ihre schwarzen Uniformen waren rot gesprenkelt, und sie standen neben einem offenen Grab, auf lange Schaufeln gestützt. Ein Sargdeckel lag auf der roten Erde, die sie ausgegraben hatten.

Eine Gestalt in einem grauen Leichentuch versuchte aus dem Sarg herauszusteigen, fiel aber zweimal zurück, weil ihre Finger an der lockeren Erde keinen Halt fanden, bis die Soldaten ihr die Hand reichten.

«*Mas mais con pes, homer!*» sagte einer verächtlich. «Gebrauche deine Füße, Mann! Daran hättest du denken sollen, ehe du den verdammten Chinesen umbrachtest.»

«Sie hätten dich erschießen sollen», fügte der zweite hinzu. «Zeitverschwendung, dieser ganze Mummenschanz!»

«Jeder andere Generalkapitän hätte dich erschießen lassen. Du solltest Gott danken, daß dieser zu stolz ist, dich den Chinesen auszuliefern.»

Nach fünfzehn Stunden im Grab konnte der Mann nur noch krächzen: «Wasser! Gebt mir . . . um Gottes willen . . . Wasser!»

Der erste Totengräber ließ eine Wasserflasche aus Zinn an einem Lederriemen hin- und herschlenkern, aber die verkrampften Finger des Mannes aus dem Grab rutschten an den glatten Flächen ab. Schließlich konnte er die Flasche mit beiden Händen packen und trinken.

Das Leben dieses Mannes, dachte Francis voll Abscheu, hatte Macao fünf Wochen der Entbehrungen gekostet. Chinesischer Stolz hatte gefordert, daß er den Mandarinen von Kanton zur Hinrichtung übergeben werde, nachdem er einen chinesischen Diener, der eine

27

fünfte Flasche Wein nicht schnell genug brachte, erdolcht hatte. Portugiesischer Stolz – und portugiesische Politik – bestanden darauf, daß kein portugiesischer Untertan nach chinesischem Recht bestraft werden dürfe. Daher hatte der Vizekönig von Kanton verfügt, daß keinerlei Handelsgüter und Lebensmittel in die Enklave geliefert werden sollten.

Trotzdem war der Generalkapitän fest geblieben. Erst als ihn die Jesuiten davon überzeugten, daß der Vizekönig die Lieferung von Lebensmitteln unbegrenzt verhindern würde, hatte er sich einverstanden erklärt, den Deliquenten zum Schein zu garrottieren und in einem Sarg zu beerdigen, der durch ein Bambusrohr Luft erhielt. Der Vizekönig, der von dem Betrug nichts ahnte, erklärte daraufhin, der chinesischen Ehre sei Genüge getan.

Der Mörder murrte verständnislos, als ihn die beiden Soldaten in eine schwarze Uniform zwängten und ihm eine Kapuze über den Kopf zogen. Dann stolperte er durch den dunklen Hain, der die Grabsteine umgab, zwischen denen er gelegen hatte, und Francis dankte Gott, daß nicht er ein solches Märtyrium hatte erleiden müssen.

Ohne zu sprechen, folgten die beiden Offiziere den drei dunklen Gestalten über die Hügelpfade zur Baia de Cacilhas, wo fernab von den Freudenfeuern der Feiernden eine Karavelle vor Anker lag. Nachdem sie sich überzeugt hatten, daß der Missetäter in einem Ruderboot auf dem Weg dorthin war, war die Aufgabe des Hauptmanns und des Leutnants erfüllt. Erleichtert kehrten sie in die Stadt zurück. Texeira begab sich zur Residenz des Generalkapitäns, Francis ins Jesuitenkolleg, um Pater Giulio di Giaccomo zu berichten, daß sich der Verbrecher zu seiner geheimen Reise nach Goa eingeschifft hatte.

Der Pater steckte seinen Gänsekiel wieder in das zinnerne Tintenfaß und streute Sand auf den Absatz, den er geschrieben hatte. Abgelenkt vom Lärm, der durch die offenen Läden hereindrang, sah er zu Francis Arrowsmith hinüber.

«Was für ein schreckliches Getöse ist das?» fragte er. «Sind die Botschafter schon da?»

«Noch nicht, soviel ich sehe», erwiderte Francis. «Aber kommt her und schaut selbst, Pater Giulio.»

Der Priester schob seinen Stuhl zurück und trat zu dem jungen Engländer ans Fenster. Eine bauschige schwarze Soutane, im chinesischen Stil mit weiten Ärmeln, hüllte seinen feisten Körper ein. Francis wirkte farbenprächtig neben dem dunkelgekleideten Jesuiten. Die blasse Sonne glitzerte auf den Goldlitzen seiner grünen Kniebundhosen und spielte auf den Falten der Keulenärmel seines scharlachroten Samtwamses. Nebeneinander beugten sie sich aus dem Fenster.

Über die breiten Treppenstufen unter ihrem Haus ergoß sich eine üppige Farbenflut aus bunt gekleideten Frauen. Scharlachrote Kopftücher von chinesischen Bootsfrauen tauchten auf zwischen flatternden dunklen Flechten. Purpurrote indische Saris zogen neben japanischen Kimonos mit silbernen Obis dahin. Schwarze Afrikanerinnen in bunten Daschikis gingen neben braunen Javanerinnen, die in ihren engen Batik-Sarongs humpelten.

Ihre Fußtritte hallten wider von den Häusern, als sie über die Treppe in die Gasse einbogen, die zur kopfsteingepflasterten Praia Grande führte, wo die Straßenhändler ihre Waren auf Strohmatten ausgebreitet hatten. Atemlos plauderten sie in ihren eigenen Sprachen und gebrochenem Portugiesisch, ihrer gemeinsamen Sprache.

«Yau yok, choi, gai-dan . . . Carne, pinto, pato . . . Ada dageng babi, ayam, telor . . . Joldi! Joldi! Es gibt Schweinefleisch und Eier . . . Hühner, Enten und Gemüse . . . Eilt euch! Eilt euch!»

Giulio di Giaccomo stand am Fenster und schwelgte lächelnd in Erinnerungen, bis die letzte Frau in der Gasse verschwunden war. Die lärmende Straßenszene rief ihm das Leben in seiner Heimatstadt Portofino ins Gedächtnis. Die schmalen, pastellfarbenen Häuser, neben- und übereinander am Berghang, waren wie eine vom Golf von Genua ins Südchinesische Meer verpflanzte Aussicht. Als er widerstrebend an seinen Schreibtisch zurückkehrte, schlug er Francis Arrowsmith auf die Schulter.

«Mulieres gaudeant . . .» sagte er auf Latein. «Wenigstens sind die Damen glücklich. Zumindest das hat unser Betrug bewirkt. Die Lebensmittelsperre war eine schwere Prüfung für sie.»

«Für uns alle, Pater Giulio», erwiderte Francis. «Ich habe Pfunde abgenommen.»

«Ich wünschte, ich auch.»

Der Jesuit blickte reumütig auf seinen Bauch, während er sich hinsetzte und den Gänsekiel wieder aus dem Tintenfaß nahm. Ehe Francis seine chinesische Grammatik aufgeschlagen hatte, war di Giaccomo wieder in seine Arbeit vertieft. Obwohl er es als langweilig bezeichnete, genoß er es doch, die Notizen für den jährlichen Brief des

Pater Provinzial nach Rom zusammenzustellen. Er lebte nun schon zwei Jahre im Ausland und hatte immer das Gefühl, wieder mit der Welt, die er aufgegeben hatte, in Verbindung zu sein, wenn er diese Notizen aufschrieb. Der Jahresbrief für 1628 würde in ganz Europa zirkulieren, um Kleriker und Laien über die stetigen Fortschritte der China-Mission zu unterrichten – und sie um ihre stetige Unterstützung zu bitten:

«Ende Mai dieses Jahres», schrieb er, «kam ein junger englischer Soldat mit Namen Francis Arrowsmith nach Macao, um uns bei unserer heiligen Aufgabe nach Kräften beizustehen. Obwohl er knapp 21 Jahre alt ist, hat er schon aktiv für die Kirche gekämpft, denn er hat Seiner Katholischen Majestät, König Philipp, etwa zwei Jahre gedient, ehe die Gesellschaft Jesu seiner Bitte entsprach, für die China-Mission tätig zu werden. Dem Vernehmen nach ist er ein erfahrener Artillerist und tüchtiger Geschützgießer. Wofür wir ihn genau einsetzen werden, bleibt abzuwarten. Aber Giulio di Giaccomo, S. J., der noch in Macao weilt, um seine Kenntnis der chinesischen Sprache zu vervollkommnen, ist überzeugt, daß der Leutnant sein unbändiges Temperament jetzt besser im Zaum hält. Er ist ruhiger geworden durch den Fehlschlag der Ordination und den späteren harten Dienst.»

Der Jesuit zog einen Strich unter die Eintragung und streute Sand auf die nasse Tinte. Er sah hinüber zum Gegenstand seiner Notiz, der die Grammatik weggelegt hatte und wieder zum Fenster gegangen war.

«Pater Rodriguez ist gekommen», berichtete Francis. «Er blickt sich besorgt auf dem Platz um.»

«Wir werden wohl zu ihm gehen müssen, obwohl ich noch nie erlebt habe, daß ein Chinese pünktlich kommt.»

Giulio di Giaccomo setzte einen steifen schwarzen Hut aus gewebtem Roßhaar auf und begab sich auf den Platz vor der Kirche São Paulo. Francis folgte ihm und nahm es hin, daß die Regentropfen auf seine einzige gute Uniform rannen.

Der portugiesische Pater Juan Rodriguez, um mehrere Jahrzehnte älter als sein italienischer Kollege, zerrte gereizt an seinen Ärmeln, die ihm weit über die Fingerspitzen hingen.

«Ein abscheuliches Klima», murrte er und nahm den Hut ab, um sich die zerfurchte Stirn abzuwischen. «Edo, sogar Nagasaki war besser als dieses Macao. Das Wetter ändert sich nie.»

«O doch, Juan», antwortete Giulio di Giaccomo. «Manchmal ist es kalt und naß und nicht heiß und naß wie heute.»

«Und dennoch heißt Macao die Stadt des Namens Gottes in China», sagte Pater Rodriguez. «Wenn der Himmel wie diese heilige Stadt ist, wie muß dann die Hölle sein?»

«Wie das, was man am meisten fürchtet, erkläre ich meinen Konvertiten.» Der Italiener lächelte. «Sie finden Höllenfeuer und Schwefel und Teufelchen mit rotglühendem Dreizack nicht viel anders als buddhistische Höllen. In Wirklichkeit weniger erschreckend . . . und weniger glaubwürdig.»

«Hüte dich, Giulio, vor deiner italienischen Leichtfertigkeit.» Das kehlige Portugiesisch, das sie sprachen, verstärkte Juan Rodriguez' angeborenen Ernst. «Die heilige Inquisition liebt solche Scherze nicht.»

«Was soll ich denn sagen, Juan? Wir haben es nicht mit nackten Wilden zu tun, die über eine Handvoll Glasperlen staunen. Diesen Chinesen müssen wir die heilige Lehre klug und überzeugend unterbreiten. Sie sind das intelligenteste und gebildetste Volk, dem die Gesellschaft Jesu je begegnet ist.»

«Dennoch, die Inquisition schätzt solche Gedankenspielerei nicht, Giulio . . . Aber wo sind unsere Botschafter? Ich kann die Messe nicht länger hinausschieben.»

«Sie werden schon kommen», lachte der Italiener. «Chinesen sind nie pünktlich . . . ebensowenig wie Italiener.»

Zwei Chinesen strebten gegen die Flut der plaudernden Frauen bergauf. Die Augen des Älteren sahen hinter einer schwarzgerandeten Brille neugierig in die Runde. Das seidene Viereck am Brustlatz seines zinnoberroten Gewands war mit zwei zwischen verschnörkelten Wolken fliegenden weißen Gänsen bestickt, den Insignien eines Mandarins vierten Grades. Der Jüngere trug die silbernen Fasane eines Mandarins fünften Grades auf seinem saphirblauen Gewand. Die Hüte der Mandarine waren schwarz und krempenlos wie die der Priester und liefen in eine dreieckige Spitze aus. Die weißen Seidenstreifen, mit denen ihre Schalkragen abgesetzt waren, wirkten asketisch, fast klerikal. Aber ihr schwarzes Haar hing ihnen ganz weltlich über den Kragen, und die Finger mit den langen Nägeln um-

31

klammerten elegante Schirme aus grünem Ölpapier mit Rippen aus Bambus.

«*Ta-men-di hsi-kuan chi-kuai,* Michael», sagte der ältere Mandarin in der leicht zischenden chinesischen Beamtensprache. «Ihre Sitten sind sehr seltsam. Horden von Frauen, die herumrennen . . . und sich nicht scheuen, uns anzurempeln. Sie sollten, wie es sich gehört, hinter hohen Mauern eingeschlossen sein.»

«*Ta-men shih chi-nü,* Paul», antwortete der jüngere Mandarin. «Es sind lüsterne Frauen, Paul. Hier gibt es keine anderen. Und sie können ja nicht wissen, daß wir ihnen die Lebensmittel verschafften, die sie hatten entbehren müssen.»

«Nicht eigentlich wir», wandte Paul Sung ein.

«Aber so gut wie wir», fand Michael Chang. «Wir wollen doch nicht auf das Verdienst verzichten, das uns daran zugeschrieben wird. Wir werden es vielleicht brauchen.»

«Von einem Schlangennest ins andere, meinst du, Michael? Von Peking nach Macao? Aber bei den Barbaren kann es doch unmöglich eine solche Cliquenwirtschaft geben wie am kaiserlichen Hof.»

«Das wollen wir hoffen . . . Aber Pater Adam Schall hat uns gewarnt.»

Die Botschafter achteten nicht auf den Schlamm, der die Filzsohlen ihrer schwarzen Tuchschuhe durchnäßte. Behaglichkeit bedeutete für die Mandarine weniger als Schicklichkeit, und Schicklichkeit weit weniger als Würde. Sie waren entschlossen, ihren Gastgebern einen Eindruck von der grenzenlosen Macht und dem unermeßlichen Reichtum ihres Herrn zu vermitteln, des jungen Chung Chen-Kaisers, der erst vor einem Jahr und vier Monaten den Drachenthron der Großen Ming-Dynastie bestiegen hatte. Sie waren beauftragt, die schlauen Europäer um eine Gefälligkeit zu bitten, die ihr Herr ausnahmsweise nicht verlangen konnte.

Zu diesem Zweck sollten die Botschafter tatsächlich den portugiesischen Anspruch auf die Souveränität der Halbinsel Macao anerkennen, diesen Auswuchs an der südöstlichen Flanke der riesigen Landmasse von China. Sie sollten sich verhalten, als wären sie zu einem Monarchen entsandt worden, der den gleichen Rang hat wie ihr Monarch, was natürlich eine unsinnige Vorstellung war. Sie sollten so tun, als wäre das winzige Macao tatsächlich eine überseeische Provinz des winzigen Königreichs Portugal, obwohl die Ausländer, wie alle Chinesen wußten, es nur innehatten, weil der Kaiser es zu erlauben geruhte.

Die Botschafter hatten also eine starke Position, obwohl sie als Bittsteller kamen. Macao war die reichste Beute der Europäer in Asien gewesen, seit die Portugiesen es 1557 gegründet hatten, nachdem sie sich auf den Spuren des Missionars Franz Xaver an die chinesische Küste herangeschlichen hatten. Mit Macao als Ausgangspunkt hatten die Jesuiten für Gott, den König von Portugal und den portugiesischen Handel geradezu Wunder vollbracht. *Cidade do Nome de Deus na China* nannten sie Macao, die Stadt des Namens Gottes in China, denn es war immer eine heilige Stadt gewesen. A Ma oder Ma Kok, der chinesische Name, bedeutete, daß die Halbinsel der Göttin der Seefahrer und Fischer geweiht war, deren Tempel mit seinen roten Säulen am Ufer stand. Der Besitz des einzigen von Europäern beherrschten Gebiets auf dem fernöstlichen Festland gewährleistete tatsächlich ein Monopol im lukrativen Chinahandel und in dem noch lukrativeren Handel zwischen China und Japan, da der kaiserliche Hof in Peking seinen Untertanen schon seit langem verboten hatte, direkt mit den Japanern Handel zu treiben.

Als sich die Botschafter den Treppenstufen näherten, stürzte eine Flut von Geschirr aus dem Fenster eines rosa gestrichenen Hauses. Von einer adlerverzierten Platte fiel das Gerippe einer Ente aufs Pflaster, deren gelber Schnabel auf- und zuschlug. Eine zerbrochene blaue Suppenterrine spritzte Fett auf die Gewänder der Botschafter. Teetassen schlitterten zwischen klappernden Messern, und grüne Weinflaschen zerbarsten zu Fontänen von Glasscherben.

Die Ming-Botschafter bekreuzigten sich, und Paul Sung murmelte ein Paternoster. Aber ihr ernster Ausdruck blieb unverändert, und ihr gleichmütiger Schritt beschleunigte sich nicht.

Die Jesuiten und der englische Leutnant schauten vom Kirchplatz aus zu. Der hochgewachsene, grauhaarige portugiesische Priester brummte ärgerlich, aber sein aalglatter, lebenslustiger Kollege lächelte nur.

«Jetzt müssen wir ihnen mehr als den halben Weg entgegengehen», sagte Pater Juan Rodriguez. «Aber was für ein Unfug ist das?»

«Das ist nur Lobo de Sarmiento, Pater», erklärte Francis Arrow-

33

smith. «Er entledigt sich seines Frühstücksgeschirrs immer durch das Fenster.»

«Dieser Halunke Lobo hat doch bestimmt Sklaven und Leibeigene, die sein Geschirr abwaschen können», murrte Rodriguez.

«Natürlich, Pater», erwiderte Francis. «Aber so macht es weniger Umstände. Schließlich ist der Handel einträglich.»

«So einträglich auch nicht», meinte Giulio di Giaccomo. «Wenn er es wäre, wäre der Senat unserem Vorhaben nicht so gewogen.»

«So gewogen ist ihm der Senat gar nicht», widersprach Rodriguez. «Wir müssen noch seine Zustimmung erlangen.»

«Sie *müssen* einverstanden sein», warf Francis voll Eifer ein. «Sie *müssen*. Das ist eine einmalige Gelegenheit.»

«So erpicht bist du, Francis, auf Pater Juans Unterfangen?» fragte Giulio di Giaccomo neckend. «Ist es so unerhört wichtig für dich?»

«Es ist mein Ziel, Pater Giulio, mein *einziges* Ziel jetzt.» Die Erregung hemmte Francis' schwerfälliges Portugiesisch, und er ging zum Lateinischen über. «Wie sonst könnte ich Gott dienen und gleichzeitig meine irdische Lage auf ehrenhafte Weise verbessern?»

«Und auch deiner Schutzpatronin dienen, der heiligen Barbara», lachte der Italiener. «Ich höre Kanonendonner in deiner Kehle. Laß deine Träume einstweilen beiseite und begrüße unsere Gäste.»

Dem jungen Engländer fiel es schwer, sich ehrerbietig zu geben. Er hatte die Hände zu Fäusten geballt und den Mund fest zusammengepreßt. Den Blick von dichten braunen Wimpern verhüllt, folgte er den Priestern. Auf dem mittleren Treppenabsatz trafen sich die hinaufsteigenden Mandarine in Zinnoberrot und Saphirblau und die hinabsteigenden Jesuiten in Schwarz. Der Leutnant in Scharlachrot und Grün blieb respektvoll vier Schritte hinter ihnen stehen.

«Huan-ying! Wo-men teng-che ...» sagte Juan Rodriguez in fließendem Chinesisch, wenn auch mit starkem Akzent. «Willkommen! Wir haben Euch schon einige Zeit ungeduldig erwartet.»

«Wir freuen uns, Euch in der heiligen Stadt des Namens Gottes unsere Aufwartung zu machen, Pater Juan Rodriguez», erwiderte Paul Sung, der ranghöhere Mandarin. «Es ist eine wundersame Stadt.»

«Ich entschuldige mich zutiefst für unseren Mangel an Schicklichkeit», fuhr Rodriguez fort. «Wir schleudern nicht alle unser schmutziges Geschirr aus dem Fenster.»

«Wir haben ein leichtes Klappern gehört», sagte Michael Chang, der jüngere Mandarin. «Aber wir haben es kaum beachtet.»

«Eure Höflichkeit ist überwältigend, obwohl Ihr allen Grund habt, beleidigt zu sein», erwiderte der Priester in der blumigen chinesischen Ausdrucksweise. «Ich muß mich aber auch in aller Form für unser schlichtes Willkommen entschuldigen, das in Anbetracht Eures hohen Ranges und Eurer Herablassung ganz unpassend ist. Ihr tut uns dadurch eine hohe Ehre an, daß Ihr allein kommt, ohne Begleitung, wie zu einem Familientreffen.»

«Wir sind gekommen, um in Eurer Kirche die Messe zu hören, Pater Juan.» Paul Sung ging über die Stichelei hinweg. «Es ist kein offizielles Treffen.»

«Wir sind dreifach geehrt. Offenbar ist das Lieferverbot aufgehoben, und Lebensmittel treffen wieder in der Stadt ein.»

Rodriguez ließ in seiner Förmlichkeit nach. Schließlich waren die Botschafter Brüder in Christo, Angehörige der kleinen Elite im Ming-Reich, deren Ziele die gleichen waren wie die der ausländischen Jesuiten. Stolz trugen sie die Namen der Heiligen, die ihnen bei der Taufe verliehen worden waren, was sie von ihren sämtlichen Landsleuten unterschied.

«Wir haben das Geschrei der Frauen gehört.» Giulio di Giaccomo sprach nicht so fließend Chinesisch wie Juan Rodriguez, aber mit besserer Aussprache und grammatikalisch richtiger. «Ihr seid allzu großzügig gewesen.»

«Wir taten, was wir konnten», antwortete Michael Chang. «Der Kaiser ist nicht kleinlich, wie Ihr sicher wißt.»

«Und wenn er jetzt eine kleine Gefälligkeit von Eurem ehrenwerten Land braucht, wird er außerordentlich freigebig sein», ergänzte Paul Sung die Andeutung seines Kollegen. «Es ist auch eine einmalige Gelegenheit, den wahren Glauben zu verkünden.»

«Selbst durch den Mund einer Kanone?» fragte Rodriguez. «Indes, wenn es allein nach uns ginge, würde das Expeditionsheer mit hundert Kanonen schon morgen nach Norden marschieren.»

«Und die Tataren besiegen», sagte Francis in gebrochenem Chinesisch. «Zum Ruhme Gottes.»

«Unser eifriger englischer Freund ist ein Meister-Artillerist», warf Giulio di Giaccomo ein. «Er verlangt sehnsüchtig danach, sich dem großen Feldzug anzuschließen. Darf ich Euch Francis Arrowsmith vorstellen?»

«Allo-ssu-mi-ssu . . .» Die ausländischen Silben waren zungenbrecherisch für Paul Sung.

«Der Name ist auch für uns schwer auszusprechen», erklärte Rodriguez. «Aber er ist ein gutes Omen. Er bedeutet, daß seine Familie seit vielen Generationen Meister der Pfeilherstellung waren.»

«Dann sollte er Ai Shi-jen heißen, Ai der Pfeilschmied», schlug Michael Chang vor. «Ai ist ein stolzer Familienname und klingt gut.»

Sie tauschten noch immer Höflichkeiten aus, als sie sich in die Kirche begaben. Angeblich waren die Botschafter des Kaisers nur gekommen, um Pater Rodriguez die Messe lesen zu hören. Aber obwohl die Mandarine fromme Christen waren, glaubte niemand in Macao diese Geschichte, denn jeder wußte, daß sie nach dem Gottesdienst mit den Jesuiten über das vorgesehene Expeditionsheer beraten wollten. Juan Rodriguez war kürzlich von einer Reise nach China zurückgekehrt, die offenkundig einen diplomatischen und keinen religiösen Zweck gehabt hatte. Und seinen Text für die Predigt hatte er aus Matthäus ausgewählt: «Ich bin nicht gekommen Frieden zu senden, sondern das Schwert.»

Was Menschen glaubten, spielte in der Schattenspiel-Atmosphäre von Macao kaum eine Rolle. Was Menschen sagten, war entscheidend. Die Jesuiten, die nicht eben zu den aufrichtigsten Menschen gehörten, hatten viel gelernt von den Meistern der Täuschung – den Chinesen –, vielleicht sogar mehr, als sie ihrerseits der Großen Ming-Dynastie von der Gottesgelehrtheit und den Naturwissenschaften des wiedererwachten Europa beigebracht hatten.

Der *Leal Senado* – der Rat – der heiligen Stadt des Namens Gottes in China empfing die Botschafter des Ming-Kaisers am nächsten Vormittag. Paul Sung und Michael Chang saßen auf Ebenholzstühlen in der Nähe des riesigen Nußbaumtisches, der auf gedrehten Säulenfüßen mit schmiedeeisernen Verstrebungen ruhte. Pater Juan Rodriguez saß neben den Botschaftern – als ihr Dolmetscher und als Sprecher für die Gesellschaft Jesu. Eine zweite Reihe Stühle war aufgestellt worden für Pater Giulio di Giaccomo, Hauptmann Miguel Texeira Correa und Leutnant Francis Arrowsmith, den die gehässigen Dominikaner bereits den «Grünschnabel der Jesuiten» nannten. Am Tisch saßen drei von Macaos freien Bürgern gewählte Ratsherren und ihr Schriftführer.

Die ersten vornehmen Chinesen, die Francis kennenlernte, erschienen ihm unsäglich fremdartig, obwohl sie doch auch Katholiken waren. Er musterte sie verstohlen.

Paul Sung, der ranghöhere Mandarin, trug höfliche Verbindlichkeit wie eine Maske über seinem schmalen Gesicht mit dem spärlichen Spitzbart. Diese Maske fiel, wenn seine Aufmerksamkeit ganz in Anspruch genommen wurde und seine Augen hinter der dicken Brille glitzerten. Michael Chang, der jüngere Mandarin, war untersetzt, auffallend bärtig und lebhaft in Sprache und Geste. Dennoch kamen Francis beide fast unmenschlich zurückhaltend vor. Sogar neben dem ernsten Juan Rodriguez waren sie zu offensichtlich beherrscht, zu nachdrücklich im Zaum gehalten.

Niemand begab sich trotz der feuchten Hitze um eine Spur von Würde. Die Mandarine trugen ihre dicken Seidengewänder, die Priester ihre schweren Soutanen und die Ratsherrn ihre Samtwämse mit den gestärkten Halskrausen.

Die Männer von der Iberischen Halbinsel fanden, bedeutsame Gelegenheiten wie diese Sitzung müßten durch feierlichen Prunk ausgezeichnet werden. Die roten Brokatvorhänge vor den hohen Fenstern ließen die stickige Luft nicht entweichen, und König Philipp von Spanien und Portugal blickte ernst von der Wand herab. Seiner Katholischen Majestät gegenüber hing ein abgezehrter, von rostigen Nägeln durchbohrter Christus an einem großen Kruzifix. Der chinesische Holzschnitzer hatte die Augen orientalisch schräg gestaltet, und die schmalen Lippen des Heilands waren schmerzlich verzogen.

Dennoch empfand Francis Arrowsmith die Atmosphäre als etwas geschmacklos, schauspielhaft, und der epochemachenden Beratung nicht angemessen. Denn der *Leal Senado* konnte das Schicksal zweier Völker ändern, wenn er beschloß, dem Ming-Reich portugiesische Militärhilfe und technischen Beistand zu gewähren.

Da portugiesische Adlige nicht geruhten, sich in Macao niederzulassen, gehörten dem Rat der Stadt keine Aristokraten an. Außerdem war der Generalkapitän mehr an seinen Handelsgeschäften als an seiner begrenzten politischen Macht interessiert. Die widerspenstigen freien Bürger von Macao regierten sich also uneingeschränkt selbst, wenn auch nicht friedlich oder gut. Ihr *Leal Senado* konnte diese lebenswichtige Frage entscheiden, die strenggenommen dem Vizekönig in Goa oder dem König in Spanien hätte vorgelegt werden müssen.

Starker Druck war schon auf den Senat geübt worden. Die Dominikaner und Franziskaner, die die Jesuiten haßten, weil sie sie aus China verdrängten, waren gegen jede Maßnahme, die der Gesellschaft Jesu nützen würde – auch wenn sie für Macao oder den Glauben nützlich war. Diese Mönche konspirierten mit den Spaniern in Manila, die vor Wut kochten, weil die Portugiesen, die von ihrem eigenen König regiert wurden, sie vom China-Handel ausgeschlossen hatten. Die Jesuiten wiederum waren mit der nationalistischen portugiesischen Partei verbündet, die ausgesprochen pro-chinesisch war. Die Ratsherren hatten bereits von beiden Seiten üppige Bestechungssummen eingesteckt – und dann ihre Entscheidung acht Monate zurückgestellt.

Der Schriftführer des Senats, Antonio Castro, galt als unparteiisch. Der hochgewachsene, schlanke Mann mit den schwarzen Augen unter dichten Brauen war anerkanntermaßen der klügste Kopf unter den Laien von Macao, einer Gruppe, die sich nicht eben durch Scharfsinn auszeichnete. Und weil sein großes Wissen über das verwickelte Netz ihrer Handelsbeziehungen in ganz Asien und Europa ihre Gewinne sicherte, übersahen die freien Bürger von Macao seine fragwürdige Herkunft.

Antonio Castro war einer der führenden *marrãos* in Macao; mit diesem Wort, das «Jungschwein» bedeutet, wurden die zum Katholizismus übergetretenen Juden bezeichnet. Von Rechts wegen, wenn auch selten, wurden sie *cristãos novos,* neue Christen, genannt, aber die alten katholischen Familien erkannten die *marrãos* nicht als Brüder in Christo an. Antonio Castro war für seine portugiesischen Landsleute ebenso ein Fremder wie ein englischer Katholik. Francis Arrowsmith war die Herkunft des Schriftführers ziemlich gleichgültig, aber vor seinem scharfen Verstand und kühlen Humor hatte er Hochachtung.

«Wir haben uns heute versammelt, meine Herren, um über eine Angelegenheit von höchster Wichtigkeit zu beraten.» Antonio Castros Miene war ernst. «Seine Majestät der Ming-Kaiser hat dieser heiligen Stadt eine noch nie dagewesene Aufforderung zukommen lassen. Er würde ein Bataillon Musketiere, unterstützt von vier Geschützbatterien, begrüßen. Das bedeutet sechzehn Kanonen . . . Mehr ist möglich. Er bittet, unsere Soldaten mögen einen Feldzug gegen die

Tataren führen, die ein ständiges Ärgernis an seiner nördlichen Grenze sind. Wir erachten es als einzigartige Ehre, daß uns Gelegenheit geboten wird, dem Reich, dank dessen Abtretung wir Macao in Besitz haben, als militärischer Verbündeter zu dienen. Denn es ist das erstemal in den zweitausend Jahren, seit das Reich gegründet wurde, daß ein Beherrscher Chinas geruht, die Truppen eines anderen Herrschers aufzufordern, Seite an Seite mit seinen eigenen Streitkräften zu kämpfen.»

Botschafter Paul Sung, der sich Juan Rodriguez' geflüsterte Übersetzung angehört hatte, sprach eindringlich auf den Priester ein.

«Im Namen der Botschafter möchte ich noch zwei Punkte hinzufügen», erklärte dann Pater Rodriguez. «Der Kaiser hat die Großherzigkeit der Portugiesen in dieser heiligen Stadt und die edle Gesinnung der in China lebenden Jesuitenpatres bemerkt. Seine Majestät wünscht Macao weitere Geschenke und Konzessionen zu gewähren. Überdies würde er sich freuen, eine etwas größere Truppenabteilung zu erhalten.»

«Im Namen des *Leal Senado*», antwortete Antonio Castro, «weiß ich die weitere Ehre, die der Kaiser uns antut, zu würdigen und bringe meinen tiefempfundenen Dank für jede Belohnung zum Ausdruck, die Seine Majestät uns zu gewähren geruht.»

«Die Art dieser Gaben und Zugeständnisse», übersetzte Rodriguez wiederum Paul Sungs Worte, «wird sich zur rechten Zeit erweisen. Und kein Bürger Macaos wird enttäuscht sein. Indes, an welche Truppenzahl denkt der Senat?»

«Darf ich den Herrn Botschafter daran erinnern, daß die Expedition noch nicht genehmigt ist?» antwortete Castro. «Aber aus Ehrerbietung könnten wir hinsichtlich der Frage des Botschafters unseren Waffenmeister zu Rate ziehen. Hauptmann Miguel Gonsalves Texeira Correa, wie viele Truppen könnt Ihr aufstellen? Wie viele könnt Ihr im Feld furagieren?»

«Zu Anfang, Herr Schriftführer, nicht mehr als ein Bataillon von, sagen wir, zweihundert Portugiesen und zweihundert Mann aus anderen Völkern.»

«Ehe es überhaupt beginnt, wollen die Chinesen mehr Soldaten», warf ein Ratsherr der spanischen Partei ein. «Wir haben schon Geschütze geschickt – Kanonen und Arkebusen. Wir haben Leute geschickt, um die Chinesen in deren Gebrauch zu unterrichten. Offenbar haben diese Waffen nicht viel genützt. Warum würden sonst portugiesische Truppen verlangt? Und was kann ein einziges Bataillon schon gegen die Tatarenhorden ausrichten?»

«Viel, meine Herren Senatoren», erwiderte Miguel Texeira hitzig. «Auch wenn sie klein ist, könnte eine disziplinierte Streitmacht, mit modernen Waffen ausgerüstet und nach den Regeln der Kriegskunst geführt, entscheidend sein.»

«Ich erkenne die Erfahrung des Hauptmanns an und lobe seinen Stolz auf seine Truppen», konterte der Ratsherr. «Aber ich frage noch einmal: Was können portugiesische Truppen vollbringen, wenn portugiesische Waffen so wenig Erfolg gehabt haben?»

«Nicht so wenig», wandte Juan Rodriguez ein. «Mehrmals haben unsere Kanonen die Tataren in die Flucht geschlagen.»

«Warum dann nicht einfach mehr Kanonen?» wollte der Ratsherr wissen. «Warum Truppen einsetzen?»

«Truppen können entscheidend sein für das Reich – und für uns», sagte ein anderer Ratsherr, ein Parteigänger der Chinesen. «Dies ist eine einmalige Gelegenheit, Wohlwollen zu erlangen – und den Handel auszuweiten. Allzu lange war uns das Innere Chinas verschlossen. Zweimal jährlich die Handelsmesse in Kanton zu besuchen ist nicht genug. Die Reichtümer eines Kontinents werden die Entschädigung für diese kleine Gefälligkeit sein.»

«Mir war in China versprochen worden, daß unser Entgegenkommen mit ergiebigen neuen Handelsbeziehungen belohnt würde», bestätigte Juan Rodriguez.

«Wieder Versprechungen!» bemängelte der erste Ratsherr. «Uns ist von den Chinesen schon viel versprochen worden.»

«Dies ist eine wunderbare Gelegenheit, den Glauben zu verbreiten, eine vom Himmel gesandte Gelegenheit.» Pater Rodriguez appellierte an das Gewissen aller guten Katholiken, die wußten, daß die Jesuiten als Vermittler und Dolmetscher für den Handel unersetzlich waren. «Die Gesellschaft Jesu hat sich ein halbes Jahrhundert gemüht, dem volkreichsten Land auf Erden das Wort des Herrn zu bringen. Wollt Ihr, meine Herren, dieses heilige Licht auslöschen? Will der *Leal Senado* das Werk des Antichristen tun? Wollt Ihr die herrliche Gelegenheit für die heilige Kirche, die Seelen von hundertfünfzig Millionen Chinesen zu retten, ungenützt verstreichen lassen?»

«Aber was ist mit Kanton?» Der Ratsherr der spanischen Partei wollte nicht nachgeben. «Wird der Vizekönig seine eigenen Gewinne schmälern, indem er uns direkt mit Peking verhandeln läßt? Der Vizekönig, nicht der Kaiser, entscheidet, ob wir Erfolg haben oder scheitern . . . ob wir am Leben bleiben oder sterben.»

Paul Sung sprach eine volle Minute lang leise mit Juan Rodriguez.

«Botschafter Paul Sung erinnert uns daran, daß der Vizekönig schließlich das Werkzeug des Kaisers ist», übersetzte der Jesuit. «Der Vizekönig vermag uns Hindernisse in den Weg zu legen, aber er kann uns nicht vernichten. Der Kaiser *kann* uns vernichten. Darauf weist der Botschafter, unser Glaubensgenosse, hin . . . Nicht als Drohung, sondern um die Lage der Dinge zu erklären.»

«Angenommen, die Tataren gewinnen?» Der Ratsherr ließ nicht locker. «Wie stehen wir dann da?»

«Wie? Die Tataren nehmen Peking – erobern das große Reich?» Rodriguez lachte. «Könnt Ihr Euch das vorstellen? Die Tatarenstämme sind für den Kaiser ein Ärgernis, nicht mehr als ein Schwarm Mücken. Und wir sind für ihn nicht mehr als eine Annehmlichkeit. Seine Majestät möchte sehen, wie gut wir kämpfen. Es würde ihm Freude machen, sich mit unserer Hilfe der tatarischen Mücken zu entledigen. Können wir es wagen, ihm diese Hilfe nicht zu gewähren? Können wir es wagen, dem Antichrist zu dienen?»

«Im übrigen, Pater Rodriguez, dürfen wir auch aus Gründen der wirtschaftlichen Vernunft nicht ablehnen», warf Antonio Castro ein. «Wir dürfen uns nicht die Feindschaft des Kaisers zuziehen, wenn wir doch sein Wohlwollen gewinnen könnten. Macao kann nicht leben, wenn wir die Ming tödlich beleidigen.»

Castros Appell an das wirtschaftliche Interesse untermauerte Rodriguez' Mahnung an die religiöse Pflicht. Der Ratsherr der spanischen Partei schwieg, als der *Leal Senado* übereinkam, Truppen nach Norden zu schicken, um gegen die Tataren zu kämpfen. Pater Giulio di Giaccomo packte Francis am Arm, um seinen Jubelschrei zu ersticken.

Später brachte der junge Engländer in seinem kleinen Zimmer einen Trinkspruch auf das Wohl des Expeditionsheeres aus und führte einen Freudentanz auf, den ihm die iberische Feierlichkeit seiner Gastgeber in der Öffentlichkeit untersagte. Francis Arrowsmith fühlte sich zwar gefestigt durch Erfahrung und jenem Grünschnabel weit überlegen, der vor vier Jahren begierig dem Bericht von Giulio di Giaccomo über die China-Mission gelauscht hatte. Aber mit der ganzen Überschwenglichkeit seiner Jugend freute er sich, daß der Senat von Macao das Expeditionsheer bewilligt hatte und er ihm angehören sollte. Die Jesuiten wollten ihren eigenen Mann dabei haben, einen Offizier, der in erster Linie ihnen und nicht Portugal oder Macao ergeben war. Für diese Rolle war Francis gut geeignet durch die militärischen Erfahrungen, die er erworben hatte.

Dank einer Empfehlung durch den Freund des Rektors von Saint Omer, Pater Antonio d'Alicante, war Francis kurz nach seiner Ankunft in Madrid als Fähnrich ins spanische Heer aufgenommen worden. Zwei Jahre lang hatte er in König Philipps Kriegen gekämpft. Die hochmütigen iberischen Edelleute, die seine Regimentskameraden waren, hielten Mechanik und Mathematik, das Rüstzeug des Artilleristen, für unter ihrer Würde – und insbesondere das mühsame Gießen von Kanonen. Francis' Veranlagung und das von seinen modern eingestellten jesuitischen Lehrern geweckte Interesse für Physik hatten ihn veranlaßt, alles über die Herstellung und Verwendung von Geschützen zu lernen, was er nur konnte.

Nichtsdestoweniger erschienen ihm die mühseligen Feldzüge schließlich nur wie eine Folge von ziellosen Märschen und Rückmärschen. Da Francis überzeugt war, England werde bald zum wahren Glauben zurückkehren, war er entschlossen, ein ausreichendes Vermögen zu erwerben, um die Ländereien der Arrowsmiths zurückzukaufen. Enttäuscht und ungeduldig, hatte er sich noch einmal an Pater d'Alicante gewandt. Nach reiflicher Überlegung hatte die Gesellschaft Jesu dann seine Reise nach Macao befürwortet.

Nun hatte die Genehmigung des Expeditionsheers durch den *Leal Senado* die Hoffnungen des Engländers in Gewißheit verwandelt. Er war überzeugt, im Ming-Reich große Reichtümer zu erwerben.

Kein Vorbehalt hatte Francis' Freude getrübt, denn er hatte nicht gehört, was Botschafter Michael Chang Pater Rodriguez zuflüsterte, als sie das Rathaus verließen.

«*Wo hsi-wang*», waren Michael Changs Worte gewesen. «Hoffentlich wird es so sein, wie der weise Mencius gesagt hat: ‹Den Augenblick ergreifen und siegen!› Ich bin froh, aber es ist nur der erste kleine Schritt. Dem Expeditionsheer stehen noch viele Gefahren bevor ... Nicht nur die Gefahren des Schlachtfeldes, sondern auch die Intrigen seiner Gegner – in Macao, wie ich fürchte, und in China, wie ich weiß.»

11. Januar bis 13. Februar 1630

Drei Stunden nach Tagesanbruch am 11. Januar 1630 schmolz das glitschige weiße Eis auf den quadratischen Pflastersteinen. Doch das schwarze Eis in den Furchen, die die Holzräder in fast fünf Jahrhunderten in den steinernen Belag der Straße gegraben hatten, war für die Sonnenwärme unerreichbar. Die Große Poststraße war jetzt nur noch der verfallende Überrest eines Straßennetzes, das die Mongolen im 13. Jahrhundert angelegt hatten, um alle Provinzen des besiegten China mit der Nördlichen Hauptstadt zu verbinden. Kaiserliche Boten mit warnenden Glocken am Zaumzeug ihrer Pferde hatten die Erlässe des Großkhans zu seinen fernen Mandarinen gebracht und waren mit Berichten über die Lage im Reich zurückgekehrt. Die Boten hatten Vorrang vor allen anderen Reisenden; nur wenn der Kaiser eine Rundreise machte, verlangsamte sich ihr Tempo. Alle Menschen, die das Geläute der Glocken und das Getrappel unbeschlagener Hufe hörten, wußten, daß das mächtigste Reich der Welt friedlich und glücklich blieb. Dieselben Signale hatten die Stabilität der großen Ming-Dynastie verkündet, bis Kaiser Chung Chen, der seit kurzem auf dem Drachenthron saß, den Postdienst der Sparsamkeit halber im Jahr 1628 eingestellt hatte.

Zwei Jahre später war die Große Poststraße, weniger als vierzig Meilen von Peking entfernt, nur noch ein Schatten ihrer selbst, eine wehmütige Erinnerung an kaiserliche Größe. Bauern hatten sich viele Steine geholt und Häuser oder Schweineställe damit gebaut. Die noch übriggebliebenen waren gesprungen und bröckelten an den Seiten ab; die Poststationen waren verlassen. Erst in den letzten zehn Tagen hatten Karren, Pferde und Füße von Zehntausenden, die nach Süden flohen, den Schnee auf der Straße zwischen drei Meter hohen Verwehungen festgetreten. Denn zum erstenmal seit den Einfällen der Mongolen war eine Barbarenhorde aus den Steppen Innerasiens über die Große Mauer nach China eingedrungen, hatte Peking bedroht und viele Chinesen zur Flucht über die Große Poststraße veranlaßt.

Leutnant Francis Arrowsmith schwankte im Sattel, als sein Pony auf dem schwarzen Eis ausrutschte. Sein langes blondes Haar flatterte im Wind über den senkrechten Schneewällen, die die Straße säumten.

Die Morgensonne beschien mit erbarmungsloser Klarheit die vielen Menschen und Tiere, die sich in dieser eisigen Schlucht vorankämpften. Er hatte fast zwei Jahre gebraucht, dachte Francis betrübt, um die zweitausend Meilen zurückzulegen, die zwischen Macao und diesem entsetzlichen Elend lagen, das schlimmer war als alles, was er in Europa gesehen hatte.

Würdige Damen in pelzbesetzten, wattierten Seidenmänteln schauten durch die Vorhänge ihrer Sänften auf andere Sänften, die von ihren Trägern verlassen worden waren. Taumelnde alte Herren mit Pausbacken vom jahrzehntelangen Wohlleben stützten sich auf Spazierstöcke aus Schwarzholz. Sie nahmen keine Notiz von den fremdartigen Ausländern, sie sahen sie in Wirklichkeit gar nicht, denn sie waren einfach zu unbegreiflich. Aber die alten Herren blickten ängstlich auf die bärbeißigen Bauern, die neben ihren in graue Mäntel gehüllten Frauen auf zweirädigen und von struppigen Mauleseln gezogenen Karren saßen, umgeben von unzähligen Kleinkindern. Deren Wangen hatte der Wind leuchtend rot werden lassen, und grüner Schleim lief ihnen aus der Nase.

Die Armen in Nordchina hatten in den letzten Jahrzehnten der Ming-Dynastie schwer zu leiden gehabt. Umherstreifende Banditen, die behaupteten, für die Armen zu kämpfen, hatten sie ausgeplündert. Was sie den Bauern gelassen hatten, wurde von den Soldaten des Kaisers gestohlen, die vorgaben, das Volk vor den Banditen zu schützen. Aber diese raubgierigen Ungeheuer waren wenigstens Chinesen.

Jetzt flohen Arme und Reiche gemeinsam vor den Tataren: «Die Tataren kommen, sie vergewaltigen und morden und brandschatzen!» Die Menschen schleppten sich nach Süden und baten um Obdach in Dörfern, deren Bewohner sich selbst auf die Flucht vorbereiteten.

Francis saß wieder fest im Sattel und klopfte seinem Pony den Hals. Als die Menschen durch ihn hindurchsahen, als wäre er unsichtbar, kam er sich vor wie ein herzloser Störenfried ihres Kummers. Ein Strom erschreckter Chinesen flutete blind um das portugiesische Expeditionsheer.

Vor fast elf Monaten war die Truppe von der südlichen Metropole Kanton aufgebrochen, nachdem der Vizekönig ihren Abmarsch monatelang verzögert hatte. Sie kamen nur langsam voran, gleichermaßen aufgehalten durch die Gastfreundschaft wie durch die Obstruktion der Beamten in den Verwaltungsbezirken, durch die der Weg nach Norden führte. Fast allen diesen Mandarinen widerstrebte es, Ausländern das Betreten des Vaterlandes zu erlauben; die meisten ließen sich für ihre Genehmigungen hohe Bestechungssummen zahlen.

Das Schneckentempo hatte ihnen nicht viel ausgemacht, bis sie fünf Tage vor Weihnachten 1629 nach Tsinan kamen, der Hauptstadt der Provinz Schantung. Begeistert hatte Francis die Wunder eines Landes entdeckt, das von Gott so reich gesegnet war. Alles zeugte von Wohlstand: verlockendes Essen und gute Kleidung; unzählige Boote und Behausungen; dichte Wälder und fruchtbare Felder; schwere Weine und feurige Schnäpse; sogar Silber, Gold und Juwelen. Kein Chinese wirkte schlecht ernährt oder ärmlich gekleidet. Berichte von Plünderungen durch ferne Briganten erschienen kaum glaublich. Nur einmal, als sie in Kähnen auf Flüssen und Kanälen fuhren, hatte er ein niedergebranntes Haus gesehen, im kriegführenden Europa ein alltäglicher Anblick.

Nach dem Weihnachtsfest in Tsinan froren die Flüsse zu und Schneewehen bedeckten die Straßen. Doch Botschaften aus Peking drängten fast täglich zur Eile. Die Tataren näherten sich der Nördlichen Hauptstadt.

Das Expeditionsheer schleppte sich durch das schneebedeckte Land voran und zog seine Geschütze hinter sich her. Die Portugiesen, die bestenfalls zwanzig Meilen am Tag schafften, erreichten am 10. Januar die Bezirkshauptstadt Chochow, etwa vierzig Meilen südwestlich von Peking. Ein Befehl, sich noch mehr zu eilen, erwartete sie bereits. Er war unterzeichnet von dem Mandarin Hsü Kwang-chi, den Pater Juan Rodriguez liebevoll Dr. Paul nannte. Francis erinnerte sich an das Rollbild von Dr. Paul Hsü, das er in Saint Omer gesehen hatte. Der Jesuit erklärte nicht, warum der Erste Vizeminister für Ritus, dessen Ministerium für kulturelle Dinge zuständig war, sich so sehr für militärische Fragen interessierte. Er sagte nur: «Dr. Paul ist ein großer Mann und ein hervorragender Christ.»

«Wir müssen verrückt sein», übertönte Hauptmann Miguel Texeira das Stöhnen der Flüchtlinge, ein endloses Seufzen, das schrecklicher war als Schreie. «Verrückter als Basken oder Gascogner.»

«Aber hoffentlich nicht so verrückt wie die Iren!» Francis' forcierter Witz verfehlte seine Wirkung. «Aber warum denn?»

«Verrückt, wenn wir glauben, wir könnten die Tatarenflut aufhal-

45

ten.» Texeiras gequältes Lächeln ließ seine glatten grauen Wangen runzlig werden. «Fünf Offiziere, sechzig Artilleristen, noch einmal sechzig Sklaven – dazu ein Priester und ein Mandarin. Allein auf dieser Straße sind mehr Chinesen als Soldaten in ganz Portugal.»

«Wärst du glücklicher, wenn wir zwei Mandarine hätten . . . wenn Paul Sung nicht in Kanton geblieben wäre?»

«Es wäre kein großer Unterschied», lachte Texeira. «Botschafter Michael Chang ist ein guter Kerl. Er geht mit den Beamten, die uns aufhalten, ganz schön ins Gericht. Aber hundert Mandarine würden auch nichts nützen. Ich bin nicht zuversichtlich.»

«Vor dem *Leal Senado* hast du anders gesprochen.»

«Dann bin ich um so verrückter! Aber ich hatte diese Masse von Menschen und Tieren nicht gesehen, als ich mich so zuversichtlich gab.»

«Du meinst, die Tataren sind ein zu großer Brocken für uns? Warte nur, bis die Geschütze losdonnern. Die heilige Barbara kann größere Wunder vollbringen als alle anderen Heiligen zusammen.»

«Angst vor den Tataren? Ich nicht, bei der Mutter Gottes. Ich fürchte, es wird gar nicht zu einem Kampf mit den Tataren kommen. Ein Bataillon von heiligen Christophorussen könnte uns nicht durch dieses erfrorene Land tragen. Das ist keine Gegend zum Kriegführen. Zuviel Zivilisten.»

«In Dr. Paul Hsüs letzter Botschaft heißt es, die Straße nach Peking sei noch frei», sagte Francis. «Aber wie lange?»

«Ich möchte nicht auf den Ebenen um Peking gestellt werden. Selbst die kleinen Lieblinge der heiligen Barbara könnten uns auf freiem Feld nicht vor den Tataren retten. Wir brauchen ein Wunder, um nach Peking zu gelangen.»

«In drei Stunden sind wir kaum vier Meilen vorangekommen. Ich fürchte, mein lieber Miguel, es gibt keine Wunder auf Bestellung . . . Nicht mal für dich.»

«Doch, bei Gott! Ein Wunder. Pater Juan Rodriguez muß um ein Wunder beten!»

Francis lächelte, als Texeira auf seinem scheckigen Pony zu der Sänfte zurückritt, die den betagten Priester trug. Nach sechs Jahren des Zusammenlebens amüsierte sich der Engländer immer noch über die temperamentvollen Südländer.

Fünf Minuten später beobachtete er, nach wie vor skeptisch, eine geheime Beratung an der mit roten Vorhängen versehenen Sänfte. Nachdem der Priester sich Texeiras Anliegen angehört hatte, rief er Botschafter Michael Chang und den Major zu sich, den Befehlshaber der kaiserlichen Infanterie-Einheit, die sich in Chochow der Expeditionstruppe angeschlossen hatte. Zehn Minuten später gab sich Francis der Hoffnung hin, der Einbruch der Nacht werde sie nicht auf freiem Feld üerraschen, nachdem sie sich nur noch ein paar Meilen gegen den Strom der Flüchtlinge vorangearbeitet hätten. Zuerst unschlüssig, hatte der Major einen barschen Befehl von Botschafter Michael Chang befolgt.

«Sie waren nicht erpicht darauf», sagte Texeira zu Francis, nachdem er wieder an die Spitze der Kolonne zurückgekommen war. «Pater Juan Rodriguez meint, sie würden lieber nach Süden als nach Norden marschieren. Aber sie werden die Aufgabe erledigen.»

Angeführt von einem Leutnant auf einem Schimmel mit schwarzer Mähne und schwarzem Schweif, strömte eine Welle der kaiserlichen Infanterie an den steckengebliebenen Portugiesen vorbei. Der hohe Helm des Leutnants, wie die glockenförmige Kuppel einer Moschee geformt, umrahmte sein glattes, weißes Gesicht. Er trug einen Panzer aus biegsamen Stahlplatten, seine Leute waren durch wattierte blaue Mäntel mit grünen und orangefarbenen Streifen geschützt. Wie seine Leute trug auch der Leutnant auf dem Rücken ein rotes Viereck, bestickt mit dem gelben Ideogramm *yung,* das, wie Francis wußte, tapfer bedeutet. Wegen dieses Symbols nannten die Portugiesen die Ming-Soldaten Bravi.

Der Leutnant sah wütend aus und schwenkte einen dreieckigen blauen Wimpel mit dem zinnoberroten Ideogramm *ling,* das Befehl bedeutete und kundgab, er stehe im persönlichen Dienst des Kaisers.

Der Mann mit seinem zweirädrigen Karren, der die Straße versperrte, starrte den fluchenden Offizier teilnahmslos und verständnislos an. Um die Hände hatte er die Zügel geschlungen, an denen er einen Esel und zwei nebeneinander gespannte Pferde führte. Zwei junge Frauen zitterten vor Angst, sechs rotgesichtige Kinder hockten auf der Wagenladung aus Bambuskörben und in Tücher gehüllten Bündeln. Hinter dem Karren hatten sich Sänften, Ochsenkarren und Fußgänger zusammengeschart und verhinderten jede Bewegung.

«Das ist sehr sinnvoll, was er da macht», fand Francis. «Jetzt werden wir überhaupt nicht durchkommen.»

«Oh, mit zweiundzwanzig Jahren ist man so überzeugt von allem, Glück oder Unglück.» Eine Röte überzog Texeiras schwärzlich-graue Wangen, und er krauste gereizt die Nase. «Warte nur, Junge, hier kannst du was lernen.»

Auf einen Wink des Ming-Leutnants ergriffen sechs Infanteristen das Zaumzeug der Tiere. Mit kräftigem Druck auf die Kandaren zwangen die Soldaten die ausschlagenden Pferde über den Straßenrand bis an den Schneewall. Krachend zersplitterte die Deichsel, und einen Augenblick hörte das Stöhnen der Flüchtlinge auf. Der Karren richtete sich plötzlich hoch auf, dann kippte er langsam um. Die Frauen schrien, als ihre Kinder und ihr Hab und Gut unter den zusammenbrechenden Karren rutschten.

«Macht Platz im Namen des Kaisers!» schrie der Leutnant in dem entsetzten Schweigen. «Macht Platz für die Meeresbarbaren und ihre Geschütze.»

Die verknäulte Masse von Flüchtlingen war wie gelähmt und rührte sich nicht.

«Was sagt nun ein kluger Mann von achtunddreißig dazu?» spottete Francis. «Er hat einen Damm aus Fleisch und Holz gebaut. Jetzt schafft er es nie.»

«Ein wenig Geduld, junger Mann. Du unterschätzt unsere Verbündeten – erheblich.»

Der Leutnant schrie wieder ein Kommando: *«Ta, ta ta-men! Tung, tung ta-men!* Los, geht ran, geht ran! Weg mit ihnen!»

Eine Rotte farbenprächtiger Bravi durchfuhr die Flüchtlingsmenge wie ein Speer, an dem bunte Bänder flatterten. Sie schwangen Streitäxte und eisenbewehrte Keulen, die *ku-tuo* genannt wurden, Knochenzermalmer.

Ein älterer Kaufmann lehnte sich aus seiner vergoldeten Sänfte. Sein rundes Gesicht unter der schimmernden Zobelkappe war gerötet, der Mund in erstaunter Entrüstung geschürzt. Sein Protest verstummte, als eine sichelförmige und mit gelben Bändern geschmückte Axt den Pelz durchschnitt und seinen Kopf spaltete.

Ein rotbackiger junger Bauer zog am Nasenring des Ochsen, auf dem seine Frau saß, einen Säugling auf dem Arm. Als sich der phlegmatische Ochse in Bewegung setzte, schnappte ein Knochenzermalmer wie ein stählerner Igel nach dem Handgelenk des Bauern. Stumm vor Entsetzen sah er zu, wie der *ku-tuo* dem Säugling den

Schädel zerschmetterte und dessen Mutter unter die Hufe des Ochsen schleuderte.

«Niemals . . . niemals habe ich so etwas gesehen . . .» stammelte Francis.

«Nicht wie in Europa, nicht wahr? Eher wie das Rote Meer, das sich vor Moses auftat. Ich hab's dir ja gesagt.» Texeira klang nicht triumphierend, eher melancholisch. «Wenn sie nur auch gegen die Tataren so energisch vorgehen würden.»

Die Benommenheit und Passivität der Flüchtlinge verwandelte sich in hektische Aktivität. Um sich neben der Straße in Sicherheit zu bringen, schubsten Männer Frauen beiseite und Jugendliche trampelten Kinder nieder. Langsame ältere Menschen und alle, die versuchten, ihre Karren wegzuschieben, gingen unter Streitäxten und Knochenzermalmern zu Boden. Die Bravi bahnten einen Weg durch das Gedränge. Eine zweite Rotte warf verlassene Karren und Sänften in die Masse von Menschen und Tieren am Straßenrand.

«Und wir gehen jetzt wie die Israeliten durch das blutige Meer?» fragte Francis voll Entsetzen.

Statt einer Antwort machte Texeira eine Handbewegung, und das Expeditionsheer begann durch das von den kaiserlichen Bravi geschaffene Trümmerfeld hindurchzuziehen. Die kurzbeinigen Ponies der portugiesischen Offiziere tänzelten graziös um die niedergestreckten Körper von Menschen und Tieren herum. Aber die gewaltigen, eisenbeschlagenen Räder der Wagen mit den Kanonen zermalmten alles, worüber sie fuhren.

Die erste Kanone, unpassenderweise dem sanften heiligen Franz von Assisi geweiht, wog mehr als vier Tonnen, und sechsunddreißig Pferde zogen sie über die holprige Sraße. Hinter der Kanone des heiligen Franziskus kamen noch neun weitere Geschütze. Fluchende chinesische Kutscher trieben die wegen des Blutgestanks scheuenden Pferde mit ihren kurzen Peitschen an langen Bambusstielen, die ununterbrochen knallten, an.

Die erste europäische Heereseinheit, die durch China marschierte, dachte Francis bei sich, mußte auf die verängstigten Flüchtlinge noch fremdartiger wirken als die kaiserlichen Bravi auf ihn. Wie ihre indischen und Neger-Sklaven trugen die Portugiesen zum Schutz gegen die schneidende Kälte wattierte chinesische Mäntel. Wenn diese Mäntel aufschlugen, kamen geschlitzte Wämse mit buntem Futter zum

Vorschein. Eine so barbarische Verschwendung von gutem Stoff hatte ihre chinesischen Gastgeber schon mehrmals veranlaßt, entrüstete Fragen zu stellen.

Wie Francis zufällig gehört hatte, fanden die Chinesen den Teint der Europäer entweder gespenstisch blaß oder unter der rauhen Haut cholerisch blutunterlaufen. Die Sklaven sahen aus wie Teufel aus der buddhistischen Hölle: stämmige Neger, deren schwarze Haut so dunkel war, daß sie in der Sonne purpurn leuchtete, und schlanke Inder, bräunlich und mit Hakennasen unter weißen Turbanen. Ob weiß oder rotwangig, braun oder schwarz, alle Ausländer waren für die Chinesen erschreckend, denn sie kannten keine anderen Völker außer Barbaren, die Kauderwelsch sprachen – und diese Barbaren waren alle so gefährlich wie Tiger.

Inmitten des von ihren chinesischen Verbündeten angerichteten Blutbades bliesen die Sklaven auf ihren Bronzetrompeten und entlockten ihren Ebenholz-Oboen dunkle Baritonklänge. Nicht nur die Melodien, sondern auch die Instrumente waren für die Chinesen fremdartig, vor allem die Oboen mit ihren gewundenen doppelten Stürzen und runden Mundstücken. Wenn die Soldaten schon wie Eindringlinge aus einer anderen Welt wirkten, dann klang ihre Kakophonie wie die Hymne des Teufels.

Nur langsam kam das Expeditionsheer voran, mußte oft anhalten, um rutschende Ladungen zurechtzurücken, und einmal dauerte der Aufenthalt sogar zwei Stunden, als die Achse einer Räderlafette gebrochen und eine Feldschlange heruntergefallen war. Francis saß ab und gesellte sich zu Pater Juan Rodriguez, der erschöpft in einer von sechs Kulis getragenen Sänfte lag. Mit seinen achtundsechzig Jahren hätte der Jesuit die anstrengende Reise nicht unternehmen dürfen, aber er hatte darauf beharrt, daß sein Sprachtalent für den Erfolg wesentlich sei. Da Francis seine Sprachstudien mit dem liebenswürdigen Botschafter Michael Chang fortsetzte, konnte er beurteilen, wie vorzüglich der Priester das Chinesische beherrschte.

Francis hatte große Hochachtung vor dem alten Mann – er schätzte seinen scharfen Verstand und wußte, daß sich hinter seiner Barschheit angeborene Güte verbarg. Jetzt wirkte er besorgt und nervös. Die blauen Augen waren verschleiert und die Falten zwischen Nase und Mund weiß. Er war abgemagert durch die Strapazen der letzten Monate und litt noch an der roten Ruhr, aber Francis spürte, daß das

Unbehagen des Jesuiten an diesem Nachmittag keinen körperlichen Grund hatte.

«Pater Juan, ich habe noch nie etwas so Grausames, so Barbarisches gesehen! Das eigene Volk so brutal zu behandeln . . . wie wenn ein Reiter ein Huhn niederreitet.»

«Sie tun dergleichen, ich habe dich gewarnt. Manche sagen vielleicht, es sei notwendig gewesen.»

«Notwendig, Pater? Hätte man ihnen ein paar Minuten Zeit gelassen, hätten die Leute die Straße vielleicht von selbst freigemacht. Wie konnte es notwendig sein? Wir müssen Peking erreichen, ehe die Tataren uns den Weg verlegen. Aber *das* war nicht notwendig.»

«Francis, mein Sohn, die Chinesen sind nicht wie wir.» Da der junge Mann so bekümmert war, fühlte sich der Priester zur Belehrung verpflichtet. «Die Offiziere haben eine Todesangst vor ihren Vorgesetzten . . . Und die Soldaten fürchten ihre Offiziere mehr als Gott. Das Vorgehen hatte keine menschliche oder geistliche Bedeutung für sie. Es war lediglich eine militärische Notwendigkeit.»

«Es war *nicht* notwendig, Pater Juan.»

«Vielleicht nicht, Francis. Ich muß mich indes um Wirksamkeit kümmern. Sage es mir. Wird es wirkungsvoll sein, was wir tun?»

«Wenn es zum Kampf mit den Tataren kommt, bestimmt, Pater.» Da er die Grausamkeit seiner Verbündeten verabscheute, entging Francis, was der Priester eigentlich meinte. «Aber wie läßt sich dieses Bündnis bei solchen Brutalitäten rechtfertigen? Wenn es nötig wäre, wirklich nötig, dann könnte ich . . .»

«Ich habe dir gesagt, Francis, sie fürchten Gott nicht . . . Sie kennen Gott nicht. Wir müssen sie zu Gott bringen. Erst dann werden sie jede unbarmherzige Grausamkeit ablehnen.»

«Sie zu Gott bringen, indem wir ihre Grausamkeit unterstützen . . . sie sogar zu solcher Barbarei herausfordern?»

«Auch das, falls nötig, obwohl Hauptmann Texeira das Gemetzel nicht herausgefordert hat. Er hat den chinesischen Offizier lediglich gebeten, die Straße frei zu machen . . . und nicht im Traum daran gedacht . . . Aber du, mein Sohn, hast die Notwendigkeit – oder die nicht vorhandene Notwendigkeit – der Tat betont . . . nicht die Tat selbst.»

«Und Ihr auch, Pater.» Francis packte den Rand der Sänfte. «Notwendig oder nicht, es war eine ruchlose Tat.»

Der Priester legte seine abgezehrte Hand auf die des jungen Engländers. Da Juan Rodriguez seine Gefühle nie zur Schau stellte, hielten ihn seine Jesuiten-Kollegen menschlichen Regungen wenig zugänglich. Er schien beherrscht von seiner Leidenschaft für wichtige Ereignisse, seiner Einwirkung auf chinesische Mandarine und japanische Daimyos, seinem sprachmächtigen Einfluß auf Großkanzler und Schogune. Aber seine blauen Augen blickten mit flüchtiger Freundlichkeit unter den runzligen Lidern hervor, die sehr lang waren, während die unteren Lider unter Tränensäcken verschwanden, so daß seine Augen aussahen, als säßen sie senkrecht in seinem schmalen Gesicht.

«Natürlich war die Tat ruchlos.» Die Stimme des Jesuiten zitterte und klang brüchig vor lauter Altersstarrsinn. «Aber sie mag sich dennoch als wirkungsvoll erweisen.»

Francis preßte die Lippen zusammen und streckte das Kinn vor. Die gar nicht zu dem blonden Haar passenden braunen Augen funkelten. Gleich darauf nahm sein Gesicht wieder einen unterwürfigen Ausdruck an, die Maske, die zu tragen ein mittelloses Waisenkind früh lernt. Seine Züge glätteten sich, die Falten auf seiner Stirn verschwanden.

«Wirkungsvoll, Pater? Wie das?» Es war unklug, aber Francis ließ nicht locker. «Ich habe gelernt, daß wir manchmal unerfreuliche Dinge tun müssen, um den Glauben zu fördern. Aber das hier – das ist nicht bloß unerfreulich. Es ist abscheulich!»

«In deines Vaters Haus sind viele Wohnungen, Francis. Und man kann den Glauben auf vielerlei Weise fördern. Könnte es nicht sein, daß dies die Weise ist, die Gott bestimmt hat für uns . . . und die Chinesen? Könnten solche grausamen Taten . . . barbarische, wie du sagst . . . nicht die Bürde sein, die uns der Herr auferlegt hat – um uns zu prüfen und, wenn die Zeit erfüllt ist, den Chinesen das Heil zu bringen? Solange es wirkungsvoll ist . . .»

«Ich verstehe immer noch nicht . . .»

«Francis, laß es erst einmal auf sich beruhen.» Es klang wie ein Befehl. «Glaubst du wirklich, daß ich – daß irgendeiner von uns sich über diese Bürde freut oder sie sich wünscht . . . diese Art, den Glauben zu verbreiten?»

Beschämt wollte Francis sich gerade entschuldigen, als der Leutnant von der Vorhut an den vor der Sänfte auf einem Karren hockenden und hornblasenden Negern vorbeigaloppierte. Der Ming-Offizier beugte sich über den Widerrist seines Schimmels und sagte: *«Shen-fu, ching yüan-liang wo kan-jao ni.»*

Francis konnte es nicht genau verstehen, und ihm war, als ob in einem Sturm die Hälfte der Wörter verweht würde: «Hochwürden, Entschuldigung . . . Euch störe . . . meine Späher melden . . . Tataren . . . viele Tataren . . . Tausende reiten von Liangsiang heran.»

Der Jesuit nickte bloß. Erst als der Leutnant weitergeritten war, um seinem Vorgesetzten Bericht zu erstatten, ließ sein verschleierter Blick eine Spur Bestürzung erkennen.

«Francis, reite, so schnell du kannst, zu Texeira. Sage ihm, die Tataren sind in Liangsiang, nur zwanzig Meilen weiter nördlich, und stoßen in großer Zahl nach Süden vor. Die Chinesen werden sich nach Chochow zurückziehen. Wie können wir uns verteidigen, wenn sie uns im Stich lassen? Reite zum Haptmann und sage es ihm. Er muß eine Entscheidung treffen. Und er muß sie schnell treffen!»

«Mein Gott, soll alles wieder von vorn anfangen?» Von Francis' lodernder Entrüstung war nur noch die Glut des Abscheus geblieben. «Sollen wir das Gemetzel wiederholen . . . um unseren Glauben besser zu beweisen? Gottes Wege sind wahrlich wundersam, nicht wahr, Pater?»

«Lästere nicht, Francis!» Dem Priester riß die Geduld. «Lästere nicht. Tu, was du geheißen wirst. Reite!»

Das Widerstreben der kaiserlichen Bravi, den Tataren entgegen nach Norden zu marschieren, verwandelte sich in die Leidenschaft, in die Sicherheit von Chochow nach Süden zu marschieren. Für die zwölf Meilen lange Strecke von der mauerbewehrten Stadt hatten sie acht Stunden gebraucht. Der Rückweg erforderte nur drei. Äxte, Keulen und Schwerter schlugen wieder eine Schneise durch die Flüchtlinge.

Die Begierde der Bravi, Chochow zu erreichen, wurde indes durch andere Wünsche gezügelt. Zu kampferfahren, um sich beim Ausmarsch mit nicht unmittelbar notwendigen Dingen zu belasten, hielten sie eine solche Beschränkung beim Rückmarsch für unnötig. Unzählige Male, so lange, bis die Wiederholung seinen Zorn betäubt hatte und das Abscheuliche nur noch grotesk erscheinen ließ, beobachtete Francis, wie kaiserliche Infanteristen den Flüchtlingen ihr Hab und Gut abnahmen. Sie requirierten Karren, um Kleidungsstücke und

Lebensmittel wegzuschleppen, und auch kleine Möbel verschmähten sie nicht. Die gestohlenen Karren waren hoch beladen mit den Truhen aus rotem Leder, in denen die Flüchtlinge ihre Kleider verpackt hatten, den Falttaschen, in denen die Bauersfrauen ihren Schmuck aufbewahrten, und den schwarzen Lackkästen mit den Juwelen der Reichen.

«Soldaten plündern immer», sagte Texeira bedrückt. «Ich sehe, daß unsere neuen Verbündeten keine Ausnahme sind.»

«Aber sie rauben doch nicht ihr eigenes Volk aus!» erwiderte Francis. «Nur Söldner plündern unterschiedslos.»

«Na, es heißt, das Ming-Reich sei sehr fortschrittlich.»

Nur ein einziger wertvoller Gegenstand wurde zurückgelassen. Der chinesische Major behauptete, wollte man ihn mitnehmen, würde das den Rückzug zu lange aufhalten. Die schon einmal heruntergefallene Feldschlange war mit ihren zweieinhalb Tonnen Gewicht auch für ihre neue Räderlafette zu schwer gewesen. Die portugiesischen Artilleristen zogen ihre wattierten Mäntel aus und begannen, einen Flaschenzug aufzubauen. Von seinem Leutnant gerufen, ritt der Major von der Spitze der Marschkolonne zurück, um Texeira in ungehobeltem Chinesisch zur Rede zu stellen, das zu übersetzen Francis nicht schwerfiel.

«Sag ihm, daß wir unsere Geschütze *niemals* aufgeben», wies ihn Texeira an. «Wenn er uns hundert Mann leiht, haben wir die Feldschlange in zwanzig Minuten wieder oben.»

«*Pu hsing! Ta-ta chien-chin-la hen kwai . . .*» unterbrach der Major. «Geht nicht! Die Tataren kommen zu schnell voran. Laßt das Geschütz hier.»

«Alle Soldaten plündern, aber das hier ist geradezu Wahnsinn», bemerkte der machtlose Texeira, als er mitansah, wie die Infanteristen seine Feldschlange in den Straßengraben rollten.

Dieser Tag, überlegte sich Francis, verhieß nicht viel Gutes für die Zusammenarbeit zwischen portugiesischen Artilleristen und kaiserlichen Bravi. Er sollte bald erfahren, daß er die Arglist, den Mut und Einfallsreichtum der Chinesen erheblich unterschätzt hatte. Seine arrogante Unterstellung, daß sie sich so verhalten mußten, wie er es tun würde, sollte ihn noch einige Jahre irreführen.

Als die Tataren am Nachmittag des nächsten Tages nach Chochow galoppierten, fanden sie die verlassene Feldschlange. Erstaunt über ihre Größe, fuhren sie behutsam mit ihren harten Händen über die rauhe, grünspanbedeckte Oberfläche. Ihre Furcht vor dem Dämon in dem Geschütz wurde verstärkt durch die einem jungen Landarbeiter abgerungene Auskunft, der seine Flucht törichterweise zu lange hinausgeschoben hatte. Zuerst hatte er zuviel Angst, etwas zu sagen, aber als ihm der Tatarenhauptmann einen Dolch an die Kehle hielt, schwatzte er drauflos:

«Sie haben sie einfach zurückgelassen. Tausende von Meeresbarbaren sind gekommen . . . alle sind mehr als sieben Fuß groß. Und das da . . . das ist die kleinste von ihren hundert Kanonen. Sie haben sich nicht die Mühe gemacht, sie mitzunehmen . . . sagten, sie hätten ja so viele, und diese da sei eigentlich bloß ein Spielzeug.»

Da er angewiesen war, friedlich gesonnenen Chinesen gegenüber nachsichtig zu sein, ließ der Tataren-Hauptmann den Landarbeiter laufen. Der machte sich prompt auf den Weg nach Chochow, um sich bei seinem Major zu melden, der ihm befohlen hatte, in Zivilkleidung zurückzubleiben. Der Infanterist hatte gehorcht, denn wie Pater Juan Rodriguez erwähnt hatte, fürchteten chinesische Soldaten ihre Offiziere mehr als die Tataren. Die List des Majors ging übrigens auf Sün Tse zurück, den großen Strategen, der sein Werk über die Kriegskunst im vierten Jahrhundert vor Christi Geburt geschrieben hatte.

Hauptmann Miguel Gonsalves Texeira Correa hatte eifrig die Schriften von Niccolò Machiavelli studiert, die fünfzehn Jahrhunderte nach Christi Geburt verfaßt worden waren. Er war entzückt, als der Major seinem Plan für die Verteidigung von Chochow sofort zustimmte. Zwischen dem portugiesischen Hauptmann und dem chinesischen Major herrschte völlige Übereinstimmung. In Chochow hielten sich nicht nur die dort ansässigen Bürger und die Soldaten der Garnison auf, sondern überdies siebzigtausend Flüchtlinge, also insgesamt mehr als hunderttausend Menschen. Da die Lebensmittelvorräte völlig unzureichend waren, konnte die Festung einer Belagerung nicht standhalten. Nur durch eine rasche Vertreibung der Angreifer war Chochow zu retten.

Miguel Texeira und Francis Arrowsmith blickten von der vierzig Fuß hohen Stadtmauer hinunter auf das Meer aus grauen Dächern. Die schmalen Straßen und noch schmaleren Gassen wimmelten von winzigen Gestalten. Die Stadt sah aus wie ein im Winter zugefrorenes Binnenmeer, das nun im Frühling aufzutauen beginnt.

«Die Mauern könnten ewig standhalten, selbst gegen Kanonen.» Texeira lächelte grimmig. «Aber diese Flüchtlinge würden alle Vorräte schon lange verschlungen haben, ehe die Tataren abziehen. Zum Teufel mit allen Zivilisten.»

«Sie sind störend in Kriegen, nicht wahr, Miguel?» Francis bereute seine vorlaute Äußerung fast sofort.

Angetrieben von fluchenden kaiserlichen Bravi, erklommen Scharen von Zivilisten die Rampen zu dem breiten Wehrgang auf der Mauer. Sie trugen rote Helme mit dem Ideogramm *yung*, tapfer, und marschierten mit ihren Speeren zwischen den Wachttürmen hin und her. Die Belagerer sollten nicht eine kleine Garnison, sondern eine mit Truppen vollgestopfte Festung sehen.

In der Doppelstunde des Affen, kurz vor Sonnenuntergang um fünf Uhr, ritt die tatarische Vorhut durch die graue Januardämmerung nach Chochow. Mit flatternden gelben Bannern trabten die Späher vorsichtig auf der gewölbten Steinbrücke über den Fluß Chüma. Alle hatten gehört, was der Landarbeiter über die gewaltige Ausrüstung der riesengroßen Meeresbarbaren gesagt hatte.

Fackeln flackerten auf den Wällen, und ein ganzer Wald von Speeren ragte über den Zinnen auf, als sich die tatarische Vorhut näherte. Ihr Hauptmann hatte sich bereits zweimal durch die List von Fackeln und Speeren in den Händen von Zivilisten täuschen lassen. Er würde sich, das schwor er sich, nicht wieder täuschen lassen. Aber er hielt an, als Donner von den Wällen grollte und Blitze zuckten.

Der Tataren-Hauptmann wußte, wieviel Zeit es erforderte, die primitiven eisernen Kanonen der Chinesen wieder zu laden. Mit dem Finger am Puls zählte er, wie oft es knallte. Jedesmal wenn sein Herz den achtzigsten Schlag tat, feuerte eine Kanone. Die Meeresbarbaren mußten wirklich hundert Geschütze haben, wenn jede Minute eines feuern konnte.

Von der Mauer aus spähte Miguel Texeira entzückt auf den Vorhang der Dunkelheit, der sich langsam senkte. Doppelte Bedienungsmannschaften plagten sich an seinen neun Geschützen. Da sie keine Kugeln luden, ging es bei ihnen außerordentlich schnell: Pulver und Ladepfropf; Lunte ans Zündloch; nasse Wischer, um Funken zu löschen; und wieder laden.

«Feuer! Wischen! Pulver! Feuer! Wischen! Pulver!» Die raschen Kommandos hallten in der Dunkelheit wider, unterstrichen durch das

Donnern der Geschütze. Nur ein einziges Geschütz verschoß von Zeit zu Zeit Kanonenkugeln.

Der Befehlshaber der Tataren, der gerade außer Schußweite war, wartete ab, um sich zu vergewissern, ob die Meeresbarbaren nicht womöglich wieder einen neuen teuflischen Trick erdacht hatten. Die regelmäßigen Detonationen hielten an, und gelegentlich hörte er das Schwirren einer Kanonenkugel. Nach einer Stunde gab er Befehl zum Rückzug. Chochows Verteidigung war zu stark; die Beute lohnte die Kosten an Zeit und Verlusten nicht. Tollkühnheit, lauteten die Befehle des tatarischen Hauptmanns, sei ein ebenso schweres Vergehen wie Feigheit und würde ebenso streng bestraft.

Das blinde Schießen wurde die ganze Nacht fortgesetzt. Texeira wollte, daß tatarische Späher berichteten, er habe genug Munition, um erstaunlich verschwenderisch damit umgehen zu können. Ebenso vorsichtig wie listig, ließ er noch vierundzwanzig Stunden lang die Kanonen unregelmäßig feuern und die Speere auf den Wällen dräuen.

«Der leichteste Sieg, den ich je errungen habe», frohlockte er, als der zweite Tag endete und keine Tataren erschienen. «Und der schnellste. Die Tataren sind ebenso furchtsam wie die Chinesen – und noch leichtgläubiger. Gebt mir drei Infanteriebataillone mit zehn weiteren Batterien – und ich werde das Reich allein verteidigen. Gebt mir zehn Bataillone und zwanzig weitere Batterien, und ich werde das Reich erobern.»

Pater Juan Rodriguez lächelte dünn, sein Vertrauen auf moderne Waffen hatte sich als gerechtfertigt erwiesen. «Die Geschütze des Herrn haben Baals Heere vertrieben», sagte er. «Jetzt weiß ich, daß unsere Bemühungen erfolgreich sein werden – in jeder Beziehung.»

Mitgerissen von ihrer Begeisterung, bereute Francis Arrowsmith seine früheren Befürchtungen und machte sich Vorwürfe, daß er in seiner Unwissenheit am Können des Hauptmanns und an der Weisheit des Jesuiten gezweifelt hatte. Er nahm sich wieder einmal vor, sein Leben der Sache des Herrn zu weihen und auf den Rat der Priester zu hören, damit er zu der Aufgabe, die Chinesen zu bekehren, beitragen könne. Peking, das Hauptziel dieses frommen Unterfangens, lag nur ein paar Meilen nördlich – und die Straße nach Peking war frei.

PEKING

8. Februar 1630

Die Klänge von Frescobaldis *Dritter Toccata* rankten sich um die goldenen Phönixe auf den Säulen aus Zypressenholz in der Halle der Vernunft in der Verbotenen Stadt von Peking. Zwei schmächtige Gestalten in geblümten blauen Gewändern blickten durch die offene Tür eines Vorzimmers verstohlen auf den hochgewachsenen Mann, der sich über das Clavicembalo beugte.

Diese Knaben, nicht älter als zwölf, waren vor drei Jahren kastriert worden. Sie sollten Palasteunuchen werden, die nicht nur den Hof des Kaisers beherrschten, sondern im ganzen Reich große Macht ausübten. Die beiden waren noch neugierige Kinder und starrten verwundert auf das blonde Haar, das dem Musiker über den Kragen fiel. Der ältere hob die Arme, um die Größe des Mannes anzuzeigen, der jüngere lachte spöttisch über das helle Haar. Das Kichern der jungen Palasteunuchen wurde übertönt von den zirpenden Saiten des Tasteninstruments.

Eine Saite klirrte und klang einen Augenblick schrill, ehe sie sprang und sich auf dem schön gemaserten Deckel des Clavicembalos ringelte.

«Verwünschtes Ding!» rief der verärgerte Musiker auf deutsch.

Pater Johann Adam Schall von Bell von der Gesellschaft Jesu raffte gottergeben seine schwarze Soutane zusammen und kroch unter das Instrument, das auf der langen Seereise von Neapel schwer gelitten hatte. Der junge Kaiser legte Wert auf seine Spielsachen, und Adam Schalls technisches Geschick, das er manchmal verfluchte, verurteilte ihn dazu, diese Spielsachen in gutem Stand zu halten. Er bastelte lieber an den Spieldosen, Uhren und Aufziehspielsachen herum, statt das empfindliche Clavicembalo zu stimmen, das dem Ming-Kaiser von den Habsburgern geschenkt worden war.

«*Hsiao peng-yu-men*», sagte der Priester in der Beamtensprache, für welche die betonten Konsonanten des fernen Sian, einst Hauptstadt des Reichs, kennzeichnend waren. «Meine kleinen Freunde, ich weiß, daß ihr da seid. Kommt und plaudert mit mir, während ich arbeite.»

Sein freundlicher Ton, in dem Mitleid anklang, hätte seine jesuitischen Kollegen verwundert. Sie achteten Adam Schall wegen seiner hohen Intelligenz, seiner wissenschaftlichen Leistungen und seiner resoluten Art. Viele schätzten seine Großzügigkeit und seine gelegentliche Fröhlichkeit, aber alle fürchteten seinen üblichen Sarkasmus. Wenn er lernen könnte, seine manchmal scharfe Zunge im Zaum zu halten und seine Ungeduld gegenüber Menschen mit weniger beweglichem Verstand zu zügeln, würde der Rheinländer nach Ansicht der älteren Priester hoch aufsteigen in der China-Mission, für die er sich freiwillig zu lebenslänglichem Exil aus Europa verpflichtet hatte.

«*Shen-fu, wo-men* . . .» sagte der ältere Eunuch schüchtern. «Hochwürden, wir haben Euch schon eine Weile zugesehen.»

«Das weiß ich, meine Freunde. Wollt ihr etwas fragen?»

«Wir haben uns gewundert, Hochwürden, warum . . .» begann der jüngere Eunuch.

«Fragt mich alles, was ihr wissen wollt. Ich freue mich über eure Gesellschaft.»

Da Adam Schall noch unter dem Clavicembalo kauerte, schien es den frechen jungen Eunuchen, als käme seine Stimme aus seinem schwarzen Hinterteil, was sie sehr belustigte.

«. . . warum Ihr diese Arbeit tut, Hochwürden?» fuhr der Jüngere fort. «Ihr tretet auf wie ein Mandarin und tragt ein Gewand wie das eines Mandarins. Aber Ihr tut die Arbeit eines gewöhnlichen Handwerkers.»

«Sie erfordert Sachkenntnis, meine Freunde, besondere Sachkenntnis. Und in meinem Land befolgen wir den Befehl des Herrn des Himmels, die Sachkenntnis zu gebrauchen, die er uns geschenkt hat.»

«Der Herr des Himmels, Hochwürden? Wer ist das?»

«Der einzige wahre Gott, der uns seinen einzigen Sohn schickte, um uns sündige Menschen zu retten.» Adam Schall begann mit den Jungen das Gespräch, das schon zur Bekehrung verschiedener empfänglicher Eunuchen geführt hatte. «Wir alle sind seine Kinder, Männer und Frauen, Mädchen und Jungen, sogar der Kaiser und alle seine Eunuchen.»

«Alle sind Kinder eines Vaters?» wunderte sich der ältere Knabe.

«Ja, das ist richtig. Eines himmlischen Vaters, den wir den Herrn des Himmels nennen. Er hat mir befohlen, seinen chinesischen Kindern, die allzu lange Gottes Wort entbehren mußten, seine Botschaft zu bringen. Damit sie wissen, daß der Herr des Himmels uns in dieser

Welt glücklich macht und der Retter unserer unsterblichen Seelen in der nächsten Welt ist – im Himmel.»

«*Ni-men Shen-fu . . .*» Der jüngere Eunuch konnte seine Neugier nicht bezwingen. «Die Patres hier gehören alle der Gesellschaft Jesu an, nicht wahr? Was für eine Gesellschaft ist das?»

«Vor ungefähr achtzig Jahren wurde ein spanischer Offizier mit Namen Ignatius von Loyola vom Herrn des Himmels gerufen.» Adam Schall drückte sich einfach aus, damit ihn die Jungen verstünden. «Er gründete die Gesellschaft Jesu. Wie Soldaten gehen wir Jesuiten dorthin, wohin uns unser General schickt . . .»

«Aber Ihr seid doch kein Soldat, Hochwürden?»

«Nein, obwohl der Kaiser uns manchmal befiehlt, die Arbeit von Soldaten zu tun . . . und das verstehen wir auch. Indes sind wir Männer des Friedens, die in die ganze Welt hinausgehen.»

«Warum bleibt Ihr nicht bei Eurem eigenen Volk?» Die Frage des älteren Eunuchen freute den Priester, denn er wußte aus Erfahrung, daß er solche Gespräche unauffällig lenken mußte.

«Weil der heilige Pater Loyola gelehrt hat, daß es selbstsüchtig sei, das Wort des Herrn für uns zu behalten . . . es in unserer Welt zu verschließen, die wir Christenheit nennen. Er befahl der Gesellschaft Jesu, seinen Kindern in aller Welt das Wort Gottes zu bringen. Er wies die Jesuiten auch an, Sachkenntnis auf Gebieten wie Mechanik, Sternkunde, Heilkunde und dergleichen zu erlangen und gute Lehrer zu werden. Wir haben den Auftrag, Gottes Kindern auf Erden nützlich zu sein . . . ihnen die neue Gelehrsamkeit Europas zu überbringen und ihnen nicht nur den Weg zum Himmel aufzuzeigen.»

Wie ein Säuseln hörten sich Schritte von Stoffsohlen auf dem Marmorfußboden des Vorzimmers an, und die kleinen Eunuchen blickten entsetzt drein. Vergeblich versuchten sie, sich zu verstecken, und flitzten hinter das lange Clavicembalo.

«*Shi Tsao Chun-hua*», flüsterte der jüngere Eunuche. «Ist das Tsao Chun-hua? Er ist überall – der Schwarze Premier! Er wird uns unbarmherzig schlagen, weil wir herumgelungert haben.»

«Nein, Ihr Knaben, es ist nicht der Obereunuch Tsao Chun-hua.» Ein beleibter Mandarin in einem scharlachroten Gewand betrat das Musikzimmer und beruhigte die zitternden Eunuchen. «Es ist nur der alte Hsü Kwang-chi, der Vize-Minister des Ritus. Ich habe nicht Scharen von Spionen, ich befehlige kein Heer Flammender Mäntel.

Aber verschwindet jetzt. Der Obereunuch Tsao wird gleich kommen.»

Mit wehenden blauen Gewändern machten sich die kleinen Eunuchen davon. Sie waren aus völlig unterschiedlichen Milieus in die kaiserlichen Paläste gekommen, die ständig Nachwuchs brauchten, damit sich die Reihen der etwa zwanzigtausend Hofeunuchen nicht lichteten. Nach monatelangen Seelenqualen hatte sich der verarmte Vater des älteren Jungen bereitgefunden, ihn an den Vermittler zu verkaufen, der ihn fesselte und ihm mit einem Küchenmesser die unentwickelten Hoden abschnitt. Der jüngere war der Sohn eines wohlhabenden Angehörigen des niederen Adels, der seit der Geburt seines sechsten Sohnes geplant hatte, ihn kastrieren zu lassen, damit die Familie einen einflußreichen Fürsprecher am Kaiserhof habe, denn der Junge würde gewiß ein Machtfaktor unter den Palasteunuchen werden, die während des Niedergangs der Großen Ming-Dynastie die eigentlichen Beherrscher Chinas waren. Die Schwarze Regierung nannte sie das Volk.

Der Vize-Minister, dessen hoher Rang als Mandarin Ersten Grades durch den flügelschlagenden weißen Kranich auf seinem Brustlatz bekundet wurde, beobachtete die Flucht der kleinen Eunuchen und seufzte. Er verzog das Gesicht zu einer Grimasse des Abscheus, ehe er wieder sein halbes Lächeln aufsetzte. Der Spitzbart des Mandarins war weiß, aber sein üppiger Schnurrbart und die Augenbrauen tiefschwarz – vielleicht von Natur aus, aber in seinem Alter wohl eher künstlich. Nur seine Augen verrieten die außerordentliche Kraft, die sich hinter seiner unauffälligen Erscheinung verbarg. Sie waren groß und rund und hatten nur die Andeutung einer Mongolenfalte; ihr Blick war klar und gebieterisch.

Der Mandarin Hsü Kwang-chi war an der neuen weltlichen Gelehrsamkeit interessiert, die der Jesuitenpater Matteo Ricci aus Europa mitgebracht hatte, denn er glaubte, die europäische Wissenschaft könnte ein Heilmittel sein gegen die Schwäche der Ming-Dynastie, die Verderbtheit der chinesischen Gesellschaft und die Bedrohung durch die Tataren. Die geistliche Botschaft des Jesuiten war ihm eine Zeitlang weniger wichtig erschienen. Der Mandarin lebte nach den Vorschriften des weisen Konfuzius, dessen Aussprüche über Regierung, Ethik und Verhalten das Leben aller Chinesen leiteten.

Eines Nachmittags, als er Recht gesprochen hatte über kleine Verbrecher, denn er war damals nicht mehr als ein Bezirksrichter, hatte Hsü Kwang-chi eine transzendente Vision: nur die Segnungen des Christenums könnten die Ming erlösen – und mit befreiender Gnade seine eigene Unzufriedenheit erhellen. Da seine Erleuchtung eine so erschütternde Offenbarung war wie die des Saulus aus Tarsus, der auf der Straße nach Damaskus zum Paulus wurde, hatte er bei seiner Taufe mit einundvierzig Jahren den Namen des Apostels angenommen.

«Adam, Ihr seid es, nicht wahr? Ich hätte es wissen sollen», sagte der Vize-Minister in der Beamtensprache mit den in Schanghai üblichen Zischlauten zu der gesichtslosen schwarzen Gestalt unter dem Clavicembalo. «Wer sonst würde die ausländische Zimbel wieder in Ordnung bringen und gleichzeitig Kindern predigen?»

«Nicht predigen, Dr. Paul, bloß plaudern.» Der Jesuit kroch mühsam unter dem Clavicembalo hervor, um respektvoll vor dem Mandarin zu stehen, obwohl sie offensichtlich vertraut miteinander waren. «Kinderseelen sind reiner . . . viel leichter zu retten. Außerdem sind die meisten Kinder vernünftiger als Erwachsene, sogar diese armen, verderbten Verschnittenen.»

Obwohl Pater Adam Schall den Mandarin um Haupteslänge überragte, beugte er sich nicht herablassend zu ihm hinunter. Sein blondes Haar schimmerte in der Sonne, die durch das vergitterte Fenster hereinschien, und seine tiefliegenden blauen Augen strahlten Energie aus. Der zynische Ausdruck, den die kräftige Nase und die hohlen Wangen seinem Gesicht verliehen, verschwand, als er Paul Hsü zulächelte.

«Ihr solltet wirklich im Amt für Sternkunde sein, Adam», schalt der Mandarin freundlich. «Der neue Kalender muß nächste Woche fertig sein.»

Der Jesuit senkte die Stimme. «Ich wurde vom Schwarzen Premier aufgefordert, dieses verwünschte Instrument in Ordnung zu bringen. Was blieb mir anderes übrig?»

«Ihr habt recht, Adam.» Auch der Mandarin sprach leise. «Wir können uns über die Eunuchen nicht hinwegsetzen, obwohl ich als Euer Vorgesetzter von Rechts wegen . . .»

«Aber Ihr werdet mir doch nicht befehlen, zu meinen Astrolaben und Fernrohren zurückzukehren?»

«Ich wünschte, ich könnte es! Aber in diesem Augenblick darf ich den Obereunuchen Tsao, den Ihr den Schwarzen Premier nennt, nicht beleidigen.»

«Jedermann in Peking nennt ihn so, wie Ihr sehr wohl wißt. Schließlich übt er eine größere Macht aus als der Kaiser selbst. Wer sonst hält alle Fäden des Göttlichen Stranges in der Hand: Spione, Geheimpolizisten und diese Schurken von der Elitetruppe, die Flammenden Mäntel?»

«Ich bin mir dessen bewußt. Mein armes Land leidet nicht nur unter der Grausamkeit, sondern auch unter den Räubereien dieser Halbmänner und ihrer Millionen von Agenten. Manchmal frage ich mich, warum der Herr des Himmels das zuläßt . . . Und nicht einmal die Beamtenprüfungen legen sie ab . . .»

«Die würden sie im Gegensatz zu den fleißigen Mandarinen auch nie bestehen, Dr. Paul. Ein Eunuch sollte fünfzehn Jahre studieren? Undenkbar. Sie erweisen sich nicht durch das als geeignet, was sie im Kopf haben, sondern durch das, was unter ihrem Glied fehlt.»

«Pater Adam!» Nach Jahren des freundschaftlichen Umgangs war der Mandarin immer noch nicht an die gelegentlich derben Späße des deutschen Jesuiten gewöhnt. «Laßt uns von anderen Dingen reden, während ich darauf warte, zu Seiner Majestät gerufen zu werden.»

«Es tut mir leid, wenn ich Anstoß erregt habe, Dr. Paul.» Adam Schall war zerknirscht, denn er schätzte diesen Mann höher als jeden anderen. «Aber Ihr wißt ja, daß wir Priester auch nur Menschen sind . . . Und ich habe einen bedauerlichen Hang, zu sagen, was ich denke, was mir meine Oberen ständig vorhalten.»

«Es macht nichts, Adam. Im Vergleich zu mir seid Ihr noch sehr jung. Die dreißig Jahre, die uns trennen, erscheinen mir manchmal wie eine Ewigkeit, und . . .»

«Plant Ihr immer noch einen kleinen Empfang für unsere Soldatenfreunde?» Der Jesuit wollte den Mandarin von seinem grüblerischen Mißmut ablenken, der unter seiner Gelassenheit schwelte.

«Wenn sie kommen. Falls sie wirklich nach Peking kommen.»

«Warum sollten sie nicht kommen? Die Entfernung ist doch nicht so groß.»

«Der Kaiser hat mich heute zu sich bestellt, wie Ihr wißt. Es mag sein, daß er dem Expeditionsheer die Erlaubnis versagt, nach Peking zu kommen. Ich fürchte, ich werde alle meine Argumente erneut vorbringen müssen.»

«Trotz ihres Sieges? Trotz der Bedrohung durch die Tataren?»

«Wir werden sehen, ob ich Seine Majestät in guter Stimmung

antreffe. Er mag vergnügt oder mürrisch sein. Es hängt davon ab, mit wem er zuletzt gesprochen hat . . .»

Der Vize-Minister hielt mitten im Satz inne, obwohl seine Stimme schon fast nur noch ein Flüstern gewesen war. Eine winzigkleine Bewegung im Nebenzimmer hatte entweder sein außergewöhnlich scharfes Gehör oder den sechsten Sinn alarmiert, der ihm ermöglicht hatte, seit vielen Jahren die abscheulichen Intrigen am kaiserlichen Hof zu überleben.

Eine Mondtür öffnete sich in ihrem Rahmen aus leuchtenden Fliesen mit aufgeprägten mythischen Einhörnern, Löwen und Phönixen. Der Obereunuch, der durch die runde Öffnung trat, war schlank für einen Kastraten. Er hatte nicht das bei Eunuchen übliche Doppelkinn, seine Züge waren regelmäßig und attraktiv und nur beeinträchtigt durch seine fleckige Haut.

«*Ah, Fu-pu-chang gen Shen-fu.*» Auch die Baritonstimme des Schwarzen Premiers war erstaunlich tief. «Ah, sowohl der Vize-Minister als auch sein Freund, der geistliche Vater. Wir heißen Euch willkommen.»

Verblüfft über das majestätische *wir,* das der Eunuch gebraucht hatte, um seine Vertrautheit mit dem Kaiser zu betonen, erwiderten die Christen schweigend seine lässige Verbeugung. Adam Schall staunte über die Pracht seines Gewands aus scharlachroter Seide mit den blauen fünfkralligen kaiserlichen Drachen auf dem Brustlatz, den Schultern und dem Fries unter den Knien.

«Ich bin gekommen, um Euch zu Seiner Kaiserlichen Majestät zu bringen, Vize-Minister Hsü. Der Kaiser erwartet ungeduldig Euer Erscheinen.»

«Vielleicht seid Ihr noch hier, wenn ich zurückkomme, Adam.» Dr. Paul Hsü nahm keine Notiz von der als Drohung gemeinten Bemerkung des Eunuchen, er habe den ungeduldigen Kaiser warten lassen.

«Ich werde noch hier sein», erwiderte der Jesuit. «Ich habe noch viel zu tun mit diesem empfindlichen Instrument.»

Der Vize-Minister des Ritus folgte dem Schwarzen Premier durch die fliesengeschmückten und von Kristallampen erleuchteten Korridore. Die Seidenbrücken aus Persien und die farbenprächtig gemusterten Teppiche aus Khotan dämpften ihre Schritte. Dennoch warnte das Gemurmel respektvoller Begrüßungen, das ihnen voranging, die Palasteunuchen und Kammerfrauen, die sich an die Wände preßten, um ihnen nicht den Weg zu versperren.

Paul Hüs disziplinierter Verstand gab sich nicht müßigen Spekulationen darüber hin, warum der Kaiser ihn zu sich bestellt habe. Statt dessen dachte er nach über den Werdegang des Schwarzen Premiers und über die Gefahr, die dieser Eunuch für das Christentum und die Ming-Dynastie darstellte.

Tsao hatte keinen Posten in der Regierungshierarchie und war dennoch der mächtigste – und korrupteste – Mann im Reich, denn ihm unterstanden die Geheimpolizei und der persönliche Geheimdienst des Kaisers, weshalb er der Schwarze Premier genannt wurde. Tsao Chun-hua war Anfang Vierzig. Er hatte sein lasterhaftes Leben schon so früh aufgenommen, daß er mit Achtzehn zu einem abscheulichen Ausweg gezwungen war. Nachdem ihn seine Familie wegen seiner Verschwendungssucht verstoßen hatte, drohten Halsabschneider ihn zu verstümmeln, sofern er seine riesigen Spielschulden nicht bezahlte. Da er keinen Pfennig hatte, beschloß er, sich selbst zu verstümmeln und seinen Verfolgern dadurch zu entgehen, daß er Hofeunuch in der uneinnehmbaren Festung des Kaiserpalastes in der Verbotenen Stadt wurde.

Hinter vorgehaltener Hand erzählten die Hofdamen eine etwas andere Geschichte. Der Schwarze Premier, tuschelten sie, sei ein Pseudo-Kastrat. Er habe seinen spärlichen Bart Haar für Haar ausgezupft und die Wurzeln mit glühenden Nadeln ausgebrannt, wodurch seine Haut so fleckig geworden sei. Dann habe der zukünftige Schwarze Premier einen jungen Mann aus dem Volk zu einer homosexuellen Orgie verführt, ihn anschließend mit Opiumtropfen betäubt, ihm die Hoden abgeschnitten, die Augen ausgestochen und die Zunge herausgerissen.

Für den tantrischen Buddhismus, dem der Schwarze Premier angehörte, war es verabscheuenswürdig, einen Menschen zu töten, obwohl dieses Glaubensbekenntnis weder Folter noch sexuelle Orgien verbot, die als «geistige Übungen zur Kräftigung der Seelenstärke» gerechtfertigt wurden. Daher ließ er sein blind und stumm gewordenes Opfer frei; es würde vielleicht am Leben bleiben, aber wahrscheinlicher sterben. Wie immer das Schicksal des jungen Mannes auch wäre, sein Peiniger würde sich im Himmel nicht wegen Mordes zu verantworten haben. Später sollte der Schwarze Premier seine buddhistischen Bedenken gegen das Töten aufgeben.

Die Hoden des jungen Mannes, in Alkohol konserviert, legte der neue Kandidat für das kaiserliche Eunuchencorps als Beweis für seine Kastration vor. Mit gestohlenem Silber ausreichend bestochen, verzichtete der Prüfungsausschuß darauf, den Abkömmling einer vornehmen Familie selbst zu untersuchen.

Als Koch schmeichelte er sich bei der Ersten Konkubine des Thronfolgers ein und machte sich für diese Favoritin unentbehrlich. Einige Hofdamen hielten ihn auch für ihren Liebhaber, andere behaupteten, dafür sei er zu vorsichtig gewesen. Indes war er zweifellos der Geliebte des Kinderfräuleins des Sohnes der Ersten Konkubine, der der Kaiser Chung Chen werden sollte.

Ihre Gunstbezeigungen genügten dem Pseudo-Kastraten nicht, der unterschiedslos mit Eunuchen, Hofdamen und Offizieren schlief. Und als er den Gipfel seiner Laufbahn erreicht hatte, genügte ihm auch die Macht nicht mehr, die er als Leiter der Geheimpolizei und deren Schutztruppe ausübte – diesen vierzigtausend Mann, die Flammende Mäntel genannt wurden, weil sie farbenprächtige Uniformen und reich bestickte, rostrot-gelbe Mäntel trugen. Höchstpersönlich weihte der Schwarze Premier den Thronfolger in die Freuden der Knabenliebe ein. Als der Junge die Pubertät erreichte, drängte der Schwarze Premier darauf, daß ihn das Kinderfräulein – in seinem Beisein – in die Frauenliebe einführte.

Seit der Thronbesteigung des jungen Kaisers hatte ihn der Schwarze Premier zu hemmungsloser Befriedigung seiner Lust mit Frauen, Männern und (wie getuschelt wurde) mit Tieren angespornt. Da er Opium rauchte und bis spät nachts zechte, blieben dem neunzehnjährigen Kaiser wenig Energie oder Neigung für seine Regierungspflichten. Diese Schwäche, zu diesem Schluß war Paul Hsü bei seinen Überlegungen gekommen, war genau das, was der Eunuch wollte, denn so konnte er die Staatsangelegenheiten nach seinem Gutdünken regeln. Gewöhnlich beliebte es ihm, alle Reformen zu unterbinden, die die ihm laufend zufließenden Bestechungen gefährden könnten. Dabei wurde er von einer mächtigen konservativen Clique von Mandarinen unterstützt, denen jeder Wandel, der ihre Privilegien schmälern würde, gegen den Strich ging.

Paul Hsü, Erster Vize-Minister des Ritus, auf Lebenszeit Mitglied der Hanlin-Akademie, der wichtigsten geisteswissenschaftlichen Institution des Reiches, wappnete sich, als der Eunuch an der Tür des Kleinen Audienzsaals kratzte. Der mißmutige Jüngling auf dem Drachenthron setzte gelegentlich seinen eigenen schwachen Willen durch. Nur diese launenhafte kaiserliche Selbstbehauptung hatte es dem christlichen Mandarin ermöglicht, gegen die Einwände des Schwarzen Premiers die portugiesische Expedition nach China zu bringen. Vielleicht war der Kaiser heute wieder zugänglich.

Der Audienzsaal war leer bis auf die Porträts der Vorgänger Seiner Kaiserlichen Majestät, die, in vollem Hofstaat und hervorragend gemalt, gleichmütig von den Wänden herabsahen. Niemand saß auf dem Kleinen Drachenthron, einem breiten Sessel mit abgestuften Armlehnen, bedeckt von einem mit kaiserlichen Drachen bestickten Kissen. Auch lehnte niemand an dem fünf Fuß hohen Porzellangefäß, dessen gewölbter Deckel von einem stilisierten Löwen gekrönt war; seine rechte Pfote lag auf der Kugel, die die Erde darstellte. Der durchbrochene Schirm, der die zweite Tür verbarg, bewegte sich nicht.

Dennoch fiel Paul Hsü auf dem beige-blauen Teppich nieder zum Kotau und berührte neunmal den Fußboden mit der Stirn. Damit bekundeten alle Untertanen dem Kaiser ihre Ehrfurcht. Ein schmaler Rücken, in kaiserlich-gelbe Seide gekleidet, saß vor dem vergitterten Fenster. Als der alte Mandarin seinen Kotau machte, hörte er ein Piepsen. Da wußte er, daß der Kaiser den Tauben zuschaute, die man mit an den Beinen angebundenen Pfeifen fliegen läßt, um das bevorstehende Mond-Neujahr zu feiern.

Der Chung-Chen-Kaiser der Großen Ming-Dynastie wandte sich vom Fenster ab und setzte sich lustlos auf den Kleinen Drachenthron. Immer noch kniend, beobachtete der Vize-Minister den Kaiser durch Wolken von Weihrauch und Nebel von widerlichem Jasminparfum, die so dicht waren, daß man sie fast mit Händen hätte greifen können. Da der Kaiser nicht die geringste Selbstbeherrschung besaß, konnte man seine Stimmung unweigerlich an seinem Gesicht ablesen.

Der sonst verdrossen verkniffene Mund des Jünglings, der das größte Reich der Welt beherrschte, war zu einem halben Lächeln verzogen, und Paul Hsü seufzte vor Erleichterung. Trotz seiner Jugend war das Gesicht des Kaisers von Genußsucht aufgedunsen und seine Haut durch geplatzte Adern verunstaltet, die die Chinesen Weinblumen nennen, und unter seinen kleinen Augen hatte er violette Halbmonde. Die Brauen waren hochgezogen, als wäre er ständig erstaunt, und die Pupillen verengt wie bei allen Opiumrauchern. Der

Kaiser stützte den Kopf in die schlanke Hand, der Zeigefinger mit einem langen Nagel kratzte die Kopfhaut unter dem Kopfputz.

Paul Hsü war entzückt, daß der Kaiser ihn in einem einfachen Gewand empfangen hatte und kein gesticktes Staatsgewand wie bei formellen Audienzen trug. Er war heute wohl in ausgeglichener Stimmung.

«Erhebe dich, Minister», befahl der Kaiser mit heller, jugendlicher Stimme. «Du kannst dich setzen.»

Als sich Paul Hsü auf einem achteckigen Hocker in der Nähe des Throns niederließ, stellte sich der Eunuch neben den Thron. Seine Haltung war unterwürfig, aber der Blick, den er über den Kopf des Kaisers auf den Mandarin richtete, ließ deutlich seinen Ärger darüber erkennen, daß kein Eunuch in Gegenwart des Kaisers sitzen durfte, aber einem betagten Mandarin dieses Vorrecht gewährt wurde.

«Wir sind erfreut, daß du gut aussiehst, Minister», fuhr der Kaiser fort. «Natürlich gibt es auch Grund zur Freude, nicht wahr?»

«Mich freut es, Eure Majestät so munter und tatkräftig zu sehen.» Paul Hsü hatte es sich abgewöhnt, sich der für einen Höfling unerläßlichen Schmeichelei zu schämen. «Das ist der wichtigste Grund zur Freude, den ich kenne.»

«Wir danken dir, Minister. Aber es gibt einen noch wichtigeren Grund zur Freude. Die Tataren sind in vollem Rückzug, wie uns verläßlich mitgeteilt wurde. Daher ist es nicht nötig, daß die Soldaten der Meeresbarbaren nach Peking kommen. Wir befehlen dir, sie dorthin zurückzuschicken, wo sie herkamen.»

«Euer Majestät, ich möchte in aller Demut zu bedenken geben, daß es ungnädig erschiene, würde die Große Dynastie die Portugiesen nach Macao zurückschicken, ohne ihnen zumindest zu erlauben, nach Peking zu kommen, damit die Minister Eurer Majestät ihre Dankbarkeit zum Ausdruck bringen können. Es würde dem Volk, wenn sie einfach weggeschickt werden, wie eine Maßnahme kleinlicher Menschen vorkommen.»

«Seine Majestät weiß, daß Ihr diese Soldaten bloß hierhaben wollt, damit sie Eure geliebten Barbaren-Priester unterstützen», mischte sich der Schwarze Premier ein. «Ihr wollt, daß sie alle Untertanen Seiner Majestät zwingen, dieses ausländische Besprengen mit Wasser anzunehmen.»

«Das ist nicht wahr, verehrter Obereunuch», erwiderte Paul Hsü, die Erlaubnis des Kaisers voraussetzend. «Wie könnten etwa hundert Mann und ein paar Kanonen Menschenmassen zur Taufe zwingen? Die Portugiesen sind auf Einladung Seiner Majestät gekommen ... nicht, um seine Untertanen einzuschüchtern, sondern um gegen die Tataren zu kämpfen.»

«Ach, hört mit eurem Gezänk auf», befahl der Kaiser gereizt. «Tsao, der Minister macht einen wichtigen Gesichtspunkt geltend. Wir wollen nicht undankbar erscheinen. Wir werden diese Barbaren-Soldaten in die Hauptstadt kommen lassen und ihnen einen ehrenvollen Empfang bereiten. Nachher werden wir entscheiden, was mit ihnen geschehen soll.»

Paul Hsü erhob sich, um sich dankbar zu verneigen, aber der Kaiser bedeutete ihm ungeduldig, sich wieder zu setzen. Als sich der Mandarin wieder auf seinem Hocker niederließ, sah er flüchtig zwei Augen, die durch den durchbrochenen Schirm spähten. Der schwere Duft von Rosenöl stieg ihm in die Nase. Der Kaiser, überlegte er verärgert, hatte also eine Konkubine heimlich dort versteckt, damit sie bewundere, wie souverän er Staatsangelegenheiten behandelte.

«Ich danke Eurer Majestät aufrichtig.»

Paul Hsü merkte, daß die Schiebetür hinter dem Schirm angelehnt war. Er hörte ein Rascheln, konnte aber die beiden kleinen Eunuchen nicht sehen, die vorher mit gleich großer Neugier Adam Schall beobachtet hatten. Niemand, nicht einmal der Kaiser, konnte in den kaiserlichen Palästen vor spähenden Augen sicher sein.

«Was die Jesuiten betrifft, Euer Majestät ...» soufflierte der Eunuch boshaft.

«Ja, Minister», sagte der Kaiser fügsam, «Unsere Aufmerksamkeit ist darauf gelenkt worden, daß diese Ausländer, die sich selbst geistliche Väter nennen, jetzt das Gebaren unserer Mandarine noch mehr nachäffen, ähnliche Gewänder tragen und sich aufführen, als wären sie große Staatsbeamte. Das muß aufhören.»

Der Jüngling im Kaiserornat warf einen Blick auf seinen vertrauten Eunuchen, der zustimmend nickte.

«Majestät, die geistlichen Väter studieren ebenso fleißig wie die Mandarine. Ihre Gelehrsamkeit rechtfertigt es, daß sie Mandarinengewänder tragen. Übrigens weisen ihre Gewänder keine Insignien auf. Indes sind sie sehr belesen und kennen nicht nur die ehrwürdigen chinesischen Klassiker, sondern auch ihre ausländischen Klassiker.

Und ihre praktischen Fertigkeiten sind für das Reich außerordentlich nützlich.»

«Immerhin sollten sie nicht so auffällig sein», erklärte der Kaiser. «Wir gedenken, und das ist auch die Ansicht Unserer getreuen Berater, sie aus dem Reich auszuweisen.»

«Ich werde den geistlichen Vätern sagen, sie sollten weniger auffallen, Euer Majestät.» Die Ausweisung war schon mehrmals angedroht worden und beunruhigte Dr. Hsü daher nicht übermäßig. «Aber die Vertreibung der Jesuiten wäre ein Verstoß gegen die geheiligten Bräuche der Großen Ming-Dynastie. Majestät werden sich erinnern, daß Euer Majestät Großvater, der langlebige Wan Li-Kaiser, den Priestern erlaubte, sich in Peking niederzulassen. Li Ma-Tao – Matteo Ricci – wurde von dem ehrwürdigen Großvater Eurer Majestät eines Staatsbegräbnisses für würdig befunden. Es wäre ungnädig, seine Nachfolger kurzerhand auszuweisen. Prüft sie statt dessen. Laßt sie mit den Buddhisten und Taoisten über Theologie und Lehre debattieren. Außerdem, Majestät, sind die Jesuiten nicht nur Priester, sondern auch Männer der Praxis und in so mancher Hinsicht ungemein nützlich . . .»

«Genug, Minister, genug.» Der Kaiser war sichtlich gelangweilt. «Vielleicht waren Wir vorschnell. Schicke mir eine Niederschrift über diese Angelegenheit und lege deine Gesichtspunkte dar.»

Paul Hsü stöhnte innerlich, daß er eine weitere umfangreiche Begründung verfassen mußte, warum die Anwesenheit der Jesuiten im Reich gerechtfertigt sei. Aber er regte sich nicht auf, denn er wußte, daß der Kaiser nur wiederholt hatte, was ihm der hinterhältige Obereunuch ständig einhämmerte, der aber feststellen mußte, daß sein Herr nicht immer eine leicht zu gängelnde Marionette war.

«Eine andere Angelegenheit beschäftigt Uns, Minister. Und es ist Unser Befehl.»

«Ich höre und gehorche, Majestät.» Paul Hsü antwortete mit der Floskel, die obligatorisch war, wenn der Kaiser das Wort *Befehl* aussprach. «Majestät mögen mir Dero erlauchte Anweisungen geben.»

«Durch die Gnade des Himmels – und vielleicht durch den Donner der Barbaren-Kanonen ziehen sich die Tataren überall zurück. Aber Wir sind unzufrieden mit den Leistungen Unseres Feldmarschalls in der Mandschurei. Er ermöglichte den Tataren, sich Unserer Hauptstadt zu nähern. Ein Scheinangriff lenkte ihn ab, und er ließ die Straße zur Nördlichen Hauptstadt unverteidigt. Und er . . . und er . . .»

«. . . wurde von den Tataren bestochen, damit er sich so feige und verräterisch verhielt, wollte Seine Majestät sagen», half der Eunuch aus. «Die Berichte der Agenten Seiner Majestät beweisen unwiderlegbar den Verrat des Feldmarschalls.»

«Ja», fuhr der Kaiser fort. «Absolut unwiderlegbar. Der Feldmarschall muß sterben. Wir haben angeordnet, daß ihn Unsere getreuen Flammenden Mäntel auf dem östlichen Markt zu Tode prügeln.»

«Majestät, ich flehe Majestät an, nicht vorschnell zu sein. Ich bitte Euer Majestät, nicht zu vergessen, daß es der Feldmarschall war, der die Mandschurei von den Tataren zurückeroberte. Er hat die riesigen Gebiete wiedererlangt, die Eure ehrwürdigen Vorgänger im Laufe der Jahrhunderte besiedelten. Außerdem ist er der größte General der Dynastie. Sein Tod wäre ein unersetzlicher Verlust. Ich flehe . . .»

«Seine Majestät hat Euch einen Befehl erteilt, Vize-Minister», warf der Eunuch ein. «Ihr habt Gehorsam geschworen.»

«Laß Uns selbst sprechen, Tsao», sagte der Kaiser gereizt. «Unser Entschluß ist unwiderruflich, Minister. Du sollst nur ein angemessenes Begräbnis für den Feldmarschall anordnen, ein Begräbnis, das seinen früheren Verdiensten entspricht. Wir sind nicht nachtragend.»

«Ich höre und gehorche Eurer Kaiserlichen Majestät.»

Todunglücklich wiederholte Paul Hsü die selbstverleugnende Floskel. Ihm wurde klar, daß der Schwarze Premier, der triumphierend grinste, die Ausweisung des portugiesischen Expeditionsheers und die Vertreibung der Jesuiten als Köder gebraucht hatte. Der verschlagene Eunuch hatte erwartet, daß der Kaiser in diesen Punkten Paul Hsü Zugeständnisse machen würde. Sein wahres Ziel war der Tod des Feldmarschalls, das er erreichte, indem er auf das rachsüchtige Wesen des Kaisers setzte.

Als der Kaiser nichts mehr sagte, sondern erwartungsvoll auf den Schirm starrte, der seine Konkubine verbarg, erhob sich Paul Hsü. Der Kaiser schwieg, während der Minister Kotau machte, rief aber hinter ihm her, als er sich zurückzog: «Minister, du kannst deinen ausländischen Soldaten-Freunden sagen, daß Wir mit ihnen sehr zufrieden sind. Wir haben nur Spaß gemacht, als Wir davon sprachen, Wir wollten sie in Peking nicht empfangen.»

Die beiden kleinen Eunuchen huschten über den Korridor in der

Halle der Vernunft. Jetzt, da der Obereunuch nicht mehr beschäftigt war, könnte er ihre Anwesenheit entdecken.

«Weißt du», sagte der ältere, «Tsao, der Schwarze Premier, hat zweihunderttausend Silber-Taels für den Kopf des Feldmarschalls bekommen. Ich hab's von seinem Haushofmeister gehört. Ach, erwachsen sein und sehr reich werden . . .»

Pater Adam Schall wusch sich die Hände mit nach Veilchen duftendem Wasser in einer Porzellanschüssel, die ihm ein kniender junger Eunuch hielt, als Dr. Paul Hsü ins Musikzimmer zurückkam.

«Nun, ich hoffe, Eure Zeit war so gut angewandt wie meine», sagte der Jesuit. «Allerdings weiß ich nicht, warum ich dieses verwünschte Clavicembalo immer tadellos stimmen muß, wenn niemand außer mir darauf spielt . . .»

«Weil es den Kaiser erfreut», erwiderte der Minister. «Wir alle müssen den Kaiser auf jede Weise erfreuen.»

«War es so schlimm?» Der Priester senkte die Stimme.

«Schlimmer, als Ihr Euch vorstellen könnt, Adam. Aber kommt und bringt mich zu meiner Sänfte.»

Paul Hsü schwieg, bis sie zu der langen Allee kamen, die zum Südtor führte, der Grenze der Verbotenen Stadt. Mit sichtlicher Anstrengung beschleunigte der beleibte Mandarin den Schritt, ehe er mit dem deutschen Priester sprach, um nicht von vorbeikommenden Eunuchen oder Kammerfrauen belauscht zu werden.

«Manchmal bin ich der Verzweiflung nahe. Wie können wir je die Trägheit und Geldgier dieser unheilvollen Eunuchen und ihrer Verbündeten überwinden . . .»

«Ach, Dr. Paul, Ihr habt nur zwei der Todsünden erwähnt», scherzte Adam Schall. «Begehen sie die übrigen fünf nicht?»

«Oh, doch. Hochmut, Wollust, Völlerei . . . alles trifft auf sie zu.»

«Wir können nur arbeiten und beten. Der Herr wird seine chinesischen Kinder nicht . . .»

«Ich werde mehr arbeiten und mehr beten. Ihr müßt mir versprechen, Adam, sehr viel mehr zu beten.»

«Das werde ich tun, ganz inbrünstig. Aber können wir jetzt von erfreulichen Dingen sprechen? Eure jungen Damen bedrängen mich . . .»

«Ja, ich weiß. Candida und Marta möchten diesen Ausländer so gern kennenlernen . . . er ist Engländer, stimmt das? Jedenfalls möchten sie diesen ausländischen Leutnant kennenlernen, der Chinesisch spricht.»

«Und was habt Ihr beschlossen, Dr. Paul?»

«Ich glaube, es kann nichts schaden. Ihr werdet dabei sein, ich ebenfalls und Pater Juan, und auch Botschafter Michael Chang. Damit ist der Schicklichkeit gewiß Genüge getan.»

«Candida wird entzückt sein.»

«Und Marta?»

«Da bin ich nicht so sicher. Im allgemeinen tut Marta, was Candida will, aber erfreut wird sie gewiß sein.»

«Ich wünschte, ich könnte jedermann so leicht glücklich machen. Sagt mal, Adam, Ihr kennt den Begriff *Tien Ming,* das Mandat des Himmels oder der Himmlische Auftrag, nicht wahr? Ist er blasphemisch . . . eine ausschließlich heidnische Vorstellung?»

«Keineswegs. Wie Ihr wißt, sprechen wir Europäer vom Gottesgnadentum. Unsere Könige sind von Gott gesalbt.»

«Das ist nicht ganz dasselbe. Der himmlische Auftrag ist tiefgreifender. Sobald er erteilt ist, sanktioniert er eine Dynastie, die, wie meine heidnischen Landsleute sagen, auf ausdrücklichen Wunsch des Himmels herrscht. Nach Gottes Willen würdet Ihr und ich sagen. Aber der Auftrag gilt nur so lange, wie die Dynastie seiner wert ist. Ich fürchte, die Ming-Dynastie wird wegen ihrer Verbrechen und Torheiten den himmlischen Auftrag verlieren.»

«Woher wollt Ihr das wissen, Dr. Paul? Welche Anzeichen gibt es dafür?»

«Außer den Todsünden, von denen wir gerade sprachen, noch viele Anzeichen. Der Vorstoß der Tataren, um das Reich zu erobern, ist nur das deutlichste. Ständige Rebellionen, Hungersnöte, Seuchen, Überschwemmungen und Dürreperioden – all das sind Warnungen, daß das Mandat des Himmels den Ming entzogen werden mag.»

«Wir können, wie gesagt, nur arbeiten und beten. Nur wenn das Christentum das Ming-Reich friedlich erobert, werden diese Heimsuchungen aufhören.»

Als der würdige Mandarin stehen blieb, gingen die eilenden Höflinge respektvoll um ihn herum. Er sah dem Jesuiten in die Augen und lächelte schmerzlich.

«Gibt es», fragte er fast heftig, «im christlichen Europa keine Narren oder Verräter oder Kriege?»

Fastnachtsdienstag, 13. Februar 1630

Frauenlachen drang durch die offene Tür, als ein Diener die Terrine mit *suan-la tang,* der Pekinger sauren Suppe, hereinbrachte, den letzten Gang, den Vize-Minister Paul Hsü seinen ausländischen Gästen servieren ließ. Unter gesenkten Lidern schaute sich Francis Arrowsmith um. Als ein zweiter Diener eine Platte mit gerösteten Kastanien brachte, sah er flüchtig etwas rötliche Seide und eine goldene Haarnadel über hochgekämmten schwarzen Haaren. Widerstrebend widmete er seine Aufmerksamkeit wieder der Unterhaltung der männlichen Gesellschaft.

«*Tao-ti wo-men hui shou-hsiang . . .*» Dr. Paul Hsü lächelte, um zu verhüllen, wie sehr er den Freuden der Tafel zugetan war. «Als Krönung unserer Genüsse können wir uns jetzt wieder die süßen Kastanien von Liangsiang schmecken lassen.»

«Eine Gabe Gottes.» Pater Adam Schalls Lächeln war etwas bitter. «Die Krone dem, der warten kann – und glaubt.»

«Das ist wohl wahr, Pater Adam. Der Herr des Himmels sandte Seine Soldaten von jenseits des Meeres, um Chochow zu halten . . . vor allem aber, um Liangsiang – und seine Kastanien – von den Tataren zurückzuerobern.»

Francis stimmte in das allgemeine Gelächter ein, war aber etwas erstaunt über den Humor seines Gastgebers und darüber, daß er die Leidenschaft der Chinesen für gutes Essen teilte. Auf der langen Reise nach Norden hatte er erlebt, wie begeistert Bezirksrichter, Regimentskommandeure und reiche Kaufleute über die von ihren Köchen erfinderisch zusammengestellten Gerichte sprachen. Er konnte sich nicht vorstellen, daß ein portugiesischer Oberst oder ein spanischer Grande, geschweige denn ein englischer Adliger, die Oliven der Provence mit denen aus Katalonien vergleichen würden. Aber hier führten mächtige Mandarine hitzige Debatten über die jeweiligen Vorzüge von Gebirgsforellen aus Hunan und Makrelen aus Schantung.

Nach den ehrfürchtigen Äußerungen seiner jesuitischen Mentoren über Dr. Paul hatte Francis eigentlich einen Heiligen erwartet, einen Mann von ernstem Gebaren, tiefschürfend im Gespräch und voller

Gelehrsamkeit. Statt dessen war der christliche Minister der Großen Ming-Dynastie ein geselliger Genießer.

Zwei Tage vor Fastnachtsdienstag, der 1630 auf den 13. Februar fiel, war das portugiesische Expeditionsheer in Peking eingetroffen und in geräumigen Gästehäusern untergebracht worden. In einem Brief entschuldigte sich der Vize-Minister, daß andere Pflichten ihn abgehalten hatten, sie persönlich willkommen zu heißen, und gleichzeitig lud er den englischen Leutnant zum Abendessen ein. «Wie ich höre, spricht er Chinesisch im Gegensatz zum Hauptmann, für den es lästig sein könnte, mit uns zu speisen.»

«Er hätte euch tagelang warten lassen können – um seine eigene Bedeutung zu bekunden», hatte Pater Adam Schall bemerkt. «Aber das ist nicht Dr. Pauls Art. Obwohl ich mich frage, warum er so erpicht darauf ist, dich kennenzulernen, mein Sohn.»

Angeberei lag Paul Hsü offenbar nicht. Francis war erstaunt über die im Vergleich zu dem Prunk in Süd-China schlichte Ausstattung seines Hauses nahe dem Hsüan Wu-Tor und dem Amt für Sternkunde. Nicht weit entfernt lag der ehemals heidnische Tempel, den ein früherer Kaiser den Jesuiten im Jahre 1610 geschenkt hatte, damit sie ihn als Kirche weihten – und Pater Matteo Ricci dort begruben, den Pionier der China-Mission. Trotz seines hohen Ranges war Paul Hsü liebenswürdig und herzlich und plauderte nicht nur freundschaftlich mit dem betagten Pater Juan Rodriguez, sondern auch mit dem viel jüngeren Pater Adam Schall und Botschafter Michael Chang, der einen geringeren Rang hatte.

Der jetzige Vize-Minister des Ritus war ausersehen, Nachfolger des Ministers zu werden, der die Einhaltung von Zeremonien, Moral und Religion im Reich überwachte. Auch unterstand ihm das vor acht Monaten gegründete Amt, das die wichtige Aufgabe hatte, den kaiserlichen Kalender festzulegen. Denn die sonst so fortschrittlichen Chinesen brachten immer noch den Erdgeistern Opfer dar und glaubten, wenn diese heiligen Handlungen nicht zur genau richtigen Zeit vorgenommen würden, würden Katastrophen die Folge sein.

So unpassend es war, hatte Paul Hsü, seit sechsundzwanzig Jahren ein frommer Christ, einen ausländischen Priester beauftragt, den kaiserlichen Kalender für die Einhaltung heidnischer Bräuche zu berichtigen. Pater Adam Schall hatte den Posten im Amt für Sternkunde angenommen, denn seine Superioren wußten, daß Matteo Ricci sich nur dank seiner mathematischen und astronomischen Kenntnisse in der Nördlichen Hauptstadt hatte niederlassen dürfen. Um das Evangelium predigen zu können, mußten die Jesuiten immer noch erst die Nützlichkeit ihrer Gelehrsamkeit unter Beweis stellen. Beim letzten offiziellen Wettbewerb mit chinesischen und angeblich modernen moslemischen Astronomen hatten sie im Gegensatz zu ihren Konkurrenten die Sonnenfinsternis vom 21. Juli 1629 genau vorausgesagt und waren deshalb zu Hofbeamten ernannt worden.

«Es besteht gute Aussicht, daß Dr. Paul Groß-Sekretär wird», hatte Adam Schall bemerkt, als sie sich vom Haus der Jesuiten auf den Weg zum Vize-Minister machten. «Man stelle sich vor, ein christlicher Kanzler, der zweitmächtigste Mann nach dem Kaiser, abgesehen von dem Eunuchen, der Schwarzer Premier genannt wird.»

«Ein christlicher Kanzler für ein heidnisches Reich?» wunderte sich Francis.

«Sehr wahrscheinlich. Begabung ist für Machtpositionen in China ausschlaggebend, weit mehr als in Europa. Alle Mandarine müssen schwierige Prüfungen ablegen, ehe sie in den Staatsdienst aufgenommen werden, sogar Minister und Groß-Sekretäre.»

Francis war verblüfft über die Kenntnisse des tatkräftigen deutschen Priesters und bezaubert von seinem Gastgeber, dessen Wangen vom gelben Reiswein aus Schaohing glühten.

«Nicht nur die süßen Kastanien aus Liangsiang.» Dr. Paul machte eine weit ausholende Handbewegung. «Bald werden wir wieder *paikar* aus der Mandschurei trinken. Er riecht nicht gut, aber ein Becher *pai-kar,* aus mandschurischer Hirse gebraut, würde meine alten Knochen heute abend wärmen.»

«Erwartet Ihr vielleicht ein Wunder, Dr. Paul?» fragte Adam Schall gutmütig spottend. «Sollen sechzig Portugiesen, sechzig Sklaven und zehn Kanonen die Tataren aus der Mandschurei und aus China vertreiben?»

«Peking ist wieder in Sicherheit», erwiderte Paul Hsü. «Warum sollten wir die Tataren nicht aus dem Gebiet nördlich der Großen Mauer vertreiben – und später aus der chinesischen Mandschurei?»

«Das ist ein gefährliches Unterfangen», warnte Botschafter Michael Chang. «Die Portugiesen sind wenige – zu wenige.»

«Ich bete tagtäglich um ein Wunder. Und ich bitte Euch alle, zu beten», beharrte Dr. Paul. «Betet zum Herrn, er möge die Tataren vernichten. Betet auch darum, daß der junge Kaiser sich weiser Ratgeber bediene, die etwas von modernen Waffen und modernen Taktiken verstehen.»

«Ihr stellt große Anforderungen an den Herrn des Himmels», meinte Botschafter Michael Chang. «Aber ich habe in Chochow ein Wunder gesehen.»

«Wirklich ein Wunder», bekräftigte Francis. «Tausende von Tataren flohen vor neun ungeladenen Kanonen.»

«Ein größeres Wunder, als Ihr glaubt, Pfeilschmied», gab Paul Hsü zu bedenken. «Der Herr des Himmels hat die Eindringlinge auch mit der Krankheit der himmlischen Blumen geschlagen, die Ihr Blattern nennt. Ich weiß, er liebt das chinesische Volk, wie er die Kinder Israel liebte.»

«Ich werde darum beten, daß der Kaiser standhaft bleibt.» Juan Rodriguez' Alter sanktionierte seine Freimütigkeit.

«Der Himmelssohn ist noch jung, kaum neunzehn, Pater Juan», wandte Dr. Paul ein. «Wenn nur dem Schwarzen Premier und seinen Hofeunuchen Einhalt geboten werden kann, werden bessere Zeiten kommen. Das weiß ich.»

«Noch sind die Eunuchen allmächtig», warf Adam Schall ein. «Wie war das mit der Hinrichtung des Feldmarschalls? Bald wird der Kaiser keine Generale mehr haben.»

«Der Herr des Himmels wird Vorsorge treffen. Sün Yüan-hua, Ignatius Sün, ist noch auf seinem Posten. Ein christlicher General, der etwas von modernen Waffen versteht. Wie Ihr wißt, hat Ignatius die Strategie des Feldmarschalls für die Wiedereroberung der Mandschurei ausgearbeitet.»

«Er sollte besser eine andere Wiedereroberung planen», erwiderte Schall mürrisch. «Diese wenigen Truppen, die noch in der Mandschurei stehen, werden nach Süden kommen müssen, um alle Tataren aus den Heimatprovinzen zu verjagen.»

«Und um den Rebellen zu überwältigen, den Einäugigen Li», sagte Botschafter Chang. «Sonst könnten die Ming von innen vernichtet werden.»

«Wie können wir Peking verteidigen ohne eine Pufferzone nördlich der Großen Mauer?» Francis war der einzige Soldat in der Tafelrunde. «Nach meiner Karte liegt Peking nicht mehr als fünfzig Meilen südlich der Mauer. Höchstens ein Dreitagemarsch für Fußvolk – viel weniger für die tatarische Reiterei, deshalb . . .»

«Na chiu shih la . . .» unterbrach ihn Schall. «Das ist es eben. Die Mauer ist nicht zu verteidigen. Vielleicht war es anders, als sie vor zwei Jahrtausenden gebaut wurde.»

«Nicht einmal damals. Die Große Mauer sollte nie unüberwindlich sein.» Dr. Pauls Ehrlichkeit zwang ihn zum Eingeständnis dieser unerfreulichen Wahrheit. «Für die Mongolen war die Große Mauer nicht gerade ein Hindernis, als sie vor Jahrhunderten China eroberten.»

«Alle Chinesen müssen sich darüber klar sein», sagte Schall, «sonst wird das Reich zugrunde gehen.»

«Meine Landsleute müssen auch die bittere Pille der Banditenrebellen schlucken. Sofern die Große Ming-Dynastie nicht neue Kraft und neue Rechtschaffenheit erlangt, könnte der Einäugige Li oder ein anderer Schuft bald auf dem Drachenthron sitzen.»

«Und doch wart Ihr vor einem Augenblick noch so zuversichtlich», bemerkte Juan Rodriguez. «Wie könnt Ihr zum drittenmal die Mandschurei zurückerobern? Ihr müßt lernen, mit den Tataren vor Eurer Tür zu leben – in Ermangelung eines Wunders!»

«Das Wunder wird eintreten», behauptete der Vize-Minister. «Ich weiß es.»

«Dr. Paul, ein Wort über die Lehre.» Adam Schalls leichter Spott wich der Ernsthaftigkeit. «Wir Sünder können um ein Wunder *beten*. Wir können kein Wunder *verlangen*.»

«Ein Wunder ist bereits geschehen . . . eine Reihe von Wundern. Daher erwarte ich weitere Wunder, verlange sie aber nicht.»

«Habe ich recht verstanden, Dr. Paul?» fragte Francis. «Schon viele Wunder?»

«Natürlich, Pfeilschmied. Aber selbst die gelehrten Patres können diese großartigen Wunder nicht ganz begreifen. Wie solltet Ihr sie verstehen?»

«Und was für Wunder waren das?» wollte Adam Schall wissen.

«Daß die Jesuiten nach China kamen, war das erste.» Paul Hsü meditierte laut über die große Gnade seines christlichen Gottes. «China war ein hermetisch abgeriegeltes Land. Seit zwei Jahrhunderten hatte die Ming-Dynastie alle Ausländer ausgeschlossen. Nur ein Wunder ermöglichte fremden Gelehrten, die außerdem Religionslehrer sind, sich im Reich niederzulassen. Ein weiteres Wunder: Meine Kollegen, die Mandarine, sahen diese Ausländer als gleichrangig an.»

«Das ist alles Vergangenheit», wandte Francis ein. «Pater Ricci kam 1601 nach Peking. Ich zweifle nicht an Gottes Gnade. Aber welche weiteren Wunder machen Euch so zuversichtlich?»

«*Ihr* seid das letzte Wunder, das überzeugendste. Daß wir Chinesen ausländische Waffen verwenden, Eure Kanonen und Arkebusen, ist unüblich, aber nicht außergewöhnlich. Wir haben von den Hunnen den Bogen übernommen und von den Mongolen die Reitkunst gelernt. Wir haben ausländische Offiziere angeworben, aber niemals zuvor eine ganze ausländische Einheit. Die Erleuchtung erreicht einen Höhepunkt in China. Christliche Kanonen und christliche Artillerie sind die äußeren Anzeichen eines tiefreichenden geistigen Wandels.»

«Großvater, der Herr des Himmels hat uns ein wichtigeres Zeichen gegeben . . . christliche Nächstenliebe gegenüber *allen*. Zum erstenmal spenden einige Chinesen denjenigen Almosen und Trost, die nicht Blutsverwandte oder Familienangehörige sind. Christliche Nächstenliebe gegenüber Männern und Frauen und Kindern, die keinen anderen Anspruch geltend machen, als daß sie Mitmenschen sind . . .»

Die erste Stimme einer Chinesin, die Francis in einer ruhigen Unterhaltung hörte, war hoch, selbstsicher und leicht theatralisch. Wären die Gefühle, die sie zum Ausdruck brachte, nicht so fromm gewesen, wäre sie ihm scharf oder gar anmaßend erschienen.

Eine Dame stand auf der obersten der drei Stufen, die zum Speisezimmer hinunterführten. Sie hatte die Augen niedergeschlagen und betrachtete eine Platte, auf der sich dunkelgelbe Scheiben von *chin-kua* häuften, Goldmelonen aus Südchina. Die Finger, die die Platte hielten, wirkten fast knochenlos. Aber die perlfarbenen Nägel waren kurz geschnitten, wie es einer Dienstmagd eher angestanden hätte als der vornehmen Dame, die sie war, ihrem prächtigen Gewand und ihrer Selbstsicherheit nach zu urteilen. Ihre Augen waren groß und rund wie die von Paul Hsü. Die Familienähnlichkeit zeigte sich auch in ihrer langen Nase und dem kleinen Mund. Im Gegensatz zu den lüsternen Freudenmädchen, die Francis in Macao gesehen hatte, war die Dame zurückhaltend geschminkt. Auf Lippen und Wangen war etwas Rouge aufgelegt, und die Wimpern waren schwarz gefärbt, aber das Gesicht war nicht unter einer Maske aus weißem Puder verborgen.

Eine etwas größere Frauengestalt wurde im halbdunklen Türrahmen sichtbar. Die roten Wachskerzen in den Leuchtern neben der Tür flackerten im Durchzug auf und beschienen eine blau-weiße Platte mit

Gebäck aus Blätterteig. Die Hände, die die Platte hielten, blieben im Schatten.

«Ah, *chin-kua* und *hung-tsao ping*.» Paul Hsü strahlte. «Wir sind noch großer Taten fähig, wir Chinesen. Lastkähne bringen auf dem Großen Kanal die auf Eis gelagerte Goldmelone aus Kanton. Das Eis wird in den gefrorenen Seen im Norden geschlagen und, in Stroh gehüllt, nach Süden verschifft. *Hung-tsao ping* ist eine Köstlichkeit aus Shanghai nach einem alten Familienrezept, gefüllt mit gehackten Datteln, Jujubes, braunem Zucker und Haselnüssen.»

«Großvater, die Patres und der Leutnant sind nicht an unserer Küche interessiert», schalt die Dame.

«Vielleicht nicht, meine Liebe, obwohl sie uns die Ehre angetan haben, unsere bescheidene Kost mit Behagen zu verzehren», lachte Paul Hsü. «Wichtiger ... am wichtigsten ... darf ich mein eigenes, persönliches Wunder vorführen, meine Enkelin Candida?»

«Großvater, bitte beschäme mich nicht, indem du mir zuviel Ehre antust.» Das Lächeln der Dame war gequält. «Ich bin eine ganz gewöhnliche Frau.»

«Wohl kaum, meine Liebe. Ein Wunder durch Gottes Gnade ... unermüdlich in christlicher Nächstenliebe. Meine Herren, Candida ist die einzige Tochter meines einzigen Sohnes. Sie ist erst zweiundzwanzig und hat mir schon zwei Urenkel und zwei Urenkelinnen geschenkt. Das fünfte Kind ist unterwegs.»

Eine zarte Röte stieg von Candidas Hals auf, der von den blauen Aufschlägen ihres perlgrauen Kleids eingerahmt war, und überzog ihr kantiges Kinn und die Wangen. Sie legte schützend einen Arm über den gewölbten Leib und schwankte die Stufen hinunter, als balancierte sie auf winzigen Stelzen.

«Bitte, Großvater, genug von mir. Du hast meine Nichte Marta noch nicht vorgestellt.»

«Richtig, meine Liebe. Wie konnte ich unsere gute Marta vergessen?»

Die zweite Dame trat ins Licht und schwankte die Stufen hinunter. Francis wurde klar, daß Candidas seltsamer Gang nicht auf das Gewicht ihres ungeborenen Kindes zurückzuführen war, sondern auf ihre eingebundenen Füße. Wie allen Töchtern aus guten chinesischen Familien hatte man ihr im Alter von fünf Jahren die Füße mit Binden fest umwickelt, um das Wachstum zu hindern, die verformten Zehen und die Ferse zusammenzuzwängen und so den Spann schmaler und höher zu machen.

Zwei goldbestickte Pantöffelchen schauten wie ängstliche Mäuse unter Candidas Unterkleid hervor, und sie waren so klein, daß sie in Europa gerade einem siebenjährigen Mädchen passen würden.

Schon im Altertum, so war Francis erzählt worden, sei das Einbinden der Füße Sitte geworden und habe noch immer den Zweck, eine Ehefrau, die als «diejenige im Haus» bezeichnet wurde, daran zu hindern, herumzulaufen. Überdies sollte damit ein sinnlicher Gang bewirkt werden. Diese verstümmelten Füße wurden goldene Lilien genannt. Die Chinesen pflegten das Unangenehme immer mit einer blumigen Sprache zu beschönigen. Die Syphilis nannten sie das «Pflaumengift-Übel» und Blattern die «Krankheit der himmlischen Blumen», und der Kaiser starb nicht, sondern «bestieg den Drachen».

«Meine Herren, das ist Marta Soo, die Tochter des jüngeren Bruders von Candidas Mann, der Jakob getauft wurde.» Daß Paul Hsü sich die Mühe machte, den genauen Verwandtschaftsgrad anzugeben, war bezeichnend für den starken Familiensinn der Chinesen.

Die Europäer standen verlegen auf, und die Damen protestierten gegen diese ausländische Höflichkeit.

Francis empfand es als wohltuend, daß er seine unter dem niedrigen Tisch verkrampften Beine endlich strecken konnte. Er murmelte die höflichen Begrüßungen, die ersten chinesischen Sätze, die er gelernt hatte. Diese *ke-chi hua,* Gast-Phrasen, schlossen allerdings nicht die Höflichkeitsfloskeln gegenüber Damen ein, da chinesische Herren außer mit weiblichen Familienangehörigen selten mit Damen zusammenkamen.

Juan Rodriguez überhäufte Candida und Marta mit Artigkeiten in *Kwan-hwa,* der Beamtensprache, die so genannt wurde, weil die Mandarine nicht ihren Heimatdialekt sprachen, sondern dieses Nordchinesisch. Zum erstenmal, seit er in Tsinan krank geworden war, erschien der betagte Jesuit entspannt und frei von Schmerzen.

«Ich habe Candida und Marta gebeten, sich uns anzuschließen, weil das eine Familienzusammenkunft ist», sagte Dr. Paul. «Wir Christen können unter uns auf Förmlichkeit verzichten. Aber sie wollen nicht mit uns bei Tisch sitzen.»

«Bitte tut es, meine Damen.» Adam Schalls tiefliegende blaue Augen funkelten vor ungewohnter Ritterlichkeit. «Die christlichen

Damen in Europa sitzen mit ihren Gästen bei Tisch. Warum nicht die christlichen Damen in China?»

«Ob Mann oder Frau, wir sind alle Gottes Kinder», lächelte Juan Rodriguez. «Er schätzt uns alle gleich, obwohl er von Männern und Frauen unterschiedliche Tugenden verlangt.»

Dr. Paul Hsü runzelte verärgert die Brauen. Es war ihm ziemlich schwer gefallen, sich mit der ungewöhnlichen Vorstellung abzufinden, daß Chinesen nicht eindeutig höher standen als Ausländer, sondern auf gleicher Stufe mit ihnen. Er konnte sich inzwischen auch über die traditionelle Etikette hinwegsetzen und Damen aus seiner Familie auffordern, sich zu Fremden zu gesellen. Aber er *wußte,* daß Männer und Frauen *nicht* gleichrangig waren. Etwas anderes zu behaupten hieße, die vom weisen Konfuzius aufgestellte Grundordnung der Menschheit zu bestreiten. Aber da es unhöflich gewesen wäre, mit seinen Gästen darüber zu disputieren, äußerte er sich nicht zu Juans Bemerkung.

Mit der Höflichkeit, die die konfuzianische Hierarchie vorschrieb, wartete Marta, bis die ältere und daher ranghöhere Candida sich auf einem sechsbeinigen Hocker niedergelassen hatte, ehe sie selbst sich setzte. Francis, den das schnell gesprochene Chinesisch ganz in Anspruch genommen hatte, sah die jüngere Dame erst jetzt richtig an.

Ein Duftgemisch aus Jasmin und Sandelholz umfing ihn, als ihr blaues Unterkleid herumwirbelte wie das Cape eines Matadors. Das Speisezimmer löste sich vor seinen Augen auf: die rotgestrichenen Wände mit ihren vergoldeten Zierleisten und die Landschaften auf Hängerollen verschwanden. Er sah nur noch die schlanke junge Frau mit dem schimmernden schwarzen Haar, das mit einer langen goldenen Haarnadel in Gestalt eines goldenen Drachen zu einem Knoten aufgesteckt war. Er hörte die trällernde Beamtensprache nicht mehr.

Francis Arrowsmith, der mit elf Jahren der mönchischen Disziplin der Jesuiten unterworfen worden war, hatte kaum tugendhafte europäische Frauen aus guter Familie kennengelernt. Auch seine Erfahrungen mit Prostituierten und den Bordellwirtinnen des Lagerlebens waren nur dürftig. Die Warnungen seiner Lehrer vor dem Höllenfeuer und eine gewisse Prüderie hielten ihn davon ab, an den Sauforgien seiner Kameraden teilzunehmen. Trotz einiger sexueller Intermezzi war er mit dreiundzwanzig im Grunde noch unschuldig.

Marta Soo war von Kindesbeinen an für die Ehe erzogen und über alle Nuancen der Beziehungen zwischen Männern und Frauen gründlich unterrichtet worden. Sie errötete nicht mehr, wenn sie die hervorragend kolorierten und überaus anschaulichen Bilder in den Büchern betrachtete, mit denen sich eine junge Frau auf ihre Hochzeitsnacht und die Nächte danach vorbereitete. Aber wie sie sich in Wirklichkeit abspielten, davon hatten die zurückgezogen lebenden jungen Chinesinnen keine Ahnung.

Zwar war Marta seit ihrem sechzehnten Geburtstag vor acht Monaten durchaus heiratsfähig, aber seltsamerweise noch nicht verlobt. Gegen den Widerstand ihrer Mutter hatte ihr Vater ihr zugestanden, sie könne ihr Schicksal selbst bestimmen. Diese Toleranz, fand er, sei er seinen christlichen Grundsätzen schuldig. Jakob Soo hatte deshalb das Verlöbnis aufgelöst, das für seine dreijährige Tochter mit einem vierjährigen Jungen geschlossen worden war, und obwohl sein Widerstreben wuchs, hatte er sich ihr gefügt, als sie später drei von Pekings bekanntestem Ehevermittler vorgeschlagene Freier ablehnte.

Marta wußte, daß ihre Heirat von ihrem Vater arrangiert werden mußte und sie mit ihrem Bräutigam vor dem Hochzeitstag nicht würde sprechen können. Aber sie wollte keinesfalls einen ältlichen Mandarin heiraten, und sie wollte die einzige Frau ihres Mannes sein – wie die Kirche es vorschrieb. Ihr chinesischer Name Mei-lo, rosige Freude, war viel passender als der christliche Name Marta, den sie gewählt hatte, um demütigen Gehorsam zu bekunden, den sie zwar beteuerte, aber nicht immer übte.

Rauchwölkchen aus den Tabakspfeifen der Priester und Mandarine rankten sich um die flackernden Kerzen und die Holzkohlenpfannen. Francis und Marta beobachteten einander unter gesenkten Lidern. Sie tat, als ob sie ihren Fächer aus Silberpapier, mit stilisierten Lotusblüten bemalt, aufmerksam betrachtete. Er starrte in den Becher aus Eierschalenporzellan, in den Paul Hsü süßen Weißwein hatte einschenken lassen, weil er meinte, er entspräche dem Geschmack seiner ausländischen Gäste. Wenn ihre Blicke sich kreuzten, schauten sie rasch weg.

Francis fühlte sich unbehaglich in dem Wams aus rotem Samt und den bauschigen Kniehosen aus grünem Samt, seiner einzigen Ausgehuniform. Seine bestrumpften Unterschenkel erschienen ihm bäurisch und seine Kleidung viel zu bunt neben der feierlichen Eleganz der schwarzen Soutanen der Jesuiten im chinesischen Schnitt und den blaßblauen langen Gewändern der Mandarine.

Er wußte, es war anmaßend, Marta Soo auch nur anzusehen, und geradezu lächerlich, davon zu träumen, sie wiederzusehen. Bis die rote Brautsänfte sie zu dem von ihren Eltern ausgewählten Bräutigam brachte, würde sie so weltabgeschieden leben wie eine Nonne im Kloster. Heute abend hatten nur Dr. Pauls Toleranz und die beruhigende Anwesenheit der Priester sie aus der Zurückgezogenheit der Frauengemächer befreit. Dennoch wurden seine Augen angezogen von dem Geheimnis – und der Schönheit – der ersten jungfräulichen Chinesin, die er traf.

Die Frauen der Ming, dachte Francis, fanden sich fügsam mit einer Benachteiligung ab, über die ihre europäischen Schwestern erbittert wären. Ihre Kleidung war bis auf die Farben einheitlich. Im Gegensatz zu Candidas rötlichem Unterkleid war das von Marta blau. Der blaue Schalkragen des blaßgelben Überkleids ließ nur ein kleines Dreieck vom Hals unter dem runden Kinn frei. Selbst ihre mit Jade- und Perlenringen geschmückten Finger schnellten aus wallenden, verbergenden Ärmeln hervor. Aber die breite Schärpe, die das Überkleid gürtete, schob ihre kleinen, spitzen Brüste vor, und die dünne Seide ließ den Umriß ihrer runden Hüften und Beine erkennen. Niemals hatte die weibliche Gestalt in einem europäischen Kleid, das den halben Busen enthüllte, Francis so erregt.

Martas Gesicht, schwärmte er im stillen mit elisabethanischer Überschwenglichkeit, war wie eine Blume mit glatten Blütenblättern inmitten des glänzenden Laubwerks ihrer Haare. Die schrägen dunklen Augen über den zarten Wangenknochen strahlten im Dickicht der schwarzgefärbten Wimpern, wenn sie lächelte. Die kurze Nase wölbte sich zart über einem schwellenden Mund, der sich nie fest schloß und kleine, weiße Zähne entblößte. Ihre Haut schimmerte rosa-golden, matt und glatt und fast porenlos. Die drei Zoll langen Gehänge an ihren Ohrläppchen bestanden aus jeweils vier rosa Perlen in goldenen Reifen.

«Francis, schläfst du?» Adam Schalls flüsternde Baßstimme hallte in seinem Ohr wider. «Das ist jetzt nicht die richtige Zeit, um sich seinen Gedanken zu überlassen.»

«. . . ist jung, hat aber große Kenntnisse in der Kriegskunst erworben.» Michael Chang sprach langsam, damit der junge Ausländer ihn auch verstehe. «Wenn die Patres ihn freigeben, könnte er nützlich für Euch sein, Dr. Paul.»

«Wir werden Euch sehr gern seine Dienste leihen», stimmte Juan Rodriguez zu. «Wenn Hauptmann Texeira den Leutnant entbehren kann. Aber das muß er entscheiden.»

«Mein junger Freund», fragte Paul Hsü, «wärt Ihr bereit, mir zu helfen?»

«Auf jede mir mögliche Weise.» Francis rappelte sich aus seiner Versunkenheit auf. «Wie kann ich mich nützlich machen?»

«Meine Truppen brauchen Ausbildung im Musketenschießen und Taktik. Ich selbst brauche militärischen Rat.»

«Es wäre mir ein großes Vergnügen.»

«Dann müssen die Patres mit Hauptmann Texeira sprechen. Je eher, desto besser.»

«Auch uns Damen könnten die Kenntnisse des Leutnants nützlich sein.» Francis war wieder verblüfft über den Freimut von Candida Soo, der im Widerspruch stand zu allem, was er über die Zurückhaltung chinesischer Damen gehört hatte. «Wir haben nie einen Europäer gesehen, der nicht ein geistlicher Vater war. Und mein Sohn Basilius verlangt dringend, den englischen Offizier kennenzulernen, der Chinesisch spricht. Manchmal fürchte ich, er möchte Soldat werden, obwohl das gar nicht angeht.»

«Mein Kind, wir müssen unsere alten Vorurteile gegen Soldaten aufgeben», mahnte Dr. Paul. «Nur Soldaten können das Reich retten. Schließlich werde ich selbst praktisch Soldat.»

«Dann ist es abgemacht, Großvater?» Candida war stolz, die Zustimmung ihres Großvaters dadurch erlangt zu haben, daß sie seine Leidenschaft für Modernisierung ausnützte. «Der Leutnant darf uns besuchen?»

«Wir sind nicht nur begierig, etwas über Europa und Macao zu hören. Wir wären auch bessere Christen, wenn wir erführen, wie andere christliche Damen leben.»

Martas Stimme klang, zum erstenmal gehört, rauh und leicht gehaucht. Ihre eigene Keckheit machte sie verlegen, sie errötete und hob ihren silbernen Fächer. Doch war sie äußerst neugierig auf den ersten jungen Europäer, den sie je zu sehen bekommen hatte. Der immer gleiche Ablauf des Lebens in den abgesonderten Frauengemächern war langweilig, er würde irgendwann kurz unterbrochen werden durch eine große Hochzeit und dann mit ungefähr der gleichen Langweiligkeit weitergehen. Im Gegensatz zu Francis war Marta nicht von sinnlichen Gedanken bewegt, denn er gehörte nicht zu ihrer Welt – konnte ihr nie angehören. Dennoch war sie ein bißchen gespannt.

«Und wie sie sich kleiden und wie sie wohnen.» Auch Candida war wirklich neugierig. «Wie sie ihre Kinder erziehen . . . und wie sie den Herrn des Himmels verehren.»

«Es gibt so vieles, worüber zu sprechen die Patres keine Zeit haben», sagte Marta hinter ihrem Fächer. «Davon könnte uns der ausländische Leutnant berichten.»

«Besser wäre es, ihr würdet eine christliche Dame kennenlernen», sagte Paul Hsü streng. «Bei näherer Überlegung ist der Leutnant keineswegs der richtige Umgang für euch.»

Dr. Paul Hsüs Arroganz wurde durch die Anwesenheit der christlichen Priester im Zaum gehalten. Er sah seine angeheiratete Großnichte forschend an. Aber Öl und Wasser mischten sich nicht. Es war unvorstellbar, daß eine chinesische Dame sich für einen jungen Barbaren erwärmen könnte, höchstens für seine Geschichten über das Ausland.

«Wir wollen ja nur etwas über die christliche Welt lernen», bettelte Candida. «Das kann doch nichts schaden, Großvater. Wir möchten auch etwas über christliche Moden und christlichen Schmuck erfahren.»

Paul Hsü runzelte die Stirn. «Ich habe gar nicht gewußt, daß du solchen Wert auf Äußerlichkeiten legst, meine liebe Candida.»

«Das tut sie auch nicht», schmeichelte Marta. «Aber es ist für uns die einzige Gelegenheit, mit einem christlichen Herrn unseres Alters zu sprechen. Wir dürfen ja die ehrwürdigen Patres nicht zu sehr ausnützen.»

«Wenn ihr in angemessener Begleitung wärt», meinte Paul Hsü nachdenklich. «Vielleicht von deiner Mutter, Marta, oder einer anderen geeigneten älteren Dame . . .»

«Wir wären sehr dankbar, Großvater», versicherte Candida, «und werden seine Zeit nicht zu sehr in Anspruch nehmen.»

Der Erste Vize-Minister sah den jungen Offizier abwägend an. Er brauchte die Sachkenntnis des Barbaren-Soldaten dringend. Er wollte den Pfeilschmied an sich binden, er sollte vor allem ihm Gehorsam schulden, erst in zweiter Linie den Jesuiten und Hauptmann Miguel Texeira. Den finsteren Plan, der unwillkürlich in seinen Gedanken auftauchte, verwarf der Mandarin ärgerlich. Es war unvorstellbar. Aber zumindest konnte er den Barbaren mit einer seidenen Schürze und lächelnden Augen ködern. Oft war in Chinas Geschichte eine solche List angewandt und als gerechtfertigt angesehen worden – und die militärische Lage war ernst.

«Nun ja . . . vielleicht», räumte er schließlich ein. «Es ist jedenfalls nicht ganz unmöglich.»

«Bitte verfügt über mich!» Francis versuchte es mit einer Galanterie auf chinesisch: «Und ein christlicher Offizier ist edlen und bezaubernden Damen immer zu Diensten.»

«Dann, Meister Pfeilschmied, werdet Ihr mein bescheidenes Haus wieder aufsuchen?» Der Mandarin zuckte innerlich zusammen über die Anmaßung des Barbaren, aber seine eigentlich entwürdigende Einladung war ein Befehl. «Um militärische Fragen zu besprechen . . . und vielleicht die Neugier der Damen zu befriedigen.»

«Wann darf ich die Ehre haben?» Francis sah, daß seine Frage Pater Adams Zustimmung fand.

«Morgen ist Aschermittwoch, und die Fastenzeit beginnt», überlegte Paul Hsü. «Bis Ostersonntag müssen wir uns dem Gebet hingeben. Aber die Sache eilt. Wollen wir sagen, Montag?»

NAHE DEM NANKOU-PASS ZWISCHEN PEKING UND DER GROSSEN MAUER

21. Juni 1630

Die glimmenden Enden der Luntenschnur, die jeder Soldat in der linken Hand hielt, glühten orangefarben in der lumineszierenden Dämmerung an diesem längsten Tag des Jahres. Francis Arrowsmith' geschärften Sinnen schien es, als krümmten sich die schwarzen Schlingen im Todeskampf wie zweiköpfige Schlangen, an denen Flammen züngeln. Er schüttelte das Bild ab, das seine Konzentration beeinträchtigte. Die langwierige Ladeübung war gefährlich, wenn sie nicht richtig ausgeführt wurde, und seine Ming-Soldaten hatten erst vor einer Woche Feuerwaffen kennengelernt.

Er wandte den Blick von den beiden rotgoldenen Palankins, die neben dem Exerzierplatz standen und in Wirklichkeit kleine Häuser auf Rädern waren. Dr. Paul Hsü saß allein auf dem Balkon des ersten Palankin; er hatte seinem Gefolge gestattet, sich zu entfernen. Einige seiner Begleiter schlenderten auf der gepflasterten Straße nach Nordwesten zum Nankou-Paß, auf halbem Wege zwischen Peking und der Großen Mauer. Andere wanderten nach Osten zum Tal der Gräber, wo die früheren Kaiser der Großen Ming-Dynastie in prächtigen Mausoleen bestattet waren. Francis fand diese Urlaubsatmosphäre irgendwie unpassend, wenn der Minister ein Bataillon Arkebusiere inspizierte, dessen Schirmherr er war.

Als guter Soldat mißbilligte der junge Offizier es, daß seine Augen immer zum zweiten Palankin schweifen wollten. Candida Soo und ihre Nichte Marta saßen auf dessen Balkon, vor den Blicken der Soldaten züchtig geschützt durch hellblaue Mäntel. Die trockene Hitze des Tages hatte sich noch nicht gelegt, und die Damen kühlten sich mit ihren seidenen Fächern.

«Ich finde ihn hinreißend . . . auch wenn er uns sehr seltsam vorkommt», flüsterte Candida. «Er ist so groß und so ernst.»

«Aber sein Haar . . .» Marta schirmte den Mund mit dem Fächer ab, obwohl Francis sie unmöglich hören konnte. «Sein Haar hat eine so merkwürdige Farbe . . . wie Gänsefett. Und sein Gesicht ist so rot, als hätte er zuviel Reiswein getrunken.»

«Vielleicht würde er mit einem Bart besser aussehen.»

«In derselben Farbe? Das glaube ich nicht. Außerdem hat er ja gesagt, er wolle sich keinen Bart wachsen lassen.»

«Abgesehen vom Bart unterscheidet er sich nicht sehr von den geistlichen Vätern», fand Candida. «Nur ist er viel jünger.»

«Ich stelle mir die geistlichen Väter eigentlich gar nicht als Männer vor.»

«Seine Handrücken! Hast du . . .»

«Ja.» Marta erschauerte. «Bedeckt mit Haaren von derselben Farbe . . . wie ein gelber Affe.»

«Es ist schwer zu sagen, ob er anziehend oder abstoßend ist, nicht wahr?»

«Wirklich schwer zu sagen, Candida. Er ist so fremdartig. Aber trotzdem interessant.»

Da er ähnliche Kommentare von Männern gehört hatte, die nicht wußten, daß er ihre Sprache verstand, wäre Francis nicht erstaunt gewesen über den Inhalt ihres Gesprächs. Es hätte ihn nur entrüstet, daß die Damen, deren zurückhaltendes Benehmen er bewunderte, so unverblümt über ihn redeten. Aber er war durch seine Aufgabe in Anspruch genommen.

Die chinesischen Truppen unter seinem Kommando waren nicht ungeschickter als europäische Pikeniere, die gerade lernten, die unhandlichen Arkebusen abzufeuern. Die etwa fünfhundert Rekruten meisterten die Prozedur erstaunlich schnell, obwohl sie durch gewaltige Mäntel behindert wurden, die so anders waren als die Pluderhosen der europäischen Arkebusiere. Die glühenden zweiköpfigen Schlangen ihrer Lunten zeichneten feurige Arabesken gegen den pastellfarbenen Himmel.

Francis wünschte, er könnte seine Leute mit der raffinierten neuen Radschloß-Muskete bewaffnen, bei der eine Drehscheibe auf einem Feuerstein Funken erzeugt, die das Pulver entzünden. Aber selbst in Europa war das Radschloß den Offizieren vorbehalten, weil es so kostspielig war. Immerhin feuerte das Luntenschloß jedesmal, wenn die glühende Lunte auf die Zündpfanne fiel. Da chinesische Handwerker bereits Luntenschloß-Arkebusen herstellten, würden sie ihren Zweck erfüllen – zumindest so lange, wie die Tataren sie nicht besaßen.

«*Chün-pei wu-chi!*» Francis' Kompanieführer wiederholten sein Kommando: «Fertigmachen!»

Jeder Soldat packte seine gegabelte Gewehrstütze mit derselben Hand, in der er die glühende Lunte hielt.

«*Chia huo-yao!*» Wiederum wurde das Kommando wiederholt: «Laden!»

Dann nahm jeder Soldat den gebogenen Schaft seiner Arkebuse in die bereits überlastete linke Hand und zog eine hölzerne Patrone aus seiner Patronentasche.

Ein Ladestock schob den Ladepropf über das Pulver und die Bleikugeln. Jeder Arkebusier stellte seine lange Gewehrstütze auf den Boden und legte den schweren Lauf auf die Gabel.

«Waffe zündfertig machen.»

Die Soldaten füllten aus Pulverhörnern feinkörniges Schießpulver auf die Zündpfannen. Obwohl sie wiederholt gewarnt worden waren, nicht zu nahe mit den Lunten heranzukommen, ging eine Salve verfrühter Schüsse los.

«Lunten anlegen.» Sorgfältig führten die Soldaten die glimmende Lunte in den Abzugsbügel ein und sicherten sie mit Klemmschrauben.

«Zielen!» Die langen Läufe schwankten auf ihren gegabelten Stützen, dann kamen sie zur Ruhe.

«*Kai huo!*» brüllte Francis. «Feuer!»

Einzelne Schüsse von forscheren Soldaten kamen vor dem Donnergrollen, als die Mehrzahl schoß. Es endete mit einzelnen verspäteten Schüssen.

Francis war im Augenblick zufrieden. Nur sechs Minuten waren verstrichen zwischen dem Befehl zum Fertigmachen und dem letzten Schuß. Vor zwei Tagen hatte es noch zehn Minuten gedauert, und wenn sie weiter übten, würden sie es in vier Minuten schaffen. Wenige europäische Truppen waren besser.

Er schlenderte hinüber zu der Reihe von Zielscheiben am anderen Ende des Exerzierplatzes. Sie waren mit den Schurken aus den bei den Chinesen so beliebten Singspielen bemalt, die Kostüme bunt und die Gesichter schwarz, Symbole des Bösen. Die Bleikugeln hatten die Schurken zerfetzt und den halben Schießstand umgeworfen. Seine Leute konnten schon gut treffen.

Für diesen ersten Versuch der Ausbildung durch einen europäischen Offizier hatte Dr. Paul Hsü eine Elite-Einheit aufgeboten, zu der eine Reihe Christen gehörte. Sie konnte rasch zu einer Stoßtruppe gemacht werden, die angreifende Tataren in Schrecken versetzen und aufreiben würde. Andere chinesische Soldaten konnten nach Francis' Ansicht auch nicht viel schlechter sein als seine gut ausgebildete Truppe. Er hatte jetzt mehr als ein Jahr in dem Reich verbracht, das zu betreten den Portugiesen in Macao verboten war, und teilte nicht mehr deren gehässige Meinung, die Chinesen seien «jämmerlich unkriegerisch, Männer in Frauenröcken». Er wußte aus eigener Erfahrung, was die Chinesen wert waren.

In der untergehenden Sonne glänzten die roten Helme der Soldaten, und ihre goldenen *yung*-Ideogramme schimmerten, die den Mut ihrer Träger verkündeten. *Yung* bedeutete mehr als tapfer; es verpflichtete sie zu uneingeschränkter Treue zum Kaiser und zu ihren Offizieren. In einem Anflug von Überschwenglichkeit dachte Francis daran, daß von ihm Sieg oder Niederlage des Bataillons abhing. Wenn er es verständig kommandierte, würde es die Feinde des Kaisers auf den Schlachtfeldern Chinas und der Tatarei bezwingen, aber ein Fehler von ihm würde seinen Untergang bedeuten.

Seine Überschwenglichkeit erhielt einen Dämpfer. Mit gerade dreiundzwanzig Jahren war er für sein erstes Kommando nach europäischen Maßstäben alt, nach chinesischen dagegen jung. Er hatte bereits in einem Dutzend Schlachten gekämpft, aber immer als Untergebener. Zum erstenmal war er jetzt nicht nur für sein eigenes Leben verantwortlich, sondern auch für das von fünfhundert Mann. Der silberne Luchs eines Majors der Großen Ming-Dynastie, auf den Brustlatz seines wattierten rot-blauen Mantels gestickt, verlangte von ihm Lehenstreue, Mut und Klugheit.

Als der aufkommende Wind in seinem weißen Helmbusch spielte, nahm Francis den schweren Helm ab und wischte sich die Stirn. Sein Haar war dunkelgolden gegen den taubengrauen Himmel.

Die Hänge der hufeisenförmigen Hügel im Osten lagen schon im Dunkeln, nur die Gipfel waren noch in bleiches Licht getaucht. Eingebettet in diese Hügel war das Tal der Gräber, aus dem die Torbögen und runden Tumuli der Mausoleen der Großen Ming-Dynastie aufragten. Die untergehende Sonne vergoldete die Vergangenheit und die Gegenwart. Die Zukunft würde von den Arkebusieren seines Bataillons gestaltet.

Zum Zeichen, daß er die Last seiner Verantwortung auf sich nahm, stülpte sich Francis Arrowsmith wieder den Helm auf den Kopf. Sein Adjutant, der christliche Hauptmann Simon Wu, stand stramm, seine dicken Brillengläser waren beschlagen. Francis nickte, und Simon gab den Befehl, wegzutreten. Die Soldaten gingen zu den Zelten an einem schmalen Bach, der sich tief in den ockerfarbenen Boden eingegraben hatte.

Francis begab sich zu den von Pferden gezogenen Palankins am Rand des Exerzierplatzes. Seine Augen strahlten erwartungsvoll. Der strenge Major der Arkebusiere verwandelte sich im Nu in einen liebenswürdigen jungen Mann.

Die Vorreiter und Kutscher hatten in einiger Entfernung ihre Lagerfeuer angezündet, aber Candida und Marta saßen noch auf dem Balkon des zweiten Palankins unter einem schlangenförmig gemaserten Kreuz aus Dattelpflaumenholz. Sie waren in ihre hellblauen Mäntel gehüllt und hatten die Kragen hochgeschlagen. Paul Hsü auf dem Balkon des ersten Palankins trug ein prächtiges scharlachrotes und mit fünf Zoll großen Chrysanthemen besticktes Gewand. Die Schnalle seines blauen Ledergürtels war aus grüner Jade. Blau-grauer Rauch aus der Bambuspfeife in seiner Hand zog an dem weißen Kranich vorbei, mit dem sein Brustlatz bestickt war.

Dieser Kranich, die Jadeschnalle und sogar die Größe der Chrysanthemen waren das Kennzeichen, daß Dr. Paul Hsü dem höchsten der zehn Mandarin-Grade in der starren Hierarchie des Reiches angehörte, ebenso wie der Doktortitel bedeutete, daß er sich bei der höchsten der drei Beamtenprüfungen ausgezeichnet hatte. Nirgends sonst, dachte Francis, werden Menschen so streng in Klassen eingeteilt wie durch die Große Ming-Dynastie. Nicht nur Heeresangehörige, sondern auch Beamte trugen die Rangabzeichen in der Öffentlichkeit.

Die äußere Zurschaustellung brachte die innere Ordnung einer Gesellschaft mit den genauen Schichtungen von Macht und Privilegien zum Ausdruck. Das Volk fand sich mit dieser Schichtung ab, denn sie sollte seinen friedlichen Wohlstand sichern und tat es gewöhnlich auch. Adelstitel waren weitgehend zeremoniell, und jede folgende Generation wurde um einen Grad tiefer eingestuft, bis die Familie wieder titellos war. Der Adelsrang verlieh nicht automatisch Macht wie in Europa. Im Ming-Reich ging die ganze Macht vom Kaiser auf seine Mandarine über, die ihre Befähigung bei den strengen Beamtenprüfungen über die chinesischen Klassiker bewiesen hatten.

Das war der wünschenswerte Aufbau des Großen Reichs, und gewöhnlich war es auch sein tatsächlicher Aufbau. Aber der Adel und das Volk nahmen die göttliche Autorität des Kaisers und seiner Mandarine nur dann bereitwillig hin, wenn alles gutging. Zu Unbotmäßigkeit, Rebellion und Usurpation kam es immer, wenn Naturkatastrophen und menschliche Schlechtigkeit den konfuzianischen Staat erschütterten – wie im Jahr 1630. Francis' Stellung war ein Beweis für die Verwirrung im Reich. Barbaren-Offiziere hatten zwar auch in der Vergangenheit dem Kaiser gedient. Aber nur zur Zeit akuter Unruhen und Gefahren könnte ein Barbaren-Offizier ein Bataillon der Kaiserlichen Garde befehligen.

Dr. Paul Hsü ließ keine Besorgnis über die Lage erkennen, die seine Anwesenheit in einem Militärlager an einem schönen Sommerabend erforderlich machte. Sein Gesicht wirkte gelassen, die strahlenden Augen waren nicht umwölkt, nur zusammengekniffen gegen den Rauch der Pfeife.

«Chiu-yang!» Der Mandarin sprach leise und schloß bewußt die Damen aus, die schweigend dasaßen wie auf ihr Stichwort wartende Schauspielerinnen. «Schön, daß wir uns treffen. Ich habe mich darauf gefreut, mit eigenen Augen die Ergebnisse Eurer Bemühungen zu sehen. Es geht gut, nicht wahr? Habt Ihr Schwierigkeiten? Wie kann ich Euch helfen?»

«Hsien-sheng, huan-ying nin lai.» Francis war befriedigt, daß er die Sprache immer besser beherrschte. «Ich begrüße Eure Inspektion, Herr Minister. Alles geht gut, sehr gut. Die Soldaten lernen rasch, und ich bin zutiefst dankbar für Eure ständige Unterstützung.»

«So sollte es sein. Jeder tut das Werk des Herrn, so gut er kann. Womit kann ich Euch noch helfen?»

«Zur Zeit habe ich wenig Schwierigkeiten», erwiderte Francis. «Später vielleicht.»

«Später bestimmt», lachte Dr. Paul.

«Mir wurde gesagt, es werde schwierig sein, Nachschub zu bekommen, der Proviant würde gestohlen oder woandershin geliefert werden. Aber ich habe keine solchen Schwierigkeiten gehabt.»

«Es wird nicht immer so bleiben», lachte Dr. Paul wieder. «Ich habe getan, was ich konnte, aber einige meiner Landsleute . . .»

«Ich werde mich notfalls an Euch wenden, Herr Minister. Könnt Ihr mir sagen, was andernorts geschieht? Wir hören wenig von den Tataren.»

«Die Berichte unserer Späher sind verworren, aber zweifellos ziehen sich die Tataren nördlich der Großen Mauer zurück. Wir glauben, sie formieren sich wieder für einen neuen Einfall, allerdings nicht gleich.»

«Und Miguel Texeira und Juan Rodriguez?»

«Der Hauptmann ist nach Tungtschou an der Pohaibucht abkommandiert worden, wo General Ignatius Sün den Oberbefehl hat. Ebenso wie die Große Mauer ist die Pohaistraße unsere Front.»

«Und Texeiras Geschütze? Ich könnte Geschütze brauchen.»

«Texeira und seine Leute haben alle Geschütze nach Tungtschou mitgenommen. Aber Pater Juan Rodriguez ist vor vier Tagen nach Macao aufgebrochen, um weitere Geschütze und noch zwei Bataillone portugiesischer Fußsoldaten zu beschaffen.»

«Mehr Truppen sind nicht nötig. Ich kann . . . wir können Chinesen als Arkebusiere ausbilden. Besorgt nur mehr Geschütze . . . und tüchtige Kanoniere, damit sie die chinesischen Soldaten ausbilden.»

«Eure Begeisterung gereicht Euch zur Ehre», erwiderte Paul Hsü. «Aber wir können mehr portugiesische Truppen als scharfe Klingen brauchen. Auf chinesische Truppen ist kein Verlaß. Nicht alle sind so fügsam und eifrig wie die Leute, die ich für Euch ausgesucht habe.»

«Ich unterwerfe mich Eurer Weisheit, Herr. Aber . . . jetzt fällt es mir ein . . . ich wollte eine Gunst erbitten.»

«Und die wäre?»

«Ein Feldzeichen. Das Bataillon braucht eine eigene Fahne und einen Namen. Soldaten kämpfen besser, wenn sie eine Elite-Einheit mit einer eigenen Fahne sind.»

«*Tien-chu-di Ying* . . . das Bataillon des Herrn des Himmels, Gottes Bataillon. Wie wäre der Name? Und an was für ein Feldzeichen habt Ihr gedacht?»

«Gottes Bataillon, das ist großartig», antwortete Francis. «Und als Feldzeichen, wie wäre es, Herr Minister, mit dem Doppelkreuz, dem Kreuz von Saint-Omer, weiß auf grünem Feld wie das Kreuz des Kollegs von Saint-Omer, wo ich zur Schule ging?»

«Warum nicht? Ja, warum eigentlich nicht? Es wird die Patres freuen . . . das Emblem eines Jesuitenkollegs. Unbedingt das Kreuz von Saint-Omer! Zweifellos wird Pater Adam bereit sein, die Fahne zu weihen. Und diese beiden nutzlosen Frauen», fügte Paul Hsü hinzu, «können sie sticken. Eine bessere Beschäftigung, als einen törichten alten Mann zu beschwatzen, sie mitzunehmen an Orte, an denen sie nichts zu suchen haben. Frauen werden nicht gebraucht, wenn ein betagter Mandarin das Bataillon von Gottes Arkebusieren inspiziert.»

Bisher war Francis Dr. Pauls Beispiel gefolgt und hatte keine Notiz von den Damen genommen, aber jetzt begrüßte er sie mit einer schwungvollen Verbeugung, denn durch die Erwähnung ihrer Anwesenheit hatte der Mandarin erkennen lassen, daß der dienstliche Teil des Tages erledigt war. Francis lächelte über Paul Hsüs Selbstkritik, denn notfalls setzte der Mandarin sich immer über Konventionen hinweg. Jedenfalls hätte er die Damen nicht mitgebracht, wenn er ihre Anwesenheit nicht irgendwie nützlich gefunden hätte. Aber Francis konnte nicht begreifen, wie die Erfüllung ihres Wunsches, ein Militärlager zu sehen, die beiden Ziele fördern könnte, denen der Mandarin seine letzten Lebensjahre geweiht hatte: den wahren Glauben zu verbreiten und das Reich gegen die Tataren zu stärken.

«*Shih-jen Ying-chang hau ma?*» begrüßte ihn Candida förmlich. «Major Pfeilschmied, geht es Euch gut?»

«Sehr gut, Frau Soo», erwiderte Francis ebenso förmlich. «Ich hoffe, daß es Euch und Eurem Fräulein Nichte ebenfalls gutgeht.»

«Uns beiden geht es sehr gut, obwohl ich gestehen muß, daß wir im letzten Monat Eure Gesellschaft vermißten. Uns haben unsere Unterhaltungen und Eure Lateinstunden sehr gefehlt.»

«Auch ich habe mich beraubt gefühlt.» Chinesische Höflichkeit schrieb manchmal eine gestelzte Ausdrucksweise vor. «Ich habe Eure weisen Erklärungen sehr vermißt . . . und natürlich Fräulein Martas Chinesischstunden.»

«Wir waren beide begierig, Euer Bataillon zu sehen.» Martas Gesicht war von ihrem grünseidenen Fächer halb verborgen. «Schließlich brachten wir Dr. Paul dazu, daß er uns erlaubte, ihn zu begleiten.»

«Immerhin, Pfeilschmied, war es sehr mühsam, meinen verehrten Großvater zu überreden», gab Candida unumwunden zu. «Manche Mandarine hohen Alters und großer Weisheit sind halsstarrig wie Maulesel.»

«Aber Großvater Hsü geruhte schließlich», sagte Marta, «uns zu erlauben, das große Werk in Augenschein zu nehmen, das Ihr vollbringt.»

«Und war es nicht zu früh, Frau Candida?» Er stellte die Frage taktvoll. «Durftet Ihr so kurz nach der Ankunft Eures kleinen Sohnes die Reise unternehmen?»

«Ach, Pfeilschmied, das Kind ist im März geboren, vor fast drei Monaten. Außerdem hat seine Amme reichlich Milch – so daß ich reisen kann.»

«Dann geht es dem jungen Herrn gut?» Francis überbrückte mit dieser Frage seine Verlegenheit über die Unverblümtheit einer wohlbehüteten chinesischen Dame.

«Sehr gut sogar», antwortete Candida. «Er ist geradezu ein Wunder, wenn man seinem Urgroßvater glauben soll.»

«Wirklich ein Wunder», lachte Paul Hsü. «Obwohl es ein noch größeres Wunder war, daß seine Mutter einmal lange genug aufgehört hat, ihre Altvordern zu belehren, um ihn hervorzubringen. Francis, ich weiß, daß Marta sehr gern Eure feuerspeienden Arkebusen sehen würde. Wollt Ihr so gut sein, sie ihr zu zeigen?»

«Und, Francis, reicht ihr den Arm», bat ihn Candida. «Ihr könnt

Euch nicht vorstellen, wie es ist, auf goldenen Lilien über unebenes Gelände zu laufen.»

Unterstützt von Francis' ausgestreckter Hand, stieg Marta die gewundene Holztreppe vom Palankin herab. Von ihrem dringenden Wunsch, die Arkebusen zu sehen, hatte sie erst durch Dr. Pauls beiläufige Bemerkung Kenntnis erhalten. Sie fand sich damit ab, Interesse an den Waffen heucheln zu müssen, die die Dämmerung mit ihren Schwarzpulverschwaden verpestet hatten, und machte sich an Francis' Arm auf den mühsamen Weg über das steinige Feld.

Francis trug die leichte Last mit Vergnügen und blickte erfreut hinunter auf die goldene Haarnadel in Form eines Drachens, die den schimmernden Knoten aus schwarzem Haar durchbohrte. Er bewunderte die dichten Wimpern, die Martas niedergeschlagene Augen beschatteten, und war entzückt über den Anflug von Rosa auf ihren Wangenknochen, der die porzellanhafte Durchsichtigkeit ihrer Haut unterstrich. Ihm fiel kein einziges Wort ein, mit dem er die plötzliche Vertrautheit, die Dr. Paul ihnen aufgezwungen hatte, beleben könnte.

Angetrieben von Candidas Begeisterung hatten sie sich seit Mitte Februar ein- oder zweimal wöchentlich getroffen, um Latein- und Chinesischunterricht auszutauschen und über ihre so unterschiedlichen Welten zu sprechen. Aber bis zu diesem Augenblick waren sie nie außer Hörweite anderer Menschen zusammen gewesen.

Marta schaute auf ihre Füße, denn sie war nur gewohnt, auf weichen Teppichen, ebenem Fußboden und gewalzten Wegen zu laufen. Trotz ihrer Vorsicht strauchelten ihre verkrüppelten Füße auf dem unebenen Boden. Sie hielt sich krampfhaft an Francis' Arm fest, obwohl sie fürchtete, das könnte einen ganz falschen Eindruck bei ihm erwecken. Ebensowenig wie Francis wurde sie mit der mißlichen Lage fertig, in die Dr. Paul Hsü sie gebracht hatte. Mit einem fremden Mann in der Dämmerung des Mittsommertages spazieren zu gehen, war nicht nur beispiellos, sondern ziemlich skandalös. Obwohl ihre Tante Candida und der Minister für Ritus sie im Auge behielten, kam sie sich irgendwie entwürdigt vor. Wie Francis fiel auch ihr kein Scherz ein, der ihrer beider Verlegenheit abschwächen könnte.

Sie wußte nicht, was Paul Hsü im Sinn hatte, wenn es nicht lediglich eine Laune gewesen war. Aber sie wünschte sich hundert Meilen weit weg von diesem Exerzierplatz. Die Schwarzpulverschwaden brannten ihr in den Augen, und es war ihr peinlich, daß sie auf Francis' Unterstützung angewiesen war.

Plötzlich konnte sie die von Candida vorhin gestellte Frage beantworten: Der Barbar war keineswegs anziehend. Nachdem seine seltsame Erscheinung und sein unschickliches Benehmen sie bisher abwechselnd fasziniert und abgestoßen hatten, fand sie ihn einfach grotesk. Etwas so Seltsames wie ein Karpfen mit zwei Schwänzen war zwar interessant, aber dennoch eine Mißgeburt. Weder sollte ein Karpfen zwei Schwänze haben noch ein Mann einen vorspringenden Schnabel wie ein Vogel und gelbes Haar wie Gänsefett. Marta erschauerte und fragte sich, ob sie so tun sollte, als hätte sie sich den Knöchel vertreten, damit er sie wieder zum Palankin zurückbrächte.

«Sie sehen gut zusammen aus, nicht wahr?» fragte Candida unbesonnen. «Schade, daß . . .»

«Wir sind ihren Eltern gegenüber verantwortlich», erwiderte Paul Hsü. «Ein Mädchen aus guter Familie, das allein mit einem jungen Mann spazieren geht, und noch dazu einem jungen Barbaren . . . Aber was hast du gesagt, Candida?»

«Nichts Besonderes, Großvater. Obwohl es schade ist . . .»

«Vielleicht», sagte er nachdenklich. «Aber vielleicht braucht es das nicht zu sein. Candida, ist dir bekannt, welche Entscheidung Kaiser Hung Wu traf, der Begründer der Ming-Dynastie, als er zahlreiche Mongolen und Abendländer in Chinas Grenzen vorfand?»

«Großvater, du weißt doch, daß ich nicht sehr gelehrt bin. Außerdem begreife ich nicht, was das zu tun hat mit . . .»

«Ich werde gleich zur Sache kommen. Inzwischen laß uns über die symbolische Bedeutung eines Namens nachdenken. Der Begründer der Ming nahm den Herrschernamen Hung Wu an, als er den Drachenthron bestieg, nachdem er die Mongolen vertrieben hatte. Wie du weißt, bedeutet Hung Wu eine Flut von Waffen, das Übergewicht der militärischen Macht . . .»

«Großvater», unterbrach ihn Candida, «ich bin keine Zehnjährige, die in Geschichte belehrt werden muß.»

«Dennoch tut Belehren der Seele eines alten Mannes wohl. Hung Wus Sohn nahm den Herrschernamen Chien Wen an, was nicht von Sohnesliebe zeugt. *Wen,* Gelehrsamkeit, ist das Gegenteil von *wu,* Waffen. Der zweite Ming-Kaiser legte das entscheidende Gewicht auf die friedlichen Geisteswissenschaften.»

«Großvater, die Weisen raten Frauen zu geduldigem Gehorsam. Aber mich macht deine Abschweifung ungeduldig.»

«Was ich meine, ist klar: Gewaltlose Zivilisation wird die Oberhand gewinnen gegen gewalttätigen Krieg.» Der Mandarin lächelte. «*Yin,* das weibliche Prinzip, wird die Oberhand gewinnen gegen *Yang,* das männliche Prinzip.»

«Im Fall unserer jungen Freunde? Du kannst doch nicht meinen . . .»

«Vielleicht doch. Der erste Ming-Kaiser, wie ich dir erzählen wollte, fand viele Ausländer im Reich vor. Er hätte lieber keine gehabt – und er untersagte anderen, ins Reich zu kommen. Indes war es untunlich, so viele auszuweisen, die hier schon seßhaft waren.»

«Großvater, ich verstehe wirklich nicht . . . Was hat das Jahrhunderte später mit unserer Zeit zu tun, wenn der Kaiser Abendländer auffordert, gegen die Tataren zu kämpfen?»

«Geduld, sagtest du, sei eine weibliche Tugend», spottete Paul Hsü. «Der weise erste Kaiser verfügte, daß Mongolen und Abendländer nicht untereinander heiraten durften. Da sie *nicht* untereinander, aber Chinesen heiraten *durften,* gingen die Ausländer bald in der allgemeinen Bevölkerung auf. So war eine ernste innere Bedrohung des Reiches beseitigt.»

«Das ist historisch sehr interessant, aber . . .»

«Das Gesetz ist niemals aufgehoben worden. Obwohl allgemein angenommen wird, es sei verboten, dürfen Ausländer in der Tat Chinesen heiraten. Als Minister des Ritus sehe ich kein Hindernis für eine Ehe zwischen Chinesen und Abendländern – vorausgesetzt, eine unterschiedliche Religion verhindert sie nicht.»

«Großvater, du bist ein schlauer alter Fuchs. Aber . . . Nein, es kann nicht sein. Marta wäre entsetzt.»

«Entsetzt mag sie sein. Aber gehorchen wird sie, wenn ich es bestimme.»

«Das ist abscheulich, Großvater. Wie kannst du nur . . .»

«Abscheulich vielleicht. Dennoch mag es sich als notwendig erweisen. Und wenn es notwendig ist, wird es geschehen.»

«Das verstehe ich nicht. Warum notwendig?»

«Candida, dir kann ich vertrauen . . . wie keinem anderen. Ich muß den jungen Barbaren in meiner Nähe behalten, ihn an China und an mich binden. Seine Fähigkeiten könnten dazu beitragen, das Reich vor den Tataren zu retten – und den Glauben zu verbreiten. Wie kann ich ihn besser an mich binden?»

«Aber Marta wird es nicht wollen.»

«Ich stelle mir vor, daß der Pfeilschmied auch nicht sehr begeistert sein wird. Er träumt immer noch davon, mit einem großen Vermögen nach England zurückzukehren. Aber auch ihn kann man dazu bringen.»

«Ich sehe den Vorteil ein, Großvater. Für China und den Glauben. Aber es kann mir nicht gefallen . . . ebensowenig wie Marta.»

«Es braucht dir nicht zu gefallen. Marta auch nicht. Ihr beide werdet tun, was euch geheißen wird, wenn – falls – die Zeit kommt. Inzwischen kannst du Marta schon eine Andeutung machen. Bereite sie sehr sanft darauf vor, aber mehr jetzt noch nicht.»

PEKING
Sonntag, 26. August 1630

Weihrauch durchflutete die achteckige Kapelle des Jesuitenhauses in der Nördlichen Hauptstadt der Großen Ming-Dynastie. Die Schlußakkorde der Messe des spanischen Komponisten Tomás Luis de Victoria erklangen vom Orgelchor. Die Melodie war schmerzlich vertraut und das volltönende Instrument ganz und gar europäisch, aber der Organist war ein chinesischer Laienbruder.

Tränen brannten Francis Arrowsmith in den Augen, und eine dunkle Wolke verdüsterte sein gewöhnlich sonniges Gemüt. Er sehnte sich nach dem fernen Europa. Es war so fern, daß die Reise dorthin zwei Jahre dauerte, und er fragte sich, ob er das Englische Kolleg von Saint-Omer je wiedersehen würde.

Victorias Musik war ebenso europäisch wie das Instrument, aber die grün-weißen Meßgewänder der europäischen Priester waren prächtig bestickt und hatten weite Ärmel von chinesischem Schnitt. Ein unpriesterlicher Bart umrahmte Adam Schalls sarkastische Züge, und seine blauen Augen sahen unter einem hohem schwarzen Hut hervor. Die Patres trugen Roßhaarhüte, auch wenn sie die Messe lasen, denn die Jesuiten strebten die gesellschaftliche Stellung von Mandarinen an, und Mandarine nahmen in der Öffentlichkeit nie ihre Hüte ab. Ein päpstlicher Dispens erlaubte den Patres auch, das nicht tonsurierte Haar bis auf den Kragen herabwallend zu tragen, weil das der Stil der Mandarine war.

Die christlichen Priester ahmten die heidnischen Mandarine in jeder Beziehung nach, um nicht verachtet zu werden wie die bartlosen, kahlgeschorenen buddhistischen Mönche. Pater Matteo Ricci hatte persönlich verfügt, die Jesuiten sollten alle Chinesen dadurch für die universelle Wahrheit gewinnen, daß sie zuerst die Anerkennung ihrer Gleichrangigkeit mit den Mandarinen erreichen.

Nach einigem Zögern hatte Rom sogar zugestimmt, daß die Liturgie geändert werden durfte. Statt wie üblich in Latein wurde die heilige Messe in der chinesischen Beamtensprache zelebriert. Für Francis war das ein ebensolches Ärgernis wie der Ketzergottesdienst, den falsche Priester in Englisch, Französisch oder Deutsch abhielten.

Dennoch plagten ihn solche Zweifel kaum mehr als irgendeinen anderen gesunden jungen Soldaten. Sein knurrender Magen erinnerte ihn daran, daß die Theologie eine geeignete Kost für ältere Dyspeptiker war, aber nicht für ihn. Da er, ehe er am Vorabend nach Peking geritten war, mit seinem Adjutanten zuviel Reiswein getrunken hatte, war er erpicht auf das Frühstück, das Pater Adam Schall ihm versprochen hatte.

Francis war erleichtert, als er sah, daß Adam Schall das seidene Gewand trug, mit dem er sich immer in der Öffentlichkeit zeigte, und nicht die baumwollene Soutane, die er zu Hause vorzog. Er war nicht erpicht auf die asketische Gesellschaft der Kollegen des Jesuiten, deren Köpfe immer aussahen, als drehten sie sich zusammen mit den Himmelskörpern, denen ihr besonderes Interesse in Dr. Paul Hsüs Kalenderamt galt.

Für einen Mann, der, wie die Kirche es vorschrieb, seit zwölf Stunden keine Nahrung zu sich genommen hatte, war der deutsche Jesuit sehr munter, sogar vergnügt. Ein breites Lächeln erhellte seine gewöhnlich düsteren Züge.

Allzuoft war der Priester aus dem Rheinland in Gedanken vertieft und verschanzte sich hinter einer Mauer aus bitterem Humor, aber fast ebensooft war er von kindlicher Fröhlichkeit. Heute genoß Adam Schall insbesondere die Unterbrechung der strengen Disziplin, die er sich normalerweise auferlegte. Ihm war es immer schwergefallen, sich der Disziplin zu unterwerfen, schon als Junge im Jesuitenkolleg zu den Drei Kronen in Köln. Seine Familie, die sich bis zu römischen Legionären zurückverfolgen ließ, hatte ihm deren kriegerisches Blut vererbt, und er tröstete sich damit, daß Ignatius von Loyola, der Begründer der Gesellschaft Jesu, nachdem er sein Schwert mit dem Brevier vertauscht hatte, ebenso hin- und hergerissen war zwischen seinen philosophischen Neigungen und seiner Begeisterung für Schwerterklirren.

1614 war Adam Schall für die Mission angeworben worden, aber erst Anfang 1623 nach China gekommen, weil die damalige Verfolgung des Christentums im Reich den Aufschub erforderlich gemacht hatte. Obwohl er sich einerseits über die Verlängerung seiner Lehrzeit ärgerte, war er andererseits dankbar dafür. Denn wäre er nicht gezwungen gewesen, sich noch in Macao aufzuhalten, hätte er nicht gegen die Holländer kämpfen können, die am Mittsommertag 1622 einen Überfall versucht hatten.

Wenn er an diese verrückte Schlacht zurückdachte, tastete seine Hand unwillkürlich nach dem Schaft der Hellebarde, die er gegen einen holländischen Kapitän geschwungen hatte; fast hätte er ihn enthauptet. Halb stolz, halb beschämt erinnerte er sich, welche Mordlust ihn befallen hatte, als er sich ins Getümmel stürzte. Reumütig gestand er sich ein, daß er den Kampf Mann gegen Mann genossen hatte, tatsächlich genossen. Er hatte auch den großen Mörser auf dem Monte Guia gerichtet, der das holländische Pulvermagazin in die Luft sprengte. Aber diese kühle mathematische Aufgabe hatte ihn nicht so erregt wie das Waffengetöse.

Seine große Freundschaft mit Dr. Paul Hsü beruhte wahrscheinlich darauf, daß der ältere Mann ebenfalls zwei Seelen in seiner Brust hatte, eine gelehrte und eine militärische. Der Mandarin hatte Adam Schall bei dessen Ankunft in Peking sofort als Geistesverwandten erkannt, und gemeinsam hatten sie eine Monographie über Mondeklipsen verfaßt. Als Schall nach Sian geschickt wurde, der früheren Hauptstadt in der Provinz Schensi, um eine mögliche Überlandroute nach Europa zu vermessen, setzte er nicht nur sein Studium der chinesischen Sprache und der chinesischen Klassiker fort, sondern schrieb auch zusammen mit einem chinesischen Christen ein Buch, in dem die Lebensgeschichten der Heiligen vereinfacht dargestellt wurden. Vor gerade einem Jahr war er nach Peking zurückgekehrt, weil der führende Jesuit im Amt für Sternkunde gestorben war und Schall seine Stelle übernehmen mußte. Die Freude über die Erneuerung seiner Freundschaft mit Dr. Paul Hsü milderte den Schmerz über den Verlust seines Bruders in Christo bei dieser überstürzten Rückkehr.

Nachdem er zwölf Jahre lang konzentriert Chinesisch studiert hatte, fand er den Umgang mit dem jungen englischen Soldaten erfrischend, denn dabei konnte auch die draufgängerische Seite seines Charakters wieder zum Ausdruck kommen. Heute war er so unbeschwert wie ein Schuljunge, der keine Hausaufgaben hat.

«Francis, mein Junge, wir wollen nicht mit sauertöpfischen Pedanten frühstücken. Wir gehen zu einem Festmahl bei *Lao Chiao Wang,* dem Alten Kloßkönig.»

«Und essen da alte Klöße . . . ganz alte Klöße?» Francis paßte sich Schalls Stimmung an.

«Nein, mein Sohn, junge Klöße, ganz junge Klöße, süß und zart wie Lämmerwölkchen. Komm jetzt, ich bin hungrig, auch wenn du es nicht bist.»

Der Priester nahm Francis am Arm und führte ihn durch das Tor vom ehemals heidnischen Tempel des Wohlwollens auf eine von Menschen wimmelnde Straße. Sonntag war für die Chinesen wie jeder andere Tag, sie nannten ihn einfach Siebenter Tag und nahmen ihren freien Tag zu anderen Zeiten – immer, laut Adam Schall. Der sarkastische Priester behauptete, in Peking sei jeder Tag Sonntag, «weil die Leute tagtäglich von schwerer Arbeit Abstand nehmen».

Die hochgewachsenen Ausländer, der eine in der Ausgehuniform eines Majors, der andere im schwarzseidenen Gewand eines Mandarins, waren sofort von gaffenden Chinesen umringt. Die Menschentraube, deren Zusammensetzung sich ständig änderte, die aber nie kleiner wurde, begleitete sie, und dennoch ließen sich die Männer und Jungen durch ihre Anwesenheit nicht von ihren üblichen Beschäftigungen abhalten. Außer im bitterkalten nordchinesischen Winter erledigten die Pekinger ihre sämtlichen Obliegenheiten bis auf die intimsten vor aller Augen auf den Straßen. Jetzt, Ende August, war es so schwül, daß die meisten Männer aus ihren Behausungen in die etwas weniger drückende Hitze draußen flohen.

Frauen und Mädchen waren hinter den fensterlosen Mauern verborgen, die die breiten *malu,* die Verkehrsstraßen, und die schmalen

Gassen säumten, die *hutung* hießen. In abgesonderten Höfen oder unter Dächern mit grauglasierten Ziegeln gingen sie ihren Obliegenheiten nach. Ab und zu öffnete sich eine Tür einen Spalt breit und ließ einen geblümten Ärmel sehen, der gleich zurückgezogen wurde, oder ein Paar neugierige Augen, die sich dann schleunigst abwandten. Eine Sklavin oder Dienerin, die auf unzüchtig ungebundenen Füßen zu den Verkaufsständen ging, wurde geflissentlich übersehen. Die Sänften von Damen erkannte man daran, daß die Vorhänge trotz der Hitze zugezogen waren.

Das ständige Gewühl auf der Straße war um so zwangloser und munterer, als die Männer fast ganz unter sich waren, und da die Bastmatten aufgerollt und die Bambusjalousien hochgezogen waren, gehörte das farbenfrohe Leben in den Geschäften, Speisehäusern und Schreinen zum Straßenbild dazu.

Ein losgeschirrter Ochse wälzte sich im Staub neben einem mit Stoffballen beladenen Karren vor einem Laden, auf dessen Sonnendach der stolze Spruch stand: UNSERE KUNDEN KÖNNEN UNTER ALL DEN HERRLICHEN STOFFEN AUS SUNGKIANG WÄHLEN. Drinnen in der schattigen Kühle hatte sich ein unentschlossener Kunde in eine Fülle von Stoffen in allen Regenbogenfarben eingewickelt und war so eifrig darauf bedacht, seine Wahl zu treffen, daß er das Blöken von fünf zottigen Schafen in einem Holzverschlag nebenan gar nicht bemerkte. Diese verängstigten Tiere waren der Warenbestand des Nachbarladens, wo ein bärtiger Metzger einem älteren Herrn Hammelfleisch verkaufte. Jenseits der schulterhohen Trennwand aus geflochtenem Bambus, die das Geschäft der Länge nach teilte, zerlegte ein zweiter Metzger Schweinefleisch für einen Jungen, der einen zylindrischen Einkaufskorb bei sich hatte.

Niemand nahm von dem unheimlichen Quieken einer Sau Kenntnis, das durch den sonnigen Nachmittag gellte. Zwei rotarmige Metzger knieten im Staub und sägten mit langen Messern an der Kehle einer Sau, während eine zweite voll Schrecken zusah. Auch ließ der ältere Moslem, der Hammelfleisch kaufte, kein Mißfallen darüber erkennen, daß hinter der dünnen Trennwand mit Schweinefleisch gehandelt wurde, was nach dem Koran verboten war. Kunden wie Metzger waren praktisch denkende Chinesen. Es entsprach einfach dem gesunden Menschenverstand, von dem unheiligen Nebeneinander keine Notiz zu nehmen – ebensowenig wie von den lauten Flüchen zweier Bettler, die mit geballten Fäusten und guter Fußarbeit um eine günstige Ecke kämpften. Ihr Herumwirbeln war für Müßiggänger sehr belustigend, aber respektable Bürger machten einen Bogen um die Rauferei, um nicht hineingezogen zu werden.

Ein durchdringender Gestank lag in der Luft: kräftige braune Sojasauce, ätzender Tierharn, beißender Weihrauch, der vor den Straßenschreinen brannte, saurer menschlicher Schweiß, scharfer Essig und der modrige Geruch von zu Staub gewordener Erde, die der Wind aus Innerasien herantrug.

Störrische Maulesel, hochnäsige Kamele aus Baktrien, geduldige Esel und schimmernde Pferde drängten sich durch die Menge. Sie horchten weder auf die Falsettstimmen eines Singspiels noch auf das Geschrei von Kindern, die hinter einem Spielzeugverkäufer herliefen, dessen Waren an den Rippen eines orangefarbenen Schirms baumelten. Menschen und Tiere schienen gleichermaßen taub gegen den unaufhörlichen Lärm: die Rufe von Straßenhändlern und die wütenden Flüche von Fuhrleuten; die wimmernden Fiedeln und dröhnenden Trommeln, die die Sänger begleiteten; das Geklapper von Klempnern und die Hammerschläge von Zimmerleuten.

«Ein ruhiger Sonntagnachmittag in Peking», lachte Adam Schall. «Hast du ihre Festtage schon erlebt? Die sind wirklich geräuschvoll.»

«Noch nicht, aber ich nehme an, dafür wird noch Zeit sein. Wahrscheinlich werde ich für immer und ewig am Stadtrand von Peking sitzen und versuchen, mein Bataillon in Schwung zu bringen.»

«Ärger mit der Truppe? Vor ungefähr einem Monat hast du mir gesagt, Dr. Paul sorge dafür, daß alles reibungslos geht.»

«Aber da sind noch andere. Manchmal glaube ich, ich werde absichtlich behindert – und obendrein ständig bespitzelt. Aber vermutlich sind das Hirngespinste, bloße Einbildung.»

«Ich wäre erstaunt, wenn du *nicht* bespitzelt würdest. Das werden wir alle und sind auch leicht zu überwachen, weil wir so auffällig sind. Aber absichtliche Behinderung, sagst du? Es ist wahrscheinlich. Willst du mir mehr darüber erzählen?»

«Später, Pater Adam. Schließlich ist es eine langweilige kleine Geschichte.»

Ein mit Brennholz vollgeladener Schubkarren auf einem einzigen mannshohen Rad mit Holzspeichen, das abwechselnd quietschte und wimmerte, schob sich einfach zwischen sie. Der bärtige Karrenschieber schielte sie unter schorfverkrusteten Lidern freundlich an.

«Pater Adam, etwas anderes bekümmert mich», sagte Francis, als sie wieder nebeneinander gingen. «Und das fällt eher in Euer Gebiet als meine militärischen Probleme. Die werden gelöst werden. Es ist nur eine Frage der Zeit.»

«Da bin ich nicht so sicher», bemerkte Adam Schall trocken. «In China kann die Zeit Probleme verschlimmern.»

«Ich weiß, es ist jetzt nicht die richtige Zeit und der richtige Ort», fuhr Francis fort. «Ihr werdet mich für einfältig halten, vielleicht für anmaßend. Aber ich habe mir Gedanken darüber gemacht . . .»

«Worüber denn, mein Junge?»

«Wo ist die Grenze, Pater? Wie weit kann man mit der Liturgie und den Bräuchen der heiligen Kirche gehen, ehe etwas zerbricht? Eure Messe erscheint mir schon weniger ein christlicher Gottesdienst als vielmehr . . .»

«Huan tang, pu huan yao!» Adam Schall brachte unwillkürlich die gängige Rechtfertigung der Jesuiten vor. «Wir haben die Brühe geändert, aber nicht die Essenz. Die Messe auf chinesisch zelebriert? Wie kommst du auf die Idee, daß Latein sakrosankt ist? Haben der Herr und Seine Apostel Latein oder Aramäisch gesprochen? Du mußt wissen, daß Latein als politisches Hilfsmittel eingeführt wurde. Es hat der Kirche ermöglicht, mehr potentielle Konvertiten zu erreichen und die weltlichen Behörden versöhnlich zu stimmen. Und das ist genau das, was wir tun.»

«Ist denn nichts heilig?» protestierte Francis.

«Kleidung? Die frühen Kirchenväter übernahmen die Trachten unterschiedlicher Gebiete, genau wie wir. Kerzen, Weihrauch, Weihwasser und Öl – all das gehörte auch zu heidnischen Riten, ehe die Kirche es aufgriff. Die Äußerlichkeiten sind wichtig, aber nicht entscheidend. Die Kirche lebt und wächst und hat Bestand, indem sie sich anpaßt.»

«Und die geistige Essenz?» Francis ließ nicht locker. «Dinge wie Ahnenkult?»

«Das . . . diese wichtigen Dinge . . . sind wirklich interessante Fragen, sogar umstrittene.» Der Jesuit machte dieses kleine Zugeständnis so unwillig, wie er vielleicht einen Splitter des Kreuzes Christi herausgeben würde. «Sie verdienen, erörtert zu werden. Aber nicht jetzt. Nicht hier. Ein andermal können wir über diese Dinge sprechen.»

Vorläufig abgewiesen, schwieg Francis, als sie an einem zur Straße hin offenen Wachlokal vorbeikamen. Polizisten in kurzen blauen Uniformröcken über weiten, weißen Kniehosen und hohen Filzstiefeln lümmelten mit Spielkarten in den Händen auf langen Bänken herum, und an der Wand hingen Krummschwerter und zweizackige Speere. Ein Anschlag forderte diese Ordnungshüter auf, DAS LEBEN DER BÜRGER UND IHRE SCHÄTZE ZU SCHÜTZEN. Entweder absichtlich oder zufällig trug eine Fassade neben der Polizeistation ein diskretes Schild: CHUAN-MEN CHIEH-KE . . . Fachmann für das Einrichten von Knochenbrüchen. Solche Sachkenntnis war in Europa unbekannt, dort folgten Feldscherer den Heeren und versorgten die Verwundeten mehr schlecht als recht.

Ein Fries aus roten Vorhängen, die mit praktisch unleserlichen Ideogrammen in der *tsao-shu*-Konzeptschrift bedruckt waren, hing schlaff zwischen den offenen Türflügeln des nächsten Ladens. Er sollte hin- und herschlagen und die Insekten fernhalten, aber kein Lüftchen regte sich. Ein ganzer Schwarm grünschillernder Schmeißfliegen, jede so groß wie eine Dattel, schwirrte drinnen herum oder ließ sich nieder auf den abgewetzten Kieferntischen, auf Gästen, die sich mit Bambusstäbchen Essen in den Mund schaufelten, und auf ungekochten Klößen, die auf großen Holztabletts bereitlagen.

Zwei verschwitzte Köche, die an einem kochenden Kessel standen, scheuchten die Fliegen mechanisch weg. Sie hatten nur Holzpantinen und über den Knien abgeschnittene, ehemals weiße Hosen an. Ein karmesinrotes Plakat war mit drei goldenen Ideogrammen beschriftet: LAO CHIAO WANG, ALTER KLOSSKÖNIG, aber Francis hatte schon bemerkt, daß sie an ihrem Ziel angekommen waren.

Adam Schall bückte sich, um mit seinem hohen Hut unter dem Türsturz durchzukommen, und ging Francis voran in das Speisehaus. Er lächelte, fuchtelte mit den Armen und erkundigte sich laut: «*Chintien yo mei-yo tung-hsi chih?* Habt ihr heute etwas Genießbares zu essen?»

«*Ah, Shen-fu lai-la.*» Die nackten Schmerbäuche der Köche bebten, wenn sie lachten, und dabei entblößten sie Girlanden von goldenen Zähnen. «Der geistliche Vater ist da. Der gute alte geistliche Vater ist gekommen. Natürlich haben wir alles mögliche Gute.»

Der Jesuit setzte sich mit dem Gebaren eines Stammgastes auf eine wacklige Bank, nahm keine Notiz von der an der Wand angenagelten Speisekarte und gab dem Kellner seine Bestellung. Dieser picklige

Jüngling trug eine über und über befleckte weiße Jacke über einem ausgefransten Unterhemd und einer wadenlangen Hose. Lederriemen hielten abgetretene Strohsandalen an seinen schmierigen Füßen fest.

«*Tou-pi tang yu-tiao, se-gen . . .*» Der deutsche Priester sprach akzentfreies Chinesisch. «Saure Suppe mit Bohnenquark; vier Dampfbrötchen; vier Portionen Garnelenbällchen; und sechs Portionen gedämpfte Klöße. Das wär's, und wir trinken Tee.»

«*Hsierh-hsierh, Shen-fu*», sagte der junge Kellner im Pekinger Dialekt. «Danke, Hochwürden. Die Köche werden etwas Besonderes für Euch bereiten.»

«*Ni kai wan-hsiaerh ma?*» antwortete Adam Schall mit demselben Akzent, wobei er die Endlaute *erh* des Pekinger Dialekts rollend aussprach. «Ist das ein Witz? Hier ist doch immer alles gleich. Es gibt nie etwas Besonderes.»

Kichernd gab der Kellner die Bestellung weiter und wiederholte den Scherz, den die Köche zu würdigen wußten. Sie stimmten in das allgemeine Gelächter ein. Zwei geschniegelte Kaufleute an einem Tisch in der Ecke sahen sich fassungslos an; vier verschwitzte Kulis wischten sich mit schmierigen Handtüchern das Gesicht und rissen vor Verwunderung den Mund auf; drei magere Jünglinge, die nach ihrem überanstrengten Aussehen, ihren Brillen und der geflickten Scholarentracht zu urteilen Kandidaten für. die Beamtenprüfungen waren, starrten unverblümt.

«Sie sind hier an mich gewöhnt», bemerkte Schall überflüssigerweise. «Aber sie sind alle gleich, auch wenn sie einen gut kennen. Sie halten alle Ausländer für schlaue Affen. Wenn der Affe ein paar Worte Chinesisch spricht, ist es ein Wunder. Wenn er einen Scherz macht, dann sind das sechs Wunder auf einmal.»

Francis nippte seinen Tee aus einer gesprungenen Tasse und nickte. Er hatte den Mund voll von gerösteten Erdnüssen, die als Vorspeise serviert worden waren.

«Ich wollte dich allein sprechen», fuhr Schall fort. «Deshalb bin ich mit dir hierher gegangen. Das Essen ist gut. Einfach, kräftige *pien-fan*. Wie nennt man das? Ach ja, Hausmannskost. Aber zuerst berichte mir von deinen Schwierigkeiten, deinen militärischen Problemen, nicht von deinem theologischen Problem. Ich bin jetzt nicht im Dienst.»

«Ich kann die Chinesen überhaupt nicht verstehen. Erst bitten sie dringend um portugiesische Truppen, dann erlauben sie nur einer

Handvoll das Land zu betreten und schicken diese wenigen nach Tungtschou. Tungtschou ist nicht gerade die Front, wenn Peking bedroht ist. Ich erhalte Befehl, Arkebusiere auszubilden, und sie stellen alles zur Verfügung, was ich brauche. Dann, als sich gerade der Erfolg einstellt, tauchen tausend Hindernisse auf. Fast scheint es, als würden sie absichtlich aufgebaut, als wollten sie nicht, daß ich Erfolg habe ... als wollten sie das tüchtigste Bataillon im Fernen Osten gar nicht.»

«Vielleicht wollen sie es wirklich nicht. Aber welcher Art sind die Hindernisse?»

«Kleinigkeiten, Pater Adam. Vielleicht klingt es wie Mücken seihen. Ich komme mit den Chinesen nicht zurecht. Sie sind uns in mancher Hinsicht so weit voraus. In Europa habe ich nie einen Fachmann für das Einrenken von Knochenbrüchen gesehen, aber hier in dieser mittelmäßigen Gegend ist einer gleich nebenan. Ihre Landwirtschaft, ihre Kanäle und ihre Küche sind Europa um Jahrhunderte voraus, ebenso ihr Schulwesen und ihre Nachrichtenübermittlung. Aber in mancher Beziehung sind sie so rückständig, daß man glauben könnte, sie wären erst voriges Jahr aus dem Paradies vertrieben worden.»

«Welcher Art sind die Hindernisse?»

«Sie haben das Schießpulver erfunden, heißt es.» Erleichtert, sich aussprechen zu können, beantwortete Francis die Frage des Priesters immer noch nicht. «Ich glaube es auch, wenn ich ihr Feuerwerk sehe ... so erfinderisch und raffiniert. Aber immer wieder muß ich meinen Soldaten beibringen, wie man Salpeter, Schwefel und Holzkohle für Schießpulver mischt. Und sie sprengen sich immer noch selbst in die Luft!»

«Zugegeben, ihnen ist die Meisterschaft in der Kriegskunst abhanden gekommen. Aber, Francis, was für absichtliche Hindernisse sind das?»

«Ich kann keine Arkebuse richtig in Ordnung gebracht bekommen, obwohl sie viele geschickte Handwerker haben. Sobald ich einen Mann für die Aufgabe ausbilde, wird er versetzt. Er wird woanders gebraucht, wird mir gesagt. Oder seine Mutter stirbt, und er muß weg, um sie zu begraben, und kommt nie zurück.»

«Sie trauern drei Jahre lang um die Eltern.»

«Vierundsechzig Mann von fünfhundert? Mehr als jeder zehnte erleidet denselben Verlust innerhalb weniger Monate?»

«Vielleicht nicht», gab der Priester zu. «Aber was noch?»

«Uniformen, Zelte, Lebensmittel sind knapp. Es kommt kein Mehl oder kein eingelegtes Gemüse. Und dann wieder ist jetzt im August kein frischer Kohl aufzutreiben. Für zehn Tage werden Schießübungen verboten wegen eines Festes, von dem kein Mensch je gehört hat. Und so weiter, und so weiter, Pater Adam. Ich glaube, ich werde verrückt.»

«Verrückt bist du nicht, Francis. Die Sache ist eindeutig. Die Hindernisse sind absichtlich aufgebaut.»

«Aber warum, Pater Adam, warum? Ich bin doch bemüht, *ihre* Truppen auszubilden, damit *sie* sich gegen die Tataren verteidigen können. Wie kann ein Chinese etwas dagegen haben? Der ganze Hof steht doch nicht im Sold der Tataren?»

«Nur ein paar Höflinge, nicht alle. Aber die Hofpartei will nicht, daß du stark wirst. Du, das heißt natürlich Dr. Paul, die christlichen Mandarine, die Reformer und wir Jesuiten. Deine Hindernisse . . . zweifellos vorsätzlich errichtet.»

«Ich kann es immer noch nicht verstehen. Wie kann ein Chinese wollen, daß sein Land, die Truppen seines Kaisers schwach sind, wenn *alle* Chinesen von den Tataren bedroht sind?»

«In Wirklichkeit ist es ganz einfach. Die Palasteunuchen, die hartnäckig konservativen Mandarine und die adligen Grundbesitzer halten China für unbesiegbar und nehmen die tatarische Bedrohung nicht ernst. Es beunruhigt sie weit mehr, daß du und Dr. Paul womöglich Erfolg hat. Und dann wäre ihre Macht, ihr Reichtum, ihre konfuzianische Lehre in tödlicher Gefahr.»

«Aber wie? Warum?»

«Sieh mal, Francis, sie glauben, es gebe Schlimmeres, als wenn die Tataren China erobern, was ja unmöglich ist.»

«Schlimmer, als wenn die Tataren China erobern?»

«Zweifellos. Selbst wenn die Tataren siegen, glauben sie, werde das konfuzianische System weiterbestehen. Aber die Anhänger dieses bösen Eunuchen, des Schwarzen Premiers, können nicht dulden, daß christliche Lehren und christliche Waffen die Oberhand gewinnen. Unser Sieg würde das Schicksal des konfuzianischen Systems besiegeln.»

«Das ist lächerlich. Wir . . . Ihr trachtet doch nicht . . .»

«*Wir* wissen das, aber *sie* wollen es nicht glauben. Vor ein paar

Jahren wäre Dr. Paul fast in die Verbannung geschickt worden, weil er gewagt hatte, ein paar Soldaten an modernen Waffen auszubilden. Nur die Gnade Gottes, der uns einen neuen Kaiser schenkte, hat ihn gerettet, und er konnte Minister für Ritus werden.»

«Aber jetzt ist Dr. Paul mächtig. Warum kann er nicht . . .»

«Er tut, was er kann. Aber er kämpft gegen die schwere Last von Sitte und Gewohnheit und unzählige kleine Geister, die um ihre Privilegien zittern.»

«Dann ist es also hoffnungslos? Meine Aufgabe, und vielleicht auch Eure?»

«Das habe ich nicht gesagt. Das glaube ich ganz und gar nicht. Wenn ich es täte, würde ich . . . Aber jetzt kommt das Essen.»

Der picklige Kellner knallte zwei Schalen auf den Tisch, in denen Streifen der knusprigen Haut von hartem Bohnenkäse auf einer dampfenden Suppe schwammen. Dann brachte er vier Siebe aus gespaltenem Bambus mit gedämpften Klößen, Miniaturtaschen aus durchsichtigem Teig, gefüllt mit kleingehackten Garnelen und Gemüse. Hellbrauner Essig auf einer Untertasse und geraspelter frischer Ingwer wurden dazu serviert.

«Das sind *hsiao-lung pao*», erklärte Schall. «Man tunkt sie in Essig.» Dann brachte der Kellner sechs blau-weiße Platten mit je zwölf *chiao-tze,* gekochten Klößen, die wie plumpe Halbmonde aussahen. Zu diesem vortrefflichen nordchinesischen Gericht gab es Sojasauce, Essig, Sesamöl und Pfefferöl in kleinen Krügen.

Anstelle der Unterhaltung hörte man jetzt nur noch freundliches Grunzen aus vollen Mündern. Die Kaufleute an dem Tisch in der Ecke, nach ihrer Rundlichkeit zu urteilen selber gute Esser, legten ihre Stäbchen hin und staunten über die Leistungsfähigkeit der Ausländer.

«Sieh mal», sagte einer laut. «Sie sprechen nicht nur Chinesisch, sie können sogar mit Stäbchen essen. Und jeder von ihnen ißt so viel wie drei ausgehungerte Kulis.»

Nachdem Adam Schalls erster Hunger gestillt war, wischte er mit einem feuchten Tuch über seinen Schnurrbart, legte die Eßstäbchen auf den ölglitschigen Tisch und sagte: «Ich lege eine kleine Pause ein. Jetzt erzähle mal von dem Bespitzeln.»

«Kennt Ihr meinen Schreiber Joseph King?» fragte Francis. «Ein christlicher Sklave, verurteilt wegen des angeblichen Hochverrats seines Vaters.»

«Ein christlicher Sklave? Unerhört!»

«Nichtsdestoweniger hat Dr. Paul mir Joseph geschenkt . . . Sagte, ich könne mich bei allem auf ihn verlassen.»

«Nun, das ist natürlich etwas anderes. Aber was ist mit diesem Joseph King?»

«Er hat mich als erster gewarnt. Vielleicht kennt Ihr meinen Adjutanten. Er heißt Simon Wu. Seit Joseph mich warnte, habe ich viermal gesehen, daß Simon sich mit unbekannten Reitern unterhielt. Joseph hat zweimal gesehen, daß er schriftliche Botschaften übergab. Jedesmal folgten darauf neue Mißlichkeiten. Mir sieht das nach Bespitzeln aus.»

«Das ist es bestimmt. Spionage und Sabotage! Erstens kenne ich Simon Wu. Von seiner Familie weiß man, daß sie mit der Geheimpolizei des Schwarzen Premiers in Verbindung steht. Zweitens wird jedermann von den – ich übertreibe nicht – vier Millionen Spionen der Eunuchen überwacht. Drittens gebietet der Schwarze Premier nicht nur über die Flammenden Mäntel, die uniformierte Stoßtruppe der staatlichen Polizei, sondern auch über die östliche Kammer, der die Geheimagenten unterstellt sind. Und letztlich könnte dein Bataillon den Flammenden Mänteln die Zuneigung des Kaisers streitig machen.»

«Dann ist es also keine Einbildung von mir?»

«Gewiß nicht. Angst und Ränke, Mißtrauen und Durchtriebenheit herrschen in China. Je näher dem Hof, um so schlimmer der Gestank.»

«Was kann ich tun, Pater Adam?»

«Deinen Glauben bewahren und deinen Glauben zu Rate ziehen. Wenn Gott der Herr es nicht wünschte, wären wir nicht mitten in China.»

«Und abgesehen vom Glauben?»

«Durchhalten, nicht verzweifeln und auf den Herrn vertrauen. Auf eine weitere, damit zusammenhängende Angelegenheit werde ich gleich zu sprechen kommen. Und wende ihre eigenen Kniffe gegen sie an. Weise vertrauenswürdige Soldaten und deinen Schreiber an, Simon Wu zu überwachen. Halte Dr. Paul und mich auf dem laufenden, damit wir Simons Absichten zuvorkommen können. Vor allem aber studiere Sün Tze.»

«Sün Tze? Wer ist denn das?»

«Sün Tze wird von jedem gebildeten Menschen auswendig gelernt.

Er ist Chinas Xenophon, Caesar und Machiavelli in einem. Ein großer Heerführer im 4. Jahrhundert vor Christi Geburt und der Verfasser von *Dreizehn strategische Regeln*. Die dreizehnte bezieht sich auf Geheimagenten.»

«Auch das?»

«Auch das! Nichts Neues unter Chinas Himmel. In bezug auf die ‹Doppelagenten›, wie er sie nennt, rät Sün Tze: ‹Es ist wichtig, die feindlichen Agenten, die dich bespitzeln, ausfindig zu machen. Dann mußt du sie umdrehen und dir dienstbar machen, indem du ihnen das Leben schenkst und ihnen reichliche Belohnungen zukommen läßt.› Stoff zum Nachdenken?»

«Stoff zum Nachdenken, in der Tat, und zum Handeln vielleicht. Ich hatte nicht gedacht, daß China so schwierig ist.»

«Alle Mandarine lesen Sün Tze – und handeln entsprechend. Das ist eine Tatsache, mit der du dich abfinden mußt. Du mußt Sün Tze lesen, Sün Tze verstehen und Sün Tze befolgen! Sonst kannst du kein erfolgreicher Ming-Offizier sein.»

Sie hatten, durch ihr Gespräch abgelenkt, die *chiao-tze* aufgegessen. Der Priester bat den Kellner, auf den Markt zu gehen und für sie Dattelpflaumen aus der Provinz Kwantung im Südosten und Trauben aus der Provinz Kansu in Nordwesten als Nachtisch zu holen. In Europa konnte man die Delikatessen ferner Länder nur geräuchert, gepökelt oder eingelegt mit den Gewürzen zu sich nehmen, die von den Handelsgesellschaften mit überseeischen Niederlassungen nach Europa gebracht wurden. Aber hier wurden diese Früchte, die mit Lastkähnen oder Karawanen angeliefert wurden, auf dem Markt in der Nähe des Hsüan Wu-Tors zu bescheidenen Preisen frisch verkauft.

«Was nun die andere Sache betrifft, die ich erwähnt habe», sagte der Jesuit. «Dr. Paul kam gestern zu mir, um über eine beabsichtigte Heirat mit mir zu reden. Er bat mich, den Vater des Bräutigams zu spielen, weil der Bräutigam vaterlos ist.»

«Das ist eine Ehre für Euch, nicht wahr? Aber warum erzählt Ihr es mir . . .»

«Ich billige den Heiratsantrag von ganzem Herzen, ebenso wie der Minister. Wir beide sehen darin große Vorteile . . . nicht nur für die Hauptpersonen und ihre Familien, sondern auch für den Glauben und das Reich.»

«Warum sprecht Ihr dann nicht mit dem zukünftigen Bräutigam?»

fragte Francis. «Warum verschwendet Ihr Eure Beredsamkeit auf mich?»

«Ich spreche ja mit dem zukünftigen Bräutigam. Und ich werde sehr beredt sein.»

«Ihr scherzt!» Francis war auf der Hut. «In Macao wurde ich vor Eurem boshaften Humor gewarnt.»

«Ich scherze *nicht*. Der Mandarin Jakob Soo trägt dir seine Tochter Marta als deine Braut an. Vom Himmel gesegnet, wird deine Ehe eine Brücke zwischen europäischen Christen und chinesischen Christen sein. Wäre ich dein leiblicher Vater, würde ich sofort zustimmen. Da ich nur dein geistlicher Vater bin, muß ich dich fragen.»

«Das ist lächerlich, grotesk!» Francis ging hoch. «Ich bin Soldat, kein metaphysischer Brückenbauer. Außerdem dürfen Chinesen Barbaren nicht heiraten. Der Hof wird es nicht erlauben.»

«Paul Hsü ist Minister des Ritus. Und er wird es erlauben.»

«Absurd! Was hat Marta gesagt, als sie ihr diesen Unsinn erzählten?»

«Keine Ahnung. Aber Dr. Paul wäre nicht zu mir gekommen, wenn es nicht möglich wäre.»

«Absurd, Pater Adam, völlig absurd. Außerdem werde ich nur noch ein oder zwei Jahre hierbleiben.»

«Ich glaube, du wirst feststellen, daß sich dein Leben zum größten Teil hier abspielt», bemerkte der Priester kühl. «Das ist eindeutig der Wille des Herrn. Überdies hast du China zu sehr umworben, um es im Stich zu lassen.»

«Sei dem wie es wolle, Pater Adam, es besteht kein Grund, übereilt zu heiraten. Und ich lasse mir nicht von Fremden sagen, ich solle dieses oder jenes Fräulein heiraten . . . praktisch von Fremden.»

«Dann wirst du nie heiraten, solange du in China bist. So werden Ehen hier von Eltern und Heiratsvermittlern arrangiert.»

«Und wäre es so schlimm, wenn ich nicht heirate?»

«Du hast nicht das Gelübde der Keuschheit abgelegt. Würdest du noch keusch sein, wenn du in zehn oder zwanzig Jahren noch in China bist? So keusch, meine ich, wie du jetzt bist.»

Francis zuckte zusammen, denn offenbar wußte der Priester Bescheid über seine gelegentlichen Besuche in Blumenhäusern, wie die Freudenhäuser hier genannt wurden, und antwortete kleinlaut: «Vermutlich nicht. Bestimmt nicht, wenn ich in zehn oder zwanzig Jahren noch hier wäre. Oder sogar in zwei oder drei Jahren.»

«Nachdem dieses Prinzip aufgestellt ist, besteht also kein Hindernis, über Dr. Pauls Vorschlag zu diskutieren?»

«Echt jesuitische Beweisführung, Pater Adam, eine unfehlbare Schlußfolgerung auf eine schwache Hypothese zu gründen. Ich hätte darauf gefaßt sein sollen. Ja, Ihr könnt darüber reden, soviel Ihr wollt. Aber einverstanden werde ich nie sein.»

PEKING

30. August – 8. September 1630

«Ching ting wo shuo hua», klagte Marta Soo. «Bitte, hör mich an, Tante Candida. Ich bin so verwirrt und verängstigt. Manchmal glaube ich, ich würde lieber ins Kloster gehen.»

Die Frauengemächer in ihres Vaters Haus waren eine Freistätte, wo Marta die bescheidene Gelassenheit, die alle wohlerzogenen jungen Chinesinnen in der Öffentlichkeit zur Schau trugen, abstreifen konnte, diese Maske zurückhaltender Fügsamkeit, die anzulegen, ehe sie sich unter Menschen begab, für sie ebenso selbstverständlich war wie das Schminken von Augenbrauen und Lippen.

«Ich kann es dir nachfühlen, meine Liebe, aber du weißt, daß du nicht ins Kloster gehen kannst. Wo würdest du in China ein christliches Kloster finden?»

«Doch mußt du wissen, wie mir zumute ist. Das Christentum lehrt, daß Frauen keine Sklaven sind. Wir haben Seelen, genau wie die Männer. Dennoch scheint es, als wollte mich dein Großvater einfach verschenken... wie eine Jade-Schnitzerei oder eine Seladonschale... Aber ich bin nicht...»

«Bestimmt nicht, Marta. Du bist viel wertvoller. Du bist ein vortreffliches Kunstwerk, viel schöner als die Seide, die du bestickst.»

«Tante Candida, ich bin wirklich kein seelenloses kostbares Kunstwerk. Du hast es selbst gesagt.» Marta senkte die Stimme und sah zu ihrer Dienerin hinüber, die in der Ecke saß und ein pfirsichfarbenes Wäschestück flickte. «Bitte, laß nicht zu, daß ich mit einem Mann verheiratet werde, den ich kaum kenne, bloß um ihn an Dr. Paul zu binden.»

«Wie viele Frauen kennen ihre zukünftigen Männer, Marta? Überleg dir das mal. Wie könntest du dir deinen Mann selbst aussuchen? Wie viele junge Mädchen haben das getan? Jedenfalls wärst du dann unzweifelhaft die einzige Ehefrau. Das hast du doch immer gewollt.»

«Natürlich kann ich meine Heirat nicht selbst arrangieren. Und ich will wirklich die einzige Ehefrau sein. Aber es gibt so viele Söhne aus guter Familie . . . aus guten christlichen Familien. Bitte laß nicht zu, daß sie mich mit einem hergelaufenen Barbaren verheiraten. Ich könnte es nicht ertragen.»

«Der Pfeilschmied ist Major, Offizier des Kaisers.»

«Tante Candida, das macht es ja nur schlimmer für mich. Ein Soldat . . . fast der niedrigste Stand von allen. Das wäre fast, als würde ich einen Bettler heiraten.»

Der Bambus-Stickrahmen verbog sich unter Martas krampfhaftem Griff, zerbrach und zerriß die zarte Seide. Die Dienerin Ying sah von ihrer Flickarbeit auf. Ihr rundes Gesicht ließ keine Überraschung erkennen; sie kannte das leidenschaftliche Wesen ihrer Herrin und mit der Zeit auch alle ihre Geheimnisse.

«*Liu-mei tao-shu!*» Candida zitierte die traditionelle Umschreibung des Ärgers einer schönen Frau. «Reizende weidenblattgleiche Augenbrauen in häßlichem Ärger gerunzelt.»

Marta erklärte nicht, daß sie nicht von Ärger, sondern von Angst überwältigt war. Sie brachte kein Wort heraus und bückte sich, um den goldfarbenen *shih-tzu kou* zu streicheln, der neben ihrem Hocker lag. Die silberweiße Pekinesenhündin lag auf den kühlen rotschwarzen Fliesen, alle viere träge von sich gestreckt.

«Abgesehen von allem anderen – wenn du vergißt, daß er Ausländer ist, findest du ihn dann nicht anziehend? In deinen Augen ist er doch nicht wirklich häßlich, nicht wahr?»

«Wie kann ich vergessen, daß er ein Barbar ist? Sein Aussehen, sein Benehmen, alles ist so seltsam. Das macht mich schaudern, Tante Candida. Und du sprichst von der Ehe – vom Heiraten, nicht vom Schäkern oder . . . oder . . . Tändeln.»

«Marta, meine Liebe, was weißt du vom Schäkern . . . oder vom Tändeln? Ich sage dir ganz offen, *ich* würde ihn auf der Stelle heiraten, wenn ich könnte. Er spielt sich bestimmt nicht als Herrscher im Haus auf. Mir gefällt seine schüchterne Art und seine Größe. Ich mag große Männer und . . .»

«Das glaube ich dir, Tante Candida. Es fällt mir schwer, es zu verstehen, aber ich glaube dir, daß du so empfindest.» Trotz ihres Kummers verzog Marta die Lippen unwillkürlich zu einem belustigten Schmunzeln; Candida war schon dreiundzwanzig, also weit über das Alter hinaus, in dem eine Frau solche Gedanken über einen Mann, mit dem sie nicht verheiratet war, hegen durfte. «Aber darum geht es nicht. Du sprichst von meiner Ehe, dem Mann, mit dem ich mein ganzes Leben verbringen werde.»

«Abgesehen von seinem blonden Haar könnte er Chinese sein.» Candida ließ nicht locker. «Seine Augen sind hübsch braun, nicht so kalt blau oder grau wie die von manchen Patres. Deren Augen erinnern mich immer an Glas- oder Porzellanscherben. Die von Francis nicht.»

«Aber seine Nase ist wie ein Schnabel, und dann diese großen, behaarten Hände.» Marta errötete bei dem Gedanken, daß diese Hände sie berühren könnten. «Bitte zwinge mich nicht. Der Hof würde meine Ehe mit einem Meeresbarbaren nie genehmigen, und . . .»

«Das ist gar nicht wahr. Vergiß nicht, daß Großvater Paul Minister für Ritus ist. Er hat das zu entscheiden. Und wie ich dir sagte, hat er entdeckt, daß der Begründer der Dynastie ausdrücklich Ehen mit westlichen Barbaren und Mongolen gutgeheißen hat.»

«Aber das war vor Jahrhunderten. Jetzt sind wir zivilisierter, müssen es sein. Wie kann er so grausam sein . . . mich mit einem Barbaren . . .»

«Du warst nicht so abweisend, als wir das erste Mal über Francis sprachen.»

«Aber ich habe mir das nie richtig überlegt, Tante Candida. Das war nur eine verrückte Idee, über die wir gekichert haben wie Zehnjährige. Jetzt ist es Wirklichkeit, und ich habe Angst. Kannst du dir nicht vorstellen, daß ich vor dieser Ehe Angst habe?»

«Angst? Nein, das kann ich nicht verstehen, wenn deine Angehörigen feststellen, daß es für dich das Beste ist.»

«Für mich oder für sie, Tante?» Einen Augenblick wurde Marta wütend. «Du setzt mir zu, ich soll mich einverstanden erklären, meinen Beitrag für die Verbreitung des Christentums im Reich zu leisten. Aber mein christlicher Glaube sagt mir, es ist nicht richtig, daß ich einfach verheiratet werde wie ein wertloses Sklavenmädchen, das . . .»

«Deshalb bitten wir ja um dein Einverständnis, Marta.»

«Tante Candida, es mag kindisch von mir sein, aber ich denke immer daran, daß die Heirat der wichtigste Schritt im Leben einer Frau ist. Das gilt auch für eine Ehe aus Staatsräson und selbst für die Ehe mit dem Sohn der besten Freunde der Eltern. Deshalb sagt der Weise: ‹Eine kluge Braut hat immer Angst› . . .»

«. . . ‹aber ein kluger Bräutigam braucht sich nur darum zu kümmern, daß seine Braut einen guten Charakter hat, denn er hat andere Gelegenheiten.›» Candida hatte automatisch den Ausspruch ergänzt, der die bittere Erkenntnis chinesischer Frauen zusammenfaßte.

«Tante Candida, bitte, höre mich an. Diese Ehe mit einem Barbaren wäre, als führe ich mit dem Schiff eines Ausländers in ein unbekanntes Land, dessen Gesetze ich vorher nicht kenne, die ich aber mein Leben lang befolgen muß. So wäre es: ich wäre eine Fremde in der Heimat. Kannst du das nicht verstehen?»

«Marta, du hast zu viel Phantasie für meinen schlichten Verstand.» Candidas gleichmütiger Tonfall bagatellisierte die Ängste ihrer Nichte. «Aber ich weiß, du bist Christin, und er ist Christ. Der christliche heilige Stand der Ehe ist gesegnet und weit weniger unsicher als andere Ehen. Außerdem wäre dein Mann derjenige, der im fremden Land lebt und von deiner Familie abhängig ist. Du hättest die Oberhand. Für eine selbständige junge Dame wie dich klingt das ideal.»

«Es tut mir leid, wenn ich pflichtvergessen und aufsässig bin. Es ist nicht meine Absicht. Aber ich bitte dich, noch etwas zu bedenken. Es geht nicht nur um den Pfeilschmied und um mich. Was ist mit den Kindern, Tante Candida?»

«Du bist wirklich seltsam, Marta. Erst lehnst du die Ehe ab, und im nächsten Augenblick machst du dir Sorgen über ungeborene Kinder. Was ist denn mit den Kindern?»

«Sie wären weder Chinesen noch Barbaren, sondern verachtete Mischlinge. Wie würden sie aussehen? Wie Barbaren oder wie Chinesen? Was könnten sie werden? Bitte, denk darüber nach, Tante Candida.»

An der runden hölzernen Mondtür zum Innenhof wurde leise geklopft, und die Dienerin legte die Flickarbeit weg. Als sie die Tür einen Spalt öffnete, drang ein Hauch warmer Sommerluft in das schattige Zimmer.

«Der Haushofmeister meldet, daß Frau Candidas ehrwürdiger

Großvater gekommen ist», sagte die Dienerin. «Minister Hsü wünscht meine Herrin und ihre Tante zu sprechen.»

«Wir kommen unverzüglich, Ying», erwiderte Marta. «Bitte sorge dafür, daß Dr. Hsü Tee und Tangerinen angeboten werden.»

«Das ist schon geschehen, Herrin.»

Die Dienerin half den Damen, ihre leichten seidenen Überjacken wieder anzulegen. Das silberweiße *shi-tzu-kou*-Weibchen hob den struppigen Kopf, ein braunes Auge spähte neugierig durch die Haare, die ihr wie Blütenblätter von Chrysanthemen über das Gesicht fielen. Das goldfarbene Männchen reckte sich genüßlich, beugte sich über die ausgestreckten Vorderläufe, so daß die Barthaare auf den Bodenfliesen schleiften, und streckte dann langsam die Hinterläufe. Die Augen waren hinter einem Dickicht von seidigem Haar verborgen.

«Wang sieht aus wie ein taoistischer Bonze, der heilige Übungen auf dem Berg Omei ausführt», bemerkte Marta beiläufig. «Komm, Mulan. Komm mit, Wang. Seid brav.»

Im Schatten eines blauen Sonnenschirms saß Paul Hsü neben einem kleinen Fischteich im Hof. Auf einem Tischchen standen eine zylindrische Teekanne, eine henkellose Teeschale und eine Platte, auf der goldene Tangerinen und weiße Dampfbrötchen angerichtet waren. Er rollte Teigkügelchen aus den Brötchen und warf sie den schläfrigen Goldfischen zu, die ihre Flossen wie durchsichtige Bänder zwischen den jadegrünen Wasserlilien hindurchzogen.

«Willkommen, Dr. Hsü, in unserer elenden Hütte.» Marta war übertrieben formell. «Hat der verehrte Minister erhalten, was wir an armseligen Erfrischungen aufbieten können?»

«Wie du siehst, mein Kind.» Paul Hsü lächelte über ihre geschraubte Ausdrucksweise.

«Großvater, Marta macht sich Sorgen über ihre . . . ihre ungeborenen Kinder», sagte Candida unvermittelt. «Sie meint, Mischlinge würden verachtet werden.»

«Deine Befürchtungen stehen dir gut an, Marta.» Paul Hsü strich sich den weißen Kinnbart, und Marta zuckte zusammen, denn sie wußte, er war am halsstarrigsten, wenn er sich besonders liebenswürdig gab. «Es ist klug, alle Möglichkeiten zu bedenken, ehe man eine Entscheidung trifft.»

«Euer Exzellenz Zustimmung ehrt mich.» Marta versuchte immer noch, dem Mandarin mit steifer Förmlichkeit Widerstand zu leisten.

«Deine Befürchtungen sind nicht völlig unbegründet, wenn auch stark übertrieben», fuhr der Minister fort. «Die Patres lehren uns, daß Gott der Herr alle seine Kinder gleichermaßen liebt. Der Herr sieht uns nicht schwarz oder gelb, weiß oder braun, sondern alle als seine geliebten Kinder.»

«Großvater Hsü, das ist es nicht, was ich sagen wollte – so gut ich kann.» Marta gab die zurückhaltende Höflichkeit auf und bat flehentlich um das Verständnis des Mandarins. «Selbst wenn ich es wünschte, von Herzen wünschte, den Pfeilschmied zu heiraten, würde ich immer noch Befürchtungen haben. Wir würden immer noch an praktische Fragen denken müssen, an die Familie und die Zukunft.»

«Meine liebe Marta, du weißt, daß dein Vater und ich lange über deine Zukunft nachgedacht haben. Die Familie ist natürlich unser wichtigstes Anliegen.»

«Was ist mit meinen Kindern, Großvater Hsü? Sie wären keine Chinesen und nicht einmal echte Meeresbarbaren.»

«Graf Huang war Hunne. Aber der Sohn, den ihm seine chinesische Frau gebar, wurde Markgraf und Erster Minister. Seine Zeit war, wie die unsere, unruhig. Einem Mann, der Talent hat, steht in unruhigen Zeiten immer eine Laufbahn offen. Der weise Herrscher wählt seine Beamten nach ihrem Verdienst, nicht nach ihrem Blut.»

«Verzeiht mir, Großvater Hsü. Ihr wißt, ich ehre Eure gründliche Kenntnis unserer Geschichte und höre es gern, wenn Ihr die Geschichte erläutert. Aber ein geschichtlicher Vergleich ist nicht immer eine Antwort auf eine solche – verzeiht mir – persönliche Frage. Würden meine Kinder, meine Söhne und Töchter ... könnten sie glücklich und vollkommen sein? Ich fürchte, sie wären innerlich gespalten durch ihr gemischtes Blut.»

«Marta, dein Vater wollte dir *befehlen,* zu gehorchen – wie es auch jeder andere Vater täte. Aber ich habe ihm klargemacht, daß ein Befehl die Harmonie deiner Ehe mit dem Pfeilschmied nicht gewährleisten würde. Du mußt überzeugt sein, daß es die richtige Entscheidung ist.»

«Ich bin zutiefst dankbar für Eure Anteilnahme. Aber wie kann ich zu der Überzeugung gelangen? Der Herr des Himmels weiß, wie sehr ich ... Ich fühle mich entsetzlich vereinsamt in meiner ... meiner Dickköpfigkeit. Ich fühle mich allein gelassen.»

«Dieses Gefühl sagt dir, daß du unrecht hast. Dein Gewissen spricht zu dir. Denke nur daran, Marta, was deine Ehe für den Glauben bedeuten wird, und für das Reich. Wir müssen den Pfeilschmied an uns binden durch eine harmonische Ehe, die ihn fast ganz zum Chinesen macht. Sein militärisches Können wird dem Reich sehr nützlich sein, und seine Tüchtigkeit im Dienste des Kaisers wird den Glauben verbreiten. Ihr beiden werdet Gottes Wort mehr fördern als ein halbes Dutzend unverheirateter Priester.»

«Großvater Hsü, auch ich liebe den Glauben und bin dem Kaiser natürlich treu, aber verpflichtet bin ich meinem zukünftigen Gatten, meinem zukünftigen Herrn, wer immer er sein mag, und unseren Kindern.»

«*Ni-tze, pieh jang wo* . . .» Weder Paul Hsüs sanfter Ton noch seine freundliche Anrede milderten das, was er zu sagen hatte. «Meine Liebe, zwing uns nicht, Maßnahmen zu ergreifen, die wir alle bedauern würden – und niemand mehr als du. Zwing mich nicht, den Pfeilschmied nach Macao zurückzuschicken. Nötige deinen Vater nicht, dich einzusperren wegen Trotz und Pflichtvergessenheit. Dann würdest du niemals einen guten Ehemann finden. Vor allem aber zwinge Gott den Herrn nicht, dich für deinen Ungehorsam zu bestrafen.»

«Ich habe also keine andere Wahl?», stammelte Marta.

«Dein Vater wird dir dasselbe sagen. Ich spreche nur in seinem Namen. Was mich betrifft, so ersuche ich dich, dein Leben nicht wegzuwerfen und . . .»

«Großvater Hsü, ich bitte Euch, meine Befürchtungen in Betracht zu ziehen.» Ihre Stimme war schwach, und Tränen standen ihr in den Augen. «Ich bitte Euch, nicht . . .»

«Und ich ersuche dich im Namen des Herrn, diese selbstsüchtigen Befürchtungen aufzugeben. Nur ein demütiges und gehorsames Herz kann Gott dienen.»

«Und das ist alles, was Ihr mir zu sagen habt?» fragte Marta den Mann, der immer liebevoller und nachsichtiger gewesen war als ihr eigener Vater. «Sonst nichts? Das ist alles?»

«Das *ist* alles», erwiderte Paul Hsü. «Ist es nicht genug?»

Erschreckt durch den scharfen Ton des Mandarins schauten die Pekinesen auf. Das silberweiße Weibchen wedelte in ängstlicher Verwirrung mit der buschigen Rute. Das goldfarbene Männchen betrachtete die Goldfische, aber seine angespannte Haltung strafte sein überlegen gleichgültiges Gebaren Lügen.

Es war schwül im Empfangszimmer von Paul Hsüs Haus am frühen Abend desselben Tages. Die Bambus-Jalousien, die tagsüber die lästige Sonne abgehalten hatten, verbannten auch jedes kühle Lüftchen der in Nordchina lange währenden Dämmerung, die die Chinesen *huang-hwen* nannten, goldenes Halbdunkel. Als Francis Arrowsmith zögernd den leeren Raum betrat, vermißte er das Willkommen, das ihm dort vor einem halben Jahr entboten worden war. Die bedrückenden roten Wände erschienen ihm plötzlich wie Gefängnismauern.

Während er von bösen Vorahnungen erfüllt wartete, wurde sich Francis darüber klar, daß er wehrlos war gegen die Verschlagenheit eines Mannes, der dreimal so alt war wie er und einer der seinen weit überlegenen Zivilisation angehörte. Verschlagenheit war ein wichtiger Bestandteil der chinesischen Staatskunst, und nicht allein dank christlicher Tugend hatte Dr. Paul Hsü große Macht im Reich erlangt. Der Mandarin, der die durchtriebenen Palasteunuchen noch an Geschick übertraf, könnte einen auf sein Wohlwollen angewiesenen Europäer mühelos um den kleinen Finger wickeln.

Wenigstens würde die Unterredung nicht lange dauern. Francis war gekommen, um die Probleme von Gottes Bataillon mit Paul Hsü zu besprechen, und wollte sich dann wieder verabschieden. Denn er mußte vor Ablauf einer Stunde aufbrechen, wenn er das Lager nahe dem Nankou-Paß noch am Abend erreichen wollte. Sechs Mann seines Reiterzuges warteten in dem *hutung* vor dem Wohnhaus. Eine bewaffnete Begleitung war ratsam, denn Banditen und Rebellen machten die Gegend um die Nördliche Hauptstadt unsicher.

Zwanglos in einem Hausanzug aus ungebleichter Rohseide kam Paul Hsü die Stufen herunter. Francis' Beklommenheit verflog, als er die schlichte Gestalt mit dem stattlichen Bauch und den arglosen großen Augen sah. Er fühlte sich in China wieder zu Hause.

«Wie ich sehe, hat man Euch Tee und gesalzene Melonenkerne angeboten.» Der Mandarin sprach aus Höflichkeit dem Ausländer gegenüber langsam. «Ich werde Euch nicht zu lange aufhalten. Ihr seid begierig, wieder zur Truppe zu kommen, nicht wahr?»

«Ja, Dr. Paul. Es ist ein langer Ritt in dieser Hitze.»

«Immer noch beunruhigt wegen Sabotage und Spionage? Ihr werdet froh sein zu erfahren, daß ich seit unserem gestrigen Gespräch einige Schritte unternommen habe. Ich beabsichtige noch weitere.»

«Ich werde eine stärkere Unterstützung von Euch sehr begrüßen.»

»Sie soll Euch zuteil werden. Ich habe mir gedacht . . . Es muß Euch zur Gewohnheit werden, dreimal wöchentlich an Pater Adam zu schreiben. Sagen wir dienstags, donnerstags und sonntags. Schreibt auf portugiesisch . . . Nein, in Latein. Ich habe gehört, daß der . . . äh . . . die andere Partei im Süden zwei oder drei portugiesisch sprechende Chinesen gefunden hat.»

«Mein Latein ist eingerostet.»

«Ich erwarte keine stilistischen Glanzleistungen. Pater Adam wird mittwochs, freitags und montags durch denselben vertrauenswürdigen Boten antworten. Jede Unterbrechung ist ein Zeichen, daß etwas nicht stimmt. Was haltet Ihr davon?»

«Viel. Ich werde mir nicht ganz so weltabgeschieden vorkommen. Aber was ist mit Simon Wu, meinem Adjutanten?»

«Ich könnte ihn natürlich versetzen. Aber nein . . . die Eunuchen würden Euch nur einen anderen Spion schicken, einen, der schwerer zu entdecken ist. Nein, keine Versetzung. Wir werden uns statt dessen Simon Wus bedienen, um den Schwarzen Premier zu täuschen.»

«Pater Adam sprach von ‹Doppelagenten›. Wollt Ihr ihn bestechen oder ihm Angst einjagen?»

«Keines von beidem. Aber könnt Ihr ihn irreführen, ihn glauben machen, daß das Bataillon auseinanderfällt?»

«Schwierig, Dr. Paul. Schließlich ist er Chinese. Seine Quellen sind weit besser als meine.»

«Aber von Arkebusen versteht er nicht viel. Und er ist wohl nicht gerade ein Fachmann der modernen Taktik, nicht wahr?»

«Kaum.» Francis lächelte. «Er hat eine rasche Auffassungsgabe, aber alles, was er weiß, hat er von mir gelernt.»

«Wenn Ihr Euch laut über die Ungeschicklichkeit der Chinesen und die geringen Fortschritte der Soldaten beklagen und die Auswirkungen der ewigen Behinderungen stark übertreiben würdet, könntet Ihr ihn dann überzeugen?»

«Da brauche ich gar nicht so stark zu übertreiben. Aber nein, in Grenzen ließe sich das leicht machen.»

«Dann tut das. Vor allem darf der . . . äh . . . die andere Partei nicht erfahren, wie gut Ihr vorankommt. Der Schwarze Premier muß Gottes Bataillon geringschätzen, dann wird er es nicht fürchten. Auf diese Weise gewinnen wir Zeit, versteht Ihr?»

«Ja, aber der Trick kann nicht lange wirken. Simon Wu ist nicht dumm. Ich glaube nicht, daß ich ihn täuschen kann, wenn das Bataillon die entscheidenden Gefechtsvorbereitungen trifft. Was immer ich sage, die Leute werden zu offensichtlich gut ausgebildet sein.»

«Wieviel Zeit könnt Ihr gewinnen?»

«Einen Monat vielleicht, höchstens zwei.»

«Besser als nichts. Und Ihr müßt diesen Simon Wu heimlich beobachten. Der Sklave Joseph King könnte die Überwachung übernehmen. Wie ich Euch gesagt habe, könnt Ihr ihm in allen Dingen ebenso vertrauen wie mir. Und Joseph kann noch andere finden, die ihn unterstützen.»

«Ich werde dafür sorgen, Dr. Paul.» Wieder einmal machte sich Francis Gedanken über seinen christlichen Sklaven; in diesem Augenblick war sein Vertrauen zu Paul Hsü keineswegs unbegrenzt.

«Übrigens werdet Ihr Peking häufiger besuchen müssen.»

«Mit Vergnügen. Aber warum?»

«Ich werde in Ergänzung der schriftlichen Botschaften mit Euch sprechen wollen. Außerdem wird der junge Simon Wu, wenn Ihr dauernd wegreitet, gewisse Schlüsse ziehen. Ihr werdet leichtfertig erscheinen, den Freuden der Stadt mehr zugetan als Eurer Pflicht – und daher ein schlechter Offizier. Da Ihr immer zu mir lauft, um Hilfe zu erlangen, wird er überzeugt sein, daß es mit den Plänen des . . . äh . . . der anderen Partei gut klappt.»

«Ich werde schrecklich untüchtig aussehen», wandte Francis ein.

«Wärt Ihr lieber ein toter oder ein in einem Schaffell verborgener lebendiger Löwe?» fragte der Mandarin. «Überdies werden Eure Besuche noch einem anderen Zweck dienen.»

«Einem anderen Zweck?» Francis war fasziniert von dem Gewebe aus Lug und Trug, das Paul Hsü spann.

«Ja, noch einem anderen Zweck.» Das Komplott des Mandarins war viel ausgeklügelter, als der junge Engländer sich vorstellen konnte. «Aber ich werde Euch länger hier behalten müssen, als ich geplant hatte. Doch gibt es eine bessere Zeit, um über Eure Zukunft zu reden?»

«Ich habe keine bestimmten Pläne für die Zukunft. Nur dem Glauben zu dienen, dem Reich und Euch – so gut ich kann.»

«Ihr müßt über die Angelegenheit nachgedacht haben, die Pater Adam am Sonntag anschnitt.»

«Natürlich, obwohl ich mir noch nicht klar bin», wich Francis aus. «Ihr . . . das Fräulein Marta . . . tut mir zuviel Ehre an. Ich bin ihrer nicht würdig. Aber was hat das mit Sabotage und Spionage zu tun?»

«Sehr viel, wie Ihr sehen werdet. Die Ränke richten sich sowohl gegen Euch als auch gegen unser Unternehmen. Aber wir wollen eine Kleinigkeit zu uns nehmen. Wenn Ihr heute nacht zurückreitet, wird es spät werden.»

Der Mandarin klatschte zweimal in die Hände. Während das zweite Klatschen noch von den rotgestrichenen Wänden widerhallte, erschien ein Diener mit einem Lacktablett, auf dem eine vollständige Mahlzeit angerichtet war: eingelegte Rettiche, eine Fischsuppe, Bambussiebe mit *hsia-lung pao,* den kleinen gefüllte Klößen, und eine Essig- und Ingwersauce. Lauter Köstlichkeiten aus Paul Hsüs Heimatstadt Shanghai, dem Handelshafen im schlammigen Mündungsgebiet des Jangtse. Ein zweiter Diener folgte mit einem ebensolchen Tablett.

«Langt nur zu», forderte Paul Hsü ihn auf. «Ich glaube, es wird Euch schmecken. Ihr braucht eine Stärkung für Euren langen Ritt.»

Als die Diener sich zurückgezogen hatten, stellte Francis eine sorgfältig formulierte Frage: «Wie können wichtige Staatsangelegenheiten mit meiner unbedeutenden Person in Verbindung stehen, Dr. Paul?»

«Es gibt keinen wirklichen Grund für Eure Anwesenheit im Reich – das ist die Auffassung, die der . . . äh . . . die andere Partei vertreten wird. Ihr fallt nicht unter die Abmachung, die den Jesuiten das Recht gibt, sich hier aufzuhalten, aus Dankbarkeit für Macaos Waffen und Soldaten. Und Ihr gehört nicht länger der barba . . . äh . . . ausländischen Heereseinheit an.»

«Das ist absurd», protestierte Francis. «Der Hof hat uns hergebeten – uns alle. Und ich tue mehr für die Verteidigung des Landes, als Hauptmann Texeira tun kann, solange er in Tungtschou sitzt.»

«Haarspalterei oder nicht, das ist ihr Standpunkt. Das Spionieren ist von größter Wichtigkeit für ihr Vorhaben, Euch auszuweisen. Sie werden dem Kaiser berichten, daß Euer Dienst offenbar unnötig ist, da Ihr ihn so schlecht verseht. Also – weg mit Euch.»

«Dann, mit Verlaub, Dr. Paul, erscheint auch Euer Plan absurd. Je besser es mir gelingt, Simon Wu zu täuschen, um so näher komme ich der Ausweisung.» Francis hatte gelernt, daß die chinesische Etikette spitze Bemerkungen erlaubte, solange sie zustimmend formuliert waren. «Und ohne mich, Dr. Paul, ich sage das in aller Bescheidenheit, könnt Ihr Eure Arkebusiere nicht ausbilden.»

«Ich bin mir dieser Tatsache völlig bewußt. Indes ist mein Plan *nicht* absurd, weil er noch ein weiteres Element einschließt. Ich nenne es Matrimonialdiplomatie.»

«Matrimonialdiplomatie?» Sich dumm stellen, fand Francis, war die einzige Möglichkeit, dem Netz aus Lug und Trug zu entgehen, das Paul Hsü um ihn herum spann.

«Wenn Ihr mit Marta verheiratet seid, habt Ihr eine andere Rechtsstellung», erklärte der Minister. «Die Eunuchen würden nicht wagen, eine unschuldige Chinesin dadurch aus ihrer Heimat zu vertreiben, daß sie Euch ausweisen. Außerdem gedenke ich Euch zu adoptieren – als zukünftigen Ehemann meiner Urgroßnichte. Die Adoption eines Schwiegersohns ist üblich, wenn eine gute Familie einen Erben braucht . . . und ein vaterloser Mann braucht einen guten Namen. Wie Ihr wißt, habe ich keine Enkelsöhne meines Namens.»

«Ich bin immer noch verwirrt, Dr. Paul.» Francis war gerührt über die liebevolle Geste des alten Mandarins, wie berechnend sie auch war, aber er vermochte die Frage nicht zu unterdrücken, die beweisen könnte, daß er doch kein Narr war. «Warum adoptiert Ihr mich dann nicht ohne diese Ehe? Und warum bringen mich unsere Feinde nicht einfach um, statt ein so ausgeklügeltes Komplott zu schmieden?»

«Gut gefragt, Major Pfeilschmied! Ich sehe, daß ich Euch niemals werde täuschen können.»

«Ihr ehrt mich», sagte Francis schließlich, als der Mandarin nicht weitersprach. «Aber was ist mit meiner Frage?»

«*Chiu shih che-yang* . . .» Der Minister wählte seine Worte sehr sorgfältig. «Es ist folgendermaßen. Offener Mord ist nicht die chinesische Art, wenn er sich vermeiden läßt. Sie *könnten* Euch töten, genau wie sie mich töten *könnten*. Aber das wäre zu eklatant und würde Vergeltung herausfordern. Ein unverhüllter Mord ist außerdem zu plump und bringt Schmach und Schande. Aber Eure Ausweisung auf Grund eines ausgeklügelten Komplotts, wie Ihr es nennt, ist etwas anderes. Ein so gerissenes und listiges Vorgehen würden alle Chinesen bewundern.»

«Ich verstehe. Aber warum könntet Ihr mich nicht adoptieren, ohne Fräulein Marta zu zwingen, einen unschönen, halbzivilisierten Flegel zu heiraten?»

«Ihr lernt, Francis, lernt schnell, noch schneller, als ich gehofft hatte.» Der Stolz des Mandarins auf seinen widerstrebenden Schüler, der sich wie ein echter Chinese selbst verunglimpfte, war schon väterlich. «Eine unverhüllte Adoption wäre ebenfalls zu plump. Und einfach nicht glaubwürdig. Ich hätte keinen Grund, Euch zu adoptieren, wenn keine Heirat geplant wäre.»

«Ich habe also keine andere Möglichkeit? Entweder Heirat oder Ausweisung?»

«Das ist *Eure* Schlußfolgerung. Ich zeige nur die Möglichkeiten auf. Ihr müßt selbst entscheiden, was Ihr wünscht . . . und was Ihr tun wollt. Das müßt Ihr mit Eurem Gewissen ausmachen.»

«Ihr habt trefflich . . . Ich sitze also in der Falle.»

«Nicht ich . . . wie Euch gerade klargeworden ist. Die Umstände haben Euch eine Falle gestellt, wenn Ihr überhaupt in eine Falle geraten seid. Entweder entscheidet Ihr Euch dafür, in China zu bleiben und Gott dem Herrn zu dienen, oder Ihr wählt die Ausweisung und vielleicht den Tod. Gott der Herr hat uns einen freien Willen geschenkt . . .»

«Gewiß habe ich Wahlfreiheit.» Francis verheimlichte seine Verbitterung nicht vor dem alten Mandarin, an den er sich, wie er feststellte, schon wie an einen richtigen Vater wandte. «Ich kann mich, anmaßend und schändlich, Marta aufdrängen. Oder ich kann unehrenhaft und feige die Flucht ergreifen. Keine große Auswahl.»

«Ist denn das Fräulein so wenig anziehend? Warum widerstrebt Euch das Heiraten so, Francis?»

«Das habe ich nicht gesagt.» Nervös strich sich Francis das Haar aus der Stirn. «Das habe ich nicht gemeint.»

«Warum sträubt Ihr Euch dann so? Marta machte sich Sorgen über den Rassenunterschied. Habt Ihr . . . Nein, es ist unwahrscheinlich. Aber ich muß die Frage stellen: Zögert Ihr, weil Ihr Euch für tieferstehend haltet als eine Chinesin?»

«Keineswegs.» Francis war belustigt über die Umkehrung des europäischen Überlegenheitsanspruchs. «Das heißt, ich bin mir der Ehre wohl bewußt, aber nicht überwältigt.»

«Warum dann dieses ausgesprochene Entsetzen?»

«Ihr, Dr. Paul, drängt mich zu einer unerhört wichtigen Entscheidung.» Der Engländer drückte sich absichtlich schwülstig aus. «Ich heirate für mein ganzes Leben hienieden. Ihr fordert mich auf, mein Leben einem Volk zu weihen, das gewiß größere Macht und eine höhere Zivilisation als mein eigenes besitzt. Aber dennoch ist es nicht *mein* Volk . . . und kann es, fürchte ich, auch nie werden.»

«Das kann es», warf der Mandarin ein. «China ist vielversprechenden Männern gegenüber aufgeschlossen, welcher Herkunft sie auch seien.»

«Mit Verlaub, Dr. Paul, Meeresbarbaren gegenüber habe ich eine derartige Aufgeschlossenheit nicht bemerkt. Ich sehne mich danach, eines Tages nach England zurückzukehren und den kleinen Besitz meiner Familie für meine Erben wiederzuerlangen. Ich kann nicht glauben, daß Fräulein Marta bereitwillig Euer herrliches Land verlassen würde, wo sie sich einer gesellschaftlichen Stellung erfreut und im Luxus lebt. Unsicherheit und Ungemach sind das einzig Gewisse, das einem jungen Offizier in Europa bevorsteht. Ich könnte von ihr nicht verlangen . . . Daher fordert Ihr mich auf, Chinese zu werden oder zumindest diesen hohen Rang anzustreben.»

«Ich bin immerhin Christ geworden!» Paul Hsü berichtigte seine hitzige Erwiderung gleich darauf. «Nein, das ist nicht dasselbe. Ich nahm den wahren Glauben an, behielt aber mein Vaterland und meine Stellung. Ich opferte nichts, sondern gewann alles, insbesondere mein Seelenheil und . . .»

Francis hörte den Monolog des Mandarins kaum und wußte immer noch nicht, daß Paul Hsü mehrmals seine Stellung und sein Leben aufs Spiel gesetzt hatte, um seinen Glauben zu verteidigen. Wie sein Mentor wünschte, dachte der junge Engländer über die Folgen einer Ausweisung aus China nach.

Was er bereits für seine Zukunft geschaffen hatte, das erkannte Francis genau, war in China geschehen. Würde er ausgewiesen, müßte er alle Hoffnungen fahren lassen. Nicht einmal im Traum könnte er daran denken, die Ländereien der Arrowsmiths wiederzuerlangen. Er wäre nicht nur mit dem Makel der Ausweisung behaftet, er wäre auch mittellos, ohne Freunde und vor allem der Gesellschaft Jesu entfremdet, der einzigen Familie, die er je gehabt hatte. Seine Unnachgiebigkeit würde der China-Mission schweren Schaden zufügen. Adam Schall hatte die Ehe wohl nicht nur aus Freundschaft befürwortet, sondern auch, und vielleicht in erster Linie, weil sie der Sache der Jesuiten nützen würde.

In Macao, überlegte sich Francis, könnte er nur auf das Wohlwollen von Antonio Castro, dem Schriftführer des *Leal Senado,* rechnen. Die rachsüchtigen Portugiesen würden sich über seinen Sturz freuen. Überdies wäre er zwölftausend Meilen von Europa entfernt, wo er ohnehin weder Freunde noch Verwandte besaß, an die er sich wenden könnte.

War diese Heirat wirklich so schrecklich oder bedrückend, wie er geglaubt hatte? War Marta so abstoßend?

Mit ihr würde es sich vielleicht leben lassen, obwohl er eine etwas lebhaftere Frau vorgezogen hätte, eine sinnlichere. Aber gab es überhaupt solche Chinesinnen? Ihm wurde ganz übel, wenn er an diese grauenhaft verstümmelten und vielleicht abgestorbenen Füße dachte. Aber er hatte gehört, daß Chinesinnen in Gegenwart ihres Mannes nie die seidenen Söckchen auszogen, die ihre goldenen Lilien bedeckten. Dennoch wäre es, als würde er mit einem Krüppel schlafen.

Aber wichtiger war die Frage, ob Marta oder China ihm so widerwärtig waren, daß er auf Stellung, Reichtum und Ehre verzichten mußte, weil von ihm verlangt wurde, sie zu heiraten und einige Zeit in China zu bleiben?

«. . . und daher werde ich Euch nicht weiter drängen. Aber vergeßt nicht, ihre Mitgift wird üppig sein, und Ihr werdet befördert.» Paul Hsü beendete seinen Monolog, der einen Kontrapunkt zu den Überlegungen des jungen Engländers gebildet hatte, und lächelte freundlich. «Sei dem, wie ihm wolle, möchtet Ihr ein paar Worte allein mit Marta sprechen, ehe Ihr aufbrecht?»

Allein mit Marta! Dem Minister mußte unendlich viel an dieser Heirat liegen, dachte Francis, wenn er bereit war, nicht nur auf die Einhaltung der Etikette zu verzichten, sondern auch auf eine fundamentale Vorschrift der chinesischen Sittenlehre. Ein Mädchen aus guter Familie durfte niemals allein mit einem möglichen Bräutigam zusammen sein, aber ihm wurde nun zum zweitenmal diese Gelegenheit geboten.

Zwar war er nicht mehr als eine bloße Schachfigur im Spiel um die Macht, aber doch eine Schachfigur in entscheidender Stellung. Er war nicht nur einer von fünf europäischen Offizieren in China, er war der einzige, der Chinesisch sprach. Und er war nicht unauflöslich gebunden an Institutionen, die den Chinesen viel mächtiger erschienen, als sie wirklich waren: das Königreich Portugal und die Gesellschaft Jesu. Sobald er sich an China (und durch die Ehe mit der Urgroßnichte an Paul Hsü) band, wäre er allein ihnen gegenüber loyal. Seine Fähigkeiten stünden Paul Hsüs Partei der Ming-treuen Mandarine zur Verfügung, die danach trachteten, das Reich zu reformieren und zu modernisieren.

Würde er die Gelegenheit, Marta allein zu sehen, ablehnen, wäre das nicht nur ruppig, sondern auch unklug. Er war ganz und gar abhängig von Paul Hsü. Er würde seine Feindschaft noch früh genug herausfordern, falls er endgültig zu dem Schluß kommen sollte, er könne diese Ehe nicht eingehen. Einstweilen war das Wohlwollen des Ministers für Ritus, Paul Hsü Kwang-chi, lebenswichtig für Francis Arrowsmith, Major der kaiserlichen Arkebusiere.

Francis nahm an, daß sich Marta als gehorsame Tochter letztlich den Wünschen ihrer Familie fügen werde. Dennoch wollte er nach Möglichkeit ihre wahre Einstellung herausfinden, ehe er selbst einen Entschluß faßte. Wenn ihr diese Heirat sehr widerstrebte, dann würde ihn keine Drohung und keine Verlockung dazu bringen, sie dazu zu zwingen.

Marta war nicht allein, als Paul Hsü Francis durch das Mondtor in den inneren Hof führte. Auf einem Bambushocker in einer Ecke saß die rundgesichtige Dienerin Ying mit einer Handarbeit. Offenbar hatte der Minister nicht den Eindruck, daß ihre Herrin durch ihre Anwesenheit weniger allein sei.

Zwei blauglasierte Porzellanlöwen starrten trotzig aus der anderen Ecke. Sie waren fast lebensgroß, und ihre unverhältnismäßig riesigen Köpfe waren mit straff geflochtenen Mähnen bedeckt. Die Löwin gewährte einem Jungen Schutz unter ihrer linken Vorderpfote, und die rechte Vorderpfote des Löwen ruhte auf einer Kugel, die als Sinnbild der Welt diente. Zwischen den Löwen saß Marta auf einem Rohrstuhl. Francis betrachtete den leeren Stuhl neben ihr und fuhr zusammen, als Paul Hsü ihm zum Abschied freundschaftlich auf die Schulter klopfte.

«*Ying-chang, ni hau-ma?*» Marta Soo blickte nicht auf. «Guten Abend, Major. Geht es Euch gut?»

«*Hen hao. Hsieh-hsieh, Fu-jen*», erwiderte Francis ebenso förmlich. «Sehr gut, danke, mein Fräulein. Und Euch?»

«Mir geht es ganz gut.» Mit Daumen und Zeigefinger kniffte sie Falten in ihren rosa Rock. «Der Abend wird kühler, nicht wahr?»

«Sehr viel angenehmer als die sonnigen Stunden des Tages», stimmte er zu. «Machen Eure Lektionen gute Fortschritte?»

Sie sah verblüfft auf, ein halbes Lächeln auf den Lippen, und fragte: «Was meint Ihr mit meinen Lektionen?»

«Nur, daß unser Gespräch klang wie die erste Lektion in der Beamtensprache, die Ihr mich gelehrt habt.» Francis war bestrebt, ihrer beider Verlegenheit zu überwinden, damit sie nicht zu gegenseitiger Feindseligkeit wurde. «Ihr wißt doch, die angemessenen Begrüßungen zwischen Freunden. Erinnert Ihr Euch?»

«Natürlich erinnere ich mich», lächelte sie. «Vermutlich klangen wir komisch.»

«Haben sie mit Euch gesprochen?» fragte er zögernd. «Über die . . .»

«Stundenlang ist mit mir gesprochen worden. Tagelang. Und mit Euch?»

«Ebenso . . . Pater Adam und Dr. Paul. Ich weiß kaum, was ich denken soll.»

«Ich bin auch verwirrt, entsetzlich verwirrt.»

«Was habt Ihr geantwortet?» Francis nahm seinen ganzen Mut zusammen. «Was habt Ihr ihnen gesagt?»

«Daß es . . . ein interessanter Gedanke sei . . . Aber natürlich unmöglich.»

«Ich habe ungefähr dasselbe gesagt.» Wenn sie die Heirat ablehnte, überlegte Francis, könnte nicht einmal Dr. Paul ihn zwingen. «Ich bedaure natürlich, daß es unmöglich ist.»

«Ich bin geschmeichelt . . . Aber . . . Gehorsam meiner Familie gegenüber sollte . . . und sie sagen, es wäre sehr nützlich für den Glauben . . . und für die Dynastie. Wie können wir beide so wichtig sein? Aber es ist natürlich unmöglich.»

«Völlig unmöglich.» Widerstrebend stimmte er zu und blickte hinunter auf die schwarzen Wimpern, die ihre Augen verschleierten. Er hielt den Atem an, als sie zu ihm aufschaute, und setzte sich auf den freien Stuhl neben ihr. «Es ist mir gräßlich, daß ich Euch in diese mißliche Lage gebracht habe . . . obwohl Ihr wißt, daß . . . daß ich nie danach getrachtet habe . . .»

«Das weiß ich, Pfeilschmied. Ich muß mich entschuldigen, daß ich Euch Verlegenheit bereite. Es ist nicht gut, einen Ausländer . . . einen Gast . . . auf diese Weise zu behandeln.»

Marta wurde sich darüber klar, daß sie beide, ohne es zu wollen, sich in einer stillschweigenden Verschwörung gegen die Familie näherkamen. Was beabsichtigte Dr. Paul? fragte sie sich. Plante er, sie beide durch ihren gemeinsamen Wunsch, die Heirat zu vermeiden, in ein seltsam vertrautes Verhältnis zueinander zu bringen? Wie bizarr auch immer, ein gemeinsames Ziel war eine starke verbindende Kraft.

«Werden sie zulassen», erkundigte sich Francis, «daß Ihr nein sagt?»

«Ich weiß es nicht. Vielleicht nicht. Aber ich verspreche Euch, ich würde eher Selbstmord begehen, als . . . als Euch weiter Verlegenheit zu bereiten.»

«Das ist nicht sehr schmeichelhaft.» Francis lächelte über ihr merkwürdiges Gespräch. «Was mich betrifft, so würde ich lieber heiraten als in die Hölle zu kommen wegen der Sünde des Selbstmords.»

«Auch das ist zu bedenken.» Sie sprach, als wäre seine seichte Bemerkung tiefschürfend gewesen. «Es gibt Schlimmeres als Heiraten. Natürlich, wenn der Mann verkrüppelt oder verunstaltet oder böse wäre, dann wäre es etwas anderes. Aber . . . es gibt wirklich Schlimmeres.»

«Wohl wahr. Man könnte Selbstmord begehen, ehe man jemanden heiratet, der stark verunstaltet oder böse ist. Aber eine schöne, kultivierte und tugendhafte Braut, das ist ganz etwas anderes.»

Wollte der Barbar, fragte sich Marta, diese absonderliche Heirat wirklich? Warb er um sie auf seine seltsame Weise – direkt, ohne die Dienste eines Vermittlers in Anspruch zu nehmen? Es war unrecht von ihm, sein Spiel mit ihr zu treiben. Doch ihre Eltern, der Minister für Ritus, Pater Adam Schall, alle bedrängten sie. Konnte sie mit gutem Gewissen deren Rat mißachten? Konnte eine junge Chinesin eine Heirat ablehnen, die ihre Familie so sehr wünschte?

Der Barbar war ansprechend, aber dennoch grotesk und ungehobelt. Kein Herr, wie sein Benehmen bewies. Eine Ehe mit dem Pfeilschmied könnte nur verhängnisvoll enden.

«Wir müssen also Widerstand leisten . . . solange und so heftig wir können.» Marta wappnete sich gegen die Versuchung, seinem ungehörigen Werben nachzugeben – was einfach und gehorsam gewesen wäre. «Findet Ihr das nicht auch?»

«Wir müssen uns wehren. Wir haben keine andere Wahl.»

Ungern hatte Francis zugestimmt. Obwohl er entschlossen war, sich nicht lebenslänglich an Marta und China zu binden, verlangte es ihn plötzlich nach Marta. Ihr Kummer ging ihm nahe und zog ihn an, obwohl er ihn hätte abstoßen sollen. Aber dennoch wollte er dieser erzwungenen Heirat, wenn irgend möglich, aus dem Wege gehen.

«Dann sind wir uns wenigstens einig», sagte sie. «Irgend etwas könnte noch geschehen, so daß sie sich anders besinnen.»

«Ihr glaubt, Dr. Paul könnte sich anders besinnen, wenn wir lange genug Widerstand leisten?»

«Vielleicht. Aber nein, er ist unbeugsam, unerschütterlich wie die Große Mauer, wenn er einmal einen Entschluß gefaßt hat. Wir können nur hoffen und beten.»

«Ich werde auch um Rettung beten, Marta. Aber mit einigem Bedauern, wie ich zugeben muß.»

Marta hob die Hand, um die Sache abzutun. Sie war entsetzt, als Francis ihre Hand ergriff und einen Augenblick zwischen seinen beiden Händen hielt.

«Dann gibt es nichts mehr zu sagen, nicht wahr? Ich sehe, daß Ihr zum Reiten angekleidet seid.»

«Ich kehre heute abend ins Lager zurück. Es ist ein langer Ritt durch die Nacht.»

«Dann ist das wohl alles. Es gibt nichts mehr zu sagen?»

«Nein. Gar nichts.»

Francis ging durch den äußeren Hof zur Straße, wo seine ungeduldige Begleitung wartete. Auf dem langen Ritt wägte er jedes Wort und jede Geste ihrer ersten ungehinderten Unterhaltung ab. Widersinnigerweise war er bestürzt über ihren festen Entschluß, die Ehe zu verweigern. Aber sein eigener Entschluß festigte sich.

Kurz bevor in der Doppelstunde des Hasen der Tag anbrach, sahen die Reiter im Tal neben dem Bach die Lagerfeuer von Gottes Bataillon. Die dreieckige Fahne mit dem weißen Doppelkreuz von Saint-Omer auf dunkelgrünem Grund flatterte in der leichten Brise.

Montag, 24. September 1630 bis Sonntag, 14. Oktober 1630

Ein zauderndes Glühwürmchen blinkte in der Dunkelheit zwischen den Ahornbäumen, deren prächtiges Herbstlaub bei Tage hochrot leuchtete. Jetzt war das Tal der Gräber ein schwarzer Pfuhl inmitten der umliegenden Hügel. Als der Wind die Wolken vertrieb, schimmerten monumentale Gewölbe bernsteinfarben im schwachen Schein der Mondsichel. Zwei Laternen schlenkerten in den Händen von Hauptfeldwebeln der kaiserlichen Wache außer Diensten und beschrieben einen blassen Kreis um die Mausoleen. Die Wächter gingen in entgegengesetzter Richtung vom Drachen-Phönix-Torbogen über den breiten Siegesweg, wo riesige Marmorkrieger den ewigen Schlaf der früheren Kaiser bewachten.

Die sterblichen Wächter waren eigentlich überflüssig. Trotz des Verfalls der Ming-Dynastie hielt ehrfürchtige Scheu selbst die kühnsten Diebe ab, die Schätze der kaiserlichen Gräber zu rauben. Außerdem befand sich unter jedem Grabhügel ein unterirdisches Labyrinth, das nur der klügste und vom Glück begünstigste Eindringling durchqueren könnte. Und dann lägen zwischen ihm und der Grabkammer noch marmorne Türen, die für die Ewigkeit verschlossen waren. Marmorne Klinken waren innen eingerastet, als die letzten Trauernden die schweren Türen hinter sich zugezogen hatten.

Dennoch war es klug, lebende Wachtposten die Runde machen zu lassen. Die Briganten waren zwar schändlich verwegen seit der Thronbesteigung des schwachen Chung Chen-Kaisers vor zwei Jahren, aber auch sie fürchteten sich vor den von Geisterlaternen gezogenen Kreisen. Kein Sterblicher, das wußten sie, würde wagen, allein zwischen den vergöttlichten Seelen der früheren Kaiser und den Geistern ihres grimmigen Gefolges herumzulaufen.

Die abergläubische Furcht schützte nur das Tal der Gräber. Die umliegenden Hügel, wo das Glühwürmchen flackerte, waren nicht unantastbar. Scharfe Augen beobachteten den grünlichen Schimmer, der sich westwärts zum Lager von Gottes Bataillon herabsenkte. Das Vorankommen des flügellosen Käfers war unnatürlich; ebenso unnatürlich war seine Regelmäßigkeit. Das Licht flackerte dreimal kurz, dann einmal lang. Nach einer Minute der Dunkelheit wiederholte sich die Reihenfolge.

Durch die Klappe des Zeltes, das er mit Francis Arrowsmith teilte, beobachtete der Sklave Joseph King das wiederkehrende Aufleuchten, bis er überzeugt war, daß kein Insekt seine Fortpflanzungsbereitschaft so genau signalisiert. Seine Filzsohlen waren lautlos auf dem dicht geknüpften Teppich aus Samarkand, der den Holzboden bedeckte. Er tastete nach den Kissen, auf denen Francis rhythmisch atmete, und legte seinem Herrn die flache Hand auf den Mund. Dann zog er sanft an einem Ohrläppchen, bis er merkte, daß sich die Lippen unter seiner Hand bewegten.

«Silêncio», flüsterte er auf portugiesisch.

«Ach, du bist es, Joseph», murmelte Francis schlaftrunken. «Ich fürchtete einen Augenblick . . . ein Mörder . . .»

«*Na yeh keh-neng, Ying-chang.*» Joseph King ging wieder zum Beamtenchinesisch über. «Das ist auch möglich, Major. Aber nicht, solange ich Wache halte.»

«Und hast du etwas gesehen?»

«Wieder dasselbe Blinken, die ungeschickte Nachahmung eines Glühwürmchens.»

«Bist du sicher, Joseph?»

«Natürlich, Major. Das Grün ist auch zu dunkel. Es blitzt zu regelmäßig, und es ist allein.»

«Ein Glühwürmchen allein? Unmöglich!»

«Eben. Und es war auch die anderen Male allein, als ich es sah.»

«In der Mulde, glaubst du? In der Mulde zwischen den Kiefern neben dem Zinnoberroten Torbogen?»

«Da haben sie sich früher getroffen. Aber wir müssen uns eilen, um vor ihnen da zu sein.»

«Bist du sicher, daß sie sich heute nacht treffen?»

«Wenn sie an ihrer Gewohnheit festhalten.»

Joseph King zuckte die Schultern. Im Mondschein war sein schmales kantonesisches Gesicht mit der Stupsnase und den tiefliegenden Augen eine Maske der Unwissenheit. Francis hatte die Erfahrung gemacht, daß Josph nichts sagte, solange er nicht sicher war. Hätten sich sein Urteil und seine Dienste als Schreiber nicht bereits als unschätzbar erwiesen, wäre der Engländer über sein unwandelbares Selbstvertrauen vielleicht ärgerlich gewesen.

«Er ist ein Sklave, aber nicht durch eigene Schuld, sondern wegen seines Vaters unangebrachter Hingabe an ein autonomes Südchina», hatte Paul Hsü erklärt, als er Joseph King an Francis gab. «Da sein Vater als Verräter hingerichtet wurde, kann ich ihn nicht freilassen, obwohl ich es gern täte. Er ist loyal, intelligent, ein vortrefflicher Gelehrter und ein frommer Christ. Joseph King sollte Euer zweites Ich sein, Euer chinesisches Ich.»

Diese Empfehlung hatte Francis' Bedenken, einen christlichen Glaubensgenossen zum Sklaven zu haben, beschwichtigt. Joseph King hätte keine bessere Stellung haben können, solange er ein Sklave blieb; als *alter ego* eines christlichen Offiziers war er weit besser dran, als wenn er Schreiber eines arroganten Mandarins gewesen wäre. Obwohl ein Sklave, war er ein treuer Anhänger der Ming-Dynastie, hielt aber mit seinem Groll über seine Lage nicht hinterm Berg. Schließlich hatte er dank seiner Kenntnis der Klassiker die erste Beamtenprüfung bestanden und damit seine Eignung für die Stellung eines Mandarins bewiesen, ehe ihn das harte Gesetz traf, wonach nicht nur der Verräter selbst, sondern dessen gesamte Familie bestraft wurde. Joseph Kings Unmut richtete sich indes nicht gegen seinen neuen Herrn, den er, da er etwa fünfzehn Jahre älter war, mit einer Spur Respektlosigkeit und humorvoller Nachsicht behandelte. Nachdem sie ausführlich über Josephs mißliche Lage gesprochen hatten, gingen Herr und Sklave ungezwungen miteinander um.

Francis stopfte sich die graue Hose in die Stiefelschäfte und knüpfte eine Schärpe um den schweren Waffenrock. Nachdem er sich vergewissert hatte, daß seine Pistole geladen war, steckte er die Waffe in die Schärpe. Joseph gab ihm ein mit Ruß geschwärztes kurzes Schwert, und beide beschmierten sich Gesichter und Hände mit Ruß. Als sich die Schritte des Wachpostens in der Ferne verloren, schlüpften die beiden Christen aus dem Zelt, kletterten über die zwölf Fuß hohe Backsteinmauer und ließen sich in den trockenen Graben fallen.

Ein aufmerksamer Beobachter hätte sie durch das Gelände kriechen und schleichen sehen können, obwohl sie sich mit dem Gesicht nach unten auf den Boden legten, wenn der Wind den Wolkenschleier von der Mondsichel wegzog. Aber die einzigen Augen, die auf die Hügel gerichtet waren, spähten nur nach dem flackernden Glühwürmchen. Schließlich erreichten sie das Kiefernwäldchen am Zinnoberroten Torbogen.

Der grüne Schimmer schwebte die Hügelkette herunter und hielt jedesmal inne, wenn er die Leuchtzeichen gab: dreimal kurz und einmal lang und dann eine Minute Dunkelheit. Der Palasteunuch Fünften Grades, der die Klappe der Laterne öffnete und schloß, fröstelte, obwohl die Nacht warm war. Er haßte das Herumstolpern auf den dunklen Hügeln, wovon ihn sein Rang normalerweise befreit hätte. Aber sein höchster Vorgesetzter, der Schwarze Premier, hatte ihn persönlich mit diesem Auftrag betraut, weil er zu heikel war für unzuverlässige Zivilisten. Der Eunuch wurde begleitet von einem Leutnant und drei Feldwebeln der Flammenden Mäntel.

Die fünf Geheimagenten waren gerade in die Ebene heruntergekommen, als Francis Arrowsmith in der dunklen Nacht spürte, daß er und Joseph nahe am Zinnoberroten Torbogen waren. Joseph King führte ihn durch mannshohes Gras zu dem geschützten Versteck, das er am Rand einer Lichtung vorbereitet hatte. Vier Minuten später hörten sie unter den Schritten der fünf Agenten Zweige knacken und Gras rascheln. Streifenförmig schimmerte die grüne Laterne durch die schwarzen Grashalme vierzig Herzschläge lang, blieb doppelt so lange dunkel und schimmerte dann wieder vierzig Herzschläge lang. Danach lag die von Kiefern umstandene Mulde dunkel und still da.

Im Lager von Gottes Bataillon, wo verschlafene Wachtposten ihre Runden auf dem Wehrgang auf der Backsteinmauer machten, hatte Adjutant Simon Wu gegen Mitternacht flüchtig die Wachablösung abgenommen. Seine Ohren hatten nur den Stimmen der Nacht gelauscht, dem hellen Bellen eines Fuchses, dem Muhen eines unruhigen Ochsen, dem Wiehern eines ängstlichen Fohlens. Sein Blick war auf den grünen Schein gerichtet gewesen, der den Hügel herabgekommen und dann in der Mulde neben dem Zinnoberroten Torbogen nach zweimaligem Aufleuchten von je einer halben Minute erloschen war.

Die abgelösten Posten machten sich eilig zu ihren Zelten auf. Der Unteroffizier blieb zurück, als Simon Wu ihm einen Wink gab. «Ich habe da draußen in der Nähe der Gräber etwas gehört. Keine Ahnung, was es ist, aber wir wollen nachforschen.»

Adjutant und Unteroffizier gingen durch das Haupttor, wo unter der grünen Fahne mit dem Doppelkreuz von Saint Omer Fackeln brannten. Da sie sich unbeobachtet glaubten, verzichteten sie auf Heimlichkeit. Sie fühlten sich sicher als Agenten des Geheimdienstes, der wie ein unzerreißbares Netz das Reich überspannte, so fein, daß es praktisch unsichtbar war, aber so eng geknüpft, daß niemand durch seine Maschen schlüpfte. Als die Dunkelheit sie umfing, gingen sie zum Laufschritt über.

Francis Arrowsmith und Joseph King hörten das Geräusch von Stiefeln mit Filzsohlen und hielten den Atem an. Auch das Keuchen der beiden war deutlich zu hören in der stillen Nacht, aber der Himmel war so schwarz, daß sie keine Bewegung sahen.

Der Palasteunuch und Simon Wu wurden dann zwischen den Grashalmen sichtbar, als der Eunuch die Klappe der Glühwürmchen-Laterne öffnete. Von unten beleuchtet, wirkten seine Hängebacken wie eine krankhaft grüne Maske, getüpfelt mit schwarzen Schatten, und seine Augen wie dunkle Höhlen. Simon Wus flächiges, fast quadratisches Gesicht schimmerte olivfarben wie Seladon-Porzellan der Sung-Dynastie, aber er hatte rote Flecken der Erregung auf den breiten Backenknochen. Die Augen waren nicht zu erkennen hinter der spiegelnden Brille, doch das Gesicht war von fanatischem Ehrgeiz geprägt, sein Ausdruck zugleich unterwürfig und hochmütig.

Der Eunuch schloß die Laternenklappe, und Francis hörte das Gespräch der beiden wie ein Blinder ein Schauspiel. Die Sopranstimme des Eunuchen war deutlich zu unterscheiden vom Bariton seines Agenten.

«*Kua tien . . .*» nannte Simon Wu die Losung. «Bücke dich nicht im Melonenbeet.»

«*Li hsia!*» erwiderte der Eunuch. «Und verweile nicht unter dem Pflaumenbaum.»

«Damit du nicht Verdacht erregst», beendete Simon Wu den Satz.

«Was für Nachrichten hast du gebracht, die es rechtfertigen, daß ich zu dieser unheimlichen Stunde auf diesen verfluchten Hügeln herumstolpern muß?» Der verdrießliche Ton des Eunuchen änderte sich, als er einen Blick auf die Geisterlaternen im Tal der Gräber warf. «Mögen die Götter des Himmels uns vor den rachsüchtigen Seelen der ehrwürdigen Vorfahren des Kaisers schützen, wenn wir ihre Ruhe stören!»

«Der Frieden Christi sei mit Euch!» Der Adjutant antwortete mit einem christlichen Segensspruch auf eine heidnische Beschwörung. Im Reich der Ming herrschte Toleranz unter den verschiedenen Konfessionen. Gelegentlich kam es allerdings zu Verfolgungen, die von den herrschenden Konfuzianern inszeniert waren. Diese Agnostiker beteten nur die Staatsmacht an.

«Dafür vielen Dank.» Die Dankbarkeit des Eunuchen war nicht geheuchelt. «Du mußt mir mehr über deinen Glauben erzählen. Ist es wahr, wie es heißt, daß sich Eunuchen in eurem einzigen Himmel ... Aber zuerst deinen Bericht.»

«Zweifellos, Euer Gnaden», erwiderte Simon Wu. «Ebenso wie Eunuchen auf Erden mit Ehre und Macht belohnt werden wegen ihrer Beraubung, werden sie im Himmel ... Aber Ihr verlangt meinen Bericht?»

«Ja, natürlich, zuerst deinen Bericht.»

«Alles verläuft planmäßig. Das Bataillon ist in Verwirrung. Mir, seinem christlichen Glaubensgenossen, vertraut der Barbar immer wieder an, er sei der Verzweiflung nahe.»

«Immer wieder? Warum ist er so vertrauensselig? Will er dich aus irgendeinem hinterhältigen Grund irreführen?»

«Der Pfeilschmied? Der aufrichtige Pfeilschmied? Kaum! Nun ja, wenn er Chinese wäre ...»

«Er steht in Verbindung mit Minister Paul Hsü, nicht wahr?»

«Ja, ständig.»

«Könnte nicht Minister Hsü ihn veranlassen ...»

«Der Meeresteufel ist viel zu einfältig. Nicht einmal der schlaue Paul Hsü könnte ihm Verschlagenheit beibringen. Außerdem bestätigen meine eigenen Augen seine Befürchtungen. Er kann mich unmöglich irreführen, Euer Gnaden.»

«Vermutlich hast du recht. Das falsche Spiel ist zu verwickelt, und er ist ja kein Chinese. Scharfsinn ist den Barbaren ebenso fremd wie Tischmanieren den Säuen.»

Francis fuhr empört auf, und Joseph legte ihm die Hand auf den Arm. Das Knarren der Kiefern im aufkommenden Wind übertönte ihr kurzes Rascheln im Gras.

Pang-ting-che pu huei ting hau-hwa!» zitierte Joseph King flüsternd. «Der Lauscher an der Wand hört seine eigene Schand. Habt Ihr erwartet, sie würden Euch loben, Major?»

Pieh-nao», antwortete Francis gereizt. «Sei still und hör dir an, was sie sagen.»

«... gewiß nicht scharfsinnig. Der Pfeilschmied beklagt sich, daß die Leute aus Unachtsamkeit Waffen beschädigen und Schießpulver vergeuden», erklärte Simon Wu. «Für ein paar Zwischenfälle habe ich selbst gesorgt.»

«Wir wissen das. Aber was hat der Barbar genau gesagt? Kann er das Bataillon zu einer kampffähigen Einheit machen? Wie schnell?»

«Nach ein paar Bechern Wein sagt er, er würde lieber die wilden, dickschädeligen Bauern von *We-leh-ssu* kommandieren, wo immer dieser barbarische Ort ist. Er sagt, wenn er die Leute hart anpackt, bringe er sie vielleicht so weit, daß sie gegen eine Tänzerinnentruppe ins Feld ziehen können. Aber selbst das werde sechs Monate dauern, womöglich länger.»

«Ich lobe deine Geschicklichkeit, Hauptmann Wu. Was hat dir der rothaarige Teufel noch anvertraut?»

«Er habe die Nase von diesem harten Leben voll, er sei nicht nach China gekommen, um in einem Zelt zu leben, fern von den Annehmlichkeiten der Städte. Er wird vielleicht einfach aufgeben, das Reich verlassen. Wenn er noch mehr Wein getrunken hat, nennt er sich den König der Affen, weil er vergeblich versucht, diesen Tölpeln Disziplin und Geschicklichkeit beizubringen.»

«Das gefällt mir nicht, daß er chinesische Soldaten Affen nennt. Aber es war unser Plan, daß sie wie Affen aussehen sollen, deshalb . . . Was noch?»

«Wenn er genug Gold in die Finger bekäme, würde er seinen Posten aufgeben und nach Europa zurückkehren. Für zwei Pfennig, sagt er, würde er gehen.»

«Wir würden sogar zehn Pfennig bezahlen, sogar mehr. Die Stimmung des Barbaren paßt zu den neuen Anweisungen, die ich dir überbringe, Hauptmann Wu. Du mußt ihn in unser Netz ziehen.»

«Keine Schwierigkeiten. Aber was ist mit mir? Habt Ihr Bescheid für mich?»

«Ich kam heute nacht, um dir zu sagen, daß deine Bedingungen angenommen sind. Wenn der Pfeilschmied das Reich verläßt, sei es auf eigenen Füßen oder in einem Leichentuch, dann wirst du zum Befehlshaber der Arkebusiere ernannt, zum Oberst befördert mit Sondervergütungen von fünfhundert Gold-Taels – sowie normalem Sold und Vergütungen.»

«Sehr schön. Ich bin Euer Gnaden demütiger Diener und der unwürdige Sklave des Obereunuchen Tsao.»

«Handele, wie du sprichst, und der Lohn ist dein. Jetzt muß ich fort, ehe irgendein herumstreifender Soldat unerwartet auf uns stößt.»

Der Wind hatte den Wolkenschleier aufgerissen, und die Gestalten in der Mulde waren schwarze Silhouetten vor der Mondsichel. Nachdem sie vor dem Eunuchen salutiert hatten, verschwanden Simon Wu und sein Unteroffizier im Schatten der Kiefern.

«Einen Augenblick, Hauptmann», piepste die hohe Stimme des Eunuchen. «Wir planen ein Ablenkungsmanöver für deinen Meeresteufel. Über deine Rolle wirst du noch Bescheid erhalten. Nun fort mit dir.»

Der Eunuch drehte sein feistes Gesicht nach Süden und dachte mißmutig an den vier Meilen langen Weg zu der verlassenen Poststation, wo ihre Pferde warteten, von fünf Flammenden Mänteln bewacht. Deren bunte Uniformen trugen die ungeheure Macht des Geheimdienstes zur Schau, die normalerweise verborgen wurde. Die rost-gelben Umhänge verscheuchten rechtschaffene Menschen und Briganten gleichermaßen. Kein rechtschaffener Mensch näherte sich bereitwillig dieser verachteten Uniform, und die Briganten zogen den Reitern der Flammenden Mäntel leichtere Beute vor.

«Ich stimme dem einfältigen Barbaren-Major zu», sagte der Eunuch verdrossen, als er zwischen den dunklen Kiefern verschwand. «Ich kenne bessere Arten des Zeitvertreibs, als auf diesen Hügeln herumzustolpern, die um diese Stunde zweifellos von bösen Geistern wimmeln.»

«Cochon, chu-tou, Schwein, *porco!»* In seiner Wut brachte Francis alle Sprachen durcheinander. «Ich bin also ein geistloser Narr, ein einfältiger Barbar!»

«Ich habe Euch ja gesagt, daß der Lauscher an der Wand niemals etwas Gutes über sich hört!» Joseph King kicherte.

«Das ist nicht komisch, Joseph!» Francis' Stimme klang nun auch belustigt. «Zumindest nicht so komisch.»

«Habt Ihr geglaubt, Major, sie treffen sich heimlich, um Euer Loblied zu singen?» lachte der Sklave. «Oder um einen literarischen Wettbewerb abzuhalten? Drei Taels für die besten Verse zum Ruhm des Majors Pfeilschmied? Habt Ihr das wirklich geglaubt?»

«Eigentlich nicht. Aber verachten alle Chinesen alle Ausländer auf diese Weise?»

«Gewöhnlich nicht, keineswegs. Und Ihr seid noch gut davongekommen. Eure militärische Leistung achten sie immer noch hoch. Ihr könnt Euch nicht vorstellen, was die Heiden über manche Patres sagen.»

«Was könnte dieses Ablenkungsmanöver sein, das der Eunuch erwähnte?»

«Ich weiß nur, daß es nicht sehr drastisch sein wird.»

«Wie kannst du so sicher sein?»

«Es liegt auf der Hand, Major. Ihr habt Euer erstes Ziel erreicht. Die andere Partei unterschätzt Euch bereits beträchtlich. Ein ziemlich einfaches Ablenkungsmanöver, was immer das bedeuten mag, werde Euch in Verwirrung stürzen, glauben sie. Außerdem wollen sie das Bataillon für sich selbst haben, wollen es nicht vernichten. Das ist ganz einfach.»

«Ich finde das», erwiderte Francis, «was für einen begriffsstutzigen Chinesen ganz einfach ist, verteufelt schwierig für den klügsten Ausländer.»

«Das ist natürlich richtig. Aber ein wenig Voraussicht, ein bißchen heimliche Vorbereitung . . . Wir werden damit leicht fertig werden. Weder der Eunuch noch Hauptmann Simon Wu ist halb so verschlagen, wie er – oder Ihr – glaubt.»

Am nächsten Samstag frühstückte Francis Arrowsmith mit Simon Wu. Der Adjutant trug wieder die Maske der Liebenswürdigkeit, die er in der Mulde zwischen den Kiefern abgenommen hatte. Seine flachen Backenknochen zeigten keine Flecken, und die Augen waren ausdruckslos hinter der Brille. Auf dem Bruststück des wattierten blauen Waffenrocks trug er das Rangabzeichen eines Hauptmanns, einen Luchs, und die grauen Hosen steckten in schwarzen Schaftstiefeln. Aber die Brille unter dem roten Helm kam Francis höchst unpassend vor.

Ein europäischer General mochte eine Brille aufsetzen, um eine Karte zu studieren, aber jüngere Offiziere fanden Brillen unkriegerisch und teuer. In China scheuten sich dagegen auch jüngere Offiziere nicht, Brillen zu tragen, und sie waren überall und billig zu haben. Die Jesuiten hatten die europäische Erfindung im Reich eingeführt, und von geschickten chinesischen Handwerkern waren die Modelle verbessert worden. Schwachsichtigkeit war überdies ein Zeichen von Rang. Alle Mandarine und auch die Offiziere wollten den Eindruck erwecken, daß sie sich beim eifrigen Studium der Klassiker die Augen verdorben hätten.

Nach dem Frühstück stopften der Major und der Hauptmann

Tabak in die fingerhutgroßen Messingköpfe ihrer zwei Fuß langen Bambuspfeifen. Als der weiße Rauch in die Herbstsonne aufstieg, ging Simon Wu vom Plaudern zu den Angelegenheiten von Gottes Bataillon über.

«Major Pfeilschmied, ich mache mir Sorgen», sagte er und setzte sich auf seinem Feldstuhl auf. «Die Leute beklagen sich über das Essen.»

«Wie kommt das?»

«Wenn man Leute aus dem Süden und Leute aus dem Norden in dieselbe Kompanie, sogar in dieselbe Gruppe steckt . . .»

«Ihr wart damit einverstanden, als Minister Paul Hsü beschloß, es zu versuchen. Hätten wir Leute nur aus dem Süden oder nur aus dem Norden angeworben, hätten wir kein wirklich nationales Bataillon gehabt.»

«Man kann südliche Austernsauce und nördliches Sesamöl und südlichen Reis und nördlichen Weizen nicht vermischen.»

«Was könnten wir ändern?»

«Als erstes die Verpflegung, wie ich gesagt habe. Die Leute aus dem Norden beklagen sich über zuviel Reis, nicht genug Dampfbrötchen und Nudeln. Die aus dem Süden sagen, der Reis sei zweitklassig.»

«Dann bestellt doch besseren Reis und gebt mehr Brötchen und Nudeln aus.»

«Die Verpflegung ist nur die Spitze des Drachenschwanzes. Gestern abend hat es drei Raufereien zwischen Nordländern und Südländern gegeben, die eine war fast eine Meuterei. Zum Glück hat Leutnant Wang sie schnell unterdrückt.»

«Ich werde ihn belobigen.» Francis verriet nicht, daß er schon von Joseph King erfahren hatte, daß alle drei Streitereien von Simon Wus Landsleuten aus Shanghai angestiftet worden waren.

«Belobigungen werden die Schwierigkeiten nicht beseitigen, Major. Es handelt sich nicht bloß um Feindschaft zwischen Nord und Süd, sondern auch zwischen Provinzen. Die Shanghaier können die Kantonesen nicht ausstehen. Behaupten, sie stinken nach den Hunden, die sie essen. Die Leute aus Shanghai hassen die aus Shansi. Nennen sie diebische Mauleselhändler. Getrennte Feldküchen könnten die Reibereien vermindern.»

«Getrennte Feldküchen kommen nicht in Frage, Adjutant. Paul Hsü hat das von Anfang an zur Bedingung gemacht – keine getrennten Feldküchen. Er sagte, dann könnte man das Bataillon gleich auflösen.»

«Dazu mag es kommen», sagte Simon Wu betrübt.

«Das weiß ich.» Francis beschloß, seinen zuversichtlichen Ton zu ändern. «Aber was kann ich machen? Ich würde diese unerfreuliche Sache gern aufgeben, wenn ich Geld hätte. Aber das habe ich nicht. Also muß ich mich damit abfinden – und mein Versagen so gut erklären, wie ich kann.»

«Versagen, Major Pfeilschmied, kann Seiner kaiserlichen Majestät nicht erklärt werden. Wenn das Bataillon aufgelöst werden muß, werdet Ihr – werden wir – streng bestraft, vielleicht hingerichtet werden.»

«Ihr meint, es gibt keinen Ausweg für uns?»

«Es *gibt* einen Ausweg, Major.»

«Nicht nach dem, was Ihr gesagt habt. Kein Gold, kein Entkommen.» Mit einer zur Schau getragenen Käuflichkeit wollte Francis seine Verzweiflung unterstreichen. Auf seine lateinische Botschaft vom Dienstag, in der er berichtet hatte, daß Simon Wu versuchen würde, ihn anzuwerben, hatte Paul Hsü ihn in seiner Antwort von Mittwoch angewiesen, er solle auf jeden Plan eingehen, den der Adjutant ihm vorschlage.

«Mit Verlaub. Major, Ihr versteht nicht ganz, wie die Dinge im Reich geregelt werden. Gold ist der Schlüssel. Mit genug Gold könnten wir uns nicht nur Straflosigkeit kaufen, sondern auch eine Beförderung, wenn das Bataillon scheitert.»

«Aber, Hauptmann, Ihr habt mir gesagt, Ihr seid knapp bei Kasse. Und ich habe kein Gold, überhaupt keins.»

«Wir können soviel Gold bekommen, wie wir brauchen. Das Bataillon könnte eine Goldmine sein, wenn es auf die chinesische Weise vor sich ginge.»

«Auf die chinesische Weise?»

«Ein Mandarin bezahlt immer mit vollen Händen für eine gute Stellung. Dann ist er es seiner Familie schuldig, sich zu bereichern. Das ist so Sitte, und niemand leidet dabei.»

«Nur das arme Volk, das er schröpft.» Francis wußte, daß sein Hinweis auf die Leiden des Volkes ihn als Narren kennzeichnen würde. «Wir jedenfalls haben kein Volk, das wir schröpfen können. Ich kann meinen Soldaten und Unteroffizieren keine Geldstrafen auferlegen oder ihnen Beförderungen verkaufen.»

«Das wäre immerhin ein Anfang, Major. Außerdem könnten wir ein Drittel der Leute entlassen, aber ein Drittel mehr melden als angeworben. Und das zusätzliche Gold für Verpflegung, Sold, Monturen und Munition könnten wir uns teilen.»

«Zwei Drittel für mich und eins für Euch.» Francis spielte seine Bestechlichkeit aus. «Aber die Mannschaftsstärke wollen wir nicht vermindern.»

«Warum nicht, Major? Wenn wir es nicht tun, wären die Gewinne zu klein. Und Ihr könntet nicht das Doppelte von mir bekommen.»

«Mein Plan wird uns nicht nur zwei Drittel mehr einbringen, sondern doppelt soviel. Wir werden die doppelte Truppenstärke melden, aber denselben Mannschaftsbestand behalten.»

Francis stellte rasch eine Berechnung auf. Wenn er ein Jahr lang zwei Drittel des monatlichen Etats des Bataillons in die eigene Tasche steckte, etwa dreihundert Gold-Taels, könnten ihm die Drohungen von Paul Hsü und die Fallen, die ihm Simon Wu stellte, all diese verwickelten chinesischen Komplotte, nicht mehr viel anhaben. Der Minister hatte ihn angewiesen, auf die Pläne des Adjutanten einzugehen, hatte aber nicht gesagt, er solle das ihm zufallende Gold zurückgeben. China hatte ihn gelehrt, daß er in erster Linie sich selbst gegenüber verpflichtet war.

«Das wäre selbstverständlich noch besser», stimmte der Adjutant zu. «Wir würden zwei Fliegen mit einer Klappe schlagen und das Bataillon intakt halten auf die entfernte Möglichkeit hin, es zu einer wirklich kampffähigen Einheit zu machen.»

Simon Wu war entzückt von dem Plan, der ihm nicht nur mehr Gold verhieß, sondern auch ein vollzähliges Bataillon. Das würde ihn für den Schwarzen Premier wertvoller machen – und weniger verletzlich durch die Niedertracht dieses Eunuchen. Ein Mißtrauen gegen Francis' plötzliche Klugheit flackerte in Simon Wus Augen auf, wurde aber von seinem gesunden Menschenverstand unterdrückt. Jeder Chinese konnte jeden Barbaren überlisten, und Simon wußte, daß er ein höchst intelligenter Chinese war.

Außerdem war der Plan weder so klug noch so kühn, wie der Barbar glaubte. Keine Heereseinheit im Ming-Reich versäumte, ihre Stärkenberichte zu fälschen, und zwar in weit größerem Maßstab, als der Pfeilschmied vorgeschlagen hatte. Die Pekinger Garnison hatte angeblich vierzigtausend Mann, aber jedermann wußte, daß sie tatsächlich nicht mehr als fünfzehntausend zählte. Nach den Aufzeichnungen im Kriegsministerium verfügten die kaiserlichen Heere über drei Millionen Mann, aber die wirkliche Zahl einschließlich der Lahmen und Blinden betrug eine Million. Was Doppelzüngigkeit betraf, so war der Barbar gegen jeden höheren chinesischen Offizier ein Waisenknabe.

Hauptmann Simon Wu war nicht nur klug, sondern schon listenreich gewesen, ehe er Offizier geworden war. Er war zu einem Meisterbetrüger herangereift, seit er ein Faden im Göttlichen Strang geworden war. Mit diesem von dem großen Strategen Sün Tze geprägten Begriff für einen Nachrichtendienst wurde damals das riesige Netz von Spionage, Nötigung und Erpressung des Schwarzen Premiers bezeichnet. Um als Geheimagent zu überleben, mußte Simon Wu ein geschickter Ränkeschmied sein.

Der Adjutant meldete täglich etwa zehn bis fünfzehn nicht vorhandene Rekruten und sorgte für Glaubwürdigkeit, indem er auch eine geringere Zahl von Todesfällen, Versetzungen und Desertionen meldete. Es würde ungefähr zwei Monate dauern, bis genug Soldaten auf dem Papier angeworben waren, um die Ist-Stärke des Bataillons und seinen Etat zu verdoppeln. Wenn der unbestechliche Minister für Ritus die Einheit inspizierte, könnte er natürlich nicht mehr als fünfhundert Soldaten zählen, aber der Pfeilschmied würde ihm erklären, die anderen seien ins Manöver gezogen.

Der Adjutant sorgte dafür, daß jeder Bericht die Unterschrift des Barbaren-Majors in seinen kindlichen Ideogrammen trug. Er selbst zeichnete die Berichte nur ab, was bedeutete, daß er sie zwar gesehen, ihre Richtigkeit aber nicht überprüft hatte. Mehr als tausend Schriftstücke wurden jeden Monat mit dem Kriegsministerium gewechselt. Seine eigene Rolle bei dem Schwindel im unklaren zu lassen, war daher einfach.

Francis Arrowsmith gab alle diese Schriftstücke an Joseph King, der sie geschickt abänderte, um die Verantwortung dem Adjutanten zuzuschieben. In den folgenden Monaten sollte sich Simon Wu häufig wundern, weil das Kriegsministerium auf Angelegenheiten Bezug nahm, von denen er nichts wußte. Aber er kam zu dem Schluß, daß diese Unstimmigkeiten mit den großen Unterschlagungen zusammenhingen, die der Minister und seine Mandarine selbst begingen.

Abgesehen von den einfachen Soldaten, die keine Rolle spielten, war das ganze Bataillon entzückt. Da er gut den vierzigsten Teil der veruntreuten Beträge erhielt, beschloß Joseph King, sich in seinen eigenen geheimen Berichten an Paul Hsü vorsichtig auszudrücken. Sein Herr konnte den Minister über den vollen Umfang des Betrugs unterrichten, wenn er wollte. Ein Zwanzigstel erhielten die zehn Leutnants und achtundzwanzig Unteroffiziere des Bataillons für ihre wichtige Mitwirkung, ein Zuschuß zu dem, was sie ohnehin den einfachen Soldaten abpreßten.

Francis Arrowsmith überzeugte sich davon, daß die Schlagkraft des Bataillons durch das Netz von Bestechungen nur unwesentlich beeinträchtigt war. Es ging nicht nur um seine Berufsehre. Er wußte, daß er Paul Hsü die tüchtigste Kampfeinheit im Reich zur Verfügung stellen mußte, wollte er sich nicht seinen Zorn zuziehen. Nur dann und wann fragte er sich, wann Dr. Paul wieder Druck auf ihn ausüben werde, Marta Soo zu heiraten. Wenn er an Marta dachte, war er erstaunt über die Zärtlichkeit, die er empfand, und die gedämpfte Leidenschaft. Aber er war sich noch immer nicht darüber klar geworden, ob es klug sei, sie zu heiraten. Einerseits begehrte er sie, aber andererseits war er entsetzt bei dem Gedanken, daß er lebenslänglich an eine junge Frau gebunden wäre, die er kaum kannte, und damit an China. Er war jedoch ganz in Anspruch genommen von dem großen Betrug und versuchte, nicht an die unvermeidliche Auseinandersetzung mit Dr. Paul über den Heriatsplan zu denken.

Am 14. Oktober 1630, zu Beginn der Doppelstunde des Ochsen um ein Uhr morgens, entlud sich ein Gewitter, der Regen lief den Posten an den Helmen entlang in die Krägen, durchweichte ihre wattierten Jacken und Baumwollhosen und löschte die Wachfeuer und Fackeln, denn ihre kleinen Dächer boten keinen Schutz vor dem seitlich einfallenden Regen. Gewitterwolken verhüllten den Mond, und so war das Lager nur schwach erhellt von Öllampen in den Zelten der Offiziere. Die an der Mauer hängenden Not-Öllampen beleuchteten die zusammengekauerten Posten, warfen aber kein Licht über die Mauer.

Das Haupttor und die Wachttürme an den vier Ecken waren zunächst ungefährdet, denn ihre breiten Fundamente reichten tief. Aber der nordöstliche Turm erbebte, als das Grundwasser im Lager stieg und kleine Wellen durch die auf Holzpodesten aufgeschlagenen Zelte plätscherten. Die Mauer wurde am schwersten mitgenommen, denn ihre Backsteine waren nicht gebrannt, sondern nur eine Woche lang in der Sommersonne getrocknet worden, als das Lager in aller Eile gebaut wurde. Der Wolkenbruch weichte den Mörtel auf und ließ die Kanten zerbröckeln. Nachdem es den Regengüssen drei Stunden lang standgehalten hatte, stürzte um zwei Uhr morgens ein sieben Fuß langes Stück der Nordmauer ein.

Ein Wachtposten fiel in den Graben, wo das Wasser schon einen Fuß hoch stand. Er verstauchte sich den Knöchel, aber hauptsächlich war seine Würde verletzt.

Francis zog seine Wachposten zurück und erlaubte ihnen, sich in den Wachtürmen und im Haupttor unterzustellen; statt ihrer ließ er den Bereitschaftszug von Leutnant Wang antreten, die zweiundfünfzig Mann, die ohne Simon Wus Wissen ausgebildet worden waren. Sie sollten auf der Innenseite der Mauer patrouillieren und jede Einbruchstelle mit Holz und Steinen verstopfen, die für solche Notfälle bereitlagen. Von den Wachtürmen aus behielten die Posten die Ebene ringsum im Auge, soweit sie in der Dunkelheit etwas sehen konnten.

Nachdem er alle möglichen Vorsichtsmaßnahmen gegen einen unwahrscheinlichen Überfall während des Gewitters ergriffen hatte, ging Francis in sein Zelt zurück. Er versuchte zu schlafen, denn er wußte, daß seine Leutnants ihn sofort finden konnten. Als die Doppelstunde des Tigers um vier Uhr morgens halb verstrichen war, wurde er von einer Rohrpfeife geweckt, die Alarm blies. Eine zweite Pfeife erklang schrill, dann eine dritte. Ein einzelner Schuß übertönte das Trommeln des Regens und das Heulen des Windes.

Francis stürzte aus dem Zelt. Das Schwert hatte er in der Hand und die Pistole griffbereit in der Schärpe. In der Dunkelheit konnte er weder Freund noch Feind erkennen, aber er hörte Schwertergeklirr und Geschrei. Der Kampflärm wurde lauter, aber zu sehen war immer noch nichts. Eine dunkle Gestalt warf sich ihm an die Brust und behinderte seinen Schwertarm; er zog seine Pistole.

«Pfeilschmied, ich bin's . . . Leutnant Wang», keuchte der Mann.

«Was ist denn los, Wang? Werden wir angegriffen? Wo?»

«Ich weiß es nicht genau, Major. Aber am Haupttor . . . Ihr könnt das Schwerterklirren hören . . . und an der Westmauer.»

«Ich übernehme das Tor», erklärte Francis. «Geht Ihr zur Westmauer und leitet den Widerstand.»

Kesselpauken dröhnten dumpf, und bronzene Handglocken läuteten. Fluchend trat das Bataillon an, um den hart bedrängten Bereitschaftszug zu entlasten.

Die Wolken rissen auf, Mondschein sickerte durch ihre schwarzen Ränder und erhellte das Lager. Als Francis die Leiter zum Turm über dem Haupttor erklomm, hatte der Wind die Wolken vertrieben. In der Helligkeit sah er den Feind endlich. Sechs Mann in zerfetzten grauen Mänteln mit weißen Stirnbändern schwangen breite Schwerter gegen seine Leute. Vier Arkebusiere versuchten auf die Angreifer zu schießen, die einen gewaltigen Baumstamm gegen die Bohlen des Haupttors schwangen.

«Bedeckt eure Pulverpfannen», brüllte Francis, «und haltet die Lunte trocken.»

Der Griff seiner eigenen Radschloßpistole war feucht, aber die abgedeckte Pulverpfanne hatte den Zündsatz trocken gehalten. Er zielte auf den vordersten Mann am Sturmbock und drückte ab, und der Mann wälzte sich im Schlamm. Das rhythmische Schlagen des Sturmbocks gegen das Haupttor ließ nach, und eine nach der anderen glühten die Lunten der Arkebusiere auf wie erwachende Leuchtkäfer.

Zwei Schüsse krachten gleichzeitig, dann folgten drei weitere. Die Leute am Sturmbock blickten mit schlammbespritzten Gesichtern ängstlich nach oben. Als noch zwei Mann fielen, ließen die übrigen den Baumstamm los und flohen.

Mehrere hundert Angreifer strömten über die Ebene. Ihr schrilles Geschrei übertönte den prasselnden Regen: «*Sha! Sha! Sha wang-pa-tan yang-kuei!* Sha! Tötet! Tötet! Tötet den Schildkrötensohn, den ausländischen Teufel! Tötet!»

Die Welle kam näher, Füße rührten in dem mit Wasser vollgesogenen Boden Schaum auf. Ein Unteroffizier deutete auf ein dreieckiges Feldzeichen, mit zwei roten Ideogrammen beschriftet.

«Chuang Wang!» schrie er. «Der verwegene König! Es ist der Einäugige Li . . . der Brigant Einäuger Li!»

«Halt den Mund!» befahl Francis. «Laß deine Leute laden und dann ihr Feuer halten!»

Eine schlammverschmierte Gestalt glitt wie eine Wassernatter über die hölzerne Brustwehr, und ein Dolch blinkte im Mondschein. Als die Klinge auf Francis zuschnellte, stieß der Unteroffizier dem Briganten die gezackte Spitze seiner Pike in den Bauch. Blut spritzte hervor und Eingeweide quollen heraus. Der Unteroffizier stieß noch einmal zu, und der Brigant stürzte rückwärts über die Brustwehr.

«*Sha! Sha wang-pa-tan!*» erklang von neuem das schrille Feldgeschrei der Briganten unten.

«*Teng ta-men . . .*» befahl Francis. «Wartet, bis sie näher kommen . . . Jetzt! Jetzt! Schießt! Schießt alle!»

Zwölf Arkebusen feuerten. Als der Wind die Schwarzpulverschwaden vertrieb, sah Francis, daß der Feind in den Schutz der Kiefern rannte. Der Mond beschien fünf untersetzte Gestalten am Rand des Wäldchens. Ihre winkenden Arme befahlen den Briganten, wieder anzugreifen, aber sie rannten einfach an ihnen vorbei. Als die fünf sich auch umwandten, um zu fliehen, waren die rostgelben Umhänge zu erkennen, die nur von den Flammenden Mänteln getragen wurden.

«Wir haben sie von der Westmauer zurückgeworfen», sagte Joseph King neben ihm. «Leutnant Wang hat es gut gemacht. Aber der Angriff war halbherzig. Nach vierundzwanzig Stunden im Graben, was konnten sie da noch erwarten?»

«Vierundzwanzig Stunden im Graben?»

«Die ersten tapferen Jungen lagen seit gestern nacht im Graben versteckt. Sonst hätten sie in der Dunkelheit nie die Mauern gefunden.»

«Wir müssen den Posten beibringen, wachsamer zu sein», bemerkte Francis. «Vielleicht mit der Peitsche.»

«Dreizehn an der Westmauer brauchen nichts mehr beigebracht zu bekommen. Sie sind tot. Und etwa vierzig sind verwundet.»

«Und unser prächtiger Adjutant, Hauptmann Simon Wu, wie geht es ihm?» Francis sprach leichthin, denn er wollte sich der Niedergeschlagenheit nicht überlassen, die ihn plötzlich befiel. Er hatte erkannt, was es bedeutet, allein verantwortlich zu sein, wenn Soldaten unter seinem Befehl starben.

«Ach, Major», erwiderte Joseph King, «ich habe ihn die ganze Nacht nicht gesehen.»

Dr. Paul Hsüs Stimmung war düster, sein Verhalten schulmeisterlich. Immer wenn der Mandarin bekümmert war, zog er sich in das Bollwerk der chinesischen Klassiker zurück, das mit gelehrten Kommentaren aus zwei Jahrtausenden befestigt war. Er nahm keine Notiz von dem Tumult in den Höfen seines Hauses am Pflaumenbaum-*hutung* in der Nähe des Hsüan Wu-Tors. Verschanzt in seinem Arbeitszimmer hinter hohen Bücherregalen, dachte er über die Weisheit des Strategen Sün Tze nach.

«Wir müssen Sün Tze zu Rate ziehen. Seine Lehren lassen sich unmittelbar auf unsere Probleme anwenden.» Der Mandarin wandte sich an Francis Arrowsmith wie ein Lehrer an einen vielversprechenden, aber unwissenden Schüler. «Ihr solltet Euch jedes Wort einprägen.»

Francis nickte ergeben. Er war schläfrig nach den Strömen von Reiswein und dem überreichlichen Essen, das Paul Hsü seinen Gästen zur Feier des chinesischen Erntefestes *Chung-chiu Chieh* hatte auftragen lassen. Ein Bankett von zweiunddreißig Gängen war kein zweckmäßiger Abschluß für einen Fünfundzwanzig-Meilen-Ritt durch die rauhe und von Banditen wimmelnde Landschaft Nordchinas. Trotz seiner Müdigkeit war der Engländer auf der Hut. Zwar war er bisher mit Marta nicht zusammengetroffen, doch sah er ihrer unausweichlichen Begegnung voll Unruhe entgegen.

«. . . nur der aufgeklärte Herrscher, der äußerst kluge Agenten auf kluge Weise einsetzt, wird mit Sicherheit große Ergebnisse erzielen.» Dr. Paul wiederholte die Schlußworte von Sün Tzes Ratschlag über den Göttlichen Strang. «Doch geheime Operationen sind das wichtigste Element des Krieges. Ein erfolgreiches Heer studiert sorgfältig die Berichte seines Nachrichtendienstes, ehe es etwas unternimmt.»

«Dem kann ich kaum widersprechen, Dr. Paul», gab Francis zu. «China hat mich gelehrt, daß das Nachrichtenwesen fundamental wichtig ist. Aber ich habe etwas dagegen, von Spionen von meiner eigenen Seite umgeben zu sein.»

«Eurer eigenen Seite? Habt Ihr nicht auch gelernt, daß es im Reich viele Seiten gibt?»

«So viele, daß ich sie nicht zählen kann. Und jede hat ihre eigenen Spione?»

«Das müßt Ihr unterstellen. Ein Kommentator faßte Sün Tzes Ratschlag über Spionage in einer einfachen Analogie zusammen: *Ein Heer ohne Späher ist wie ein Mann ohne Augen oder Ohren.* Wo waren Eure Augen und Ohren in jener Nacht?»

«Dr. Paul, ich bin nur ein einfacher englischer Soldat. Meine Augen und Ohren sind nur Joseph King und Leutnant Wang. Aber wir haben Simon Wu und den Eunuchen beim Ränkeschmieden überrascht. Wir waren vorgewarnt.»

«Kaum, Francis, kaum. Ihr wußtet nicht genau, was Eure Feinde planten. Nun, ich selbst habe seit dem Überfall Augen und Ohren aufgesperrt . . .»

«Ihr habt uns nicht gewarnt, Dr. Paul.» Francis wußte, daß Angriff die beste Verteidigung war gegen einen tadelsüchtigen Mandarin.

«Es war eine Frage der Taktik», wich der Minister aus. «Ich nahm an, Ihr würdet dafür sorgen, daß Ihr genau erfahrt, was der Feind . . .»

«Wir haben es so gut gemacht, wie wir konnten.» Francis war verletzt, denn er hatte Lob erwartet für die Abwehr des Angriffs der Briganten. «Das Zentrum der Verschwörung ist hier in Peking, und ich habe keine Möglichkeit . . .»

«*Ni yo tao-li.*» Der Mandarin unterdrückte seinen Ärger über den jungen Barbaren, der zwar kein ideales Werkzeug war für das, was er wollte, aber das beste verfügbare. «Das mag richtig sein. In Zukunft werde ich meine Augen und Ohren noch mehr aufsperren als bisher . . . Aber wo war Simon Wu während des Überfalls?»

«Das habe ich geklärt. Leutnant Wang fand die rote Laterne, die Simon benutzt hatte, um den Angreifern Zeichen zu geben, noch an der Ostmauer hängend. Als der Angriff kam, flüchtete Simon in sein Zelt.»

«Welche Maßnahmen habt Ihr ergriffen?»

«Ich habe nur Wang zur Geheimhaltung verpflichtet. Es ist keine militärische Angelegenheit, sondern eine politische, die Ihr zu entscheiden habt. Welche Maßnahme soll ich ergreifen?»

«Gar keine. Gar nichts tun.»

«Gar nichts? Den Verräter unbestraft lassen?»

«Genau!» Paul Hsü weidete sich an Francis' Verblüffung. «Nichts tun.»

«Aber Euer ursprünglicher Plan ist zunichte gemacht. Ihr erwartet doch gewiß nicht mehr, daß Ihr den Göttlichen Strang noch zu täuschen vermögt. Wie können sie Gottes Bataillon für unfähig halten, nachdem wir den Angriff so leicht abgeschlagen haben?»

«Das tun sie aber immer noch.» Es war mühsam, dachte Paul Hsü, diesen Grünschnabel über die Verstrickungen der menschlichen Seele aufzuklären, aber es war notwendig. «Noch ein Stück Mondkuchen, Francis? Niemand übertrifft die leichte Hand eines Shanghaier Kochs bei Gebäck.»

Francis nahm ein großes Stück. Als ihm die süße Füllung auf der Zunge zerging, griff er nach einem zweiten.

«Das freut mich, daß es Euch schmeckt, Francis. Kennt Ihr die Geschichte der Mondkuchen?»

Mit vollem Mund nickte Francis heftig, um Paul Hsü davon abzubringen, sie zu erzählen. Als er unter Candidas aufmerksamem Blick noch Sprachstunden mit Marta austauschte, hatte er sie gehört. Diese Kuchen, rund wie der Vollmond, den sie feierten, waren eine geheiligte Tradition der Großen Ming-Dynastie. Denn zur Vorbereitung des Aufstands gegen die Mongolen unter Führung des ehemaligen Zimmermanns und Mönchs Chu Yüan-chang, der dann als Kaiser Hung Wu den Drachenthron bestieg, waren in den Mondkuchen für das Erntefest Botschaften versteckt worden, die die endgültigen Befehle für diese Revolte übermittelten.

«Der Schwarze Premier ist kein Narr», sagte Francis. «Wie könnte er mein Bataillon immer noch für schwach halten?»

«Weil er es will. Er, der ständig betrügt, wird selbst am leichtesten betrogen, denn er kann sich nicht vorstellen, daß andere die ungeschminkte Wahrheit sagen. Ihr dürft Simon Wu nicht bestrafen und auch nicht durch die kleinste Geste erkennen lassen, daß Ihr von seinem Verrat wißt.»

«Ihn ungeschoren lassen?» Francis ging hoch. «Eine schöne Methode, um Disziplin zu halten!»

«Übergeht den Vorfall einfach . . . als ob Ihr annähmt, Simon Wu habe seine Pflicht getan. Und von jetzt an, Francis, sagt ihm, daß das Bataillon ausgezeichnete Fortschritte mache und bald das beste im Reich sein werde. Hört auch auf, davon zu sprechen, daß Ihr weggehen wollt. Sagt ihm, Ihr wärt jetzt sehr zufrieden.»

«Ihm die Wahrheit sagen? Aber Ihr wollt doch den Schwarzen

Premier glauben machen, daß das Bataillon auseinanderbreche und ich vorhabe, zu desertieren.»

«Das will ich. Und er wird es glauben. Von jetzt an wird er alles glauben, nur nicht die Wahrheit aus Eurem Mund.»

«Ich verstehe, worauf Ihr hinauswollt. Aber die Irrgärten, die Ihr Chinesen anlegt, werde ich nie begreifen.»

«Strengt Euch nicht zu sehr an. Aber Ihr solltet wissen, was in jener Nacht geschah. Meine Augen und Ohren sagen mir, daß die Briganten erstaunt waren über Euren Widerstand. Der Geheimdienst hatte ihnen versichert, das Bataillon würde zusammenbrechen, und sie könnten die feuerspeienden Waffen mühelos erbeuten.»

«Ihr meint, der Angriff sollte das Bataillon nicht vernichten?»

«*Tuei-la* . . . richtig. Den Briganten stand nicht der Sinn nach einer regelrechten Feldschlacht. Der Geheimdienst wollte dem Bataillon eins auswischen, aber es nicht vernichten – noch nicht.»

«Ist nichts im Reich jemals offen und ehrlich, nicht einmal der Verrat?»

«Manchmal, aber selten.» Paul Hsü stellte mit Vergnügen fest, daß Francis bald die Anfangsgründe der chinesischen Politik verstehen würde. «Die Eunuchen haben erwartet, daß die Briganten des Einäugigen Li mit schweren Verlusten zurückgeworfen würden. Aber nicht so rasch, erst nachdem sie Euren Leuten übel mitgespielt hätten.»

«Und wie verhalte ich mich nun Simon gegenüber?»

«Wenn Ihr ihm erklärt, Ihr hättet Euch anders besonnen und wolltet nicht mehr weggehen, dann wird er glauben, daß seine goldenen Pfeile ins Schwarze getroffen haben.» Obwohl er Francis gern mochte, fragte sich der Mandarin, warum Gott der Herr es ihm auferlegt habe, einen Jüngling zu belehren, der sich in seiner Naivität noch nicht einmal darüber klar war, daß seine Unterschlagungen bis auf den letzten Heller bekannt waren. «Ich glaube, man wird Euch bald eine Anstellung als Agent des Göttlichen Strangs anbieten. Ihr habt Euch als geldgierig und käuflich erwiesen . . .»

«Und dann, Dr. Paul?» Francis zuckte zusammen, weil auch der Pfeil des Ministers ins Schwarze getroffen hatte. «Wie lautet mein Befehl?»

«Annehmen! Unter allen Umständen annehmen! Ihr könnt nicht genug Eisen im Feuer haben.»

«Und meine Pflicht Euch, den Patres und der Kirche gegenüber?»

«Die meisten Doppelagenten werden bestochen oder eingeschüchtert, wie Ihr wißt. Besitzt Ihr die Kraft und die Treue, um diesen gefährlichen Beruf zu wählen?»

Francis erwärmte sich wieder für den Minister und war in Versuchung, um Erlaubnis zu bitten, das Gold zu behalten, das ihm durch Unterschlagung und Bespitzelung zugeflossen war. Nein, es war klüger, zu schweigen, obwohl Paul Hsü gewiß weit mehr eingesteckt hatte als das magere Gehalt aus den Ämtern, die er innehatte.

«Ich glaube, ich besitze die Treue.» Francis formulierte eine Antwort, mit der er dem Minister stillschweigend Verantwortung zuschrieb. «Und bei allem werde ich Eure Anweisungen befolgen.»

Der Abend war warm, und die Bambusjalousien waren hochgezogen, um Luft und das Licht der draußen aufgehängten Lampions hereinzulassen. Ab und zu fiel der Lichtschein auf die Gegenstände auf Dr. Pauls Rotholz-Schreibtisch, dann lagen sie wieder im Dunkeln.

Seine Hände ruhten auf der Tischplatte, zwischen ihnen lagen ein Winkelmesser, ein Zirkel und eine aus dem Arabischen übersetzte lateinische Abhandlung über Geschütze. Der Minister für Ritus, Hüter der Orthodoxie von Dogma und Liturgie des Volkes, war ein eifriger Erforscher der Trigonometrie und der Ballistik.

Dr. Pauls linke Hand strich über einen Stapel Druckschriften. Die quadratischen Ideogramme auf dem Umschlag besagten, daß es sich um eine Monographie über das Fernrohr handelte, «Verfaßt von der Kalenderabteilung im Amt für Sternkunde, herausgegeben von Hsü Kwan-chi». Das Handbuch über Optik war Paul Hsüs neuestes Werk. Die meisten Mandarine verfaßten Epigramme in Versen, der Minister für Ritus hingegen übersetzte Abhandlungen, um seine Landsleute mit der europäischen Wissenschaft bekannt zu machen.

«Ihr findet mich manchmal merkwürdig, nicht wahr?» Die unvermittelte Frage verblüffte Francis. «Ein Christ, der hinterhältige Listen liebt. Ein Christ, der Ränke ersinnt gegen seinen Nächsten, den er lieben sollte, und der auch ungesetzliche Gewinne nicht immer verschmäht.»

«Andere Länder, andere Sitten!» Auch Francis konnte sich hinter Redensarten zurückziehen. «Und wie die Spanier sagen: ‹Das Kaninchen maßt sich nicht an, den Elefanten zu beurteilen›.»

«Ein Elefant bin ich und Ihr ein Kaninchen?» lachte Dr. Paul. «Ihr müßt verstehen, daß nur mit chinesischen Methoden die Bedrohung durch die Tataren abgewehrt und China für den wahren Glauben gewonnen werden kann. Ich verachte die Unaufrichtigkeit meines Volkes und die Käuflichkeit der Palasteunuchen. Aber ich muß noch unaufrichtiger und ebenso käuflich sein, um meine Vision von einem gesicherten christlichen China zu verwirklichen.»

«Aber europäische Wissenschaft, die Bildung, die Ihr verbreitet, das kann doch nur in aufrichtiger Weise betrieben werden.»

«Ich sehe die Notwendigkeit nicht ein. Menschen, die unaufrichtig leben, können Wissenschaft nicht aufrichtig betreiben. Sogar die Wissenschaft muß sich den chinesischen Bräuchen anpassen. So, wie Pater Matteo Ricci die Formen des christlichen Gottesdienstes den chinesischen Bräuchen anpaßte, und nicht ein Tropfen ihrer Essenz ging verloren.»

«Ich respektiere Eure Absichten, Dr. Paul», antwortete Francis unverbindlich.

«Immer noch zurückhaltend, mein Junge? Ihr lernt die chinesischen Eigenheiten verstehen. Und doch seid Ihr immer noch zurückhaltend in der anderen Angelegenheit – Eurer Ehe mit Marta? Ihr habt schon mehrere Monate verstreichen lassen. Die Zeit wird knapp, wenn Ihr Euch retten wollt.»

«In diesen Monaten war ich durch andere Dinge stark in Anspruch genommen, wie ihr wißt», versuchte Francis die neuerliche Drohung des Ministers abzuwehren. «Aber ich denke angestrengt darüber nach.»

Francis stand auf, obwohl er nicht unbedingt erpicht darauf war, sich den Feiernden im Hof anzuschließen. Mächtige Mandarine waren in einen Wettkampf verstrickt, der umherziehenden Minnesängern besser angestanden hätte als Staatsbeamten oder einem Offizier. Aus dem Stegreif Verse zum Lob des Vollmonds zu schmieden, überstieg Francis' Fähigkeiten im Englischen, ganz zu schweigen vom Chinesischen. Außerdem nahmen die Damen dank Paul Hsüs aufgeklärter Großzügigkeit an der Feier teil, und er war nicht sicher, ob er Marta begegnen wollte. Aber er sehnte sich danach, dem Verhör durch den Minister zu entkommen.

«Einen Moment, Francis. Wir sind noch nicht ganz fertig.»

«Ich kann in diesem Augenblick kaum mehr sagen, Dr. Paul.»

«Erwartet Ihr, daß ich mich mit dieser Ausflucht abfinde?»

Die Geduld des Ministers könnte sich in Zorn verwandeln, und Dr.

Paul würde sich vielleicht rächen wollen, weil Francis sich so lange seinem Willen widersetzt und damit seine Familie und sein Volk beleidigt hatte. Da er wußte, daß Chinesen leidenschaftlich gern «Rechnungen begleichen», war ihm auch klar, daß er seine moralische Schuld bei dem Minister bezahlen mußte.

«Die Verbindung ist mir nicht zuwider, Dr. Paul.» Francis vermengte Wahrheit und Vorwände. «Ich hege die größte Bewunderung für Fräulein Marta. Aber ich muß sicher sein, daß ich weder ihr noch mir ein Unrecht zufüge. Kann sie sich mit einem Ausländer – um kein Blatt vor den Mund zu nehmen –, mit einem Barbaren als Ehemann abfinden?»

«Das ist meine Angelegenheit, nicht Eure. Ich bestimme, was sich für sie ziemt, nicht Ihr oder sie. Ich kann mich nicht länger gedulden. Ihr müßt Euch bald entscheiden, sehr bald. Ehe oder Ausweisung? Schlimmer noch als die Ausweisung wird sein, wenn ich meine Hand von Euch abziehe und Euch auf Gnade und Ungnade dem Schwarzen Eunuchen ausliefere.»

«Ich bitte um Entschuldigung.» Francis erkannte, daß er den Mandarin nicht länger hinhalten konnte. «Ich werde meine Entscheidung sehr bald treffen.»

«Im Laufe der Woche, Major. Nicht später. Nun könnt Ihr gehen.»

Der Innenhof war ein Hexenkessel mit dem Spiel der Lichter, dem schallenden Gelächter und den schimmernden Farben. Knaben, die wie Miniaturenausgaben von Erwachsenen gekleidet waren, schossen wie wild umher, und ernste Mandarine verbreiteten theatralischen Schrecken mit Lampions, in deren bunten Fisch-, Drachen- und Tigerbäuchen Kerzen brannten. Kleine Mädchen waren aufgeputzt wie große Damen und verharrten ebenso bewegungslos, denn ihre Füße waren schon eingebunden. Die Frauen saßen alle beieinander auf Porzellanhockern in der Ecke des Hofes.

Francis winkte Pater Adam Schall zu, der auf einem Rohrstuhl zwischen den dräuenden Porzellanlöwen saß. In einer Hand hielt er einen Cloisonnébecher, den die Diener aus den blau-weißen Weinkannen immer wieder füllten. Mit der anderen Hand bot er einem Halbkreis hingerissener Knaben in rotes Papier eingewickelte Bonbons an und erzählte ihnen ein endloses deutsches Märchen. Wenn er innehielt, verlangten die Jungen mehr und nannten ihn *Shen-fu Po-po* – Onkel geistlicher Vater.

Ein Diener reichte Francis einen Becher mit warmem Reiswein, und Adam Schall hob ihm seinen zuprostend entgegen; dann deutete er mit dem bärtigen Kinn in eine Ecke, wo die Frauen saßen und die Augen züchtig auf ihre Handarbeit gesenkt hielten.

Francis gehorchte dem unmißverständlichen Befehl. Er schlängelte sich durch die Menge und nickte den christlichen Mandarinen zu, die er kennengelernt hatte. Als er sich den sitzenden Frauen näherte, stand Candida von ihrem grünglasierten Porzellanhocker neben Marta auf und bedeutete ihm, er solle ihren Platz einnehmen.

«Ich muß die faulen Diener antreiben», sagte sie. «Wollt Ihr Euch einen Augenblick zu Marta setzen?»

Die unerhörte Aufforderung wurde von allen Erwachsenen im Hof bemerkt. Candidas unkonventionelles Verhalten ließ Francis keine andere Wahl. Hätte er abgelehnt, wäre es flegelhaft und Marta gegenüber sehr unhöflich gewesen. Nahm er an, könnte das die Entscheidung beschleunigen, der er seit mehreren Monaten ausgewichen war. Resigniert setzte er sich auf den Porzellanhocker.

«Werdet Ihr», fragte er unvermittelt, «immer noch gedrängt?»

«Mehr denn je.» Martas Flüstern unterstrich die Vertrautheit, die in seiner unverblümten Frage und ihrer offenen Antwort mitenthalten war. «Und Ihr?»

«Dr. Paul droht mir in immer stärkerem Maße.» Francis vertraute sich der einzigen Person an, die seine mißliche Lage verstehen konnte. «Jetzt hat er mir eine Frist gestellt – in einer Woche. Ich weiß nicht, was wir tun sollen. Ich sehe keinen Ausweg.»

«Natürlich könnte es sein, daß er seine Drohungen nicht wahrmacht. Vielleicht will er uns nur mit Gewalt zusammenbringen. Er ist nicht rachsüchtig.»

«Glaubt Ihr das wirklich?» Francis griff nach dem schwachen Hoffnungsanker, den ihre weit bessere Kenntnis der chinesischen Verhaltensweise bot. «Wird er sich damit abfinden, wenn wir uns weigern?»

«Allerdings macht er seine Drohungen gewöhnlich wahr», sagte Marta nachdenklich. «Nein, ich fürchte, er wird sich nicht erweichen lassen. In den ganzen letzten Monaten hat er nicht einen Zoll nachgegeben.»

«Was sollen wir dann tun? Was können wir tun?»

«Nun, was mich betrifft ... Ich bin bereit zu ... Aber natürlich ...»

«Wozu natürlich?» In seiner Ungeduld Marta gegenüber erkannte Francis die heftige Verärgerung, die nur diejenigen bei ihm hervorrufen konnten, zu denen er sich stark hingezogen fühlte. «Wozu seid Ihr bereit?»

«Fahrt mich nicht so an, Major. Noch bin ich nicht Eure . . .» Marta hielt inne, bestürzt über ihren Ausrutscher.

«Noch nicht meine Frau, wolltet Ihr sagen? Aber wir können es nicht umgehen, nicht wahr?»

«Ihr könnt es, für Euch ist es ganz einfach», brauste Marta auf.

«Euch kann er nicht zwingen, sondern nur ausweisen. Wenn Ihr die Ausweisung wählt, ist das Problem gelöst.»

«Euer Problem, nicht meins. Wenn ich ausgewiesen werde, bin ich erledigt. Ich hätte nirgendwo eine Zukunft. Und ich würde dem offenkundigen Willen Gottes zuwiderhandeln, dem Glauben in China zu dienen.»

«Dann verurteilt Ihr mich dazu, niemals zu heiraten. Mein Vater steht unter Dr. Pauls Fuchtel. Und Dr. Paul würde verlangen, daß ich ewig ledig bleibe.»

«Ihr könnt ja mich heiraten und damit Euer Problem lösen.» Selbst verblüfft, strich sich Francis das Haar aus der Stirn; in diesem Augenblick war sein Verlangen nach dieser Frau stärker als seine Furcht vor der Ehe mit einem so fremden Wesen. «Wenigstens wärt Ihr dann verheiratet. Und das wollt Ihr doch.»

«Ja, ich wünsche mir die Ehe, aber nicht mit Euch, Major Pfeilschmied.» Hätte sie die drei von ihrem Vater vorgeschlagenen Freier nicht abgelehnt, dachte Marta, wäre sie jetzt nicht in der Klemme mit diesem Barbaren.

«Dann ist die Sache erledigt?»

«Wieder so einfach, Major? Ich sagte, ich *wolle* Euch nicht heiraten, aber nicht, daß ich es nicht täte, wenn ich keine andere Wahl hätte.»

«Es ist hübsch, ein letzter Ausweg zu sein. Ihr schmeichelt mir, mein Fräulein.»

«Ich hatte nicht vor, Euch zu schmeicheln.» Marta lächelte trotz ihres Zorns. Sie saßen eine Weile schweigend da, und Francis überdachte zum hundertsten Mal seine mißliche Lage.

Seine Zusammenarbeit mit Paul Hsü hatte ihn tief in die Intrigen der Ming verstrickt. Er würde unentwirrbar hineinverstrickt sein, wenn ihm die einträgliche Anstellung durch den Göttlichen Strang angeboten würde und er sie annahm. Die andere Möglichkeit war, China freiwillig oder unfreiwillig zu verlassen. Dann wären seine Aussichten bestenfalls gering, schlimmstenfalls grauenhaft.

Francis sah ein, daß er nicht in China bleiben könnte, wo ihn Reichtum erwartete, ohne den Schutz, den ihm die Ehe mit Marta und die Adoption durch Paul Hsü gewähren würden. Seine militärischen Fähigkeiten allein, wie hoch sie auch eingeschätzt wurden, konnten ihn nicht vor den Feinden schützen, die er sich schon gemacht hatte und noch machen würde. Doch eine unwiderrufliche katholische Ehe würde ihn praktisch lebenslänglich an China fesseln. Einen Augenblick lang wünschte er, sein streng katholischer Vater wäre konvertiert. Die neue Kirche von England erlaubte die Scheidung nicht nur, sondern förderte sie sogar.

Indes war eine Nichtigkeitserklärung der Ehe für einen getreuen Diener der heiligen Kirche keineswegs unmöglich – obwohl er sich fragte, ob er eigentlich von Marta geschieden werden wollte. Nicht die Bindung an Marta, sondern die Bindung an China war der wunde Punkt. Immerhin, Zwang war gewiß ein Grund für eine Nichtigkeitserklärung, und unter Zwang stand er zweifellos.

«Es scheint die einzige Möglichkeit zu sein», beendete er schließlich das Schweigen. «Ich kann mir keinen Ausweg vorstellen. Könnt Ihr Euch zur Zustimmung bereitfinden?»

«Candida sagt, es würde nicht so schlimm sein ... nicht schrecklich schlimm. Ich wäre nicht in derselben Lage wie Wang Chiang, die in der Han-Zeit vom Kaiser gezwungen wurde, einen Hunnen-Häuptling zu heiraten und unter den Hunnen zu leben. Ich würde in China bleiben mit einem ... einem Barbaren, der unsere Bräuche ein wenig kennt. Und ...»

«Und ...» fragte er, nachdem er eine halbe Minute darauf gewartet hatte, daß sie ihre Schüchternheit überwand.

«Und ... und wenn Kinder kommen, würden sie nicht ... nicht unbedingt ...»

«Nicht unbedingt was?» Wieder machte ihn ihr Zögern ärgerlich, als ob sie schon verheiratet wären.

«Sie wären nicht unbedingt Barbaren ... würden als Chinesen erzogen, in der chinesischen Kultur aufwachsen ... sie wären Chinesen.»

«Ist das Eure Hauptsorge?» Francis war fassungslos.

«Natürlich.» Marta war ihrerseits verwundert über seine Frage. «Alles andere ist daneben gleichgültig. Eure Wünsche, meine Wünsche, die spielen schließlich keine so große Rolle. Aber die Kinder.»

«Etwas anderes ist ebenso wichtig», erklärte Francis geduldig. «Könnten wir es ertragen, zusammen zu leben? Könnten wir glücklich sein? Könntet Ihr mit einem Ausländer leben, der als Soldat oft abwesend ist?»

«Ich nehme an . . . wenn es wirklich keine andere Möglichkeit gibt», überlegte sie laut. «Wir könnten das Zusammenleben lernen. Chinesen haben das seit vielen Jahrhunderten getan.»

Erfreut, trotz ihrer nur widerwilligen Zustimmung, grübelte Francis über Martas seltsame Geisteshaltung nach. Einmal war sie heftig dagegen, im nächsten Augenblick sprach sie ganz ruhig davon, daß sie zusammenleben würden wie ein gewöhnliches Ehepaar.

Während Marta beobachtete, wie sich auf dem barbarisch ausdrucksvollen Gesicht seine Gedanken malten, staunte sie darüber, daß Francis an etwas gelegen war, das er Glück nannte, das doch wirklich noch kein Thema war. Glück, was immer das war, würde sich mit der Zeit schon von selbst einstellen. Wenn nicht, dann hätte sie ihren Haushalt und er sein Bataillon. Und wenn sie die Schicklichkeit wahrten, die die konfuzianische Etikette einem Ehepaar vorschrieb, dann ließe sich ungehöriger Streit vermeiden. Es würde ganz glatt gehen – wenn er nur nicht immer so aufdringlich freimütig und so gefühlvoll wäre. Immerhin bot es auch Vorteile, sich als gehorsame Tochter zu erweisen – und er könnte zivilisiertes Benehmen lernen.

«Was bleibt uns anderes übrig?» fragte Marta. «Es scheint unser Schicksal zu sein.»

«Offenbar müssen wir es tun», pflichtete Francis ihr bei und fügte dann zu seiner eigenen Überraschung hinzu: «Ich weiß, daß wir glücklich sein werden.»

«Das hoffe ich, hoffe es sehr», lächelte Marta. «Ich werde um unser Glück beten.»

Sie hatte die unwiderrufliche Entscheidung getroffen, die Entscheidung, von der sie fast von Anfang gewußt hatte, daß sie unausweichlich war. Eben noch ängstlich, im nächsten Augenblick voller Spannung, fragte sie sich, wie es wohl wäre, von ihm geliebt zu werden. Feinheiten durfte sie von einem ungeschliffenen Ausländer wohl nicht erwarten, doch mit der Zeit konnte sie ihn vielleicht anleiten. Aber er war groß und kräftig, dieses seltsam leidenschaftliche Wesen, dem sie nun ihr Leben anvertraute. Sie spürte eine wunderliche Erregung in sich aufsteigen.

«Zumindest», sagte Marta gedehnt, «wird es anders sein.»

PEKING

Montag, 25. Februar 1631

Im Empfangszimmer von Minister Paul Hsü am Pflaumenbaum-*hutung* warf Pater Adam Schall einen befriedigten Blick auf die schlicht elegante Uhr, die sein Geschenk gewesen war. Sie zeigte dreiunddreißig Minuten nach vier am Nachmittag des fünfundzwanzigsten Februar im Jahre des Herrn 1631, weniger als sechs Minuten, seit Francis Arrowsmith zum drittenmal gefragt hatte, ob die Uhr nicht vorgehe. Der Priester wußte, daß sie auf eine Sechstel Minute richtig ging, denn sie war am Morgen nach der Kontrolluhr des Amtes für Sternkunde gestellt worden, die auf den Lauf der Planeten geeicht war.

Der Haushalt des Mandarins Dritten Grades Jakob Soo las die Zeit immer noch an den Einkerbungen einer langsam brennenden zinnoberroten Kerze ab. Eine solche Zeitkerze war zwar sinnreich, wie fast alles in China, doch konnte sie bis zu einer Stunde falschgehen. Die Hochzeitsprozession hätte vor drei Stunden von Jakob Soos Haus aufbrechen sollen, zeitig genug, um selbst in dem würdevollen Tempo, das die Tradition erforderte, bis zum Pflaumenbaum-*hutung* zu kommen. Aber wahrscheinlich hatte die Prozession, wie fast alles in China, zu spät begonnen.

Adam Schall überlegte, daß ein pünktlicher Aufbruch ebenso unwahrscheinlich sei wie eine Sinnesänderung von Jakob Soo. Wie immer seiner Tochter auch zumute sein mochte, der Mandarin könnte nicht zulassen, daß sie die Ehe jetzt verweigerte. Zuviel Zeit war verstrichen seit dem Austausch der Heiratskontrakte, und die Astrologen hatten derweil Horoskope gestellt und *feng-shui* studiert, die Vorzeichen von Wind und Wasser, um den günstigsten Hochzeitstag festzulegen. Würde Jakob Soo seiner Tochter nachgeben, wäre er öffentlich entehrt. Immerhin wußte der Jesuit, seit er nach China gekommen war und zum erstenmal als Erwachsener mit vielen Frauen gesprochen hatte, wie wankelmütig sie sind.

Er behielt seine Überlegungen aber für sich, um Francis Arrowsmith zu schonen. Der Bräutigam ging rastlos im Empfangszimmer auf und ab wie ein Tiger im Käfig. Auf jeder Strecke in einer Richtung fürchtete er, Marta könne anderen Sinnes geworden sein; jedesmal, wenn er zurückging, fragte er sich, ob er es sich noch anders überlegen könnte. Und der Priester fragte sich: Wo in drei Teufels Namen steckte die Prozession?

Die untergehende Sonne verzierte das rotlackierte Schwein mit einer Patina aus mattem Gold. Das gebratene Wildschwein wurde schulterhoch von zwei Kulis in funkelnagelneuen weißen Hosen und blauen Jacken getragen. Ihre karmesinroten, diagonal verknoteten Schärpen trugen goldene Ideogramme für doppelte Freude, die ehelichen Segen symbolisierten.

Vierundzwanzig rundliche Ferkel folgten, jeweils zwei nebeneinander auf Tabletts, die von Kulis auf den Köpfen balanciert wurden. Dahinter kamen achtundvierzig Kulis mit Bambusstangen auf den Schultern. Gelbe Drachen sprangen auf den großen Weinfässern herum, die an diesen Stangen hingen und Schilder mit der Aufschrift *chia-fan* trugen. Keinem Zuschauer konnte es entgehen, daß der Mandarin Jakob Soo für die Hochzeit seiner Tochter den besten Reiswein aus Shaosing hatte kommen lassen, dazu die herrlichsten Seiden, die schönsten Möbel und die kostbarsten Juwelen für ihre Aussteuer.

Entsetzt über die Vorstellung, daß seine Lieblingstochter einen Meeresbarbaren heiraten sollte, hatte Jakob Soo den Vorschlag von Paul Hsü zuerst abgelehnt. Nachdem ihn der willensstarke Minister schließlich überredet hatte, war Francis Arrowsmith' neuer Rang ein Trost für ihn. Nach seiner Adoption durch Paul Hsü war der Bräutigam nicht länger ein unbekannter Barbar, sondern in jeder wichtigen Hinsicht der Sohn eines der mächtigsten Männer im Reich. Er war jetzt als Hsü Shih-jen bekannt, Hsü der Pfeilschmied.

Dennoch war Jakob Soo dabei immer noch nicht wohl zumute, und so hatte er beschlossen, der Nördlichen Hauptstadt ein jahrzehntelang in Erinnerung bleibendes Schauspiel zu bieten. Seine verschwenderische Großzügigkeit würde beweisen, daß diese Ehe eine große Ehre für seine Familie und beileibe keine Schande war.

Ebenso schwer belastet mit dieser emotionalen Bürde wie mit materiellen Schätzen beladen, kam die Prozession nur langsam voran, und die von ihrem Glanz angezogene Volksmenge behinderte sie zusätzlich. Die als Ehrenwache abkommandierte Kompanie von Gottes Bataillon bemühte sich, den Weg durch die Menge zu bahnen. Als das weiße Doppelkreuz auf der grünen Fahne zum Stehen kam, befahl der Leutnant seinen Leuten, die Bambusstangen waagrecht zu halten, das Sinnbild der richterlichen Gewalt des Mandarins Jakob Soo.

«Man sollte meinen, sie sind ein Prinz und eine Prinzessin», rief eine verhutzelte Leibeigene. «Das ist eine große Hochzeit.»

«Ist es wahr, daß dieser Meeresbarbar, der Pfeilschmied, sieben Fuß groß ist?» fragte ein Mann, der Dörrobst verkaufte. «Ich höre, daß er allein in den Kampf geht außer ein paar Kulis, die die Kugeln für seine Donnerkanonen tragen.»

«Absolut wahr!» erwiderte ein Straßenkehrer. «Oft habe ich ihn vom Haus seines Vaters, des ehrenwerten Ministers, wegreiten sehen. Er trägt eine Kanone von achthundert Pfund auf der Schulter, als wäre sie ein Fliegenwedel – und sein Pferd ist so groß wie ein Elefant.»

«Ach, die arme Braut», jammerte die alte Leibeigene mit einemmal. «Eine chinesische Jungfrau wird einem barbarischen Menschenfresser geopfert. Hört euch nur das Lied an, das sie spielen.»

Der Musikmeister der vierundsechzig Mann starken Kapelle hatte seine Trompete gehoben und die ersten Triller der Melodie geblasen, die die Leibeigene zu Tränen rührte. Es war die «Klage von Wang Chian». Alle Zuhörer kannten das Volkslied aus der Späten Han-Zeit vor fünfzehn Jahrhunderten; es besang den Kummer der Hofdame, die der Kaiser gezwungen hatte, einen Hunnenhäuptling zu heiraten.

Jakob Soo schäumte vor Wut, aber sein Pferd war eingekeilt in der Menschenmenge, und die Musik übertönte seinen befehlenden Ruf, mit dem anstößigen Lied aufzuhören.

Durch die karmesinroten Vorhänge des Blumen-Palankins der Braut drang die Melodie nur gedämpft; Marta Soo war die einzige, die nicht fröstelte, als der Nordwind durch die *hutungs* pfiff und die Straßen mit Graupeln bedeckte, die einen Schneesturm ankündigten. Als sie die Melodie schließlich erkannte, war es um ihre Fassung geschehen. Hatte ihr Candida nicht versichert, daß sie im Gegensatz zu Wang Chiang nicht die Heimat verlassen und unter ungehobelten Barbaren leben müßte?

Alle Bräute trauerten auf dem Weg zur Hochzeit um die unwiderruflich verlorene Mädchenzeit und um die unwiderruflich verlassenen Familien. Alle Bräute kamen zu ihrem Bräutigam voller Angst und Schrecken vor den neuen Familien, mit denen sie nun unauflöslich verbunden waren – sogar nach dem Tod, wenn ihre Namen auf den Ahnentafeln ihrer Ehemänner eingetragen wurden. Schlimmer noch, Marta heiratete einen Barbaren. In ihrer Qual klangen ihr die gutmütigen Neckereien der Menge wie das Knurren wilder Tiere. Die tragische «Klage von Wang Chiang» raubte ihr den letzten Rest Selbstbeherrschung.

Sie spürte, daß ihr eine Träne über den Puder auf der Wange rann, unterdrückte das Schluchzen, das aus ihrer Kehle aufstieg, und fuhr sich mit dem Ärmel über die Augen. In ihrer winzigen Zelle konnte sie sich nicht neu schminken, und es wäre schmachvoll, mit tränenverschmiertem Gesicht vor den Altar zu treten. Sie hätte auf ihrer Weigerung beharren sollen; weit besser, ledig zu bleiben. Hätte sie nur nicht nachgegeben! Hätte sie nur Nonne werden können!

Marta sehnte sich danach, dem Gefängnis ihres Hochzeitspalankins zu entfliehen. Ihre Oberschenkel zitterten unter dem goldbestickten Gewand, wenn sie sich die Umarmungen des Barbaren ausmalte, und sie verschränkte die Arme über der Brust, um ihren Ekel zu unterdrücken. Sie durfte nicht an die Schändung denken, die ihr sein angeschwollener roter Stengel bereiten würde, der auf den farbigen Zeichnungen im Kopfkissenbuch für Bräute so erregend war, aber so abstoßend, wenn einem die Sache bevorstand. Wie demütigend es auch wäre, sie sehnte sich danach, aus ihrer schwankenden Zelle zu entfliehen, die das durch die Vorhänge dringende Licht mit einem widerlich roten Schein erfüllte.

Der Palankin schaukelte nicht mehr auf den Schultern der zwölf stämmigen Kulis, und die «Klage von Wang Chiang» war plötzlich verstummt. Als die Prozession anhielt, stimmte die Kapelle «Ein Besuch im Märchenland» an; der Kaiser, der für Volkslieder schwärmte, hatte es gerade für seine Untertanen komponiert. Die schwunglose Melodie milderte Martas Erregung, heiterte sie aber nicht auf. Sie gab sich wieder ihren trüben Gedanken hin.

Die Pracht des Blumenpalankins sprach dem Kummer seiner Insassin hohn. Seidene Girlanden schmückten die Tragestangen; die rotlackierten Seitenteile waren mit goldenen Freuden-Ideogrammen verziert, die eheliches Glück erflehten, und eine Rosette, einer riesigen Päonie gleich, krönte das spitze Dach. Aber die bunten Troddeln an den Dachvorsprüngen, die im Wind hin- und herschwangen, warnten vor dem aufkommenden Sturm.

Nachdem die Kapelle eine andere Melodie angestimmt und Jakob Soos Zorn sich gelegt hatte, betrachtete er die Prozession, die sich über tausend Klafter erstreckte. Seine fünf Söhne ritten mit ihm, während seine Frau und seine drei Töchter in Sänften getragen wurden, an denen bunte Bänder flatterten. Hunderte von Lampions in phantastischen Formen hinter ihnen wurden überragt von zwei Vögeln, die sich sechzehn Fuß hoch über die Menge erhoben. Schillernde Federn glitzerten auf den scharlachroten Körpern und den goldenen Flügeln des männlichen Phönix, *feng,* und des weiblichen, *huang,* die zusammen das Eheglück versinnbildlichten. Jeder war von fünf Kerzen beleuchtet, zwei in den ausgebreiteten Flügeln und zwei in jedem Körper. Die größten Kerzen steckten in den silbernen Köpfen und schickten gelbe Strahlen durch die goldenen Schnäbel. Vorsichtshalber trugen Kulis Wassereimer hinterdrein.

Zwanzig Musiker auf weißen Pferden mit karmesinroten Schabracken folgten den Lampions. Gongs, Becken und Schlagbretter wie große, flache Kastagnetten schlugen den Takt, während die Melodie getragen wurde von Flöten, winzigen Trompeten und Wolkengongs, zehn Metallplatten, die in einem vergoldeten Bambusrahmen hingen. Um die Indiskretion der anderen Kapelle wiedergutzumachen, spielte die berittene Kapelle das fröhliche Lied «Die Wildgänse lassen sich auf dem Strand nieder», eine Lieblingsmelodie des Kaisers.

Wirbelnder Schnee verhüllte das Ende der sechstausendköpfigen Prozession. Die Schaustellung hatte Jakob Soo ein Zehntel des Reichtums gekostet, den er der Provinz Kwangtung in seinen sechs Jahren als Vizegouverneur abgepreßt hatte, als sein Jahresgehalt nur dreihundert Taels betrug. Das Gehalt von zwei Jahren hätte nicht einmal ausgereicht, um das Feuerwerk zu bezahlen, das glühende Bilder an den dunkelnden Himmel malte und mit seinem Geknatter böse Geister verscheuchte.

Wie Jakob Soo gehört hatte, ermahnten die Jesuitenpatres Beamte in Europa, weder Bestechungen noch Geschenke anzunehmen. Aber an christliche Mandarine stellten die klugen Patres keine solchen Forderungen. Das knauserige Peking erwartete von seinen Beamten, daß sie vom Volk lebten, denn von ihren winzigen Gehältern konnten sie nicht leben. Die Mandarine mochten nehmen, was sie wollten, solange ihre Erpressungen kein öffentliches Ärgernis erregten, was sie natürlich taten. Ihre wichtigste Aufgabe war die Erhebung von Steuern, um den korrupten Luxus eines kaiserlichen Hofes von Wüstlingen, Sadisten und Trunkenbolden zu finanzieren, von denen viele auch homosexuell und opiumsüchtig waren, genau wie ihr Kaiser.

Jakob Soo wußte, warum das Land von Rebellionen erschüttert wurde, aber er konnte wenig tun, um das verderbliche System zu ändern. Paul Hsü versuchte es zumindest, aber . . . Der Mandarin fröstelte und schlug den Kragen seines Rotfuchsmantels hoch. Der Wind schleuderte ihm Hagelkörner und Schneeklumpen an den Kopf.

So viel Gold ausgegeben, seufzte Jakob Soo bei sich, und bei dem Schneesturm konnten die Zuschauer den kostbaren Glanz der Prozession nur flüchtig erblicken: die Ahnentafeln, mit Gold aufgefrischt, neben der mit Gold eingelegten Ordensschnalle, die ihm der Kaiser nach seinem Rücktritt als Vizegouverneur von Kwangtung verliehen hatte; genügend Lebensmittel für fünfzig Bankette, so unendlich reichhaltig, daß fünfundzwanzig Spanferkel nur eine magere Einleitung waren; vierundzwanzig Drachenkopfblüten, mit Seide umwunden; zweihundert Banner, Fahnen und Wimpel mit Beschwörungsformeln für Glück. Der Höhepunkt war Martas Aussteuer, jedes kostbare Gewand und Wäschestück wurde auf einem mit Stangen hochgehaltenen Präsentierbrett zur Schau gestellt.

Gegen Ende der Prozession kamen die größten Schätze, bewacht von vierzig Arkebusieren von Gottes Bataillon. Der erste war prosaisch, aber eindrucksvoll: zwanzig Goldbarren, jeder wog zwanzig Taels, etwa fünfundzwanzig Unzen. Der zweite war ungewöhnlich und noch wertvoller als der erste: ein drei Fuß hohes, aus blaßgrüner Jade geschnitztes Kreuz.

Den Schluß der Prozession bildete wieder eine bunte Kapelle. Einige Musiker spielten *sheng,* siebzehn purpurrote Bambusrohre in einem schalenartigen Flaschenkürbis; andere bliesen auf silbernen Flöten, und die übrigen schlugen mit umwickelten Schlegeln auf Schnarrtrommeln.

Jakob Soo beklagte das Schneetreiben und die zunehmende Dunkelheit, die seine vorsätzliche Verschwendung nicht zur Geltung kommen ließen. Da er sich unbeobachtet wußte, nahm er einen Schluck feurigen *mao-tai* aus der Flasche, die er vor dem Aufbruch in seinen langen Ärmel gesteckt hatte. Der Schnaps gab ihm seine normale gute Laune zurück, und er kam zu dem Schluß, daß sich der Aufwand doch gelohnt habe. Die zweitwichtigste Beschäftigung in Peking nach der Beamtenbestechung war der Klatsch. Jeder Haushalt, vom Fürsten bis zum Kuli, würde eine Generation lang seine Großzügigkeit in Erinnerung behalten und sie würde durch die übliche Übertreibung noch verschönt werden, denn die Zuschauer hatten die Schätze durch den Schleier von Schnee und Dunkelheit ja nur flüchtig gesehen.

Das Volk von Peking würde ihn überschwenglich rühmen, und dieser Ruhm war das wesentliche politische Kapital eines ehrgeizigen Mandarins. Selbst törichten Kaisern, die das Volk verachteten, dienten Minister, die wenigstens klug genug waren, auf die Stimme des Volkes zu hören.

Versteckt hinter Schneegestöber, nahm Jakob Soo noch einen Schluck aus seiner Flasche. Was hielt denn den Zug auf? fragte er sich. Die Soldaten müßten doch diese hinderlichen Knäuel von Zuschauern schon entwirrt haben. Er seufzte von neuem gereizt, stöpselte seine Flasche zu und gab seinem Pferd die Sporen.

Das Pferd preschte an dem Blumenpalankin vorbei zur Spitze des Zuges, wo die Kulis die Spanferkel trugen. Jakob Soo hörte Geschrei aus den *hutungs*. Durch den rieselnden Schnee sah er, daß die Soldaten mit Bambusstangen auf die Menge eindroschen, die nicht weichen wollte. Ein drahtiger junger Mann flitzte unter den Stangen durch, schwang eine hölzerne Keule und traf einen Soldaten damit im Magen. Der Arkebusier ging zu Boden und übergab sich, während der junge Mann wieder in die Menge zurückschlüpfte und mit einem Jubelruf begrüßt wurde.

«Nieder mit dem Gott der Meeresteufel!» Das Geschrei aus den *hutungs* war jetzt zu verstehen. «Vertreibt die Barbaren!» Ein schwarzer Gegenstand sauste am Kopf des Mandarins vorbei, und ein Hagel von Steinen prasselte auf die Helme der Soldaten. Ein Backstein traf ein Pferd in die Weiche, es bäumte sich auf und traf mit der Vorhand die Brust eines Kulis. Der Kuli stürzte, ein Blutstrom ergoß sich aus seinem Mund und vermischte sich mit der roten Sauce des Spanferkels, das er auf einem Tablett getragen hatte.

Drei Soldaten lagen von Steinen niedergemäht im Schnee. Der Leutnant brüllte einen Befehl, und seine Leute senkten die Stangen und zogen Krummschwerter. Sie bildeten einen Keil und schwangen die Krummschwerter über den Köpfen. Vor den blitzenden Klingen wich die Menge langsam zurück.

«Vertreibt die Barbaren!» Der Schrei wurde weniger schrill und zögernder. «Nieder . . . mit . . . dem . . . Gott . . . der Meeresteufel!»

Die Soldaten stießen in die zurückweichende Menge vor, während die flüchtenden Aufrührer einen letzten trotzigen Ruf aus einem *hutung* erschallen ließen: «Vertreibt . . . alle . . . Barbaren!»

Die Prozession zog wieder weiter – in ganz unwürdiger Eile. Alle Zuschauer hatten sich davongemacht und irgendwo Schutz gesucht. In erschrecktem Schweigen legte die Hochzeitsgesellschaft das letzte kurze Stück bis zum Pflaumenbaum-*hutung* zurück.

Jakob Soo nahm an, der Göttliche Strang habe den Zwischenfall durch ein paar Lockspitzel unter der wankelmütigen Volksmenge hervorgerufen, vermutlich auf ausdrücklichen Befehl des Schwarzen Premiers. Wer sonst hätte gewagt, sich in die Angelegenheiten des Ministers für Ritus, Paul Hsü, einzumischen? Ihn schauderte bei dem Gedanken an das schlechte Omen. Das Eheleben seiner Tochter begann mit Streit und Hader in einem Schneesturm statt in dem Sonnenschein, den die Astrologen verheißen hatten.

Martas Vater erlangte seine Fassung wieder, als die Prozession am Tor von Dr. Paul Hsüs Haus anlangte. Der Blumenpalankin hatte sein Ziel heil und sicher erreicht. Jakob Soo erinnerte sich, daß Pater Adam Schall in einer Predigt gesagt hatte, Gott der Herr erlege seinen Kindern Prüfungen auf, um ihren Mut zu stählen und ihren Glauben auf die Probe zu stellen. Als er absaß, war der Mandarin zu der Überzeugung gelangt, daß das Vorzeichen in Wirklichkeit gut sei. Daß die Störenfriede so mühelos hatten vertrieben werden können, bedeutete, daß seine Tochter alle Gefahren bestehen würde, die den Menschen zu allen Zeiten drohen, besonders aber unter der Herrschaft des Chung Chen-Kaisers der Großen Ming-Dynastie.

Das ferne Handgemenge, das Marta in ihrem Palankin gehört hatte, wirkte sich kaum auf ihre Trübsal aus. Sie empfand weder Freude noch Kummer, als sie am Arm ihrer Dienerin Ying im Schneetreiben durch den äußeren Hof humpelte und den chrysanthemengeschmück-ten Empfangsraum betrat.

Marta empfand nicht mehr, als eine lebensgroße und durch Drähte bewegte Szechuan-Marionette gefühlt hätte, und sie war auch angemalt wie eine Marionette. Die Puderschicht auf ihrem Gesicht war so hart und dick, daß sie reißen würde, wenn Marta lächelte; Augenbrauen und Wimpern waren geschwärzt und Wangen und Lippen hellrot geschminkt. Sie war auch gekleidet wie eine Marionette in einem historischen Singspiel.

Ihr Kopfschmuck aus Pfauenfedern über einem Diadem aus Goldfiligran war mit Smaragden, Perlen und Saphiren besetzt. Das Hochzeitskleid ähnelte den von den Kaiserinnen der Tang-Dynastie vor tausend Jahren bei Hofe getragenen Gewändern. Es war mit einer gefransten, karmesinroten Schärpe gegürtet und bestand aus blauer brokatener Tributseide, die mit Hunderten von vielfarbigen Phönixen bestickt war, jeder mit einem einzigen Auge, einem winzigen Smaragd. Der breite karmesinrote Saum des Kleides, der auf dem Fliesenboden schleifte, war mit aufgerichteten goldenen Drachen bestickt, ebenso die über die Brust gekreuzten Aufschläge und die Manschetten. Die Ärmel waren so lang, daß sie auch auf dem Boden geschleift hätten, wenn Marta die Hände nicht in Brusthöhe gefaltet hätte.

Die siebzehnjährige Braut hätte sich in ihrem schweren Panzer überhaupt nicht rühren können, hätte ihre Dienerin sie nicht gestützt. Ihren Kopf konnte sie nicht mehr als einen Zoll drehen, ohne die Gehänge aus Golddraht über den Ohren abzubrechen. So drehte sie sich langsam mit dem ganzen Körper, um durch das Empfangszimmer nach ihrem Bräutigam zu schauen. Ihre schwarz umrandeten Augen schwammen in Tränen, die sie nicht zu vergießen gewagt hatte. Francis schien es, als wären die Augen das einzig Lebende an Marta. Er war halb betäubt von den Schwaden der Holzkohlenpfannen und den Ausdünstungen von etwa dreihundert Gästen, die sich Schulter an Schulter drängten. Der Duft von Weihrauch und der Wohlgeruch der Blumen war überwältigend. Tausende von Chrysanthemen, orangefarbene und karmesinrote, gelbe und weiße, bräunliche und bläulich-rote waren mit Drähten an hohen Bambusrahmen befestigt und überragten die Treibhaus-Lilien, Rosen und Päonien in den schimmernden Porzellankübeln. Diese Pracht stellte die Pflanzen des Mondneujahrs in den Schatten: rosa blühende Pfirsichbäume und Miniatur-Orangenbäume in scharlachroten Blumenschalen. Ein künstlicher Frühling hatte die Welt von Graupel und Schnee außerhalb der rotgetünchten Wände verdrängt.

Francis Arrowsmith schreckte zurückt vor der menschenunähnlichen Erscheinung, die seine Braut war. Das Gefühl der Unwirklichkeit, das ihn den ganzen Tag verfolgt hatte, übermannte ihn. Er hatte das Gefühl, in diesem märchenhaften Schauspiel nicht länger eine Hauptrolle zu spielen, sondern Zuschauer zu sein.

Warum, fragte er sich, trug ein blonder Engländer das offizielle Gewand eines militärischen Mandarins der Großen Ming-Dynastie? Zu welchem Zweck stand ein deutscher Priester mit einem schwarzen Roßhaarhut auf dem Kopf und die Chinesen um Haupteslänge überragend vor diesen vielen Chrysanthemen? Warum trug der Priester über seinem weißen Chorhemd ein grün besticktes Meßgewand?

Dr. Paul Hsüs Hand auf seinem Arm rief den Bräutigam wieder in die eigentümliche Wirklichkeit zurück. «Seid Ihr bereit, Francis?» fragte der Minister. «Es ist Zeit.»

Der Singsang der Beamtensprache ging dem Bräutigam auf die Nerven. Er war keineswegs bereit zu dieser unwiderruflichen Ehe – und würde es niemals sein.

Eine angemalte Marionette, ein Erzeugnis chinesischer Kunstfertigkeit, schwankte mühselig auf ihn zu. Er sollte sich also einem Geschöpf aus Seide, Metall und Farbe geloben, nicht einer Frau aus Fleisch und Blut und Gefühl. Ihr Gang stieß ihn ab. Wie konnte ein christlicher Europäer unter einem Volk leben, das Gottes eigenes Werk entstellte, indem es die Füße seiner Frauen zu harten, kleinen Hufen verunstaltete? Wie konnte er sich unabänderlich an eine Frau binden, die dieser Tortur unterworfen worden war? Diese Füße, ironischerweise goldene Lilien genannt, waren nur ein Beweis für die Perversität der Chinesen. Vor Abscheu war ihm die Kehle wie zugeschnürt.

Als Dr. Paul ihn vorwärtsschob, rief sich Francis wieder ins Gedächtnis, daß die Alternative zu dieser Heirat die Vernichtung aller seiner Hoffnungen gewesen wäre – und vielleicht ein gewaltsamer Tod. Ganz behutsam nahm er die bleiche, krallige Hand, die aus Martas drachenbestickter Manschette herausragte. Voller Widerwillen sah er, daß sie die Arme noch angewinkelt hielt, damit die übermäßig langen Ärmel nicht auf dem Boden schleiften. Ein einziger rettender Gedanke erfüllte ihn: eine unter Zwang geschlossene Ehe war keine echte Ehe.

Diese Erkenntnis gab Francis Kraft. Marta war zu keiner logischen

Überlegung oder Gemütsbewegung mehr fähig. Sie sehnte sich nur danach, sich in den Blumenpalankin zu flüchten wie eine Bärin, die sich zum Überwintern in eine sonnenlose Höhle zurückzieht.

Ohne einander anzusehen, gingen Braut und Bräutigam zu dem karmesinroten und goldenen Altar. Zwischen brennenden roten Kerzen und glimmenden Weihrauchstäbchen standen die schwarzen Tafeln mit Reihen goldener Ideogramme, die die erhabenen Ahnen von Minister Paul Hsü aufführten. Durch Adoption waren sie bereits Francis' Ahnen, durch die Heirat würden sie auch Martas Ahnen werden.

Die zwei prächtig gekleideten Puppen fielen auf die Knie, wiederholten das dreimal, und jedesmal berührten sie dreimal mit der Stirn die kalten Fußbodenfliesen bei dem Kotau, den die Chinesen außer dem Kaiser nur ihren Ahnen erwiesen.

Bloßer Mummenschanz, dachte Francis, um sein Gewissen zu beruhigen, bedeutungsloses Tun. Der Ahnenkult, wie ihn die Europäer nannten, sei nicht eigentlich ein Kult, hatte Pater Adam Schall erklärt. Die traditionsbewußten Chinesen ehrten ihre Ahnen durch Verbeugungen, verehrten sie aber nicht als Götter. Das erste Gebot werde also nicht verletzt, denn die Anbetung bleibe dem einen wahren Gott vorbehalten.

Marta hatte bis zu diesem Augenblick vor keiner anderen Ahnentafel als vor der ihres Vaters Kotau gemacht. Sie wußte, sie würde erst richtig verheiratet sein, wenn der Priester des Herrn des Himmels sie durch das Sakrament der Ehe band. Dennoch hatte die Verbeugung vor Paul Hsüs Ahnen ihre Bindungen an ihre eigene Familie zerbrochen. Sie war schon ein anderes Wesen, nicht mehr die Tochter von Jakob, sondern die Ehefrau von Francis und die Schwiegertochter von Paul, seinem Adoptivvater.

In Einklang miteinander, aber innerlich getrennt, ergriffen Braut und Bräutigam die Eierschalenjadebecher, die der Heiratsvermittler ihnen auf einem roten Lacktablett reichte. Sie hoben die Becher und tranken sich zu. Sie hoben die Becher und tranken dem Witwer Paul Hsü und Martas Eltern zu. Sie hoben die Becher vor dem Altar mit den Ahnentafeln und nippten daran, ehe sie sie austauschten und jeder die letzten Tropfen Wein aus dem Becher des anderen trank.

So waren sie nach traditionellem chinesischem Ritus Mann und Frau geworden. Marta war zeit ihres Lebens an Francis gebunden; er war rechtlich nur solange an sie gebunden, bis er beliebte, sie zu ihren Eltern zurückzuschicken. Aber noch sahen sie der christlichen Trauung entgegen, die sie auf immer vereinen würde.

Pater Adam Schall stand vor dem Altar, dessen weißseidenes Altartuch mit goldenen Kreuzen bestickt war. Ein Knabenchor sang, während Marta am Arm ihres Vaters durch die von den Gästen gebildete Gasse schwankte. In ihrer Verzweiflung sah sie die leuchtenden Farben der vielen Chrysanthemen nur wie durch einen Nebel. Mit eisiger Miene wartete Francis neben den vor dem Altar liegenden Kissen. Er nahm ihre Hand, und sie knieten beide nieder.

Adam Schalls gewöhnlich finstere Züge waren von ernster Freude überstrahlt, als er die feierlichen Worte sprach: «Im Namen des Vaters, des Sohnes und des Heiligen Geistes . . .»

Auf seinen Wink erhoben sich Marta und Francis.

«Die Ehe ist ein geheiligter Stand.» Pater Adam Schall wandte sich an die Gemeinde und an Braut und Bräutigam. «Gott selbst hat ihn durch unsere Voreltern, Adam und Eva, im Paradies gestiftet. Er wurde noch heiliger, als unser Herr Jesus Christus die Ehe der Christen zu einem Sakrament machte, das die Verbindung zwischen Ihm und Seiner Braut, der Kirche, symbolisiert.»

Die sich anschließende kurze Predigt verstand Francis nur unvollkommen. Ihre Sprache war so vergeistigt, daß sie unbegreiflich, die darin ausgedrückten Gedanken so erhaben, daß sie unfaßbar waren. Die wenigen Satzteile, die Martas Betäubung durchdrangen, erregten ihren stummen Protest: «Ein leuchtendes Beispiel für die Verbindung zweier großer Zivilisationen . . . in ihrer Person . . . Die allumfassende heilige katholische Kirche segnet . . . Dieses glückliche Paar verkörpert die Harmonie . . .» Sie lächelte bitter, ohne Rücksicht auf ihr geschminktes Gesicht, und verachtete ihre ganze Familie, vor allem aber sich selbst, daß sie sich diesem ausländischen Mummenschanz unterwarfen.

Francis antwortete automatisch, als der Priester fragte: «Francis Shih-jen, seid Ihr frei und ungezwungen hergekommen, um mit Marta Mei-lo, dieser Eurer Braut, eine wahre christliche Ehe einzugehen nach den Gesetzen Gottes und der heiligen Kirche?»

«Ja», brachte Marta zögernd über die Lippen, aber sie ergriff Francis' Hand, als der Priester sie anwies: «Reicht einander die rechte Hand.» Ihre Stimme zitterte, als sie dem Priester nachsprach: «Vor

Gottes Angesicht nehme ich, Marta Mei-lo, dich, Francis Shi-jen, zu meinem rechtmäßigen Ehemann und bin gewillt, dich zu lieben, zu ehren und dir die Treue zu halten, bis daß der Tod uns scheide.»

Ihre Hand verkrampfte sich, als Pater Adam Schall fortfuhr: «Im Namen der Kirche bestätige ich den Bund, den Ihr geschlossen habt . . . Was Gott verbunden hat, soll der Mensch nicht trennen.»

Marta sah ihren Bräutigam an, der auf sie herunterschaute, und wurde sich klar, daß diese Ehe für ihn eine ebenso schwere Prüfung war wie für sie. Er war Ausländer in einer Gesellschaft, in der er sich sehr minderwertig vorkommen mußte. Sie war Chinesin und würde in ihrer Heimat bleiben, dem Reich der glanzvollen Großen Ming-Dynastie.

Etwas getröstet durch diese Erkenntnis, fand sie sich mit ihrer Ehe ab. Sie war entschlossen, aus dieser ihr aufgezwungenen grotesken Verbindung das Beste für sich herauszuholen. Sie sah das Brautbett nicht als einen Altar an, auf dem sie als Opferlamm liegen würden, sondern als ein Schlachtfeld, wo sie und der Pfeilschmied einander ebenbürtig sich im Zweikampf messen würden. Im übrigen verlangte weder ein Gebot von Konfuzius noch eines der Kirche, daß Mann und Frau sich innig lieben müßten. Hauptsächlich wurde von ihnen verlangt, daß sie nach außen hin die Schicklichkeit wahren.

Marta war ganz und gar erfüllt vom Bewußtsein ihrer eigenen Macht. Er sah so kläglich aus, so jammervoll, ihr schneidiger Offizier – und er würde noch mehr leiden, viel mehr. Mit der Zeit würde sie ihn womöglich bemitleiden.

Francis spürte, daß Martas krampfhafter Griff sich lockerte und ihre Hand in seine glitt. Er wußte, daß er nun wirklich und unwiderruflich verheiratet war, was immer Kirchenrechtler auch von Zwang fabulieren mochten. In Wirklichkeit konnte kein Mensch sie trennen. Da er nicht wußte, ob er sich freuen oder sich grämen sollte, stieß er einen Seufzer der Erleichterung aus, daß die Tat nun vollbracht war.

«Du bist so still, Francis. Träumst du mit offenen Augen?» Martas Stimme drang unter dem hohen Sonnenschirm hervor, der ihre zarte Haut vor den auf der Pohaistraße tanzenden Sonnenstrahlen schützte. «Fehlt dir etwas?»

«Nein, Marta, nichts», antwortete Francis. Er saß auf der niedrigen Terrassenmauer der Villa, die General Ignatius Sün ihnen in Tungtschou, etwa 350 Meilen von Peking, angewiesen hatte. «Mir geht's gut. Ich denke bloß nach.»

«Über Angenehmes, hoffentlich.» Marta reckte und streckte sich genüßlich auf ihrem Liegestuhl. «Denkst du an mich?»

«Unter anderem», antwortete er wahrheitsgemäß. «Du weißt, daß ich immer an dich denke – selbst wenn ich an etwas anderes denke.»

«Du bist ein schlimmerer Wortverdreher als die Jesuiten, Francis. Aber worüber hast du nachgedacht?»

«Wie seltsam es ist. Vor weniger als fünf Monaten, da haben wir uns fast gehaßt, weil Paul Hsü uns zu dieser Ehe zwang.»

«Das ist wirklich erst fünf Monate her? Kaum zu glauben, daß jetzt erst Juli ist. Manchmal kommt es mir wie ein ganzes Leben vor.»

«Oder nur ein oder zwei Tage. Und ich preise Paul Hsü, daß er uns gezwungen hat . . .»

«Aber nicht, weil er zugelassen hat, daß wir hierher geschickt wurden, Francis.»

«Ja, da fällt es schwer, nachsichtig zu sein. Aber ohne ihn wären wir nicht verheiratet, Marta.»

«Meistens preise ich Dr. Paul. Jedenfalls konnte er wohl deine Versetzung nicht verhindern. Und das wird nicht ewig dauern. Mandarine bekommen immer ein paar schlechte Aufgaben, aber gute folgen.»

«Wenn ich nur das Bataillon zurückbekommen könnte, dann könnte ich Paul fast alles verzeihen. Aber das werde ich nie.»

«Kannst du das Bataillon nicht eine Weile vergessen, Francis? Denke zur Abwechslung mal an uns. Ist das nicht eine Hilfe?»

«Ich denke immer an uns. Das ist eine große Hilfe.»

Mit einiger Berechtigung fühlte sich Francis Arrowsmith schlecht behandelt. Nur widerwillig hatte er die Reise nach Tungtschou angetreten. Es war eine unbedeutende Festung trotz ihrer beherrschenden Lage an der Pohai-Bucht, die die Provinz Schantung von der Halbinsel Liaotung trennte, die in der Hand der Tataren war. Seine Versetzung in ein Provinznest wurde auch nicht wettgemacht durch den hohen Rang des Gouverneurs, General Ignatius Sün Yüan-hua, der mit bemerkenswertem Erfolg die Bronze-Geschütze gegen die Tataren eingesetzt hatte.

Selbst ein weniger leidenschaftlicher Soldat als Francis hätte es nicht als Ehre, sondern als schlecht getarnte Ungnade empfunden, daß er als Kommandeur von Gottes Bataillon abgelöst und General Ignatius Sün unterstellt wurde. Zwar behielt er seinen Rang als Major, aber sein bescheidener Sold war um die Hälfte gekürzt worden, weil er keine Truppen mehr befehligte. Sein Gehalt vom Geheimdienst, dem Göttlichen Strang, wog den verminderten Sold dreifach auf, doch war er nicht mehr an den üppigen Korruptionsgewinnen des Bataillons beteiligt – und er war sich wohl bewußt, daß er sein Vermögen noch erwerben mußte. Es war nur ein geringer Trost, daß er wieder mit der Expeditionstruppe aus Macao und ihrem alten Kommandeur, Hauptmann Miguel Gonsalves Texeira Correa, Dienst tat. Im übrigen waren auch die Portugiesen verärgert über ihren Müßiggang.

Der große Zapfenstreich anläßlich der Übergabe seines Bataillons hatte Francis' Stolz verletzt. Sein früherer Adjutant, Hauptmann Simon Wu, sollte die Soldaten ins Feld führen, die Francis ausgebildet hatte. Francis hatte mürrisch genickt, als sein Sklave Joseph King seine christliche Nachsicht rühmte und erwähnte, daß ein auf ähnliche Weise gedemütigter Chinese vielleicht seine Zuflucht zu feigem Selbstmord genommen hätte, um sein verlorenes Gesicht – das heißt natürlich seine Ehre – wiederzugewinnen.

Die Freuden, die er und Marta nach einem tastenden Beginn im Ehebett entdeckten, hatten die letzten Monate aufgehellt und ihn viele Stunden lang seine berufliche Demütigung vergessen lassen. Keine Buhldirne im Feldlager, keine Liebedienerin in einem Pekinger Blumenhaus hatte ihm einen solchen Taumel der Sinnenlust verschafft.

Die Sonne des späten Nachmittags vergoldete die gekräuselte Wasserfläche und erhellte die kleine Grotte unter Martas Sonnenschirm. In der dunklen Höhle unter ihrem Liegestuhl rührten sich die beiden Pekinesen und schauten auf. Ehe sich das silberweiße Weibchen auf den Rücken legte, um weiterzuschlafen, gab es kehlige Laute von sich wie eine heiser gurrende Taube. Das goldfarbene Männchen blickte mit pechschwarzen Augen hochnäsig um sich.

In der sommerlichen Hitze trug Marta nur einen Morgenrock aus leichter Pongéseide über einem hauchdünnen Hemd, das gerade ihre Hüften bedeckte. Sie gähnte und reckte sich träge. Dabei löste sich der locker geknotete Gürtel, und ihr Morgenrock öffnete sich.

Durch Martas Gähnen von seinen Grübeleien abgelenkt, schaute Francis von den weißen Schaumkronen auf dem blauen Wasser hoch. Ihr Hemd war nach oben gerutscht und ließ das Dreieck zwischen ihren Schenkeln sehen, das Chinas erotische Dichter als Jade-Terrasse besingen. Als Marta seinen Blick bemerkte, errötete sie und raffte ihren Morgenrock zusammen. Entwaffnet durch sein Lächeln, sanken ihre Hände kraftlos herab.

Francis stand auf und ging barfüßig zu ihrem Sonnenschirm. Sein leichter Hausrock klebte ihm an der schweißfeuchten Haut, und ein halbes Lächeln umspielte seine Lippen. Wang, das Pekinesen-Männchen, kläffte schrill zur Begrüßung. Mu-lan, das Weibchen, knurrte freundlich und kehlig.

«Die will ich nicht dabei haben.» Francis nahm Wang auf und streichelte ihn. «Die Viecher können draußen bleiben.»

«Willst du hineingehen?» Martas Lächeln war aufreizend. «Hast du einen bestimmten Grund?»

«Wir könnten uns einen Grund ausdenken . . . wenn wir uns Mühe geben.»

«Ich kann mir keinen Grund vorstellen. Die Sonne ist zu schön.»

«In Peking», sagte Francis provozierend, «gäbe es so viele Unterhaltungen: Gaukler und Akrobaten, Singspiele, Zauberkünstler . . . Und an einem langweiligen Nachmittag könnte ich immer ein Blumenhaus besuchen.»

«Francis, untersteh dich . . . auch nur an Blumenhäuser zu denken.» Marta hatte gelernt, auf seine Witzeleien einzugehen, aber bei Blumenhäusern verstand sie keinen Spaß. «Das dulde ich nicht.»

«Was soll man denn sonst tun an diesem öden, gottverlassenen Ort? Wenn nur . . . irgend woanders . . .» Francis gab sich wieder dem Schmerz der Enttäuschung über Paul Hsüs Verrat hin, wie eine Zunge immer von neuem einen hohlen Zahn befühlt.

«Ich erlaube dir nicht, so zu reden. Vielleicht gehen wir lieber gleich nach drinnen.» Marta streckte sich wieder wollüstig, und wieder verrutschte ihr Morgenrock. «Ja, ich glaube, das sollten wir tun.»

«Bloß, weil es nichts anderes in Tungtschou zu tun gibt?» lachte er. «Vielleicht könnten wir den Schlängelnden Drachen versuchen?»

«Zu anstrengend an einem heißen Sommernachmittag.» Mühsam fand Marta zu dem leichten Ton zurück, der ihm gefiel. «Aber wenn du darauf bestehst . . .»

Aufreizend langsam erhob sie sich vom Liegestuhl und drehte Francis den Rücken zu. Die lose Schärpe öffnete sich, und der Morgenrock glitt ihr von den Schultern auf den Boden. Nur mit dem dünnen Hemd bekleidet, das ihr rundliches Hinterteil kaum bedeckte, wankte sie zur offenen Schlafzimmertür.

Francis sah ihr nach, zugleich erregt und abgestoßen von ihrem unbeholfenen Gang. Er staunte wieder über die bizarre Tortur, die ihre goldenen Lilien geformt hatte, winzig in den bestickten scharlachroten Pantöffelchen, die mit roten Bändern um die Knöchel gehalten wurden und wie kleine Boote mit hohem Heck aussahen. Sie mußte ihr ganzes Gewicht auf die verkrüppelten Fersen legen und schlurfte deshalb. Aber der Gang, der Francis zuerst an das Watscheln einer Ente erinnert hatte, war jetzt lasziv erregend. Ihr Gesäß schaukelte nicht wie das einer lüsternen Europäerin, sondern schob sich vorwärts. Die beiden Grübchen am unteren Ende der Wirbelsäule schimmerten violett durch das durchsichtige Hemd.

Francis warf seinen Hausrock ab und folgte Marta in das kühle Schlafzimmer. Halb beschämt staunte er darüber, daß der barbarisch verzerrte Gang ihn ebenso erregte wie übersättigte chinesische Männer mittleren Alters.

Er schob die Bambusstützen beiseite, und die Binsenmatten fielen herab und versperrten den Pekinesen den Zugang. Das Männchen kläffte empört, und das Weibchen kratzte heftig an den Matten.

«*Pu-hsing, Mu-lan, Wang!*» rief Marta. «Nein, Mu-lan, Wang.» Die Proteste wurden zu leisem Winseln.

Trotz ihrer verkrüppelten Füße stieg Marta gelenkig von einem Hocker auf den *kang,* die aus Ziegeln gemauerte Lagerstatt, auf der ihre Bettdecken ausgebreitet waren. Der *kang* war kühl, denn nur im bitterkalten Winter brannte in seinem hohlen Inneren ein Feuer. Marta beugte sich herab und löste die roten Bänder ihrer Pantöffelchen, die

auf den Holzfußboden fielen, wo sie wie gestrandete bunte Blumenboote liegen blieben.

Dann stützte sich Marta auf den rechten Ellenbogen in der Haltung
der nackten Elfenbein-Statuetten, an denen züchtige Damen ihren
Kräuterdoktoren zeigten, wo sie Beschwerden hatten. Ihre Brüste
waren etwas voll für eine Chinesin, aber fest, und die kleinen, bläu-
lich-roten Brustwarzen preßten sich an die dünne Seide des Hemdes.

Francis beugte sich über den *kang* und stützte die Handflächen auf
die parfümierten Bettlaken. Als Marta die Hand ausstreckte, um ihn zu
streicheln, staunte er wieder über die Glätte ihrer blaßgoldenen Haut.
Das Dreieck zwischen ihren Schenkeln war mit einem unsichtbaren
Flaum bedeckt. Diese Haarlosigkeit hatte ihn zuerst abgestoßen, es
kam ihm vor, als schliefe er mit einem Kind, aber jetzt war er durch
ihre sichtbare Erregung selbst erregt. «Ich sehe», lächelte Marta, «daß
der Jaspis-Stengel schon begierig ist, in die Weiße Tiger-Grotte ein-
zudringen.»

Als er sich zu ihren Lippen neigte, spürte er, daß Marta flüchtig
zurückschreckte, ehe sich ihr Mund unter seinem öffnete. Er hatte sie
gelehrt, auf europäische Weise zu küssen, aber sie schätzte diese
Mischung von Zärtlichkeit und Begehren nicht. Sie hatten darüber
nicht gesprochen, obwohl Marta über jeden anderen Aspekt ihres
Liebeslebens eifrig und mit einer anatomischen Deutlichkeit disku-
tiert hatte, die ihn immer noch schockierte. Aber sein Vergnügen am
Spiel ihrer Lippen und Zungen konnte sie nicht teilen.

Sonst war Marta gekonnt leidenschaftlich, ganz anders als die
ängstliche Jungfrau, die in ihr Brautbett gestiegen war. Die Chinesen
nannten die Hochzeitsnacht *yü shan chih hsi,* den «Abend, an dem der
Fächer fällt», hinter dem die schüchterne Braut bisher ihr errötendes
Gesicht verborgen hatte. Sobald eine junge Frau verheiratet war,
sollte sie sich ohne Scheu und unverhohlen ihrem Gebieter anschließen bei erfinderischen Verschlingungen und gegenseitigen Durch-
dringungen aller Glieder und Öffnungen. Es hatte mehrere Monate
gedauert, aber schließlich hatten sie, angeleitet von den erotischen
Klassikern, das sexuelle Nirwana völliger Hingabe erreicht.

Abgesehen von unbedeutenden Variationen, schilderten die bunten
Skizzen in den Lehrbüchern für Bräute zweiunddreißig Stellungen in
höchst realistischen Einzelheiten. Chinas erotische Dichter hatten
außerdem ein Wörterbuch der Sinnlichkeit verfaßt. Francis und Marta

nannten ihre Geschlechtsorgane Jade-Terrasse, Jaspis-Stengel, Weiße Tiger-Grotte, Fabelhafte Pagode und die beiden Lotus-Hügel. Die Liebesstellungen hießen Seidenhaspel, Erwachte Meeresgöttin, Schlängelnder Drachen, Zweiäugiger Fisch, Rotgehörntes Einhorn und Grüner Drachen.

Francis fand es zuerst etwas widerwärtig, daß Marta ihr Handbuch der Liebeskunst unbedingt aufgeschlagen neben dem Kopfkissen haben wollte. Aber dann war er entzückt von den köstlichen Wonnen, die dessen Ratschläge gewährten und die er vor sechs Monaten noch für pervers gehalten hätte, wenn er sie sich überhaupt hätte vorstellen können.

Diesmal verschmähte er akrobatische Übungen, streifte Marta das Seidenhemd über den Kopf und streichelte sie sanft. Sie erreichte rasch die Erregung, die ihr Handbuch «auftauchen aus den grauen Wolken in die Sonne auf dem Berggipfel» nannte. Alle Kunstgriffe waren vergessen, und in einem Crescendo trillernder Schreie brachte Marta ihr Bedürfnis zum Ausdruck.

Als ihre Fingernägel ihm den Rücken zerkratzten, hörte er nicht mehr ihr befriedigtes Keuchen und nicht mehr seinen eigenen heiseren Triumphschrei. Er hörte nur eine klare Stimme in seinem Kopf: «Darum bist du in China geblieben. Das ist der ganze Grund, den du brauchst . . . diese Marta!»

Im nächsten Augenblick löste sich die Exaltation in einer Posse auf. Die Matte vor der Tür erzitterte unter dem Ansturm der Pekinesen, die durch die menschlichen Stimmen alarmiert waren und zu ihrer Herrin wollten. Das schrille Kläffen des Männchens und das hohe Bellen des Weibchens waren ein verzerrtes Echo ihrer eigenen Jubelschreie.

«Laß sie herein, ehe sie die Matte zerfetzen.» Marta lachte zwar über die mißtönende Störung ihrer Lust, aber ein leichter Vorwurf klang in ihrer Stimme an. «Sie werden brav sein. Sie sind immer brav. Ich sehe nicht ein, warum du sie ausgesperrt hast.»

Die Pekinesen waren nun öfter bei Marta und Francis, wenn sie sich ausgiebig der Liebe widmeten, während die Hausmädchen kicherten und die Diener grinsten, weil die Schlafzimmertür so oft versperrt war. Mu-lan und Wang lagen reglos auf dem kühlen Fußboden und paßten auf, daß der neue Herr ihrer Herrin nichts zuleide tat, oder sie schliefen, erschöpft vom Herumtollen zwischen Azaleen- und Rhododendronsträuchern im Garten, der erfreulich groß war verglichen mit den schmalen Höfen in Peking.

Die langen Tage waren vergoldet von ununterbrochenem Sonnenschein, die Nächte silbern mit funkelnden Sternen und dem am wolkenlosen Himmel schimmernden Mond. Francis sollte sich später an den Sommer 1631 als eine Zeit erinnern, in der das erste längerwährende Glück, das er erlebte, von ständigem Licht durchflutet war. Andere Menschen sollten diesen herrlichen Sommer als die letzten ungetrübten Augenblicke der Großen Ming-Dynastie in Erinnerung behalten. Strahlendes Licht schimmerte auf dem saphirblauen Meer und dem topasfarbenen Strand und hüllte Tungtschou in goldenen und silbernen Glanz.

Den ganzen Sommer über war Marta von der Glut der Freuden erfüllt, die ihr Handbuch verheißen hatte. Zwar erschauerte sie manchmal innerlich, weil Francis so absonderlich aussah, aber er war das Werkzeug ihrer Lust und daher in ihren Augen geheiligt. Da er größer und stärker war als die meisten Chinesen, war ihre Hingabe um so erregender. Ihre Siege, wenn sie ihn mit ihrem schmächtigen Körper beherrschte, waren berauschend.

Die Versetzung nach Tungtschou hatte sie zuerst bestürzt, weil ihr klar wurde, daß sie nicht nur mit einem westlichen Meeresbarbaren verheiratet war, sondern auch mit einem in Ungnade gefallenen militärischen Mandarin. Indes wurden alle Mandarine regelmäßig in die Provinzen versetzt. Da sie von klein auf mit solchen Wechselfällen vertraut war, konnte sie die Entrüstung ihres Mannes nicht ganz teilen. An Ungerechtigkeit gewöhnt, lächelte sie über sein Schwanken zwischen Verzweiflung und der festen Überzeugung, daß ihm bald Gerechtigkeit widerfahren würde, weil Paul Hsü zweifellos erkennen mußte, daß Francis Arrowsmith für die Schaffung eines modernen chinesischen Heeres unentbehrlich sei.

Marta war ganz gefangen in ihrem neuen Glück. Wie recht, dachte sie, hatte ihre Mutter doch gehabt mit der alten abgedroschenen Redensart, daß «wahre Liebe nach der Heirat kommt, nicht vorher». Wenn Francis niedergeschlagen war, dann hatte sie ihn fast gern, was ganz etwas anderes war als die körperliche Lust. Er war fast anziehend, wenn seine normale Arroganz durch Mißgeschick gemildert wurde, aber nicht, wenn es ihm gutging und er nichts im Sinn hatte als seinen Ehrgeiz. Ihr Mann war ein seltsames Geschöpf, er konnte nicht gleichzeitig und gleich energisch sein öffentliches und sein häusliches Leben führen. Marta war insgeheim froh über seine Enttäuschung, denn so richtete sich seine ganze Aufmerksamkeit auf sie.

Berauscht von dem Sinnestaumel, den Marta in ihm auslöste, glaubte Francis sie zu lieben. Seine Zärtlichkeit nahm zu, als ihm klar wurde, daß sie ihr Leben und ihr Glück unwiderruflich in seine Hand gegeben hatte. Ihre Munterkeit und Hartnäckigkeit machten sie liebenswert. Ihre selbstbewußte Haltung, die seinen Willen oft nur duldete, zeigte, daß sie nicht die angemalte Marionette war, für die er sie an ihrem Hochzeitstag gehalten hatte. Marta war ein lebensprühendes menschliches Wesen, das die ihm gebührenden Rechte in der Ehe verlangte.

Zwar wurde seine körperliche Befriedigung durch diese Erkenntnis gewürzt, doch hatte Francis das Gefühl, er dürfte eigentlich nicht so glücklich sein. In seinen Abendgebeten verurteilte er sein übermäßiges Ergötzen an der Fleischeslust, auch wenn sie durch den heiligen Stand der Ehe sanktioniert war. Er gelobte, seine unbekümmerten Anwandlungen von Leidenschaft zu mäßigen und ihre beschämende Häufigkeit einzuschränken. Aber sein Entschluß wurde immer wieder hinweggefegt durch das Vergnügen bei diesem immer raffinierteren Liebesspiel. Wenn er auf dem goldenen und silbernen Meer der Sinnlichkeit dahintrieb, konnte er vergessen, daß er ein Offizier mit halbem Sold und seine Zukunft ebenso umwölkt war wie der Sommer strahlend. Fast konnte er vergessen, daß seine Karriere durch Umstände zunichte gemacht worden war, auf die er genausowenig Einfluß hatte wie auf den Kreislauf von Sonne und Mond.

Tungtschou war schlimmer als ein Provinznest. Es war eine Schutthalde, auf der alle Ausländer abgeladen wurden, die nach China gekommen waren, um gegen die Tataren zu kämpfen. Und es war auch eine Rumpelkammer, in der sich jene chinesischen Christen wiederfanden, die die tödliche Wirksamkeit der Bronzekanonen gegen die Tataren bewiesen hatten. Die Ranghöchsten unter diesen Christen waren General Ignatius Sün und sein ziviler Stellvertreter, Botschafter Michael Chang, der seinerzeit die Expeditionstruppe aus Macao nach Norden begleitet hatte.

Hauptmann Miguel Gonsalves Texeira Correa und seine etwa hundert Mann, die noch am Leben waren, hatte man vor einem Jahr nach Tungtschou abgeschoben, weil der Hof sie als eine Gefahr für die alte Ordnung ansah. Als auch Francis Arrowsmith nicht mehr Gottes Bataillon kommandierte, konnten der Obereunuch und seine Kreaturen wieder ruhig schlafen. Jetzt befehligten die Christen und Reformer in der Nähe der Nördlichen Hauptstadt keine schlagkräftigen militärischen Einheiten mehr. Jetzt besaßen sie keine Streitmacht mehr, um den korrupten Kaiserhof zu säubern und die durchgreifenden sozialen Veränderungen zu erzwingen, mit deren Hilfe allein die Ming sich gegen die Tataren und die Rebellen behaupten könnten.

Nachdem die Ausländer die Tataren eingeschüchtert hatten, waren sie in einen abgelegenen Teil des Reiches verbannt worden. Wenn sie unbedingt wollten, konnten sie gern weiter gegen die Tataren kämpfen, von denen es auf der Halbinsel Liaotung wimmelte, nur zweiunddreißig Meilen nördlich von Tungtschou auf der anderen Seite der Pohaistraße.

Besonders verletzend war es für Francis' Stolz, wenn er an seinen ständigen Gehorsam gegenüber Paul Hsü dachte, der ihm die Protektion kurz nach der allein von ihm gewünschten Heirat entzogen hatte. Francis verfluchte die naive Loyalität, mit der er Doppelagent geworden war. Er hatte heimlich beiden Seiten Bericht erstattet und beiden Seiten gehorcht. Infolgedessen wußte er nicht mehr, welcher Seite in dem verwickelten Machtkampf er eigentlich diente – oder welche seiner Aktionen den Kräften des Bösen und welche den Kräften des Guten nützten. Schließlich fragte er sich, ob sich in der düsteren Halbwelt der chinesischen Spionage Gut und Böse überhaupt unterscheiden ließen. Jetzt, da er ein Vertrauter des Teufels geworden war, zweifelte er an der Existenz des Teufels. Er betete, daß er nicht bald auch an der Existenz Gottes zweifeln möge.

Abgesehen davon, daß Paul Hsü offensichtlich auf den Posten eines Groß-Sekretärs zusteuerte, konnte Francis die Absichten des Ministers nicht begreifen. Paul Hsü war erpicht darauf gewesen, daß Francis Agent des Göttlichen Strangs wurde, doch kurz danach hatte sich das Verhältnis zu seinem Protégé abgekühlt. Vielleicht ärgerte ihn Francis' Gold, das in vier Lederkoffern in Pater Adam Schalls Tresorraum aufbewahrt wurde: viertausend Taels, genug, um Herrenhäuser in England zu kaufen. Aber Paul Hsü hatte nie nach diesem Schatz gefragt.

Francis wußte nicht, daß er unentschuldbar naiv gewesen war, als er angenommen hatte, entweder der Göttliche Strang oder der Minister für Ritus würde einem Ausländer erlauben, ein chinesisches Bataillon in den Kampf zu führen. Sollte Gottes Bataillon sich unter seinem Kommando bewähren, dann würde es eine um so größere Gefahr für den *status quo* werden. Sollte das Bataillon versagen, würde sein Schirmherr, Dr. Paul Hsü, dafür bestraft, daß er einem unerfahrenen Barbaren gestattet hatte, eine Einheit der Kaiserlichen Garde zu befehligen. Der Minister mußte von Anfang an gewußt haben, daß er dadurch nicht seine Absetzung oder Hinrichtung riskieren durfte.

Dr. Paul war wie alle Chinesen ein Spieler und wußte, daß sich das Glücksrad aufs Geratewohl drehte. Er hatte Francis' Leben aufs Spiel gesetzt, weil er instinktiv überzeugt war, das Schicksal werde das Rad wohl dort anhalten, wo er es wollte.

Der rosa Ball flog heraus aus dem Knäuel portugiesischer Soldaten, die in der Hitze, die Anfang September noch herrschte, nur in die Lederstiefel gestopfte baumwollene Kniehosen anhatten. Der Wind trug den Ball zu der Mauer zwischen der Villa von General Ignatius Sün und dem Exerzierplatz. Ein spindeldürrer angolanischer Sklave mit blau-schwarz schimmerndem Oberkörper über einem weißen Lendenschurz sprang zehn Fuß hoch und packte die aufgepumpte Schweinsblase mit einer riesigen Hand.

Francis sah, daß etwa dreißig Portugiesen gegen Schwarze und Inder spielten, die losstürmten, um ihren Mannschaftskameraden zu decken. Ein stämmiger portugiesischer Korporal schlüpfte zwischen ihren stampfenden Füßen hindurch und brachte den Angolaner zu Fall. Ein Inder in einem weißen Dhoti ergatterte den Ball, der dem Angolaner entglitten war, und sah sich um. Als er merkte, daß niemand zu seinem Schutz da war, warf er den Ball vorsichtshalber auf den Boden, wurde aber dennoch unter einem Haufen tretender Portugiesen begraben.

Als das Getümmel sich entwirrte, schüttelte der Inder behutsam den Kopf. Er wischte sich die blutende Nase und stieß einen Singsang von verballhornten portugiesischen Verwünschungen aus. Der Angolaner klopfte dem Inder auf die Schulter und nahm die Schweinsblase.

Als sich die Mannschaften in zwei Halbkreisen aufstellten, sah

Francis, daß auf jeder Seite fünf chinesische Soldaten mitspielten, was ihn verwunderte. Der barfüßige Angolaner führte den Anstoß aus, und obwohl der Ball im Aus landete und von der Wand der Villa des Generals abprallte, fing ihn ein Portugiese und rannte damit los. Von den Gegnern bedrängt, spielte er ihn einem chinesischen Unteroffizier zu, der damit fast bis zum gegnerischen Tor kam, dann aber von Indern und Afrikanern zu Fall gebracht wurde. Der Angolaner schnappte sich den Ball und brüllte den Chinesen an. Der wiederum fluchte auf den Afrikaner, der ihn um doppelte Haupteslänge überragte.

Francis ging auf das Knäuel streitender Spieler zu, das sich um die beiden gebildet hatte. Als Fäuste erhoben wurden, beschleunigte er seinen Schritt. Alle Truppen waren nervös, und ein Streit auf dem Sportplatz könnte zu einem Kampf zwischen schwertschwingenden Ausländern und mit Hellebarden bewaffneten Chinesen führen.

«Atençao!» schrie ein portugiesischer Sergeant, als er den Offizier kommen sah. Die auf dem Boden liegenden Männer hörten auf zu prügeln, die Stehenden nahmen Haltung an.

«Spielt noch einmal», wies Francis sie zuerst auf chinesisch, dann auf portugiesisch an. «Beide Seiten haben die Regeln verletzt.»

Er war starr vor Staunen, als ihm die Bedeutung dessen, was er gerade gesehen hatte, klar wurde. Zwei der sechs Paare, die miteinander gerungen hatten, waren Chinesen: statt eine Einheitsfront gegen die Ausländer zu bilden, hatten sie ihre Mannschaftsgefährten gegen ihre Landsleute unterstützt.

Francis war nachdenklich, als er zu seiner Verabredung mit dem General eilte. Nur Ignatius Süns aufgeklärte Disziplin, überlegte er, hatte verhindert, daß diese Kabbelei zu einem Streit ausartete – wie sie auch früher schon verhindert hatte, daß aus anderen Zänkereien Krawalle wurden.

Der fünfzigjährige General Ignatius Sün war ein Opfer seines Rufs als beliebter Kommandeur und brillanter Stratege. Er hatte bei den Jesuiten Mathematik und Ballistik studiert und schon 1622 in einer Eingabe an die Behörden darauf gedrängt, daß ausländische Bronzekanonen gegen die Tataren eingesetzt werden. Dank der Unterstützung von General Ignatius hatte der Feldmarschall, der die Grenztruppen der Ming befehligte, die Tataren aus dem gesamten Gebiet südlich der Großen Mauer und aus großen Bereichen nördlich der

Mauer vertrieben. Jener Feldmarschall war im Jahr 1630 auf einem Pekinger Marktplatz auf ausdrücklichen Befehl des Kaisers von Flammenden Mänteln zu Tode geprügelt und General Ignatius Sün zum Gouverneur der Provinz Schantung ernannt worden. Diese Verbannung wurde Beförderung genannt, denn der Hof würde ihn vielleicht noch mal brauchen. Derweil konnte er von Tungtschou aus der konservativen Partei keinen Schaden zufügen.

Der General war eine unkriegerische Erscheinung, dicklich und klein mit zarten Händen und kleinen Füßen. In seinem scharlachroten Waffenrock mit dem stilisierten Löwen seines Ranges auf der Brust sah er aus wie ein Schauspieler, dem von einem verzweifelten Regisseur eine Rolle aufgedrängt worden war. Seine helle Haut war leicht pockennarbig, sein Bart und Schnurrbart stutzerhaft mit Wachs gezwirbelt.

Aber General Ignatius Süns Truppen waren ihm ergeben, weil er sich für ihr Wohlergehen einsetzte. Er war fast als einziger von allen Ming-Generälen bemüht, die Verluste gering zu halten. Die Bronzekanonen begeisterten ihn nicht nur wegen ihrer Wirksamkeit, sondern auch, weil sie Geschosse und Pulver auf dem Schlachtfeld erforderten, aber Fleisch und Blut seiner Soldaten schonten.

Wenngleich es eine buntgescheckte Garnison war, die der christliche General in Tungtschou befehligte, so herrschte dank seiner klugen Nachsichtigkeit Harmonie. Überdies gab es, was Francis sowohl Paul Hsü als auch dem Göttlichen Strang berichtete, in Tungtschou keinerlei Unterschlagungen – weil Ignatius Sün erstaunlich ehrlich war und so wenig Gold da war, das abgezweigt werden konnte. Das Kriegsministerium war knickerig bei der Versorgung und geizig bei der Löhnung der Soldaten. Der General hatte tief in die eigene Tasche greifen müssen, um eine Truppe zu ernähren, die aus regulären Soldaten aus Schantung, Einheiten aus der südlichen Provinz Kwantung und aus der Mandschurei bestand, wobei zu letzteren sowohl Han-Chinesen als auch Angehörige von Nomadenstämmen gehörten, die den Tataren feindlich gesonnen waren.

Das arglistige Kriegsministerium hatte geglaubt, die portugiesische Einheit würde der Funken sein, der das explosive Gemisch dieser Garnison entzündete. Etwa achtzig portugiesische Artilleristen, indische Leibeigene und Negersklaven zusammen mit sich gegenseitig befehdenden Chinesen – das mußte Reibung erzeugen. Zwar war das

Ministerium keineswegs erpicht darauf, Tungtschou zu verlieren, aber die rachsüchtigen Bürokraten wollten dem christlichen General Ärger bereiten, weil er gegen die Tataren und Rebellen zu erfolgreich gewesen war.

An jenem Nachmittag berichteten Hauptmann Miguel Texeira und Major Francis Arrowsmith dem kleinen General, daß die Truppen aus Macao nur etwas unruhig seien. Noch vergnügten sie sich gern mit den Blumenmädchen vom Hafen, doch seien sie den ereignislosen Garnisondienst leid und ungehalten über die vom sparsamen Kriegsministerium verfügten Kürzungen von Sold und Verpflegung.

«Nur auf eine Weise kann verhindert werden, daß meine Leute so korrupt werden wie die Ming-Soldaten», sagte Miguel Texeira nach dem Nachtessen nachdenklich zu Francis Arrowsmith. «Sie brauchen dringend einen guten Kampf.»

«Da besteht im Augenblick wenig Aussicht, Miguel.»

«Na, es wäre besser, sie wären bald wieder im aktiven Dienst.» Der Hauptmann runzelte die schwärzlich-graue Stirn. «Sonst kann ich mich für nichts verbürgen.»

«Ich glaube nicht, Miguel», lächelte Francis, «daß der Kaiser in die Tatarei einmarschieren wird, bloß um dir einen Gefallen zu tun.»

«Wenn die Chinesen eine Meuterei vorziehen, werden sie sie kriegen. Vor allem, wenn meine Leute nicht bald den vollen Sold bekommen. Die Blumenhäuser verlangen ihr Geld. Beschneidet man den Leuten ihr Vergnügen . . . und Gott weiß was . . .»

«Ich werde mit dem General sprechen. Wahrscheinlich kann er eine Verlängerung des Kredits erreichen, indem er droht, die Blumenhäuser zu schließen.»

«Danke, Francis. Ich wollte ihn nicht darum bitten. Aber die Leute brauchen trotzdem einen Kampfeinsatz.»

«Du könntest immerhin zu den Tataren übergehen», lachte Francis. «Sie bezahlen einen hohen Preis für zwei Geschützbatterien.»

«Ja, wirklich? Woher weißt du das?»

«Bloß vom Hörensagen», wich Francis aus. «Erzählen sich die Leute auf dem Markt. Aber es klingt einleuchtend.»

«Bloß vom Hörensagen! Stimmt das?»

«Wirklich bloß vom Hörensagen!» Francis hielt es nicht für nötig zu erwähnen, daß ihm über seinen Schreiber Joseph King der Vorschlag gemacht worden war, als großzügig bezahlter Artillerie-Oberst und

Fachmann für Geschützgießerei zu den Tataren überzulaufen. «Aber es ist logisch. Die Bronzekanone ist die Hauptwaffe der Ming. Ohne sie würden die Chinesen immer noch wegrennen. Wahrscheinlich wären die Tataren inzwischen bis Nanking oder Shanghai gekommen. Deshalb *müssen* sie selbst auch Kanonen haben – und Männer, die mit diesen Kanonen umgehen können.»

«Dadurch werden wir sehr wertvoll, nicht wahr? Hundertmal mehr wert als das, was die Chinesen so widerwillig zahlen.»

«Wir zwei allein könnten das Schicksal des Reiches entscheiden – und dabei sehr, sehr reich werden.» So verlockend das war, blieb Francis doch realistisch. «Es ist hübsch, darüber nachzudenken, Miguel, aber eben nur nachzudenken.»

«Das schneidet mir in die Seele. Denk bloß an das viele schöne Gold. Wenn nur . . .»

«Wenn nur die Patres uns nicht exkommunizieren würden, weil wir zu den Antichristen übergehen. Die Jesuiten haben uns nicht nach China gebracht, damit wir reich werden, sondern damit wir den Glauben propagieren. Und ganz gewiß haben sie uns nicht hergebracht, damit wir die Tataren gegen ihre chinesischen Schützlinge unterstützen.»

«Bei Gott, es ist verlockend. Selbst die Tataren würden bessere Christen abgeben als die Chinesen, abgesehen von ein paar guten Männern wie Dr. Paul, General Ignatius und Botschafter Michael.»

«Was weißt du von den Tataren, Miguel? Außer natürlich, daß sie wie Gazellen vor ungeladenen Kanonen davonlaufen.»

«Das war ein schöner Trick, nicht wahr?» Texeira lachte leise, als er daran dachte. «Aber ich weiß erheblich mehr über die Tataren, als du glaubst.»

«Wie das, Miguel?»

«Francis, nur für deine Ohren? Du behältst es für dich?»

«Wem sollte ich es schon sagen, Miguel?»

«Gib mir die Hand drauf und dein Ehrenwort, daß du schweigen wirst?»

«Natürlich, Miguel!» Francis gab ihm die Hand und staunte über die Vorliebe für Feierlichkeit, die alle Iberer von Zeit zu Zeit überkam. Texeira und er waren die einzigen europäischen Offiziere im gottverlassenen Tungtschou. Dennoch verlangte Texeira ein formelles Gelöbnis der Verschwiegenheit. «Nun, was ist es?»

«Vor einer Woche ist dieser Oberst Gong, Gung, Gang oder wie immer – wie sprichst du diesen heidnischen Namen aus?»

«Meinst du Oberstleutnant Keng?»

«Richtig, der, den die Soldaten Halbnarr nennen. Er hat sich neulich an mich herangemacht. Ich habe ja ein bißchen von ihrem heidnischen Geplapper aufgeschnappt. Ich kann das Wesentliche erfassen.»

«Und das Wesentliche war?»

«Er wollte mich bloß vor den Tataren warnen. Er habe gehört, wollte natürlich nicht sagen woher, daß sie ein Vermögen, eine Riesensumme, für meine Einheit bezahlen würden.»

«Was hast du ihm gesagt?»

«Ach, ich bin wütend geworden.» Texeira lachte. «Sagte, ich würde ihn melden wegen aufrührerischer Agitation, wenn er nicht sofort aufhört.»

«Du mußtest ihn abblitzen lassen . . . sonst hättest du auf dem Richtklotz des Scharfrichters enden können. Immerhin mag es sein, daß er bloß Zwietracht säen will. Nicht unbedingt Hochverrat, bloß Unheil stiften.»

«Das habe ich angenommen, Francis. Aber ich bin überzeugt, daß er wirklich versuchte, meine Artilleristen für die Tataren anzuwerben. Ich mag den Halbnarr nicht. Sein Kopf sähe aufgespießt großartig aus. Wenn nur die Patres vernünftiger wären . . .»

«Wären sie es, dann wären sie keine Jesuiten, Miguel. Das Gold ist verlockend, sehr verlockend. Aber hier ist nicht Europa. Einmal exkommuniziert, findest du keinen Priester, der dich wieder in die Kirche läßt. Es ist jammerschade.»

«Wirklich schade», stimmte Texeira zu. «Aber du wirst meine Leute und die Blumenhäuser nicht vergessen? Sonst werden sie womöglich von sich aus zu den Tataren übergehen.»

«Und uns um den Gewinn bringen?» lachte Francis. «Niemals! Ich gehe gleich morgen früh zum General.»

Nachdem er und Texeira sich getrennt hatten, dachte Francis über diese vertrauliche Mitteilung nach. Die beiden ranghöchsten Untergebenen von General Ignatius Sün waren mandschurische Chinesen, die sich seinen Befehlen widersetzten. Der Ältere war Kung Yu-teh, dessen Vorname tugendhaft bedeutete. Der Jüngere war Keng Chung-ming, und sein Vorname bedeutete Halbglanz, woraus die

Soldaten Halbnarr gemacht hatten. Die beiden Oberstleutnants waren Waffengefährten, seit sie in ihrer Heimat, der Mandschurei, ihre Karriere als halbe Briganten begonnen hatten. Wie Francis wußte, hatten sie schon mit den Tataren geliebäugelt, ehe sie 1630 Ignatius Sün ihre Schwerter anboten.

Obwohl er alle möglichen Aufgaben für den General erledigte, litt Francis doch darunter, daß er nicht voll beschäftigt war. Da er nicht seine ganze Freizeit mit Liebesspielen verbringen konnte, begann er das erste ernstliche Studium der chinesischen Literatur. Sein Lehrer war Joseph King, der die Erste Beamtenprüfung mit gutem Erfolg bestanden hatte. Er hatte zur herrschenden Klasse der Literaten-Beamten gehört, ehe seines Vaters angeblicher Hochverrat ihn zur Sklaverei verurteilte.

Francis wollte die Fünf Klassiker lesen, die altehrwürdigen Kanones, das chinesische Gegenstück zur christlichen Bibel. Joseph King bestand darauf, mit den Vier Büchern zu beginnen, dem Gegenstück zu den Schriften der Kirchenväter. Die Fünf Klassiker, sagte Joseph, seien in einem stark archaischen Stil geschrieben, die Vier Bücher seien einfacher. Sie waren alle in den sechs Jahrhunderten vor der wunderbaren Geburt Jesu Christi geschrieben worden.

«Die *Dialoge von Kung Fu-tze,* die die Jesuiten die *Analekten des Konfuzius* nennen, sind für einen Ausländer am nützlichsten», erklärte der Schreiber. «Ihr Stil ist zwar altertümlich, aber dennoch einfacher, weil die Schüler des Meisters seine Lehren weit verbreiten wollten. *Alles* in China leitet sich vom Meister her: Familienleben, Regierung, Philosophie, Ethik, sogar Tischmanieren und Kochkunst. Selbst wenn wir rebellieren oder abweichender Meinung sind, rebellieren wir gegen einen konfuzianischen Herrscher oder weichen von der konfuzianischen Orthodoxie ab.»

«Ich weiß, daß die Jesuiten sich sehr bemühen, die Heilige Lehre und Konfuzius miteinander in Einklang zu bringen.» Francis war glücklich, wieder zu Füßen eines gelehrten Lehrers zu sitzen wie einst im Kolleg Saint-Omer, ehe er relegiert wurde und seinen Lebensunterhalt mit dem Schwert, der Arkebuse und der Bronzekanone verdienen mußte.

«Es ist klug von den Patres, daß sie die Lehren des Meisters nicht in Zweifel ziehen», erwiderte Joseph King.

«Das hier ist verteufelt schwierig.» Francis blätterte durch das in Papier gebundene Büchlein. «Du sagtest, es sei leicht, aber ich erkenne nur eines von fünf Ideogrammen.»

«*Wo shuo-la keng-jung-yi.* Ich sagte leichter oder am leichtesten. Ich habe nicht leicht gesagt. Wahres Wissen ist niemals leicht, bestimmt nicht das des Meisters.»

Nach diesem Dämpfer beugte Francis den blonden Kopf über die schwarzen Ideogramme, die sich ungehindert durch Interpunktion über die Seiten hinzogen. Es war bestimmt nicht einfach, wenn er einen Satz nicht vom anderen unterscheiden konnte.

«Es ist nicht so schlimm, wie es aussieht», beruhigte ihn Joseph King. «Nehmt die wichtigste konfuzianische Tugend, *hsiao*, Kindesliebe. Hier heißt es:*Tze Yu fragte nach Kindesliebe und . . .*»

«Du siehst ja gar nicht ins Buch», wandte Francis ein.

«Natürlich nicht. Wenn ich die *Analekten* nicht auswendig wüßte, wäre ich ein trauriger Gelehrter. Jeder Schuljunge kann die *Analekten* rezitieren, ohne ins Buch zu sehen. Aber ich werde Euch die Stelle zuerst in unserer gesprochenen Sprache wiedergeben.»

«Solange ich sie nicht auswendig lernen muß.»

«*Als Tze Yu nach Kindesliebe fragte, erwiderte der Meister: Heutzutage scheint Kindesliebe nicht mehr zu bedeuten, als die Eltern angemessen zu ernähren, wie man ein Pferd oder einen Hund füttert. Ohne Verehrung der Eltern ist die Tat bedeutungslos.*»

«Er hat kein Blatt vor den Mund genommen, nicht wahr?»

«Nein, Major. Ihr müßt die Vorstellung des Meisters von der Kindesliebe verstehen, denn das ganze konfuzianische Reich beruht darauf. Der Kaiser ist der Sohn des Himmels, dem er ehrerbietigen Gehorsam erweist. Der Kaiser ist auch der Vater seines Volkes, das ihm gehorsam ist. Kindesliebe bindet China zusammen.»

«Wenn du es sagst.»

«Nehmt diese Stelle: *Der Herzog von Scheh sagte stolz zum Meister: Mein Volk ist ganz und gar ehrlich. Wenn ein Mann ein Schaf stiehlt, wird sein eigener Sohn gegen ihn aussagen. Der Meister erwiderte: Ehrliche Menschen in meiner Heimat sind anders. Ein Sohn wird die Missetat seines Vaters verheimlichen, und ein Vater die seines Sohnes. Das ist Kindesliebe, die höchste Ehrlichkeit.*»

«Ich verstehe: Was immer ein Mann tut, ist Rechtens, solange er es für seine Familie tut.» Francis war glücklich wie ein Schuljunge über eine plötzliche Einsicht. «Es ist die höchste Ehrlichkeit, etwas zu nehmen – zu stehlen, würden wir sagen, und sei es auch vom Staat, um es der Familie zukommen zu lassen.»

«Ihr beginnt, China zu begreifen, Major.»

Angeregt durch seine erste systematische Ergründung des chinesischen Denkens, führte Francis Marta beim Abendessen sein neues Wissen vor. Sie hatte, wie er wußte, dank ihrem aufgeschlossenen Vater eine solide klassische Bildung genossen.

Da die Abende Anfang September schon kühl waren, nahmen sie die Mahlzeiten im Empfangsraum ein, und trotz der Glut in den Holzkohlepfannen war Marta in einen gesteppten grünseidenen Hausmantel gehüllt, dessen schwere Falten sie wie ein ausgestopftes Spielzeug aussehen ließen. Sie brachte dem Essen wenig Interesse entgegen und noch weniger den von Francis entdeckten Geheimnissen, die für sie keine waren. Zum Ärger ihres Mannes war sie in Selbstbetrachtung versunken, wie so oft im letzten Monat. Sie schien sich in Selbstbewunderung zu gefallen wie Narziß, der in sein Spiegelbild verliebt war.

«Ich kenne die Stelle.» Träge streichelte sie ihre linke Hand, entzückt von ihren rosa Fingernägeln. «Natürlich schuldet ein Sohn seine *ganze* Loyalität seinen Eltern. Selbst eine Tochter, bis sie heiratet und einem neuen Gebieter gehorcht.»

«Darum kann ich euch Chinesen manchmal nicht verstehen. Europäer glauben an absolutes Recht oder Unrecht – selbst wenn wir nicht immer . . .»

«Ihr glaubt . . . ihr glaubt wirklich, ein Sohn sollte um Außenstehender willen seinen Vater hintergehen?» Marta war entsetzt.

«Meine Lehrer sagten immer, eine Lüge diene dem Teufel, aber die Wahrheit diene Gott. Ein Sohn hintergeht Gott, wenn er lügt, und sei es um seines Vaters willen.»

«*Kuo-la ban-nien yi-hou.*» Marta lächelte wie ein Kätzchen. «In einem halben Jahr wirst du vielleicht anders darüber denken.»

«Warum, Marta?»

Sie stand auf und verneigte sich tief. «Du wirst Kindesliebe verstehen, weil du Vater sein wirst. Dein Sohn wird dann geboren sein.»

«Mein Sohn? Davon hast du mir ja gar nichts gesagt! Ein Sohn? Wie kannst du das wissen?»

Francis nahm Marta in den Arm. Das war eine großartige Neuigkeit, und er war überglücklich. Die Neuigkeit war auch verwirrend: eine weitere Verantwortung, eine weitere Bindung an China. Aber er dachte an einen Sohn für sich, und er lachte voll Freude. Nein, ein Sohn für Marta und ihn, und ein Enkel für den liebenswürdigen Mandarin Jakob Soo, den er sehr gern hatte. Und auch ein Enkel für seine Eltern, die vom Himmel herabschauen und frohlocken würden. Ein Pfand für Gott und die Zukunft, ein Pfand der Freude.

«Ich konnte es dir nicht sagen, ehe ich sicher war, Francis. Aber Ying kann es erkennen. Sie weiß, daß das Kind ein Junge sein wird . . . Er sitzt so hoch in meiner Gebärmutter.»

«Und ich habe es gar nicht bemerkt.»

«Es ist nicht deine Sache, es zu merken. Es ist eine Frauen-Angelegenheit, keine Männer-Angelegenheit.»

«Aber er wird auch meiner sein . . . mein Sohn. Du mußt gut für dich sorgen, sehr gut . . . Eine Frauen-Angelegenheit mag es sein, aber du hättest es nicht ohne mich tun können.»

«Du hast völlig recht, mein Gebieter.» Marta verneigte sich wieder, um ihr Lachen zu verbergen. «Ich hätte es ganz bestimmt nicht ohne dich tun können.»

TUNGTSCHOU, PROVINZ SCHANTUNG

30. September 1631 bis 16. Januar 1632

Die letzten drei Septemberwochen waren eine Strafe für den herrlichen Sommer 1631. Eisiger Nebel ließ die Knochen alter Menschen in Grabeskälte erstarren. Mürrische Jungen spielten in engen Räumen *shao-chi,* das chinesische Schach, und verdrossene Mädchen gingen ihren Haushaltspflichten nach. Drinnen waren die Bewohner von Tungtschou mißmutig und draußen unglücklich.

Die Tage waren wolkenverhangen und verregnet, die schwarzen Nächte schwach erhellt, wenn ein Stern zwischen Wolkenfetzen schimmerte oder gelbe Lichtstrahlen sich aus den auf- und abtanzenden Öllampen von Männern auf eiligen Botengängen ergossen. Düster war die Stimmung der Soldaten in den feuchten, zugigen Kasernen, die oft von Streitereien widerhallten. Dolche wurden gezückt, wenn Übellaunigkeit aus harmlosen Kränkungen tödliche Beleidigungen machte.

Der nicht enden wollende Regen prasselte auf die roten Backsteinhäuser von Tungtschou und strömte so reichlich wie die blauen Linien, die auf japanischen Drucken Regen darstellen. Wolkenbrüche verwandelten die Gassen in Sümpfe, durchzogen von grauen Bächen. Unter Schirmen aus Ölpapier, die wie umgeschlagene Coracles in den Windböen tanzten, wateten Straßenhändler, Arbeiter und Diener barfuß durch den Schlamm, der ihnen unter den hochgerollten Hosen an den Beinen klebte und die Küchen schmutzig machte, wenn sie sich am Herd trockneten.

Der Rauch der Weichkohlenfeuer hing über den gewellten Dachziegeln, und beißende Schwaden drangen durch die Ölpapierfenster und strichen über die Mauern. Ruß trieb aus den Häusern der Armen hinüber zu den Villen der Offiziere, und der Exerzierplatz wurde ein Tümpel, auf dem Enten zwischen Grasbüscheln herumpaddelten.

Martas Pekinesen scharrten auf den Turkestan-Teppichen, um dagegen zu protestieren, daß sie eingesperrt waren, und Mu-lan, das silberweiße Weibchen, kratzte an der Ölpapiertür zur Terrasse.

«Mu-lan, benimm dich. Für uns ist es genauso schlimm, daß wir nicht hinaus können.» Martas scharfer Ton veranlaßte Mu-Lan, auf den *kang* zu klettern, aber kurz, ehe sie oben war, rutschte sie ab.

In parfümierte Steppdecken eingehüllt lag Marta auf dem *kang*, ihr Kopf ruhte auf Francis' Arm. Das Feuer, das im Inneren des gemauerten Betts knisterte, machte sie angenehm schläfrig nach dem Mittagessen aus Garnelen und Nudeln.

«Ach, für uns ist es doch gar nicht so schlimm.» Francis streichelte ihre Brust. «Wir können uns ja die Zeit vertreiben. Aber warum läßt du die Hunde nicht hinaus?»

«Weil sie tropfnaß werden. Du weißt doch, das Mädchen braucht dann Stunden, um sie zu kämmen.»

Verblüfft über ihre Heftigkeit, zog Francis seine Hand zurück.

«Hör jetzt nicht auf», befahl sie. «Du hast mich aufgeweckt, als ich gerade am Einschlafen war!»

«Ist das besser?» Vorsichtig begann er sie wieder zu streicheln. «Oder möchtest du schlafen?»

«Wie kann ich jetzt schlafen? Das ist viel besser . . . ruhig ein bißchen fester. Du brauchst keine Angst zu haben, daß du mir weh tust.»

«Aber das Kind. Wir müssen vorsichtig sein.»

«Mein Gott, es dauert noch vier Monate, bis der kleine Herr erscheint. Du tust weder mir noch dem Kind weh.»

Francis fragte sich, wie er Marta klarmachen könne, daß sie wegen des Kindes vorsichtiger sein müsse. Ihre Leidenschaft, die sich hätte abkühlen sollen, war tatsächlich stürmischer geworden. Sie empfand ihre zunehmende Leibesfülle als eine Herausforderung an ihre Erfindungsgabe und seine Behendigkeit. Ihre Sinnlichkeit, bisher gewissermaßen im Zaum gehalten durch die Furcht vor Schwangerschaft, war nun durch die Tatsache der Schwangerschaft verstärkt. Das unerläßliche Handbuch, das alle Eventualitäten vorsah, wurde ständig wegen geeigneter Stellungen zu Rate gezogen.

Wenn Marta auch im Bett anspruchsvoller war, zog sie sich sonst völlig in sich zurück, sprach manchmal stundenlang kein Wort und schien in einer anderen Sphäre zu leben als ihr Mann.

«Ist es das, was du willst?» Francis packte sie und gab ihr einen Zungenkuß.

«Ja . . . fester, ein bißchen fester», keuchte sie. «Aber, Francis, sieh mal, sieh doch mal!»

«Was soll ich sehen?» Er war gekränkt, als sie ihn wegstieß und sich aufsetzte.

«Sieh dir doch mal die Tür an, dieser helle Schein durch das Papier. Es ist die Sonne, wirklich die Sonne. Zum erstenmal seit drei Wochen habe ich die Sonne gesehen.»

Die Wiederkehr der Sonne am Nachmittag des 30. September leitete einen herrlichen Altweibersommer ein, den die Chinesen *hsiao-yang chün* nannten, den «Frühling der kleinen Sonne», und die Portugiesen *verao de São Martinho*. Unter welchem Namen auch immer, die nächsten fünf Wochen waren eine prächtige Episode zwischen dem nassen September und dem harten nordchinesischen Winter. Die Stadtbewohner hängten Bettsachen und Kleidung zum Lüften ins Freie, und die Frauen legten ihre dunklen Mäntel ab und trugen nur ihre bunten Kleider. Die Stimmung der Soldaten hob sich wieder, und ihre Offiziere begannen von neuem die Ausbildung mit frühlingshafter Energie.

Am Morgen des 5. Oktober bemerkten die Posten auf dem Westtor eine Staubfahne auf der Straße von Peking. Ein gelber Wimpel mit einem scharlachroten Ideogramm *ling,* gehorche, an der Spitze des Trupps bedeutete, daß er im Auftrag des Kaisers kam. Als der Schuppenpanzer eines Berittenen unter dem scharlachroten Banner eines Mandarins des Zweiten Grades in der Sonne aufleuchtete, ließ der Leutnant der Wache seine Leute antreten.

Major Francis Arrowsmith schloß sich den jüngeren Offizieren an, die durch das Trommelsignal zum Westtor gerufen wurden. Als höherer Offizier dankte er für die Ehrenbezeigung der Posten an den inneren Toren des viereckigen Torturms, die darin bestand, daß sie ihre Hellebarden auf den Boden stießen. Die Offiziere schlenderten durch den sechzig Fuß langen Tunnel unter dem Turm und blinzelten in der Sonne, als sie in dem riesigen Hof herauskamen, der von einer halbkreisförmigen Ringmauer umgeben war. Es war die Barbakane, die wie eine riesige Blase an der Stadtmauer klebte. Im Hof, der beherrscht wurde von zwei vierstöckigen Türmen, der eine über dem Westtor, der andere über dem Tor in der Ringmauer, war eine Ehrenwache angetreten.

Vielleicht, dachte Francis bei sich, war das Vertrauen des Generals auf diese starken Mauern gerechtfertigt. Vielleicht waren Miguel Texeira und er übervorsichtig. Tungtschou, von Mauern, Türmen und Gräben umgeben, war ein typisches Beispiel für die Belagerungsmentalität der Ming. Die westliche Barbakane dieser Provinzfestung war stärker als die Mauern europäischer Hauptstädte. Da die Wachtürme praktisch uneinnehmbar waren, würde ein Feind, der durch die Ringmauer durchbrach, in dem halbkreisförmigen Hof der Barbakane in einen Hagel von Pfeilen, Speeren, Arkebusenkugeln und Zündladungen geraten. Mit einem Frontalangriff war Tungtschou nicht zu nehmen – wenn die Verteidiger standhielten.

Durch Trompetenstöße alarmiert, schickte der Leutnant der Wache eine Abteilung durch das Barbakanetor und über die Zugbrücke. Fünf Minuten später hörte man Hufgetrappel auf dem Steinpflaster des Tunnels. Standartenträger, Trompeter und Reiter trabten aus dem Tunnel heraus und stellten sich im Hof auf.

Dann kam eine Sänfte, und die ihr folgende Standarte trug ein goldenes Kreuz auf zinnoberrotem Grund. *In hoc signo* war auf den Kreuzbalken aufgestickt, und darunter AMDG, die Abkürzung des

Wahlspruchs der Jesuiten: *Ad maiorem Dei gloriam*. Chinesische Ideogramme lieferten die Übersetzung: *In diesem Zeichen* und *Zur größeren Ehre Gottes*.

Ein schmales Gesicht, getüpfelt mit Altersflecken, erschien zwischen den Vorhängen der Sänfte, und zwei blaue Augen unter runzligen Lidern blickten hinaus. Eine magere Hand winkte, und eine hohe Stimme übertönte das Pfeifen und Trommeln: «Francis!»

Der fast siebzigjährige Pater Juan Rodriguez schien kräftiger, aber nicht weniger barsch zu sein als vor achtzehn Monaten, als er von Peking aufgebrochen war, um den *Leal Senado* der Stadt des Namens Gottes zu überreden, ein zweites Expeditionsheer von Musketieren und Artillerie zum Kampf gegen die Tataren nach Norden zu schicken.

«Francis, komm her!» rief der Priester auf portugiesisch. «Und sag deinen Fatzken, sie sollen mit ihrer Katzenmusik aufhören. Ich will mit dir reden, und ich bin müde.»

«Ihr habt selten besser ausgesehen, Pater Juan.»

Francis verbeugte sich so tief, wie es dem ehrenvollen Rang des Jesuiten als Mandarin Zweiten Grades zukam, den ihm der Kaiser offenbar verliehen hatte, um ihm eine angenehme Reise zu sichern. Juan Rodriguez bedurfte dieses Ranges aus keinem anderen Grund. Was immer seine Absicht in Tungtschou war, seine gebieterische Persönlichkeit würde gewährleisten, daß seine Worte gehört und sein Rat ins Gewicht fallen würde.

«Ich bin mir selten alberner vorgekommen Francis. Dieser ganze Aufwand für einen alten Priester . . . Aber, mein Junge, du bist gewachsen . . . stattlich geworden. Bei Gott, es ist eine Freude, dich zu sehen.»

«Meine neuen Familienverpflichtungen, Pater Juan. Ich brauche breite Schultern, um sie auf mich zu nehmen . . . Kommt Ihr allein, Pater?»

«Allein bis auf diese lautstarken Quälgeister, die in ihren bunten Uniformen wie Hofnarren aussehen. Ehrengeleit nennen sie das. Grotesker Firlefanz ist es wohl eher.»

«Warum allein, Pater? Ich dachte, Ihr . . .»

«. . . würdet im Triumph mit dem Zweiten Expeditionsheer zurückkommen, hast du das gedacht, Francis? Ich auch, eine Zeitlang. Aber ich habe gelernt.»

«Was habt Ihr gelernt, Pater Juan? Wo ist die Zweite Truppe? Folgt sie Euch?»

«Ich habe gelernt . . . In meinem fortgeschrittenen Alter habe ich endlich gelernt, niemals einem Fürsten oder Minister zu trauen, vor allem, wenn sie Chinesen sind. Meine hitzköpfigen, hinterhältigen Japaner waren redlich und aufrichtig im Vergleich mit diesen kühlen, verschlagenen Chinesen.»

«Pater, wo *ist* die Zweite Expedition? Es hat nie einen besseren Augenblick gegeben, um die Tataren zu besiegen. Ein paar hundert Mann, und das Reich kann gerettet und ganz China für den wahren Glauben gewonnen werden.»

«Die Zweite Expedition ist in Nantschang gestrandet, tausend Meilen weiter südlich, und bleibt wahrscheinlich da. Schlimmer noch, die Chinesen verlangen gewaltige Summen für Verpflegung und Transport. Natürlich besteht noch eine Chance, aber . . .»

«Warum seid Ihr dann hergekommen?»

«Ach, das weiß ich selbst nicht genau. Vielleicht, weil ich mit den Leuten der Ersten Expedition nach Norden kam. Adam Schall behauptet, hier werde ein Militärgeistlicher gebraucht. Und die Chinesen waren erpicht darauf, mich loszuwerden. Sagten, die Portugiesen brauchten hier einen Dolmetscher. Das ist Unsinn nach allem, was ich über deine Fortschritte mit der Sprache gehört habe. Ich vermute, die Chinesen finden es ordentlicher, alle ausländischen Teufel am selben Ort zu verstecken. Was mich betrifft, so hatte ich wohl das Gefühl, daß ich hier bei Texeira und seinen Leuten sein sollte.»

«Und Paul Hsü? Was hat er gesagt?»

«Wenig, abgesehen davon, daß er mir einschärfte, ich solle keine Schwierigkeiten machen.»

«Das war alles?»

«Nein, nicht ganz. Er betonte, daß sich gerade jetzt weder christliche Priester noch christliche Laien bemerkbar machen sollten. Und er erwartet in Kürze eine wichtige Beförderung.»

«Er kann nur noch Groß-Sekretär werden.»

«Dann wird China also einen christlichen Kanzler haben.»

«Vielleicht!» Francis grollte Paul Hsü immer noch. «Aber Ihr müßt mit mir nach Hause kommen . . . ein heißes Bad und eine gute Mahlzeit. Ich werde Euch bei General Ignatius entschuldigen. Texeira kann auch kommen, wenn Ihr es wünscht.»

«Ich will den alten Kämpen sehen, nicht nur dich. Wie geht es ihm?»

«Mager und rastlos, aber noch ohne Syphilis.»

«Ich bin entzückt über letzteres, und nicht überrascht, was das erstere betrifft. Aber wie kommt es, daß er abgenommen hat?»

«Er ißt nur soviel wie seine Leute. Dürftige Rationen, aber immer noch üppig im Vergleich zu dem, was die chinesischen Truppen bekommen.»

«Hungern? In Tungtschou, dem Bollwerk von Schantung?»

«Nein, Pater, gehungert wird nicht, keineswegs. Aber die Kost ist sehr schmal.»

Hauptmann Miguel Texeira war in der Tat mager. Sein graues Gesicht war zerfurcht; sein Wams aus orangefarbenem Samt schlotterte ihm um die Glieder, und seine blauseidenen Strümpfe rutschten ihm über die dünnen Waden. Pater Juan Rodriguez war ein schwarzer Schatten. Seine Soutane mit den weiten chinesischen Ärmeln wirkte streng neben Texeiras Farbenpracht und Francis' blauseidenem Waffenrock mit dem Luchs-Abzeichen über den ungebleichten, in die schwarzen Filzstiefel gestopften Leinenhosen.

«Es ist schwierig, Pater, verdammt schwierig.» Der Hauptmann nippte an dem Rotwein aus Porto, Juan Rodriguez' kostbarem Geschenk. «General Ignatius ist der beste, den sie haben. Er ist tüchtig, sehr tüchtig, aber selbst der beste chinesische General ist kein Portugiese. Und die Truppen . . . von ihnen kann man ebensowenig erwarten, daß sie wie portugiesische Musketiere kämpfen, wie von wäßrigem Wein aus chinesischen Trauben, daß er wie schwerer Wein aus Porto schmeckt.»

«Es läßt sich machen, Miguel», warf Francis ein. «Meine Arkebusiere haben gute Fortschritte gemacht, sehr gute. Wenn sie mich bloß bei ihnen gelassen hätten.»

«Das ist es ja gerade, Francis. Die chinesischen Generäle haben dich da weggenommen, nicht wahr?»

«Nicht eigentlich die Generäle, aber reden wir nicht mehr davon. Was ist mit der Zweiten Expedition, Pater Juan? Wir haben Euch mit unserem Gerede über das, was Ihr schon wißt, gelangweilt, statt Eure Neuigkeiten zu hören.»

«Die Zweite Expedition ist inzwischen nach Macao zurückgekehrt, soviel ich weiß», erwiderte der Jesuit. «Kanton hat uns wieder einen

Knüppel zwischen die Beine geworfen. Mehr als alles andere fürchten die kantonesischen Mandarine und Kaufleute eine direkte Verbindung zwischen Macao und Peking. Sie haben Angst, ihre Gewinne einzubüßen, ihre Geldschneiderei.»

«Was haben Gewinne mit der Zweiten Expedition zu tun?» fragte Texeira. «Und warum interessieren sich Kaufleute für militärische Angelegenheiten? Wer ist so töricht, auf ihr unwissendes Geschwätz zu hören?»

«Nur der Hof, Miguel, letztlich nur der Kaiser», erklärte Pater Juan geduldig. «Die Argumente der Kantonesen waren sehr überzeugend – ihre Bestechungen auch. Sie kämpften wie die Wilden, um ihr Außenhandelsmonopol zu bewahren.»

«Das verstehe ich, Pater, aber was könnten die Kantonesen denn tun? Das Kriegsministerium . . .»

«Mit dem Kriegsministerium hat das nichts zu tun.» Der Jesuit wurde ungeduldig und kürzte die Erklärung ab. «Der Kaiser erhielt Denkschriften, und die Hofeunuchen große Bestechungssummen. Von den Eunuchen gedrängt befahl der Kaiser der Zweiten Expedition, nach Macao zurückzukehren. Er lobte Paul Hsü und rühmte die Tapferkeit der Portugiesen, erklärte aber, ausländische Truppen würden nicht mehr gebraucht.»

«Das ist also das Ende vom Lied», bemerkte Texeira düster. «Wann kehren *wir* nach Macao zurück? Peking scheint zu glauben, der Krieg sei vorbei, die Tataren besiegt.»

«Nicht ganz Peking», sagte der Priester. «Nicht Paul Hsü und seine Anhänger.»

«Was ist mit den Patres?» fragte Francis. «Dürfen sie bleiben und den Glauben verkünden? Was ist mit mir? Wie Ihr wißt, stehe ich immer noch in chinesischen Diensten.»

«Ich weiß es wirklich nicht. Aber es ist kein Befehl ergangen, die Erste Expedition zurückzuschicken, Miguel. Und auch keine Befehle für dich, Francis. Adam Schall, alle Missionare in Peking, sind zuversichtlich. Sie haben schon Schlimmeres erlebt und es überstanden.»

«Also vermodern wir hier in Untätigkeit?» Texeira schenkte sich Wein nach. «Aus der Traum von Ruhm und Gold.»

«Ich wiederhole, Miguel, ich weiß es nicht. Mir scheint, daß niemand eine Entscheidung treffen will. Solange Ihr keine Unruhe stiftet, ist der Hof einverstanden, daß Ihr hier bleibt. Vielleicht werdet Ihr eines Tages dringend gebraucht, selbst Eure kümmerliche Truppe. Im übrigen empfiehlt Dr. Paul Geduld.»

Geduld brauchte man in Tungtschou, wo sich in den nächsten fünf Wochen nichts als das Wetter änderte. Der Altweibersommer hörte kurz vor Martini ebenso plötzlich auf, wie er begonnen hatte.

Der 9. November 1631 war so warm wie ein Tag Mitte August, und die Städter fragten sich, ob es denn überhaupt nicht kalt werden würde. Einige Hausfrauen beklagten unnötige Ausgaben für Winterkleidung, Heizmaterial und eingelegtes Gemüse; andere machten sich Sorgen über ihre halbgeräucherten Schinken, die normalerweise in Kühlbehältern im Freien aufbewahrt wurden, und die Bauern fürchteten, der Winterweizen werde auswachsen, ehe es Schnee gab. Der geheiligte Verlauf der Jahreszeiten, sagten sie, sei gestört durch den Unwillen des Himmels über die lasterhafte Ming-Dynastie. Eine Gruppe von Männern aus Tungtschou schloß sich den Delegationen aus ganz Nordchina an, die den Kaiser anflehten, er möge im Tempel des Himmels Opfer darbringen, damit die Jahreszeiten wieder harmonisch ablaufen.

Am 10. November sammelten sich Schneewolken über dem heiligen Berg Taischan, wo Meister Konfuzius begraben war. Den ganzen Tag über wehten heftige Winde, und kurz ehe es um vier Uhr nachmittags dunkel wurde, hüllten schwarze Wolken Taischan und die Städte in der Ebene ein. Es blitzte und donnerte, und dann begann es gewaltig zu schneien.

Der Schneesturm hielt vier Tage an, und die Schneewehen reichten bis an die Dächer, auf denen der Schnee fünf Fuß hoch lag. Die Männer mußten die Schornsteine freischaufeln, damit ihre Familien nicht im Kohlenrauch erstickten oder in ungeheizten Häusern erfroren.

Am fünften Tag ließ der Schneesturm nach, aber es schneite noch weitere fünfzehn Tage, und die Schneedecke wurde noch mal um sechs Fuß höher. Die Kinder schlitterten begeistert durch die Tunnel, die zu den Aborten gegraben worden waren. Aber selbst die Kinder freuten sich, als es am 16. Tag zu schneien aufhörte.

In der folgenden Woche schneite es jeden Tag nur noch ein paar Stunden. Vom Wehrgang auf der Stadtmauer sahen die Posten, daß die Pohaistraße zugefroren war. Eine durchgehende weiße Decke, die vom Wind zu phantastischen Formen verschoben wurde, erstreckte sich zweiunddreißig Meilen weit nach Norden, und die Spitze der Halbinsel Liaotung ragte in der klaren Luft auf wie eine riesige Schneewehe.

Kurz vor Einbruch der Dämmerung am 8. Dezember führten zwei Meldereiter ihre Pferde an vereisten Zügeln über die Pohaistraße. General Ignatius Sün bestellte seine höheren Offiziere zu einem Kriegsrat am nächsten Morgen. Hauptmann Miguel Texeira, der die größte Einheit der Garnison kommandierte, sollte selbstverständlich teilnehmen. Pater Juan Rodriguez und Major Francis Arrowsmith wurden aus Höflichkeit dazu gebeten.

Francis war entzückt, der eingeschneiten Villa zu entfliehen, in der er mit einem reizbaren Juan Rodriguez und einer in sich gekehrten Marta eingesperrt gewesen war. Die Tage hatten sich unendlich hingezogen in den durch rußige Öllampen nur spärlich erhellten Zimmern, und der Erfindungsreichtum des Kochs aus Schantung war durch den Mangel an Zutaten auf eine harte Probe gestellt worden. Nicht einmal *pai-tsai* gab es, den sonst reichlich vorhandenen Chinakohl, und getrocknete oder eingelegte Gemüse wurden allmählich langweilig. Francis aß zuviel stark gewürzte Gerichte. Sein Körper wurde ebenso schlapp durch Mangel an Bewegung wie sein Geist träge. Das Studium der chinesischen Klassiker hatte seinen Reiz eingebüßt, und Marta tat seine neuen Einsichten über China als belanglos ab.

Juan Rodriguez wiederum hatte zwar etwas Hoffnung aus Dr. Paul Hsüs Andeutungen geschöpft, fürchtete aber dennoch, sein Lebenswerk werde scheitern. Seit er keine Verbindung mehr zu Fürsten und Ministern hatte, die den Lauf der Welt bestimmten, war der alte Priester unglücklich und unwirsch. Seiner Sprachbegabung, die ihm den Spitznamen Dolmetscher eingetragen hatte, hatte er jahrzehntelang Einfluß auf Männer verdankt, die Macht besaßen. Dieser Einfluß war ein wichtiger Anreiz für den Jesuiten gewesen, und als er ihm fehlte, verfiel er sichtlich.

Auch Marta war unglücklich und unwirsch, denn sie freute sich nicht auf das Kind, das sie in ihrem Schoß trug. Überdies nagte ihre zunehmende Plumpheit an ihrer gewöhnlich außerordentlichen Eitelkeit. Als Francis sich aus Sorge um das Kind vom Ehebett fernhielt, war sie überzeugt, daß sie entsetzlich reizlos geworden sei. Obwohl auch ihr Handbuch Enthaltsamkeit empfahl, sehnte sie sich nach den

Sinnenfreuden, die sie bisher mit ihrer unerwünschten Ehe ausgesöhnt hatten. In ihrer Niedergeschlagenheit verabscheute sie ihr ungeborenes Kind.

Marta war in der unablässigen Bewunderung einer großen Familie aufgewachsen, die um ihr Lächeln warb und ihre Wutanfälle fürchtete. An anderen Menschen interessierte Marta nur deren ständige Lobhudelei, und da sie ihr jetzt fehlte, zog sie sich in mißmutiges Schweigen zurück, aus dem nur ihre Zofe Ying mit maßloser Schmeichelei sie herausholen konnte. Francis, dem sie die Schuld an all ihren Mißlichkeiten zuschrieb, konnte sich glücklich preisen, wenn sie an einem ganzen Tag einen einzigen Satz an ihn richtete.

«Denk doch, wie es sein wird, wenn das Kind kommt.» Er hatte versucht, sie aufzumuntern. «Du und ich wieder zusammen, und dazu ein hübsches Kind.»

«Hübsch? Das bezweifle ich stark.»

«Warum? Wir sind doch beide nicht häßlich. Es wird ein hübsches Kind werden.»

«Es wird kein Kind sein. Mein Gott, es wird ein Ungeheuer sein.»

«Ein Ungeheuer? Ich bin entsetzt, Marta.»

«Du wirst noch entsetzter sein, wenn es geboren ist.»

«Wie kannst du so etwas sagen, Marta? Das ist lästerlich.»

«Lästerlich oder nicht, es wird ein Ungeheuer sein, ein Mischling.»

Tief verletzt, konnte Francis nur mit Schweigen auf die Unvernunft seiner Frau antworten.

«Sieh, was du mir angetan hast», tobte Marta. «Ich bin ein häßlicher, aufgeblasener Ballon geworden. Und wofür? Um ein halb barbarisches Kind zu gebären. Das kann nur ein Ungeheuer sein.»

Eingedenk dieser abscheulichen Szene freute sich Francis auf die Besprechung beim General, die gewiß aktiven Dienst im Feld verhieß.

Die Meldereiter hatten General Ignatius eine verzweifelte Bitte von seinem Vetter überbracht, dem Gouverneur des Verwaltungsbezirks Taling, jenseits der Pohaibucht und westlich der Halbinsel Liaotung. Das Stromgebiet des Flusses Taling lag zwar nördlich der Großen Mauer, doch lebten dort immer noch chinesische Wehrbauern, deren Siedlungen nun durch die Tataren schwer bedroht waren. Da der General den tatarischen Überfall als Vorboten eines neuen Angriffs auf das eigentliche China ansah, war er gewillt, dem in seiner Festung eingeschlossenen Gouverneur zu Hilfe zu kommen.

Die Stabsbesprechung dauerte lange und war geprägt von Uneinigkeit. Hauptmann Miguel Texeira führte an, er könne die Tataren mit seinen Geschützen in die Flucht schlagen. Ignatius Sün war kühl und resolut, obwohl seine Verpflichtung seinem Vetter gegenüber sein Urteil auf eine harte Probe stellte. Die Rolle des Heerführers hatte ihm immer mehr zugesagt als die des Festungskommandanten, und er schätzte die Lage und seine eigenen Möglichkeiten mit unerbittlicher Logik ein. Trotz seiner schwächlichen Gestalt und des stutzerhaften Schnurrbarts war er keineswegs weniger imposant als der silberne Löwe seines Ranges, der das Ideogramm *wang,* König, auf der Stirn trug, Beherrscher der Tiere. Der General erteilte Texeira nicht die Genehmigung, der hart bedrängten Garnison Taling mit seinen Artilleristen zu Hilfe zu kommen.

«Die einzig mögliche Marschroute führt fast vierzig Meilen über die zugefrorene Pohaistraße und dann mehrere hundert Meilen über die verschneiten Wege der Halbinsel Liaotung», sagte der General. «Selbst wenn Eure schweren Geschütze nicht auf dem Eis einbrechen, würden sie niemals durch die Halbinsel kommen. Ich behalte Euch lieber für den Notfall hier, statt Eure Kanonen den Tataren zum Geschenk zu machen.»

Botschafter Michael Chang, der Stellvertreter des Generals, unterstützte Francis' Bitte, mit zwei Feldgeschützen und einer Kompanie chinesischer Arkebusiere einen Entsatzvorstoß zu unternehmen.

«Derselbe Einwand auch gegen nur ein Feldgeschütz», erklärte Ignatius Sün. «Außerdem könnten es die Arkebusiere mit der leichten Reiterei nicht aufnehmen. Nein, Pfeilschmied, ich möchte Euch hier haben.»

Die Ming-Offiziere konnten es nicht fassen, daß die Ausländer darum baten, ins Feld ziehen zu dürfen. In Anbetracht der düsteren Aussichten bei diesem Feldzug meldete sich kein chinesischer Offizier freiwillig. Der Kommandeur, der schließlich ausgewählt wurde, Oberstleutnant Keng Chung-ming, von den Soldaten Halbnarr genannt, war nicht entzückt von der Ehre.

«Leichte Reiterei bietet die einzige Hoffnung», befand General Ignatius Sün. «Oberstleutnant Keng, da Ihr das Gelände genau kennt, kann Eure Reiterei die Tataren im Rücken fassen. Sobald sie aus ihren vorbereiteten Stellungen vertrieben sind, werden die tatarischen Belagerungsmaschinen und ihre schwerfällige Infanterie im Schnee steckenbleiben.»

Am nächsten Tag nahm Oberstleutnant Keng Chung-ming feierlich Abschied von seinem Blutsbruder, Oberstleutnant Kung Yu-teh, der der Tugendhafte genannt wurde. Halbnarr Keng vertraute seine Familie der Obhut des Tugendhaften Kung an und besiegelte diese Verpflichtung mit dem Geschenk des Schwertes, das sein Vater vierzig Jahre lang getragen hatte, als er abwechselnd gegen die Tataren kämpfte und mit ihnen gegen die Ming intrigierte. Da Keng den Charakter seines Blutsbruders kannte, sagte er nur seiner weinenden Frau, wo auf einer unbewohnten Insel vor der koreanischen Küste sein Goldschatz versteckt war. Nachdem er die Zukunft seiner Familie sichergestellt hatte, so gut er konnte, führte er seine achthundert Mann der leichten Reiterei über den vereisten Strand auf die schneebedeckte Pohaistraße.

Mit Ausnahme des unerschütterlich optimistischen Generals vergaß Tungtschou dann die kühne Truppe. Die Stadtbewohner waren froh, daß weniger «unnütze Mäuler» in der Festung zu stopfen waren. Die Soldaten dachten nur dann an ihre Kameraden, wenn sie sich beglückwünschten, daß sie sich dem Feldzug nicht hatten anschließen müssen.

«Habt Ihr wirklich mit dem Halbnarren mitreiten wollen, Major?» Eine Woche nach dem Aufbruch der Reiter siegte Joseph Kings Neugier über seine Diskretion. «Oder gehört es in Europa zu den Anstandsregeln, um die Ehre eines sicheren Todes zu bitten?»

«Natürlich wollte ich mit, Joseph.» Francis war entwaffnet durch die einfältige Frage. «Soldat sein ist mein Beruf, und der Feldzug wird sehr interessant sein.»

»*Zu* interessant für mich. Aber ich bin bloß ein schlichter Sklave. Mein größter Wunsch ist nicht der Tod, sondern eines Tages die Freiheit.»

«Die habe ich dir angeboten, aber du . . .»

«Ja, Major, ich habe abgelehnt. Befreit Ihr mich jetzt, weiß ich nicht, wohin ich gehen soll, in ganz China gibt es keinen Schlupfwinkel für mich. Ich rede nur, träume nur laut.»

«Aber eines Tages, glaubst du?»

«Eines Tages, vielleicht, vielleicht auch nicht. Besser, Sklave bleiben und mit Euren großzügigen Geschenken junge Sklaven kaufen, die mich im Alter versorgen. Das heißt, wenn wir diesen Winter überleben.»

«Warum sollten wir ihn nicht überleben?»

«Major, Ihr wißt, daß die einfachen Soldaten offen mit mir reden?»

«Das habe ich vermutet.»

«Da ich Chinese bin, halten sie es für ausgeschlossen, daß ich einem Ausländer treu sein könnte, nicht einmal einem Glaubensbruder. Deshalb reden sie sehr offen. Die meisten sind überzeugt, daß Tungtschou verloren ist – und wir ebenfalls.»

«Warum, Joseph? Die Festung ist doch uneinnehmbar. Außerdem können die Tataren in diesem bitterkalten Winterwetter keinen Großangriff unternehmen.»

«Die Soldaten sagen, es gebe nicht genug Nahrungsmittel. Jedenfalls könnte ihre Stimmung das Verhängnis herbeiführen, das sie voraussehen. Die Leute haben seit sechs Monaten keine Löhnung erhalten, aber ständig bekommen sie Briefe mit der Bitte um Geld. Ihre Familien verhungern vielleicht, während sie in Tungtschou Daumen drehen.»

«Ist es wirklich so schlimm? Ich muß mit dem General sprechen.»

«Bemüht Euch nicht, Major. Der General weiß Bescheid, aber er ist machtlos. Seine eigene Tasche ist leer, und ebenso die Stadtkasse von Tungtschou. Aber Peking will die Soldaten nicht bezahlen, weil die Palasteunuchen entschlossen sind, Ignatius Sün zu vernichten.»

«Selbst auf die Gefahr einer Meuterei und des Verlustes von Tungtschou hin?»

»*Wegen* der Gefahr einer Meuterei, Major. Die Meuterei wird den General vernichten. Er ist zu erfolgreich – und für die Konservativen zu reformfreudig.»

«Was genau befürchtest du, Joseph?»

«Zuerst die Meuterei. Die Truppen werden meutern und sich nehmen, was noch an Wertsachen da ist, und nach Hause gehen. Davon wird in den Kasernen offen gesprochen.»

«Aber die Flammenden Mäntel würden sie aufspüren. Nicht einer unter zehn würde entkommen. Und ihre Familien würden grausam bestraft für ihren Verrat.»

«*Wir* wissen, daß sie nicht entkommen könnten. Aber *sie* wissen es nicht. Sie sind verzweifelt, und verzweifelte Menschen denken nicht klar. Besonders, wenn sie es vorher nie nötig hatten, ihren Verstand zu gebrauchen.»

«Natürlich könnten sie eine andere Möglichkeit finden», überlegte Francis. «Meuterern steht nur ein Weg offen. Sie könnten . . .»

«. . . zu den Tataren überlaufen», ergänzte der Schreiber den Gedanken seines Herrn. «Das Land wimmelt dermaßen von Briganten, daß sie sich nicht als Freibeuter in die Sümpfe oder Berge flüchten könnten. Dieser Beruf ist schon überbesetzt.»

«Wie viele sind sich klar, daß sie sich den Tataren anschließen müßten?»

«Sehr wenige bis jetzt, Major. Wie ich schon sagte, ihr Verstand ist genausoviel nütze wie kalter Reisbrei. Aber ein paar andere sind schon zu derselben Schlußfolgerung gelangt.»

«Und wer sind diese anderen?»

«Die Agenten der Tataren – in der Garnison und außerhalb. Sie versprechen Überläufern fabelhafte Summen als Handgeld. Sie sind auch wieder an mich herangetreten, ich soll fragen . . .»

«Nein, Joseph, das kann ich nicht. Selbst wenn ich wollte, könnte ich es nicht. Exkommunikation – meine Frau – es ist unmöglich.»

«Das habe ich ihnen gesagt, aber sie bestanden darauf, daß ich frage. Ich frage nur, ich dränge nicht. Ich bin wirklich nicht erpicht darauf, in rauchigen, verlausten Jurten aus halbtrockenen Häuten zu schlafen, mich von halbrohem Fleisch zu ernähren und es mit Sauermilch herunterzuspülen. Ich möchte es lieber drauf ankommen lassen.»

Die niedergeschlagenen Portugiesen brachten auf das Neue Jahr 1632 nur einen schwachen Trinkspruch aus. Weihnachten war kein freudiges Fest gewesen, und bis zur forcierten Fröhlichkeit und dem Feuerwerk des Mondneujahrs würde noch mehr als ein Monat vergehen. Tungtschou lag isoliert in einer endlosen weißen Landschaft und hing auch zeitlich in der Schwebe.

General Ignatius Sün und sein Stellvertreter, Botschafter Michael Chang, hofften trotz ständiger Enttäuschungen immer noch, das hämische Kriegsministerium werde ihre rebellischen Truppen bezahlen, ehe der östliche Eckpfeiler der Verteidigungsanlagen des Reiches einstürzte. Und der General hörte sich fast verzweifelt an, was ihm Oberstleutnant Kung Yu-teh, der Tugendhafte, durch die Blume zu verstehen gab, daß er sich nämlich retten könne, wenn er zu den Tataren überginge, aber er kam zu dem Schluß, er könne auf einen wundersamen Sinneswandel in Peking oder, was wahrscheinlicher war, auf eine Katastrophe in Tungtschou warten. General Ignatius Sün war durch seine Treue unwiderruflich an die Ming-Dynastie gebunden, obwohl er wußte, daß der Hof ihn leichten Herzens verraten würde.

Inmitten der allgemein gedrückten Stimmung trug Marta ihre unerwünschte Bürde nur widerwillig. Nach dem freudlosen Weihnachtsfest hatte sie sich ins Bett zurückgezogen und weder ihren Mann noch ihren geistlichen Ratgeber, Pater Juan Rodriguez, sehen wollen. Nur die rundgesichtige Zofe Ying hatte Zutritt. Doch selbst die nach jahrelangen Mißhelligkeiten abgehärtete Ying litt darunter, daß sie auf alle Schmähreden ihrer Herrin nur mit Unterwürfigkeit und übertriebener Schmeichelei antworten durfte.

Aber Ying biß die Zähne zusammen und gab Marta nahrhafte Brühen zu trinken, in denen das Kraut *tang-kwei* gezogen hatte, ein Allheilmittel für Frauenleiden und insbesondere förderlich für eine leichte Niederkunft. Was Ying zu solcher Selbstverleugnung veranlaßte, war Liebe, vor allem aber absolute Abhängigkeit von ihrer eigenwilligen Herrin. Wäre Marta mir ihr unzufrieden, würde Ying zu täglich zwölf Stunden harter Arbeit auf den Gütern der Familie Soo bei Peking geschickt werden. Wäre ihre Herrin indes mit ihr zufrieden, würde Ying vielleicht eines Tages mit einer großzügigen Belohnung aus dem Dienst entlassen und könnte einen ehrbaren Handwerker heiraten.

Abgesehen davon, daß sich Marta ununterbrochen von Ying bestätigen ließ, sie werde einen Jungen bekommen, machte sie sich nicht viel Gedanken um das ungeborene Kind. Ihre einzige Sorge war, ob sie nach der Geburt noch dick und plump sein würde. Sie warf Ying «kriecherische Schmeichelei» vor, als das Mädchen erwähnte, daß Hunderttausende junger Frauen alljährlich gebären, ohne sich in gräßliche alte Weiber zu verwandeln. Stundenlang überprüfte Marta ihre Zähne in einem runden Handspiegel. «Du wirst zwei Zähne mit jedem Kind verlieren», hatte ihre Großmutter gewarnt, und Marta mißtraute Yings Behauptung, die kleingestoßene Eierschale in ihrer Brühe würde diesen Verlust verhindern.

Am 16. Januar, ein Viertel nach der Doppelstunde des Tigers um halb vier morgens nach europäischer Zeitrechnung, wurden Major Francis Arrowsmith und Pater Jan Rodriguez von den Pekinesen geweckt, die ins Empfangszimmer stürzten, wo sie schliefen. Zwischen dem alarmierenden Gebell der Hunde hörten sie Stöhnen aus Martas Schlafzimmer. Mu-lan und Wang flitzten zurück auf den

Korridor, jaulten schrill und sahen sich um, ob die Männer folgten. Sie kratzten heftig an der Schiebetür zum Schlafzimmer, die sich ein wenig öffnete, als eine rotgesichtige, gereizte Ying erschien. Sie hatte einen Stoß Handtücher im Arm, und eine kleine Öllampe baumelte an ihren Fingerspitzen.

«Böse Hunde! Verschwindet!» Sie versperrte die Türöffnung mit einem Fuß. «Ihr seid hier nicht erwünscht. Wir haben Wichtigeres zu tun.»

«Was . . . was . . . ist?» stammelte Francis. «Ist sie . . . ist es jetzt? Ist alles in Ordnung?»

«Alles wird in Ordnung sein, wenn der verehrte Herr bloß diese störenden Tiere wegbringt», schrie Ying, um das Gebell der Hunde zu übertönen, während Marta stöhnte.

«Ist es schon da?» Vor Aufregung sprach Francis Englisch und wiederholte es dann auf chinesisch: *«Ying-erh yi-ching lay-la ma?»*

«Tsen-ma yi-hwer shih ne?» Yings Verwunderung ging in Gelächter über. «Wie könnte das sein? Es hat gerade angefangen. Das dauert noch Stunden. Bitte schickt nach der Hebamme und, um Kwan Yins willen, bringt diese Hunde nach draußen, ehe sie uns alle verrückt machen.»

Als die Dienerin eines christlichen Haushalts die buddhistische Göttin der Gnade Kwan Yin anrief, die Schutzherrin der Frauen, schreckte das Francis zu hektischer Tätigkeit auf. Er verbannte die Hunde in den Garten und beauftragte den Majordomus, zwei Hebammen und einen Kräuterdoktor zu holen. Dann schickte er noch drei Mädchen mit Handtüchern und heißem Wasser zu Ying, setzte sich schließlich auf einen achteckigen Hocker und streckte seine zitternde Hand nach dem Becher Wein aus, den der Majordomus ihm reichte.

«Ich bin schuld daran, Pater.» Seine Stimme bebte. «Wenn ich nicht wäre, würde sie . . . würde sie nicht leiden.»

«Das liegt auf der Hand, mein Sohn.» Die blaßblauen Augen des Priesters verschwanden fast zwischen den Falten seiner Lider, und ein Lächeln lag auf den altersbleichen Lippen. «Indes hat es der liebe Gott so eingerichtet.»

Francis saß im Empfangszimmer mit Juan Rodriguez und dem Kräuterdoktor, den die entrüstete Ying nicht ins Schlafzimmer lassen wollte. Später gesellten sich Miguel Texeira und ein chinesischer Offizier zu ihnen, den General Ignatius Sün geschickt hatte, damit er sich erkundige. Die fünf Männer tranken gelben Reiswein und knabberten geröstete Erdnüsse. Ihr langes Schweigen wurde unterbrochen durch Francis' Selbstvorwürfe, die gemurmelten Tröstungen des Jesuiten und durch Miguel Texeiras lautstarke Beruhigungen.

«Mach dir keine Sorgen, mein Junge», erklärte der portugiesische Hauptmann mit Stentorstimme. «Sie ist ein gesundes Weib. Sie wird ihr Junges so leicht werfen wie eine gute Schäferhündin. Na ja, manchmal ist es nicht so einfach ... wenn die Mutter nicht gesund ist. Ich erinnere mich, einmal in Flandern, eine kränkliche Marketenderin, die hat zwei Tage gebraucht, um es rauszubringen. Es war ein grauenhafter Anblick. Überall Blut und Pisse und Schiet.»

Juan Rodriguez hatte Mitleid, als er Francis' grünliches Gesicht und seine zitternden Hände sah, und gab Texeira einen Wink, den Mund zu halten, aber seine schwachen Schultern schüttelten sich vor unterdrücktem Gelächter, als er murmelte: *«Inter urinam et faeces nascitur.»*

Mit nicht enden wollenden Geschichten aus seiner Zeit in Japan versuchte der Jesuit, Francis abzulenken, aber die Schreie aus dem Schlafzimmer ließen ihn erstarren. Er schenkte sich automatisch Wein nach und trank ihn automatisch. Er war rotbackig und scheinbar fröhlich, als Ying um drei Viertel nach der Doppelstunde des Drachens, um halb neun nach europäischer Berechnung, die Tür zum Empfangszimmer aufschob.

«Es ist ein Mädchen, ein schönes, gesundes Mädchen!» Yings Ton war streitbar. Sie hatte gehört, daß Christen die Geburt eines wertlosen Mädchens nicht beklagen, doch war sie gewappnet, das Versäumnis ihrer Herrin zu verteidigen. «Meine Gebieterin schläft ... endlich.»

Ying sagte ihnen nicht, daß sich Marta, als sie gehört hatte, daß es ein Mädchen sei, ein Kissen über den Kopf gezogen hatte. Ying wußte, daß ihre Herrin ihr das Leben zur Hölle machen würde, weil sie ihr fälschlich einen Knaben versprochen hatte. Aber diese Vorwürfe würden ein laues Lüftchen sein neben den Stürmen enttäuschter Wut, die dem Herrn um die Ohren pfeifen würden.

Nach seiner ersten Freude darüber, daß Marta und ihrer beider Kind wohlauf waren, war Francis einen Augenblick niedergeschlagen, weil auch er mit einem Sohn gerechnet hatte. Aber machte es wirklich einen Unterschied aus? Ein Mädchen könnte für einen Vater eine noch größere Freude sein als ein Junge. Durch Gottes Gnade würden später wohl noch andere Kinder kommen, denn Marta würde beim Anblick ihrer Tochter ihre Verdrossenheit sicher vergessen. Vereint durch die Liebe zu ihrem Kind würden seine Frau und er die Zuneigung wiederherstellen, die sie vor Martas Schwangerschaft verbunden hatte.

In seiner Begeisterung umarmte er Miguel Texeira und klopfte Pater Juan auf den Rücken. Er rief nach mehr Wein und stieß halb beschwipst auf seine Tochter an. Sie alle müssen, rief er, das Kind sofort sehen. Aber Ying verbot selbst ihm hineinzugehen, weil Mutter und Kind schliefen.

Marta wachte am späten Nachmittag auf und fragte die erschöpfte Ying, ob das Kind «grauenhafterweise» wirklich ein Mädchen sei. Dann erlaubte sie mit einem mißmutigen Nicken Francis und Juan Rodriguez, ins Schlafzimmer zu kommen.

Ying stand neben dem *kang* und hielt das in Windeln gehüllte Kind. Marta wollte ihre Tochter weder nehmen noch ansehen. In haßerfülltem Schweigen starrte sie Francis an; sie nahm keine Notiz von Ying, die die Schönheit des Kindes rühmte, und antwortete nur mit einem gereizten Seufzer auf die Pläne des Jesuiten für eine festliche Taufe.

«Wo sind sie?» unterbrach Marta das Gemurmel des Priesters. «Wo sind sie? Bringt sie sofort her. Ich muß meine geliebten Hunde sehen, meine schöne Mu-lan und Wang!»

Der Majordomus kam zehn Minuten später mit leeren Händen zurück, und Entschuldigungen sprudelten nur so aus seinem Mund: «Die ehrenwerten Tiere sind nirgends zu sehen, Herr. Vielleicht sind die edlen, hochwohlgeborenen Pekinesen davongelaufen.»

«Noch nie», fuhr ihn Francis an, «noch nie sind sie weggelaufen. Um Gottes willen . . . um Kwan Yins willen . . . finde sie. Die Herrin wird außer sich sein. Und ich bin auch nicht glücklich.»

Während die Dienstboten durch die eisigen Gassen liefen und nach den Hunden riefen, sagte Francis zu Juan Rodriguez: «Sie ist halb verrückt nach ihnen, aber ich mag sie auch.»

Als die Nacht hereinbrach, waren die Hunde immer noch nicht gefunden worden. Obwohl Francis darauf bestand, daß die Suche im Schein von Laternen fortgesetzt werde, war er fast überzeugt, daß der Koch recht hatte: «Herr, ich sah drei Soldaten von der Einheit aus

Kanton am Gartentor herumschleichen. Und Ihr wißt ja, Herr, wie gern die dreckigen Kantonesen einen fetten Hund in der Winterkälte essen – besonders, wenn sie sehr hungrig sind.»

TUNGTSCHOU, PROVINZ SCHANTUNG
18. Januar bis 22. Februar 1632

«Sie soll nach der Muttergottes genannt werden», verlangte Pater Juan Rodriguez. «Das erste christliche Kind mit europäischem Blut in den Adern, das in China geboren wurde. Maria muß sie heißen.»

Francis hatte seine Tochter ohnehin nach seiner Mutter, Marie Dulonge Arrowsmith, nennen wollen. Marta erklärte kurzangebunden, man könne das Kind nennen, wie man wolle, solange man sie in Frieden lasse. Daher fiel es Joseph King zu, einen chinesischen Namen auszuwählen, und er wälzte die Wörterbücher, Enzyklopädien und Anthologien, die den Hauptteil seiner Besitztümer darstellten.

«Wir könnten sie Mai-lo nennen», schlug er schließlich vor. «*Lo* bedeutet Freude wie im Namen ihrer liebevollen Mutter, Mei-lo, Rosige Freude.»

Francis warf seinem Sklaven einen forschenden Blick zu, konnte aber auf den dunklen kantonesischen Zügen keinen Spott entdecken.

«*Mai* bedeutet fern oder unübertrefflich.» Ohne es zu merken, nahm Joseph King den belehrenden Tonfall an, in dem Klassiker rezitiert werden. «Mai-lo bedeutet also unübertreffliche Freude, was angebracht und glückverheißend ist. Ihr Vater kam aus großer Ferne, während unübertreffliche Freude für alle wünschenswert ist.»

«Und durch die Gnade Unserer lieben Frau und ihres Sohnes gewährt wird», fügte der Priester hinzu. «Maria Mai-lo – ein schöner Name.»

Ihr Vater staunte über das rotgesichtige Stückchen Mensch, das in der rotlackierten Wiege lag, eingehüllt in die Rotfuchspelzdecke, das Geschenk von General Ignatius Sün. Marias bloßes Dasein war für ihn ein Wunder, und er war entzückt, als die Zofe Ying ihr große Schönheit verhieß. Marias winzige Hände und Füße mit den kleinen Nägeln waren weiß-golden wie frische Sahne, und ihre vollendeten Gesichtszüge wurden beherrscht von einer fein gebogenen Nase. Wenn sie die

Augen nicht gerade gegen das grelle Tageslicht zusammenkniff, waren sie breit, fast rund. Vor allem aber äußerte die neugierige Dienerschaft ihre Verwunderung über den Schimmer von hellem Haar um ihre hohe Stirn.

Ying versicherte ihrer Herrin, daß viele chinesische Kinder mit hellem – oder sogar rotem – Haar zur Welt kommen, das dann allmählich schwarz wird, wie es sich gehört. Aber in Martas Augen war das barbarische Blond ihrer Tochter eine ausgesprochene Verunstaltung. Da alle Versuche fehlschlugen, eine Amme in der Stadt zu finden, nährte Marta ihr Kind selbst, aber sie seufzte erleichtert, wenn Ying es ihr abnahm und sie sich wieder der Untersuchung ihrer Zähne und ihres Gesichts in ihrem runden Spiegel hingeben konnte.

Maria Hsü Mai-lo wurde am späten Nachmittag des 19. Januar 1632 getauft, drei Tage nach ihrer Geburt. Außer der Familie nahmen an der eiligen Zeremonie General Ignatius Sün, Botschafter Michael Chang und Hauptmann Miguel Texeira sowie zwei weitere portugiesische Offiziere teil. Pater Juan Rodriguez' Pläne für eine feierliche Zeremonie und ein anschließendes Festmahl waren durch die Kriegslage durchkreuzt worden.

Als die Doppelstunde der Schlange halb verstrichen war, also um zehn Uhr, sichteten die Wachtposten auf der Festungsmauer von Tungtschou eine Reiterschar, die ohne Banner über die Pohaistraße herankam. Eine Viertelstunde später befahl der General die Tore zu schließen und die Mauern gegen die unbekannte Gefahr zu bemannen. Ein paar Minuten vor der Doppelstunde des Pferdes erkannte der Hauptmann des Nordtors an der Spitze des Reitertrupps die schlanke Gestalt und die scharfen Züge von Oberstleutnant Keng Chungming, des Halbnarren Keng, wie die Soldaten ihn nannten.

Der Hauptmann lehnte den Vorschlag eines Leutnants ab, das Nordtor zu öffnen, und schickte einen Melder zum General. Ein Offizier, das hatte der Hauptmann gelernt, wurde selten bestraft, wenn er Befehle befolgte, selbst wenn die wortwörtliche Befolgung seinen Untergebenen lächerlich erscheinen sollte.

Der Silberfuchsmantel des Halbnarren Keng war von Wind und Wetter mitgenommen, sein schmales Gesicht von Kälte und Hunger gezeichnet, der eiserne Helm eingebeult und der Schuppenpanzer rostig. Aber die Zahl seiner Reiter hatte sich in dem Monat ihrer Abwesenheit nicht wesentlich vermindert.

Halbnarr Keng ritt bis zur Schneewehe, die den zugefrorenen Graben bedeckte. Er war jetzt fast auf gleicher Höhe mit den Zinnen des Nordtors und brauchte die Stimme nur wenig zu erheben.

«Öffnet, Hauptmann», verlangte er. «Öffnet sofort! Meine Leute sind müde und hungrig und frieren.»

«Ich warte nur auf den Befehl, Oberstleutnant», erwiderte der Hauptmann. «Es ist nur eine Formalität, aber der General hat befohlen, alle Tore zu schließen.»

«So geht das nicht, Hauptmann», zeterte Keng. «Ihr könnt nicht Euren Vorgesetzten und diese tapferen Reiter draußen im Schnee frieren lassen. Das geht ganz und gar nicht! Wenn ich reinkomme, werdet Ihr . . .»

«Dich werden wir auch kriegen, du aufgeblasener Geck!» Das Gebrüll eines Reiters unterbrach die Drohungen des Oberstleutnants. «Alle Offiziere sind Schildkrötenschiet, aber du wirst der erste sein, den wir auf die Piken spießen.»

Der erstaunte Hauptmann erwartete, daß der Oberstleutnant den Reiter festnehmen ließ. Er wußte, daß Halbnarr Keng im Ruf eines Leuteschinders stand, und war überzeugt, der vorlaute Reiter würde brutal bestraft und auf einen angespitzten Bambuspfahl gespießt einen grausam langsamen Tod erleiden. Der Hauptmann war doppelt erstaunt, als sich der Oberstleutnant im Sattel umdrehte und besänftigend auf den Reiter einsprach.

«Öffnen . . . macht das Tor auf, macht das Tor auf!» schrien die Reiter im Chor, und der unflätige Reiter, der offenbar ihr Sprecher war, brüllte: «. . . oder wir kommen über die Mauer und schlitzen dich auf von den Hoden bis zum Bart.»

Puterrot vor Zorn befahl der Hauptmann seinen Leuten, ihre Armbrüste zu spannen. Während sie noch an den Kurbelgriffen dieser umständlichen Waffen drehten, schwirrten schon mit Gänsekielen gefiederte Pfeile aus den kurzen Hornbögen der Reiter.

«Wenn ihr einen Kampf haben wollt . . .» Der Schrei des Hauptmanns war vor Zorn halb erstickt. «Ihr sollt ihn haben. Schützen: Schießt!»

Die zusammengedrückten Stahlfedern schleuderten die schweren Bolzen aus den Armbrüsten. Auf diese kurze Entfernung durchbohrten einige die Schilde der ersten Reihe und streckten Männer in der zweiten Reihe nieder. Unter Verwünschungen stob die Reiterei auseinander.

Sieben Reiter fielen auf die Schneewehe nieder wie gestrandete Fische, und ihr Blut sickerte rot in den weißen Harsch. Drei Pferde wieherten schrill und schlugen mit der Hinterhand aus; sie waren am Widerrist von den mit Widerhaken versehenen Bolzen getroffen. Zwei der verwundeten Männer standen auf und schleppten sich in sichere Entfernung. Ein dritter riß sich einen Bolzen aus dem Leib und robbte über den glatten Schnee. Er hinterließ jedesmal, wenn er nach einem Halt suchte, rote Handabdrücke.

«Tötet sie! Tötet sie! Tötet die Verräter!» schrie der Hauptmann.

Die Hände der Armbrustschützen zögerten an ihren Kurbelgriffen, und die verspätete zweite Salve kam ungezielt. Ruhiger geworden durch das Widerstreben seiner Leute, befahl der Offizier, das Feuer einzustellen, und schickte einen zweiten Melder zum General.

Zwanzig Minuten später erklomm General Ignatius Sün die Mauer. Sein persönliches Banner flatterte an einer langen Fahnenstange, und sein Trompeter blies einen Tusch, als er auf die Brustwehr trat.

«Kommt heran, Oberstleutnant Keng», rief der kleine General. «Kommt heran und erklärt diesen Wahnsinn. Euch wird kein Leid geschehen.»

Da er die absolute Ehrlichkeit des Generals kannte, zögerte Halbnarr Keng nicht, in Schußweite der Armbrüste zu kommen. Er ritt an die Schneewehe heran, hinter ihm kam ein Reiter mit einer Parlamentärflagge.

«Ich entschuldige mich für diesen bedauerlichen Zwischenfall», sagte er ruhig. «Meine Leute waren etwas ungestüm.»

«Ungestüm? Etwas ungestüm, sagt Ihr?» Die Stimme des Generals klang entrüstet. «Wenn das etwas ungestüm war, wie benehmen sie sich dann, wenn sie zornig sind? Erklärt mir diese Verrücktheit!»

«Keine Verrücktheit, General! Wir bieten Euch das Leben und Reichtum an – oder den Tod. Was Ihr vorzieht. Wir sind halbwegs bis ins Gebiet Taling gekommen. Leute und Pferde krepierten in der eisigen Einöde. Schließlich haben mich meine Reiter überredet, umzukehren.»

«Überredet? Gemeutert, meint Ihr, nicht wahr?»

«Ich würde ein so hartes Wort nicht gebrauchen. Aber wir werden nicht mehr für die Dynastie kämpfen, die das Mandat des Himmels verloren hat – verspielt hat. Wir werden unser eigenes Königreich schaffen und im Überfluß leben wie Palasteunuchen. Wir werden uns nehmen, was wir wollen, und nicht mehr auf den jämmerlichen Sold warten, der nie kommt. Ich ersuche Euch, uns zu führen, General. Unter Eurem Kommando werden wir unbesiegbar sein.»

Der christliche General stand fast eine Minute schweigend da, und die Hermelinschwänze, mit denen sein Pelzmantel besetzt war, flatterten im Wind. Mit einer Hand zupfte er an seinem schwarzen Spitzbart, der in den letzten harten Monaten graue Sprenkel bekommen hatte.

«Ihr habt Schweres durchgemacht, Oberstleutnant Keng, Ihr und Eure Leute», sagte der General schließlich. «Legt Eure Waffen nieder und kommt in die Stadt. Wir werden Euch herzlich empfangen, wie Ihr es nach Eurem Leiden verdient. Wir haben noch Lebensmittel, um Euch zu sättigen, und Kohlen, um Euch zu wärmen. Euch allen verspreche ich Vergebung. Kommt nur unbewaffnet in die Stadt – und alles wird gut sein.»

Oberstleutnant Halbnarr Keng senkte den Kopf, bis sein Kinn auf dem Brustharnisch ruhte und nur seine gebogene Nase unter dem Helmrand zu sehen war. Schweigend und still saß er auf seinem Pferd wie die Grabbeigaben-Statuette eines Kriegers.

«Ich werde Euch alle begnadigen, und Ihr könnt wieder in den Dienst Seiner Kaiserlichen Majestät zurückkehren.» Ermutigt durch das Schweigen seines Widersachers rief der General: «Diese vorübergehende Verrücktheit soll Euch nicht angelastet werden.»

Nachdem sich der Fahnenträger herübergebeugt und ihm etwas ins Ohr geflüstert hatte, sprach Keng schließlich: «Keine Begnadigung. Die Dinge sind zu weit fortgeschritten. Schüttelt die Tyrannei der Ming-Dynastie ab, General Sün, und führt uns. Sonst werdet Ihr langsam ausgehungert. Kein Mann und keine Frau, kein Kind und kein Tier soll nach Tungtschou hineinkommen und es verlassen, keine Lebensmittel und keine Getränke, kein Stück Kohle und kein Span Brennholz. Denkt gründlich über mein Angebot nach, General.»

«Ich werde zurückkommen, sobald Ihr bereit seid, vernünftig zu reden.» Die Stimme des Generals war sanft. «Zu jeder Tages- oder Nachtzeit. Ihr müßt von Eurem Hochverrat ablassen und ehrenhaft in unsere Reihen zurückkehren.»

Der christliche General betrat die Rampe, die zur Stadt hinunterführte, und seine Stabsoffiziere in ihren bunten Röcken folgten ihm. Aber über die Schulter sagte er zum Hauptmann des Nordtors: «Wir wollen sie nicht angreifen, jetzt noch nicht. Sie nur von den

Mauern fernhalten. Und ruft mich, wann immer sie mit mir sprechen wollen.»

In den drei Wochen nach der eiligen Taufe von Maria kam der General fünfmal zurück, um mit den Rebellen zu verhandeln. Und fünfmal war es vergeblich. Oberstleutnant Keng Chung-ming wollte – oder konnte – die angebotene Begnadigung nicht annehmen. General Ignatius Sün konnte sich nicht gegen seinen dekadenten Kaiser wenden und sein eigenes Fürstentum schaffen, obwohl sein ranghöchster Truppenoffizier, Oberstleutnant Tugendhafter Kung, ihn dazu drängte. Statt dessen ließ er in den folgenden Nächten heimlich ein Dutzend Meldereiter über die Stadtmauern hinunter, damit sie der 200 Meilen entfernten Garnison Tientsin seine Bitte um Beistand überbrächten.

Die Zahl der Belagerer schwoll an, als die Briganten der Umgegend herbeiströmten und sich Halbnarr Keng anschlossen. Sie gaben sich mit Begeisterung dem Blockadedienst hin, nahmen jedem Schmuggler oder Flüchtling, den sie schnappten, Geld und Kleidung ab und schnitten ihm dann die Kehle durch. Bis zur ersten Februarwoche war die Rebellentruppe auf vierzehnhundert Mann angewachsen.

General Ignatius Sün verfügte hinter den Mauern von Tungtschou immer noch über dreitausend kampffähige Männer. Da in der Garnison Hunger herrschte, drängte ihn sein Stab, einen Ausfall gegen die Rebellen zu unternehmen, aber der General verwarf ihren Rat.

«Ich will nicht», erklärte er zu wiederholten Malen, »daß es in Peking heißt, ich sei genötigt gewesen, meine eigene Reiterei niederzumetzeln, um eine Rebellion zu unterdrücken. Diese Burschen werden noch anderen Sinnes werden, das verspreche ich Euch.»

Am 9. Februar 1632, am Ende der dritten Woche nachdem die Meuterer aus der weißen Einöde der Pohaistraße herangeritten waren, gab der General zu, daß sich das Gleichgewicht zu seinen Ungunsten verschiebe. Die Rebellen nahmen immer noch an Zahl zu; seine Streitmacht schmolz zusammen, als die Kranken und Schwachen an Hunger starben.

Der General beschloß daher, seiner restlichen Reiterei zu befehlen, vom Westtor der Stadt aus einen Ausfall zu machen, die Rebellen zu umzingeln und sie zum Nordtor zu treiben. Dorthin wollte er eine Kompanie chinesischer Arkebusiere und die sechs noch vorhandenen portugiesischen Feldgeschütze verlegen. Gemeinsam würden sie die von der loyalen Reiterei verfolgten Rebellen unter Feuer nehmen.

«Ich hätte es vorgezogen, sie durch Vernunft wieder zur Besinnung zu bringen», sagte der General. «Aber mir bleibt keine Wahl. Wenn wir sie nicht überwältigen, werden sie uns aushungern.»

Oberstleutnang Kung Yu-teh, genannt Tugendhafter Kung, starrte wortlos auf die Geländekarte an der Wand. Der mandschurische Oberstleutnant war ein vierschrötiger Mann mit einem breiten, flachen Gesicht. Im Gegensatz zu seinem rebellischen Blutsbruder Halbnarr Keng war er höflich und rücksichtsvoll. Aber diesmal schwieg er unerschütterlich.

«Oberstleutnant Kung, Ihr habt Eure Aufgabe genau verstanden?» hakte der General nach.

«Nicht ganz», erwiderte Kung schließlich. «Ehrlich gesagt, General, ich kann mich nicht auf die Verfassung meiner Reiter verlassen. Körperlich sind sie durch Hunger geschwächt, und ihre Stimmung ist untergraben durch die süßen Versprechungen und sauren Drohungen der Rebellen. Viele . . . die meisten . . . werden sich vielleicht weigern, den Ausfall durchzuführen. Es ist besser, die Stimmung der Leute nicht auf die Probe zu stellen, statt sie in Versuchung zu führen, sich gegen uns zu wenden.»

«Verhaftet ihn!» stieß der General barsch hervor, und zwei Leutnants legten dem Tugendhaften Kung die Hände auf die Schultern. Ehe sie ihn hinausführen konnten, widerrief der General seinen Befehl: «Nein, laßt ihn einen Augenblick hier allein mit mir.»

Als die Stabsoffiziere hinausgegangen waren und verwundert die Köpfe schüttelten, sagte General Ignatius Sün ruhig: «Nun, Oberstleutnant Kung, was bedeutet das?»

«General Sün, es ist zu spät. Meine Leute werden *nicht* kämpfen. Aber Ihr könnt Euch immer noch den Rebellen anschließen – das Angebot meines Blutsbruders annehmen, der Euch den Oberbefehl übertragen will. Schlimmstenfalls könnten wir den Tataren unsere Dienste anbieten. Sie werden mit der Zeit bestimmt *Tien Hsia* erobern, ‹Alles, was unter dem Himmel liegt›. Und wir würden mit hohen Ämtern und großen Schätzen belohnt.»

«Verlangt Ihr, daß ich mich ergebe oder mich den Tataren anschließe? Muß ich Euch ablösen?»

«Nein, General, ich gebe nur einen Rat und sage, wie die Lage ist.

Aber ich stehe Euch wie immer zur Verfügung. Befehlt mir, den Ausfall auszuführen, und ich werde es tun.»

«Nein, es ist zu spät. Kehrt zu Eurer Truppe zurück. Wir können jetzt nur auf den Frühling und Entsatz aus Tientsin warten.»

«Einer Eurer Melder müßte durchgekommen sein, General.»

«Vielleicht, aber ich bezweifle es. Der Wille des Himmels ist uns anscheinend nicht gewogen. Doch können wir nur standhalten.»

Francis Arrowsmith war sehr beunruhigt und erzählte seinem Schreiber Joseph King, daß der Tugendhafte Kung den Befehl verweigert und der General ihn nicht bestraft hatte.

«Unser General ist ein guter Mensch, ehrlich und gütig, ein guter Christ», erwiderte Joseph King. «Auch ein brillanter Heerführer, aber zu nachsichtig.»

«Die Güte ist zu Unentschlossenheit geworden, Joseph. Der General ist kein Feigling. Gegen die Tataren kämpft er wie ein Löwe. Aber er mag seine eigenen Leute nicht bestrafen.»

«Er heißt Sün, wie der Stratege Sün Tze», sagte Joseph nachdenklich. «Aber er hat den Rat seines großen Vorfahren vergessen: *Wenn Truppen loyal sind, aber Strafen nicht vollstreckt werden, ist es nicht möglich, die Truppen einzusetzen.* General Sün richtet uns zugrunde mit seiner verwünschten Nachsichtigkeit.»

Kurz vor der Dämmerung am 11. Februar 1632 erklommen die Rebellen die Westmauer von Tungtschou und nahmen keine Notiz von Piken, mit denen die Soldaten von Oberstleutnant Kung dem Tugendhaften nur zum Schein zustießen. Ebenso wie die Rebellen waren diese Männer mandschurische Chinesen und nicht bereit, für die Große Ming-Dynastie zu sterben. Kameraden und Verwandte feierten Wiedersehen auf der Mauer und prosteten sich zu mit übelriechendem *pai-kar*. Lärmend zechten sie fast zwei Stunden lang, ehe sie über die Kasernendächer an der Innenseite der Mauer in die Stadt eindrangen.

Diese Pause ermöglichte den wenigen loyalen Truppen, sich in den wuchtigen, vierstöckigen Turm über dem Nordtor zurückzuziehen. Mehrere hundert kantonesische Fußsoldaten blieben General Ignatius Sün treu, weil die Rebellen aus dem Norden alle Südchinesen verachteten. Die portugiesische Einheit, weniger als hundert Mann stark, blieb ihrem christlichen Befehlshaber zwangsläufig treu, und Pater

Juan Rodriguez begleitete seine Herde in die Festung. Francis Arrowsmith brachte seine Frau Marta, ihre Zofe Ying und seine drei Wochen alte Tochter Maria dort in Sicherheit.

Aber die ausländischen Artilleristen waren praktisch waffenlos. Zwar waren zwei leichte Feldschlangen bereits im Turm, aber Miguel Texeiras geliebte vier Geschütze blieben draußen, und ihre Mündungen waren nutzlos nach Norden auf die Pohaistraße gerichtet.

Zu spät beklagte General Ignatius Sün seine übertriebene Barmherzigkeit. Hätte er die Rebellen angegriffen, als seine Offiziere ihn dazu drängten, hätte er sie überwältigen können. Im Torturm eingeschlossen, konnte er nur abwarten und hoffen, daß einer der Meldereiter, die in den langen Nächten aus Tungtschou hinausgeschlüpft waren, Tientsin erreicht hatten. Er konnte nur abwarten und hoffen, daß der Hof seine selbstzerstörerische Gehässigkeit bereuen würde, wenn er erfuhr, daß der östliche Eckpfeiler der Verteidigungsanlagen des Reiches zusammenbrach. Er konnte nur abwarten und hoffen, daß das schwerfällige Kriegsministerium rechtzeitig eine Entsatztruppe entsenden werde, um die belagerte loyalistische Streitmacht zu retten.

Die Hoffnungen des Generals waren nicht sehr groß, denn es war unwahrscheinlich, daß sich die drei wesentlichen Voraussetzungen erfüllen ließen. Immerhin würde er sich mehrere Monate halten können, denn der Turm am Nordtor hatte ausreichend Proviant und war praktisch uneinnehmbar.

Er kam zu dem Schluß, daß er nur noch beten konnte. General Ignatius Sün betete inständig und lange um Wohlwollen in Peking. Zehn Tage lang betete er zwei Stunden täglich.

Der Tugendhafte Kung und sein Verbündeter, Halbnarr Keng, hatten Dringenderes zu tun. Nachdem sie vor dem Schrein von Kwang Ti, der Göttin des Krieges, Weihrauch verbrannt hatten, um den Sieg zu feiern, der sie keinen einzigen Gefallenen gekostet hatte, reorganisierten die Rebellenführer ihre jetzt viertausend Mann starke Truppe. Der Tugendhafte Kung Yu-teh nahm den Rang eines Brigadegenerals an und beförderte Halbnarr Keng Chung-ming zum Obersten. Unter der tatkräftigen Leitung ihres neuen Kommandeurs schnitten die Soldaten des Tugendhaften Kung breite Schneisen in die Kiefernwälder ringsum. Mit diesem reichlichen Holzvorrat mußten die Zimmerleute, Metallarbeiter und Gerber von Tungtschou Belagerungsmaschinen bauen, um die Festung des christlichen Generals zu stürmen.

Während der Bau voranschritt, drehten die Rebellen die vier Geschütze auf der Nordmauer in Kernschußweite auf den Torturm. Aber kantonesische Armbrustschützen und portugiesische Musketiere schossen ihre Bedienungsmannschaften von den Schießscharten des Torturms aus ab. Brigadegeneral Kung befahl, auf die Geschütze zu verzichten, denn er war überzeugt, daß er auch ohne sie in wenigen Wochen die Verteidiger der Festung überwinden könnte.

In dem dunklen Turm jubelten Francis Arrowsmith und Miguel Texeira über diesen ersten kleinen Sieg. Sie beobachteten, daß sich die Rebellen außer Schußweite in die Stadt zurückzogen und Sturmdächer bauten. Diese horizontalen Schutzschilder, die groß genug waren für zwanzig Mann, bestanden aus mit Rohleder verkleideten Brettern. Im Morgengrauen schob sich das erste Sturmdach über den Platz zwischen den Backsteinhäusern von Tungtschou und dem Turm.

Francis befehligte die eine Feldschlange, Texeira die andere. Wütend über den Verrat der Chinesen frohlockten die portugiesischen Kanoniere, als ihre Feldschlangen die Sturmdächer beharkten. Vollgeschosse, Sprengbomben und Kartätschen durchschlugen die Bretter und mähten die Rebellen mit eisernen Kugeln nieder, verstümmelten sie durch Explosionen und verletzten sie durch massive Splitter. Als sich so viele ihrer Kameraden in ihrem Blut wälzten, retteten sich die übrigen Rebellen in den Schutz der Häuser. Das Feuer der Feldschlangen verfolgte sie, bis Francis und Texeira den Kanonieren befahlen, mit Pulver zu sparen.

Ungerührt von diesem Blutbad befahl Oberst Halbnarr Keng seinen Leuten, Sturmdächer aus dreimal dickeren Brettern zu bauen und sie mit sechs Schichten ungegerbten Ochsenleders zu beziehen. Aber Brigadegeneral Tugendhafter Kung gab einen Gegenbefehl:

«Hört auf, Sturmdächer zu bauen. Wenn sie stark genug sind, um Schutz zu bieten, sind sie zu schwer und unbeweglich. Hört auf damit!»

Er wußte, daß die Feldschlangen eine größere Schußweite hatten als alle seine Wurfmaschinen und daß die Granaten der Portugiesen verheerenden Schaden anrichteten. Selbst wenn einige seiner Leute bis zum Fuß des Turms gelangen sollten, würde ein Hagel von Granaten sie niedermetzeln, ehe die Belagerungswidder die schweren Tore des Turms rammen konnten.

Vielleicht, überlegte der Rebellenführer, würde es mit der Taktik Menschenmeer gehen. Wenn Tausende seiner Leute sich auf den Turm stürzten, könnten die Überlebenden Sturmleitern erklimmen und die Verteidiger überwältigen. Aber die Verteidiger würden den größten Teil der Sturmtruppe niedermetzeln, ehe sie den Turm erreichte. Selbst wenn ein Menschenmeer die Verteidigung überflutete, wäre der Blutzoll zu hoch. Er wollte lebendige Krieger haben, die ihm folgten, nicht tote Narren, die er begraben mußte.

Der Nordturm würde nur fallen, zu dem Schluß kam der Tugendhafte Kung, wenn er in mühseliger Kleinarbeit dessen Fundamente und den Mut der Garnison unterminierte. Aber er stand unter Zeitdruck, denn viele seiner Freibeuter würden sich davonmachen, wenn die Belagerung zu lange dauerte. Doch mit einem Plan könnte er Zeit gewinnen und seine Leute beschwichtigen. Er nannte seine Strategie: *Die Schildkröte fängt den Hasen und wird ein Drache.*

Brigadegeneral Tugendhafter Kung ging mit einer Parlamentärflagge über das Schlachtfeld. Der Schnee knirschte unter seinen Stiefelsohlen, und seine Rüstung knarrte in der Kälte.

«Ich werde Euch genau fünf Minuten zugestehen», sagte der christliche General von der Schießscharte aus, die ihn vor den Bogenschützen der Rebellen schützte. «Aber Reden ist zwecklos – es sei denn, Ihr seid gekommen, um Euch zu ergeben.»

«Ich könnte Euch die Kapitulation und freies Geleit anbieten.» Kungs Gesicht war ausdruckslos. «Aber ich weiß, Ihr werdet Euch nicht ergeben. Ich respektiere Euren Mut . . . und beklage Eure Entscheidung. Was ich zu sagen habe, erfordert keine fünf Minuten.»

«Dann sagt es und bringt es hinter Euch!»

«Ich führe keinen Krieg gegen verehrungswürdiges Alter oder Frauen und Kinder. Im Gegenteil, es liegt mir daran, ihre Leiden zu verringern. Wäre ich so grausam und unbarmherzig, wie Ihr glaubt, dann würde ich die Alten, die Frauen und die Kinder dalassen, damit sie Eure spärlichen Vorräte verzehren. Aber . . .»

«Seid Ihr hergekommen, um mir Witze zu erzählen?» unterbrach ihn der General. «Ihr wißt sehr wohl, daß meine Festung genug Proviant hat. Wir können viele, viele Monate ausharren . . . ein Jahr notfalls. Bis dahin wird Peking längst eine große Streitmacht entsandt und euch Rebellen gezüchtigt haben.»

«Das mag schon sein, General. Aber ich bin nicht hergekommen, um über Eure Vorratshaltung zu sprechen. Ich bin bereit, allen Frauen und Mädchen, Knaben unter zwölf und Männern über sechzig freies Geleit zuzusichern.»

«Warum so mildtätig?» höhnte General Ignatius Sün. «Und welche Gewähr habe ich, daß Ihr meine Leute nicht tötet oder als Geiseln behaltet?»

«Ni chueh-teh ni-men Tien-chu-tu pao-pan jen-ching ho po-ai ma?» Der Tugendhafte Kung war ehrlich entrüstet. «Glaubt Ihr, Menschlichkeit und Mildtätigkeit sind Alleinbesitz von euch Christen?»

«Keineswegs.» Die Ehrlichkeit des Generals zwang ihn, das zuzugeben. «Selbst Rebellen können menschlich sein.»

«Ich bin ein guter Buddhist», fuhr Kung fort. «Obwohl Ihr Christ seid, General, müßt Ihr den Brauch kennen, den wir Buddhisten *Fang Sheng Teh Eng* nennen – Lebewesen freilassen, um Verdienst zu erlangen. Ich will nicht Tiere freilassen, sondern Menschen.»

«Und welche Gewähr habe ich, daß Ihr es ehrlich meint?» fragte der General noch einmal.

«Die Gewähr ist selbstverständlich. Wenn ich gute Menschen erschlage, die mir ihr Vertrauen geschenkt haben – wenn ich alle als Geiseln behalte, dann wird Eure Garnison nur grimmigeren Widerstand leisten.» Der Rebellenbefehlshaber gebrauchte einen etwas ungewöhnlichen Ausdruck für gute Menschen, nämlich *hao-Han,* was wörtlich «gute (Menschen von) Han» bedeutete, Chinas erster und langlebiger Dynastie. «Ich bin nicht so töricht, meine Feinde zu größerer Grausamkeit herauszufordern.»

«Ni-de chien-yi yu tao-li», räumte der christliche General ein. «Euer Vorschlag ist einleuchtend. Ich werde ihn erwägen.»

Major Francis Arrowsmith und Pater Juan Rodriguez waren unterschiedlicher Meinung über dieses Angebot. Der Engländer war dafür, es anzunehmen, der Portugiese empfahl, es abzulehnen.

Instinktiv mißtraute der Priester Kungs angeblicher buddhistischer Frömmigkeit. In vier Jahrzehnten im Fernen Osten hatte der Jesuit gelernt, daß Orientalen ebensowenig wie Europäer die in ihrem eigenen Interesse liegende Zurückhaltung üben, wenn sie von unedlen Leidenschaften ergriffen werden.

Francis war außerordentlich erleichtert. Das Angebot der Rebellen könnte die Sicherheit seiner Frau und seiner Tochter gewährleisten – und ihn auf ehrenhafte Weise von Marta befreien, die eine unerträgliche Ablenkung bei diesem Kampf auf Leben und Tod war. In dem dunklen Turm hatte sie ihr mürrisches Schweigen aufgegeben und erging sich in schrillen Klagen. Unvernünftig und ungerecht, wie er fand, machte sie Francis für ihre mißliche Lage verantwortlich und erinnerte ihn unaufhörlich an seine Schuld. Hätte er Minister Paul Hsü nicht beleidigt, behauptete Marta, wären sie nicht in das gottverlassene Tungtschou versetzt worden. Wäre er bei dem Intrigenspiel in Peking geschickter gewesen, würden sie nicht von gemeinen Rebellen in der düsteren Festung belagert, wo es trotz der bitteren Kälte ekelerregend nach Kot und Blut stank.

«Ich habe die Nase voll von den Chinesen, von allen Chinesen», sagte Francis auf portugiesisch zu Juan Rodriguez und Miguel Texeira. «Ich habe genug von ihrer Niedertracht, ihrer Hinterlist und ihren Intrigen. Das endlose, lächelnde Betrügen ist ihnen zur zweiten Natur geworden.»

«Hast du auch deine Frau und deine Tochter satt?» fragte Texeira neugierig.

«Natürlich nicht», erwiderte Francis hitzig. «Na ja, wohl nicht. Außerdem ist die kleine Maria keine richtige Chinesin.»

«Du hältst alle Chinesen für Betrüger», gab Juan Rodriguez zu bedenken, «aber trotzdem willst du ihnen Maria und Marta anvertrauen? Die Rebellen sind auch Chinesen.»

«Hört mal, Pater Juan, in diesem Turm wird Maria bestimmt sterben – und Marta wahrscheinlich auch. Sie sind zu zart, um eine monatelange Belagerung auszuhalten. Martas Milch fließt schon spärlich und wird bald ganz versiegen. Und es gibt keine Amme unter dem Pöbel hier im Turm.»

«Wenn du zu diesem Schluß gekommen bist, muß ich sie begleiten», sagte Pater Rodriguez freundlich. «Selbst mein schwacher Schutz ist besser als gar keiner.»

Zwei Tage später nahm General Ignatius Sün das Angebot der Rebellen an. Sechs Frauen, dreizehn Kinder und sieben alte Männer warteten in dem naßkalten Korridor darauf, daß sich die siebenfachen Eichentore öffneten. Nachdem sie die Barrikaden weggeräumt hatten, stemmten sich zehn Mann mit ihrem ganzen Gewicht gegen die Tore.

Neben den scharf geladenen Feldschlangen auf den Brustwehren blickten Arkebusiere und Armbrustschützen mit gespannten Waffen in den leeren Hof der nördlichen Barbakane. Der General hatte darauf bestanden, daß sich keine Rebellen dort aufhalten durften, um das offene Tor zu stürmen.

Vier kantonesische Soldaten trennten sich von ihren weinenden Geliebten aus dem Norden und versicherten sie lauthals ständiger Treue. Soldaten nahmen Abschied von betagten Kameraden und wischten sich mit schwieligen Händen über feuchte Augen. Miguel Texeira, dieser standhafte Kämpe in vielen Kriegen, umarmte Pater Juan Rodriguez. Als Francis niederkniete, um den Segen des Jesuiten zu erhalten, überwältigte ihn die Erinnerung an seinen letzten Tag im Kolleg von Saint-Omer. Er hatte die bedrückende Vorahnung, daß der Abschied in dem steinernen Tunnel eine ebenso endgültige Trennung am Ende eines Lebensabschnittes sei.

Marta sprach nicht und ergriff auch nicht seine ausgestreckte Hand. Trockenen Auges und selbstbeherrscht, wankte sie auf das offene Tor zu. Francis beugte sich über seine kleine Tochter, die in ihre Rotfuchsdecke gehüllt in den Armen der Dienerin Ying lag. Er streichelte Marias bleiche Wange und fragte sich, ob er sie wohl je wiedersehen werde. Als er ihre Stirn küßte, war ihre Haut warm und weich unter seinen rauhen Lippen.

«*Pax vobiscum!*» rief Francis.

Am offenen Tor drehte sich seine Frau um und sagte leichthin: «*Tsai-chien tsai Peiching* – ich sehe dich dann in Peking.»

Ihre schlanke Gestalt in einem schimmernden Steinmardermantel verschwand in dem hellen Viereck. Der schwarze Karakulpelz des Jesuiten schlotterte ihm um den Körper. Schließlich wurde Yings grüner, wattierter Baumwollmantel von dem gleißenden Widerschein des Schnees verschluckt.

Francis rannte die steilen Stufen zum zweiten Stockwerk hinauf und sah ihnen nach, wie sie hintereinander über den schneebedeckten Hof gingen, klein wie Püppchen, und sich dem Barbakanetor näherten. Dann verschwanden sie in der dunklen Öffnung des Tunnels, und Francis fürchtete, daß er sie für immer aus den Augen verloren habe.

Am anderen Ende des Tunnels lächelte der Tugendhafte Kung und sagte: «Die Schildkröte hat den Hasen gefangen. Als nächstes wird die Schildkröte ein Drachen.»

Zwei Tage vergingen ereignislos, und die Belagerer blieben unsichtbar. Der Hof der Barbakane nördlich des Festungsturms war verlassen bis auf stöbernde Hunde, die nach Süden über das von verlassenen Häusern umgebene und mit verwesenden Leichen übersäte Schlachtfeld rannten. Die Posten oben auf dem Turm sahen nur gelegentlich Bewegung im Lager der Rebellen mit seinen runden, grau-braunen und halb mit Schnee bedeckten Zelten.

In der Doppelstunde des Drachen, um sieben Uhr morgens am 17. Februar 1632, drei Tage nach dem Abzug der Frauen, Kinder und Alten, erschien am Barbakanetor eine Parlamentärflagge. Hinter dem Fahnenträger kam Halbnarr Keng mit einem roten Fuchsschwanz an der Spitze seines glockenförmigen Helms. Sein Schuppenpanzer schimmerte im fahlen Licht, und sein dunkelroter Mantel sah aus wie geronnenes Blut.

«Ich werde mit ihm reden», beschloß General Ignatius Sün. «Eine Möglichkeit, die Zeit zu verbringen.»

Halbnarr Keng blieb vorsichtshalber etwa fünfzig Fuß vom Turm entfernt stehen, gerade außerhalb der Schußweite der teuflischen Granaten der Portugiesen.

«Holt General Sün», verlangte er. «Ich muß mit dem General sprechen.»

«Ich leihe Euch mein Ohr», erwiderte der christliche General. «Was gibt es denn jetzt?»

«Mein Blutsbruder Tugendhafter Kung hat mich an seiner Statt entsandt», rief der Halbnarr. «Er schämt sich, Euch gegenüberzutreten. Aber er bittet, Ihr möget Euch daran erinnern, daß er *hao-Han* sagte, gute Chinesen. Im übrigen ist er machtlos.»

«Was für eine neue Schurkerei ist das?» Der General wartete darauf, daß Halbnarr Keng bestätigte, was er schon ahnte.

«Mein Blutsbruder und ich sind machtlos. Unsere Leute halten den ausländischen Teufel, den Mönch, und den halbteuflischen Säugling zurück. Aber wir haben der Mutter freies Geleit nach Norden angeboten.»

«Und Eure Forderungen?»

«Die beiden Barbaren-Offiziere müssen sich ergeben. Wir werden sie freilassen, denn wir haben keine Verwendung für sie. Aber sie müssen sich ergeben, sonst werden der Säugling und der Priester auf der Folterbank sterben.»

«Abgelehnt!»

Als er aus der Schießscharte zurücktrat, stolperte der General. Dieser kurze Wortwechsel hatte ihn mehr erschöpft als die Gefahren und Widrigkeiten der letzten Monate.

«Wir geben Euch sieben Tage Zeit, Euch zu entscheiden», rief der Halbnarr hinter ihm her. «Der Tugendhafte Kung hat den Leuten dieses Zugeständnis abgerungen. Am Morgen des achten Tages werdet Ihr jedoch sehen, wie die Teufel gefoltert werden. Mein Blutsbruder und ich können es nicht verhindern. Der Himmel selbst kann es nicht verhindern. Ihr mögt zu Eurem Christengott beten, aber er ist weit weg von seinem Reich.»

Behaglich in seinem geräumigen Zelt, starrte der Tugendhafte Kung über einen Tisch, auf dem sich Delikatessen häuften, auf die hochmütig schweigende Marta. Sein breites Gesicht war ausdruckslos, und er sprach gleichmütig, weder zu einer Antwort auffordernd, noch sie ablehnend: «Die Zeit ist stehengeblieben. Bald wird die Schildkröte aus der Erde hervorbrechen. Und kurz darauf wird sie ein Drache werden.»

In einem dunklen Gelaß im dritten Stock des Turms beschwor Major Francis Arrowsmith General Ignatius Sün im Beisein von Hauptmann Miguel Texeira:

«Laßt mich gehen, General. Ich bin hier nutzlos. Ihr könnt mich leicht entbehren. Texeira wird hierbleiben, und er ist ein weit besserer Artillerist. Laßt mich gehen und die beiden vor der Folter retten. Ich flehe Euch an im Namen Christi.»

«Bitte sage ihm, Francis, daß ich dagegen bin», warf der Portugiese ein. «Unsere Ehre erfordert, daß wir bei unseren Truppen und unserem Befehlshaber bleiben.»

«*Ni pu pi fan-yi, Ying-chang.* Ihr braucht es nicht zu übersetzen, Major. Ob er Eure Bitte unterstützt oder, wie ich vermute, verlangt, daß Ihr hierbleibt – es ist unwichtig. Ich habe meinen Entschluß gefaßt und gehe nicht davon ab.»

«Dann erlaubt Ihr mir, General, zu meinem Kind zu gehen . . . und zu meiner Frau?»

«Nein! Ihr bleibt bei uns! Gott möge mir verzeihen, aber ich liefere die beiden Säulen meiner Festung nicht aus. Eher würde ich unser Schießpulver in die Luft sprengen, als Euch freigeben.»

«Ihr wollt es nicht noch einmal überdenken, General? Ich flehe Euch an.»

«Ich will es nicht noch einmal überdenken, Major. Und betet für mich, wenn Ihr könnt.»

Am dritten Tag nach der Forderung der Rebellen, daß sich Francis und Texeira ergeben, barst die Erde. Ein breiter Abgrund tat sich in dem halbkreisförmigen Hof der nördlichen Barbakane auf. Die Erde barst und spie rotbraunen Boden aus.

Kanonenkugeln flogen über den Graben. Arkebusiere und Armbrustschützen schossen vergeblich, denn sie konnten kein lebendes Ziel zwischen den herausgeschleuderten Erdschollen sehen. Nach einem Tag überragte ein Erdwall den schneeweißen Hof um zwölf Fuß.

Machtlos und fluchend sahen Francis und Texeira ein seltsames Gebilde im Schutz des Erdwalls entstehen. Backsteinmauern trugen ein spitzes Dach, das aus drei Schichten bestand: zuerst Backsteine, Bruchsteine und Feldsteine in Mörtel; dann zwölffaches ungegerbtes Ochsenleder und schließlich in Wasser getauchte Kiefernzweige.

«Francis, Francis, sie bauen eine *testudo,* eine Widderschildkröte», rief Texeira. «Ich hätte nie geglaubt, daß ich das in heutiger Zeit sehen würde. Zuerst eine Grube, ein Tunnel unter dem Hof, dann die Schildkröte. Großartig!»

«Es freut mich, daß du es interessant findest», sagte Francis mißmutig.

«Sieh doch mal! Kiefernzweige voller Nadeln, um Geschosse abzufangen, die Häute gegen Feuer und die massive innere Schale, alles abschüssig vom Dachfirst aus, damit unsere Geschosse abgleiten. Ausgesprochen großartig!»

«Miguel, laß deine soldatische Begeisterung mal beiseite. Was können wir dagegen tun?»

«Tun? Darüber habe ich nicht nachgedacht, aber gib mir ein paar Minuten.»

«Nur ein paar Minuten, um einen meisterhaften Schachzug zu ersinnen?»

«Wenn ich mir nicht in ein paar Minuten etwas ausdenken kann, Francis, dann werde ich es niemals schaffen.»

Francis lehnte sich an die schräge Wand der Schießscharte und sah abwechselnd auf den schweigenden Texeira und die vorrückende

Schildkröte. Nach zehn Minuten machte er den Mund auf, um den Hauptmann in die Welt zurückzurufen. Aber Texeira kam ihm zuvor.

«Ich habe es: eine *ballista!*» rief er aus. «Wenn sie ins Altertum zurückkehren, dann kann ich es auch. Eine Wurfmaschine kann ebensogut Granaten wie Steine schleudern.»

Die portugiesischen Soldaten brauchten nur eine Stunde, um ihre kleine Wurfmaschine zu bauen. Weit entfernt von der klassischen Symmetrie einer römischen *ballista,* war sie im wesentlichen ein Holzbalken mit einer primitiven Metallschale an einem Ende und einem Gegengewicht aus Kanonenkugeln in einem Netz am anderen. Obwohl das Gerät wie eine Kinderschaukel aussah, funktionierte es. Das Gegengewicht am oberen Ende ließ die Schale nach oben schnellen, wenn der Strick, der das untere Ende festhielt, durchschnitten wurde. Die Granate stieg dann mit einer viel größeren Geschwindigkeit von der Schale auf, als ein menschlicher Arm ihr hätte verleihen können, sie flog weit und prallte hart auf.

Die kriechende Schildkröte war in Reichweite der Wurfmaschine, ebenso die Ausgrabung. Tatsächlich war die Wurfmaschine zuerst zu wirksam. Geschützt durch den Dachvorsprung des zweiten Stockwerks des Turms machte Texeira Versuche mit unterschiedlichen Gewichten, nahm Kanonenkugeln weg und fügte welche hinzu, bis schließlich ein Stein von der Größe und dem Gewicht einer Granate genau auf das Dach der Schildkröte fiel.

«Und nun die Granaten», befahl Texeira. «Die Römer brauchten sich nicht mit Sprengstoffen herumzuschlagen, als sie ihre Schildkröten einsetzten. Wir werden dieses altertümliche Ungeheuer in die Luft sprengen.»

Ein Hagel von Granaten ergoß sich über den Hof, und ihre Lunten malten goldene Bögen an den Himmel. Einige schossen übers Ziel hinaus, einige gingen zu kurz. Aber viele landeten auf dem spitzen Dach, wo das Gewirr von Kieferzweigen die explodierenden Granaten auffing. Als ihre nassen Nadeln trockneten, züngelten Flammen auf.

«Francis, sieh mal! Schon brennt ein hübsches Feuer. Mit Beharrlichkeit werden wir das Biest vernichten.»

«Mit Beharrlichkeit, ja. Aber wie lange? Maria und Rodriguez werden in zwei Tagen gefoltert.»

«Ich kann das nicht ändern. Du kannst das nicht ändern. Wir

können nur die Teufelsbrut von Meuterern daran hindern, unseren Turm zu nehmen – und uns umzubringen.»

«Das werden sie sowieso tun. Wenn nicht heute mit diesem Trick, dann morgen mit einem anderen. Ich bin erledigt, Miguel, und verzweifelt wegen Maria und Juan Rodriguez . . . Und Marta auch.»

«Sei an einem anderen Tag erledigt. Nicht heute. Das beste Heilmittel gegen Verzweiflung ist Arbeit.»

«Arbeit wird meine Verzweiflung nicht heilen, Miguel, ich bin von Schmerz durchbohrt, von Kummer verzehrt.»

«Hör mal, Francis, etwas weniger poetisch, bitte schön. Genug von deinem englischen Gefühlsüberschwang. Du mußt so praktisch denken wie ein Portugiese. Erstens müssen wir uns selbst erhalten . . . die Schildkröte zerstören. Später, wenn sie die Geiseln auf den Hof bringen, machen wir einen raschen Ausfall, um sie zu retten.»

«Wir würden von den Bogenschützen der Rebellen niedergestreckt, Miguel.»

«Unsere gute spanische Rüstung aus Toledostahl wird ihren armseligen Pfeilen trotzen.»

Hauptmann Miguel Gonsalves Texeira Correa beugte sich hinaus durch den Schlitz der Schießscharte, um die Flugbahn einer Granate zu verfolgen. Der Feuerschweif der brennenden Lunte hob sich von der aschgrauen Dämmerung ab und loderte auf in einer orangefarbenen Explosion zwischen den Flammen, die die Kiefernzweige verzehrten.

«Ein großartiger Schuß!» rief der Hauptmann. «Schießt noch einmal genauso und noch einmal, und . . .»

Miguel Texeira unterbrach seine begeisterten Anweisungen, offenbar war ihm eine neue Kriegslist eingefallen. Francis sah nur die Rückseite von Texeiras bauschigen, wattierten Kniehosen und seinem dicken Wams, beide schmierig vom Schmutz der Schlacht. Der Hauptmann stand schweigend und starr da, die Schultern in der schrägen Schießscharte eingeklemmt, den Kopf durch den Schlitz hinausgestreckt.

«Nun, Miguel, was gibt's? Welche neue Teufelei denkst du dir aus?»

Texeira rührte sich nicht und gab keine Antwort, und Francis sah voll Schrecken ein rotes Rinnsal durch die Schwarzpulverflecke auf dem Wams des portugiesischen Offiziers rieseln. Er faßte ihn unter beide Achseln und zog, aber der Hauptmann rührte sich immer noch nicht. Francis stemmte sich mit den Füßen auf den Bodenplatten ab und zerrte mit aller Kraft. Das Knacken von berstendem Holz hallte in der schmalen Schießscharte wider, und der Portugiese stürzte auf den Granitboden.

Blut und Schleim sickerten rings um den abgebrochenen Pfeilschaft, der aus dem linken Auge des Hauptmanns ragte. Texeira war sofort tot, als ihm die eiserne Pfeilspitze ins Gehirn gedrungen war. Sein Mund stand noch offen, er wollte gerade der Bedienungsmannschaft der Wurfmaschine Befehle zurufen. Die roten Lippen klafften wie eine Wunde und verwandelten sein gut geschnittenes Gesicht mit den schmalen, schwärzlich-grauen Wangen in die Maske eines Teufels, eines Geschöpfes der Hölle.

Francis kreuzte die Arme des Hauptmanns auf dem schmierigen Wams. Zum erstenmal seit seiner Kindheit ließ er seinen Tränen freien Lauf. Er brachte es nicht über sich, den abgebrochenen Pfeil herauszuziehen und Texeira die Augen zuzudrücken.

Die Dämmerung nahm zu, doch war es noch hell genug, um Granaten abzuschießen. Durch den Schlitz in der Schießscharte, den behelmten Kopf durch den Granit geschützt, beobachtete Francis, wo sie einschlugen. Wenn das Feuer zwischen den Kiefernzweigen höher aufflammte, änderte er die Zielrichtung. Nach ein paar Minuten stoben rote Funken aus dem Feuer, dann erstarb es. Die Kiefernzweige waren völlig verbrannt. Im Schein des Halbmondes sah Francis, daß das Rohleder unter den Zweigen als feuerhemmende Sperre gedient hatte, wie die Erbauer der Schildkröte beabsichtigt hatten. Miguel Texeira war tot, und seine Wurfmaschine war ein Fehlschlag.

Während der ganzen Nacht kroch die Schildkröte dichter an die Festung heran. Die Rebellen legten Backsteine und überdachten sie, vor Arkebusen und Armbrüsten durch Sturmdächer geschützt. Die Granaten zogen immer noch ihre feurigen Parabeln am dunklen Himmel, konnten aber das unerbittliche Vorwärtskommen nicht aufhalten. Da die Rebellen die schweren Geschosse nicht mehr fürchteten, die die federnden Kiefernzweige hatten abwehren sollen, ließen sie diese Schicht weg, und nun glitten die Granaten auf dem Rohleder ab und explodierten im Schnee, ohne Schaden anzurichten.

Kurz ehe der Morgen anbrach, sah Francis, daß die Schildkröte etwa zehn Fuß vor der Festung anhielt und plötzlich ihre Form änderte. Ein Karree von Backsteinmauern begann sich am Fuß zu erheben, und die Verteidiger vermochten sein Wachstum nicht aufzuhalten. Zwei Mann sprangen aus dem Maul der unbezwinglichen Schildkröte, um jeden Mann zu ersetzen, der durch eine Musketenkugel oder einen Armbrustbolzen fiel. Die Rebellen arbeiteten im Schutz eines Daches; sie hatten es in der Nacht aus Teilen zusammengebaut, die sie durch den Tunnel und die Schildkröte getragen hatten. Dieses quadratische Dach ruhte auf dicken Baumstämmen, die keine Verbindung mit der Mauer hatten. Sobald eine Reihe von Backsteinen verlegt war, wurde das Dach darüber durch Flaschenzüge, Hebel und Schrauben angehoben.

Zum Glück wuchs der klobige Belagerungsturm nur langsam. In einer Beratung mit General Ignatius Sün schätzte Francis, daß es drei Tage dauern würde, bis der Turm das erste Stockwerk der Festung erreichte. Die Verteidiger, beschloß der General, sollten dann über die vier Fuß breite Spalte zwischen ihrer Festung und dem Belagerungsturm einen Ausfall machen und dem Angriff der Rebellen auf diese Weise zuvorkommen.

Dieser kühne Plan änderte nichts daran, daß Francis bekümmert und untröstlich war. In zwei Tagen würden die Rebellen Juan Rodriguez und seine einen Monat alte Tochter foltern – und die Getreuen im Turm würden es mitansehen müssen.

Die Führer der Meuterer standen vor ihren Zelten und genossen den hellen Wintermorgen. Der Tugendhafte Kung sagte befriedigt zu seinem Blutsbruder, Halbnarr Keng: «Die Schildkröte ist ein Drache geworden, und der Drache wird groß.»

Den ganzen Tag lang schleuderten die Verteidiger Geschosse auf das Dach des Belagerungsturms: Granaten und Bomben, große Steine und flammende Fackeln. Das Rohleder verkohlte, verbrannte aber nicht, und der Turm wuchs jede Stunde um sechs Zoll.

Der christliche General schöpfte Kraft aus der akuten Gefahr, in der sie sich befanden, obwohl er hätte verzweifeln können. Der Tod hatte ihn der Kriegskunst von Hauptmann Miguel Texeira beraubt; Major Francis Arrowsmith mit seiner begrenzten Kriegserfahrung konnte keine Strategie ersinnen, um dem unerbittlichen Wachsen des Belagerungsturms Einhalt zu gebieten. Aber General Ignatius Sün rieb sich erwartungsvoll die Hände.

«Morgen werde ich die erste Sturmtruppe ausbilden», sagte er zu Francis und seinem Stellvertreter, Botschafter Michael Chang. «In zwei Tagen werden wir die Rebellen vom Belagerungsturm hinwegfegen wie lästige Fliegen. Mann gegen Mann werden wir sie vernichten.»

Eine Stunde vor Mitternacht, in der Mitte der Doppelstunde der Ratte, hüllten sich der General und der englische Major in ihre Mäntel und knieten nieder, um neben ihrem Lager aus aufgeschichteten Pelzen zu beten. Der General schlief in seiner Kammer im zweiten Stock, Francis im dritten.

Während die beiden Christen Bittgebete murmelten, hallten die Unterkünfte ihrer kantonesischen Soldaten von zornigen Gesprächen wider. Die Südchinesen waren mutlos geworden durch das doppelte Verhängnis: Texeiras Tod und den immer höheren Belagerungsturm. Die Posten auf den Brustwehren tauschten düstere Voraussagen aus und jeder fragte sich, ob er wohl überleben werde. Um 3 Uhr morgens, zu Beginn der Doppelstunde des Tigers, ging eine Truppe Kantonesen heimlich hinunter zu dem Korridor, der zu den mächtigen, eisenbeschlagenen Toren führte.

Der Lärm aus dem Kellergeschoß drang nicht bis zu der Kammer im dritten Stock, in der Francis schlief. General Ignatius Sün persönlich weckte den Major. Der Mantel des Generals war zerrissen, und aus einer Wunde am rechten Arm tropfte Blut auf das Kruzifix, das er in der Hand hielt.

«Wacht auf, Francis! Wacht auf! Die Kantonesen haben den Rebellen die Tore geöffnet. Es ist uns vom Schicksal bestimmt, in Tungtschou zu sterben. Die Wege des Herrn sind geheimnisvoll und unverständlich. Wir müssen eine Weile kämpfen und uns dann seelisch auf den Tod vorbereiten.»

DER ZORN
DES HIMMELS

Juli 1632 bis Juni 1644

MUKDEN, PEKING, MUKDEN
23. Juli 1632 bis 7. Januar 1634

Der graue Bullenbeißer spitzte die Ohren, als er spürte, wie der Boden unter den stampfenden Hufen der Ponies erbebte. Langsam stand er auf, streckte die struppigen Beine und gähnte. Er war groß wie ein Shetlandpony, und keiner von dem Dutzend Köter, die in dem hohen Gras lagen, war kleiner als ein ausgewachsener deutscher Schäferhund. Als der Bullenbeißer sich rührte, schnupperten alle Hunde den von den Wiesen, die im Hochsommer des Jahres 1632 übersät waren mit blauen und gelben Blumen, herüberwehenden Wind. Aus dem Schatten zwischen den halbrunden Jurten aus ungegerbtem Leder sprang die Meute auf die ungepflasterte Straße, die nach Mukden führte, in die Tatarenhauptstadt.

Ohne sich um die knurrenden Wachhunde zu kümmern, saß Francis Arrowsmith von dem scheckigen Pony ab und ging zur nächstgelegenen Jurte. Die rissige und zerfetzte Rohhautbespannung bot nur wenig Schutz vor den Regenschauern und Sandstürmen der Mandschurei und überhaupt keinen vor der sengenden Hitze. Für die beiden christlichen Sklaven, die der Tugendhafte Kung dem Kaiser Abahai vor wenigen Tagen geschenkt hatte, fanden ihre tatarischen Herren die Unterkunft indes fast demoralisierend luxuriös. Joseph King war ganz und gar nicht dieser Meinung gewesen. Die einzige Annehmlichkeit, die ihre elende Hütte von einer Behausung in der Hölle unterschied, waren die Schwalben, die über das Brett an der Firststange flogen, auf dem sie nisten sollten.

Francis betrachtete begeistert die Schwalben, die durch das Rauchloch oben in der Jurte flitzten, bis ihn der Bullenbeißer ansprang. Er packte die sechs Zoll langen Dornen am Halsband des Tiers und schleuderte es weg, fiel auf die Knie, zog einen Knüppel aus seinem Gürtel und geduckt ließ er ihn um seinen Kopf wirbeln, um die knurrenden Hunde in Schach zu halten.

Mit aufgerissenem Rachen umkreisten ihn die Köter. Zwei schlüpften unter dem schwingenden Knüppel hindurch und packten mit ihren Zähnen den Saum seines Gewands. Er verlor das Gleichgewicht, und der Bullenbeißer stürzte ihm mit seinem ganzen Gewicht auf die Brust. Francis schrie auf, als die schimmernden Fangzähne auf seine Kehle zufuhren, und rollte sich zur Seite, ehe die Kiefer sich schlossen.

Durch den Tumult aufmerksam geworden, kam ein kleines Mädchen aus der benachbarten Jurte und schrie die Hunde an. Sie ging mitten in die Meute, packte den Bullenbeißer am Halsband und zog ihn weg. Obwohl er viermal schwerer war als das Kind und es um zwei Fuß überragte, war er ganz fügsam. Das kleine Mädchen trieb die Meute mit einem Zweig vor sich her, lächelte Francis zu und sagte etwas Unverständliches.

Francis stand behutsam auf und klopfte sich den Staub ab. Er lächelte spöttisch über sich selbst, daß er die Meute von Kötern vergessen hatte, die die Sklavensiedlung bewachte, war aber im nächsten Augenblick wieder überwältigt von der Freude, am Leben zu sein. Als er die mit Blumen übersäten Wiesen betrachtete, ging ihm das Herz auf. Er warf einen Blick auf die fernen Berge im Osten, dann sah er wieder voll Staunen auf die Steppe, die sich bis zum Horizont erstreckte. Er winkte Joseph King zu, der am Eingang der schäbigen Jurte stand und über die schmähliche Niederlage seines Herrn lachte.

«Joseph», rief Francis, «endlich gute Nachrichten. Wir ziehen morgen aus diesem stinkigen Loch aus.»

«Der Herr sei gelobt. Aber wohin gehen wir? Ins Bergwerk oder direkt ins Gefängnis?»

«Weder noch, Joseph, du wirst dich freuen, wenn du es hörst. Wir sollen als Ehrengäste des Tataren-Kaisers Abahai im kaiserlichen Gästehaus wohnen.»

«Ich bin entzückt . . . Aber Euer Kopf, Pfeilschmied!» Josephs braunes Gesicht wurde runzlig wie das eines freundlichen Mopses, und seine Schneidezähne schimmerten feucht, als er grinste. «Ich sehe, sie haben einen Tataren aus Euch gemacht.»

«Das wird dir auch noch so gehen, mein Freund.» Francis fuhr sich mit der Hand über den geschorenen Kopf, der über der gebräunten Stirn ganz weiß glänzte. Nur eine Stelle am Hinterkopf hatte das Messer des Barbiers ausgespart, und dieses lange, sonnengebleichte Haar war zu einem dicken Zopf geflochten.

«Besser, mein Haar zu verlieren als meinen Kopf.» Joseph schlug seinem Herrn auf den Rücken, und überschwenglich legte Francis ihm den Arm um die Schultern.

«Und mit diesem Opfer erkaufen wir nicht nur unser Leben. Offenbar sollen wir vermögende Männer unter den Tataren werden.»

«Vor ein paar Tagen hätte ich jede Wette mit Euch abgeschlossen, daß wir Kulis in ihren Steinbrüchen werden. Was hat unser Geschick so grundlegend geändert? Und daß Ihr ohne Eure Wächter zurückkommt?»

«Joseph, wir können nirgendwohin entlaufen. Wir sind doppelt gefangen – Gefangene der Tataren und Gefangene der Steppe.»

«Es ist nett, noch ehe die Geschichte anfängt, zu wissen, daß sie gut ausgeht. Aber laßt mich nicht ewig zappeln.»

«Nein, das verspreche ich. Laß mich nur meine Pfeife in Gang bringen. Sie haben uns Tabak gegeben, das erste, wie sie behaupten, von vielen Geschenken.»

Francis hockte sich auf den Strohballen mit der zerfetzten Decke darauf und zog seine Bambuspfeife aus dem Lederstiefel, dem einzigen Kleidungsstück, das ihnen in der Gefangenschaft gelassen worden war. Er kniff die Augen zusammen, sie brannten in dem ätzenden Rauch des Feuers aus getrocknetem Mist. Wenigstens hielt der Qualm die zudringlichen mandschurischen Mücken ab, die so groß wie Musketenkugeln waren. Während er den Tabak in den kleinen Pfeifenkopf aus Porzellan stopfte, betrachtete er das Miniaturbild seiner Mutter, das auf dem abgenutzten Lederkoffer an der Seite der Jurte stand.

Wenn sie mich hier sehen würde, dachte er, meine liebevolle Mutter! Kein Priester, wie sie gewollt hatte, sondern ein rauhbeiniger Soldat und Kriegsgefangener bei halbzivilisierten Nomaden. Indes ist es des Herrn Wille. Durch seine Gnade werde ich ihm ebensogut dienen wie als Priester. Aber ich wollte wahrlich, ich hätte den Wünschen meiner Mutter mehr Aufmerksamkeit geschenkt!

Mit den bronzenen Eßstäbchen, die er aus dem Gürtel gezogen hatte, hob er ein Stückchen Glut aus dem Feuer. Doch auch als seine Pfeife gut brannte, schwieg er. Joseph wartete mit ungewohnter Geduld darauf, daß sein Herr spräche. Er spürte, daß Francis über die Geschehnisse nachgrübelte, die sie in die Gefangenschaft der Tataren gebracht hatten, da ihnen nun zum erstenmal seit dem Fall der Festung Tungtschou der Tod nicht mehr unmittelbar bevorstand.

Die kantonesischen Verräter hatten die Meuterer am frühen Morgen des 22. Februar 1632 in die Festung eingelassen. Der Kampf, dessen Lärm den christlichen General geweckt hatte, dauerte weniger als eine Stunde, dann waren die Meuterer in das Kellergeschoß eingedrungen und hatten die wenigen Soldaten, die noch Widerstand leisteten, überwältigt.

Dennoch wurde auf den Wendeltreppen zu den oberen Stockwerken des Turms weitergekämpft. Nachdem sie etwa fünfzig Portugiesen, Inder und Afrikaner niedergemacht hatten, nahmen die Meuterer General Ignatius Sün, Botschafter Michael Chang und Major Francis Arrowsmith gefangen. Gefesselt wurden sie dem Rebellenführer, dem Tugendhaften Kung, vorgeführt.

Francis stellte zu seinem Erstaunen fest, daß der Befehlshaber der Rebellen tatsächlich die Gnade walten ließ, die er versprochen hatte, um den Willen seiner Feinde zu schwächen. Die Gefangenen hatten den Tod erwartet und waren froh, daß der Tugendhafte Kung wirklich bestrebt war, ‹Verdienst zu erlangen durch die Freilassung von Lebewesen›.

Nur General Ignatius Sün murrte. «Es ist entwürdigend, daß einem dieselbe Gnade zuteil wird wie Fischen, Lerchen und Schuppentieren.»

Als seine eigenen Leute dem christlichen General zujubelten, hatte der Tugendhafte Kung keine andere Wahl, als Milde walten zu lassen. Da sie General Ignatius Sün wegen seiner Großzügigkeit und seines kriegerischen Könnens liebten, würden sich die Meuterer womöglich gegen ihren neuen Führer erheben, wenn er den General hinrichtete. Nachdem sich der General auch jetzt noch weigerte, sich den Rebellen anzuschließen, schob ihn der Tugendhafte Kung nach Peking ab. Er wurde begleitet von Botschafter Michael Chang und drei loyalen Subalternoffizieren, sowie von Marta, ihrer kleinen Tochter Maria und ihrer Dienerin Ying, Pater Juan Rodriguez und den überlebenden Portugiesen. Nur Francis Arrowsmith und seinen Sklaven Joseph King hielt Kung zurück.

Marta bat nicht um Freiheit für ihren Mann. Offenbar war sie nur zu froh, ihre eigene zu erhalten. Es war unter ihrer Würde, kniefällig vor dem Tugendhaften Kung zu weinen, obwohl er sich von ihren Tränen vielleicht hätte erweichen lassen. Ihre beispielhafte Bekundung konfuzianischer Tugend hätte ihn möglicherweise veranlaßt, ebenfalls konfuzianische Tugend an den Tag zu legen. Aber Marta wahrte ihre Würde, und Francis blieb gefangen.

Er war sich bewußt, daß die Meuterer seinen Abschied von seiner Frau genau beobachteten, und wollte ihnen keine Gelegenheit geben, über den ungehörigen Gefühlsausbruch eines Ausländers zu spotten. Marta selbst verbarg ihre Gefühle so geschickt, daß nicht einmal Francis wußte, ob sie über ihre Trennung bekümmert oder froh war.

Sie stand allein in der Sonne und schob sogar die stützende Hand ihrer Dienerin weg, obwohl ihre winzigen goldenen Lilien in den weichen Schnee sanken. Ihr tadellos geschminktes Gesicht war völlig ausdruckslos. Sie stand steif da in ihrem schimmernden Steinmardermantel und verbeugte sich dann tief vor ihrem Mann, wie es die konfuzianische Etikette erforderte. Sie murmelte ein feierliches Lebewohl und stieg in ihre Sänfte. Bis Ying die Vorhänge zuzog, saß Marta ganz still, weder drehte sie den Kopf noch hob sie die Hand. Als die Vorhänge zugezogen waren, sah sie nicht mehr hinaus.

Francis stand einen Augenblick wie betäubt da, ehe er sich abwandte. Dann sagte er sich, Marta habe eben, wie er auch, vor starrenden Fremden Gelassenheit zur Schau tragen wollen. Joseph King, der den Vorgang verwundert beobachtet hatte, sagte seinem Herrn nicht, die wahre konfuzianische Tugend hätte erfordert, daß Marta die Gefangenschaft ihres Mannes teilte. Da Francis das nicht wußte, drehte er sich gleichmütig um, sah nicht zu, wie die kleine Prozession aufbrach, sondern plauderte ungezwungen mit dem Tugendhaften Kung.

Der Rebellenführer bemerkte beiläufig, er habe Juan Rodriguez und die kleine Maria gar nicht foltern wollen, sondern es nur angedroht, damit die Verteidiger der Festung glaubten, er würde nicht vor dem 24. Februar angreifen, dem für die Folterung festgesetzten Tag.

«Unter dem Deckmantel dieser Täuschung», brüstete sich der Tugendhafte Kung, «verfolgte ich meine Doppelstrategie. Ich vergrößerte die Schildkröte, bis sie der Drache eines Belagerungsturms wurde. Und gleichzeitig machte ich Verräter unter den Kantonesen ausfindig. So nahm ich die Festung mit wenig Verlusten unter meinen Leuten.»

«Es war ein listiger Plan», stimmte Francis zu, da Kung so offenkundig stolz auf seine Verschlagenheit war. So viele Chinesen, dachte er bei sich, rühmen sich ihrer Unaufrichtigkeit und prahlen mit ihrer Doppelzüngigkeit. Europäer, die ebenso hinterhältig sind, tarnen ihre Falschheit meist mit ehrbarer Scheinheiligkeit.

«Ich denke an den Tugendhaften Kung, Joseph.» Francis wurde durch das gereizte Husten seines Sklaven aus seinen Grübeleien gerissen. «Es war wirklich schlau, wie er uns über seine wahren Absichten in bezug auf Juan Rodriguez und Maria getäuscht hat, nicht wahr?»

«Falls er das zweitemal die Wahrheit gesagt hat, Pfeilschmied. Aber wer kann das wissen?»

«Ja, wer?» Francis schlug nach den Mücken, die um seine nackten Schultern schwirrten. «Aber er war gewiß barmherzig, als er uns dem Tataren-Kaiser schenkte, statt uns zu töten. Er hätte uns die Köpfe abschlagen können, als er merkte, daß unsere Geschützkenntnisse nutzlos sind für eine Rebellenbande, die zu rasch vorrückt für die Bronze-Kanone.»

«Pfeilschmied, war es nicht eher schlau vom Tugendhaften Kung, uns den Tataren als Sklaven zu schenken? Mit diesem Geschenk hat er die Gunst des Tataren-Kaisers mindestens ebensosehr gewonnen, wie wenn er ihm ein Vollblutpferd oder eine Vogelflinte mit Silberintarsien geschenkt hätte. Aber ich bin es zufrieden.»

«Wir können uns kaum beklagen, nachdem die Tataren uns nun das Leben geschenkt haben.»

«Und noch aus einem anderen Grund. Mir verschafft es eine bittere Befriedigung, das muß ich zugeben, jetzt der Sklave des Sklaven eines Kaisers zu sein. Mein Herr wird zweifellos bald mehr Macht ausüben als ein Major des Ming-Heeres – und wahrscheinlich reicher werden.»

«Daran hatte ich gar nicht gedacht, Joseph. Aber es ist ärgerlich, daß mein Schädel rasiert und mein Haar geflochten ist. Englische Matrosen nennen diesen Zopf Rattenschwanz.»

«Ach, Pfeilschmied, alle Tataren tragen diese Haartracht. Und um Unterwürfigkeit zu bekunden, tun es auch alle Außenstehenden in tatarischen Diensten, ob sie nun Chinesen sind oder aus Innerasien stammen, Adlige, Mandarine oder Generale gleichermaßen.»

«Das weiß ich, Joseph, aber dennoch ist es ärgerlich. Übrigens ist mir gesagt worden, sie schätzen es nicht, *Ta-ta* genannt zu werden, Tataren, sondern ziehen Mandschu vor. Als Mandschu, sagen sie, hätten ihre Vorfahren ganz Nordchina beherrscht und ihr Kaiserhaus die Chin- oder Goldene Dynastie genannt.»

«Das sagen sie, Pfeilschmied. Aber wer kann es ihnen zum Vorwurf machen? *Ta-ta* ist abfällig. Ihr wißt, daß wir Chinesen sagen, Barbaren könnten nicht richtig sprechen, sondern bloß *ta-ta, ta-ta* stottern.»

«Genau wie die alten Griechen. Mit dem Wort *Barbar* verhält es sich ebenso. Die Hellenen fanden, alle Ausländer könnten nur unverständlich *bar-bar, bar-bar* stottern.»

«Interessant, Pfeilschmied. Wir werden sie wohl Mandschu nennen müssen. Aber mir reißt allmählich die Geduld. Ich flehe Euch an, mir endlich zu erzählen, was heute zwischen Euch und diesen Mandschu vorgegangen ist.»

«Es ist erstaunlich, wie ich empfangen wurde, Joseph. Du erinnerst dich, wie uns die beiden tatarischen – das heißt, Mandschu-Soldaten – heute morgen weckten?»

Die Soldaten hatten Francis nur erlaubt, eine Schale mit einer Mischung aus Tee, Salz und Hafermehl zu sich zu nehmen, die die Nacht über auf dem Feuer warmgehalten worden war. Da sie nicht Chinesisch sprachen, hatten sie ihm durch eine Gebärde bedeutet, das von ihnen mitgebrachte Pony zu besteigen. Aber der junge Offizier, der Francis an einem Nebeneingang zum kaiserlichen Palast, einem Komplex niedriger Stein- und Holzgebäude, empfangen hatte, sprach die Beamtensprache des Reichs. Seine Aussprache war barbarisch und die Grammatik fragwürdig, aber was er meinte, war klar.

«Ihr seid der Meeresbarbar mit Namen Pfeilschmied?» fragte der Offizier.

«Ich bin der Pfeilschmied.» Francis konnte sich das Lachen kaum verkneifen. Wie viele blonde europäische Sklaven besaßen die Barbaren, daß er sich so förmlich zu erkennen geben mußte?

«Ihr werdet, Fremdling, vom zweitwichtigsten Mann unseres Reiches in Audienz empfangen werden. Prinz Dorgon ist Oberbefehlshaber unserer Streitkräfte. Vielleicht wißt Ihr, daß sich unsere Streitkräfte in acht große Heere unterteilen, die jeweils nach der Farbe des Banners benannt sind, dem sie folgen.»

«Ich weiß Bescheid über Eure Acht Banner», sagte Francis.

«Prinz Dorgon befehligt zwei Banner unmittelbar und alle anderen je nach dem Ermessen des Kaisers. Er könnte, heißt es, selbst Kaiser sein. Schließlich ist er der vierzehnte Sohn des Kaisers Nurhachi, der unseren Staat schuf. Aber er ist dem Kaiser Abahai, seinem Stiefbruder, dem Sohn einer früheren Frau des Kaisers Nurhachi, absolut treu.»

«Warum erzählt Ihr mir all das?» Francis fühlte sich durch die Offenherzigkeit des Offiziers zu dieser dreisten Frage ermutigt.

«Damit Ihr wißt, mit wem Ihr es zu tun habt, Pfeilschmied. Ihr müßt Euch Prinz Dorgon angesichts seiner großen Bedeutung sehr demütig nähern.»

«Und worin besteht Prinz Dorgons Bedeutung, abgesehen davon, daß er Oberbefehlshaber ist?»

«Manche Leute sagen, der Begründer der Dynastie habe Dorgon zu seinem Nachfolger bestimmt. Es wird getuschelt, der jetzige Kaiser Abahai habe das Testament seines Vaters vernichtet und die chinesischen Schreiber, die es aufgezeichnet hatten, getötet. All das ist natürlich Unsinn, genauso unwahr wie die Gerüchte, daß Kaiser Abahai Dorgons Mutter, die Kaiserinwitwe, zum Selbstmord gezwungen habe, damit sie nicht ihre Söhne veranlasse, sich gegen ihn zu vereinigen.»

«Ich verstehe», antwortete Francis unverbindlich.

«Tatsächlich sieht Prinz Dorgon den Kaiser als seinen Vater an. Sie sind einander nahe wie die Lippen den Zähnen. Und der Kaiser verläßt sich völlig auf Dorgons Kriegskunst, obwohl der Prinz noch nicht das zwanzigste Jahr vollendet hat.»

«So jung und so tapfer und so weise!» Francis gab die angemessene und diplomatische Antwort.

«Ihr habt es also verstanden, Pfeilschmied. Ihr könnt Dorgon als Hoheit anreden, wie es einem Prinzen aus kaiserlichem Geblüt zukommt. Aber er zieht *Mergen Daising* vor, was Weiser Krieger bedeutet. Diesen Titel hat der Kaiser ihm verliehen, nachdem er die rebellischen Mongolen niedergeworfen hatte, als er erst sechzehn war. Er ist der Tapferste und Beste von uns allen, aber er leidet an einer Lungenkrankheit.»

Während sie sich unterhielten, gingen sie durch roh verputzte Korridore und kamen schließlich zu einer von zwei Bogenschützen bewachten Tür. Die in die Holztür eingelassenen Wappenbilder aus gehämmertem Messing zeugten ebensowenig von Kunstfertigkeit wie die Schreinerarbeit. Der Offizier schloß die Tür hinter Francis, blieb selbst aber auf dem Korridor.

Das Gemach war schmucklos eingerichtet, nur auf dem Lehmboden lag ein farbenprächtiger Teppich aus Samarkand. Der junge Mandschu, der auf einem Ebenholzsessel neben einem niedrigen Tisch saß, war schlank und rank. Sein Gesicht unter der aufgeschlagenen Krempe seines schwarzen Huts, an dem ein Rubin steckte, war angespannt. Er hatte einen dichten Schnurrbart unter der kleinen Nase, sein Mund war schmal und das Kinn mit einem Spitzbart verziert. Die Augen waren breit, aber seltsam verschattet, vermutlich hatte er, wie der junge Offizier angedeutet hatte, ständig Schmerzen. Um den Hals trug Dorgon eine Kette aus Jade- und größeren Bernsteinperlen und auf seinem lila Waffenrock, der in der Mitte und nicht seitlich nach chinesischer Art geschlossen war, die fünfklauigen Drachen des kaiserlichen Hauses.

«Setz dich, Pfeilschmied», sagte der Prinz auf chinesisch und deutete auf den Hocker neben dem Tisch. «Da ich weiß, wer du bist, brauchen wir keine einleitenden Reden zu führen, denn du weißt vermutlich, wer ich bin.»

«Ja, Kaiserliche Hoheit. Natürlich.» Obwohl ihm die aufgeschlossene Art des jungen Prinzen sehr gefiel, wußte Francis, daß blumige chinesische Schmeichelei kaum übelgenommen werden würde. «Jedermann kennt den Ruhm des Weisen Kriegers, des Prinzen Dorgon.»

«Das mag sein, wie es will, aber ich habe Arbeit für dich, Pfeilschmied.»

«Ich stehe Euch zur Verfügung, Weiser Krieger.» Eingedenk der Tatsache, daß sein Leben in der Hand der Mandschu lag, fügte er rasch hinzu: «Wie könnte es anders sein? Schließlich bin ich nur ein elender Sklave, nicht mehr als Staub unter Euren Füßen.»

«Mach nicht so viel davon her, Pfeilschmied.» Der Prinz lächelte. «Wir alle kennen die Wechselfälle des Krieges. Wären wir in Peking, könnte ich an deiner Stelle sein.»

«Das ist höchst unwahrscheinlich, Weiser Krieger. Eure Kaiserliche Hoheit wäre niemals so töricht, sich gefangennehmen zu lassen.»

«Vielleicht nicht.» Dorgon lächelte wieder. «Aber ich möchte dich, so gut es geht, mit deiner Lage aussöhnen.»

«Es ist mir eine Ehre, Hoheit. Darf ich fragen, warum?»

«Weil ich dich brauche. Welchen besseren Grund könnte es geben, dich gut zu behandeln?»

«Und womit kann ich Euch dienen, Hoheit?»

«Ich sollte . . . Ja, ich werde dich freilassen, damit du arbeiten kannst, wie du willst», sagte der Prinz nachdenklich. «Du wirst genügend Material erhalten und alle erfahrenen Metallarbeiter, die ich auftreiben kann. Dafür wirst du die Geschütze gießen, die ich brauche, um das Reich des Kaisers gegen die angriffslustigen Ming zu verteidigen.»

«Ich stehe, wie ich gesagt habe, Eurer Hoheit zur Verfügung.» Obwohl ihm keine andere Wahl blieb, fiel es Francis nicht leicht, seine Loyalität gegenüber den hart bedrängten Ming aufzugeben, die der Mandschu-Prinz als angriffslustig bezeichnet hatte. «Ich kann nicht anders.»

«Das ist völlig richtig. Du kannst nicht anders.» Als Dorgon lachte, spürte Francis, daß sich unter der leidenden Maske des jugendlichen Prinzen eine starke Persönlichkeit verbarg. «Daher wirst du Geschütze gießen und meine Leute ausbilden, damit sie sie bedienen können. Und auch im Gebrauch der Arkebusen. Wir haben einen ansehnlichen Vorrat an diesen Handfeuerwaffen.»

«Pu kan-tang! Kuo chiang!» Francis nahm seine Zuflucht zu der konventionellen Selbstverleugnung der chinesischen Beamtensprache. «Ich bin unwürdig. Ihr ehrt mich zu sehr!»

«Du wirst nicht gezwungen werden. Darüber mußt du dir klar sein.» Prinz Dorgon klang fast beschwichtigend. «Wir wissen, daß ein unwilliger Diener dem Kaiser nicht gut dienen wird. Daher wird dir genügend Zeit gelassen, doch darfst du nicht ungebührlich säumen. Wir brauchen die Geschütze sehr dringend. Und du wirst reichen Lohn erhalten.»

«Lohn, Hoheit, für einen Sklaven? Im Ming-Reich ist das nicht üblich.»

«Vielleicht in China nicht, aber bei uns, um Loyalität zu gewährleisten. Du darfst auf eigene Rechnung Handel treiben. Die Mandschurei ist reich an weißem Ginseng, der Wunderpflanze. Sie ist ein Heilmittel und . . .»

«. . . ein Aphrodisiakum wie die Pflanze, die wir Europäer Alraun nennen, Hoheit?»

«Angeblich, obwohl ich nie Gelegenheit hatte, diese Eigenschaft zu erproben.»

«Ich auch nicht, Hoheit», antwortete Francis, auf diese jugendliche Prahlerei eingehend. «Vielleicht werden wir, wenn wir älter sind, dankbar dafür sein.»

«Vielleicht, Pfeilschmied. Aber wie auch immer, der Ginseng, die Pelze und das Gold der Mandschurei werden anderswo hochgeschätzt. Du kannst sie an die christlichen Kaufleute in Macao liefern. Der Gewinn wird groß sein.»

«Kuo chiang!» wiederholte Francis. «Ihr ehrt mich zu sehr!»

«Wir werden sehen, was sich tun läßt. Derweil kann ich dir versichern, daß du dich bei uns wohlfühlen wirst.»

Solche Freundlichkeit und noch dazu die Aussicht auf einen Goldregen waren überwältigend für einen Gefangenen, der erst vor zwei Tagen nach einem anstrengenden Ritt von mehreren hundert Meilen auf staubigen Straßen nach Mukden gekommen war. Eben noch waren er und Joseph King Kriegsgefangene gewesen und von zwanzig Reitern des Tugendhaften Kung bewacht worden. Und nun war er ein geehrter Gast, der tatsächlich wie der Botschafter eines mächtigen Verbündeten empfangen wurde. Was führte Prinz Dorgon wohl im Schilde?

Dorgon gratulierte Francis ausgiebig zu seinem Glück, Sklave zu sein, besprach aber keine weiteren sachlichen Fragen mehr mit ihm, sondern führte ihn durch dunkle Korridore vorbei an vielen geschäftigen Beamten. Jeder dritte war als Chinese zu erkennen, und zwar am Gang, der nicht säbelbeinig war wie der der mandschurischen Reiter. Eine Gruppe von Höflingen vor einer mit Kupfernägeln beschlagenen Tür wich vor Prinz Dorgon beiseite.

Sie betraten ein Gemach, in dem auf einer Estrade ein riesiger schwarzer Lacksessel mit Perlmuttintarsien stand. Der untersetzte, etwa vierzigjährige Mandschu, der dort saß, trug ein gold-gelbes Gewand in der kaiserlichen Farbe. Schnitt und Stoff waren jedoch einfach im Vergleich zu den reich gemusterten Brokatgewändern des Ming-Kaisers mit den eingewebten Drachen, Phönixen und Hähnen. Ein Streifen schlichter Stickerei mit Schneckenornamenten schmückte den Saum, und ein einziger hoher Rockaufschlag schloß das Gewand auf der rechten Schulter. Der Kaiser hatte lässig einen Daumen in den blauen Ledergürtel mit der runden Schnalle aus grüner Jade gesteckt.

Francis fiel auf die Knie zum dreimaligen Kotau. Er hatte den Boden erst einmal mit der Stirn berührt, als Prinz Dorgon ihm die Hand auf die Schulter legte.

«Du brauchst nicht zu knien», sagte er. «Eine einfache Verbeugung genügt. Das ist kein Staatsempfang.»

Erstaunt über die Formlosigkeit, stand Francis auf und verbeugte sich tief. Es wäre unvorstellbar gewesen, daß ein Meeresbarbar, und noch dazu ein Sklave, sich dem Ming-Kaiser ohne Kotau näherte. Bei den Mandschu herrschten rauhe Sitten, die eher dem Feldlager angemessen waren als dem Palast. Prinzen und Minister sprachen von ihrem Kaiser als Abahai, wie der achte Sohn des Kaisers Nurhachi hieß, und konnten ihn ohne jede Förmlichkeit aufsuchen, wann immer es notwendig war. Die chinesischen Minister dagegen bekamen den Ming-Kaiser höchstens vier- oder fünfmal im Jahr zu Gesicht.

«*Ah, Ying-chang, ting-shuo ni huei chih-tsao Hung Yi Pao*», sagte Kaiser Abahai in schwerfälligem Chinesisch. «Nun, Major, ich habe gehört, du kannst Rotmantelkanonen gießen. Trifft das zu?»

«Ja, Majestät.»

Als er die Wörter *Hung Yi Pao* von einem Mandschu hörte, wunderte er sich von neuem über den seltsamen chinesischen Namen für die Bronze-Kanone. Infolge der Doppeldeutigkeit des klassischen Chinesisch konnte mit *Hung Yi Pao* entweder Blutige Vernichtungskanone oder Rote Barbarenkanone gemeint sein. Aber die Bezeichnung wurde gewöhnlich mit Ideogrammen geschrieben, die Rotmantelkanone bedeuten wegen des scharlachroten Stoffs, in den die Geschütze eingehüllt wurden, um die Feinde in Schrecken zu versetzen, weil er das Blut andeutete, das die Kanonen vergießen würden.

Der Kaiser hustete nachdrücklich und rief Francis aus seiner kurzen Träumerei zurück.

«Ja, Majestät», wiederholte er. «Ich kann Kanonen herstellen, vorausgesetzt, mir werden geeignete Rohstoffe und tüchtige Metallarbeiter zur Verfügung gestellt.»

«Das ist Dorgons Sache. Aber sage mir, wie weit können deine Rotmantelkanonen eine Kugel schleudern?»

«Das hängt von ihrer Größe ab, Majestät. Vielleicht zwei *li*.» Francis wollte nicht mehr versprechen, als er bestimmt halten konnte; zwei *li* war weniger als eine Meile, obwohl eine Schußweite von fast zwei Meilen möglich war. «Ich würde mit Feldschlangen anfangen, leichten Feldgeschützen.»

«Wie groß würden sie sein? Gewicht? Länge? Wie werden sie befördert?»

Der Kaiser fragte Francis eine halbe Doppelstunde lang aus und ließ große Wißbegierde, einen scharfen Verstand und absolute Unwissenheit in bezug auf Geschütze erkennen. Als er auf ein Bündel Papiere blickte, die ihm ein chinesischer Schreiber überreicht hatte, begriff Francis, daß die Audienz beendet war, und verbeugte sich tief. Als er sich, rückwärts gehend, zurückzog, sah der Kaiser auf.

«Wir sind bekannt für Unsere Großzügigkeit gegenüber denjenigen, die Uns gute Dienste leisten», sagte er freundlich. «Aber einen nutzlosen Sklaven können Wir nicht bei Uns behalten.»

Seltsamerweise hatte Francis mehr Zutrauen zum Wort des Kaisers nach dieser eindeutigen Drohung, die später von Prinz Dorgon bekräftigt wurde.

«Abahai belohnt Diener, mit denen er zufrieden ist, sehr freigebig, so freigebig, daß sich seine Minister manchmal gegen seine übermäßige Großzügigkeit verwahren», sagte der Prinz. «Die Sklaven, die er entläßt, werden in die Bergwerke geschickt, wo sie ein Jahr, höchstens zwei, am Leben bleiben. Sklaven, die sein Mißfallen erregen, werden gleich zum Scharfrichter geschickt. Du kannst jetzt gehen – unbewacht. Morgen werde ich dir eine bessere Unterkunft im kaiserlichen Gästehaus besorgen.»

Francis war schon halb überzeugt, daß er sich auf Kaiser Abahais Zusagen verlassen könnte. Die Versprechungen und Drohungen des Mandschu waren eindeutig, ganz im Gegensatz zu den unaufrichtigen Schmeicheleien der Chinesen. Offenbar waren die Mandschu ebenso streng in ihrer Freundlichkeit wie in ihren Strafen. Aber waren sie auch gerecht?

Als er durch die mandschurische Hauptstadt ritt, grübelte Francis über seinen Empfang und seine Zukunft in der Stadt, die er sehr gut – vielleicht zu gut – kennenlernen sollte. Im Gegensatz zum uralten Peking und sogar zu dem Provinznest Tungtschou war Mukden eine offene Stadt ohne Mauern, gleichsam ein Feldlager auf der weiten Ebene und nicht eine gegen die feindliche Natur und feindliche Menschen errichtete Festung. Die Mauern um die kaiserlichen Paläste waren niedrig und schmal, nicht richtige Festungswälle.

Die ländliche Stadt wurde beherrscht von der endlosen Steppe östlich des unwirtlichen Großen Chingan-Gebirges, aus dem die Mandschu der Legende nach stammten. Nicht einmal im kaiserlichen Palast sollte sich Francis jemals wie in einem Festungswerk vorkommen, nirgends in der Stadt sich durch hohe Gebäude beschützt oder auf von Mauern begrenzten Prachtstraßen mit hoch aufragenden

Monumenten sich geborgen fühlen. Die gesicherte Atmosphäre der Zivilisation, erkannte er, konnte nur entstehen, wenn viele Generationen in einer vom Menschen geschaffenen Umwelt leben, sich fortpflanzen und sterben.

Überdies war das mandschurische Klima streng, glühend heiß im Sommer und bitterkalt im Winter, und Frühling und Herbst waren kurz. Die ungepflasterten Straßen waren Staubwüsten im trockenen Sommer, verwandelten sich durch den herbstlichen Regen in Sümpfe und im kalten, langen Winter in spiegelnde Eisbahnen zwischen hohen Schneewällen, im späten Frühjahr durch das Tauwetter dann wieder in Sümpfe.

Die wenigen Häuser an dem armseligen Platz vor den kaiserlichen Palästen hatten Dachvorsprünge, die vorn hoch und hinten niedrig waren. Diese Gebäude waren den Prunkzelten nachgebildet, die den Mandschu-Prinzen in ihren Nomadenlagern als Unterkunft dienten. Würden die mit dunkelbraunen Kacheln verkleideten Fassaden abgetragen, würden die Dächer immer noch auf kräftigen Säulen ruhen, die wie Zeltpflöcke innerhalb der Mauern standen.

Noch verwirrender war, daß es keine feste Grenze zwischen Stadt und Land gab, denn auch in Mukden standen viele Jurten und Zelte. Dieses Durcheinander sagte den Mandschu-Kriegern zu, denen es widerstrebte, in einer ummauerten Stadt eingeschlossen zu sein.

Die Mandschu waren viel ernster als die Chinesen, gaben sich nicht leichtfertigen Belustigungen und müßigem Gelächter hin und waren, wenn auch ungehobelter als das Volk der Ming, zielstrebiger. Die bildenden Künste wie Malerei und Skulptur überließen sie den Chinesen, die sie wegen ihrer Flatterhaftigkeit verachteten. Aber sie schätzten Heldengedichte, die an ihre vergangene Größe erinnerten. Obwohl die Mandschu ihre zivilisierten Nachbarn um ihren Reichtum beneideten, hielten sie sie doch für lasterhafte Müßiggänger, die selbst zu ihrem Untergang beitragen würden. Die tugendhaften Mandschu würden zweifellos den Sieg davontragen und ihre liederlichen chinesischen Untertanen dann weise, wenn auch streng regieren.

Der Charakter seiner Herren gab Mukden die Gestalt. Schon an seinem ersten Tag dort hatte Francis das erkannt, als er allein durch die wimmelnden Straßen zu seiner baufälligen Jurte ritt. Der Mandschu-Hauptstadt fehlte nicht nur die monumentale Größe Pekings, sondern auch die geordnete Fröhlichkeit der Nördlichen Hauptstadt. Ihr fehlte sogar die solide Selbstsicherheit der Provinzstadt Tungtschou, weil die Mandschu im Gegensatz zu den Chinesen nicht durch mystische Bande an den Boden gefesselt waren, in dem die verehrungswürdigen Gebeine ihrer Vorfahren ruhten.

Indes besaß Mukden eine ausgesprochene Vitalität, die in den chinesischen Städten kaum zu spüren war. Es war offenkundig der Mittelpunkt eines sich entwickelnden Reiches, eines Reiches, das sich bereits Tausende von Meilen weit über die Steppe erstreckte. Auf den armseligen Straßen drängten sich Menschen und Stämme, die den Kaiser Abahai als ihren Oberherrn anerkannten.

Francis lenkte sein Pony vorsichtshalber an die Seite, um einer Schar Mongolen aus dem Weg zu gehen, denen die pelzbesetzten Gewänder von den Schultern gerutscht waren und muskulöse braune Oberkörper sehen ließen. Ketten aus Silbermünzen hingen von ihrem Kopfputz herab und klirrten vor den flachen, von Alkohol geröteten Gesichtern. Einige saßen rittlings auf ihren Pferden und schwangen Lanzen mit bunten Wimpeln. Andere, die betrunkener waren, hockten auf den Holzsätteln und erhoben sich von Zeit zu Zeit und stießen barbarische Kriegsrufe aus. Wieder andere hingen seitlich an ihrem Pferd an einem einzigen Steigbügel, ab und zu tauchten ihre Köpfe hinter dem Pferdehals auf, und sie brüllten unverständliche Scherze, die das heisere Gelächter ihrer Gefährten hervorriefen.

Als er sein Pony wieder auf die Straße zurücklenkte, sah Francis zu seiner Verwunderung ein Kamel aus den Staubwolken hinter den lärmenden Mongolen auftauchen. Eine Karawane von über hundert Trampeltieren verstopfte die schmale Straße. Ihre Tragkörbe quollen über von Wolle und Teppichen, und hakennasige turktatarische Händler aus Innerasien hielten die Leitzügel.

Da Francis wußte, daß sie Moslems waren, viel schlimmere Ungläubige als einfache Heiden, bekreuzigte er sich. Er war verblüfft, als einer der turktatarischen Händler sich ebenfalls bekreuzigte und ihm freundlich zuwinkte. Der Mann mußte wohl ein nestorianischer Christ sein, ein freier Anhänger des Glaubens, der tausend Jahre zuvor von furchtlosen Missionaren nach Innerasien gebracht worden war.

Als er erkannte, daß er sich den Weg durch die Menge würde bahnen müssen, wenn er nicht ewig unter den auf die Straße hinausragenden Dachvorsprüngen bleiben wollte, zog Francis die Zügel seines Ponys straff. Er war dankbar, als eine vorbeiziehende Gruppe würdiger Koreaner ihn durchließ.

Ihre Gesichter mit den hohen Backenknochen und den Schlitzaugen wirkten ernst unter den etwas lächerlichen kleinen Zylinderhüten, die mit juwelenbesetzten Nadeln auf ihrem hochgetürmten Haar festgehalten wurden. Zwischen den berittenen Koreanern in prächtigen pflaumenblauen Brokatgewändern schwankte eine gold- und rotlackierte Sänfte, so fürstlich wie die eines Ming-Prinzen. Auf einem vor der Sänfte getragenen Banner prangte nicht nur der im Fernen Osten allgegenwärtige Drachen, sondern in scharlachroten chinesischen Ideogrammen auch die Inschrift: *Botschaft des getreuen Königs von Korea an Kaiser Abahai.*

Francis wunderte sich über die Unmenge von Mönchen und Priestern, die durch Mukdens Straßen gingen und ritten: Buddhisten in safrangelben Gewändern, Schamanen in bunten Kasacks mit Totenkopf-Emblemen und bärtige moslemische Imame, deren grüne Turbane anzeigten, daß sie auf einer Pilgerfahrt nach Mekka waren.

Er sah Tibeter, die ihre mit Türkisen und Korallen besetzten Gebetsmühlen drehten und breitknochige Gesichter mit gebogenen Nasen hatten. Alle Lamas trugen deckenartige Gewänder, die die rechte Schulter freiließen, und da einige Gewänder rot und andere gelb waren, nahm Francis an, daß die Farben ihren geistlichen Rang anzeigten. Als die Tibeter vorbeigingen, wich er zurück vor dem Gestank von ranziger Butter und saurem Schweiß.

Am verwunderlichsten fand er, daß Frauen und Mädchen zielstrebig durch die Straßen gingen oder neben ihren Männern ritten. In ihren kurzen Boleros und weiten Röcken waren die Mandschu-Frauen so selbstsicher wie die bewaffneten Krieger, die ihre Begleitung als selbstverständlich hinnahmen. Die züchtige Zurückhaltung der Chinesinnen war diesen fortschrittlichen Frauen offenbar unbekannt. Manche setzten silberne Feldflaschen an die Lippen und taten einen kräftigen Schluck, während ihre Ponies weitertrabten.

Betäubt von dem Tumult in Mukden ritt Francis zur Jurte in der Sklavensiedlung zurück, wo Joseph King auf ihn wartete. Die Vitalität der Mandschu und ihrer Vasallen hatte nicht nur seine Verwunderung erregt, sondern ihm auch Furcht eingejagt. Überdies empfand er eine ganz und gar chinesische Verachtung für Menschen, die so unschicklich würdelos waren.

Die Mandschu, das wußte er, hatten seit einigen Jahren vergeblich versucht, Bronzekanonen zu gießen. Deshalb hatte ihn der Kaiser wie eine edle Geisel empfangen und nicht als der Sklave, der er war. Er schwor sich, die Höflichkeit der Mandschu nicht für bare Münze zu nehmen. Schließlich war er auch von den Chinesen höchst liebenswürdig aufgenommen und nur ein paar Jahre später wie ein abgetragener Mantel ausrangiert worden.

Bis in die tiefe Nacht unterhielten sich Francis Arrowsmith und Joseph King darüber, was die Mandschu wohl mit ihnen vorhatten. Sie kniffen die Augen zusammen in dem schwachen Licht des Dochts, der sich in dem ranzigen Öl einer irdenen Lampe ringelte wie eine Wassernatter auf dem Grund eines moderigen Teichs. Stinkende Schwaden stiegen zu dem Rauchloch im Dach auf, und das Lampenlicht flackerte in dem Luftzug, der unter den offenen Seiten der Jurte hereindrang.

«Warum ist Prinz Dorgon so überschwenglich, wenn seine Versprechungen ehrlich gemeint sind?» fragte Joseph. «Unser Glück hätte besser durch Taten offenkundig werden sollen, und nicht durch Worte.»

«Jeder Ming-Minister, der die Mitarbeit eines hilflosen Gefangenen so freundlich zu gewinnen sucht», stimmte Francis zu, «würde zweifellos ein Komplott schmieden, das mit der Vernichtung des Gefangenen enden muß.»

Die außerordentliche Gerissenheit, die sie bei den Ming kennengelernt hatten, führte Francis und Joseph in die Irre. Im Vergleich mit den raffinierten Chinesen waren die Mandschu gewiß schwerfällig, aber die beiden Christen stellten später fest, daß sie aufrichtig waren und selten logen – außer natürlich, wenn sie einen guten Grund hatten.

Francis war entzückt, ungehindert arbeiten zu können, und sehnte sich nicht nach den zivilisierten Freuden von China, von dem er sich schlecht behandelt fühlte. Auch belastete es sein Gewissen nicht sehr, daß er den Feinden der Ming-Dynastie diente, der er einen Treueid geschworen hatte. Schließlich war er ein Sklave und seinen Herren auf Gnade und Ungnade ausgeliefert. Er war auch ein Söldner – ein Glücksritter, wie er es zartfühlender ausdrückte –, und seine Söldnerehre nötigte ihn, großzügigen Sold und anständige Behandlung mit treuen Diensten zu vergelten.

An das ferne Europa dachte Francis selten. Es hatte keinen Zweck, sich nach den Ländereien seiner Vorfahren zu sehnen. Außerdem wußte er, daß Gottes Absicht seine Anwesenheit im Fernen Osten erforderte.

Mit derselben stoischen Gelassenheit ertrug Francis die Trennung von seiner kleinen Tochter. Zwar sehnte er sich nach Maria und beklagte bitterlich, daß er nicht miterleben durfte, wie sie vom hilflosen Säugling zu einem lebhaften kleinen Mädchen heranwuchs. Oft beobachtete er betrübt die kleinen Kinder, die am kaiserlichen Gästehaus spielten, wo er und Joseph eine angenehme Unterkunft hatten. Wenn er sich auch tagsüber zusammennahm, so konnte er doch nicht verhindern, daß er nachts von seiner kleinen Tochter träumte.

Aufs höchste bestürzt und tief verletzt war Francis jedoch darüber, daß seine Frau sich von ihm losgesagt hatte. Wie war es möglich, daß eine Dame wie Marta ihm ihre Seele so vertrauensvoll und ihren Körper so lüstern angeboten hatte, wenn sie ihn nicht wirklich liebte? Wie konnte sie sich so völlig geändert haben? Zu guter Letzt fand er gute Gründe für Martas Kälte, die er auf die Schwangerschaft zurückführte. Er war sicher, wenn sie noch zusammen wären, hätten sie die Glückseligkeit ihres ersten Ehejahres längst wiederentdeckt.

Wenn er sich nach seiner kleinen Tochter und der in seiner Einbildung vollkommenen Ehefrau sehnte, verlangte es Francis nach China zurückzukehren. Dieser Wunsch wurde verstärkt durch die kleinen Unannehmlichkeiten von Mukden. Er konnte die großzügige Gastfreundschaft der Mandschu nicht ablehnen, aber das halbrohe Fleisch, das sie verschlangen, und die gegorene Stutenmilch, den Kumyß, den sie mit Vorliebe tranken, verursachten ihm Brechreiz. Prahlerei veranlaßte ihn, es seinen trinkfesten Gastgebern gleichzutun, die einen Becher *arak* nach dem anderen kippten, den aus Kumyß gebrannten Schnaps, obwohl er am nächsten Morgen seine Torheit unweigerlich bereute.

Francis beklagte das körperliche Gelüst, das ihn zu den chinesischen und koreanischen Kurtisanen des Frühlingsblumenhauses trieb. Mandschurische Prostituierte gab es nicht, denn die Frauen der Stämme waren im Gegensatz zu ihren zivilisierten Schwestern freie Menschen. Einige der Kurtisanen waren schön; viele waren anregende Gesprächspartnerinnen oder begabte Musikerinnen; alle waren erfahren in der Kunst der Liebe. Außer mit Marta, die er liebte, hatte er

niemals solchen Sinnentaumel erlebt. Aber wenn er das Frühlingsblumenhaus am nächsten Morgen verließ, empfand er stets Abscheu vor
seiner lüsternen Schwäche und Reue, daß er seine Frau betrogen hatte.
Dennoch tröstete er sich damit, er sei eben ein sündiger Soldat und
noch jung, und kein heiliger, aufopferungsvoller Priester. Überdies
bewirkten die Gewinne aus seinem Handel mit Macao, daß er sich
sowohl mit seinen Missetaten als auch mit seinem nominellen Sklaven-
tum abfand. Er verschiffte Gold, Pelze und weißen Ginseng in kleinen
Küstenschunken, die so schäbig waren, daß die Piraten, die die
chinesischen Meere terrorisierten, sie links liegen ließen. Sein erster
Geschäftspartner in der portugiesischen Niederlassung war Pater Giulio di Giaccomo, durch dessen Besuch im Kolleg von Saint-Omer der
junge Engländer zuerst auf das sagenhafte China aufmerksam geworden war. Als Schatzmeister der Gesellschaft Jesu im Fernen Osten war
der Italiener entzückt, Geld zu verdienen, das der Mission zugute
kommen würde. Später fertigte Francis einige Lieferungen an den
Marrano Antonio Castro ab, den Schriftführer des *Leal Senado,* und
häufte im Lauf der Zeit einen beträchtlichen Goldschatz in Macao an.
Er war vernünftig genug, auch das Gießen von Kanonen und die
Ausbildung von Offizieren nicht zu vernachlässigen. Prinz Dorgon
würde so lange großzügig sein, wie Francis seinen Beitrag leistete,
damit der Mandschu-Kaiser das Ming-Reich erobern konnte.
Die Mandschu gaben nicht mehr wie bisher vor, sie kämpften nur,
um ihr eigenes Territorium vor Einfällen der Ming zu schützen. Auf
Grund einer Empfehlung seiner chinesischen Ratgeber hatte Kaiser
Abahai verlangt, daß die Ming das Mandschu-Reich als gleichberechtigt mit dem ihren anerkennen. Diese Forderung lieferte den Vorwand, den Abahai brauchte, um China anzugreifen.
«Abahai weiß natürlich», schrieb Francis an Giulio di Giaccomo,
«daß seine Forderung nicht erfüllt werden kann. Bekanntlich behaupten die Chinesen, ihr Kaiser habe das *Tien Ming* erhalten, das Mandat
des Himmels, das ihm die Herrschaft über *Tien Hsia* gibt, ‹Alles, was
unter dem Himmel liegt›. Der chinesische Hof kann Mandschu-Ge-
sandte ebensowenig als Botschafter eines gleichrangigen Monarchen
empfangen, wie er über Berge fliegen oder unter dem Meer segeln
kann. Nur Waffengewalt kann den Chinesen Achtung vor den Mandschu einflößen. Durch Waffengewalt werde ich hier in Mukden ständig daran erinnert, daß die Vettern der Mandschu, die Mongolen der

Yüan-Dynastie, und die Vorfahren der Mandschu, die Jürched der Goldenen Dynastie, China erobert haben. Kaiser Abahai ist entschlossen, dasselbe Ansehen zu erringen, und bereitet sich auf einen totalen Eroberungskrieg vor.»

In seinen Antworten berichtete Pater Giulio di Giaccomo Francis nicht nur Neuigkeiten aus Macao, sondern auch aus Peking. Die Briefe des italienischen Priesters überzeugten den englischen Sklaven, die Ming würden keinen wirkungsvollen Widerstand leisten können, wenn die Acht Banner der Mandschu schließlich angriffen. Die Ming legten es offenbar darauf an, sich selbst zu vernichten. Einer von Giulio di Giaccomos Berichten bereitete Francis großen Kummer, und er war so lebendig geschrieben, daß Francis die entsetzlichen Szenen geradezu vor Augen standen.

An einem Frühherbstabend im sechsten Regierungsjahr des Chung Chen-Kaisers der Großen Ming-Dynastie waren Pekings Kerzenuhren gerade bis zur Doppelstunde des Ebers heruntergebrannt. Um neun Uhr abends am 7. September 1632 gingen Menschenmengen in der langen nördlichen Dämmerung spazieren. Es war angenehm warm, aber der Steinfußboden des feuchten Vestibüls war kalt, als Pater Johann Adam Schall von Bell an den Wachtposten in der bunten Uniform der Flammenden Mäntel vorbei in die östliche Halle schlich.

Zum erstenmal begab sich ein Ausländer freiwillig in den inneren Kreis des unsichtbaren Netzes, durch das die Palasteunuchen sich das Reich untertan machten. Trotz der stillen Gebete, die sein Grauen in Schach hielten, erschauerte Pater Adam, als er die Östliche Halle betrat. Dieses unscheinbare Gebäude nahe der Stadtmauer war das Nervenzentrum des Göttlichen Strangs, in dem all die verwirrten Fäden der Geheimpolizei zusammenliefen. Wenige der in der östlichen Halle eingekerkerten Gefangenen verließen sie lebend, und diese wenigen waren an Leib und Seele gebrochen.

Auf allen vieren kroch der Jesuit die Steinstufen zu den Zellen im Turm hinauf. Ein Pikul Kohlen, etwa hundertzwanzig Pfund, trug er in einem hohen Korb auf dem Rücken. Nur als Kohlenhändler verkleidet konnte er in das «Allerunheiligste» gelangen, wie er die Zellen nannte, wo die Eunuchen die «Gefangenenvernehmung» unter qualvoller Folter durchführten. Kohlenstaub machte sein Gesicht unkenntlich, die blauen Augen waren unter rußigen Lidern und das blonde Haar unter einem schmierigen Kopftuch verborgen. Da er mit der Kohlenlast für die Öfen der Inquisitoren nur kriechen konnte, fielen seine Größe und die breiten Schultern, die ihn verraten hätten, wenn er aufrecht gegangen wäre, nicht auf.

Obwohl die Wachen reichlich bestochen worden waren, fürchtete Adam Schall Verrat in dieser üblen Atmosphäre. Die List, zu der er hatte greifen müssen, um die beiden unglücklichen Christen zu besuchen, die von den Schergen der Flammenden Mäntel gefoltert wurden, ging ihm sehr gegen den Strich. Aber als Priester hätte er keinen Zutritt zur Östlichen Halle erhalten.

Ein rachsüchtiges Kriegsgericht hatte den Gefangenen das heilige Sakrament verweigert. Nur die Käuflichkeit der Flammenden Mäntel ermöglichte Pater Adam Schall, den Verurteilten, General Ignatius Sün und Botschafter Michael Chang, Trost zu spenden. Nicht einmal überreichliche Bestechungen hätten etwas genützt ohne den Einfluß von Dr. Paul Hsü, der einige Monate zuvor zum Groß-Sekretär aufgestiegen war. Der christliche Kanzler vermochte zu erreichen, daß seine Freunde die letzte Ölung erhielten, aber vor dem zweihändigen Krummsäbel des Scharfrichters konnte er sie nicht retten. Der junge Kaiser forderte ihren Tod als Sühne für den Verlust des wichtigen Tungtschou.

Angekettet an die rauhe Steinmauer, saßen General Ignatius Sün und Botschafter Michael Chang auf dem feuchten Fußboden. Die zerfetzten und mit Kot und Blut befleckten Kittel aus weißer Sackleinwand deckten ihre Blöße kaum. Die nackten Füße waren dick angeschwollen, die Sohlen mit blutigen Striemen bedeckt. Sämtliche Zehen waren gebrochen und in der Masse von entzündetem Fleisch kaum als einzelne Glieder zu erkennen.

Als sie zur Begrüßung die Hände ausstreckten, wurde Adam Schall von unbezwingbarem Ekel befallen. An ihren Fingerspitzen, wo einst Nägel gewachsen waren, tropfte grüner Eiter aus zerquetschten, schwarz-roten Wülsten. Es stank in der Zelle so entsetzlich nach Fäulnis, daß der Priester würgen mußte.

Mit seiner verstümmelten Hand deutete der General einladend auf den Baumbushocker, auf dem gewöhnlich die Folterknechte saßen. Bei dieser grotesk höflichen Geste spannte sich die Kette, die ihn an die Wand fesselte, und er stöhnte vor Schmerz.

Durch die in den vergangenen Wochen erduldeten, unendlich viel stärkeren Schmerzen war das Gesicht von Ignatius Sün eingefallen. Die Haut hing schlaff und grau über den zarten Backenknochen, und der einst martialisch gewachste Schnurrbart fiel strähnig herab neben den vor Qual aufgebissenen Lippen. Aber die Augen, riesig in dem abgezehrten Gesicht, sahen den Jesuiten ruhig und gelassen an.

Botschafter Michael Chang hockte neben der zugrundegerichteten Gestalt, die einst der brillanteste Stratege und ritterlichste General der Großen Ming-Dynastie gewesen war. Auch Chang war nur noch ein Schatten seiner selbst. Eine Seite seines buschigen Schnurrbarts war Haar für Haar ausgerissen worden, und ein Lid war zusammengeschrumpft über einer leeren Augenhöhle, aus der grünlicher Eiter sickerte. Das andere Auge starrte entsetzlich bestürzt auf den Priester in den schmierigen Lumpen eines Kohlenhändlers.

Der Mandarin, der die Ming-Dynastie als ihr erster Botschafter bei einem fremden Volk so beredt vertreten hatte, konnte nur noch unvollständige Sätze stammeln. Sein Körper war geschunden, sein Stolz gebeugt, aber sein Glaube ungebrochen.

Weder der General noch der Botschafter sprachen von ihren schweren Verletzungen, sondern sagten nur, sie seien am schwersten gefoltert worden, nachdem das Kriegsgericht sie zum Tode verurteilt hatte. Die Folterknechte der Eunuchen wollten den beiden Christen unbedingt das Geständnis abpressen, daß sie den Meuterern Tungtschou vorsätzlich ausgeliefert und von Anfang an mit den beiden verräterischen Oberstleutnants konspiriert hätten, um General Ignatius Sün zum Kaiser einer neuen Dynastie auszurufen.

Alles andere hatten die Verurteilten in ihrer Qual gestanden: pflichtwidrige Verhandlungen mit den Rebellen und umfangreiche Veruntreuungen, sogar ungerechte Exekution loyaler Soldaten. Aber Hochverrat gaben sie nicht zu. Vielmehr stellten beide immer wieder dieselbe Frage: Warum wären sie freiwillig nach Peking gekommen, um sich dem Willen des Kaisers zu unterwerfen, wenn sie tatsächlich gegen die Ming-Dynastie konspiriert hätten?

Zu ihrem Trost hatten sie ständig das Paternoster gebetet und bei dem Gespräch mit dem Vater im Himmel erkannt, daß sie erwählt worden waren, um Seinetwillen den Märtyrertod zu erleiden.

«Nur einmal verzweifelte ich», sagte der General zögernd. «Nur einmal war ich stark in Versuchung, meinem Glauben abzuschwören und ein falsches Geständnis abzulegen. Nicht die Folter selbst, sondern was gesagt wurde, gab mir diesen Gedanken ein. Ich war einen Augenblick verzweifelt, als die Eunuchen drohten, unsere Hinrichtung zu verschieben. *Wir werden Euch unbegrenzt am Leben lassen,* sagten sie, *und Euch ständig verhören – bis Ihr gesteht!*»

Was sich sonst zwischen ihm und den Häftlingen in der verpesteten Zelle abspielte, wollte Pater Adam Schall später nie sagen, und auch nichts über die Gespräche, die sie in der Nacht des 7. September bis sechs Uhr morgens führten. Dann trugen die Schergen der Eunuchen General Ignatius Sün und Botschafter Michael Chang auf den Richtplatz im Hof der Östlichen Halle.

«Alles, was die Märtyrer sagten, gehört unter das Beichtgeheimnis», erklärte Pater Adam Schall später. «Ich kann nur noch sagen, daß unsere Brüder Ignatius und Michael, nachdem der Gehilfe des Scharfrichters ihnen das lange Haar nach vorn über das Gesicht geschlagen hatte, um ihren Nacken für das Krummschwert zu entblößen, eingegangen sind in den Schoß der Barmherzigkeit Christi. Gelassen nahmen sie den Märtyrertod auf sich, der der göttliche Wille des Herrn des Himmels war.»

Als Francis Arrowsmith mehrere Monate in Mukden gearbeitet hatte, berichtete Prinz Dorgon, der Befehlshaber der Mandschu-Heere, dem Kaiser Abahai, daß der Europäer seine doppelte Aufgabe – Kanonen zu gießen und Offiziere auszubilden – sehr erfolgreich erfülle. Obwohl der Mangel an erfahrenen Handwerkern und die Unzulänglichkeit der improvisierten Gießereien lange Verzögerungen verursachten, sei der englische Sklave absolut unschätzbar für die Streitkräfte der Mandschu. Das Rote Banner habe bereits vier Feldgeschütze mit höchst fachkundigen Bedienungsmannschaften erhalten. Trotzdem werde die Eroberung Chinas noch einige Zeit aufgeschoben werden müssen.

Kaiser Abahai billigte zwei weitere Vorschläge des Prinzen Dorgon. Einige Banner sollten dadurch in Gefechtsbereitschaft gehalten werden, daß sie aufsässige Stämme am fernen Amur, den die Chinesen Schwarzer Drachenfluß nannten, «befriedeten»; andere sollten auf der unruhigen koreanischen Halbinsel die Befehlsgewalt der Mandschu geltend machen. Der Kaiser wollte unbedingt sein Hinterland sicher wissen, wenn er das Ming-China angriff. Aus demselben Grund gab er Befehl, den Europäer zu größerer Loyalität zu verpflichten, dessen kriegerisches Können für sein großes Unterfangen womöglich ebenso lebenswichtig war wie eine gesicherte Ausgangsposition.

An einem grauen Nachmittag Ende November 1632 wurde Francis zu einer Privataudienz in den Zweiten Thronsaal bestellt. Es war eine besondere Gunst, daß er sich von seinem Sklaven Joseph King begleiten lassen durfte. Ebenso wie die Chinesen fanden die Mandschu, daß eine angesehene Persönlichkeit nicht allein vor dem Kaiser erscheinen sollte. Außer dem Kaiser war nur ein einziger chinesischer Schreiber anwesend, und Prinz Dorgon saß auf einem Hocker neben der Estrade.

«Wir haben dich kommen lassen, Pfeilschmied», sagte Abahai, «um Unsere Zufriedenheit mit deinen eifrigen Bemühungen zum Ausdruck zu bringen.»

«Majestät!» Francis bedankte sich für das kaiserliche Lob mit einer tiefen Verbeugung; hinter ihm verbeugte sich Joseph King ebenso tief vor dem Barbaren-Monarchen, den er für einen anmaßenden Möchtegern-Usurpator hielt.

Auf einen Wink des Kaisers überreichte der chinesische Schreiber Francis einen mit Silberschnüren geschlossenen Kalbslederbeutel.

«Zum Zeichen Unserer Zufriedenheit schenken Wir dir zehn Taels Gold», sagte der Kaiser, «neun für dich und eins für deinen Sklaven . . . wenn du es willst.»

Bei dem Vergleich der Knauserigkeit des Ming-Kaisers mit der Großzügigkeit des Mandschu-Kaisers empfand der chinesische Patriot Joseph King größere Hochachtung vor dem Barbaren-Monarchen. Als sich sein Herr wieder verbeugte, verbeugte sich der Schreiber-Sklave noch tiefer.

«Wir haben auch angeordnet, daß du die Jungfrau Babutai heiratest, die Tochter Unseres getreuen Baron Obotu.» Der Kaiser lächelte gütig. «Sie ist schon sechzehn und überaus schön, außerdem pflichttreu und geschickt in der Haushaltsführung.»

«Ich fühle mich durch Eurer Majestät Vorhaben hoch geehrt», sagte Francis nach einer respektvollen Pause. «Indes bin ich genötigt, in aller Demut darauf hinzuweisen, daß ich bereits mit einer chinesischen Dame verheiratet bin.»

«Das ist kein Hindernis, Pfeilschmied», erklärte der Kaiser. «Du lebst hier unter Unserer Herrschaft.»

«Aber meine Religion, Majestät, verbietet . . .»

«Deine Religion ist für Uns nicht maßgebend, Pfeilschmied, und sollte es auch für dich nicht sein. Im Reich der Mandschu ist Unser Wort das Glaubensbekenntnis aller Menschen.»

«Warum werde ich so hoch geehrt, Majestät? Ich habe nichts getan, um eine so große Gnade aus der Hand Eurer Majestät zu verdienen.»

«Das zu beurteilen ist Unsere Sache, nicht deine.» Der Kaiser runzelte die Stirn, und Francis spürte, daß Joseph ihn warnend am Ärmel zupfte. «Aber dein treuer Dienst verdient eine Erklärung.»

«Nach deiner Heirat, Pfeilschmied, werden deine Anliegen die gleichen sein wie die unseres Mandschu-Adels», warf Prinz Dorgon ein. «Um ganz ehrlich zu sein, Seine Majestät finden deine Dienste nützlich und wünschen dich enger an unsere Sache zu binden.»

«Ich könnte Eurer Majestät nicht treuer dienen, als ich es jetzt tue.» Francis war trotz allem belustigt, daß der aufrichtige Kaiser Abahai denselben Trick anwandte, um sich seine Loyalität zu sichern, wie der raffinierte Dr. Paul Hsü. «Majestät tun Seinem Sklaven zu viel Ehre an.»

«Das mußt du uns überlassen, Pfeilschmied.» Dorgons Stimme klang ärgerlich. «Du mußt begreifen, daß diese Heirat dich praktisch zu einem Mandschu macht. Auch du wirst vielleicht erwartungsvoll nicht nur der Entlassung aus der Sklaverei, sondern auch den hohen Titeln und großen Besitztümern entgegensehen, die Seine Majestät unter Seinen Anhängern verteilen wird nach dem Sieg der Acht Banner über die Ming.»

«Aber ich bin kein Mandschu, Weiser Krieger Dorgon. Wie könnte ich einen solchen Rang und Reichtümer erstreben?»

«Wir machen keinen Unterschied in der Rasse zwischen unseren getreuen Untertanen, Pfeilschmied», geruhte der Kaiser zu erklären. «Chinesen, Mongolen, Turk-Tataren, Angehörige welches Volkes auch immer sind in Unseren Augen gleichberechtigt, wenn sie Uns gut dienen.»

«Majestät, ich höre und gehorche.» Francis gebrauchte die traditionelle Redewendung der Unterwerfung, weil ihm nichts anderes übrigblieb. Ein Sklave widersetzte sich einem Kaiser nicht, ohne Kopf und Kragen zu verlieren, wie nützlich er für den Kaiser auch sein mochte.

Nach der Audienz rechtfertigte Francis Arrowsmith Joseph King gegenüber seine Entscheidung. «Ich konnte nicht anders. Siehst du das nicht ein?»

«Vermutlich, Pfeilschmied, obwohl ich kaum glaube, daß der Kaiser Euch schwer bestraft hätte, wenn Ihr Euch geweigert hättet. Er ist nicht so töricht, bloß deshalb den Mann, dessen Dienste er braucht, hinrichten zu lassen, weil dieser Mann eine Ehe ablehnt, die seine treuen Dienste gewährleisten soll.»

«So einfach ist es nicht, Joseph. Der Kaiser kann keinen Ungehorsam dulden. Außerdem wird das keine echte Ehe sein, denn ich bin schon unwiderruflich mit Marta verheiratet.»

«Unwiderruflich?» Joseph lächelte. «Seid Ihr davon zutiefst überzeugt?»

«Nun ja, vielleicht nicht. Schließlich habe ich Marta unter Zwang geheiratet. Diese Verbindung könnte für ungültig erklärt werden – wenn ich es wünschte.»

«Aber Ihr wünscht es nicht.»

«Nein, Joseph, niemals! Jedenfalls werde ich mit dieser . . . dieser Babutai keinen Ehebruch begehen. Konkubinat ist eine läßlichere Sünde.»

«Ein Jammer, daß Ihr nicht Jesuit geworden seid, Pfeilschmied. Ihr besitzt deren verschlungene Sinnesart. Und als Priester könntet Ihr nicht gezwungen werden, dieses Mandschu-Mädchen zur Frau zu nehmen.»

«Nein, Joseph? Glaubst du, Abahai würde das Gelübde eines Priesters mehr respektieren als das eines Ehemannes?»

«Vielleicht nicht, Pfeilschmied. Aber jedenfalls wird diese Ehe dafür sorgen, daß wir nicht Kopf und Kragen verlieren. Ihr werdet einen großzügigen Kaiser auch erfreuen, wenn Ihr Euch den Mandschu näher verbindet.»

«Das hatte ich nicht übersehen, Joseph. Aber du übersiehst einen viel größeren Segen.»

«Und der wäre?»

«Ich glaube in aller Demut, Joseph, daß der Herr mich, das heißt uns, auserwählt hat, diesen Stammesangehörigen das Wort Gottes zu bringen. Ich kann dem Herrn am besten dienen, wenn ich mit den Mandschu eins werde, wie die Jesuiten mit den Chinesen eins wurden. Die Mandschu sind allen Religionen gegenüber tolerant. Da sie kein eigenes Glaubensbekenntnis haben, sind sie aufgeschlossener für unsere Heilsbotschaft.»

«Ich verstehe, was Ihr meint, Pfeilschmied.» Joseph lachte. «Und ich kann es nicht bestreiten. Aber ich habe nie gedacht, daß ich einmal Missionar bei wilden Barbaren sein würde.»

«Der Mensch denkt, Gott lenkt. Außerdem werde ich das Gelüst leid, das mich in das Frühlingsblumenhaus treibt. Wie der Apostel Paulus schrieb: ‹Es ist besser freien, denn Brunst leiden.› Ich werde mich bereitwillig der heidnischen Zeremonie unterwerfen. Der Herrgott wird wissen, daß es nicht mein Wunsch und Wille war.»

Joseph schwieg taktvoll. Es stand ihm nicht an, darauf hinzuweisen, daß es die zweite Eheschließung seines Herrn sein würde, der jedesmal behauptete, er sei gezwungen worden.

Zum erstenmal sah die Jungfrau Babutai den blonden Ausländer, der Pfeilschmied genannt wurde, als er eine Gruppe junger Offiziere an einem leichten Feldgeschütz ausbildete und sie mit anderen jungen Frauen auf stämmigen, kurzbeinigen Ponies an dem schneebedeckten Exerzierplatz vorbeiritt. Ihr ältester Bruder gehörte zu diesen Offizieren, aber sie beachtete ihn nicht, sondern blickte starr auf Francis und winkte als Antwort auf die Begrüßungsrufe der Offiziere mit ihrem violetten Seidentuch einen Augenblick länger als ihre Gefährtinnen. Der Pfeilschmied sah nur flüchtig auf, als die anderen jungen Damen die Rufe ihrer Verwandten erwiderten. Aber das war gut. Er war eindeutig kein lüsterner Weiberheld, dieser Mann aus einem so fernen Land, daß nicht einmal der älteste Schamane oder der gelehrteste chinesische Schreiber sagen konnte, wo es lag. Sein ernstes Gebaren und daß er sich von seiner Pflicht nicht ablenken ließ, gefiel dem Mädchen, dessen Vorfahren seit hundert Generationen Krieger gewesen waren. Und wenn er auch zur Zeit Sklave war, so war er der Sklave des Kaisers – eine weit wichtigere Persönlichkeit als irgendein freier Bogenschütze oder viele höhere Offiziere.

Selbst von weitem war Babutai beeindruckt von der Persönlichkeit des Pfeilschmieds und, wie sie sich schüchtern gestand, von seinem Äußeren. Die kleinwüchsigen Mandschu überragte er um Haupteslänge. Der Bart, der sein schmales Gesicht umrahmte, war hell und sanft wie die Morgensonne, die Schultern in seinem grünen, rot eingefaßten Waffenrock waren breit, das Gesicht eine Spur streng und die Nase gebogen wie der Schnabel eines Adlers. Aber als er den jungen Damen kurz zulächelte, strahlte er wie die Sonne am hellen Mittag.

Babutai, Tocher des Herrn Baron Obotu, ritt nachdenklich nach Hause und hörte das angeregte Geplauder ihrer Gefährtinnen kaum. Sie wußte, daß der Kaiser, der diesen Mann für sie ausgesucht hatte, die richtige Wahl getroffen hatte. Sie wußte auch schon, daß sie nur zu gern ihr Leben an der Seite dieses Mannes verbringen würde.

«Nun, meine Tochter», fragte ihre Mutter, als sie heimkam, «hast du diesen Ausländer gesehen?»

«Ja, Mutter.»

«Und wie gefällt er dir?»

«Wie kann ich das sagen, Mutter? Ich habe ihn erst einmal gesehen, und nur von weitem. Aber wenn es dein Wunsch ist und Vaters und der Wunsch des Kaisers, wie könnte ich da . . .»

«Also gefällt er dir, Babutai?»

«Ja, Mutter. Er gefällt mir . . . sehr.»

Babutai ging die Ehe mit dem Ausländer, der nur ein paar Wörter ihrer Sprache verstand, nicht unterwürfig, sondern bereitwillig ein. Im Gegensatz zu Chinesinnen erwarteten die Mandschu-Mädchen nicht, daß die Eltern ihnen einen Mann aussuchten, ohne ihre eigenen Wünsche zu berücksichtigen. Obwohl Babutai immer gewußt hatte, daß sie als Tochter eines Barons aus Gründen der Staatsräson verheiratet werden könnte, wußte sie auch, daß ihr Vater sie zu keiner Ehe zwingen würde, die ihr Abscheu einflößte – selbst wenn er sich dem Kaiser Abahai widersetzen müßte. Ihre eigenen Wünsche waren wichtig, wenn auch nicht unbedingt entscheidend.

Ihre Eltern richteten es daher so ein, daß Babutai ihren zukünftigen Mann mehrmals ohne sein Wissen sehen konnte. Sie freute sich über diese Gelegenheiten, die sie in ihrem Entschluß bestärkten.

Der Herr Baron gab einen Empfang für die Offiziere seines *niru,* seines Regiments, und wußte, daß der Pfeilschmied seine Einladung nicht ablehnen konnte. Während die Herren feierlich Schnupftabak aus winzigen Glasfläschchen austauschten, beobachtete Babutai den Ausländer. Trotz seiner Größe und der Breite seiner Schultern waren seine Bewegungen von einer Ungezwungenheit, die die mandschurischen Reiter unbeholfen erscheinen ließ. Als er sich über ihre ausgestreckte Hand beugte, ohne zu wissen, wer sie war, stockte ihr der Atem, und sie starrte auf den Teppich aus Kaschgar auf dem Lehmfußboden des Zeltes.

Er murmelte eine höfliche Begrüßung, vielleicht rein mechanisch, und sie antwortete ebenso förmlich. Doch schenkte sie ihm ein freimütiges Lächeln und war entzückt, als sie sah, daß er ihr immer noch mit dem Blick folgte, nachdem er von dem chinesischen Schreiber ihres Vaters in ein Gespräch verwickelt worden war.

Durch die Großzügigkeit des Mandschu-Kaisers erhielt Francis Gelegenheit, seine zukünftige Braut zu sehen, von der er annahm, daß sie über die geplante Heirat nicht im Bilde sei. Überzeugt, daß er Babutai nicht ablehnen könnte, fand er ihre Erscheinung und ihr Gebaren erfreulich, und trotz einer Spur von schlechtem Gewissen wegen der unheiligen Verbindung gestand er sich ein, daß ihre Schlichtheit eine angenehme Abwechslung nach Martas Kompliziertheit sein könnte.

Babutai war mittelgroß und eher starkknochig und gelenkig als gertenschlank. Da sie wie alle adligen jungen Mandschu-Frauen Sport trieb, vor allem ein Federballspiel, bewegte sie sich mit einer geschmeidigen Anmut, die das Gegenteil von Martas schwankendem Schlurfen war. Sie hatte normale Füße, denn die Mandschu verabscheuten die chinesische Sitte, die Füße der Mädchen zu bandagieren, und ihr Schritt war jugendlich federnd.

Ihre Augen waren groß, haselnußbraun mit Grün gesprenkelt, und die gerade kleine Nase ließ ihr Gesicht schmaler erscheinen, als es tatsächlich war. Das in der Mitte gescheitelte blau-schwarze Haar fiel ihr über die Schultern. Obwohl Babutai die Tochter eines wohlhabenden Barons war, zu dessen Besitztümern Tausende von Schafen, Pferden und Ochsen gehörten, unterschied sich der Schnitt ihrer Kleider nicht von dem der Tochter eines einfachen Bogenschützen. Im Gegensatz zu den chinesischen Gewändern, die jede Bewegung hemmten, eignete sich die schlichtere Tracht der Mandschu-Frauen für ein tätiges Leben. Im heißen Sommer trug Babutai eine kurze Jacke, die knapp über die Taille reichte. Sie besaß mehrere Dutzend solcher Jacken und ebensoviele hüftlange Kasacks für den Winter aus kirschrotem Damast, orangefarbenem Satin und königsblauer Seide, aber ihre Lieblingsfarbe war ein leuchtendes Smaragdgrün. Die Jacken, die sie an Feiertagen trug, waren reich bestickt mit Blumen und Schmetterlingen.

Die knöchellangen und zumeist hellen Röcke waren sehr weit, und zum Reiten raffte Babutai sie um sich und setzte ihre Schnabelschuhe mit den flachen Absätzen fest in beide Steigbügel. Aber die Mode änderte sich bereits, und abends und bei feierlichen Gelegenheiten wurden nun verhältnismäßig enge Röcke getragen, die ebenso prächtig bestickt waren wie die Jacken. Sie hatten Schlitze bis zum Knie und ließen im Winter lange schwarze Hosen und im Sommer dünne Pluderhosen sehen.

Vor allem aber war Babutai völlig natürlich und hatte nichts von Martas gekünsteltem Benehmen. Für Francis fügte sie sich in Gottes ursprüngliche Schöpfung ein wie irgendein wildes Tier in der Steppe. Sie war kräftig und unkompliziert und hatte etwas von dem spontanen Übermut einer jungen Füchsin. Aber ihr fehlte jede vorsätzliche Bosheit.

Nachdem sie sich vielleicht ein dutzendmal getroffen hatten, die letzten drei- oder viermal schon als Verlobte, liebte Babutai den Engländer so ganz und gar, als hätte sie ihn selbst erwählt. Sie sehnte sich nach der Hochzeitsnacht und sah im Geist schon die hübschen Kinder, die sie dem Pfeilschmied gebären würde.

Francis seinerseits fand Babutai nach seinem Geschmack. Ihre unverhohlene Sinnlichkeit war erregend für einen Mann, der seit mehr als einem Jahr mit keiner geliebten Frau geschlafen hatte. Er konnte sich ihr nicht völlig zuwenden, aber er mochte sie gern, so wie er jedes lebhafte und willfährige junge Tier gern hatte. Vielleicht konnten die freundlichen Gefühle, die Babutais munteres Wesen und sinnliche Verheißung in ihm erweckten, mit der Zeit stärker werden.

Natürlich würde das Mandschu-Mädchen seine innige Zuneigung zu Marta niemals gefährden, geschweige denn auf sich umlenken können. Damit beruhigte Francis sein empfindliches Gewissen. Aber die große Liebe zu seiner Frau, die er noch hegte, wie er sich selbst gegenüber betonte, hatte gelitten durch bittere Erinnerung an die beiden Trennungen. Jede hätte endgültig sein können und war es wohl auch, was Marta betraf. Weder als sie ihn in der Festung verließ, noch als sie nach Peking aufbrach und ihn als Gefangenen zurückließ, hatte Marta bekümmert gewirkt. Nicht einmal ein Lächeln als Zeichen ihrer Liebe hatte sie ihm geschenkt. Die Erfordernisse des Krieges hatten sie getrennt und konnten sie auch wieder zusammenbringen. Einstweilen war sein Bild von Marta, ob er es wollte oder nicht, getrübt.

Francis und Babutai konnten sich beide nicht genau an die Zeremonien erinnern, die eine Woche dauerten und sie in den Augen der Mandschu zu Mann und Frau machten; sie waren zu beschwipst. Es wurde nicht nur so gewaltig geprotzt wie bei chinesischen Hochzeiten, sondern die Mandschu ergötzten sich auch an einem gewaltigen Mummenschanz und feuerten sich durch ständigen Genuß von Kumyß an. Die zunehmend trunkene Fröhlichkeit machte die Zuschauer heiter und Braut und Bräutigam müde.

Francis erinnerte sich später an lange Ritte über die Ebene, die mit theatralischen Angriffen auf das Prunkzelt des Herrn Baron Obotu endeten. Babutais Brüder standen davor und verwehrten Francis und seinen Brautführern den Zutritt. Erst nachdem zum Schein gerungen und mit Knüppeln gefochten worden war, durfte Francis dem Baron den von Kaiser Abahai vorgestreckten Brautpreis von mehreren hundert Taels Gold zu Füßen legen. Trotz seines benebelten Zustandes bemerkte er, daß die Wettkämpfer sich die größte Mühe gaben, nicht einen Tropfen aus den *arak*-Schläuchen zu verschütten, die ein wichtiger Bestandteil des Brautpreises waren.

Nach der feierlichen Annahme von Francis' Heiratsantrag machte sich Babutai um drei Uhr morgens zu dem Zelt auf, das Prinz Dorgon Francis geschenkt hatte. Diesen Zeitpunkt hatten die Astrologen als günstig für den Beginn ihrer Reise in ihr neues Leben bezeichnet. Aber sie fuhr nicht einmal hundert Fuß in dem wimpelbehängten Brautwagen, dann stieg sie aus und verbrachte den Rest der Nacht im Zelt eines Onkels. Um neun Uhr morgens nahm die Brautprozession dann ihren Fortgang. Der symbolische Aufbruch sechs Stunden zuvor hatte lediglich den Forderungen der Wahrsager Genüge getan.

Als sie schließlich in Francis' Zelt auf Pelzen beieinanderlagen, waren Braut und Bräutigam beide völlig erschöpft. Sie umarmten sich kaum, sondern drehten sich rasch den Rücken zu und schliefen. Erst am nächsten Morgen fanden sie sich in einem Liebesrausch wieder, an den sich beide ihr Leben lang erinnern sollten. Im Gegensatz zu Marta mit ihrer verlegenen Schüchternheit in jener anderen Hochzeitsnacht war Babutai Francis gegenüber völlig aufgeschlossen. Sie war unerfahren in der Kunst der Liebe, aber von Natur aus sinnlich, und ihre spontane Leidenschaft war durch keine Ichbezogenheit gehemmt wie die von Marta. Babutai war begierig, Francis zu befriedigen und sich selbst zu befriedigen, und es gelang ihr beides vortrefflich.

Angeregt durch seine Freude über ihre körperlichen Wonnen versuchte Francis später, auch eine geistige Verbindung mit ihr zu schaffen. Babutai war verwundert über seine unbeholfenen Annäherungsversuche – und nicht nur, weil sie keine gemeinsame Sprache hatten. Dieser ausländische Mann erwartete mehr von ihr als ein Mandschu-Ehemann, aber sie konnte nicht erraten, was er eigentlich wünschte. Da sie ihn in jeder Beziehung erfreuen wollte, quälte es sie, daß sie sein seltsames Begehren, mit ihr über Dinge zu reden, die sie bisher nie erwogen hatte, nicht verstand.

Anfangs konnten sie überhaupt nicht richtig miteinander sprechen. Babutai verstand kein Chinesisch, und die paar Brocken Mandschurisch, die Francis gelernt hatte, waren hauptsächlich für militärische Besprechungen brauchbar. Nach einiger Zeit unterhielten sie sich in einer Mischung aus beiden Sprachen, die recht anpassungsfähig und ausdrucksvoll war.

Babutai belehrte Francis über Mandschu-Sitten und -anschauungen, als er danach fragte, zeigte aber keine Wißbegierde in bezug auf die fremden Länder, die er gesehen hatte. Aus irgendeinem Grund war es für sie wichtig zu wissen, woher er gekommen war, aber die nichtssagende Bezeichnung Europa genügte ihr. Nach dem benachbarten China fragte sie ihn nicht.

Noch enttäuschter als Babutai war Francis, daß sie über einen bestimmten Punkt des gegenseitigen Verständnisses nicht hinausgelangen konnten. In ihrer erfundenen Mischsprache fehlten natürlich die Nuancen, aber das war nicht das Haupthindernis. Selbst als Francis gelernt hatte, richtiges Mandschu zu sprechen, kam er über eine gewisse Sperre in Babutais Geist nicht hinaus – vielleicht, weil es dahinter nichts gab. Babutai konnte ihre Gedanken nicht über ihre heimische Steppe hinaus schweifen und zu den wunderbaren Städten in China, Indien und Europa fliegen lassen, von denen Francis ihr so gern berichtet hätte.

«Barbara, woher weiß dein Volk, daß das Große Chingan-Gebirge die ersten Menschen eurer Rasse hervorgebracht hat?» fragte Francis einmal. «Warum ist die Herkunft eines Menschen so wichtig für dein Volk?»

«Es ist immer so gewesen», erwiderte sie geduldig. «Frage nicht mehr.»

Francis nannte sie Barbara wie die Schutzpatronin der Artilleristen, weil das ähnlich klang wie ihr Mandschu-Name und sie ihm dadurch vertrauter wurde.

«Warum nennst du mich Barbara?» fragte sie schließlich eines Tages gegen Ende ihres ersten gemeinsamen Monats. «Was ist Barbara?»

Francis freute sich, daß sie sich nach etwas erkundigte, was nicht unmittelbar mit ihrem täglichen Leben zusammenhing, und erzählte ihr die Legende von der heiligen Barbara, die von ihrem heidnischen Vater gefoltert wurde, damit sie von ihrem Christenglauben ablasse, die aber fest blieb und geköpft wurde und nach deren Tod aus einem wolkenlosen Himmel ein Blitz herabfuhr und ihren Vater erschlug.

«Darum werden die großen Kanonen ‹der Blitz der heiligen Barbara› genannt», schloß er, «und darum habe ich dir diesen Namen gegeben.»

Diese Geschichte veranlaßte Barbara, Francis zum erstenmal nach seinem Glauben zu fragen. Auch das hing nicht unmittelbar mit dem täglichen Leben der Mandschu zusammen, für das die von den Schamanen – Priester, Wahrsager und Ärzte in einem – ausgelegte Mythologie maßgebend war. Als sie merkte, wie wichtig seine Andachtsübungen für Francis waren, bat sie ihn, sie in seinem Glauben zu unterweisen. Schließlich verlangte sie, er solle sie taufen, da eine Ehefrau dieselbe Konfession wie ihr Mann haben müsse.

Den Wunsch konnte Francis ihr nicht erfüllen, denn wenn sie erst getauft war, würde sie eine christliche Eheschließung verlangen. Und so kam es auch.

«Warum willst du mich nicht taufen?» fragte sie. «Warum können wir nicht auch ohne Priester eine christliche Ehe eingehen?»

«Ich bin schon verheiratet», erklärte er, «und meine Kirche verbietet eine zweite Ehe.»

«Das ist keine wirkliche Schwierigkeit», erwiderte sie. «Mir genügt es, deine erste Konkubine zu sein. Diese Marta kann *tai-tai* bleiben, die erste Frau.»

Francis wagte nicht, Barbara zu sagen, daß die Kirche auch das Konkubinat verbot. Sie hätte den Schluß ziehen können, daß er log, um sie nicht nach christlichem Ritus zu heiraten. Sie hätte einfach nicht glauben können, daß sein Volk so pervers war, die Monogamie zu verlangen und das Konkubinat zu verbieten. Da sie wußte, daß er auf unbestimmte Zeit von seiner Frau getrennt war, hätte Barbara eine einzige und ausschließliche Ehe einfach widernatürlich gefunden.

Daher ließ Francis sie in dem Glauben, daß sie nach christlichem Brauch seine gesetzliche Konkubine sei, obwohl sie kein christliches Gelübde abgelegt hatten.

Kurz vor seiner Mandschu-Heirat im November 1632 hatte Francis Arrowsmith zu seiner großen Betrübnis die Nachricht von der Hinrichtung von General Ignatius Sün und Botschafter Michael Chang erhalten. Aus einem zweiten Brief von Pater Giulio di Giaccomo aus Macao erfuhr er von einem weiteren Todesfall, der ein schwerer Schlag für den wahren Glauben und die Große Ming-Dynastie war:

«Wie Du weißt, erhielt Dr. Paul Hsü im März 1632 die hohe Stellung eines Groß-Sekretärs, die dem Amt eines Kanzlers oder Ministerpräsidenten in einem europäischen Königreich entspricht», schrieb der italienische Jesuit. «China besaß also einen christlichen Kanzler, der formell der zweitmächtigste Mann nach dem Ming-Kaiser und in Wirklichkeit der zweitmächtigste nach dem Palasteunuchen war, den die Leute den Schwarzen Premier nennen, dem Herrn der Geheimpolizei und der Flammenden Mäntel. Obwohl Dr. Paul Hsü den Justizmord an den beiden Märtyrern von Tungtschou nicht verhindern konnte, setzte er sich danach noch eifriger für das Wohl des Glaubens und des Reiches ein. Wir alle freuten uns, als wir sahen, daß unsere Gebete erhört worden waren und ein christlicher Staatsmann China regierte. Aber der Tod hat eingegriffen. Gott der Herr hat Dr. Paul Hsü zu sich genommen.»

Von seinem Schreiber Joseph King wurde Francis daran erinnert, daß die Verbreitung des Christentums in China Dr. Paul Hsü ebenso zu danken sei wie Pater Matteo Ricci. Nach Pater Matteos Tod im Jahre 1610 bewirkten Dr. Pauls unermüdliche Bemühungen, daß die Jesuiten im Land blieben, um den wahren Glauben zu verkünden. Trotz aller Verfolgung, trotz der Nörgelei von Dominikanern und Franziskanern, trotz der Torheit einiger Jesuiten habe der Glaube geblüht wie die Lilien auf dem Feld, und das sei in erster Linie auf die Hingabe des höchst begabten Mandarins Dr. Paul Hsü zurückzuführen.

Überdies habe Dr. Paul auch den Zusammenbruch der wankenden Ming-Dynastie dadurch verhindert, daß er für die Einführung der europäischen Astronomie und europäischer Geschütze in China gesorgt habe. Durch die Korrektur des Kalenders nach europäischer

Berechnung habe Dr. Paul unter den abergläubischen Chinesen ein gewisses Maß an bürgerlicher Ordnung aufrechterhalten. Die Bronzekanone, die der große Mandarin nach China gebracht hatte, halte die Tataren noch in Schach, nachdem die Palasteunuchen den letzten europäischen Artilleristen aus dem Reich getrieben hätte.

«Abgesehen von diesen wichtigen Leistungen», fügte Joseph King hinzu, «hat Dr. Paul die Landwirtschaft, Trigonometrie, Theologie und Hydraulik gefördert, als die meisten von uns trägen und selbstzufriedenen Chinesen schon vergessen hatten, was unsere Vorfahren auf diesen Gebieten geleistet hatten.»

Nachdem der einundsiebzigjährige Groß-Sekretär, schrieb Giulio di Giaccomo, seit dem 11. September 1633 an einem «verzehrenden Fieber» erkrankt war, habe er nicht aufgehört, für sein Volk und seinen Glauben tätig zu sein. Am 31. Oktober habe er ein Gesuch an den Ming-Kaiser gerichtet, den Fleiß der jesuitischen Wissenschaftler im Kalenderamt zu belohnen und die unschätzbare Arbeit dieses Amtes unter einem anderen christlichen Mandarin fortzusetzen.

Der Kaiser schickte seinen eigenen Arzt an Dr. Pauls Krankenbett, dem auch die medizinischen Kenntnisse von Pater Adam Schall zugutekamen. Dennoch starb er am 8. November 1633, nachdem er dreimal bei seinen Jesuiten-Freunden gebeichtet und zuerst das Viatikum und dann die Letzte Ölung erhalten hatte.

Francis Arrowsmith weinte, als er Joseph King den Brief übersetzte. Die Tränen um seinen Adoptivvater waren bitterlicher als die um seinen Waffengefährten Miguel Texeira. Und er schämte sich seiner Tränen auch nicht vor seiner Mandschu-Frau, als er sich hinsetzte, um den Brief des italienischen Jesuiten zu beantworten.

«Vor allem bereue ich, daß ich im Zorn von Dr. Paul geschieden bin und ihm gegenüber nie meine Dankbarkeit dafür zum Ausdruck gebracht habe, daß er mich zu seinem Sohn machte. Damals habe ich die hohe Ehre, die er mir erwies, nicht zu schätzen gewußt, sondern die Adoption lediglich für eine Sache der Zweckmäßigkeit gehalten. Auch habe ich Dr. Paul gegenüber nie die Zuneigung zum Ausdruck gebracht, die ich für ihn empfand.»

Francis merkte, daß Barbara erstaunt seine Tränen sah und daß er unwillkürlich eine Lobrede auf den Mann verfaßte, der in seinen entscheidenden Entwicklungsjahren wirklich sein Vater gewesen war und dem er mindestens so viel Liebe und Verehrung schuldete wie seinem leiblichen Vater, den er nie gesehen hatte. Er griff wieder zur Feder und schrieb mit aller Eloquenz, die er aufbringen konnte: «Ebensowenig wie irgendein Sterblicher war Dr. Paul Hsü Kwang-chi vollkommen. Durch die Zeit und das Land, in denen er lebte, war er wie alle, die während des Niedergangs der Ming-Dynastie Macht ausübten, zu Hinterlist, Betrug und Opportunismus gezwungen. Doch zog er persönlich keinen Nutzen daraus, sondern trachtete immer, dem Glauben und der Großen Dynastie zu dienen, statt sich zu bereichern. Dr. Paul kam von allen treuen Dienern des Herrn, die kennenzulernen mir beschieden war, der Heiligkeit am nächsten.»

Als Antwort auf diese leidenschaftliche Epistel erhielt Francis einen weiteren betrüblichen Brief von Pater Giulio. Der Jesuit, der immer noch ein abergläubischer Italiener war, bemerkte, daß der unvermeidliche Zyklus von drei Katastrophen, der mit der Hinrichtung der beiden Märtyrer von Tungtschou begonnen und sich mit dem Tod von Dr. Paul Hsü fortgesetzt hatte, seinen Abschluß fand mit dem Tod von Pater Juan Rodriguez, der der Dolmetscher genannt wurde.

Nachdem er Tungtschou verlassen hatte, war der Dolmetscher das Jahr 1632 über in Peking geblieben und hatte versucht, eine neuerliche Aufforderung zur Rückkehr des Zweiten Expeditionsheers aus Macao zum Kampf gegen die Tataren zu erhalten. Er hatte auch einen Bericht über das Heldentum von Hauptmann Miguel Gonsalves Texeira Correa geschrieben, dem der Ming-Kaiser posthum einen Titel verliehen hatte. Diese *Kleine Niederschrift über Gonsalves' Leistungen und Treue* erfreute sich einer großen Verbreitung unter den literarisch gebildeten Klassen, ein weiterer Beweis dafür, daß die Jesuiten recht hatten, wenn sie meinten, der Glaube könne durch populäre Werke wirkungsvoll propagiert werden.

Pater Juan Rodriguez lehnte respektvoll die persönlichen Ehrungen ab, die der Kaiser ihm anbot. Statt dessen legte er eine Denkschrift über die Dienste vor, die der Großen Ming-Dynastie von portugiesischen Soldaten geleistet worden waren. Der Kaiser schickte daraufhin eine Botschaft nach Macao, um sein Beileid hinsichtlich der Gefallenen auszusprechen. Auch gab er einen kaiserlichen Erlaß heraus, in dem die Leistungen der Portugiesen gewürdigt wurden und Juan Rodriguez ein besonderes Lob erhielt.

Da Pater Rodriguez keine Aufforderung für die Zweite Expedition erhalten konnte, nach China zurückzukehren, verließ er Peking Anfang 1633 und ging wieder nach Macao.

Nicht lange nach seinem Tod im Alter von zweiundsiebzig Jahren endete das Kapitel in den Annalen der katholischen China-Mission, deren Höhepunkt die Meuterei von Tungtschou gewesen war. Juan Rodriguez' Tod bedeutete auch das Ende aller Hoffnungen auf wirkungsvollen militärischen Beistand der Portugiesen für die Ming-Dynastie. Dr. Paul Hsü, Pater Juan Rodriguez, Hauptmann Miguel Texeira, General Ignatius Sün und Botschafter Michael Chang – die Männer, die das Expeditionsheer gefördert und befehligt hatten – starben alle im Laufe von fünfzehn Monaten.

Die Portugiesen waren niemals von den Mandschu besiegt worden, sondern hatten die Oberhand behalten, wann immer sie sich auf dem Schlachtfeld trafen. Sie waren betrogen worden durch die Machenschaften der Palasteunuchen und hatten später niemals Gelegenheit erhalten, ihren Mut zu beweisen. Und zu der Zeit, als die Befürworter der portugiesischen Intervention starben, vergrößerten die Mandschu sowohl ihr Gebiet als auch ihre Streitmacht.

Francis Arrowsmith, der in den Fernen Osten gekommen war, um für die Ming zu kämpfen, nahm an einem der Feldzüge teil, die der Mandschu-Kaiser führte, um seine kleineren Nachbarn zu unterwerfen, ehe er China angriff. Als kaiserlicher Sklave hätte der Engländer an der Strafexpedition von Kaiser Abahai gegen Korea Anfang 1634 teilnehmen müssen, ob er wollte oder nicht. Aber Francis hatte sogar ausdrücklich darum gebeten – teilweise, um sich eine Zeitlang aus der Zwickmühle zu befreien, in die er geraten war, seit seine Konkubine Barbara verlangt hatte, daß er sie taufe und nach christlichem Ritus heirate.

Die Zwickmühle bestand darin, daß Francis als getreuer Sohn der Kirche Barbaras Übertritt hätte begrüßen müssen, sie aber als schwacher Mensch in ihrer Frömmigkeit nicht bestärken wollte, weil ihn das zur Bigamie gezwungen hätte. Sie sprachen nicht ständig über seine Weigerung, sie zu taufen oder zu heiraten. Es war nicht Barbaras Art, sich lange mit schwer verständlichen Dingen zu beschäftigen, und so konnte Francis der strittigen Frage ausweichen.

Doch nach der Geburt ihres Sohnes am 26. Dezember 1633 bestand sie nachdrücklicher darauf. Ihre Hartnäckigkeit wurde nicht geringer, obwohl sie durch das Kind, das sie Babaoge und sein Vater Robert nannte, stark in Anspruch genommen war. Francis taufte Robert heimlich, um Barbara Kummer zu ersparen. Barbara war entzückt von ihrem Sohn, in dem sie nicht nur ein Ebenbild seines Vaters sah, sondern auch ein Band, um Francis an sich zu fesseln. Francis freute sich einfach, einen Sohn zu haben, auch wenn dieser Sohn niemals sein wahrer Erbe sein konnte. Robert würde nicht wegen seiner gemischten Abstammung unter irgendwelchen Vorurteilen leiden wie Francis' halbchinesische Tochter Maria, die er nicht mehr gesehen hatte, seit sie sechs Wochen alt war. Zur Zeit von Roberts Geburt waren die Mandschu noch so tolerant wie ihre Jürched-Vorfahren und ihre mongolischen Vettern. Die Herkunft spielte eine große Rolle bei ihnen, aber nicht die Reinblütigkeit. Sie bewerteten die Menschen eher nach ihren Leistungen und ihrer Treue zum Kaiser Abahai.

«Ich empfinde mehr für meinen Sohn als für meine Tochter», schrieb Francis an Giulio di Giaccomo, ehe er nach Korea aufbrach. «Schließlich ist er mein *Sohn,* auch wenn er mir nicht nach Europa folgen kann. Vielleicht liebe ich ihn so zärtlich, weil ich weiß, daß ich ihn eines Tages der alleinigen Obhut seiner Mutter werde überlassen müssen. Ich will für Robert so gut sorgen, wie ich kann, und eine stattliche Menge Gold für ihn beiseite legen, über die er verfügen kann, wenn er volljährig wird. Ich weiß, daß sein Großvater, der Herr Baron, aus ihm einen Mandschu-Krieger machen wird, aber ich hoffe, er wird sich seines europäischen Vaters mit einiger Zuneigung erinnern.»

NORDKOREA, MUKDEN, PEKING

16. März 1634 bis 21. Juni 1636

Es war ein zeitiger Frühling in Nordkorea im März 1634. Girlanden von gelben Forsythia säumten die dunklen Kiefernwälder auf den Bergen, während der Schnee auf den Gipfeln noch seine weißen Bänder durch die Hangrinnen schleifen ließ. Ein Bussard kreiste auf ausgestreckten Schwingen über den Felsen.

Francis Arrowsmith und Joseph ritten in einigem Abstand von der Marschkolonne der Artillerie. Francis befehligte bei der Strafexpedition des Mandschu-Kaisers zwar nicht die Feldgeschütze, war aber «Fachberater» im Rang eines Obersten. Die Mandschu wollten dem Europäer noch kein Einsatzkommando anvertrauen, obwohl der General und sein Stellvertreter beide Chinesen waren, die sich ihnen erst ein Jahr nach Francis angeschlossen hatten.

Kaiser Abahai hatte Francis' Bitte, die Truppe zu begleiten und den Einsatz der Rotmantelkanonen zu beobachten, bereitwillig stattgegeben. Francis nahm an, der Kaiser habe von seinen Differenzen mit Barbara gehört und wolle nicht, daß die Beziehung, die Francis enger an die Mandschu binden sollte, das Gegenteil bewirke. Das Expeditionsheer wurde von dem Tugendhaften Kung, mittlerweile Generalleutnant, und dem Halbnarr Keng, jetzt Generalmajor, geführt. Ihre Freundlichkeit Francis gegenüber ging nur teilweise auf die frühere Waffenbrüderschaft in Tungtschou zurück. Beide waren schon mit ausländischen Geschützen zu Felde gezogen, hielten viel von der Rotmantelkanone und wollten alles lernen, was Francis darüber wußte.

Francis warf sich vor, daß es ihm an christlicher Nächstenliebe mangele, aber er konnte den Meuterern nicht verzeihen, die ihn zum Sklaven gemacht und die Hinrichtung von General Ignatius Sün verursacht hatten. Indes hatte er gelernt, sich seine Verbitterung nicht anmerken zu lassen, und war entschlossen, sich eines Tages zu rächen.

«Ein ahnungsloser Beobachter, der sieht, wie wir uns gegenseitig zulächeln, würde uns für gute Freunde halten», sagte er zu Joseph King. «Wir verbeugen uns tief und tauschen Höflichkeiten aus wie Jugendfreunde, die sich wiedergefunden haben. Aber meine Zeit wird kommen.»

Es gab viele heimliche Beobachter im Heer der Mandschu, und noch viel mehr unter den gespenstischen Feinden, die in den zerklüfteten Bergen über den Flußtälern des Jalu und Tumen verschwanden, wenn sie zum Kampf herausgefordert wurden. Einige dieser Beobachter kannten Francis' mißliche Lage – und seine Verführbarkeit.

»*Tuan-chang, wo* . . .» Instinktiv senkte Joseph King die Stimme trotz des Gerassels der Lafettenräder. «Oberst, sie haben sich wieder an mich herangemacht, die Ming-Agenten.»

«Was wollen sie, Joseph?»

«Letztlich unsere Seelen, vermute ich. Sie sind so hartnäckig wie ein Jesuit, der einen Konvertiten wittert.» Josephs vorstehende Zähne schimmerten gelblich wie Elfenbein in seinem dunklen Gesicht. «Einstweilen wird sich der Göttliche Strang wohl mit Auskünften zufrieden geben.»

«Und wie kommen sie darauf, daß wir . . . Die Chinesen haben uns im Stich gelassen, und der Göttliche Strang hat unsere Kameraden hingerichtet. Wie können sie glauben, daß wir . . .»

«Sie glauben es nicht bloß, Oberst. Sie wissen es!»

«Sie wissen, daß wir tun werden, was sie wollen? Abahai verraten? Er hat uns weit besser behandelt als die Ming.»

«Sie wissen es, Oberst, weil sie ein unwiderstehliches Druckmittel haben. Wenn wir nicht gehorchen, wird Frau Marta als Ehefrau eines Verräters ins unwirtliche Jünnan verbannt werden. Und Eure Tochter, die kleine Maria, wird an ein Blumenhaus verkauft und zur Kurtisane ausgebildet werden.»

«Die letztere Drohung berührt mich mehr als die erste», erwiderte Francis kühl, zum erstenmal mißtrauisch gegen den einzigen Chinesen, dem er immer vertraut hatte. «Und was haben sie dir angeboten, Joseph?»

«Die Freilassung aus der Sklaverei, mit der ich für die Taten meines Vaters büße», gestand Joseph King freimütig. «Ein neues Leben als freier Mann und eine Anstellung als Mandarin, wenn sie uns schließlich nach China zurückzukehren befehlen.»

«Und wann würde das sein?» Francis wollte mit dieser Frage die schwankende Loyalität seines Schreibers wiedergewinnen, indem er ihn in die Wirklichkeit zurückrief. «Wenn wir es gut machen und viele Auskünfte geben, wird uns der Schwarze Premier hier lassen. Wenn wir ihn schlecht bedienen, welchen Grund gibt es dann für so großartige Dankbarkeit?»

«Ich habe nicht gesagt, daß ich dem Göttlichen Strang traue, Oberst. Ich übermittele bloß die Botschaft.»

«Sie wollen nur militärische Nachrichten, sagst du? Die Waffen der Banner und ihre Stärke . . . Rivalitäten unter Kommandeuren . . . die jeweiligen Günstlinge des Kaisers. Derlei Dinge?»

«So sagen sie, Oberst.»

«Wir brauchten dem Göttlichen Strang nicht alles zu sagen, was wir wissen», überlegte Francis. «Aber etwas würden wir ihnen sagen müssen.»

«Ganz meine Meinung, Oberst. Wir beide können es mit China nicht aufnehmen. Wir können uns dem Schwarzen Premier nicht widersetzen, nicht einmal im Exil. Aber wir müssen uns auch vor den Mandschu hüten.»

«Vor den Mandschu, Joseph? Die Mandschu sind nicht so listig wie ...»

«Listiger als Ihr glaubt, Oberst. Denkt daran, wie Abahais Doppelagenten im Jahr 1630 den Feldmarschall ausschalteten, indem sie den Ming-Kaiser dazu verleiteten, seinen besten Truppenführer hinzurichten.»

«Das hatte ich nicht gehört.»

«Palasteunuchen im Sold der Mandschu flüsterten dem Ming-Kaiser giftige Wörter ins Ohr. Der Feldmarschall, sagten sie, sei von den Mandschu bestochen worden und habe daher weder vor dem Angriff der Mandschu gewarnt noch Widerstand geleistet, sondern sei geflohen. Der immer mißtrauische Ming-Kaiser glaubte ihnen.»

«Dann müssen wir also sehr vorsichtig sein.»

«Was soll ich den Agenten sagen?» fragte Joseph.

«Sage ihnen, wir seien voll und ganz zur Zusammenarbeit bereit, unser Herz schlage immer für China. Später werden wir uns überlegen, wie wir es einrichten können, ihnen wenig zu sagen und zu vermeiden, daß die Mandschu Verdacht schöpfen.»

Wann immer die Mandschu-Streitmacht sich näherte, verschwand der König von Korea in den Bergen oder in den Wäldern. Es fiel der Strafexpedition nicht schwer, seine Hauptstadt Seoul einzunehmen, denn keine Stadt in Korea konnte den Bronzegeschützen widerstehen. Aber der König war längst weg. Die Eindringlinge verfolgten ihn bis zum Sobaek-Gebirge im Südwesten. Als sie schließlich den Rückzug antraten, wurden sie aus dem Hinterhalt von Koreanern überfallen, die dann spurlos verschwanden.

Ende 1634 kehrte Generalleutnant Kung nach Mukden zurück und mußte berichten, daß es ihm nicht gelungen war, den koreanischen König gefangenzunehmen, und daß er etwa dreitausend Mann verloren hatte, ein Fünftel seiner Truppen. Zu seiner Verwunderung erklärte Kaiser Abahai, er sei sehr zufrieden, denn er habe niemals vorgehabt, Korea zu erobern, weil zu viele Soldaten benötigt würden, um dieses störrische Volk unterjocht zu halten. Er habe den Koreanern nur seine Macht zeigen wollen. Die von der Strafexpedition angerichteten Verwüstungen würden bewirken, daß er vor koreanischen Überfällen sicher sei, wenn er gegen China marschiere.

Da sein wahres Ziel erreicht war, bestrafte Abahai die ersten Chinesen, denen er ein selbständiges Kommando anvertraut hatte, nicht. Vielmehr beförderte er den Tugendhaften Kung zum Feldmarschall und Halbnarr Keng zum General. In Anerkennung der Nützlichkeit der Feldgeschütze verlieh er Francis Arrowsmith den Rang eines Brigadekommandeurs.

Francis gelobte sich, den Mandschu-Kaiser nie wieder zu unterschätzen, der bei all seiner Freimütigkeit so listig war. Zum erstenmal hielt Francis die Mandschu ernstlich für fähig, das Ming-Reich zu erobern, was er sich bisher nicht hatte vorstellen können.

«Ja, Joseph, nun tun wir also auch in Korea wieder das Werk des Teufels», bemerkte Francis zu Joseph King. «Und müssen dabei bleiben.»

«Das ist richtig, Pfeilschmied. Der Schwarze Premier würde nicht zögern, Maria zu entführen und sie in die Prostitution zu verkaufen, wenn wir ihm Trotz böten. Und Dr. Paul ist nicht mehr da, um sie zu schützen.»

«Aber *wie* wir ihn bedienen, ist unsere Sache. Wir könnten natürlich die Zahl der Mandschu und die tödliche Wirkung ihrer Waffen gewaltig übertreiben.»

«Zu welchem Zweck, Pfeilschmied?»

«Wir könnten zwei Ziele damit erreichen. Wenn die Kriegsmacht der Mandschu den Schwarzen Premier in Schrecken versetzt, wird er vielleicht zulassen, daß aufrechte Mandarine die kaiserlichen Heere wirkungsvoll verstärken. Und wenn wir schließlich nach China zurückkehren, werden wir außerdem belohnt werden, weil wir das Warnsignal gegeben haben, das die Ming-Dynastie auf die tödliche Gefahr aufmerksam machte.»

«Glaubt Ihr das wirklich?» fragte Joseph. «Ich habe immer gefunden, daß der Überbringer schlechter Nachrichten niemals belohnt wird, besonders wenn seine Nachrichten zutreffen. Aber der Überbringer guter Nachrichten wird gewöhnlich belohnt, selbst wenn sich seine Berichte als falsch erweisen.»

«Das leuchtet mir ein, Joseph. Außerdem sind diese großen Staatsangelegenheiten zu unsicher, als daß wir sie entscheidend beeinflussen könnten.»

«Wir müssen also auf unseren eigenen Vorteil bedacht sein, nicht wahr?»

«Ja, Joseph, und deshalb die Macht der Mandschu beträchtlich unterbewerten. Wir werden gute Nachrichten übermitteln, auch wenn sie falsch sind.»

«Und so auf Belohnung hoffen. Außerdem werden die Mandschu vielleicht von unserer Spionage erfahren und sich freuen, wenn wir die Ming in ihrer Selbstgefälligkeit bestärken!»

In den anderthalb Jahren, die Francis Arrowsmith noch bei den Mandschu verbrachte, nahm ihre Kampfkraft so stark zu, daß es ihm schwerfiel, glaubwürdige Berichte über ihre Schwäche zu erstatten. Diese Kampfkraft wurde von dem ehrgeizigen Oberbefehlshaber geschmiedet, dem Prinzen Dorgon, der trotz seiner angegriffenen Gesundheit ein vortrefflicher Reiter war, unermüdlich bei Feldzügen, erfahren mit Waffen und unübertroffen an Mut. Er war ein kluger Staatsmann und fast ebenso listig wie sein Stiefbruder, der Kaiser Abahai.

Dank Dorgons Feldherrnkunst brachen die Acht Banner allen Widerstand und unterwarfen das gesamte Gebiet nördlich der Großen Mauer mit Ausnahme einiger Ming-Enklaven, die er unangetastet ließ, um die Chinesen nicht zu verzweifelten Gegenmaßnahmen herauszufordern. Der Mandschu-Kaiser fürchtete immer noch einen Großangriff der Ming, wie ihn der zu Unrecht hingerichtete Feldmarschall Ende der 1620er Jahre erfolgreich unternommen hatte.

Die List wirkte gut. Obwohl die rasche Zunahme der Mandschu-Macht unübersehbar war, zeugten die Anfragen der Pekinger bei Francis Arrowsmith immer noch von Ahnungslosigkeit und Selbstgefälligkeit.

«Wann wird das Mandschu-Bündnis zusammenbrechen?» hieß es Anfang 1636 in einer hinübergeschmuggelten Eilbotschaft auf hauchdünnem Reispapier. «Wann wird sich die lockere Vereinigung barbarischer Stammesangehöriger auflösen? Wann werden sie anfangen, sich wieder gegenseitig umzubringen?»

Joseph King weinte um sein Volk, nachdem diese hochmütige Anfrage eingetroffen war. Er war nun endgültig überzeugt, daß ein von diesen einfältigen, halbgebildeten Palasteunuchen beherrschtes Reich sich nicht halten könne. Francis war sicher, daß die Mandschu das Ming-Reich gewiß erobern würden – sofern die göttliche Vorsehung nicht eingriff.

«Ihr erkennt die Handschrift natürlich?» Joseph King starrte immer noch auf die Botschaft aus Peking.

«Nein, Joseph.»

«Das ist kein Wunder. Sie ist verstellt, wenn auch nicht sehr geschickt. Ich bin sicher, daß Simon Wu sie geschrieben hat. Schließlich kenne ich seine Handschrift.»

«Du meinst meinen alten Adjutanten?»

«Wen sonst? Mit Verlaub, Pfeilschmied, aber ich kenne keinen anderen Simon Wu. Und wer wäre besser geeignet, unser Leitoffizier zu sein, als der Mann, der uns für den Göttlichen Strang angeworben hat?»

«Aber warum läßt er uns wissen, daß er immer noch unser Leitoffizier ist? Frühere Botschaften waren nicht von ihm geschrieben, nicht wahr?»

«Nein, bestimmt nicht. Jetzt sollen wir uns darüber klar sein, daß er die Fäden zieht.»

«Wie auch immer, Simon war niemals ein Narr. Ich frage mich, Joseph, ob er glaubt, daß die Mandschu so schwach sind, wie wir sie schildern?»

«Wenn er es will, gewiß. Aber was immer er glaubt, er spielt unser Spiel.»

In dem flachen Teich im Hof des Hauses des Mandarins Jakob Soo spiegelte sich der klare Himmel über Peking. Es war Anfang Mai 1636, und halb verborgen zwischen grünen Wasserpflanzen genossen die Goldfische in ihrem Teich die Frühlingswärme.

Marta saß auf einem Rohrstuhl am Teich und knabberte getrocknete Melonenkerne. Gegen die Einwände ihres Vaters, der neben ihr saß, hatte sie ihre halb-barbarische Tochter Maria mit ihrer Dienerin Ying ins Haus geschickt.

Marta sah ihren Vater, der gerade aus dem Arbeitsministerium heimgekommen war, trotzig an. «Nein, Vater, so gern ich es täte, aber ich kann deinem Rat nicht folgen.» Marta spuckte die leere Hülse aus. «Es muß jetzt geschehen.»

«Ich bin zu nachsichtig mit dir gewesen. Deine Mutter hat immer gesagt, daß ich dich verhätschele.»

«Nun, Vater, das ist jetzt alles Vergangenheit. Es ist zu spät, an meinem Charakter etwas zu ändern. Du solltest wenigstens froh sein, daß ich Maria nicht verhätschele.»

«Aber es ist barbarisch in ihrem Alter. Du solltest wirklich noch mindestens ein halbes Jahr warten, jedenfalls, bis sie fünf ist.»

«Nein, das kann ich nicht und werde ich nicht. Vater, ich bin dir wirklich dankbar, daß du mich aufgenommen hast, obwohl ich mit Gold dafür bezahle . . .»

«Mit dem Gold, das der Pfeilschmied für dich bereitgestellt hat.»

«Wie es recht und billig ist. Und als verheiratete Frau unterstehe ich nicht deinem Befehl, sondern dem meines Mannes.»

«Gewiß würde Francis nicht wollen, daß Maria, die noch so klein ist . . .»

«Ach, Francis . . .» Martas Stimme klang höhnisch. «Ohne Rücksicht auf dich . . . und Francis . . . muß ich tun, was ich für richtig halte. Du wirst mir vielleicht mangelnden Kindesgehorsam vorwerfen, aber ich versichere dir, Vater, daß das nicht der Fall ist. Vor allem aber muß Maria Chinesin sein. Ich kann ihr Haar nicht schwärzen, dieses entsetzlich weiß-blonde Haar, aber ich kann . . .»

«Vielleicht wird ihr Haar von selbst dunkler werden. Ich habe Säuglinge gesehen, deren rotes Haar schwarz wurde, wie es sich gehört. Aber du behandelst das Kind zu hart.»

Das schrille Wehklagen eines kleinen Mädchens drang durch das offene Mondtor des Gartenhauses, das Jakob Soo seiner Tochter eingeräumt hatte. Die Dienerin Ying murmelte beruhigende Koseworte, und Maria war still. Jakob Soo machte den Mund auf, um seinen Protest zu äußern, aber ein durchdringender Schrei ließ ihn innehalten. In stummer Qual lauschte er. Marta zerbiß noch einen Melonenkern.

Die Schreie des Kindes wurden lauter, gingen kurz in leises Wimmern über und waren dann wieder so schrill, daß der Mandarin zusammenzuckte und sich die Ohren zuhielt. Ihm stand die Marter seiner Enkelin vor Augen, als ob er im Gartenhaus wäre. Zwei Dienerinnen hielten das Kind fest, und eine dritte hatte ihr Bein mit beiden Händen gepackt. Ying wickelte breite Baumwollbinden so fest um Marias Fuß, daß sie den biegsamen großen Zeh nach oben und die anderen Zehen unter dem Fußballen zwängten. Diesen unerbittlichen Druck würde Maria jahrelang aushalten müssen, bis ihre Füße schließlich unter schwieligen Hornhäuten empfindungslos würden.

Jakob Soo fragte sich, warum Marta verlangte, daß gerade Ying das Einbinden von Marias Füßen vornahm. War sie eifersüchtig, weil die kinderlose Dienerin ihre Tochter so liebte und verwöhnte? Was immer die Gründe sein mochten, Maria würde ihm niemals wieder entgegenlaufen wie ein gesundes vierjähriges Kind, um sich die kandierten Früchte zu holen, die er ihr mitbrachte. Natürlich war es notwendig, die Füße seiner Enkelin einzubinden, aber es hätte später gemacht werden können.

Marias Schreie ließen nach. Nur noch leises Schluchzen und Yings beruhigendes Gemurmel drangen durch das Mondtor. Jakob Soo und Marta saßen fast zehn Minuten lang schweigend beieinander, in Gedanken versunken. Jakob kam zu dem Schluß, daß es zu spät sei, um seiner eigensinnigen Tochter mit einem Machtwort Einhalt zu gebieten, nachdem er es zwanzig Jahre früher an Strenge hatte fehlen lassen. Marta fragte sich kurz, ob sie wirklich voreilig gewesen sei. Aber die Sache mußte getan werden, und je eher, desto besser.

Jakob Soo blickte vom Teich auf, als sich das Mondtor weit öffnete. Auf zwei Dienerinnen gestützt, wankte Maria auf den Hof. Von drinnen redete ihr Ying gut zu. Marias schmales Gesicht war tränenfeucht, und mit den kindlichen Fäusten wischte sie sich die Tränen weg, die ihr immer noch aus den großen, hellbraunen und kaum geschlitzten Augen rannen. Das hellblonde Haar ringelte sich um die hohe Stirn.

Maria lächelte ihrem Großvater liebevoll zu, wankte aber entschlossen zu ihrer Mutter, umfaßte ihre Knie, blickte stolz zu ihr auf und fragte: «*Ma-ma, wo shih ta-jen?* Bin ich jetzt erwachsen, eine erwachsene Dame?»

Ein Diener in schwarzer Jacke und weißen Hosen kam auf leisen Filzsohlen. «*Hsien-sheng, Wu Tuan-chang lay-le.* Oberst Wu ist hier», meldete er dem Hausherrn.

«Führe ihn herein», wies Marta ihn an. «Nein, bitte ihn, ein paar Minuten zu warten. Ich werde ihn holen lassen.» Sie gab den Dienerinnen einen Wink, Maria nach drinnen zu bringen, und betrachtete ihr Gesicht in einem runden Spiegel, ehe sie rief: «Ying, bringe mir Kamm und Bürste und meinen kleinen Schminkkasten.»

Während Marta kleine, für Jakob Soo unsichtbare Mängel an ihrer äußeren Erscheinung beseitigte, verlor er langsam die Geduld. Schließlich stand er verärgert auf.

«Müssen wir diesen Mann wieder hier haben? Dauernd kommt er her.»

«Mein lieber Vater, du weißt, daß wir uns mit beiden Seiten gut stellen müssen. Simon Wu ist ein einflußreicher Mann. Ich kann ihn nicht dadurch kränken, daß ich ihn nicht empfange.»

«Aber warum legst du soviel Wert auf dein Äußeres? Er ist kein Freier, und du bist nicht . . .»

«Du hast es doch immer gern, wenn ich möglichst vorteilhaft erscheine, nicht wahr, Vater? Wenn du Simon nicht sehen willst, brauchst du es nicht.»

«Das will ich gewiß nicht.»

Jakob Soo ging zum Mondtor, seine Absätze klapperten wütend auf den Fliesen im Hof. Er suchte in seiner Tasche nach dem kandierten Ingwer für seine Enkelin.

Seinen Helm mit einem Rotfuchsschwanz als Helmbusch trug Simon Wu unter dem Arm. Der Brustlatz seines scharlachroten Gewands war mit einem kauernden Leoparden bestickt, und am Heft seines Zierdegens flatterten bunte Bänder. Sein Gesicht war sonnengebräunt, doch auf den flachen Backenknochen glühten zwei hektische rote Flecke.

«Geht es dir gut, Marta?» erkundigte er sich höflich. «Aber die Frage ist überflüssig. Ich habe dich selten schöner gesehen.»

«Simon, du solltest wirklich nicht so reden.» Marta senkte die Augen. «Und wenn mein Mann da wäre?»

«Du meinst, ich sollte nicht die reine Wahrheit sagen?» Simons Stimme war einschmeichelnd. «Jedenfalls ist der Pfeilschmied nicht hier. Und wird wahrscheinlich auch nicht so bald hier sein.»

«Ich hatte es nicht anders erwartet.» Mit dieser Bemerkung tat Marta ihren lange abwesenden Mann ab, aber ihre Stimme wurde sanfter, als sie fragte: «Und warum bist du heute hergekommen, Simon?»

«Wie immer, um mir das Vergnügen zu verschaffen, dich zu sehen, Marta. Und weil ich auch annahm, du würdest vielleicht gern erfahren, daß es dem Pfeilschmied gut geht – in Mukden natürlich.»

«Du hast wieder von ihm gehört? Indes ist es nicht von großer Bedeutung, nicht wahr? Es geht ihm gut, sagst du, und er ist in Mukden.»

«Und wird dort wohl noch einige Zeit bleiben.»

«Ich werde mich nicht grämen.» Marta hielt inne. «Und sein Mandschu-Liebchen, ist sie noch . . .»

«Ich habe von keiner Veränderung gehört. Er hat seine barbarische Konkubine nach wie vor.»

«Nun, in dem Fall . . .»

«Marta, ich bitte dich noch einmal. Es könnte nützlich sein, wenn du ihm ein Briefchen schickst. Könntest du das nicht tun?»

«Ich bin dankbar für deine Anteilnahme, Simon. Du bist ein guter Freund, ein wahrer Christ, daß du es mir anbietest. Aber ich habe ihm nichts zu sagen. Hat er mir eine Nachricht zukommen lassen?»

«Nein, leider nicht. Ich habe es mehrfach angeboten, Botschaften zu übermitteln, aber er beachtet meine Angebote nicht.»

«Dann ist das eben seine Einstellung. Warum soll ich eine andere haben? Aber ich nehme an, es sind einfach barbarische Umgangsformen.»

«Wenn du so empfindest, dann . . .»

«Ja. Laß uns von erfreulicheren Dingen sprechen.»

Marta Hsü und Simon steckten die Köpfe zusammen, während die purpurne Dämmerung das matte Gold des Zwielichts verdunkelte. Sie saßen noch beieinander, als die Nacht über Peking hereinbrach. Im Schein der Öllampen, der durch die Fenster fiel, hoben sich ihre Gestalten als Silhouetten ab, und der Wind trug den würzigen Duft von Kiefern in den Hof.

Trotz ihres herausfordernden Benehmens war Marta einen Augenblick verwirrt. Sollte ich, fragte sie sich, hier allein mit einem Mann sitzen, auch wenn er ein entfernter Vetter ist? Aber die Zeiten haben sich geändert, dachte sie, und die Diener sind ja da und beobachten jede unserer Bewegungen. Das kann doch nicht unschicklich sein. Außerdem bin ich eine erwachsene Frau, eine erwachsene Dame, wie Maria sagen würde. Wenn mein Mann mich verläßt, was kann er da erwarten?

«Eines Tages werden wir erfahren, welches Spiel Simon Wu jetzt spielt.» Joseph King blickte fragend von der letzten Botschaft aus Peking auf. «Wenn Gott will, werden wir vielleicht herausfinden, warum Simon unsere falschen Behauptungen über die Schwäche der Mandschu noch untermauert.»

«Simon spielt ein so tiefgründiges Spiel, daß er es womöglich selbst nicht kennt.» Über das Kontobuch ihrer Handelsgeschäfte gebeugt, das sein Schreiber ihm zur Überprüfung gegeben hatte, lächelte Francis; dann verdüsterte sich sein Ausdruck. «Aber warum hat er kein

Wort über Maria oder Marta geschrieben? Christliche Nächstenliebe allein, würde man meinen . . .»

«Wir können ihn nicht fragen, Pfeilschmied.»

«Das weiß ich, Joseph. Wir können nicht einmal zugeben, daß wir wissen, wer unser Leitoffizier ist. Und um Nachrichten von meiner Familie zu bitten, wäre entwürdigend.»

«Nicht nur entwürdigend, sondern schlimmer – gefährlich. Sehr gefährlich, wenn jemand anderes im Göttlichen Strang Eure Anfrage sehen sollte.»

«Na, da bleibt uns nichts anderes übrig, als weiterzumachen. Den Strang verwirren, wie wir es tun, und den Mandschu dienen, wie wir es tun.»

«Beides gegen unseren Willen und unser Gewissen.»

«Ja, Joseph, aber Gott der Herr, das weiß ich, hat diese Gefangenschaft für seine Zwecke geplant. Wenigstens brauchst du heute nachmittag nicht zuzusehen, wenn die Bannerleute Polo spielen.»

«Aber ich sehe gern zu bei ihrem Polo, Pfeilschmied. Mir gefällt ihr animalischer Ernst. Und ich kann ebenso schallend lachen wie die Mandschu selbst, wenn ein Mann herunterfällt und unter den Hufen seiner eigenen Mannschaft zu Tode getrampelt wird. Ich sehe es gern, wenn Mandschu sterben.»

«In Indien, habe ich gehört, wird mit einem Ball und mit Schlägern gespielt statt mit dem Kadaver eines Schafs.»

«Einem demütigen Chinesen macht das Zusehen viel mehr Spaß, wenn sie sich gegenseitig den Kadaver wegnehmen und versuchen, ihn über die Torlinie zu bringen. Mir gefallen diese Polospiele. Ich habe kein einziges gesehen, bei dem nicht vier oder fünf Spieler tot und eine Menge verletzt waren.»

Im Gegensatz zu seinem chinesischen Schreiber weidete sich Francis nicht an der Selbstvernichtung der Mandschu. Er wußte, daß Kaiser Abahai sich für das Polospiel erwärmte, weil es der Reitkunst und dem kriegerischen Geist förderlich war. Den Verlust von ein paar Kriegern empfand der Kaiser als einen geringen Preis dafür, seine Truppen immer kriegsbereit halten zu können. Im übrigen fand Francis die großen Jagden der Mandschu noch weniger sportlich – und barbarischer – als Polo. Die Jagd war der beliebteste Zeitvertreib von Prinzen und Generalen, die zu wertvoll waren, als daß sie ihr Leben auf dem Poloplatz gefährden durften.

Die Hetzjagd eines europäischen Monarchen verhielt sich zu einer Mandschu-Jagd wie ein Dutzend Flußkähne zur großen Armada, die Philipp von Spanien 1588 gen England schickte. Zwei Monate vor einer kaiserlichen Jagd kreisten Scharen von Treibern ein Gebiet von mehreren hundert Quadratmeilen ein. Kein Tier, wie klein auch immer, konnte diesen ständig enger werdenden Kordon durchbrechen. Zehntausende waren so auf etwa zehn Quadratmeilen zusammengepfercht. Dann begann das Gemetzel.

Zur Eröffnung der großen kaiserlichen Jagd anläßlich der Feier seiner zweiten Thronerhebung im Mai 1636 trieb Kaiser Abahai seinen Rotschimmel auf einen Hügel, der ihm Überblick über das eingepferchte Wild bot.

«Deine großen Kanonen können wir hier nicht brauchen, Pfeilschmied», lachte der Kaiser. «Aber du wirst sehen, wie wir Mandschu mit unseren Feinden verfahren, mit unseren sämtlichen Feinden.»

Strahlend vor Stolz, blickte der Kaiser hinunter auf die Tausende von Bären und Tigern, Steinböcken, Wölfen und Hirschen und die Zehntausende kleinerer Tiere, die innerhalb der undurchdringlichen Hecke aus Lanzenspitzen seiner Bannerleute umherirrten. Die Mordlust seiner nomadischen Vorfahren glomm in seinen Schlitzaugen, als er unter den verängstigten Tieren sein Ziel wählte, offenbar taub für das Getöse, das an Francis' Nerven zerrte.

Der Höllenlärm war im mehr als fünfzig Meilen entfernten Mukden noch deutlich zu hören. Wölfe heulten und Hirsche röhrten; Tiger brüllten und Steinböcke blökten. In ihrer Angst übersahen die Raubtiere einen Augenblick lang ihre normale Beute, dann schüttelten sie ihre Benommenheit ab und stürzten sich auf die kleineren Tiere. Ein Wiesel schrie, als ein Wolf nach ihm schnappte, und Francis kam es vor wie das Quieken von Feldmäusen, wenn Wiesel ihnen die Kehle durchbeißen.

In den gelben Staubwolken, die aus dem Tal des Gemetzels aufstiegen, waren bald nur noch die größten Tiere zu erkennen. Streifen, Tupfen und schimmerndes Fell wogten hin und her wie ein sturmgepeitschtes Meer in einer engen Bucht. In der Luft schnatterten Wildgänse, und Tauben gurrten in instinktivem Mitgefühl mit den flügellosen Kreaturen. Ein überwältigender Gestank umgab die Jäger, widerlich und barbarisch.

Der Kaiser wählte schließlich den größten Tiger, ein prachtvolles

Tier, zwölf Fuß vom Maul bis zum Schwanz. Abahai erhob sich in den Steigbügeln, und so schnell, daß der Blick seinen Händen nicht folgen konnte, zog er Pfeile aus seinem dreieckigen seidenen Köcher und legte sie in seinen doppeltgeschweiften Hornbogen ein. Ein Hagel gefiederter Pfeile schwirrte durch die Staubwolken auf den Tiger.

Von Pfeilen starrend wie ein Stachelschwein, bäumte sich der Tiger auf, schlug wild mit seinen gewaltigen Pranken um sich und bahnte sich einen Pfad durch die Masse von Tieren bis zur ersten Reihe der Treiber. Trotz des in seiner Brust steckenden Speers durchbrach er die Reihe, ließ zwei Treiber tot zurück und sprang auf die Treiber auf halber Höhe des Hügels zu.

Prinzen und Generale sahen sich verstohlen an. Einige lächelten in unverhohlener Schadenfreude über Abahais Mißerfolg. Für die Mandschu war selbst der Kaiser in diesem Augenblick nichts als ein weiterer Krieger und Jäger, gewiß der erste unter ihnen, aber keineswegs ein gegen Kritik gefeites göttliches Wesen.

Abahai saß reglos und lächelnd im Sattel. Erst als der rasende Tiger die letzte Reihe der Treiber ansprang, zog er die Bogensehne zurück. Sein Pfeil durchbohrte das Auge des Tigers, und er starb, ehe er seinen Sprung vollendet hatte. Mit einer ausholenden Handbewegung forderte Abahai seine wichtigsten Untertanen auf, sich ihre Beute auszuwählen.

Das Gemetzel dauerte vier Tage und wurde sogar des Nachts bei Vollmond von den Bogenschützen und Pikenieren fortgesetzt. Als sich die Jagd am fünften Tag ihrem Ende näherte, konnte niemand die Kadaver zählen. Unmengen von Bären und Tigern, Wölfen und Füchsen, Mardern und Hermelinen, Dachsen und Rehen, Yaks und Hirschen, Steinböcken und Wildrindern, sogar von Hasen, Nerzen und Wieseln verwandelten vier Quadratmeilen der mandschurischen Steppe in einen einzigen riesigen Schlachthof.

Auch viele Menschen starben, sogar Adlige und höhere Offiziere. Rasend vor Schmerz und erregt vom Blutgeruch, stürzten sich die Tiere immer wieder auf den Kordon.

Keines schaffte den Durchbruch.

Ein Mann, der ein Tier entkommen ließ, wurde verspottet und galt nicht mehr als eine Frau oder ein Eunuch. Wenn seine Feigheit offenkundig war, würde der Kaiser seine Hinrichtung befehlen. Alle Jäger zogen den Tod durch Pranken und Fangzähne dem Rückzug vor.

«Der Kaiser hält diese gewaltigen Jagden für sehr lohnend – und nicht nur, weil sie ihm die so bekömmliche Bewegung verschaffen», sagte Prinz Dorgon zu Francis, auf dessen technisches Können beim Niedermetzeln von menschlichem Wild er zählte. «Zehntausende von Kriegern für die Jagd aufzubieten ist nicht viel anders, als sie auf dem Schlachtfeld aufzustellen. Überdies werden bei unseren Jagden die paar Schwächlinge und Feiglinge unter uns ausgesiebt.»

Francis nickte respektvoll und rühmte in ein paar Sätzen die Tapferkeit der Mandschu. Ihr Polospiel und ihre Jagden, dachte er, waren nicht im mindesten kultiviert, denn die Mandschu waren nicht kultiviert. Dennoch trachteten sie danach, sich in wesentlichen Punkten zu ändern, wobei sie sich auf den Rat der vielen Chinesen stützten, die sie mit großzügigen Belohnungen bestochen hatten. Da sich Kultiviertheit auch mit den besten Vorsätzen nicht lernen ließ, lernten sie statt dessen Organisation, das Regieren und Disziplin.

Die Mandschu waren noch im Entwicklungsstadium. Jahr für Jahr wurde ihr Staat seinem chinesischen Vorbild ähnlicher. Sie besaßen noch die Anpassungsfähigkeit, die den Chinesen im Lauf der Jahrhunderte abhanden gekommen war. Doch war es unmöglich, die unabhängigen mandschurischen Adligen für das chinesische Ideal des unbedingten Gehorsams gegenüber Vorgesetzten zu gewinnen. Dennoch entstand ein moderner Staat in der Steppe. Seine Bürger waren Menschen, deren Großväter – oder gar Väter – noch fanatische Stammesangehörige gewesen waren, die nur dem Häuptling ihres kleinen Clans gehorchten – und sogar ihm nur, wenn sie wollten.

Francis zog den Schluß, daß die große kaiserliche Jagd zeigte, wie nahe die Mandschu ihren beiden Zielen gekommen waren. Das erste war natürlich ein Volk in Waffen, ein gefügiges Werkzeug des Kaisers. Das zweite Ziel, dem das erste diente, war die Eroberung des Reiches der Großen Ming.

Am Morgen des 16. Mai 1636 stand Joseph King hinter seinem Herrn Francis Arrowsmith, dem der Rang eines Brigadegenerals verliehen worden war, unter den Zuschauern bei der zweiten Krönung von Kaiser Abahai. Babutai, die Francis Barbara nannte, saß bei den Frauen aus dem Clan ihres Vaters. Die grellen Farben ihrer Gewänder wirkten wie ein wahllos zusammengestellter bunter Strauß. Die Frühlingssonne schimmerte auf den gelben und schwarzen Streifen des auf der Estrade ausgebreiteten Tigerfells, auf der ein mit Perlmutt eingelegter Ebenholzthron stand.

Joseph King staunte über das raffinierte Täuschungsmanöver, mit dem die erneute Thronerhebung des Mandschu-Kaisers begründet wurde, der die Kaiserkrone doch schon seit neun Jahren trug. Der gescheite chinesische Sklave staunte über die ausgeklügelte Wortklauberei, die die Eroberung des Ming-Reichs durch die Mandschu beschleunigen sollte – und war wider Willen beeindruckt.

Die Mandschu hatten ihr Kaiserhaus bei seiner Proklamation vor neunzehn Jahren *Hou Chin Chao* genannt, was Zweite Goldene Dynastie bedeutet. Das war ein Rückgriff auf die Goldene Dynastie, unter der ihre Vorfahren einst Nordchina beherrscht hatten, aber dieser Name war nicht mehr nützlich, sondern sogar nachteilig. Denn der dynastische Name Ming bedeutete helles Feuer, das Gold schmelzen würde. Da die Mandschu wußten, wie wichtig die Symbolik für die Chinesen war, änderten sie ihren Dynastie-Namen in Ching, was rein bedeutet, und das klang in chinesischen Ohren glaubwürdiger. Außerdem schloß das Ideogramm für rein auch das Zeichen für Wasser ein. Die Wahrsager verkündeten daher kühn, die Mandschu-Fluten würden die Ming-Flammen auslöschen.

Noch tiefer beeindruckt war Joseph von der Machtentfaltung der Mandschu. Die tausend Prinzen und Generale, die dem Kaiser huldigten, befehligten mehr als eine Million Mann unter Waffen. Die wichtigsten unter ihnen waren Prinz Dorgon, der Oberbefehlshaber des Heeres, und Feldmarschall Tugendhafter Kung Yu-teh, der ein Beweis war für die zunehmende Beherrschung der Chinesen durch den Mandschu-Kaiser.

Auf dem Exerzierplatz waren größere Abteilungen der Acht Banner unter ihren jeweiligen Fahnen aufmarschiert: rot, blau, gelb und weiß für die ursprünglichen vier Banner, dieselben Farben mit andersfarbigen Troddeln für die neueren Banner. Die acht Banner-Prinzen, die sich unterwürfig vor Abahai verbeugten, waren praktisch Könige aus eigenem Recht, und jeder beherrschte ein halb autonomes Volk in Waffen. Alle Völker der Steppe, und sogar die chinesischen Untertanen der Mandschu, waren in die Banner eingegliedert worden. Francis Arrowsmith' wachsende Artillerietruppe war dem Gelben Banner zugeteilt.

Umgeben von seinen ranghöchsten Fürsten in Rüstungen, seinen

Ministern und Mandarinen in prächtigen chinesischen Gewändern und von Lamas und Schamanen in buntem Ornat, sprach Kaiser Abahai zu seinem Volk. Sein Gewand war in kaiserlichem Gelb, er trug die Krone eines chinesischen Kaisers und saß da, die geballten Fäuste auf den Oberschenkeln.

«In der Vergangenheit haben Wir wiederholt die Bitten Unserer Anhänger, Wir sollten einen neuen Ehrentitel annehmen, abgelehnt», erklärte Abahai, und Joseph King staunte über die vollkommen konfuzianische Haltung. «Wir waren der Meinung, daß der Wille des Himmels droben noch nicht feststand, während Wir das völlige Vertrauen des Volkes hienieden noch nicht besaßen. Jetzt haben Wir dem allgemeinen Wunsch nachgegeben, eingedenk dessen, daß Wir Unsere ganze Kraft einsetzen müssen für das Wohlergehen Unserer Untertanen.»

Dann bestieg Abahai einen goldenen Thron auf den breiten Stufen in der aus Granit erbauten Thronhalle von Mukden. Die acht Banner-Prinzen überreichten ihm acht prächtige Siegel, die so schwer waren, daß die prinzlichen Krieger Mühe hatten, sie mit beiden Händen hochzuheben.

Joseph King billigte diese typisch chinesische Übereinstimmung von demütigen Reden und prunkvoller Zurschaustellung. Beim nächsten Stadium des Rituals ließ ihn die barbarische Maßlosigkeit der Mandschu indes erschauern. Abgesehen von dem einzigen symbolischen Opfer, das der Ming-Kaiser alljährlich im Tempel des Himmels darbrachte, hatten die Chinesen schon seit vielen Jahrhunderten den Göttern keine lebenden Tiere mehr geopfert. Nicht so die wilden Nomaden, die danach trachteten, das zivilisierteste Reich der Welt zu beherrschen.

Vierhundert Rappen und vierhundert schwarze Stiere scharrten mit den Hufen auf dem frühlingsgrünen Rasen und rollten die Augen aus Furcht vor den Menschenmassen ringsum. Tausend Krieger postierten sich zwischen den Tieren und schwangen zweihändige Krummschwerter. Die Sonne, die sich auf den breiten Klingen spiegelte, blendete die Menschen und erschreckte die Tiere.

Hundert Trompeten erschallten; fünfhundert Tritonshörner heulten; tausend Kesselpauken dröhnten. Die Krummschwerter hoben sich himmelwärts und fuhren auf die Hälse der Tiere nieder. Manche waren sofort tot, und rotes Blut spritzte aus den kopflosen Hälsen.

Einige der Schlächter waren weniger stark oder geschickt. Durchtränkt von dem roten Sprühregen, hieben sie immer wieder auf die brüllenden Tiere ein, deren Urin in der klaren Luft dampfte. Etwa hundert Stiere und Pferde rissen sich los und rasten in die Zuschauermenge. Blind durch das Blut, das ihnen in die Augen rann, rempelten sie sich gegenseitig an und schlugen nach vorn und hinten aus.

Eine halbe Stunde später war das letzte Opfertier tot. Schamanen in bunten Masken besprengten den Boden zwischen den Kadavern mit Trankopfern. Der säuerliche Geruch der Kumyß-Pfützen auf der Erde inmitten von Blut, Kot und Urin kam Joseph vor wie der giftige Gestank der Hölle. Er wandte sich ab und hielt sich die Nase zu, und seine Augen tränten.

Aber dann sah er, daß das Ritual mit der gewohnten konfuzianischen Scheinheiligkeit zu konfuzianischer Schicklichkeit zurückgekehrt war. Einer nach dem anderen kamen Offiziere und legten dem Kaiser die Insignien, Votivtafeln und leuchtenden Banner der kaiserlichen Garde zu Füßen. Als diese farbenprächtigen Embleme vor dem Thron aufgehäuft waren, sprach der Kaiser wieder:

«Glanzvolle Insignien und Ehrentafeln sind nicht mehr als eine Augenweide. Sie sind nur inhaltslose Symbole des Ruhms, nicht von praktischem Nutzen für das Volk. Alle Unsere Entscheidungen werden auf der Erkenntnis beruhen, daß Symbole wertlos sind und nur hingebungsvoller Dienst am Volk zählt.»

Eine wahrhaft kaiserliche Aussage lag, wie Joseph wußte, der obligatorischen Demutsbekundung zugrunde. Mit seiner zweiten Krönung hatte Abahai eindeutig seinen Anspruch geltend gemacht, das Große Ming-Reich zu beherrschen, und seine Entschlossenheit bekräftigt, ganz China zu erobern. Der von ihm gewählte Herrschername besiegelte diesen unwiderruflichen Anspruch und diese unabänderliche Absicht. Der dekadente Ming-Kaiser regierte unter dem Titel Chung-chen, der «Erhaben in Glück» bedeutete. Abahais Herrschaft wurde Chung-teh, «Erhaben in Tugend», genannt. Da Tugend die höchste konfuzianische Eigenschaft war, würde der Mandschu-Kaiser unweigerlich die Oberhand über den Ming-Kaiser gewinnen.

Die Nachwirkungen der zweiten Krönung des Kaisers Abahai führten zu einem Wendepunkt im Leben seines Sklaven im Rang eines Brigadegenerals.

Barbara und Francis hatten bei dem Krönungsbankett große Mengen Kumyß, *arak* und *pai-kar,* den aus Mohrenhirse gebrannten Schnaps, trinken müssen. Die liberale Einstellung der Mandschu verlangte von adligen Frauen, daß sie sich gemeinsam mit ihren Männern total betranken. Am nächsten Morgen litt Barbara ebenso wie Francis an rasenden Kopfschmerzen, ungewöhnlichem Durst, Zittern der Hände und krankhafter Geräuschempfindlichkeit. Beide wandten das einzig mögliche Heilmittel an: maßvolle Mengen derselben Getränke.

«Ein wunderbares Bankett, nicht wahr, Francis?» Barbara rekelte sich in ihrem Zelt im Feldlager ihres Vaters auf den auf der bloßen Erde aufgeschichteten Kissen und Pelzen. «Ich habe nie ein schöneres erlebt. Aber mein Kopf tut weh, als hätte mich ein Pferd getreten.»

«Es hätten auch zehn Pferde sein können.» Behutsam hob Francis mit beiden Händen seinen vierten Becher an die Lippen. «Es war praktisch unmöglich, Gäste und Tiere auseinanderzuhalten.»

«Was willst du damit sagen?» fuhr Barbara auf. «Ich habe nie ein besseres Bankett erlebt. Alle, selbst der Kaiser, waren völlig betrunken, ehe es halb zu Ende war. Ein großartiger Beginn für einen großartigen Feldzug.»

«Was das betrifft, wird die Zukunft es lehren. Die Chinesen haben noch ein paar Soldaten.»

«Glaubst du, die Chinesen könnten womöglich . . .»

Barbara wurde unterbrochen durch eine kleine Gestalt im Lederwams eines Bogenschützen über blauen Hosen, die ins Zelt stürzte. Der winzige Hornbogen ihres Sohnes war gespannt, der Pfeil auf seinen Vater gerichtet. Ohne im Lauf innezuhalten, ließ Robert den Pfeil von der Sehne schnellen, der sechs Zoll von seines Vaters Kopf entfernt die Leinwand durchbohrte.

Voll Zorn sprang Francis auf und wollte seinen Sohn packen, der aber sprang hinter seine Mutter und umfaßte mit beiden Händen ihre Taille.

«Überlaß mir das Gör», verlangte Francis. «Er hätte mich töten können. Es ist Zeit, ihm Manieren beizubringen.»

«Francis, er ist erst zweieinhalb. Es ist noch Zeit, ihm Manieren beizubringen. Laß ihm die Freiheit, die ein Kind haben sollte.»

«Du hast also nichts an seinen Manieren auszusetzen?»

«Nein, wirklich nicht. Für sein Alter hat er gute Manieren.»

«Gute Mandschu-Manieren, meinst du.»

«Was verstehst du unter guten Mandschu-Manieren? Was ist an den Mandschu-Manieren nicht in Ordnung?»

«Was ist in Ordnung? Was ist nicht in Ordnung? Kinder machen lassen, was sie wollen, bis sie neun oder zehn sind . . . Der ganze Adel sinnlos betrunken und dabei glücklich . . . glücklich in der eigenen Kotze. Frauen, so dreist und unverschämt wie Hofnarren. In Fett gehülltes Fleisch essen, gerade genug gebraten, um es faserig zu machen, aber immer noch roh. Manieren? Ein Marketender hat bessere Manieren als ein Mandschu-Prinz.»

«Es tut mir leid, Francis, daß dir all das mißfällt. Ich hätte nie gedacht, daß du unglücklich bist.»

«Nun, ich bin schon manchmal glücklicher gewesen. Das liegt nicht in erster Linie an dir, Barbara . . . Nein, ganz und gar nicht an dir.» Instinktiv vermied Francis, ihr Grund zum Ärger zu geben. «Ich habe bloß dieses Leben ein bißchen satt. Aber ich werde wohl darüber wegkommen.»

«Nein, Francis, das glaube ich nicht. Du brauchst eine Abwechslung. Warum meldest du dich nicht zum Dienst bei dem neuen Feldzug nach Korea – oder in den Heeren, die Abahai bald nach China schickt? Mein Vater sagt immer, ein Mann müsse das halbe Jahr im Felde stehen. Du bist zu lange in Mukden eingesperrt.»

«Nicht wieder Korea. Noch ein solches Blindekuhspiel könnte ich nicht ertragen. Und China? Nein, Abahai würde mir in China nicht trauen. Aber immerhin . . .»

Auch wenn er es Barbara gegenüber nicht zum Ausdruck gebracht hatte, war Francis ihrer ausgesprochen überdrüssig. Nicht nur ihre Einfältigkeit fand er lästig, sondern auch ihre ständigen Versuche, sich seinen Launen zu fügen. Selbst jetzt biß sie sich auf die Knöchel, um die Tränen zurückzuhalten, von denen sie wußte, daß sie ihm mißfielen. Ihre Augen flehten um seine Verzeihung, welches Vergehen auch immer sie begangen haben mochte. Aber natürlich wußte sie nicht, womit sie ihn gekränkt hatte, und die demütige Unterwürfigkeit ihrer Liebe war an sich schon zum Verrücktwerden. Sie würde sich in jeder ihr möglichen Weise ändern, um ihm eine Freude zu machen, das wußte er. Aber er konnte ihr nicht sagen, wie sie sich ändern sollte, und sie hätte sich auch nicht wirklich zu ändern vermocht, selbst wenn er es ihr hätte sagen können.

Barbaras erneute Bitten um Taufe und eine christliche Heirat peinigten außerdem sein Gewissen, und ihre herzhaften Blutsverwandten fand er verächtlich und abscheulich. Als er an seinem fünften Becher *pai-kar* nippte, kam er zu dem Schluß, es sei wirklich Zeit für eine Abwechslung, und plötzlich wußte er auch genau, was er zur Abwechslung wollte.

Am nächsten Morgen bat er um eine Audienz bei dem Weisen Krieger, dem Prinzen Dorgon. Er verschönte sein ungeschliffenes Mandschu mit chinesischer Förmlichkeit, als er Dorgon sagte, er könne nicht länger Artillerie-Offiziere richtig ausbilden und die großen Kanonen gießen, die der Kaiser verlange. Zu seinem tiefen Bedauern habe er die Grenzen seines Könnens erreicht. Sofern er sein Wissen von Musketen und Geschützen nicht dadurch auffrische, daß er in Macao Einblick in die neuesten europäischen Verfahren erhalte, vermöge er die guten Dienste nicht zu leisten, die der Kaiser von seinen sämtlichen gehorsamen Untertanen verlange und verdiene.

Francis wußte, daß seine Behauptungen ziemlicher Unsinn waren, aber nicht ganz. Die Technik der Handfeuerwaffen und Geschütze änderte sich nicht so schnell, und Macao war kaum der Ort, wo man Auskünfte über neue Verfahren erhalten konnte. Zwar war er entschlossen, die Mandschurei zu verlassen, wollte aber nicht nach China gehen, das für ihn gefährlich sein könnte. Er respektierte die Mandschu, doch konnte er nicht unter ihnen leben. Er hatte, wie Joseph King sagte, zuviel halbrohes Fleisch gegessen und zuviel halbgegorene Stutenmilch getrunken. Er sehnte sich nach zivilisierterer Kost für Geist und Körper.

Aber in einer Hinsicht war er aufrichtig gewesen. Er konnte wirklich keine größeren Kanonen gießen, ehe er nicht in den Gießereien von Macao seine Kenntnisse erweitert hätte, und dort könnte er auch wesentliche Gerätschaften und erfahrene Arbeiter erhalten.

«Als der Kaiser selbst mich zu sich bestellte», schrieb Francis an Giulio di Giaccomo, um ihn von seiner bevorstehenden Ankunft zu unterrichten, «sagte ich ihm, daß nur der zu Recht berühmte Manuel Tavares Bocarro, der große Geschützgießer von Macao, die Kenntnisse, Gerätschaften und Handwerker zur Verfügung stellen könne, die das Unterfangen erfordere. Ich wies auch darauf hin, daß ich in Macao Kanonen zur Lieferung nach Mukden kaufen könnte. Daraufhin erteilte mir Kaiser Abahai klugerweise die Erlaubnis, auf einer meiner Küstendschunken in See zu stechen. Er befahl mir zurückzukehren, sobald ich meinen Mängeln abgeholfen habe.»

Weder Dorgon noch Abahai gegenüber erwähnte Francis seine Befürchtungen, daß die geplanten Überfälle der Mandschu auf das Reich nachteilige Folgen für ihn haben könnten. Ganz Mukden wußte von Abahais Vorhaben, zwei große Heere nach Nordchina zu schicken, um viele Städte zu plündern und die Bevölkerung durch Raub und Brandschatzung in Angst und Schrecken zu versetzen. Diese Angriffe würden die Macht der Mandschu so eindrucksvoll beweisen, daß selbst der in Selbstgefälligkeit verharrende Kaiserhof der Ming die ihm durch die nördlichen Barbaren drohende Gefahr erkennen mußte.

Francis fürchtete, daß der rachsüchtige Schwarze Premier ihn streng bestrafen würde, weil er die Kriegsmacht der Mandschu immer als gering hingestellt hatte. Unfähig, das Reich zu verteidigen, war der Göttliche Strang unbarmherzig wie Höllengeister, wenn es galt, Rache zu üben. Vor allem fürchtete Francis, entführt und in die Östliche Halle gebracht und gefoltert zu werden wie General Ignatius Sün. Eine Entführung aus der mandschurischen Hauptstadt lag durchaus im Vermögen des Göttlichen Strangs, nicht aber eine Entführung aus Macao, wo er von anderen Europäern umgeben wäre – und ständig auf der Hut vor Mördern.

MACAO, HONGKONG, MACAO

6. September 1640 bis 21. Juni 1642

Kurz nach sieben wurde Francis Arrowsmith durch Geschützdonner geweckt. Die Salven erschütterten das kleine Haus in der Rua do Chunambeiro, und die Butzenscheiben seines Schlafzimmerfensters, das halb offen stand für den Fall, daß ein kühles Lüftchen die brütende Septemberhitze in Macao durchdringen sollte, klirrten. Das feuchte Leintuch scheuerte auf seiner bloßen Haut, als er sich streckte, und er hörte die Altstimmen von Kirchenglocken als Begleitung zum sonoren Baß der Kanonen.

Wenn er in der feuchten Schwüle der warmen Jahreszeit aufwachte, fühlte sich Francis immer älter als seine dreiunddreißig Jahre. Viele Europäer starben in Macao, ehe sie dreißig wurden, entweder rasch an endemischem Fieber oder langsam an «zehrendem Blutfluß», wie die Ärzte die Krankheit nannten, die sie nicht verstehen konnten. Die meisten Europäer starben, ehe sie fünfundvierzig wurden, und überließen das fremde Land den einheimischen Chinesen, Neger- und indischen Sklaven, japanischen *Ronin* und Eurasiern. Diese Rassen waren irgendwie an das ungesunde Klima gewöhnt.

Dennoch war Francis froh, daß er aus Mukden nach Macao geflohen war. Er erfreute sich des durch seinen Handel mit Mandschu-Waren angesammelten Vermögens, das sich durch den Handel mit Japan und China ständig vermehrte. Bei diesen Geschäften war Antonio Castro, der Schreiber des *Leal Senado,* sein zuverlässiger Teilhaber. Da Castro nicht nur viel intelligenter, sondern auch redlicher war als die hier ansässigen portugiesischen Kaufleute, waren er und Francis Arrowsmith in den vergangenen vier Jahren über ihre geschäftlichen Beziehungen hinaus gute Freunde geworden.

Francis wußte, er würde nicht wieder einschlafen können, und ließ das zerknüllte Leintuch auf die blauen und gelben Bodenfliesen gleiten. Ein Sandelholz- und Moschusduft stieg auf und erinnerte ihn an die *muitsai,* die kurz nach Mitternacht aus seinem Bett geschlüpft war, damit ihre Körperwärme seinen Schlaf nicht störe. Er blickte kritisch an sich herunter.

Abgesehen von den Narben der Säbelhiebe auf seinen Unterarmen und der Verfärbung seiner Hände durch Schwarzpulver wies sein Körper keine Spuren seines anstrengenden Lebens auf. Er hatte keinen Wanst wie die meisten Europäer im Orient, die viel aßen und tranken und sich wenig bewegten. Sein Gesicht war kaum faltig, aber voller geworden. Er stellte jetzt etwas dar und hatte nur noch entfernte Ähnlichkeit mit dem halbflüggen Jüngling, der vor mehr als zwölf Jahren nach Macao gekommen war. Die Männlichkeit seiner Züge wurde unterstrichen durch das energische Kinn, das wieder sichtbar war, nachdem er sich den Mandschu-Bart abrasiert hatte.

Der allgemeine Eindruck sei erfreulich, sagten ihm die portugiesischen Damen, mit denen er diskret flirtete. Die japanischen Geishas und die jeweiligen chinesischen Leibeigenen, die *muitsai* genannt wurden und seine körperlichen Bedürfnisse befriedigten, schmeichelten ihm auch. Sie bewunderten insbesondere den Gegensatz zwischen seinem braungebrannten Gesicht und dem langen, dichten und von der subtropischen Sonne strohblond gebleichten Haar.

Das Glockenläuten hielt an. Francis' Artilleristenohr sagte ihm, daß Macao nicht einen Überraschungsangriff abwehrte, sondern Schwarzpulver aus ungeladenen Kanonen abgefeuert wurde. Das Glockenläuten bedeutete vermutlich Jubel. Da er an den Lärm der Gießerei ganz in der Nähe gewöhnt war, beunruhigte es ihn, daß er das Schlagen von Hämmern, das Quietschen von Flaschenzügen und das Zischen der Luft in riesigen Blasebälgen nicht hörte. Als sein Diener klopfte, zog er mit Rücksicht auf die chinesische Prüderie das Leintuch über seine Blöße und leerte dann in einem langen Zug den halbgefüllten silbernen Becher, den ihm der Diener auf einem silbernen Tablett gereicht hatte. Es war die übliche, stärkende Mischung: Südwein aus Jerez mit klarem Wasser aus einem Bergbach.

«*Djou-shang, Ah Sim. Mat-yeh* . . .» Francis' Kantonesisch, das nicht durch die gehauchten Reibelaute des Portugiesischen verfälscht war, sondern durch die sanften Zischlaute der Beamtensprache von Nordchina, amüsierte den Südchinesen. «Guten Morgen, Ah Sim. Was ist das für ein Höllenlärm?»

«*Ngow mgn jee-do, Seen-sang*», erwiderte der Diener. «Ich weiß es nicht, Herr. Aber Herr Castro wartet mit Neuigkeiten. Er ist höchst ungeduldig. Und auch hungrig, sagt er.»

«Sag ihm, ich komme gleich hinunter.»

In der Badekammer neben dem Schlafzimmer, die einen Abfluß zur Straße hatte, übergoß sich Francis rasch mit Wasser aus einem vier Fuß hohen irdenen Krug, der einst gelben Reiswein enthalten hatte. Während er sich abtrocknete, dachte er daran, wie entsetzt die Damen in England oder Portugal über seine Gewohnheiten wären. Ein tägliches Bad in der kalten Jahreszeit wäre ihnen barbarisch vorgekommen, vier Bäder täglich in der warmen Jahreszeit ebenso unverständlich – und ungesund – wie die Einrichtung einer Toilette und einer Badekammer neben jedem Schlafzimmer.

Schon wieder verschwitzt, beschloß er, sich nicht zu rasieren. Er hüllte sich in einen dunkelblauen Sarong, den er in der Taille verknotete. Der malaiische Sarong war in der feuchten Hitze der bequemste Hausanzug für Herren, während die Damen den leichten Baumwoll-*yukata* aus Japan übernommen hatten.

Antonio Castro war ebenfalls leger gekleidet. Ein poröses Baumwollhemd hing lose über weißen Leinenhosen, und seine nackten, schmalen Füße steckten in geflochtenen Ledersandalen. Mit den schwarzen Augen unter dichten Brauen und der Adlernase war sein mageres Gesicht fast unheimlich imposant. Es fehlte nur ein Lorbeerkranz um den Kahlkopf, und er hätte ausgesehen wie ein kluger Senator der Römischen Republik.

«Komm, geselle dich zu mir an deinem Tisch, Francis», lud Castro ihn ein. «Stärke dich, um dich gegen meine Neuigkeiten zu wappnen.»

«Mit dem bißchen Essen, das du mir übrig läßt, Antonio.»

Castro fiel wieder über Francis' Frühstück her. Gerade war er mit einer geschmorten Taube beschäftigt, und der abgenagte Unterschenkel eines gebratenen Kapauns lag schon neben seinem Teller. Er hatte nur einen Löffelvoll *bacalhau,* Stockfisch in grüner Sauce, zu sich genommen, der so selbstverständlich zu jeder portugiesischen Mahlzeit gehörte wie das knusprige Brot. Auch den gebratenen Reis mit Garnelen, die Platte mit *chourico,* den Würsten aller Art, und das chinesische, in dünne Scheiben geschnittene und vor dem Braten auf Holzkohlefeuer in Honig und Sojasauce marinierte Schweinefleisch hatte er noch nicht angerührt.

Er biß den Taubenknochen auf, um das Mark freizulegen, und reagierte nicht auf Francis' Stichelei. Dann wischte er sich mit einem mit Rosenwasser befeuchteten Tuch den fettigen Mund und die Finger ab und faßte abwägend die beiden Glaskaraffen ins Auge; er gab dem schweren Rotwein den Vorzug vor dem leichten weißen Kanarienwein.

«Nun mach schon, Mann.» Francis konnte seine Ungeduld nicht länger bezähmen. «Hör auf, mich arm zu essen, und erzähl mir deine Neuigkeiten. Warum das Salutschießen und Glockenläuten?»

«Das ist nun mal Macaos Art», lächelte Castro. «Wir Portugiesen sind *aficionados* der Tragödie. Wir feiern unsere Katastrophen immer.»

«Welche neue Katastrophe?»

«Die Priester zelebrieren einen Märtyrertod – einen Massen-Märtyrertod. In feierlichen Messen geben sie ihrer Freude Ausdruck, daß ein irdischer Auftrag beendet wurde mit einer Botschaft, die geradenwegs in den Himmel geflogen wurde.»

«Doch nicht die nach Japan entsandten Botschafter?»

«Erraten, mein Freund. Alles, was du in den Japanhandel gesteckt hast, kannst du abschreiben. Damit ist es vorbei, für immer, fürchte ich.»

«So ist es also dazu gekommen?» Francis wurde sich klar, daß die selbstherrlichen Japaner ihn arm gemacht hatten. «Der letzte Akt der Christenverfolgungen?»

«Und man kann nichts machen – überhaupt keine Hoffnung.» Antonio Castro war stolz auf seinen Wirklichkeitssinn, aber seine sardonische Gelassenheit war gezwungen. «Zusammen mit dreiundfünfzig Offizieren, Matrosen und Soldaten haben alle vier Botschafter den Märtyrertod erlitten. Der Bischof hat einen Jubeltag angeordnet.»

«Siebenundfünfzig Tote – und Macao jubelt! In England verfährt man anders. Ich werde euch Portugiesen nie verstehen. Da sind sogar die Chinesen noch leichter zu durchschauen.»

«Ich bin nur ein *novo Cristão,* ein Marrano, ein Schwein, wie meine Landsleute liebenswürdigerweise diejenigen nennen, deren Väter und Großväter der Treue zu König und Kirche Vorrang vor unserem alten Judentum einräumten», erwiderte Castro. «Ich werde mich hüten, Kritik zu üben. Und als Ausländer, als verdächtiger Engländer, solltest auch du lieber den Mund halten.»

«Die Diener verstehen kaum genug Portugiesisch, um . . .»

«Bist du ganz sicher, Francis?»

«Nein, eigentlich nicht. Doch würden sie den Mandarinen oder dem Göttlichen Strang Bericht erstatten, nicht dem Bischof. Aber sage mir um Himmels willen, woher diese Nachricht kam.»

«Ein Matrose, der verschont wurde, um Macao die Botschaft zu überbringen, ist gestern abend mit einer Handelsdschunke eingetroffen. Von ihm erfuhr man die blutige Geschichte. Unsere Botschafter und ihre Begleitung landeten Anfang Juli in Nagasaki und wurden sofort ins Gefängnis geworfen, weil sie gegen das Verbot des Handels zwischen Japan und Macao verstoßen hätten.»

«Aber sie brachten doch keine Waren mit. Sie waren keine Kaufleute, nur Abgesandte, um die Japaner versöhnlich zu stimmen.»

«Darauf haben sie sich auch berufen. Aber der Entscheid des Shogun kam innerhalb von zwei Wochen aus Edo: Alle sollten geköpft werden! Am 3. August wurde das Urteil vollstreckt. Wenigstens wurde ihnen die Kreuzigung und das Kochen in Säure erspart, wie es einheimische Christen erlitten haben.»

«Also ist der Handel tot? Und unser Geld ist verloren?«

«So tot wie die Botschafter und mit nicht mehr Hoffnung auf Auferstehung vor dem Jüngsten Gericht. Keine chinesische Seide wird mehr mit einem Gewinn von hundert bis hundertfünfzig Prozent nach Japan verkauft. Da die Chinesen immer noch nicht direkt mit den Japanern Handel treiben wollen, werden die Holländer wohl das Geschäft übernehmen. Wir müssen uns etwas einfallen lassen, um unseren Verlust wettzumachen, mein Freund.»

«Wir müssen uns an China halten, vor allem an die Mandschurei.»

«Weißt du, Francis, daß manche Leute dich schon den mandschurischen Botschafter nennen? Sie glauben, du seiest behext von den wilden Stammesangehörigen.»

«Den Mandschu gehört die Zukunft, Antonio. Nichts kann sie davon abhalten, China zu erobern. Ich wünschte, ich könnte bei ihnen sein – und ich wünschte, ich könnte dich bei mir haben. Einstweilen werden uns Pelze, Gold und Ginseng aus der Mandschurei ein einigermaßen sorgenfreies Leben verschaffen.»

«Ein Volk, kaum ein Volk, das in Jurten lebt und sich an gegorener Stutenmilch berauscht. Wie kann deren Handel jemals auch nur ein Zehntausendstel des chinesischen oder japanischen ausmachen? Wie können sie die Ming bedrohen? Verschone mich mit deiner verrückten Überzeugung, die Mandschu könnten das Große Reich erobern.»

«Antonio, alle Mandschu-Krieger sind überaus tapfer, und ihre Führer sind schlau. Die Chinesen sind unkriegerisch und dekadent. Wie kannst du glauben, daß die Mandschu China *nicht* erobern werden?»

«*Bastante, Francisco! Bastante!*» Lachend hob Castro die Hände. «Genug, Francis, genug! Wir streiten über Ereignisse, die noch nicht eingetroffen sind – die niemals eintreffen werden. Wir sollten uns lieber Gedanken machen, wie wir wieder zu Vermögen kommen. Das reicht, um unser Gehirn zu beschäftigen.»

«Ich muß es wiederholen, Antonio. Der mandschurische Handel kann uns ernähren, bis die Mandschu das Reich erobern. Dann wird uns der neue Chinahandel so reich wie einen Obereunuchen machen.»

«Unsere riesigen Verluste bei dem Japan-Fiasko wettmachen?» Antonio Castro blieb skeptisch. «Vielleicht, Francis, vielleicht. Wenn Löwe und Lamm zusammen spielen und unsere äthiopischen Sklaven weiß wie Milch werden!»

Die riesigen Verluste, die Antonio Castro beklagte, waren für Francis

Arrowsmith ebenso unvorstellbar wie die bisherigen übermäßigen Gewinne. Er hatte sich von seinem Guthaben, das sich bei seiner Rückkehr aus Mukden im Jahre 1636 auf fünfzehntausend Gold-Taels belief, kein Bild machen können, und genauso erging es ihm mit den im Nagasaki-Handel investierten fünfunddreißigtausend Taels, als wegen der Hinrichtung der Botschafter Macaos Beziehungen zu Japan abbrachen. Er sah diesen Reichtum nie, er sah nur säuberliche Eintragungen in Castros Kontobüchern.

Ein Tael oder Liang, eine chinesische Unze, war etwas mehr als eine europäische Unze. Zehn Taels Silber waren ein üppiges Handgeld für einen Leibeigenen, dessen Dienstvertrag für zwanzig bis dreißig Taels gekauft werden konnte. Die Jesuiten schenkten Konvertiten drei Taels, um sie in der Kirche willkommen zu heißen, und das war äußerst großzügig. Aber Francis' Verstand konnte fünfunddreißigtausend Taels ebensowenig erfassen, wie seine Augen die himmlischen Heerscharen erblicken konnten. Er wußte, daß er ein Vermögen verloren hatte, von dem hundert chinesische Familien zwei Generationen lang gut hätten leben können. Aber der Verlust bekümmerte ihn weniger, als es eine zerbrochene Schwertklinge oder eine geborstene Feldschlange getan hätte.

Außerdem deckte der Handel, über den der dickköpfige Antonio Castro spottete, Francis' bescheidene Bedürfnisse. Seereisen zwischen Macao und der Mandschurei wurden erschwert durch Schwärme von Piraten und die wenigen Küstenwachboote, die von gewissenhaften örtlichen Mandarinen noch eingesetzt wurden. Da die kaiserliche Marine der Ming, im 15. Jahrhundert die stärkste der Welt, zu Bedeutungslosigkeit herabgesunken war, kamen die meisten seiner Küstendschunken durch. Die Gewinne, die er mit diesen Seereisen regelmäßig erzielte, waren für Francis realer als die riesigen Profite aus dem Japanhandel.

Eine Dschunkenladung von Luntenschloß-Arkebusen, dazu als persönliches Geschenk für Kaiser Abahai ein halbes Dutzend neuer Radschloß-Musketen, würden ihm vielleicht hundert Taels in mandschurischem Gold einbringen. Die kleinen Dschunken konnten nur die Feldgeschütze laden. Für eine Kanone von vier Tonnen Gewicht und achtzehn Fuß Länge mußten die Dschunken größer und stabiler sein. In den vier Jahren seit seiner Rückkehr nach Macao hatte er ungefähr dreißig Feldgeschütze und ein Dutzend Kanonen verschifft.

Dieser Handel beschwichtigte Francis' Gewissensbisse darüber, daß er sein Versprechen nicht gehalten hatte, gleich nach Mukden zurückzukommen. Kaiser Abahai hatte ihm schriftlich die Erlaubnis zu einem längeren Aufenthalt erteilt, damit er seine Kenntnisse erweitere und von Macao aus Waffen liefere. Francis hatte auch zwanzig chinesische Arbeiter und einen tüchtigen eurasischen Werkmeister angeworben, die der Meister-Gießer Manuel Tavares Bocarro, wenn auch widerstrebend, freistellte, damit sie in Mukden Feldgeschütze gössen.

Wegen des Waffenhandels war es zweckmäßig, daß Francis in der Rua do Chunambeiro wohnte, in der Nähe der Gießerei von Bocarro, der aus einer berühmten Gießer-Familie stammte. Ende der 1620er Jahre war der jetzt erst Fünfunddreißigjährige vom *Leal Senado* aufgefordert worden, eine Gießerei in Macao zu errichten. Später hatte er seinen Vater und seinen Großvater, die Meister-Gießer von Goa, noch an Können übertroffen, so daß seine Geschütze nicht nur in dieser portugiesischen Enklave an der Westküste Indiens und von den Spaniern in Manila, sondern auch in Lissabon und Madrid hochgeschätzt wurden.

Der vortrefflichste Geschützgießer der Welt war munter, lebhaft und unternehmungslustig wie ein Jüngling. Er war eher klein, aber dank seinem anstrengenden Gewerbe sehr muskulös. Seine helle Haut, von der subtropischen Sonne rotgebrannt, kontrastierte mit seinem lockigen schwarzen Bart und Schnurrbart. Wenn er lachte, sah er mit den Fältchen um die dunkelbraunen Augen und der gekrausten Stupsnase wie eine Statue des Griechengotts Pan aus.

«Die chinesischen Arbeiter sind das Entscheidende», sagte Bocarro einmal zu Francis. «Natürlich sind sie nicht billiger als Arbeitskräfte in Indien oder auf den Philippinen, aber billiger als in Portugal. Vor allem aber sind die Chinesen fleißig und gescheit. Darum behaupten manche Leute, meine kleine Gießerei stelle die besten Kanonen der Welt her.»

Manuel Tavares Bocarro sprach ganz offen über seine Kanonen, vielleicht, weil Francis ihm den Rang nicht streitig machen konnte. Er verriet die genauen Mengen von philippinischem Kupfer und malaiischem Zinn, aus denen seine Bronze bestand. Auch machte er kein Geheimnis aus den umständlichen, doch präzisen Herstellungsverfahren der wirkungsvollsten modernen Waffen: Zusatz von Spuren von

Zink zur Legierung; Herauslösen des Gußstücks; Abreiben der Seele mit Scheuersand und schließlich das Abschleifen der Wappenschilder, Inschriften und delphinförmigen Schildzapfen an der Außenseite. Francis erkannte reumütig, wie primitiv die von ihm in Mukden angewandten Methoden waren.

Angeregt durch das, was er lernte, und auch durch seine *muitsai* und Geishas, hatte Francis die beiden ersten Jahre in Macao als angenehm empfunden. Das dritte Jahr dagegen wurde langweilig. Er war auf die engen Täler und das schmale Uferland von Macao beschränkt, insgesamt nur zweieinhalb Quadratmeilen. Als Agent der Mandschu, der Feinde der Ming, wagte er sich nicht nach Kanton, als die Mandarine ausländischen Kaufleuten erlaubten, zweimal jährlich diese Metropole des Südens zu besuchen. Antonio Castro meinte zwar, die südlichen Mandarine seien an fernen Barbaren nicht interessiert, sondern nur an den offiziellen Steuern, die sie für die Geschäfte der beiden Partner in Kanton erhoben, und an den inoffiziellen Gewinnanteilen, die sie erpreßten. Aber er gab zu, daß Francis Grund hatte, die Rache des Göttlichen Strangs für seinen Verrat zu fürchten und daher Kanton zu meiden.

In seinem vierten Jahr in Macao litt Francis unter der Beschränkung seiner Freiheit. Er vermißte nicht nur das wechselseitige Spiel großer historischer Kräfte, das er in Peking, Tungtschou und Mukden erlebt hatte, sondern auch die oft gefährlichen Kämpfe.

Schließlich fand er seine Zerstreuung. Begleitet von Joseph King, schiffte er sich auf einer schnellen Vierzig-Fuß-Dschunke ein, um das Gewirr von Inseln am Rand der schlammigen Mündung des Perlflusses zu erforschen. Seine beiden erfahrenen Schiffer kannten die Gewässer gut, aber bei der Schiffahrt auf dem Südchinesischen Meer, für das es keine Seekarten gab, mußte man immer mit Zwischenfällen rechnen. Unberechenbare Stürme und plündernde Piraten machten die Umgebung von Macao oft unsicher.

Manuel Tavares Bocarro und Antonio Castro warnten Francis, das Schicksal nicht herauszufordern. Da er seine Erkundungsfahrten nicht aufgeben wollte, montierte er auf dem Vordeck ein Schlange genanntes Geschütz und ein ebensolches auf dem Achterdeck, verstärkte seine Mannschaft auf vier und bildete die Leute an den Geschützen aus. Wohlweislich lehnten seine Freunde seine Einladung, mit ihm zu segeln, dennoch ab.

«Alle Engländer sind verrückt», erklärte Bocarro. «Wie hätten sie sonst Philipps Große Armada besiegen können? Wenn du auf Gefahr aus bist, such sie in den Empfangszimmern in Macao. Ich werde dir meine Base Teresa Dolores Angela do Amaral vorstellen. Selbst für einen verrückten Engländer ist sie gefährlich genug.»

«Ich habe nicht die Ehre gehabt, die Bekanntschaft der Dame zu machen. Wieso ist sie, wenn ich fragen darf, gefährlich?»

«Sie ist nur die drittreichste Erbin in der Stadt des Namens Gottes», erwiderte Bocarro. «Und mit neunzehn noch unverheiratet. Sie hat viele Verehrer, aber ihre spitze Zunge und die Eifersucht ihres Vaters stoßen sie ab. Nur wer sehr mutig ist, kann um meine Kusine Dolores freien.»

«Eine spitze Zunge und ein eifersüchtiger Vater sind nicht sehr verlockend», meinte Francis leichthin. «Außerdem bin ich verheiratet – Gott sei's geklagt. Ich habe schon genug Narben von Weiberzungen, das reicht mir für mein Lebtag.»

«Lerne sie nur kennen, mein Freund, dann wirst du vielleicht anderen Sinnes. Oder ist die Gefahr zu groß?»

«Viel zu groß, Manuel! Die Gefahren eurer Empfangszimmer sind grenzenlos. Auf See kann ich die Gefahr ermessen.»

Die durch Langeweile erzeugte Abenteuerlust erhielt weitere Nahrung durch den Rat seiner Freunde, vorsichtig zu sein. Er wußte, er war um so sicherer, je weniger er auffiel, doch aus eigensinniger Prahlerei hißte er eine große Flagge am Besanmast seiner Dschunke, die an der hohen Gilling in goldenen Buchstaben den Namen *Maria* trug. Wenn die Flagge im Wind des Südchinesischen Meeres flatterte, zeigte sie auf grünem Grund das weiße Doppelkreuz von Saint-Omer.

Anfang März 1641 hielt er etwa fünfzig Meilen nordöstlich von Macao auf eine bergige Inselgruppe zu, die eine Vorpostenkette von grünen Inselchen hatte und vor den großen Stürmen geschützt war, die die Kantonesen *daifoong* und die Europäer Taifun nannten. Ihre versteckten Häfen lockten Seeräuber, Rebellen und Schmuggler an, von denen es in Südchina wimmelte. Die Piraten nannten ihren Hafen *Heunggong*, Duftender Hafen, woraus die Europäer Hongkong machten.

Kein anderes Schiff war zu sehen, als die *Maria* mit kräftigem Dwarswind stetig Kurs nach Nordost hielt. Der Bug der Dschunke pflügte die Wellen zwischen einem hantelförmigen Inselchen und dem gelben Sandstrand einer größeren Insel, die zu einem Faltengebirge aufstieg, als wäre sie von der Hand eines Riesen terrassiert worden. Die subtropische Sonne beschien dunkelgrüne und mit scharlachrotem Hibiskus gesäumte Kiefernwälder.

«Der Bootsmann sagt, er kenne diese Gewässer gut, Joseph.» Francis war begeistert, das Unbekannte zu erforschen. «Hör also auf, dir Sorgen zu machen.»

«Wenn er sie kennt, dann muß er Seeräuber gewesen sein.»

«Er könnte auch Fischer gewesen sein, wie er behauptet.»

«Nicht ohne Erlaubnis der Seeräuber. Bestenfalls ist er im Bund mit den Seeräubern.»

«Wie auch immer, er sagt, er wisse, wo wir riesige Hummer und Krabben finden können. Diese Gewässer sind nicht leergefischt wie in Macao.»

Joseph King war nicht überzeugt und sah mißmutig drein, als die *Maria* in eine breite Wasserstraße hineinfuhr und nach Backbord krängte. Der Bootsmann nannte die felsige Insel steuerbords, deren schmale Strände von hohen Klippen begrenzt waren, Lama, und die Bucht backbords *Heunggong Dzai*, Klein-Hongkong. Auf sie hielt die *Maria* zu. In den grauen Felsklippen steuerbords waren in Höhe des Wasserspiegels die dunklen Eingänge von Höhlen zu erkennen, voraus ein Wasserfall, der in der Nähe von strohgedeckten Bambushütten auf das steinige Ufer niederstürzte. Acht Hochseedschunken waren dort an Land gezogen, neben denen Feuer brannten.

«Kein menschenleerer Garten Eden», bemerkte Joseph King.

Francis' Blick war auf die schwarzen Höhleneingänge geheftet, wo er eine Bewegung wahrnahm. Das durchsichtige Wasser wurde zu weißem Schaum aufgewühlt, als zehn Sampans aus den Höhlen herausschossen. Angetrieben von zwölf Fuß langen Wriggriemen, näherten sie sich schnell der *Maria*. Francis richtete die Vorderdeck-Schlange auf die Sampans, während sein Bootsmann am Feuer unter dem Teekessel eine Lunte entzündete. Ehe der Schuß losging, stieg von dem vordersten Sampan ein Schwarzpulverwölkchen auf, und er hörte das unverkennbare Krachen einer Arkebuse. Der Bootsmann griff nach seiner rechten Schulter und stürzte, und Francis packte die brennende Lunte. Eine Explosion erschütterte die *Maria,* und durch den Rücklauf der Schlange auf dem Achterdeck drehte sie sich wie verrückt.

Joseph Kings Schuß hatte einen Sampan breitseitig getroffen. Seine Teakplanken öffneten sich wie große, braune Blütenblätter. Aber die übrigen neun Sampans durchfuhren den Strudel.

«So ein Wahnsinn!» schrie Joseph King vom Achterdeck. «Ich wußte es ja! Ich wußte es ja!»

Francis visierte am Rohr seiner Schlange. Als sich die schlingernde Dschunke hob, steckte er die Lunte ins Zündloch. Die Schlange bäumte sich auf, und der Rücklauf warf ihn aufs Deck. Als die Kanonenkugel über die Sampans hinwegflog, wußte er, daß er zu spät geschossen hatte. Er sah das Wasser aufspritzen, als die Kugel ins Meer fiel, aber nicht, daß der hinterste Sampan in den Wirbel geraten war. Zwei Piraten quälten sich mit ihrem Wriggriemen ab, dann brach der lange Holm.

Nun waren es noch acht Sampans, die ihnen entgegenkamen, während die Mannschaft der *Maria* mühselig die Schlangen neu lud. Sie lagen auf den Decks, um dem Feuer der Arkebusen zu entgehen, und rutschten durch das Rollen und Stampfen der Dschunke hin und her. Francis schätzte, daß die Piraten mindestens dreißig Arkebusen haben mußten, um so ununterbrochen feuern zu können.

Die Schlange auf dem Achterdeck spuckte eine Kanonenkugel aus, die über die weißen Schaumkronen glitt, und Francis verfluchte Josephs Ungeduld. Aber eine unberechenbare Welle schleuderte die Kugel in die Luft, sie prallte auf den Bug eines Sampans und zersplitterte das Holz.

Obwohl zwei weitere Sampans vorübergehend ausgeschaltet wurden, war die Übermacht zu groß. Zum erstenmal seit dem Fall von Tungtschou schnürte eine Todesangst Francis Arrowsmith fast die Kehle zu. Er sah, daß Joseph die grüne Flagge am Besanmast hißte, und dachte bei sich, es sei angemessen, daß sie dem sicheren Tod unter dem Kreuz von Saint-Omer entgegengehen.

Er steckte die glühende Lunte in das Zündloch und verfolgte die Flugbahn der Kanonenkugel, die den ersten Sampan der Länge nach aufriß. Er spürte weder den Rücklauf der Schlange noch die Arkebusenkugel, die ihm den Oberschenkel zerschmetterte.

Francis wankte und fiel hin, er wurde nicht gewahr, daß sein Bein ihn nicht mehr trug, und wunderte sich über das Blut, das über die geölten Teakplanken sickerte. Der erste betäubende Schock verging, und ein rasender Schmerz überfiel ihn. Kaum noch bei Bewußtsein, sah er, wie Joseph und die drei unverwundeten Seeleute versuchten, ihre Arkebusen abzufeuern. Das die Seiten der *Maria* überspülende Meerwasser durchnäßte ihre Lunten.

«Feuer einstellen! Feuer einstellen!» schrie Francis. «Gebraucht eure Schwerter! Wehrt Enterer ab!»

Seine Mannschaft konnte ihn nicht hören. Kurz ehe er das Bewußtsein verlor, hatte er stumm geschrien.

Francis sah die Hundertachtzig-Fuß-Dschunke, geschmückt mit Wimpeln unter der Flagge eines Mandarins Ersten Grades, nicht. Er hörte nicht den Donner einer Kanone, die viel größer war als seine armseligen Schlangen, einer in rote Seide gehüllten Bronzekanone. Auch vermochte er sich nicht zu freuen, als sich die Sampans zurückzogen und die Kriegsdschunke eine scharlachrote Fahne mit einem goldenen Kreuz hißte. Joseph King hob den Blick von der Aderpresse, die er seinem Herrn um den Oberschenkel legte, und sah ein Beiboot, das auf die *Maria* zuhielt. Ein älterer Herr kletterte an Bord. Er hatte einen schütteren weißen Bart und war schlicht, aber gut gekleidet, eher wie ein Mandarin im Ruhestand denn wie ein Seeräuber. Seine karmesinrote Ledertasche machte ihn als Kräuterdoktor kenntlich.

Joseph King verbeugte sich. Er steckte die Daumen in die vom Schießen tauben Ohren, um sie wieder frei zu machen, als der ehrwürdige Kräuterdoktor sprach.

«Fürchtet Euch nicht! Der Admiral der Küstengewässer schenkt Euch das Leben.» Die Stimme klang piepsig, aber der Akzent war unverfälschter Peking-Dialekt. «Er bittet mich, seine christlichen Glaubensbrüder zu begrüßen. Und er befiehlt mir, Eure Wunden zu behandeln.»

Joseph King hob die gefalteten Hände an die Brust und stammelte Dankesworte. Dann schloß er die Augen und richtete ein Dankgebet an den Herrn des Himmels. Francis Arrowsmiths prahlerische Flagge hatte sie vor den Folgen seiner Torheit gerettet; das Kreuz von Saint-Omer hatte sie vor einem gewaltsamen Tod bewahrt.

«Mein Sohn ist am Kaiserhof. Er steht bei dem Sohn des Himmels in besonderer Gunst und ist schon Lizentiat – dabei ist er erst siebzehn Jahre alt.»

«Er muß sehr begabt sein, Admiral.» Joseph King zuckte zusammen, denn er hatte fünfzehn Jahre lang studiert, ehe er die erste Beamtenprüfung bestand und Lizentiat wurde, was ihn zu einer amtlichen Anstellung berechtigte. Sein Ton war unterwürfig, denn sie waren immer noch in der Gewalt ihres Retters.

«Die Leute sagen, er sei hervorragend.» Der stolze Vater strahlte. «Ich bin von demütiger Ehrfurcht erfüllt, wenn ich daran denke, daß ein solcher Ausbund von Gelehrsamkeit ein Kind meiner unwürdigen Lenden ist. Ein rauher Seemann, mehr bin ich nicht. Aber seine Mutter ist eine adlige Dame aus der großen Familie Tagawa aus Hirado.»

«Jedermann kennt den Ruf der Tagawas . . . und Eure großartigen Leistungen, Admiral.»

Joseph King mußte dem Freibeuter wohl oder übel um den Bart gehen. Cheng Chih-lung, dessen Vorname Edler Drachen bedeutete, war, wie Joseph wußte, der Oberherr der Seeräuber, und vom Schwarzen Premier legitimiert worden, mit dem er seine Beute teilte als Gegenleistung für seinen Rang als Mandarin Ersten Grades und für seinen hochtrabenden Titel, Admiral der Küstengewässer. Da seine Seeräuber sowohl Japaner als auch Chinesen waren, hatte die Ehe mit einer japanischen Adligen die Herrschaft des Edlen Drachen über sein Wasserreich, das sich von der Halbinsel Liaotung im Norden bis zur Insel Hainan im Süden erstreckte, gefestigt.

Die geräumige Kajüte im Heck der Kriegsdschunke war voller Beutestücke des Admirals. Violette Tributseide, die für den kaiserlichen Palast gewebt worden war, bedeckte den Strohsack, auf dem Francis Arrowsmith lag; die Wunde in seinem rechten Oberschenkel war mit einem Breiumschlag versorgt, der auf dem behaarten Balg eines gerade getöteten Hundes ausgestrichen wurde. Antike Statuetten in rotlackierten und vergoldeten Nischen waren mit schweren goldenen Ketten gesichert. In der Mittelnische reflektierte die schimmernde *fei-tsui* Jade einer fünf Fuß hohen Statue von Tien Hou, der Göttin des Meeres, das Lampenlicht. Trotz ihrer gekünstelten (und daher praktisch nichtssagenden) Ausführung schätzte Joseph King den Wert der Statue auf achttausend Taels. Die bestickten Wandbehänge, die goldenen und silbernen Gebrauchsgegenstände und das ostentativ zur Schau gestellte Porzellan waren noch einmal doppelt soviel wert.

Der Herr dieser ganzen Pracht thronte auf einem Ebenholzsessel, in den Marmorplatten, verziert mit Türkisen und Korallen, eingelegt waren. Sein breites Gesicht war von einem buschigen Bart umrahmt. Silberfäden hoben die Konturen jeder einzelnen Feder der ausgebreiteten Schwingen des Kranichs auf dem scharlachroten Gewand eines Mandarins Ersten Grades hervor. Seine dunklen Augen waren groß und sehr schräg stehend. Aus ihnen sprach Klugheit – und Habsucht.

«Und wer ist dieser junge Barbar?» fragte der Admiral der Küstengewässer.

Francis' Augen waren offen, die Pupillen eng. Das Opium, das seine Schmerzen linderte, hatte ihn in ein fernes Traumreich entführt.

«Der Adoptivsohn des verstorbenen Großsekretärs Hsü Kwang-chi.» Joseph King wollte den Admiral mit Francis' Bedeutung beeindrucken. «Er ist auch ein Grande von Macao.»

«Ah, Doutor Paulo . . .» Der Piratenhäuptling führte sein bißchen Portugiesisch vor. «Der erste große christliche Minister, der geistige Vater für uns alle, die wir Christen sind. Ich hoffe, der junge Herr hat keine Beschwerden.»

«Er fühlt nichts, Admiral», versicherte der Kräuterdoktor seinem Herrn.

«Gut, gut. Dann brauchen wir dich nicht mehr.»

Der Admiral wartete, bis sich der Arzt zurückgezogen hatte, ehe er wieder sprach: «Wir müssen nun darüber beraten, wie Ihr heil und sicher nach Macao zurückkehren könnt. Ich bedaure es, wie Ihr empfangen wurdet, aber die Schiffe meiner Anhänger waren auf den Strand gesetzt. Sie mußten sich verteidigen.»

«Natürlich, Admiral, das verstehe ich durchaus. Was nun . . .» Joseph Kings Stimme erstarb, Hoffnung erweckend, als sie über das Lösegeld zu verhandeln begannen.

«Irgendeine Entschädigung für meine Leute ist natürlich nötig. Sechs Mann wurden getötet, und ihre Familien müssen versorgt werden. Ich würde gern zu Euch sagen: Geht unter dem Schirm und Schutz des Herrn Jesus Christus. Leider kann ich das nicht. Die Gerechtigkeit, die einfache Gerechtigkeit erfordert . . .»

«Gewiß, Euer Exzellenz. Bitte nehmt als unser Geschenk die Schlangen an, die den Schaden verursachten.»

«Gern. Sie sind ein hübsches Spielzeug, wenn auch nicht wirklich . . .»

«Gewiß nicht, Euer Gnaden.» Joseph King fragte sich, wieviel Schmeichelei der Admiral schlucken würde, ohne zu würgen.

«Und dann . . .» half der Admiral nach.

«Die Schlangen sind nur ein Zeichen unserer Dankbarkeit für Eure christliche Nächstenliebe. Aber der junge Herr ist auch ein großer Kanonengießer, er verfügt über viele Kanonen.»

«Das läßt sich hören. Wie, schlagt ihr vor . . .»

«Fünf Feldgeschütze, Euer Gnaden . . . fünf Feldgeschütze, ebenso todbringend zu Lande wie auf See, wären der *erste* Beweis unserer Dankbarkeit.»

«Das läßt sich wirklich hören. Ich könnte sie den Familien der Gefallenen abkaufen und würde natürlich einen hohen Preis bezahlen. Dann wären sie gut versorgt. Aber wie könnt Ihr mir die Lieferung garantieren? Die rothaarigen Teufel werden sich nicht unbewaffnet in diese Gewässer wagen, und ich kann ihnen nicht erlauben, bewaffnet zu kommen. Doch kann ich Euch nicht freilassen, ehe diese Kanonen geliefert sind . . . und vielleicht noch ein paar andere kleine Geschenke.»

«Natürlich, Euer Gnaden. Doch würde ich vorschlagen, daß Ihr uns zuerst entlaßt. Wir könnten die Lieferung dann selbst durchführen.»

«Es betrübt mich zutiefst, Meister King, aber meine Leute würden das ohne Gewährleistung nie zulassen. Für mich würde Euer Wort als christlicher Glaubensbruder mehr als genug sein. Aber meine Leute, leider . . .»

«Euer Gnaden, die Gewährleistung ist schon gegeben. Sie besteht darin, daß es im eigenen Interesse des jungen Herrn liegt, diese Kanonen – und weitere – nach seiner Entlassung zu liefern. In einer Beziehung sind unsere Interessen miteinander verknüpft . . . Ein Vermögen könnten wir verdienen.»

«Sagt mir mehr darüber, Meister King.» Die dunklen Augen des Freibeuters glitzerten. «Das ist wirklich hörenswert.»

Beredt legte Joseph King den Vorschlag dar, den er sich ausgedacht hatte, während er darauf wartete, von dem Admiral der Küstengewässer empfangen zu werden. Nach zwei Stunden harten Feilschens, verziert mit blumigen Höflichkeiten, wurde schließlich Einigung über das Lösegeld erzielt. Es war, wie Joseph versprochen hatte, üppig.

Zwei Schlangen und fünf Kanonen waren der geringste Teil. Joseph King verpflichtete sich, den Freibeuter regelmäßig mit chinesischen Seidenstoffen zum Verkauf in Japan zu beliefern, wobei die Gewinne zwischen Francis und dem Admiral geteilt werden sollten. Die Ausweisung portugiesischer Kaufleute aus Japan hatte den Seidenpreis auf das Fünffache erhöht, da die Niederländer, die in China nicht zugelassen waren, nur kleine Mengen durch Schmuggler erhalten konnten. Der Admiral vermochte trotz seiner Freunde am Hof keine Seidenstoffe direkt zu kaufen, denn kein Chinese durfte mit Japan Handel treiben. Nicht einmal der Schwarze Premier konnte dieses Verbot für seinen Protégé aufheben.

«Außerdem ersuche ich Euer Gnaden, einen Schutzbrief für Waffen auszustellen, die an die Mandschu verschifft werden», fügte Joseph hinzu. »Eure Mühe wird vergolten werden mit einem Zehntel des Werts der Waffen – und der Gunst des Kaisers Abahai.»

Diese Auslagen, schätzte Joseph, würden mehr als wettgemacht durch die Gewißheit, daß jede mit Waffen beladene Küstenschunke ihren Bestimmungsort erreichen würde. Cheng, der Edle Drachen, war der Herr über alle Piraten der chinesischen Meere.

Zwei Tage später, als Francis die Seefahrt antreten konnte, versicherten sich Joseph King und der Admiral beim Abschied ihrer gegenseitigen Hochachtung und beiderseitigen Zufriedenheit. Der Admiral stand am Ufer, als seine Leute die ihrer Waffen entkleidete *Maria* vom Strand abstießen, und legte die Hände als Schalltrichter an den Mund.

«*Viagem con Deos e voce Jesus louvar*», rief er in gebrochenem Portugiesisch und machte das Kreuzzeichen. »Geht mit Gott, und Jesus beschütze Euch.»

«Wie kommt es, daß er Portugiesisch spricht, wenn man es Portugiesisch nennen kann?» Mit Kissen im Rücken, das verwundete Bein ausgestreckt, saß Francis auf dem Heck der *Maria*.

«Diesen Mann hatte ich schon lange kennenlernen wollen, Pfeilschmied», antwortete Joseph. «Allerdings ohne in seine Gewalt zu geraten.»

«Erzähl mir mehr von meinem neuen Geschäftsfreund, da wir jetzt, Gott sei Dank, nicht mehr in seinen Klauen sind.»

«Jeder chinesische Christ kennt seinen Namen, obwohl er seinen Glauben wie einen Mantel trägt, ihn nach Belieben an- und auszieht. Er wurde vor etwa siebenunddreißig Jahren als Cheng Yi-kwan in der

Provinz Fukien geboren. Als sein Vater ihn nach Macao schickte, um dort sein Glück zu machen, wurde er auf den Namen Nicolau Gaspard getauft. Er ließ sich schließlich auf Taiwan nieder und bildete sich sozusagen selbst zum Seeräuberhäuptling aus. Später wurde er überredet, sich den Ming zu unterwerfen. Seine Habgier ist jetzt offiziell sanktioniert. Beauftrage einen Seeräuber, die Seeräuber zu überwachen, heißt es am Hof.»

«Ein nützlicher Teilhaber», bemerkte Francis trocken. «Ich bewundere deine Wahl.»

«Ich hatte keine Wahl», verwahrte sich Joseph. «Außerdem werden wir ein Vermögen erwerben . . . das er nicht stiehlt.»

Joseph King, der die Kunst der Werbung von den Jesuiten gelernt hatte, verhüllte die Übereinkunft mit dem Piraten-Admiral unter einem Schleier bombastischer Reden. Er posaunte in ganz Macao einen Bericht über ihren heroischen Kampf aus, ihre Gefangennahme durch eine überwältigende Übermacht, ihre wunderbare Errettung vor dem Tod durch den christlichen Admiral der Küstengewässer und ihre Freilassung durch Gottes Gnade.

«Ein kleines Wunder schadet nichts», bemerkte Joseph zynisch. «Es ist erstaunlich, wie leichtgläubig Priester sein können, sogar Jesuiten, wenn sie das Unmögliche glauben wollen.»

Es war weder notwendig noch wünschenswert, daß ihre Konkurrenten von ihrer Geschäftsverbindung mit dem Mann erfuhren, der die portugiesischen Schiffe ausraubte. Wünschenswert war, daß die Macanesen glaubten, Gott habe das Herz des Edlen Drachen gerührt und gleichzeitig seinen Glauben gestärkt. Josephs selbstgebasteltes Wunder durchbrach auch die unsichtbare Schranke zwischen Francis und den hochnäsigen Portugiesen.

Der Engländer war der verdächtige Schützling der verdächtigen Jesuiten, die von Laien geachtet wurden wegen ihrer Gelehrsamkeit und denen man mißtraute wegen ihrer außerordentlichen Klugheit. Außerdem fürchteten die Portugiesen, Francis könnte ein englischer Agent sein, der die Geheimnisse ihres Handels im Fernen Orient ausspioniert. Abgesehen von der Freundschaft mit Antonio Castro und Manuel Tavares Bocarro kam sich Francis irgendwie isoliert vor, wie eine von einem unsichtbaren Graben umgebene Insel innerhalb der isolierten Siedlung.

Joseph Kings Wunder beendete diese Isolierung. Francis war nicht länger ein halber Paria, sondern ein Held. Er wurde von Besuchern belagert, wollte aber niemanden sehen außer seinen beiden Freunden. Auch den Feldscher wollte er nicht zu sich lassen, der angeboten hatte, die Arkebusenkugel zu entfernen. Seine Freunde dagegen fanden, er dürfe sich nicht abkapseln.

«Die Stadt brennt darauf, den verwundeten Löwen zu sehen», erklärte Manuel Bocarro. »Du kannst sie nicht enttäuschen. Durch solche Unhöflichkeit könnte die Bewunderung rasch in Ärger umschlagen. Selbst deine Jesuiten-Freunde vermöchten dich nicht zu schützen, wenn gewisse Leute deine Ausweisung als englischer Spion verlangen. Du mußt für alle zugänglich sein.»

Ohne es vorher anzukündigen, erschien Manuel Bocarro am nächsten Vormittag mit seiner jungen Base Teresa Dolores Angela do Amaral. Francis fand ihr natürliches Wesen und ihre muntere Unterhaltung bezaubernd. Senhorinha do Amaral, das spürte er, war über weibliche Trivialitäten und Ziererei erhaben. Sie war nicht scheu, sondern freimütig; weder kicherte sie, noch lächelte sie affektiert. Überdies sprach sie über Politik und die Kirchenlehre weit gescheiter als die meisten Männer. Ihr liebevoller Vater hatte seinem einzigen Kind eine umfassende Erziehung angedeihen lassen, die, wie dessen Freunde meinten, übertrieben gewesen wäre für einen Knaben, der nicht zum Priester bestimmt war, und für ein Mädchen geradezu ungehörig war. Mit neunzehn konnte Dolores do Amaral so ernst wie ein Kirchenvater disputieren, aber sie lachte auch gern, und oft über sich selbst.

Trotz seines Mißtrauens gegen ehrbare Damen hatte Francis immer noch ein Auge für hübsche Frauen. Dolores war schmuck und wohlgerundet, aber geschmeidig und wendig. Ihre kurzen, spitz zulaufenden und juwelengeschmückten Finger tanzten wie Schmetterlinge, wenn sie sprach. Das in der Mitte gescheitelte und im Nacken zu einem Knoten aufgesteckte Haar schimmerte blau-schwarz. Die taubengrauen Augen waren beschattet von Wimpern, die, sei es durch einen Kunstgriff oder von Natur aus, leicht rußig wirkten. Der Entschlossenheit ihres spitzen Kinns widersprach ihre unscheinbare, fast stupsige Nase. Aber ihr roter Mund in dem olivfarbenen, ovalen Gesicht war voll und fest.

Manuel Bocarro war fassungslos über das Feuer, zu dem er den zündenden Funken geliefert hatte. Nachdem er Dolores bei ihrem vierten Besuch in sechs Tagen begleitet hatte, warnte er Francis: «Ich weiß, daß alles harmlos und schicklich ist. Schließlich bin ich als Anstandsdame dabei. Aber hüte dich, mein Freund, meine Base ist so verschlagen wie nur eine ihres Geschlechts. Ihre schlaueste List ist, daß sie sich den Anschein gibt, alle weiblichen Listen zu verschmähen.»

«Unsinn, Manuel», fuhr Francis auf. «Ich bin nicht in dieser Weise an ihr interessiert, nicht als Frau. Dolores könnte genausogut ein junger Mann oder gar ein Priester sein. Ich bin nur geistig an ihr interessiert. Außerdem kann man mit ihr lachen.»

«Dann mußt du es auf deine Kappe nehmen, mein Freund.»

Obwohl er die Verantwortung ablehnte, begleitete Manuel Bocarro seine Base immer noch bei ihren häufigen Besuchen. Ihrem mißtrauischen Vater versicherte Dolores, sie habe keineswegs ihr Herz an den verwundeten Engländer verloren. Nur sei seine Unterhaltung so viel anregender als das seichte Gemurmel macanesischer Galane. «Sein Verstand reizt mich, Vater, sonst nichts. Schließlich hast du mich gelehrt, Gefallen an theoretischen Diskussionen zu finden. Es ist entsetzlich langweilig für den armen Kerl, den ganzen Tag allein im Bett zu liegen.»

«Solange sie sich nicht dazulegt», murmelte Senhor Sebastão do Amaral vor sich hin, als er in sein Kontor ging. Aber er verbot seiner Tochter die Besuche nicht.

«Wenn man sie hört, könnte man meinen, sie tun nichts, als über Philosophie reden und Schach spielen», bemerkte er dennoch murrend Manuel Bocarro gegenüber.

Sie spielten wirklich Schach, wenn sie ihre geistigen Fähigkeiten nicht in den ersten zwanglosen Diskussionen erprobten, die Francis je mit einer Frau und Dolores mit einem anderen Mann als ihrem Vater führte. Seit seiner Verweisung aus dem Englischen Kolleg in Saint-Omer, als er siebzehn Jahre alt war, hatte Francis aus Gründen der Selbsterhaltung seine Zunge im Zaum gehalten, denn er hatte immer unter Ausländern gelebt, die ihm möglicherweise alle feindlich gesonnen waren. Aber durch seine jesuitischen Lehrer hatte er Geschmack an gelehrten Streitgesprächen gefunden. Bei Dolores brauchte er aus seinem Herzen keine Mördergrube zu machen, denn was sie von ihm hielt, war letztlich belanglos. Obwohl Dolores mehr daran lag, was er von ihr hielt, tat auch sie sich keinen Zwang an. Sie freute sich, daß sie nicht konventionelle Schicklichkeit zur Schau stellen und ihre nichtssagenden Antworten auf fade Artigkeiten mit albernem Lächeln begleiten mußte. Sie fand die Verehrer, die bloß Mitgiftjäger waren, entsetzlich langweilig. Sie konnten nur ihre Reize und ihre Kleider rühmen und anrüchigen Klatsch verbreiten.

Dolores lenkte Francis außerdem von den Schmerzen ab, die seine Wunde verursachte, indem sie ihn veranlaßte, über sich selbst zu sprechen. Er zeigte ihr die Miniatur seiner Mutter. Zuerst zögernd, dann ungehemmt, erzählte er ihr vom Tod seines Vaters, dem verzehrenden Kummer seiner Mutter, von ihrem Tod, seiner einsamen Kindheit und der klösterlichen Jugend in Saint-Omer. Er sprach von den grausamen Schlachten in Spanien, von der Ichbezogenheit chinesischer Frauen und den barbarischen Sitten der Mandschu. Ihre Anteilnahme verlockte ihn, aus sich herauszugehen, und das wollte sie auch.

Francis lag da und wartete darauf, Dolores' leichten Tritt und das Rascheln ihrer Unterröcke auf der Treppe zu hören und den ihr immer folgenden schweren Schritt von Manuel Bocarro. Den hellgrauen Falten ihrer glockig gebauschten Röcke entströmte der Duft von Frühlingsblumen, wenn sie in sein Schlafzimmer kam. Das Schnürleibchen aus rosa Satin mit dem eingearbeiteten Fischbein hob ihre schlanke Taille hervor. Um die bloßen Schultern trug sie eine Stola aus elfenbeinfarbener Spitze, die mit einer Rubinbrosche zusammengehalten wurde, und um den Hals eine Kette aus rosa Perlen. Ihr Kopftuch war aus Alençonner Spitze, und zwei kleine Diamanten hingen wie Tautropfen an ihren lindgrünen Jade-Ohrringen.

Francis zuckte zusammen, als Manuel Bocarro ihm herzhaft die Hand schüttelte, und Dolores' Augen umflorten sich besorgt.

«Francis, es wird schlimmer, nicht wahr? Jeden Tag mehr Schmerzen? Ihr habt abgenommen und seid ganz erschöpft.»

«Es ist nicht angenehm», gab er widerstrebend zu.

«Da muß etwas geschehen», erklärte sie. «Und sehr bald . . . heute noch.»

«Ich will nicht, daß ein Feldscher an meinem Bein herumpfuscht. Ich habe mehr Männer durch Feldscherer als an Wunden sterben sehen.»

«Ihr werdet sterben, mein Freund, wenn die Wunde noch länger fault. Oder zuletzt Euer Bein an einen Feldscher loswerden.»

«Kein Feldscher», beharrte Francis. «Wenn es sein muß, dann . . . Ach nein!»

«Dann . . . was? Es muß sich ein Weg finden lassen. Ihr dürft Euch nicht geschlagen geben.»

«Das werde ich nicht, Dolores. Ich habe wirklich nicht vor, jetzt zu sterben.» Francis' krampfhafter Scherz erheiterte sie nicht. «Joseph King sagt, er kenne einen Kräuterdoktor, der Wunder wirke. Ihr wißt ja, die Chinesen sind . . .»

«Ein Chinese?» Sie war entsetzt. «Doch nicht ein Chinese!»

«Da ich keinen trunksüchtigen Feldscher mit seinen dreckigen Händen haben will, muß es der Chinese sein. Sonst würde ich mich geschlagen geben.»

«Ein Chinese!» Dolores schüttelte bestürzt den Kopf. «Ein chinesischer Arzt! Nein, Francis, nein!»

Francis war erbost über Dolores' weibliche Unvernunft, solche Kleinlichkeit hatte er ihr nicht zugetraut. Er war entschlossen, sich von keiner Frau Vorschriften machen zu lassen, und wies Joseph King am nächsten Morgen an, den Kräuterdoktor zu holen.

Der Arzt war erstaunlich jung und stämmig. Er wusch sich drei Minuten lang die Hände, ehe er den verfleckten Verband abnahm. Er rümpfte die Nase, weil der Eiter so stank. Francis bäumte sich vor Schmerz auf, und das Kopfende seines Bambusbettes krachte unter seinem Griff, als ein langer Zeigefinger den Weg sondierte, den die Kugel durch sein Fleisch genommen hatte, ehe sie am Schenkelknochen steckengeblieben war.

«Wir werden es fünf Tage lang mit heißen Breiumschlägen und Bähmitteln versuchen», sagte der Arzt zu Joseph. «Und mit einer heilenden Suppe. Sonst nichts als Reisbrei mit gekochtem Huhn. Und keine Besucher . . . niemanden.»

Die heilkräftige Suppe aus Schlangengalle, Baumrinde, Wildgräsern, Fledermauskot und den Hoden von Schuppentieren schmeckte wie der Kehricht eines Mandschu-Stalls, aufgebrüht mit Flüssigkeit aus den Kloaken von Lissabon. Aber Francis' Fieber sank am zweiten Tag, und er fühlte sich kräftiger, wenn er auch den größten Teil des Tages verschlief.

Zwei Besucher, die einer nach dem anderen am vierten Tag erschienen, konnte Joseph nicht fernhalten. Francis stimmte ihm zu, daß kein chinesischer Christ, der immer noch verdächtigt wurde, ein heimlicher Heide zu sein, es wagen konnte, diese Priester abzuweisen.

Der erste war ein Franziskaner-Mönch, das Gesicht beschattet von der Kapuze seiner groben braunen Kutte. Er stellte sich als Bruder Jerónimo vor, Beichtvater der Senhorinha Teresa Dolores Angela do Amaral. Er spendete keinen Trost, sondern erteilte mit strenger Miene Rat.

«Du mußt von deinem Starrsinn ablassen, mein Sohn. Dona Dolores fürchtet, dieser heidnische Zauberer werde dich umbringen, nicht dich heilen.»

«Ich werde es erwägen.» Der Einschüchterungsversuch des Mönchs bestärkte ihn in seiner Entschlossenheit.

«Dann kann ich der Senhorinha sagen, meine Mission sei nicht vergeblich gewesen?»

«Sagt ihr, ich werde Eure Worte sorgfältig erwägen», wiederholte Francis, dann lenkte er ein: «Sagt ihr auch, ich werde mich freuen, sie zu sehen, von übermorgen an jederzeit.»

«Das will ich gern tun, mein Sohn.» Der Mönch fühlte sich ermutigt durch Francis' offenbare Bereitwilligkeit. «Noch eine andere Sache wollte ich mit dir besprechen. Das geschieht aus eigenem Antrieb, nicht im Auftrag der Senhorinha.»

«Und das wäre?» fragte Francis matt.

«Es geht dabei um ihr Seelenheil, für das ich zu sorgen habe. Es ist nicht schicklich . . . Es gefährdet ihre Seele, wenn sie mit fast Zwanzig noch unverheiratet ist.»

«Ich bin verheiratet, Pater. Ich habe die Bekanntschaft der Dame nicht gesucht. Sie hat mir liebenswürdigerweise ihre Freundschaft geschenkt. Doch alles, was über Freundschaft hinausgeht, ist unmöglich.»

«Davon bin ich keineswegs überzeugt, mein Sohn. Laß mich ausreden. Es wäre besser, wenn ein portugiesischer Herr Gegenstand ihrer Zuneigung wäre, aber du bist es. Wenn sie darauf beharrt, wird es zu fleischlicher Sünde oder unfruchtbarem Altjungfernstand führen. Denn sie hat nicht die Berufung, Nonne zu werden.»

«Ich versichere Euch, mit mir wird sie nicht sündigen. Auf lange Zeit hinaus nicht . . . Ihr seht, in welchem Zustand ich bin. Niemals, wenn Ihr mir ins Herz schauen könntet. Ich werde sie nie als Geliebte mißbrauchen. Aber ich bin schon verheiratet, also ist die Sache erledigt.»

«Verheiratet unter Zwang, wie du selbst Dona Dolores gesagt hast. Das ist keine echte Ehe. Und mit einer Chinesin . . . teilweise nach heidnischem Ritus. Wie kann eine solche Heirat gültig sein? In Rom würdest du sofort die Nichtigkeitserklärung der Ehe erhalten. Aber die Nichtigkeitserklärung ist unnötig. Ich bin bereit, dich mit der Senhorinha do Amaral zu trauen, denn du bist mit dieser im Grunde heidnischen Chinesin *nicht* verheiratet.»

«Die Jesuiten würden das nicht sagen. Ein Jesuiten-Pater hat mich mit meiner chinesischen Frau getraut.»

«Die Jesuiten, pah! Die Jesuiten sind ja fast Ketzer. Eine jesuitische Trauung . . . bedeutungslos.» Der Franziskaner ballte die rechte Hand zur Faust und ließ den Daumen heraussstehen, das alte heidnische Zeichen gegen den bösen Blick. «Und sie ist, vergiß das nicht, reich an irdischen Gütern.»

«Ich bin wirklich verheiratet. Wäre ich es nicht, dann würde ich jetzt nicht heiraten – nicht einmal die Senhorinha do Amaral.»

«Du mußt deine Halsstarrigkeit aufgeben. Denke darüber nach, mein Sohn.»

Als die Sandalen des Franziskaners längst die Treppe hinuntergeklappert waren, stank das Schlafzimmer noch nach der verschwitzten Kutte.

Der zweite Priester war Giulio di Giaccomo. Der wendige Italiener stimmte Francis zu, daß die Behandlung durch einen chinesischen Kräuterdoktor áussichtsreicher sei als die Versorgung durch einen groben Feldscher der Garnison.

«Ich freue mich, daß Ihr das findet, Pater Giulio», sagte Francis. «Mein letzter Besucher war anderer Meinung.»

«Dein letzter Besucher? Doch nicht der dreckige Franziskaner, den ich die Straße entlanggehen sah . . . höchst arrogant in seiner scheinbaren Demut. Er hat dich besucht?»

«Leider, Pater Giulio. Aber uneingeladen.»

«Das will ich hoffen, mein Sohn.» Der Jesuit riß das Fenster auf. «Sein Gestank hängt hier noch. Sie sind ekelerregend, diese Franziskaner, schlimmer noch als die Dominikaner.»

«Er war nicht übermäßig sauber.»

«Das sind sie nie. Aber ich bin nicht hergekommen, um über den beklagenswerten Zustand mancher sogenannten Diener der Kirche zu reden. Weißt du, daß ich erst vor zwei Tagen aus Peking zurückge-kommen bin?»

«Und wie geht es meinen Freunden dort, Pater Adam und den anderen?»

«Sehr beschäftigt ist unser Pater Adam, aber betrübt über deine lange Abwesenheit. Er bat mich, dir zu sagen, daß ganz Peking dich vermißt, insbesondere deine Frau. Er möchte gern wissen, wann du zurückkommst, und betet, daß es bald sein möge.»

«Wie Ihr seht, Pater Giulio, erlaubt mein Zustand keine Reisen. Selbst wenn die Behandlung erfolgreich ist, werde ich auf Monate hinaus dazu nicht imstande sein.»

«Dennoch mußt du darüber nachdenken, Francis. Ich würde Pater Adam gern Nachricht geben, daß du zurückkommst, sobald es dir möglich ist.»

«Leider nein, Pater. Es gibt noch andere Gründe . . .»

«Der Göttliche Strang, ist es das? Diese Schwierigkeiten kann Pater Adam bereinigen – sobald du versprichst, zurückzukommen.»

«Warum ist es so dringend? Ich bin doch nicht so wichtig.»

«Pater Adam braucht deine Hilfe. Der Kaiser verlangt, daß er Geschütze gießt. Deine Anwesenheit ist auch nötig, um ein Schisma in der christlichen Gemeinde abzuwenden. Deine Frau Marta . . .»

«Ich habe schon erwartet, daß wir bald auf Marta zu sprechen kommen», unterbrach ihn Francis. «Was führt sie denn jetzt im Schilde?»

«Sie ist wütend über deine lange Abwesenheit, in ihrem Zorn nahe dran, dem Glauben abtrünnig zu werden. Ihre Klagen entzweien die christliche Gemeinde. Pater Adam fürchtet einen öffentlichen Skan-dal, da die Chinesen Eintracht höher schätzen als alles andere. Offen-kundige Unstimmigkeit in der ersten chinesisch-europäischen Ehe könnte den Zorn des Hofes über uns bringen. Unsere Feinde sind stark . . .»

«Gewiß würde doch der Hof die Jesuiten nicht ausweisen, vor allem Pater Adam nicht.»

«So weit ist es noch nicht gekommen, mein Sohn. Pater Adam brauchen sie wegen seiner Kenntnisse auf dem Gebiet der Geschütz-gießerei und des Festungsbaues. Aber ein Verbot aller öffentlichen Gottesdienste und des Proselytenmachens. Das hat es auch schon früher gegeben.»

«Sagt Pater Adam, ich würde nicht kommen, wenn es meine eigene freie Wahl wäre. Aber ich verstehe, wie heikel die Lage ist, und ich werde darüber nachdenken. Aber jedenfalls kann ich in den nächsten Monaten nicht reisen.»

«Ich werde ihm sagen, daß du es erwägst, und ihm raten, den Geheimdienst auf jede, ihm geeignet erscheinende Weise versöhnlich zu stimmen sowie eine Einreisegenehmigung für dich zu erwirken.»

«Ich fürchte Marta mehr als den Obereunuchen.» Francis fragte sich, warum es seine Frau jetzt plötzlich nach seiner Anwesenheit verlangte, nachdem sie ihm neun Jahre lang kein einziges Wort hatte zukommen lassen. «Marta ist ein Weibsteufel. Ich würde fast alles tun, um ihr aus dem Weg zu gehen.»

«Sie ist deine Frau. Niemand kann etwas daran ändern, nicht einmal der Heilige Vater in Rom.»

Früh am nächsten Tag führte Joseph King den Kräuterdoktor wieder ins Schlafzimmer. Der Sklave, der weder Personen noch Positionen respektierte, war ehrerbietig und nannte den Doktor *Daifoo*, Meister Arzt.

Der Doktor nahm den Breiumschlag ab. Der Fäulnisgestank war schon weniger ekelerregend, die schwarz-rote Schwellung zurückgegangen, und das Bein sah nicht mehr aus wie eine ungeheuerlich aufgeblähte, schuppige Schlange.

«Ho! Ho yeh! Leung-la», murmelte der Doktor, und Francis schöpfte neue Hoffnung. «Gut! Sehr gut! Die Haut faßt sich viel kühler an, und das Fieber ist gesunken.»

«Dann wird es gut werden?» fragte Francis auf kantonesisch.

«Oh, es wird gut werden. Es wird gut werden – wenn ich erst die Kugel entfernt habe. Die Entzündung ist so weit zurückgegangen, daß ich den Missetäter herausholen kann. Übrigens werdet Ihr Euer Bein nicht verlieren. Es hatte sein können . . .»

Diese Gewißheit tröstete Francis, er hatte bereits gefürchtet, mit vierunddreißig Jahren ein nutzloser, einbeiniger Kriegsinvalide zu werden. Er kaute den dunkelbraunen Opiumkuchen, den Joseph ihm reichte, und zuckte nicht zusammen, als der Doktor ihm zwei silberne Nadeln zwischen Kieferknochen und Hals steckte. Dann bekam er noch drei kurze goldene Nadeln, die ein Dreieck bildeten, in die linke Lende.

«Warum die Nadeln?» Francis war hellwach, aber seltsam entfernt von seinem eigenen Körper. «Mit meinem Kiefer und meinem Unterleib ist doch alles in Ordnung.»

«Die Körpersäfte fließen durch bestimmte Kanäle», erklärte der Arzt. «Indem wir diesen Fluß unterbrechen, erreichen wir, daß Ihr wenig Schmerz empfindet.»

«Offenbar weiß er, was er tut», murmelte Francis.

«Natürlich, Pfeilschmied», sagte Joseph. «Seit sechs Generationen hat seine Familie Wunden behandelt. Kriege und Rebellionen haben dafür gesorgt, daß er nie aus der Übung gekommen ist, sagt er.»

Nachdem er sich die Hände in abgekochtem Wasser gewaschen hatte, nahm der Doktor eine Lanzette. Ehe Francis die Muskeln anspannen konnte, hatte er die Lanzette in die Wunde eingeführt, um den Abszeß aufzuschneiden, der die Arkebusenkugel eingekapselt hatte.

Francis spürte einen Nadelstich, dann einen brennenden Schmerz, als die Lanzette zurückgezogen wurde. Gelbgrüner Eiter spritzte aus der Wunde und stank so übel, daß Francis sich erbrach.

Der Arzt reinigte die Wunde mit einem Tupfer aus weißer Seide, mit einem Gemisch aus Sorghumschnaps und Katzenurin getränkt. Dann holte er aus seiner roten Ledertasche eine sieben Zoll lange Zange, die wie ein Storchenschnabel aussah.

Obwohl Francis von Opium und der Akupunktur benommen war, spürte er ein leichtes Vibrieren in seinem Schenkel. Er biß die Zähne zusammen, als sich die Kugel knirschend am Knochen rieb, aber die Empfindung war schwach. Dann klirrte die abgeflachte Arkebusenkugel aus dem offenen Storchenschnabel auf die Fußbodenfliesen.

Der Arzt wischte sich mit dem feuchten Tuch, das Joseph ihm reichte, das Gesicht ab und wusch sich wieder die Hände, ehe er die Wunde mit Seidengaze verband, die mit der Mischung aus Schnaps und Urin getränkt war. Er betrachtete das bleiche Gesicht seines Patienten und stellte befriedigt fest, daß Francis die Lider geschlossen hatte.

«Ich komme heute abend nochmal her», sagte er zu Joseph. «Er sollte jetzt etwa zehn Stunden schlafen.»

«Ich bin zutiefst dankbar, Meister Arzt», sagte Joseph. «Kein anderer Arzt in Südchina hätte es auch nur halb so gut machen können.»

«Nur in Südchina, Meister King? Warum so kleinlich? Kein anderer

in ganz China. Ich bin dankbar für Euer großzügiges Honorar ...
Und es ist interessant festzustellen, daß Barbaren auch nicht anders
beschaffen sind als wir.»

«Alles wird jetzt gut werden?» fragte Joseph.

«Alles wird gut werden, so die Götter wollen. Wenn das Element
Feuer nicht wieder die Oberhand gewinnt, wird alles gut werden. Es
werden einige Monate vergehen, bis er ohne Schmerzen, und fast ein
Jahr, bis er ganz ohne Beschwerden laufen kann. Er wird immer
hinken und bei Regenwetter Schmerzen haben. Aber er hat Glück
gehabt. Meine Zeichnung habt Ihr ja gesehen. Wäre die Kugel zwei
Zoll weiter vorn eingedrungen, hätte er nie wieder laufen können.»

Einige Zeit später zeigte Joseph Francis die Zeichnung des Arztes.
Francis war fasziniert von dem Querschnitt durch einen Oberschenkel, denn bisher hatte er nur die plumpen und höchst ungenauen
anatomischen Zeichnungen von europäischen Feldscherern gesehen.

«Die Kugel war hier eingedrungen, sagte mir der Meister Arzt»,
Joseph deutete auf die kleine Lücke zwischen den kräftigen Muskeln
auf der Rückseite, «war dann zwischen diesen Muskeln durchgefahren
und hatte sie zerfetzt und die Blutgefäße aufgerissen. Hättet Ihr nicht
seitlich gekniet, um das Geschütz zu laden, wäre sie von vorn eingedrungen und hätte den Knochen zerschmettert. Dann hättet Ihr nie
wieder laufen können und wahrscheinlich das Bein verloren.»

«Ich danke Gott und deinem Meister Arzt. Woher weiß er soviel
von Muskeln? Die Zeichnung sieht aus, als wäre sie nach einem
aufgeschnittenen Bein angefertigt.»

«Ist sie auch», antwortete Joseph. «Seit sechs Generationen hat
seine Familie Leichen seziert.»

«Aber das Sezieren ist nach konfuzianischem Gesetz verboten, und
die katholische Kirche verbietet es auch.»

«Dennoch haben sie seziert. Wäre es Euch lieber gewesen, er hätte
sich den Weg durch Euer Fleisch auf gut Glück gesucht – wie ein
Feldscher?»

Unter dem Vorwand seiner allmählichen Genesung leistete Francis
Arrowsmith den langen feucht-heißen Sommer und den kurzen herrlichen Herbst hindurch bis zum Winter 1641 hinhaltenden Widerstand. Sich krank stellen war seine beste Verteidigung gegen die drei
hartnäckigen Frauen, die ihn jede für sich haben wollten. Solange er

nicht richtig laufen, geschweige denn reisen konnte, vermochte er sich des Drucks, den mächtige Männer auf Veranlassung dieser Damen auf ihn ausübten, zu erwehren.

Aus Mukden schickte der Oberbefehlshaber der Mandschu, Prinz Dorgon, den Befehl, sofort zurückzukehren, um die Artillerie des Kaisers Abahai in den Kampf zu führen. Francis vermutete, daß Barbaras Vater es auf Drängen seiner Tochter veranlaßt hatte. Als Francis geltend machte, er sei für die Mandschu nützlicher, wenn er in Macao die Waffenlieferungen überwache, erwiderte Prinz Dorgon: «Bocarro kann die Geschäfte weiterführen. Seine Majestät braucht dich hier. Es ist erforderlich, daß du zurückkommst.» Kurz darauf erhielt Francis einen Brief, den ein chinesischer Schreiber für seine Mandschu-Konkubine verfaßt hatte. Barbara flehte ihn an, zu ihr und seinem Sohn Babaoge, den er Robert nannte, zurückzukehren.

Aus Peking schickte Adam Schall häufig Briefe durch vertrauenswürdige Reisende nach Kanton oder Macao. Obwohl sie sich im Wortlaut unterschieden, hatten alle Briefe den gleichen Sinn: «Du mußt sofort zu deiner Frau und deiner Tochter zurückkehren. Marta macht mir das Leben schwer, und ich will weder ihr Ersatz-Ehemann noch ihr Sündenbock sein. (Die Kirchenväter waren sehr klug, als sie anordneten, daß Priester nicht heiraten dürfen. Der Zölibat ist keine Pein, sondern ein Segen.) Auch ich brauche deine Anwesenheit, denn du bist der einzige erfahrene Artillerist und Geschützgießer, der nicht nur Chinesisch spricht, sondern – dank meinen Bemühungen – den chinesischen Behörden jetzt auch wieder willkommen ist.»

In der portugiesischen Niederlassung war der Druck subtiler und unausweichlich. Dolores do Amaral nahm ihre Besuche wieder auf, und Francis fand sie erfreulich. Zu klug, um ihn selbst zu bedrängen, spannte Dolores ihren Vetter Manuel Bocarro ein. Höchst verlegen berichtete Bocarro Ende November, Dolores' Vater, der mächtige Kaufmann Dom Sebastião Lobo do Amaral habe ihm nahegelegt, seine Geschäftsverbindung mit Francis zu lösen. Anfang Dezember, als Francis noch im Bett lag, aber schon herumhumpeln konnte, wenn er es versuchte, sprach Bocarro ganz unverblümt.

«Ich kann an unserer Abmachung nicht über das Frühjahr hinaus festhalten», sagte er. «Dom Sebastião droht, seine Darlehen zu kündigen. Außerdem wird dich der *Leal Senado* zur *persona non grata* erklären, wenn du auf dem Mandschu-Handel bestehst. Dom Sebastião hat die Ratsherren davon überzeugen können, daß die Duldung dieses Handels die Mandarine von Kanton verärgert. Das ist *nicht* wahr. Weiter weist er warnend darauf hin, daß auf Befehl von Peking alle Lebensmittel und Handelsgüter für Macao beschlagnahmt werden sollen. Das *könnte* wahr sein, ist aber unwahrscheinlich. Dom Sebastião ist so wütend, daß er sich bemüht, es wahr werden zu lassen. Mittlerweile hält halb Macao es für wahr.»

Antonio Castro wich nicht aus, als Francis ihn befragte.

«Ich würde es nicht so drastisch ausdrücken, Francis. Aber es ist wahr, was Manuel sagt. Dom Sebastião hat jetzt die Jesuiten als Verbündete gewonnen. Da sie wollen, daß du nach Peking zurückkommst, gewähren sie Dom Sebastião, der will, daß du Dolores heiratest, gern Unterstützung, indem sie deine Stellung hier unmöglich machen.»

«Die Jesuiten setzen voraus, daß ich zu meiner angetrauten Ehefrau gehen muß, nicht wahr? Woher wissen sie, daß ich mich nicht der Bigamie schuldig machen werde, wenn der Druck zu stark wird?»

«Haben sie nicht recht, Francis? Dom Sebastião ist das Werkzeug der Jesuiten, aber sie sind nicht sein Werkzeug, wie er glaubt. China könnte deine einzige Zuflucht sein.»

«Antonio, ich werde nicht zu Marta zurückgehen. Mir erstarrt das Blut in den Adern, wenn ich an sie denke. Selbst meine halbwilde Barbara ist besser, obwohl ich die Mandschu-Barbarei satt habe.»

«Deine Sünden sorgen für ausgleichende Gerechtigkeit, Francis. Du konntest nie wiederstehen, wenn sich eine Frau dir an den Hals warf. Du flüchtest immer, bis du sie fängst. Jetzt bist du gefangen. Der *Leal Senado* wird dir nicht erlauben, nach Mukden zu segeln. Sie fürchten chinesische Vergeltungsmaßnahmen.»

«Dann muß es also China sein?»

«Es scheint so. Aber deine Gehbehinderung kann sicherlich noch ein paar Monate anhalten.»

Am 21. Juni 1642 gab Francis Arrowsmith nach. Er konnte die Komödie der langsamen Genesung nicht weiterspielen, obwohl er stark hinkte. Da er sich den Aufenthalt in Macao nicht durch die Doppelehe mit Dolores erkaufen konnte, verließ er betrübt die Stadt, die gerade mit Theateraufführungen, Konzerten und Paraden ein Freudenfest feierte. «Ganz Macao scheint froh zu sein», bemerkte er zu Pater Giulio di Giaccomo, «daß wir abreisen.»

Der Mittsommertag 1642 war der zwanzigste Jahrestag des Sieges der portugiesischen Niederlassung über die Landungstruppe unter Admiral Cornelius Reyersen, und dieser Sieg hatte den Fernen Osten vor holländischer Vorherrschaft bewahrt. Aber Macao hatte noch einen wichtigeren Grund zum Feiern. Ein ehemaliger Generalkapitän war mit der holländischen Fregatte *Capella* gelandet und brachte Neuigkeiten aus Lissabon, die zwei Jahre gebraucht hatten, um Macao zu erreichen.

Portugal und die Niederlande befanden sich nicht mehr im Krieg. Durch einen Volksaufstand im Dezember 1640 war die spanische Vorherrschaft beendet worden und Dom João, Herzog von Bragança, war König von Portugal. Die Holländer würden jetzt Macao oder die portugiesische Schiffahrt nicht mehr angreifen, denn sie führten nun Krieg gegen Spanien.

Macao wurde von patriotischer Begeisterung gepackt. Auf dem Platz vor dem Gebäude des *Leal Senado* schwor der Gouverneur «Seiner Majestät, dem König Dom João, dem vierten dieses Namens, den Gott erhalten möge», Treue und Ergebenheit. Die Schüler des Jesuitenseminars führten ein historisches Schauspiel zu Ehren des Hauses Bragança auf. Die kreischenden Möwen wurden durch Musketen-Salutschüsse auseinandergejagt.

Um ihren Patriotismus zu beweisen, lasen die verdächtigen Jesuiten mehrmals Messen. Sie gestatteten der Garnison auch, in der Basilica São Paulo Salut zu schießen, ungeachtet der Schäden an Wandbehängen und Schnitzereien. Ausnahmsweise bestand in Macao völlige Harmonie zwischen den Schwarzröcken und den Laien.

Der Abschiedsschmerz verhinderte, daß Pater Giulio di Giaccomo und Francis Arrowsmith die Lustbarkeiten genossen. Aber Joseph King freute sich auf die Rückkehr nach China und war wie immer begeistert von der Stierhetze am Fuß des Monte Guia.

«Der arme Stier hat nicht die geringste Aussicht gegen fünfzig Mann», bemerkte Francis mißmutig. «Typisch portugiesische Heuchelei, wenn sie behaupten, Stierhetze zu Fuß sei tierfreundlicher als die spanische zu Pferde. Der Stier wird gequält und ist schließlich allemal tot.»

«Nur ein Engländer wird Mitleid mit einem Tier haben – aber sein Fleisch gern essen», erwiderte Joseph King. «Der Gnadenstoß beendet die Sache erfreulich schnell.»

«Ich wünschte», sagte Francis, «jemand würde deiner gepriesenen Ming-Dynastie den Gnadenstoß versetzen. Hier wird die friedliche Wiederherstellung einer Dynastie nach ausländischer Unterdrückung gefeiert. Und wohin gehen wir? Zur blutigen Niederwerfung einer anderen Dynastie durch Barbaren.»

HANGTSCHOU, KAIFENG, PEKING

18. Juli 1642 bis 9. Oktober 1642

Die Banner der Kavallerie-Eskorte hingen schlaff herunter, und nur das Knarren ihrer Sättel oder des Zaumzeugs unterbrach die Morgenstille. Die drei Reisenden hielten mit ihren Pferden an der Stelle, wo die Straße nach Süden zum Fluß Tsientang den niedrigen Paß zwischen Hügeln erklimmt, die im Osten vom Phönix-Berg überragt werden. Schweigend blickten sie zurück auf Chinas schönste Stadt.

Vor vier Wochen hatten sie ihre Reise in Hangtschou unterbrochen und setzten sie nun widerstrebend fort, da sie keinen Vorwand mehr hatten, sich hier länger aufzuhalten. In der sommerlichen Pracht von Hangtschou war Francis Arrowsmith wieder dem Zauber des alten China erlegen, im Banne einer Friedlichkeit, die seit der urzeitlichen Vergangenheit bis zur ewigen Zukunft währte. Sein von den überaus realistischen Chinesen übernommener Wirklichkeitssinn sagte ihm, daß Hangtschous heitere Ruhe eine absurde Sinnestäuschung sei. Aber er klammerte sich daran.

Die zahlreichen Theater, Gaststätten und Wirtshäuser waren, wie Joseph King seinen Gefährten erklärte, Überbleibsel eines rasch vergehenden Zeitalters. Außerdem hatten sie die Stadt, die die Chinesen den «Himmel hienieden» nannten, nur von ihrer schönsten Seite kennengelernt. Sie waren von den Mandarinen mit äußerster Höflichkeit empfangen worden, da sie unter dem Schutz und Schirm des Kriegsministeriums reisten. Francis trug wieder den blauen Waffenrock und das Luchs-Abzeichen eines militärischen Mandarins Sechsten Grades, eines Majors. Das schwarze Gewand des Jesuiten Giulio di Giaccomo war zugeschnitten wie das eines ranghohen Mandarins, und auch sein viereckiger Hut aus steifem Roßhaar war der eines Mandarins. Joseph King, zwar immer noch ein Sklave, hatte die grüne Uniform mit dem Nashorn-Abzeichen eines Leutnants angelegt.

Die Protektion des Kriegsministers hatte ihnen Zugang nicht nur zu dem luxuriösesten Gästehaus, sondern auch zu den elegantesten Freudenhäusern jener Stadt verschafft, die berühmt war für die Schönheit, die Begabung und den Einfallsreichtum ihrer Kurtisanen. «Wie Göttinnen der Musik», schwärmte ein Dichter, spielten sie Zither oder Leier, sangen alte Balladen oder Volkslieder und führten klassisches Ballett oder Volkstänze auf.

Wenn abends die Doppelstunde der Schlange nahte und die Kerzen zu tropfen begannen, genossen Francis und Joseph die duftenden Freuden des Bades und später die Wonnen zwischen seidenen Laken, wo die Damen ihr höchstes Können bewiesen. Toleranter, als er vielleicht hätte sein sollen, hörte Giulio di Giaccomo ihre Beichte und erteilte ihnen Absolution.

«Wenn du schon krank werden mußtest, Francis, bin ich froh, daß es in Hangtschou war.» Pater Giulio zog die Zügel an und schnalzte mit der Zunge, um seinem Pferd ein Zeichen zu geben. «Du hättest dir keinen besseren Ort aussuchen können als die Stadt, die Marco Polo für die Mongolen regierte.»

«Wenn die Geschichte wahr ist», murmelte Joseph King.

«Warum sollte Kublai Khan einen hervorragenden Italiener nicht zum Gouverneur machen?» brauste der italienische Jesuit auf. «Der jetzige Kaiser hat einem hervorragenden Deutschen, unserem Pater Adam, das Kalenderamt übertragen.»

«Seid friedlich, Pater Giulio!» Francis lachte. «Joseph wollte Italien nicht beleidigen.»

«Jedenfalls, Pater», fügte Joseph hinzu, «ist die Geschichte ebenso aufgebauscht wie der Krankheitsanfall meines Herrn.»

«Ich habe übertrieben, Joseph? Das stimmt nicht. Das Fieber war keine Flunkerei.»

«Gewiß nicht, Major. Aber wart Ihr wirklich so krank, daß wir uns so lange dort aufhalten mußten?»

«Nun ja, ich habe keine Eile, nach Peking zu kommen.»

«Ich auch nicht», sagte Giulio di Giaccomo, «obwohl Pater Adam ungehalten sein mag. Und du bist entschlossen, mit mir nach Kaifeng zu gehen?»

«Ich möchte mir Eure Israeliten nicht entgehen lassen», antwortete Francis. «Selbst ein Soldat ist begierig zu erfahren, wie die verschollenen Stämme nach China kamen und was von ihnen noch übrig ist.»

«Der Umweg wird einen Monat oder noch mehr Zeit kosten», gab Joseph zu bedenken.

«Darüber bin ich mir klar», sagte Francis. «Auch darüber, daß die Fahrt mit dem Flußschiff auf dem Großen Kanal noch weitere Wochen kostet. Meine Rekonvaleszenz erfordert offenbar diese Bequemlichkeit.»

In gemächlichem Trott ritten sie zum Fluß Tsientang, dessen Ufer zum Schutz vor Überschwemmungen mit Bruchsteinmauern befestigt waren. Die Kais, die sich über zwei Meilen am Westufer erstreckten, wimmelten von Tieren und Menschen, die große, längsseits vertäute Frachtdschunken beluden.

Die Piere waren weißbepudert von Tausenden von Reissäcken. Weihrauch- und Anisduft vermischte sich mit dem scharfen Geruch von Pfefferkörnern und dem Aroma von Zimt, Kardamom und Koriander. Prächtige Tributseide in dicken Rollen lag aufgestapelt neben hellbraunen Ballen von Tabak und Tausenden von Kisten mit Eierschalenporzellan. Krüge mit Wein aus dem nahen Schaohsing standen neben Körben voll tropischer Früchte von der fernen Insel Hainan, Kisten mit japanischen Silberbarren neben Steinkohle in Jutesäcken aus der Provinz Schansi. Diese und viele andere Erzeugnisse des Reiches und einige wenige Einfuhrgüter waren in verschwenderischer Fülle auf den Kais aufgehäuft.

Francis Arrowsmith, der auf seiner ersten Reise nach Norden vor dreizehn Jahren nicht über Hangtschou gekommen war, staunte über den gewaltigen Umschlag von Waren, die regelmäßig in dem riesigen Reich verschifft wurden. Der Kaiserkanal schlängelte sich tausend Meilen weit von seinem Beginn bei Hangtschou bis zu seinem nördlichen Ende in der Nähe von Peking. Er verband die beiden großen Ströme des Reiches, den Jangtsekiang, den die Chinesen den Langen Fluß nannten, und den Hoang-ho, den ungestümen Gelben Fluß. Damit verbundene Wasserstraßen erstreckten sich tausend Meilen südwestlich von Hangtschou durch die Schluchten des Jangtsekiang bis Tschungking in der Szetschuan-Ebene und fast ebenso weit von Tsinan in der Provinz Schantung bis nach Sian im Nordwesten.

«Und du glaubst immer noch, die Mandschu können das Reich

erobern?» sagte Pater Giulio höhnisch zu Francis. «Hier wird an einem einzigen Tag mehr Reichtum angehäuft, als die ganze Mandschurei in zwanzig Jahren erzeugt.»

«Reichtum vielleicht, aber keine Macht. Und dieser Reichtum ist nur eine Verlockung für die Mandschu, sofern er nicht für die Heere verwendet wird, die das Reich verteidigen.»

«Warten wir's ab», erwiderte der Italiener. «Aber wo ist unser Schiff?»

«Sie werden zu uns kommen, Pater», beruhigte ihn Joseph. «Die Menge teilt sich vor unserer Eskorte wie Weizen unter der Sense. Sie werden uns leicht finden.»

Francis war wiederum erstaunt über ihren Empfang auf dem Flaggschiff einer Flottille von etwa vierhundert Dschunken. Der Admiral der Flotte war ein jugendlicher Mandarin Zweiten Grades mit einem dichten schwarzen Bart und wallendem Haar. Auf seinem Brustlatz schwang sich ein Fasan empor. Er begrüßte Francis und Joseph mit vor der Brust gefalteten Händen, dann fiel er vor dem Jesuiten auf die Knie.

«*Shen-fu, wo bi-hsing* . . .» sagte er. «Pater, ich heiße Ignatius Chin. Ich bitte um Euren Segen.»

Als der Priester ihn gesegnet hatte, fügte der Mandarin hinzu: «Alles ist vorbereitet für die heilige Messe.»

Persönlich diente Admiral Ignatius Chin Pater Giulio als Ministrant bei der Messe auf dem geräumigen Heck des Flaggschiffs. Anschließend segnete der Priester die gelbseidenen, mit roten Kreuzen bestickten Fahnen der Flotte. Die Flottille holte die Haltetaue ein und segelte bei Einbruch der Nacht mit günstigem Wind nach Nordost, dem etwa hundertdreißig Meilen entfernten Sutschou entgegen, wo Waren aus Schanghai geladen werden sollten.

Sie kamen nicht sehr schnell voran, denn der Kaiserkanal folgte den Windungen natürlicher Flüsse, die mit künstlichen Wasserstraßen verbunden waren, ehe er die großen Seen des Jangtse-Deltas erreichte. Bei Flaute wurden die plumpen Fahrzeuge von Mauleseln und Ochsen getreidelt. Nachdem die Flotte Sutschou hinter sich gelassen hatte, näherte sie sich Tschingkiang, wo sie den Jangtsekiang überqueren würde. Sie hatte fast acht Tage gebraucht, um zweihundertsechzig Meilen zurückzulegen, und Giulio di Giaccomo errechnete, daß das einer Stundengeschwindigkeit von weniger als anderthalb Meilen entsprach.

Am frühen Nachmittag des achten Tages, dem 23. August 1642, verließ die Flotte Tschingkiang und fuhr mit schwellenden Segeln über das schlammige Wasser des Jangtsekiang. Bei strahlendem Sonnenschein flatterten die Flaggen mit dem Kreuz in einer steifen Brise, und die Segel zerrten am Tauwerk.

«Der Kaiser selbst könnte nicht behaglicher reisen.» Joseph King blickte von seinem Buch auf. «Wenn das Verweichlichung ist, dann gefällt mir Verweichlichung.»

«Mir auch. Die luxuriöseste Art des Reisens der Welt . . . und erholsam für meine Wunde. Schade, daß wir nicht immer . . .» Francis unterbrach sich, verblüfft über Pater Giulios Haltung. Der Jesuit stand reglos da, mit einer Hand stützte er sich auf die rotlackierte Reling, die andere war nach Norden ausgestreckt. Seine langen Ärmel flatterten wie dunkle Wimpel, und Tränen rannen ihm über die Wangen. Vor freudiger Verwunderung blieb ihm der Mund offenstehen.

«Seht mal! Seht mal! Da im Norden!» rief er. «Schaut nur, Francis und Joseph. So weit das Auge reicht – und noch darüber hinaus. Ein wahres Wunder.»

Ein Geschwader schlanker Kriegsdschunken, Geleitschutz für mehrere hundert dickbäuchige Frachtdschunken, fuhr aus dem nördlichen Arm des Kaiserkanals auf den breiten Jangtse. Francis sah mehr Segel, als er zählen konnte. Bemerkenswert, gewiß, aber was rührte Giulio di Giaccomo zu Tränen?

Dann sah er es. Jede Dschunke hatte unter dem Bugspriet ein viereckiges gelbes Sprietsegel mit einem riesigen scharlachroten Kreuz. Sprachlos bekreuzigte sich Francis. Admiral Ignatius Chin hatte den Ausruf des Jesuiten gehört und kam zu ihnen auf das Heck.

«*Ni kan! Ching kan-yi-kan! Chiu shih chi-chi!*» Francis brachte seine Gedanken schließlich auf chinesisch zum Ausdruck. «Schaut nur! Schaut! Das ist ein Wunder!»

«*Yi-ting pu-shih. Chiu shih wo po-po!*» erwiderte der Admiral ungerührt. «Ein Wunder gewiß nicht, sondern mein Onkel, General Lukas Chin. Er segelt mit mehr als fünfhundert Schiffen und hunderttausend Mann gen Süden, um die Rebellion in der Provinz Kwangsi zu unterdrücken.»

«Es ist doch ein Wunder! Ein Zeichen der Gnade des Herrn»,

beharrte Pater Giulio. «Wer hätte sich vorstellen können, daß sich hier, im Herzen des heidnischen China, zwei so große Flotten treffen? Beide von Christen befehligt. Beide unter dem Kreuz Christi.»

«Es ist schon ein wenig ungewöhnlich», gab der Admiral zu. «So etwas sieht man nicht alle Tage.»

«Aber mit Gottes Hilfe wird ein solcher Anblick eines Tages gang und gäbe sein. Er kündigt den Sieg des wahren Glaubens an, die Eroberung des heidnischen Herzens Chinas durch den sanften Nazarener.»

Joseph King behielt seine Meinung für sich. Warum, fragte er sich, erkannte der Jesuit die tiefere Bedeutung der Flottenbegegnung nicht? Um den habgierigen Kaiserhof zu befriedigen, brachte die eine Flotte Reichtümer, die dem Volk abgepreßt worden waren, nach Norden. Die nach Süden fahrende Flotte hatte viele Regimenter an Bord, um die Rebellion zu unterdrücken, die eine Folge dieser unbarmherzigen Ausbeutung des reichen Landes war. Viel besser wäre es, dachte Joseph, keine der beiden Flotten hätte sich auf den Weg gemacht. Würde der Hof das Land nicht aussaugen, brauchten nicht gewaltige Summen aufgewendet zu werden, um die Ruhe im Land wiederherzustellen.

Die Jesuiten bewiesen oft ihren Scharfsinn, aber ihre Leidenschaft für Zeichen und Wunder, vor allem, wenn sie einen Erfolg ihrer Mission anzukündigen schienen, war naiv. Der Gipfel der Naivität war indes ihre Überzeugung, sie könnten Chinas Charakter ändern, indem sie sich den chinesischen Sitten anpaßten.

Am dritten Tag nach der Begegnung der Flotten ließ Admiral Ignatius Chin schließlich seine Mannschaften aus den Blumenhäusern von Jangtschou zurückholen, und die Dschunken legten von Chinas zweitem Sündenbabel ab. Das schöne Augustwetter machte das Heck des Flaggschiffs zur Sonnenterrasse. Joseph King unterwies seinen Herrn geduldig in den Geheimnissen der Kalligraphie.

Verärgert über den Unterschied zwischen Josephs schwungvollen Ideogrammen und seinem eigenen Gekritzel warf Francis den Pinsel weg und gelobte zum hundertstenmal, er werde die chinesische Schönschrift von jetzt an denjenigen überlassen, die dazu geboren seien.

«Habt Ihr vielleicht bemerkt, Major, daß an der Begegnung der Flotten neulich etwas unerfreulich war?» Joseph vermochte seine bösen Ahnungen nicht ewig geheimzuhalten. «Abgesehen von der glücklichen Vorbedeutung, die Pater Giulio darin sah?»

«Du meinst, warum diese großen Flotten den Kaiserkanal befahren?» Francis war immer belustigt über Josephs Neigung, ihn wie ein intelligentes, aber unwissendes Kind zu behandeln. «Ja, es wäre besser, wenn beide nicht ausgelaufen wären. Aber kein Wort darüber zu Pater Giulio. Im Grunde seines Herzens weiß er auch, daß Zeichen und Wunder verschieden gedeutet werden können.»

In den nächsten beiden Wochen ihrer langsamen Fahrt durch das uralte Land wies Joseph King auf die Pagoden, Tempel und Denkmäler hin, die aus dem bunten Herbstlaub aufragten, und zu allen fielen ihm Geschichten von Krieg und Verrat, von Rebellion und Unterdrückung, von Gewalttaten und Rache ein.

Bedrückt durch die unaufhörlichen Berichte seines Schreibers über das Leiden, das das Land seit Jahrtausenden hatte erdulden müssen, betrachtete Francis von der behaglichen Sicherheit des Flaggschiffs aus mißtrauisch jede Stadt, an der sie vorbeikamen. Welche unmenschlichen Taten, fragte er sich, mochten hinter ihren Mauern begangen worden sein? Nachdem er sich im heiteren Hangtschou in idyllischem Einklang mit China befunden hatte, kam er sich in Nordchina wie ein Fremdling vor. Das Spantenwerk der Dschunke und die den Kaiserkanal bewachenden Soldaten riegelten ihn vom Leben der Menschen ringsum ab.

Als sie dreizehn Tage nach der Begegnung der Flotte in Tsining von Bord gingen, freute sich Pater Giulio di Giaccomo auf den Überlandritt nach Kaifeng, denn die verlorenen Stämme Israels zu besuchen war seit sieben Jahren sein Ziel. Erst vor vier Monaten hatte er die Genehmigung des Ministeriums für Ritus erhalten.

Dieses umfängliche Dokument auf festem Papier, eine Elle im Geviert, war mit den roten Siegeln und Vermerken in schwungvoller Handschrift von zwei Ministerien, vier Behörden, sechs Ämtern, neun Dienststellen und zehn Abteilungen des aufgeblähten Beamtenapparats der Ming versehen. Diese Siegel und Unterschriften sorgten für militärische Begleitung, Unterkünfte und Reiseproviant. Nur mit diesem zauberischen Dokument, vor dem jeder Dorfschulze Kotau machte, als wäre es der Kaiser selbst, vermochten die Ausländer in die Stadt zu gelangen, die vor sechs Jahrhunderten die Hauptstadt der Nördlichen Sung-Dynastie gewesen war.

Die dreihundert Meilen auf der zweitrangigen Poststraße konnten sie nur langsam zurücklegen. Sie mußten regelmäßig Pausen einlegen, damit sich die Pferde ausruhen konnten, denn auf den verlassenen Poststationen waren keine Ersatzpferde zu haben. Der sorglose Leutnant, der ihre Eskorte befehligte, trieb zu größerer Eile an, aber Francis fürchtete, wenn sie ihre Pferde zuschanden ritten, würden sie irgendwo in dem unwirtlichen Land festsitzen. Außerdem waren etwa zwanzig Meilen am Tag anstrengend genug für sein Bein.

Joseph hatte warnend darauf hingewiesen, daß das Land jenseits eines zehn bis zwanzig Meilen breiten Streifens entlang dem Kaiserkanal verwüstet sei. Francis und Giulio waren zuerst erstaunt über die lebhafte Tätigkeit auf den grünen Feldern, an denen sie vorbeiritten. Aber am fünften Tag nach ihrem Aufbruch von Tsining kamen sie in die Provinz Honan, wo es seit Jahrzehnten immer wieder Rebellionen gegeben hatte, und das Aussehen des Landes änderte sich.

Sie kamen durch namenlose Dörfer, wo räudige, klapperdürre Hunde zwischen verlassenen Hütten nach Futter suchten. In einigen Dörfern kämpften runzlige alte Weiber und taperige Greise mit den Hunden um die paar Brocken, die nach den Raubzügen von Briganten und kaiserlichen Truppen noch übrig waren. Die Reisenden sahen eine Reihe junger Krüppel, Opfer des Bürgerkrieges, die von getreuen Frauen versorgt wurden, aber nur wenige Kinder.

Dann ritten sie vier Tage lang durch ein völlig zerstörtes Gebiet. Die meisten Behausungen waren bis auf die Grundmauern niedergebrannt, die wenigen noch stehenden hatten keine Dächer mehr. Verstümmelten Leichen hatten Krähen und Raben die Augen ausgepickt, andere waren schwarz vor Fäulnis und aufgebläht durch innerlich gärende Gase. Auf einer drei Meilen langen Strecke der Straße hing an jedem zweiten Baum eine verstümmelte Leiche. Selbst die Hunde waren aus dem verheerten Land geflohen und hatten den Kampf mit Geiern und Wölfen um das verfaulte Menschenfleisch aufgegeben.

«Diese Dörfer wurden niedergebrannt, dem Erdboden gleichgemacht, und die Leute aufgehängt», sagte der Leutnant gleichmütig. «Geschah ihnen recht. Sie waren dreckige Rebellen.»

«Wir befinden uns in der Vorhölle.» Der gefühlvolle italienische Priester erschauerte und bekreuzigte sich. «Welche Teufel haben das angerichtet?»

«Sie waren Rebellen, die Leute hier.» Der Leutnant verstand den leidenschaftlichen Ausbruch nicht. «Sie haben verdient, was die Flammenden Mäntel mit ihnen machten. Wohlgemerkt, das ist nicht Sache von Soldaten. Aber jemand mußte ihnen einen Denkzettel verpassen, also haben es die Flammenden Mäntel getan.»

Am vierzehnten Tag, nachdem sie vom wohlhabenden Tsining am Kaiserkanal aufgebrochen waren, kamen sie nach Kaifeng, wo Pater Matteo Ricci die Hebräergemeinde entdeckt hatte. Die alte befestigte Stadt war eine Insel kaiserlicher Macht in einem Meer der Verwüstung. Ein paar Meilen vor der Stadtmauer ritten sie an Trümmern vorbei, die ein abgezogenes Heer zurückgelassen hatte, und an verlassenen Unterkünften einer Belagerungsstreitmacht. Als sie näherkamen, sahen sie, daß ein langes Stück der Stadtmauer keine Blendsteine mehr hatte und ihre Füllung zu Staub zerfiel.

«Wir sind ins Land der Lebenden zurückgekehrt.» Francis Arrowsmith brachte ihre Erleichterung zum Ausdruck, als sie nach Kaifeng kamen, obwohl nur wenige Menschen auf den Straßen waren und mit Brettern vernagelte Fenster und offenstehende Türen zeigten, daß mehr als die Hälfte der Häuser unbewohnt war.

«Eher wie eine Stadt lebender Gespenster, Geister aus Gräbern, die keine Ruhe finden», sagte Joseph King bedrückt.

Pater Giulio di Giaccomo machte dem chinesischen Konvertiten keine Vorwürfe wegen dieses alten Aberglaubens. Er starrte geradeaus und zwang sich, die ausgemergelten Männer und Frauen nicht zu sehen, die durch die engen Gassen wankten. Seine Lippen bewegten sich in einem stillen Gebet.

Der Gouverneur hatte die drei Christen mit der ihnen gebührenden Höflichkeit empfangen, da sie unter dem Schutz und Schirm des Kriegsministeriums reisten. Aber die Begrüßung war kühl und seine Worte nichtssagend. Verärgert, daß Außenstehende in sein verheertes Gebiet eindrangen, hatte er seinen Stellvertreter beauftragt, sich um die Gäste zu kümmern, und sich dann unter dem Vorwand dringender Geschäfte zurückgezogen.

Der betagte Mandarin, der Vizegouverneur der Provinz, hatte, was in China eigentlich verboten, aber während des Niedergangs der Ming-Dynastie doch möglich war, mehr als zwanzig Jahre den Posten in seiner Heimatprovinz innegehabt. Er war schmächtig und hatte eine dunkle, runzlige Haut, sein dünner grauer Schnurrbart sah aus, als wäre er über den blutlosen Lippen angeklebt. Er lud die Gäste zum Abendessen am nächsten Tag ein, an dem auch ein vierter Christ teilnehmen sollte, der Jesuit Rodrigo di Figueredo.

Gleich nach ihrem Eintreffen in der Stadt hatte sich Giulio di Giaccomo ins Missionshaus begeben. Der siebenundvierzigjährige Portugiese, der seit einem Jahrzehnt in Kaifeng lebte, war knochendürr. Sein langes braunes Haar war von weißen Strähnen durchzogen und die blauen Augen vor Erschöpfung rotgerändert. Seine Muttersprache ging ihm nur noch schwer von der Zunge, denn er hatte sie seit Jahren nicht gesprochen. Auf Pater Giulio di Giaccomos angstvolle Fragen nach den Verwüstungen, die sie gesehen hatten, antwortete er: «Seid geduldig, meine Freunde. Andere können diese Geschichte viel besser erzählen als ich.»

Aber Rodrigo de Figueredo hatte sie bereitwillig in das Hebräerviertel geführt. Giulio di Giaccomos erste Enttäuschung war das Aussehen dieser angeblichen Israeliten, als er die Ältesten der dreizehn Familien kennenlernte – der Reste einer Gemeinde von mehreren Hundert, die Pater Matteo Ricci vor mehr als vierzig Jahren besucht hatte. Sie waren von Chinesen nicht zu unterscheiden, weder in der Kleidung noch nach dem Gesichtsschnitt. Ihre Bärte waren vielleicht dichter und ihre Nase vorspringender als die ihrer Nachbarn, aber die zahlreicheren Moslems hatten ebensolche Bärte und noch gebogenere Nasen. Wie die Moslems sprachen die Hebräer nur Chinesisch; wie die Moslems wurden sie von ihren chinesischen Nachbarn «Sehnenschneider» genannt, weil sie alle Adern und Sehnen aus ihrem Fleisch herausschnitten; wie die Moslems aßen sie kein Schweinefleisch. Dieses Speisegebot und die Tradition, daß Jungen mit dreizehn Jahren feierlich zu Erwachsenen erklärt wurden, waren die einzigen alten Bräuche, die die Juden von Kaifeng noch einhielten.

Sie schüttelten die Köpfe, als Giulio di Giaccomo ein paar hebräische Buchstaben schrieb, aber voll Stolz holten die Ältesten aus einer bestickten Hülle aus rotem Samt eine sehr umfängliche alte Schriftrolle. Sie nannten ihre Gesetzesrolle *taw-lah,* was wohl dem hebräischen Wort *Tora* gleichkam. Die Schrift ihrer *taw-lah* entsprach den von Giulio geschriebenen Buchstaben, aber die Ältesten mußten beschämt gestehen, daß keiner von ihnen sie lesen konnte. Viel stolzer als auf ihre Gesetzesrolle waren sie jedoch auf die kaiserlichen Ehrentafeln für diejenigen Juden, die eine Beamtenstellung erlangt hatten.

Einige dieser jüdischen Mandarine, die allerdings «weit weg» seien, sagten die Ältesten, könnten sogar etwas Hebräisch lesen.

Betrübt pflichtete der italienische Jesuit seinem portugiesischen Kollegen bei, daß diese jüdische Gemeinde weder für Gelehrte noch für Missionare sehr interessant sei. Es machte ihm nicht viel aus, daß er um der Ehre willen, mit dem Vizegouverneur zu speisen, auf weitere Forschungen verzichten mußte.

«Es wurde schlimm für uns vor etwa neun Jahren, als Li Tzu-cheng, der Einäugige Li, der sich selbst den ‹verwegenen König› nennt, zum erstenmal in diese fruchtbare und friedliche Provinz einfiel», berichtete der Vizegouverneur seinen Gästen auf deren Frage. «Wie Ihr wißt, bedeutet Honan ‹südlich des Flusses›, des Gelben Flusses, der das chinesische Volk seit seinen Anfängen vor vielen Jahrtausenden bis zu diesem verfluchten Jahr ernährt hatte. Als der Einäugige Li aus der Provinz Schansi vertrieben worden war, hatte er sich auf das unglückliche Honan gestürzt und es in die Wüste verwandelt, die Ihr gesehen habt. Und alle diese Verwüstung im Namen des Volkes, zum Wohle des Volkes, wie er sagt. Aber in Wirklichkeit aus Rache. Wie seine Anhänger behaupten, war er notgedrungen Räuberhauptmann geworden. Er war der Erbschulze seines Heimatdorfes in der Provinz Schensi, ehe er in die Berge floh, weil er, wie er behauptete, die erpresserischen Forderungen der Steuereinnehmer nicht erfüllen konnte. Die Zahl seiner Anhänger wuchs rasch – andere Flüchtlinge, landlose Bauern, viele entlassene und in Not geratene Soldaten. Mächtig geworden, berief er eine Tagung von dreizehn Brigantenführern ein, die über viele Zehntausende von Gefolgsleuten geboten. Sie trafen sich in Honan im ersten Monat des achten Regierungsjahrs des jetzigen Kaisers.»

Joseph King, der neben den drei Europäern saß, beugte sich hinüber und flüsterte: «Das muß im Februar 1635 gewesen sein.»

«Die dreizehn Brigantenkönige», fuhr der Vizegouverneur fort, «hatten nicht weniger vor, als das Ming-Reich unter sich aufzuteilen. Das Mandat des Himmels, behauptete der Einäugige Li, sei auf sie übergegangen. Unter seiner Oberherrschaft würden sie bald das ganze Reich beherrschen. Diese gemeinen Rebellen nahmen seltsame Titel an: ‹der König, der die Welt ändert›, ‹der neunfach gestreifte Drachen›, ‹die Geißel des Weltalls›. Leider gebieten sie heute über viele Hunderttausende, die das Volk ausrauben.»

Joseph King konnte nicht mehr an sich halten und flüsterte auf portugiesisch: «Unersättliche Steuereinnehmer und geldgierige Mandarine zwingen redliche Männer, Rebellen zu werden. Und auch die Grausamkeit der kaiserlichen Truppen, insbesondere die blutrünstigen Flammenden Mäntel. Ihr habt gesehen, was sie angerichtet haben.»

«Die Maßnahmen, um die Rebellion zu unterdrücken, waren nicht immer klug.» Die Offenheit des Vizegouverneurs verblüffte Francis, der während seiner langen Abwesenheit von China vergessen hatte, wie freimütig und kühn die wenigen rechtschaffenen Mandarine sein konnten. «Überdies haben viele Mandarine das *lao pai-hsing,* das einfache Volk, unbillig ausgebeutet. Der Kaiser ist natürlich großzügig und gerecht. Aber er wird von seinen schlechten Beratern abgeschirmt und manchmal getäuscht.»

«Immerhin erhalten die Rebellen sehr viel Unterstützung», unterbrach ihn Pater Figueredo. «Warum eilen solche Scharen zu den Fahnen des Einäugigen Li?»

«Es ist, wie Ihr sagt, Ehrwürden», gab der Vizegouverneur zu. «Aber das ist auf ein unseliges Wunder zurückzuführen. Der Kopf des Einäugigen Li ist ungewöhnlich groß, seine Backenknochen sind ungewöhnlich hoch, und seine beiden eulenhaften Augen – ehe er das eine verlor – waren ungewöhnlich tiefliegend. Ihr alle kennt diese Anzeichen von Grausamkeit. Seine Nase hat die Form eines Skorpions, und seine Stimme klingt wie das Bellen eines Wolfs. Von Natur aus ist er mißtrauisch und gefühllos. Früher machte es ihm Vergnügen, Füße abzuhacken und noch schlagende Herzen herauszureißen. Wegen seiner Grausamkeit ging das einfache Volk nicht zu ihm über, sondern die Leute verteidigten ihre Dörfer verzweifelt gegen ihn.»

«Und wieso hat sich das geändert?» Francis war fasziniert, obwohl er vermutete, daß der Bericht des Vizegouverneurs trotz dessen Aufrichtigkeit zugunsten der Dynastie geschönt war.

«Durch einen gewissen Mandarin, Dr. Li aus Honan, der mit dem Einäugigen Li aus Schensi nicht verwandt ist. Dr. Li ist ein getreuer Untertan der Großen Ming und versorgte die unschuldigen Opfer der Kämpfe mit Lebensmitteln, Kleidung und Arzneien. Das Volk rühmte ihn und sagte: ‹Nur der junge Meister Li hält uns am Leben.›»

«Erzählt ihnen von der Roten Dame, Gouverneur», warf Pater Figueredo ein.

«Ich wollte gerade auf sie kommen. Eine berühmte Seiltänzerin mit Namen Hung Niang-tze, die Rote Dame. Als ihr Zirkus wegen der allgemeinen Armut schloß, führte sie in Dr. Lis Heimatbezirk einen Aufstand an. Sie verliebte sich in den jungen Mandarin, entführte ihn und gewann seine Liebe. Als er entfloh, warfen ihn die Behörden als Rebellen ins Gefängnis. Das einfache Volk unterstützte die Rote Dame, als sie das Gefängnis stürmte, um ihren Geliebten zu befreien. Zusammen mit ihr schloß sich Dr. Li dem Einäugigen Li an. Der Rebellenführer hatte große Hochachtung vor der Gelehrsamkeit des ersten Mandarin, der zu ihm stieß. Als ein Wahrsager prophezeite, der Einäugige Li werde der nächste Kaiser sein, empfahl ihm der junge Dr. Li, wenn er das Reich erobern wolle, müsse er zuerst die Herzen des einfachen Volkes gewinnen und deshalb das blinde Morden aufgeben. Der Einäugige Li beherzigte diesen Rat, gab nicht nur das Morden auf, sondern speiste und kleidete das leidende *lao pai-hsing*. Das einfache Volk machte keinen Unterschied zwischen Dr. Li und dem Einäugigen Li und schrie wieder: ‹Der junge Meister Li hält uns am Leben.› Dr. Li dichtete auch ein Marschlied für den Einäugigen Li, und zu Zehntausenden gingen die Armen zu den Rebellen über.»

«Warum, Gouverneur, bezeichnet Ihr ihn immer noch als grausam, wenn er von seinen Übeltaten abgelassen hat?» fragte Pater Giulio di Giaccomo.

«Sein Wesen hat sich nicht geändert», erwiderte der Vizegouverneur. «Erst letztes Jahr hat der Einäugige Li den Prinzen Fu gefangengenommen, einen Onkel des jetzigen Kaisers. Sein Palast war so groß, daß er drei Tage lang brannte. Die Rebellen erschlugen den Prinzen Fu und vermischten sein Blut mit gehacktem Wildfleisch. Das Getränk nannten sie *fu lu chiu,* was entweder ‹Wein durch die Gnade des Prinzen Fu› oder ‹glückbringender Siegeswein› bedeutet. Der Einäugige Li griff dann als nächstes Kaifeng an. Aber unsere Rotmantelkanonen mähten Tausende der Rebellen nieder, und ein Pfeil durchbohrte das Auge ihres Führers. Darum wird er jetzt Einäugiger Li genannt. Aber der listige Schuft nützte das Unglück zu seinem Vorteil aus. Wir Chinesen haben für jede Gelegenheit eine Prophezeiung, und eine sagt, die Ming werden einem einäugigen Helden erliegen. Der Einäugige behauptet jetzt, er sei dieser Held.»

«Doch die Belagerung von Kaifeng ist wohl kaum abgeschlossen, nicht wahr?» fragte Pater Rodrigo de Figueredo.

«Kaum, Pater, wie Ihr sehr wohl wißt», erwiderte der Mandarin. «Aber meine alte Stimme ist müde. Wollt Ihr die Geschichte zu Ende erzählen?»

«Gern, obwohl das Ende noch nicht bekannt ist», sagte der portugiesische Jesuit. «Der Einäugige Li verfiel nach seinem ersten Rückzug von Kaifeng wieder in sein altes Unwesen und mordete, plünderte und brandschatzte. Er besiegte mehrere kaiserliche Heere und eroberte ein Dutzend Kreise. Schlau ließ er seine Truppen ihren Blutdurst stillen, verschonte aber das einfache Volk. Er brachte die Gelehrten um, die er gefangennahm, ob sie nun Lizentiaten, Mandarine oder nur Kandidaten für die Beamtenprüfung waren. Allein in einem Kreis starben zweihundert Gelehrte, nachdem er ihnen die Nasen und die Füße abgehackt hatte.»

«Ich muß zugeben, daß seine Taktik erfolgreich ist», warf der Vizegouverneur ein. «Der Einäugige Li hat das einfache Volk von seinen natürlichen Beschützern getrennt und erreicht, daß das *lao pai-hsing* alle Mandarine und die Grundbesitzer haßt.»

«Als der Einäugige Li», fuhr Pater de Figueredo fort, «Kaifeng wieder belagerte, setzte er keine Leitern und Sturmböcke ein, sondern verließ sich auf seine zahlenmäßige Überlegenheit. Er befahl seinen Leuten, die großen Steine wegzustemmen, die den Erdwall der Stadtmauer verkleideten. Sie gehorchten, denn sie fürchteten die Henker des Einäugigen Li mehr als unsere Soldaten. Sie trieben Tunnel in den Erdwall der Mauer, und schließlich stürzte ein großer Teil ein.»

«Immerhin sitzen wir jetzt hier in Kaifeng», bemerkte Giulio di Giaccomo.

«Ja, aber wie lange?» antwortete der portugiesische Jesuit. «Nebenbei bemerkt, ich muß Euch dringend nahelegen . . .»

«Könntet Ihr nicht zuerst Euren Bericht beenden, Pater?» Francis' berufliche Neugier war geweckt.

«Wie Ihr wollt. Da die Mauer so stark war, blieb die Innenseite stehen. Der Gouverneur ließ über den Ausgrabungen der Rebellen Gegenminen legen und brennendes Öl, Pech und Säuren hinuntergießen. Der Einäugige Li brachte Schießpulver zur Explosion, um die Mauer wegzusprengen. Im März dieses Jahres befahl er den letzten Angriff.»

«Die Mauern», sagte Francis nachdenklich, «sind dreimal so dick wie die stärksten, die ich je in Europa sah.»

«Kaifeng war zweimal die Hauptstadt des Reiches», bemerkte der Vizegouverneur. «Wir Chinesen haben unsere Hauptstädte immer mit starken Mauern gegen Barbaren und Rebellen geschützt.»

«Der Angriff endete mit einem Mißerfolg», fuhr Pater de Figueredo fort. «Wir standen hinter den Brustwehren und erwarteten den Ansturm. Die Minen des Einäugigen Li explodierten mit einem Donner wie tausend Belagerungsgeschütze, und unzählige Schwadronen von Reitern in Panzerhemden stürmten gegen die Bresche. Aber die Mauer stand noch. Als unsere Bogenschützen und Kanonen Zehntausende niedermähten, ritt der Einäugige Li nach Süden, um sich eine leichtere Beute zu suchen. Ich hielt einen Dankgottesdienst ab, dem unser Gastgeber beiwohnte, obwohl er leider noch kein Christ ist.»

«Pater de Figueredo, welche andere Frage wolltet Ihr anschneiden?» fragte Joseph King, der unruhig auf seinem niedrigen Hocker hin- und herrutschte. «Diese Stadt macht mir den Eindruck, als ob ihr nicht der Sieg, sondern die Niederlage bevorstehe.»

«Der Eindruck mag richtig sein, mein Sohn», erwiderte der portugiesische Jesuit. «Was ich hatte sagen wollen: Ihr müßt morgen vor Tau und Tag aufbrechen. Kundschafter melden, daß der Einäugige Li in diesem Augenblick mit einer großen Streitmacht anrückt, um Kaifeng wieder zu belagern.»

«Warum wollen wir nicht hierbleiben?» fragte Francis. «Ich würde dieses Heer des Einäugigen Li gern sehen.»

«Weil unsere Pflicht uns nach Peking ruft», erinnerte ihn Pater Giulio di Giaccomo.

«Ihr dürft Euch nicht aufhalten lassen durch eine Belagerung, die Monate dauern könnte», fügte Rodrigo de Figueredo hinzu.

«Dann werdet Ihr mit uns kommen, Pater?» erkundigte sich Francis.

«Meine Aufgabe, die mir Gott übertragen hat, ist es, hier zu bleiben. Kaifeng ist meine Heimat geworden, und ich kann meine Gemeinde nicht im Stich lassen. Fürchtet nicht um mein Leben. Der Gouverneur hat ein paar Meilen von hier die Deiche anbohren lassen, die den Gelben Fluß eindämmen. Im Notfall erfordert der Durchbruch nur einen halben Tag Arbeit – und die Rebellen werden ertrinken.»

«Ich sollte hierbleiben», beharrte Francis. «Bei der Verteidigung behilflich zu sein, ist der beste Dienst, den ich dem Reich leisten kann.»

«Major, hier in Kaifeng untersteht Ihr meiner Befugnis», erklärte der Vizegouverneur autoritativ. «Und ich befehle Euch, die Stadt zu verlassen. Wir können keinen einzigen zusätzlichen Mann ernähren.»

Nur Francis Arrowsmith war betrübt, als sie am nächsten Morgen zu dritt aufbrachen. Joseph King brannte geradezu darauf, die Stadt zu verlassen, denn er war überzeugt, daß sie dem Untergang geweiht sei. Pater Giulio di Giaccomo wiederum war froh, weil er die scharfe Zunge von Adam Schall fürchtete, wenn sich Francis' Rückkehr nach Peking zu lange hinauszögerte. Am glücklichsten waren mehrere hundert Zivilisten aus Kaifeng, die im Schutz der Kavallerie-Eskorte mitkamen.

Die Reisenden aus Macao hatten es jetzt eilig, deshalb ritten sie nicht zum Kaiserkanal zurück, sondern auf den Poststraßen. Schließlich kamen sie nach Chochow, wo die Mandschu vor fast dreizehn Jahren vor den ungeladenen Kanonen von Hauptmann Miguel Texeira geflohen waren. Am 9. Oktober 1642 gelangten sie durch das Fu Cheng-Tor nach Peking.

Pater Adam Schall begrüßte sie barsch und sagte zu Francis: «Mit Gottes Hilfe bist du endlich zurückgekommen. Es hat lange genug gedauert! Ich brauche deine Hilfe beim Geschützgießen und Festungsbau. Der Kaiser hat mir auch diese Aufgabe noch aufgeladen.»

«Was gibt es Neues von Marta, Pater Adam?»

«Sie ist immer noch eine Plage, deshalb bin ich doppelt froh, daß du gekommen bist. Jetzt wird sie mich vielleicht ein bißchen in Ruhe lassen.»

«Was gibt es sonst Neues, Adam?» fragte Giulio di Giaccomo.

«Viele Neuigkeiten, und alle sind schlecht. Im Sommer haben die Mandschu nur einige zwanzig Meilen östlich von Peking Städte eingenommen und sie eine Zeitlang besetzt gehalten. Jetzt haben sie sich zurückgezogen, um einen neuen Angriff vorzubereiten, fürchte ich. Wir müssen uns beeilen, um die Hauptstadt für eine Belagerung bereitzumachen.»

«Hat man aus Kaifeng etwas gehört, Pater?» fragte Joseph King.

«Als wir die Stadt verließen, bereitete auch sie sich auf eine neue Belagerung vor.

«Das habt Ihr also nicht erfahren? Offenbar treffen schlechte Nachrichten schneller ein als gute Christen.»

«Was ist denn mit Kaifeng, Pater Adam?» fragte Francis. «Könnt Ihr eine Weile aufhören, uns zu beschimpfen, und es uns sagen?»

«Vor einer Woche traf ein Bote des Gouverneurs ein. Wie er gefürchtet hatte, belagerte der Einäugige Li Kaifeng mit einer großen Streitmacht. Da die Vorräte knapp waren, befahl der Gouverneur, die Deiche des Gelben Flusses zu durchstechen. Der Einäugige Li war auf denselben Gedanken wie der Gouverneur gekommen und hatte die Deiche anderswo durchbohrt. Durch die Fluten wurde das Rebellenheer davongeschwemmt, wie es der Gouverneur geplant hatte. Aber das Nordtor der Stadt hielt den Wassermassen nicht stand, die Fluten strömten durch die Stadt, Häuser stürzten ein, und Tausende gingen zugrunde.»

«Dann ist die Stadt also noch in der Hand der Kaiserlichen?» fragte Francis.

«Wenn man es noch eine Stadt nennen kann. Höchst betrüblich ist, daß unser Bruder in Christo, Rodrigo de Figueredo, unter denen war, die ertranken. Betet für seine Seele, wie ich es auch tue.»

«Und die Rebellen?» erkundigte sich Francis. «Was ist mit dem Einäugigen Li?»

«Wieder nach Süden geflohen, um frische Truppen anzuwerben und sein Heer neu aufzustellen. Aber er wird nach Kaifeng zurückkommen – so gewiß, wie die Mandschu Peking angreifen werden.»

PEKING

12. Oktober 1642 bis 14. Juni 1643

«Hast du *wirklich* geglaubt, ich hätte nichts auf der Welt zu tun als auf dich zu warten? Hast du *jemals* auch nur einen Augenblick an Maria gedacht, meine arme, halb-barbarische Tochter, die ohne Vater aufwächst? Hast du *jemals* an jemanden außer dir gedacht?»

Martas Hände zitterten nicht, als sie sich nach dem Bankett, das ihr Vater zur Feier von Francis Arrowsmith' Rückkehr nach zehn Jahren gegeben hatte, abschminkte. Ihr Verhalten ließ kein stärkeres Gefühl

340

erkennen als Erleichterung darüber, daß sie ihr steifes Abendkleid ablegen und die lästige Schminke mit Salben aus den Emaildosen auf ihrem Toilettentisch abwischen konnte.

Allein ihre Ruhe war eine Herausforderung. Außer in ihren Worten äußerte sich ihr tiefer Unmut auch in der gehauchten Betonung einzelner Silben.

«Aber, Marta, ich bin doch zurückgekommen.» Francis wich dem vorwurfsvollen Starren seiner Frau aus, das von dem dreiflügeligen Spiegel dreifach zurückgeworfen wurde. «Du weißt doch, daß ich in Mukden ein Gefangener war. Glaube mir, ich wäre wie ein Pfeil zu dir geflogen, wenn ich gekonnt hätte.»

«Warst du auch in Macao ein Gefangener?» Marta drehte sich um.

«Nein, das heißt, nicht formell.» Francis senkte den Blick auf den Tientsin-Teppich, der gegen die Oktoberkühle auf den Bodenfliesen ausgebreitet war. «Ich war kein Gefangener, aber es gab andere Hindernisse.»

«Hindernisse, sagst du? Hindernisse! Vier Jahre lang warst du ein Gefangener der nördlichen Barbaren. Vielleicht konntest du nicht fliehen, obwohl ich mich frage, ob du es überhaupt versucht hast. In Macao warst du sechs Jahre lang frei, während ich in Peking einsam mein Leben vertrauerte und deine Tochter um ihren Vater weinte.»

«Maria kam mir sehr vergnügt vor, als sie heute abend ins Bett ging.» Francis war verwundert, warum Marta so unnachgiebig auf diesem Streit bestand. Sich hochmütig in sich zurückzuziehen oder wütend zu schreien, das war früher mehr ihre Art gewesen als dieser kalte Zorn. «Aber ob ich den Wunsch hatte, zurückzukommen, spielte keine Rolle. Ich wiederhole: ich konnte nicht.»

«Konntest nicht oder wolltest nicht?» Martas Gesicht wurde verkniffen und verlor vorübergehend die leichte Fülle, die sie in den vergangenen zehn Jahren reizvoller gemacht hatte; das rundliche Kinn wirkte spitz und die leicht gebogene Nase raubtierhaft. «Warst du zu beschäftigt mit diesen portugiesischen Damen mit ihrer fischbauchweißen Haut und dem radieschenfarbenen Haar? Hast du sie nach *meinem* Lehrbuch der Liebeskunst unterwiesen?»

«Ich habe kaum eine portugiesische Dame angerührt. Und wenn, dann habe ich ihr nur die Hand gegeben.» Francis unterdrückte ein Lächeln. «Die meisten sind übrigens dunkler als du, fast schwärzlich neben deinem Schmelz, wie eine Austernschale neben einer Perle.»

«Und das soll ich glauben, daß du nie mit einer von diesen . . .
diesen grauhäutigen Weibern geschlafen hast?»

«Glaube, was du willst, es ändert nichts an der Wahrheit. Ich habe
es nie getan.» Francis war ehrlich entrüstet, da er ja tatsächlich mit
keiner einzigen Portugiesin geschlafen hatte. Andere Frauen waren
eine andere Sache, ebenso wie die sechs Jahre der Keuschheit, die sein
Leugnen andeutete. «Und ich konnte nicht zurückkommen, wann
immer ich wollte.»

«Warum nicht? Du warst doch frei, selbst wenn du der entflohene
Sklave des Kaisers der nördlichen Barbaren warst.»

«Und du die Frau eines Sklaven, eines Sklaven, der sich weigerte,
die Tochter – die sehr reizvolle Tochter – eines Barons zu heiraten,
weil er bloß an dich dachte. Du kennst die Bräuche deines eigenen
Landes nicht. Niemand darf ins Reich kommen, sofern er nicht ausdrücklich dazu aufgefordert wird. Ich erhielt diese Aufforderung erst
vor ein paar Monaten.»

«Das ist Unsinn, ausgesprochener Unsinn. Pater Adam hat dir
schon vor Jahren Nachricht gegeben.»

«Offiziell aufgefordert wurde ich erst vor sieben Monaten. Vorher
konnte ich nicht zurückkehren.» Francis glaubte allmählich selbst, daß
das die ganze Wahrheit sei. «Und unsere letzten gemeinsamen Monate
in Tungtschou . . . dein eiskalter Abschied . . . Ich konnte wirklich
nicht annehmen, daß dir an meiner Rückkehr so sehr gelegen sei.»

«Shih, shih, shih nien!» Die Tränen, die Marta über die Wangen
rannen, hinterließen keine Spuren auf der Salbenschicht. «Zehn, zehn,
zehn lange Jahre! Eine Ewigkeit! Das war vor langer Zeit die Torheit
eines neunzehnjährigen Mädchens, einsam und schwanger. Ich war
völlig allein. Keine andere Frau als meine Dienerin Ying . . . Und ich
hatte Angst.»

«Dennoch hast du . . .»

«Das war vor zehn Jahren», unterbrach sie ihn. «Und ich habe
meine Torheit bitter bereut, das ist mehr, als du . . .»

«Ich habe gesagt, daß es mir sehr, sehr leid getan hat, so lange
weggewesen zu sein. Was kann ich mehr . . .»

«Leid getan? Leid getan? Weißt du, hast du auch nur die leiseste
Ahnung, was es in China bedeutet, eine verlassene Ehefrau zu sein?
Ich war eine Witwe, die nicht wirklich eine Witwe war, und unser
Kind war vaterlos.» Martas Ruhe fiel von ihr ab. «Ich fürchtete, ich

würde dich nie wiedersehen. Jetzt tust du, als sollte ich dich umarmen, müßte dich umarmen, dir alles verzeihen, dir dein böswilliges Verlassen verzeihen. Einfach diese langen, einsamen Jahre vergessen.»

Francis war erstaunt über ihre Leidenschaftlichkeit. War das dieselbe Frau, die ihn vor zwei Tagen mit einer abweisenden Verbeugung begrüßt hatte? Er hörte sie immer noch flöten: «Mein Gebieter hat geruht zurückzukommen! Mein Gebieter ist zehntausendmal willkommen!» Er konnte nicht verstehen, daß die taktvolle Frau, die unter Hinweis auf Unwohlsein die beiden letzten Nächte im Zimmer ihrer Tochter Maria geschlafen hatte, jetzt wieder so kratzbürstig war. Weil ihr Abschied damals so kühl gewesen war, hatte er sich während ihrer langen Trennung gescheut, sich mit ihr in Verbindung zu setzen. Sie hatte gewiß nicht versucht, ihm Nachricht zukommen zu lassen, obwohl sie es gekonnt hätte.

«Aber, Francis», fügte Marta hinzu, «ich freue mich wirklich, daß du wieder da bist, sehr sogar.»

Francis überlegte sich schuldbewußt, daß er, seit sie sich getrennt hatten, viele Erlebnisse mit Frauen gehabt hatte, zu viele Erlebnisse mit zu vielen Frauen. Aber mit seinen fünfunddreißig Jahren glaubte er, Frauen auch verstehen zu können und zu wissen, daß Marta nicht eine falsche Leidenschaft zur Schau trug, sondern ihre tiefsten Gefühle zum Ausdruck brachte.

Er hob den Blick von den blauen buddhistischen Symbolen im Teppich und sah seiner Frau in die Augen. Er seufzte gottergeben, denn er spürte, wie sich die Fesseln des häuslichen Lebens um seine Handgelenke schlossen. Er war in eine weitere Gefangenschaft zurückgekehrt.

Derweil verschleierte Martas tragischer Ausdruck, was sie in aller Eile bedachte. Vor allem, ermahnte sie sich, darfst du es nicht übertreiben. Wenn du zu schnell verzeihst oder zu hartnäckig an deinem Groll festhältst, wirst du bei ihm Verdacht erregen. Für einen Barbaren ist er nicht dumm, und in diesen zehn Jahren ist er klüger geworden. Also ja nicht übertreiben. Ich muß es richtig anfangen.

Marta hatte sich Francis' Rückkehr nach Peking tatsächlich sehr gewünscht, aber nicht aus Liebe. Warum sollte er ihr fehlen, nachdem sie sich in dieser ganzen Zeit einer fast vollkommenen Freiheit erfreut hatte? Auch machte ihr der vaterlose Zustand ihrer Tochter keine Sorgen. Maria war recht vergnügt ohne den Vater, den sie gar nicht kannte. Das Kind war weder besonders unerfreulich noch besonders reizvoll – wenn man über das etwas barbarische Äußere hinwegsah. Jedenfalls hatte Maria Ying, die sich um sie kümmerte und geradezu vernarrt in sie war.

Nein, Marta hatte Francis aus anderen Gründen zurückhaben wollen. Einen Grund hatte sie ihm schon gesagt. Eine Witwe genoß kein Ansehen in der chinesischen Gesellschaft, sofern sie nicht die betagte Stammutter einer großen Familie war. Eine verlassene Ehefrau genoß überhaupt kein Ansehen. Da die Möglichkeit bestand, daß sie ihren Mann durch eigene Schuld verloren hatte, wurde sie nicht bemitleidet, sondern verachtet.

Im allgemeinen waren Marta die Gefühle anderer Menschen gleichgültig, aber was andere über sie dachten, war ihr wichtig. Sie brauchte die Anwesenheit ihres Mannes als Beweis für eine erfolgreiche Ehe, obwohl man eheliche Treue nicht von ihr verlangen konnte, weil sie sich ja gegen die Heirat gesträubt hatte. Sie war überzeugt, daß Francis seiner militärischen Pflichten wegen häufig für längere Zeit von Peking abwesend sein würde. Aber sie genoß Ansehen, weil er gelegentlich da war, und in der Zwischenzeit könnte sie ihrem eigenen Vergnügen nachgehen.

«Es gab noch einen Grund, warum ich erst jetzt kommen konnte.» Gerührt über ihre scheinbar aufrichtige Zuneigung, wollte Francis sie versöhnlich stimmen und ebenso aufrichtig sein. «Eine andere Angelegenheit, über die wir eigentlich nicht sprechen sollten. Du wußtest nicht, daß ich . . .»

«Du meinst die Rache des Schwarzen Premiers . . . den Zorn des Göttlichen Strangs?» Marta biß sich auf die Lippen. Sie hätte nicht erkennen lassen dürfen, daß sie von seiner Verbindung mit der Geheimpolizei wußte. Sie hatte es ihm nie verraten wollen.

«Woher weißt du das?» fragte Francis. «Ich habe es dir nicht gesagt, und Dr. Paul bestimmt auch nicht. Pater Adam?»

«Vielleicht.» Marta lächelte, in die Enge getrieben. «Vielleicht war es Pater Adam.»

«Ich werde ihn morgen fragen. Ich kann mir nicht vorstellen, daß er . . .»

«Nein, Francis, du brauchst ihn nicht zu fragen. Es war . . . nicht Pater Adam.»

«Woher hast du es dann um Gottes willen erfahren? Dieses Geheim-

344

nis . . . ich schwöre, daß nicht mehr als fünf Personen in Peking darum wußten.»

«Du weißt doch, wie die Leute klatschen, Francis.»

«Das war keine Sache, über die geklatscht werden konnte. Wie hast du es erfahren?»

«Du erinnerst dich an Simon Wu, Francis.» Marta blieb nur Offenheit übrig. «Er ist ein entfernter Vetter und kommt gelegentlich her. Vetter Simon sagte mir . . .»

«Ach so, Vetter Simon?» Francis' schuldbewußte Fügsamkeit wurde hinweggefegt von einem Zornesausbruch. «Vetter Simon, bei Gott! Ja, ich kenne Simon Wu. Mein früherer Adjutant, der höflichste Schuft, der je ein Bataillon gestohlen hat. Der größte Erpresser in einem Volk von Schuften und Erpressern. Das lächelnde Werkzeug des Schwarzen Premiers. Er ist widerlich.»

«Er ist nicht widerlich. Und er konnte nichts für die Rolle, die er dir gegenüber spielte.»

«Er wurde dazu gezwungen, ja? Das hat er dir gesagt? Ihr seid sehr vertraut miteinander gewesen, du, meine Frau, und dieser Weichling, dieses Spielzeug der Hofeunuchen.»

«Er ist ein besserer Mann als du. Er hätte sich nicht jahrelang versteckt gehalten.» Marta wurde auch wütend. «Ein *weit* besserer Mann als du – in jeder Beziehung.»

«Was meinst du damit? Was soll das bedeuten?»

«Genau das, was ich gesagt habe. Nicht mehr, aber auch nicht weniger.»

«Ich habe genug von deiner Treulosigkeit!» Francis ging hoch. Er stürmte aus dem Schlafzimmer, schlug die Tür hinter sich zu und riß das hölzerne Mondtor zum Innenhof auf. Im Mondschein glitzerte der Rauhreif auf den gepflasterten Wegen, und die zierlichen Flossen der Goldfische schimmerten zwischen den dunklen Wasserpflanzen. Als die frische Luft seinen Zorn abgekühlt hatte, fragte sich Francis, warum er Marta instinktiv der Treulosigkeit geziehen hatte. War Martas Umgang mit Simon Wu vielleicht nur auf Gedankenlosigkeit zurückzuführen, auf einen Mangel an Urteilsvermögen und Besonnenheit? Oder bedeutete ihre Vertrautheit viel mehr?

Fast eine Stunde ging Francis im Hof auf und ab. Die Lampe in Martas Zimmer erlosch, und er wußte, daß sie sich in das rot-goldene Ehebett zurückgezogen hatte, in dem er die beiden letzten Nächte allein geschlafen hatte. Müdigkeit beschwichtigte seine aufgewühlten Gefühle, und er streckte sich auf einem Liegestuhl neben dem Goldfischteich aus. Seine Frau Marta lag unter dem hohen Betthimmel und lauschte dem Ächzen des Nachtwindes.

Die zaghafte Morgensonne wärmte die gelben Ziegeldächer des gewaltigen Tien Cheng Men, des Tors der Billigung des Himmels*. Die vier Stockwerke aus rotem Backstein lagen noch im Schatten, ebenso die karmesinroten Mauern zu beiden Seiten. Als die Sonnenstrahlen in die Kaiserliche Stadt fielen, beugten die Wolken wie weißgekleidete Büßer das Knie vor dem kornblumenblauen Himmel.

Es war kurz nach sechs Uhr am Morgen des 14. Oktober 1642, um die Mitte der Doppelstunde des Pferdes, und der Kaiser der Großen Ming-Dynastie schlief noch in der Halle der Absoluten Reinheit. Er träumte von einem nicht durch Rebellen oder Mandschu behelligten Reich, einem Reich, dessen Staatsschatz überfloß von den Abgaben dankbarer Untertanen. Während seines einunddreißigjährigen Lebens waren dem Reich diese Wohltaten nicht beschieden gewesen.

In seinen eigenen fürstlichen Gemächern war der Oberhofeunuch Tsao Chun-hua schon seit zwei Stunden wach. Nüchtern wägte er seine Interessen ab, die nicht immer mit denen seines kaiserlichen Herrn übereinstimmten. Der Schwarze Premier überflog die Berichte seiner Geheimagenten unter den Mandschu und kam einer hochverräterischen Entscheidung näher.

Der Kastrat war der erfolgreiche Herrscher über fünfzehntausend Hofeunuchen und fünftausend Palastfrauen, die am Kaiserhof Dienst taten. Dieses Gemeinwesen wurde nicht nur durch die Stadtmauern von Peking geschützt, sondern noch durch zwei weitere Mauern. Die innere umschloß den persönlichen Bereich des Kaisers, die sogenannte Rote oder Verbotene Stadt, zu der nur Zutritt hatte, wen er zu sich rief. Die äußere Mauer, die die Kaiserliche Stadt umgab, hatte vier Tore, von denen das Tor der Billigung des Himmels das wichtigste war. Auch die Kaiserliche Stadt durften nur diejenigen betreten, deren Dienst für die Dynastie es erforderte.

Die drei Reiter, die sich von Süden her auf einer schmalen Straße, an der die kaiserlichen Ministerien lagen, dem Tor der Billigung des

* Später Tien An Men genannt, Das Tor des Himmlischen Friedens.

Himmels näherten, waren berechtigt, die Kaiserliche Stadt zu betreten. Der Hauptmann der Wache salutierte vor dem Luchs-Abzeichen eines Majors, das Francis Arrowsmith auf seinem blauen Waffenrock trug. Seine weißen Baumwollhosen, die sich über schwarzen Stiefeln bauschten, gehörten zu einem Arbeitsanzug, nicht zur Galauniform. Joseph King war genauso gekleidet und trug das Nashorn-Abzeichen eines Leutnants. Als sie aus dem dunklen Tunnel unter dem Tor herauskamen, grüßte der Unteroffizier der kaiserlichen Garde, der sie vom Haus von Jakob Soo im Silberfuchs-*hutung* herbegleitet hatte, flüchtig und ritt davon.

Das Gras der vor ihnen liegenden Wiese war verdorrt durch die aus zehn Schmelzöfen strömenden Flammen. Francis hörte das Schlagen von Hämmern, das Schaben von Feilen, das Getöse riesiger Gebläse, all die vertrauten Geräusche einer Geschützgießerei. Die etwa fünfzig Hofeunuchen, die an diesen Schmelzöfen arbeiteten, hatten ihre hellen Gewänder abgelegt, aber nicht ihre Dienstmützen aus schwarzem Roßhaar.

Weitere Eunuchen lungerten auf der Wiese herum. Die Begeisterung der Nordchinesen für schwere Arbeit gehörte nicht zu den Wundern, die Paul Hsü einst aufgezählt hatte als Beweis für die Liebe des Herrn des Himmels zur Ming-Dynastie.

Ein hochgewachsener Mann winkte ihnen zu und wischte sich die Stirn mit einem grünen Taschentuch. Die Schöße seiner schwarzen Soutane waren in den Gürtel gestopft und ließen behaarte Unterschenkel und Füße in Sandalen frei. Adam Schall war ein kraftvoller Mann, obwohl er vor einem halben Jahr seinen fünfzigsten Geburtstag gefeiert hatte. Aber sein schütter werdendes Haar war ergraut durch die Plackerei, die er auf sich genommen, und die Mühsal, die er ertragen hatte, seit er vor neunzehn Jahren nach China gekommen war. Seine Pflichten als chinesischer Untertan im Dienst des Kaisers waren so anstrengend wie seine Pflichten als Missionar.

«Willkommen! Ich heiße den jungen Ehemann willkommen!» rief der Jesuit launig. «Wie steht's mit den wiederaufgenommenen Freuden des Ehelebens?»

«Ich habe Euch für vieles zu danken, Pater Adam», erwiderte Francis. «Wahrlich für vieles!»

«Wie ich dir neulich sagte, ist deine Hilfe wichtig.» Der Priester ging über die sarkastische Bemerkung geflissentlich hinweg. «Du weißt, daß wir noch kein brauchbares Geschütz gegossen haben. Und dabei haben wir mit diesem Teufelswerk im letzten Juli angefangen.»

«Wenigstens habt Ihr Euch sehr bemüht, Pater Adam.»

«Ich muß schwer arbeiten, Francis. Wie mein Namensvetter Adam muß ich mein Brot im Schweiß meines Angesichts essen. Wenn ich auf Geldsendungen oder die Freigebigkeit des Kaisers angewiesen wäre, würde die ganze Mission verhungern.»

«Ist es so schlimm, Pater?» Francis hatte die China-Mission für reich gehalten. «Sicherlich bekommt Ihr doch noch große Summen aus Macao. Und der Kaiser hat Euch wiederholt geehrt.»

«Seit dem Ende des Japan-Handels bekommen wir nur winzige Beträge aus Macao. Der Kaiser ist großzügig mit Ehrungen, aber kleinlich mit Geld. Ohne meinen Lohn für diese Arbeit würden alle Patres auf den Straßen betteln gehen wie buddhistische Mönche.»

«Aber der Kaiser hat Euch doch sehr geehrt», beharrte Francis.

«Geehrt? In der Tat. Vor drei Jahren schenkte er mir eine vergoldete Tafel. Geld wäre mir lieber gewesen. *Chin Pao Tien Hsüeh* stand darauf: Kaiserlich anerkannte Astronomie. Eine Prozession folgte dem Vizeminister für Ritus bis zu unserer Tür – jüngere Mandarine, Schreiber, Musiker, Speichellecker und Diener – mehr als hundert. Sie alle mußten wir zum Essen einladen, nachdem wir vor der Tafel Kotau gemacht hatten. Noch mehr solche Ehrungen, und wir verhungern alle.»

«Wie geht denn die Arbeit voran?»

«Francis, ich habe es dir ja schon gesagt, es klappt nicht. Ich wünschte, ich wäre wieder im Kalenderamt. Schöne, saubere Arbeit, keine dreckige Plackerei wie hier. Aber du kommst gerade rechtzeitig für einen Guß. Wir werden es nochmal versuchen, obwohl ich wenig Hoffnung auf Erfolg habe.»

Ein Jesusbild stand auf einem Altartisch, der mit einem weißen, mit grünen Kreuzen bestickten Seidentuch bedeckt war. Dahinter befand sich das Zubehör der Gießerei. Rings um zwei Schmelzöfen auf einer Backsteinrampe waren Kupfer- und Zinnbarren aufgestapelt. Ein großer lederner Blasebalg wurde von zwei geduldigen Eseln, die ein Rad drehten, aufgepumpt und preßte Luft ins Feuer.

Unter den Öfen war eine lange Holzkiste schräg aufgebockt. In diesem Formkasten war in eine Mischung von Sand und Lehm die Form eines kleinen Geschützes eingebettet. Die geschmolzene Legierung sollte dann in diesen Hohlraum fließen und das Geschütz bilden.

«Denke zurück, immer zurück, mein lieber Freund», hatte Manuel Tavares Bocarro wiederholt gemahnt. «Wo der Sand ist, wird das Metall nicht sein. Wo der Sand nicht ist, wird das Metall sein. Die jetzt im Formkasten befindliche Luft ist dein zukünftiges Geschütz. Wo jetzt der feste Kern hängt, wird das hohle Kaliber des Geschützes sein.»

Francis betrachtete die primitiven Vorkehrungen des Jesuiten und sagte: «Der Formkasten muß absolut senkrecht stehen. Sonst wird der Guß nicht . . .»

«Später, mein Sohn, später», unterbrach ihn Adam Schall. «Die wichtigste Aufgabe kommt zuerst.»

«Und zwar?»

«Eine Weihungsmesse natürlich. Ich kann die Heiden nicht daran hindern, ihrem Feuergott zu opfern.» Der Priester deutete auf die gebratenen Hühner und Enten, die vor einem rotgoldenen Schrein aufgehäuft waren. «Aber ich kann das Geschütz weihen, daß es dem Einen Wahren Gott diene.»

«Haben die Heiden nichts dagegen?»

«Der Kaiser selbst gab mir die Genehmigung. Wenn unsere christlichen Geschütze die Mandschu und die Rebellen zurücktreiben, wer wird dann nicht wünschen, Christ zu sein? Dieses Falkonett ist Ursula geweiht, der Schutzpatronin meiner Heimatstadt Köln. Wenn der gute Joseph King bereit wäre, zu ministrieren . . .»

Mit Hilfe des Sklaven in seiner unpassenden Leutnantsuniform zog der Priester die Schöße seiner schwarzen Soutane aus dem Gürtel. Er streifte ein weißes Hemd über und setzte einen hohen schwarzen Hut wie das Birett eines Kardinals auf.

Als Francis und Joseph die Antwortstrophen murmelten, sahen sie zu ihrer Überraschung, daß sich mehrere Hofeunuchen ihnen anschlossen. In Pater Adam Schalls blauen Augen schimmerten Tränen, als er fünf knienden Eunuchen die Hostie auf die Zunge legte. Dann betete er inbrünstig um Beistand beim Gießen einer vollkommenen Kanone – «einer christlichen Kanone, die Deinem göttlichen Ziel dient, alle Männer und Frauen Chinas zum wahren Glauben zu bringen.»

Dann legte er rasch sein Meßgewand ab und gürtete seine Soutane wieder.

«Das war zur Ehre Gottes getan, jetzt ist es Zeit, für den Kaiser zu arbeiten», sagte er. «Was wolltest du vorschlagen?»

«Stellt den Formkasten gerade hin, und die Hälfte Eurer Schwierigkeiten wird ausgeräumt sein.»

«Das ist nicht so einfach, mein Freund. Wir müßten die Öfen auf eine höhere Rampe stellen. Und wie sollen dann die schweren Barren und Kohle hinaufkommen?»

«Mehrere kleine Öfen würden das Gewicht gleichmäßiger verteilen. Und eine höhere Rampe ist nicht nötig. Es muß nur eine Förderschnecke zur Rampe gebaut werden.»

Der Jesuit kletterte auf die Rampe, nahm einen langen Kiefernast und rührte die flüssige Legierung aus neun Teilen Kupfer, einem dreiviertel Teil Zinn und einem viertel Teil Zink um. Dieses «Grünholz» mischte das geschmolzene Metall gleichmäßig und laugte, nachdem es sich in Kohle verwandelt hatte, Unreinheiten aus. Was die theoretische Seite des Geschützgießens betraf, die sich aus Büchern lernen ließ, konnte Francis dem Priester keinen Fehler nachweisen.

Adam Schalls Arbeiter kippten einen Schmelztiegel, und das glühende Metall ergoß sich zischend in den Formkasten. Nach einer Pause wurde ein zweiter Tiegel in den Kasten entleert. Francis wußte, daß die fertige Kanone infolge dieses zeitlichen Abstands einen Riß haben und die Seele krumm sein würde, weil der Kern nicht absolut senkrecht gehangen hatte. Es sei denn, das durch die Gebete des Priesters erflehte göttliche Eingreifen hätte die Herstellungsfehler korrigiert.

Ein Kanonenschuß ließ Francis zusammenfahren. Schwarzer Rauch stieg von einem kleinen Geschütz am Ende der Wiese auf.

«Jetzt haben sie es wieder gemacht!» Pater Adam war wütend. «Jetzt muß ich dem Kaiser nochmals erklären, daß wir keinen Unfall hatten, sondern daß es nur eine Fehlberechnung war.»

«Was war der Zweck der Übung? Wendet Ihr eine neue Methode an – formt Ihr die Seelenwände mit Kanonenkugeln?»

«Es ist nicht das erstemal. Sie schieben eine Kugel in eine Seele, die nicht richtig geglättet ist, eine rauhe Seele wahrscheinlich, keineswegs maßhaltig. Die einzige Möglichkeit, den Lauf wieder freizumachen, ist, die Kanone abzufeuern.»

«Der Herr behütet Euch wahrlich. Es ist ein Wunder, daß das Geschütz nicht in die Luft flog. Ihr hättet ein paar Verletzte, vielleicht ein paar Tote haben können.»

«Oh, haben wir schon gehabt. Das erste Mal war eine volle Ladung in der Kammer. Überall flog Bronze herum. Zwei Tote und ein halbes Dutzend Schwerverletzte.»

Adam Schall winkte einen jungen Mann heran. Er trug zwar die grobe Kleidung eines Arbeiters, aber sein sicheres Auftreten ließ auf einen höheren Rang schließen, doch sein Schnurrbart zeigte, daß er kein Eunuch war.

«*Ching chieh-shao* . . .» Die Beamtensprache ging Adam Schall glatt über die Lippen. «Ich möchte dir den jungen Herrn Cheng Cheng-kung vorstellen. Du kennst seinen hochgeschätzten Vater bereits, den Admiral der Küstengewässer, Cheng Chih-lung, den Edlen Drachen. Und das ist der berühmte Pfeilschmied.»

Der Jüngling verbeugte sich vor Francis und wartete auf Anweisungen.

«Geh und sag diesen Narren, sie werden streng bestraft, wenn das nochmal vorkommt. Und schicke einen Boten zum Obereunuchen, damit er den Kaiser beruhigen kann.»

«*Shen-fu, wo kan-pu-kan.*» Der Jüngling war ehrerbietig. «Pater, darf ich einen Vorschlag machen? Demjenigen, der die Lunte angelegt hat, den Kopf abschlagen und die anderen auspeitschen. Dann wird es bestimmt nicht wieder vorkommen.»

«*Tai li-hai*», antwortete der Priester. «Zu grausam, viel zu grausam. Tadele sie nur. Aber sage allen, beim nächstenmal wird geköpft und ausgepeitscht.»

Als sich der junge Mann auf den Weg gemacht hatte, sagte Adam Schall zu Francis: «Meine rechte Hand, dieser Junge. Lerneifrig und grundehrlich, auch wenn sein Vater der größte Pirat im Orient ist, der noch nicht aufgehängt wurde.»

«Ich habe ihn nicht in freundlicher Erinnerung.»

«Solltest du aber. Er hat dich freigelassen.»

«Erst nachdem Joseph ihn gewaltig bestochen hatte. Aber das ist eine andere Geschichte. Wird bei Euch viel gemaust?»

«Gemaust? Ich nenne zwei Tonnen Kupfer und eine halbe Tonne Zinn mehr als Mausen. Sie würden mir den Zucker aus dem Tee stehlen, wenn ich Zucker zum Tee nähme. Aber Diebstahl ist nicht so schlimm wie Dummheit. Na ja, der Kaiser wollte ungeheuerliche Kanonen, die neunzig Pfund schwere Kugeln abfeuern. Nachdem wir ihn überzeugt hatten, daß das töricht sei, wollte er kleine Kanonen – nicht mehr als sechzig Pfund, damit zwei Mann ein Geschütz leicht tragen könnten. Fast hätte ich dem Kaiser geschrieben, daß chinesische Truppen, die beim Rückzug die Beine unter die Arme nehmen, sich dabei kaum sechzig Pfund schwere Kanonen auf den Rücken laden, sondern sie wegwerfen werden.»

«Pater Adam, verzweifelt Ihr jemals?» Francis fand es verwirrend, daß ein christlicher Priester in der Hauptstadt eines Reiches, das allen anderen Ausländern verschlossen war, für einen heidnischen Kaiser Geschütze goß.

«Ich bin nahe daran gewesen, das muß ich zugeben», erwiderte Adam Schall. «Aber mit deiner Hilfe werden wir bald ordentliche Geschütze herstellen.»

«Ich meinte nicht verzweifelt nur bei diesem Vorhaben. Verzweifelt Ihr nicht an dem ganzen Unterfangen? Gottes Gnade wird die Chinesen eines Tages dem wahren Glauben zuführen, aber in unserer Zeit?»

«Ich erlaube mir nicht, zu verzweifeln. Und du darfst es auch nicht. Verzweiflung ist eine Sünde. Wir müssen dem Herrn mit ganzem Glauben und ganzer Hingabe dienen.»

«Obwohl es oft fast unmöglich ist, sich den Chinesen verständlich zu machen, sie zu der Einsicht zu bringen, daß das Seelenheil nur . . . daß die einzige Methode, Kanonen zu gießen, unsere Methode ist?»

«Pater Matteo Ricci war keineswegs überzeugt, daß unsere Methode, die europäische Auffassung, immer am besten sei. Bedenke statt dessen das Wunder, daß wir überhaupt mit Chinesen in Gedankenaustausch stehen, überhaupt in China sind – worauf Dr. Paul Hsü hinzuweisen pflegte.»

«Wieso ist das eigentlich ein Wunder, Pater Adam? Chinesisch zu lernen und chinesische Bräuche zu übernehmen, ist kein Wunder. Ihr habt es großartig verstanden, und sogar ich, wenn auch mit Maßen.»

«Francis, wir stehen mit beiden Beinen in China, aber unsere Herzen sind auf halbem Wege zwischen China und Europa. Unsere Denkweise ist von der chinesischen noch durch Tausende von Meilen getrennt. Es ist ein Wunder, daß wir überhaupt miteinander reden.»

«Wir sind in China, deshalb sprechen wir Chinesisch.»

«Francis, du bist nicht nur durch deine eigenen Erfahrungen geprägt, sondern auch durch die Erlebnisse und das Wissen deiner sämtlichen Vorfahren. Sonst wärst du nämlich ein Ketzer.»

«Was hat das mit den Chinesen zu tun, Pater?» Francis war es nicht mehr gewohnt, über theoretische Fragen zu diskutieren. «Was ich bin, hat doch nichts damit zu tun, was *sie* sind.»

«Sie sind ebenso durch das geprägt, was ihre Vorfahren waren, durch die Lebensweise und Denkweise ihrer Vorfahren. Du, Francis, und ich reden mit den Chinesen – abgesehen von der rühmlichen Ausnahme von Dr. Paul – über eine Kluft hinweg, die ebenso breit ist wie die Kluft, die ihre Vorfahren von unseren trennte.»

«Mag sein. Selbst Dr. Pauls Absichten konnte ich oft nicht ergründen.»

«Zwar sind wir alle Gottes Kinder, doch unterscheiden wir uns von den Chinesen. Unser Wesen ist anders. Es ist ein Wunder, daß wir uns so gut verstehen.»

«In jeder Hinsicht, Pater Adam?»

«Nein. Die allgemeingültige Wahrheit kann die Kluft manchmal überbrücken. Ich bin des festen Glaubens, daß die Chinesen eines Tages, wenn es Gott beliebt, die eine wahre Lehre anerkennen werden. Ich bin auch überzeugt, daß sie eines Tages, wiederum wenn es Gott beliebt, unsere wissenschaftlichen Erkenntnisse in Bausch und Bogen übernehmen – und uns in der Praxis übertreffen werden.»

«Glaubt Ihr gleichermaßen an beide Möglichkeiten? Ich meine, seid Ihr ebenso überzeugt von der Seelenrettung der Chinesen wie von ihrer vollkommenen Beherrschung der europäischen Wissenschaft?»

«Nein, Francis, nicht ganz, obwohl ich es versuche.» Adam Schall lachte. «Es kostete keinerlei Mühe, zu glauben, zu wissen, daß die Chinesen bekehrt werden. Warum wären wir sonst hier? Aber es kostet große Mühe, manchmal eine gewaltige Mühe, zu glauben, daß sie unsere Wissenschaft beherrschen werden. Dennoch glaube ich daran.»

«Ich werde mich bemühen, Pater», versprach Francis.

«Das mußt du auch, wenn du für mich von Nutzen sein sollst. Nun laß uns wieder an die Arbeit gehen.»

Anfang 1643 erschien in Peking eine Abhandlung über Herstellung und Verwendung von Geschützen unter dem Titel *Huo-kung Chieh-yao,* was wörtlich *Abriß des Feuerangriffs* heißt. Das Büchlein ließ drei Handschriften erkennen: die von Francis Arrowsmith bei der Behandlung technischer Probleme, die von Adam Schall in dem erläuternden Text und die von Joseph King, weil er die elidierte Schriftsprache beherrschte. Wie es der Brauch vorschrieb, wurde nur ein Verfasser genannt, Tang Jo-Wang, wie Adam Schalls Name auf chinesisch lautete.

Das eigentliche Geschützgießen, das langwierig und mühsam war, sollte in den letzten Monaten des Jahres 1642 und im folgenden Jahr Francis' Arbeitskraft hauptsächlich beanspruchen. Im übrigen hatte er Artilleristen auszubilden und war trotz des Versprechens, das er dem Jesuiten gegeben hatte, oft der Verzweiflung nahe. Bis Anfang 1644, als selbst die Hofeunuchen die Rebellion des Einäugigen Li als eine Bedrohung Pekings erkannten, hatten die Christen etwa sechzig Geschütze hergestellt, die bei den letzten Feldzügen der Ming-Dynastie eingesetzt wurden. Sie wandten neue Methoden an und bildeten Handwerker aus, damit sie die trägen und unwilligen Eunuchen ersetzten. Das einzige, was sich nicht änderte, war, daß Pater Adam Schall vor jedem Guß eine Messe las und jedes Geschütz einem christlichen Heiligen weihte.

Wenn eine Waffe einsatzbereit war, brachte eine kleine Schar buddhistischer und taoistischer Mönche Opfer dar, verbrannte Weihrauch und murmelte Zaubersprüche. Der Lauf wurde dann in rote Seide gehüllt. Zu guter Letzt segnete Pater Adam Schall das Geschütz noch einmal.

Nachdem sie eine große Feldschlange abgeliefert hatten, stellte Francis dem Jesuiten die erste von zwei Fragen, über die er lange nachgedacht hatte.

«Wie habt Ihr es fertiggebracht, Pater Adam, daß der Göttliche Strang mit meiner Rückkehr einverstanden war? Und wie habt Ihr ihn davon abgehalten, mir in den Rücken zu fallen, seit ich wieder hier bin?»

«Ja, Francis, der Rachedurst war ungeheuer groß. Aber ich sagte dem Kaiser und dem Schwarzen Premier, ohne deine Hilfe könnte ich keine Geschütze herstellen. Wir Jesuiten, sagte ich, seien keine Fachleute. Es gebe nur einen Fachmann, der Chinesisch spricht, nur einen gelernten Artilleristen und Geschützgießer, der bereit ist, nach Peking zu kommen. Ich sagte dem Schwarzen Premier auch, daß nur ein fürstlicher Lohn dich herbringen würde. Er ist zufrieden, denn er bekommt jeden Monat die Hälfte von deinen zwanzig Gold-Taels – die Hälfte, die du nie siehst.»

«Nie sehe? Ich habe nicht einmal gewußt, daß ich zwanzig Gold-

Taels bekomme.» Die Summe verschlug Francis den Atem. «Aber ich verstehe immer noch nicht, warum mich die Spitzelmeister unbehelligt gelassen haben. Meine Berichte über die Schwäche der Mandschu waren hochverräterisch.»

«Hochverräterisch? Was bedeutet Hochverrat in diesem Teufelslabyrinth von Verrat? Fast die Hälfte der Hofeunuchen muß im Sold der Mandschu stehen.»

«Die Hälfte, Pater Adam? So viele?»

«Na, zumindest ein Viertel. Und jeden Tag kommen mehr dazu – diejenigen, die nicht auf den Sieg des Einäugigen Li setzen.»

Mit dieser Erklärung gab sich Francis einstweilen zufrieden, obwohl er vermutete, daß Adam Schall weder alle Verzweigungen des Göttlichen Strangs kannte noch ihm alles gesagt hatte, was er wußte. Nichts wurde in China so einfach und geradlinig geregelt, vor allem nicht, wenn der Geheimdienst mit seinen krummen Touren beteiligt war. Die zweite Frage, die für sein seelisches Wohlergehen ebenso wichtig war wie die erste für seine körperliche Sicherheit, sparte er sich für eine andere Gelegenheit auf.

Die praktische Erprobung der ersten zehn Geschütze, die von den Kaiserlichen Feldzeug-Werkstätten hergestellt worden waren, fand Mitte Juni 1643 zwischen dem Nankou-Paß und den Kaisergräbern der Ming-Dynastie statt. Auf demselben Exerzierplatz hatte Major Francis Arrowsmith 1630 die ersten chinesischen Arkebusiere ausgebildet, Gottes Bataillon. Derselbe Francis Arrowsmith – dreizehn Jahre älter, aber immer noch Major – konnte nur einen flüchtigen Blick auf die halb verfallene Palisade werfen, wo er den Angriff der Rebellen des Einäugigen Li, der sich *Chuang Wang* nannte, verwegener König, zurückgeschlagen hatte. Unterstützt von Joseph King und Adam Schalls Gehilfen Cheng Cheng-kung, überwachte er die Aufstellung von mehreren hundert Arbeitern, halb soviel Eunuchen und etwa sechzig Mandarinen, die als Beobachter zugegen waren.

Adam Schall war in Festtagslaune und freute sich immer noch über seinen letzten Sieg über die Palasteunuchen. Er hatte um fünfzigtausend Pfund Kupfer und fünftausend Pfund Zinn gebeten und dann von dem jungen Cheng Cheng-kung erfahren, daß der Feldzeugmeister-Eunuch in seinem Namen fünfhunderttausend Pfund Kupfer und vierhunderttausend Pfund Zinn angefordert hatte. Als der Kaiser

Adam Schalls Bericht las, hatte er voll Zorn befohlen, den Feldzeug-
meister-Eunuchen zu enthaupten und seine Mittäter in die unfrucht-
bare Provinz Kansu zwischen der Nördlichen Steppe und den eisigen
Bergen von Tibet zu verbannen.

Nach einem schlechten Anfang trug der überraschende Erfolg der
Geschützprüfung weiterhin zu Adam Schalls guter Laune bei. Die
zuschauenden Mandarine standen eine Viertelmeile entfernt vom
Schießplatz, weil die Eunuchen sie gewarnt hatten, die Geschütze
würden bestimmt bersten. Die Wut der Eunuchen darüber, daß Adam
Schall ihren Unterschlagungen Einhalt geboten hatte, wurde überdies
angeheizt durch den Neid auf die kaiserliche Gunst, deren er sich
erfreute, und ihre Furcht, er werde ihren Einfluß untergraben.

Die Eunuchen meldeten, die erste Kanonenkugel sei ganz dicht bei
ihrem Standort niedergegangen. Aber der junge Cheng Cheng-kung
ritt mit zwei Militär-Mandarinen hinüber und wies nach, daß die
Kugel in Wirklichkeit weit über die Köpfe der Eunuchen hinausgeflo-
gen war. Eine Salve von zehn Geschützen, bei der alle Schüsse die
erwartete Entfernung überschritten, machte die Eunuchen völlig un-
glaubwürdig. Da der Priester wußte, daß der Kaiser sehr erfreut sein
würde und eine großzügige kaiserliche Spende für die Jesuiten zu
erwarten sei, frohlockte er und war von einer boshaften, kindlichen
Ausgelassenheit, die weder der Würde seines Amtes noch seinem
Alter angemessen war.

«Francis, das ist aufsehenerregend, das ist phantastisch. Hast du die
Gesichter der Eunuchen gesehen? Heute haben wir zweifelsfrei die
ungeheure Überlegenheit unserer christlichen Herstellung – und unserer christlichen Geschütze bewiesen.»

«*Christliche* Geschütze, Pater Adam?»

Auch Francis freute sich über ihren Erfolg, aber ein Zweifel nagte
an seinem Glauben. Es verwirrte ihn auch, daß Pater Johann Adam
Schall von Bell, der zurückhaltende, über den Dingen stehende Beobachter, sich plötzlich in einen parteiischen Prahlhans verwandelte.
Dennoch brachte er die zweite Frage zur Sprache, die ihn quälte.

«Pater Adam, Euch macht es Freude, tödliche Waffen zu schmieden. Mich macht es nicht froh, wenn ich an den Tod denke, den diese
Waffen herbeiführen. Dabei bin ich Soldat, und Waffen sind mein
Handwerkszeug. Wie kann ein Priester des Friedensfürsten froh sein,
solche Waffen hergestellt zu haben?»

«Francis, manchmal glaube ich, *du* hättest der Priester sein sollen, oder wenigstens ein humorloser, puritanischer Prediger. Weißt du, daß du ein gräßlicher Spielverderber bist?» Die tiefliegenden blauen Augen des Jesuiten blitzten zornig. «Glaubst du wirklich, daß ich dieses Teufelswerk gern tue?»

«Mag sein, daß ich ein Spielverderber bin, aber Ihr scheint es ganz und gar zu genießen.»

«Nein, das stimmt nicht. Sehr viel lieber wäre ich in Köln und würde guten Rheinwein trinken. Mein eigentliches Werkzeug ist die Feder, nicht die Kanone. Freuen werde ich mich, wenn ich zur Feder zurückkehren kann. Aber im Augenblick bleibt mir keine andere Wahl.»

«Gott hat uns freien Willen gewährt. Ihr werdet nicht unter Androhung der Todesstrafe gezwungen, Geschütze herzustellen.»

«Nein? Könnte ich zum Kaiser sagen: ‹Vielen Dank, Majestät, aber ich habe anderes zu tun. Ich will Eure Geschütze nicht herstellen›? Der freie Wille unterliegt der Pflicht.»

«Pflicht, Pater? Verzeiht, aber eine Pflicht habt Ihr nur Gott gegenüber.»

«Ich diene Gott, indem ich die Pflichten erfülle, die Er mir durch die Kirche und den General der Gesellschaft Jesu überträgt. Mir ist befohlen, als treuer Untertan dem Kaiser zu dienen – um den wahren Glauben in China zu verbreiten. Meine Pflicht Gott gegenüber und meine Pflicht dem Kaiser gegenüber sind gleichgerichtet. Das Christentum kann in diesem Reich mit seiner hohen Kultur Wurzeln schlagen. Das Christentum kann zehn Millionen Seelen das Heil bringen und gleichzeitig den irdischen Ruhm des Reiches wiederherstellen. Meinst du, dem Glauben würde es unter Rebellen oder Barbaren besser ergehen?»

«Nein, Pater, aber . . .»

«Hier gibt's kein Aber, Francis. Laß mich ausreden. Durch die Bereitstellung moderner Waffen verringere ich – wir – tatsächlich das Töten. Besser eine rasche, entscheidende Schlacht als langwährende Qualen – das Plündern, Morden und Rauben des Einäugigen Li und des sogenannten Kaisers Abahai. Außerdem, würden wir für den Kaiser keine Geschütze herstellen, würde er sich holländische Artilleristen und Kanonengießer holen. Würde ich mich weigern, würden wir, die Gesellschaft Jesu, wegen Unbotmäßigkeit und Hochverrat aus dem Reich ausgewiesen. Was wird dann aus den Aussichten auf ein christliches China, ein katholisches China?»

«Ich kann Euren Standpunkt verstehen, Pater. Aber dennoch . . .»

«Laß mich ausreden, Francis. Ich muß meine Aufgabe erfüllen, meine unausweichliche Pflicht. Ob sie mir persönlich gefällt oder nicht. Ich, ein Priester des einen, wahren Gottes und gehorsames Mitglied der Gesellschaft Jesu, *muß* für einen heidnischen Kaiser Kanonen herstellen.»

PEKING

22. Juni bis 25. Dezember 1643

Francis Arrowsmith fand die Strohmatte abscheulich, die im Empfangszimmer des Gartenhauses hing. Er hatte die Messe, die gerade zu Ende war, eher ärgerlich als erhebend gefunden und wäre entzückt gewesen, wenn sich das Stroh an den noch brennenden Kerzen entzündet hätte. Die Matte war das wichtigste Requisit bei dem Possenspiel, das zuerst seine Frau Marta und dann ihre Tante Candida Soo mit Pater Giulio di Giaccomo aufführten.

Würden ein Jesuit und eine Christin allein gelassen, würden Lästermäuler den auf der Hand liegenden Schluß ziehen. Aber das heilige Sakrament der Buße erforderte, daß Priester und Beichtkind bei der Beichte allein seien, wenn auch getrennt durch ein Gitter, um fiktiv die gegenseitige Anonymität zu wahren. Die chinesische Matte ersetzte das europäische Sprechgitter; da sie in einem offenen Raum und nicht in einem Beichtstuhl hing, stand Francis als Hausherr am anderen Ende des Zimmers, wo er das Flüstern nicht hören, aber aufpassen konnte, daß nichts Anstößiges passierte.

Manchmal hatte Francis das Gefühl, daß die Jesuiten sich zu sehr um die Bekehrung der Chinesen bemühten. War der Lohn, nach dem sie trachteten, das wert, was sie dabei opferten? Wenn die allgemeine katholische Lehre auf den Geschmack jedes Volkes zugeschnitten würde, wie ein Schneider ein Wams zuschneidet, dann wäre sie bald weder allgemein noch katholisch. Nicht nur die Dominikaner und

Franziskaner im Fernen Osten, sondern auch Kardinäle in Rom murrten schon, die Gesellschaft Jesu habe in China viel zu viele Zugeständnisse gemacht.

Francis war Gastgeber einer bunt zusammengewürfelten Gesellschaft, die Martas Tante Candida, die Enkelin des großen Dr. Paul Hsü, eingeladen hatte. Candida Soo war immer noch herrisch, niemand hatte sich ihrem Willen widersetzt, seit ihr Großvater und ihr Mann vor zehn Jahren gestorben waren, und ihre acht Kinder beanspruchten nur einen Teil ihrer Tatkraft. Auch die hundert Kapellen, Schulen und Waisenhäuser, die sie in der Umgegend ihrer Heimatstadt Schanghai unterhielt, taten ihrer übertriebenen Frömmigkeit nicht Genüge.

Candida hatte verfügt, daß sich Gruppen von Christen ohne Rücksicht auf ihre gesellschaftliche Stellung als «Brüder und Schwestern» jeden Sonntag treffen sollten. Drei Frauen und zwei Männer mittleren Alters saßen steif da, tranken Tee und aßen Dattelkuchen. Obwohl die Frauen Kleider trugen, die so kostbar waren wie die von Mandarinen-Gattinnen, stammten sie offensichtlich aus wohlhabenden Kaufmannsfamilien. Die Gewänder der Männer waren aus beigefarbenem Stoff und nicht aus zinnoberroter oder aquamarinblauer Seide. Francis erfuhr ihre Namen nicht und erwartete auch nicht, die Leute jemals wiederzusehen.

Marta sah blühend aus in der Reife ihrer dreißig Jahre. Weder ihre ständige Unzufriedenheit noch die wiederholten Streitigkeiten mit ihrem Mann hatten Spuren auf ihrer matten Haut hinterlassen. Ihre dunklen Augen waren ungetrübt und ohne Krähenfüßchen. Francis dachte an ihre heftigen Kräche und ihre stürmischen Versöhnungen und fand es wieder befremdend, daß die Leidenschaft seiner Frau, sich schön zu machen, fast jedes andere Anliegen ausschloß.

Zwischen ihrer Mutter und ihrer Großtante Candida saß Francis' elfjährige Tochter Maria in Miniaturausgaben der prächtigen Gewänder der Erwachsenen. Pantöffelchen mit hohen Absätzen schauten unter ihrem lindgrünen Rock hervor. Rote Seide verdeckte die Binden, die ihre Füße zusammengepreßt hatten, seit sie vier Jahre alt war. Ihr Überkleid war aus glänzender, pfirschfarbener Seide, die Haarnadeln aus grünweißer Jade. Marias bernsteinfarbene Augen blickten scheu auf ihren Vater, der zu oft von zu Hause abwesend war. Sie vergötterte den hochgewachsenen Mann mit den hellbraunen Augen und der Adlernase und fragte sich, wie sie seine ganze Liebe auf sich lenken könnte. Seit er vor acht Monaten zurückgekommen war, hatte sie ihr weiß-blondes Haar nicht mehr unter einem Kopftuch verborgen. Sie kannte nur zwei Menschen, die dieses ganz besondere Haar hatten: sie und der Mann, den sie *Dieh-dieh,* Papa, nannte.

Francis' liebevoller Blick nahm einen Ausdruck spöttischer Belustigung an, als er Candida Soo ansah. Gleich nach Marta und Maria stand sie ihm von allen Chinesen und vielleicht von der ganzen Menschheit am nächsten. Sie war seine angeheiratete Tante, aber auch seine Nichte, weil ihr Großvater ihn adoptiert hatte. Da sie auf Formen Wert legte, nannte Candida ihn Onkel, obwohl sie gleichaltrig mit ihm war. Auf Grund ihrer doppelten Verwandtschaft hielt sie es für ihre Pflicht, ihn durch das Labyrinth der chinesischen Gesellschaft zu führen.

Candidas Gläubigkeit stand ihr auf dem Gesicht geschrieben. Ihre hohe Stirn war runzellos, und die großen Augen blickten heiter drein. Die Zeit hatte ihre lange Nase schärfer hervortreten lassen, und die bläßliche Haut unter ihrem spitzen Kinn hing schlaff herab, aber trotz ihrer Frömmigkeit schminkte sie sich Wangen und Lippen. Ihre schütter werdenden Strähnen unterlegte sie mit Haar, das sie von Bauersfrauen kaufte, und steckte sie dann zu einer eleganten Frisur auf.

«*Shu-shu, ching chin . . .*» Candida hatte in der Familienhierarchie einen höheren Rang als Marta und sprach daher als Gastgeberin. «Onkel, bitte lies doch am heutigen Sonntag aus deiner heiligen Bibel, um unsere neuen Freunde zu begrüßen.»

Francis schlug die ledergebundene Vulgata auf. Die Pekinger Christen beneideten ihn um seine lateinische Bibel, den sie besaßen keine vollständige chinesische Übersetzung. Ehe er den Brief des Paulus an die Galater vorlas, warf Francis einen Blick auf seinen ehemaligen Adjutanten Simon Wu. Er mußte sich mit der Anwesenheit dieses Mannes abfinden, der den scharlachroten Waffenrock mit dem kauernden Leoparden eines Obersten trug und von dem er vermutete, daß er der Geliebte seiner Frau gewesen war.

Mit seinem ergrauenden Haar sah Simon Wu eindrucksvoller aus als vor einem Jahrzehnt. Sein Auftreten war sehr selbstsicher, die schmalen Augen kühl hinter der Schildpattbrille; aber die roten Flecken auf den Backenknochen deuteten auf seine selbstherrliche

Veranlagung hin. Als Verbindungsoffizier zwischen der Geheimpolizei und dem Heer hatte er eine sehr machtvolle Position. Ihm könne man nicht die kalte Schulter zeigen, hatte Candida gewarnt, und ihn nicht bloß deshalb ausschließen, weil er seinen Gastgeber vor zehn Jahren an den Göttlichen Strang verraten habe.

«Hier ist kein Jude noch Grieche, hier ist kein Knecht noch Freier», übersetzte Francis den Brief des Paulus ins Chinesische. «Hier ist kein Mann noch Weib, denn ihr seid allzumal einer in Christo Jesu... Amen. Das ist das Wort des Herrn.»

«Gott sei gelobt!» Die Antwort der Gemeinde weckte in Francis ein Gefühl, er habe sich die Vorrechte eines Priester angemaßt.

«Ich erinnere mich, daß mein Großvater, wenn er an diese Stelle kam, nicht einverstanden war, was die Frauen betrifft», lachte Candida. «Doch im Namen des Herrn und in Erinnerung an den verehrten Dr. Paul Hsü heiße ich euch alle willkommen. Wir alle sind Gottes Kinder und einer in Christo Jesu, ob wir nun große Minister oder schlichte Handwerker sind.»

«Ihr seid überaus gütig, Frau Candida.» Der stämmige Mann von etwa fünfzig Jahren in dem Baumwollgewand eines ehrbaren Ladeninhabers sprach, als wäre er dazu berechtigt, im Namen aller Gäste. «Ihr bewirtet uns unwürdige, einfache Leute allzu reichlich. Aber der Herr wird Euch segnen. Wir alle sind wahrlich Seine Kinder, alle gleichermaßen, ob hoch oder niedrig.»

Francis fand die Antwort bemerkenswert, denn sie verband die traditionelle chinesische Demut mit der neuen christlichen Würde der Persönlichkeit. Offenbar war China – oder wenigstens einige Chinesen – durch das Christentum schon mehr verwandelt worden, als er angenommen hatte.

Der Pinselmacher Johannes Yao, der sein Geschäft vor zehn Jahren von Nanking nach Peking verlegt hatte, stellte, wie seine Vorfahren seit Generationen, Schreibpinsel für die Literaten-Beamten her, so daß etwas von dem Ansehen der Mandarine auf ihn abfärbte. Von christlichen Laien wurde er hochgeachtet, aber für ihre Priester war er manchmal ein Ärgernis. Sein Mut und seine Gläubigkeit standen außer allem Zweifel, nicht so seine Besonnenheit. Denn wie Francis wußte, hatte er 1616 als Dreiundzwanzigjähriger von einem Vizeminister für Ritus, der die Christen grausam verfolgte, zweimal den Märtyrertod verlangt.

Als die Jesuitenpatres die Christen von Nanking warnten, sie müßten sich gegen Verfolgung wappnen, glaubte Johannes Yao, sie meinten nicht seelische Bereitschaft, sondern den gerechten Kampf. Dementsprechend stellte er vier Fahnen her und versah sie mit der kühnen Inschrift: «Ich bin Johannes aus der Familie Yao, der Pinselmacher, die ursprünglich aus Wusih stammte. Das wahre Wort des gekreuzigten Gottes ist mir offenbart worden. Ich bin bereit, für den einzig wahren Glauben zu sterben.»

Angetan mit seinem besten Gewand, machte sich Johannes Yao zum Amt des Vizeministers für Ritus auf. Jedesmal wenn dieser Verfechter des strengen Konfuzianismus sein Ölpapierfenster aufschob, sah er die rundliche Gestalt unter den gelben Fahnen und hörte Johannes Yao, der forderte, für seinen Glauben, dem er nie abschwören werde, bestraft zu werden.

«Eine etwas übertriebene Begeisterung für den Märtyrertod», fand sein jesuitischer Seelsorger. Er schickte einen Boten zu seinem Pfarrkind mit der Anweisung, nach Hause zu gehen.

«Der Beginn einer christlichen Rebellion, aber laß ihn gewähren», sagte der Vizeminister zu seinem Schreiber. «Füge meinem Bericht die Mitteilung hinzu, daß die Rebellen jetzt unter ihrer eigenen Fahne durch die Straßen von Nanking marschieren, ihre staatsgefährdende Lehre verkünden und zum Aufruhr aufhetzen.»

Da alle Chinesen Schauspiele liebten, fanden sich Gaffer ein. Außerdem war der Vizeminister nicht beliebt; viele Leute sahen es mit Vergnügen, wie Johannes Yao seine Wachtposten verhöhnte. Angestachelt von seinen Zuschauern, schrie der angehende Märtyrer lauter. Er stellte zwei Fahnen neben die messingbeschlagenen Türen des Vizeministers und schwenkte die beiden anderen wie ein Gaukler. Die gelben Fahnen wirbelten durch die Luft.

«Los!» schrie die Menge. «Immer feste drauf! Ein Platz in deiner Hölle für den Vizeminister.»

Johannes Yao hielt seine Fahnenstangen waagrecht wie Speere, ging damit auf die Wachtposten los und warf die Beine hoch wie im Stechschritt. Schließlich verhaftete ihn ein verärgerter Offizier der Wache, aber ein belustigter Polizeirichter sagte ihm, er solle nach Hause gehen und sich um seine Pinselmacherei kümmern.

«Füge meinem Bericht hinzu», befahl der Vizeminister, «daß die Polizeirichter einen Rebellen festnehmen mußten, der in unerträglicher Weise die öffentliche Ordnung gestört hat. So unverschämt sind die Christen schon geworden!»

Später an diesem Tag führte die Polizei widerstrebend den Befehl des Vizegouverneurs aus, die beiden in Nanking lebenden Jesuitenpatres zu verhaften. Eine Menschenmenge hatte sich eingefunden und spottete ohne Arg.

«Sind zehn von euch nötig, um zwei Bonzen zu verhaften? Sicherlich hundert, um eine wütende Fischhändlerin zu bewachen.»

«Ihr Priester, warum zückt ihr eure geheimen Waffen nicht?»

«Das dürfen sie nicht», kicherte ein junges Dienstmädchen. «Nicht mal bei mir. Ihr Gott erlaubt den Geistlichen nicht, ihre Waffen zu zücken.»

«Das ist vielleicht der Grund, warum sie geheim sind», lachte eine ältere Frau.

Das halbe Lächeln der Priester erstarrte, als sie die gelben Fahnen von Johannes Yao sahen, der eine Prozession anführte. Die Christen sangen im Takt mit den geschwenkten Fahnen: «Entlaßt unsere Priester! Bestraft den Vizeminister!»

«Was willst du denn eigentlich?» fragte ein Polizeibeamter.

«Als Christ sterben, mein Blut für Christus vergießen», antwortete Johannes Yao.

Die erbosten Polizisten fesselten dem Pinselmacher die Hände und legten ihm eine Schlinge um den Hals. Aber sein ersehnter Märtyrertod wurde wieder vereitelt. Ein Polizeirichter, der weitere Provokationen verhindern wollte, ließ ihn mit einer Strafpredigt laufen. Wenn auch nie wieder so dramatisch, hatte sich der Pinselmacher dennoch seit diesem Tage standhaft für die Aufrechterhaltung des Widerstandsgeistes der christlichen Gemeinde verwendet.

Siebenundzwanzig Jahre später saß eine junge Frau neben Johannes Yao, die ihm mit ihrem runden Gesicht und den vorstehenden Backenknochen so ähnlich war, daß sie unschwer als seine Tochter zu erkennen war.

Die malvenfarbene Schärpe, die ihr rostbraunes Oberkleid über einem langen lohfarbenen Rock zusammenhielt, war die einzige Seide, die sie trug. Ihre Pantöffelchen aus scharlachroter Baumwolle waren deutlich größer als die von Marta oder Candida. Diese Damen hatten entsetzt darüber getuschelt, daß das schon achtzehnjährige Mädchen Yao Mei-ling niemals die goldenen Lilien haben würde, die das Kastenmerkmal der weiblichen Oberschicht waren. Ihr zärtlicher Vater hatte ihrer Mutter nicht erlaubt, ihre Füße einzubinden, ehe sie zehn Jahre alt war.

Francis, dessen Familie nicht so aristokratisch gewesen war wie seine chinesischen Verwandten, hatte die Yaos, ehe er sie kennenlernte, instinktiv verteidigt, als Marta naserümpfend sagte: «Und dann werden die Yaos kommen, Johannes Yao, du hast von ihm gehört, der sogenannte Held von Nanking, und seine Tochter Mei-ling. Das ist ein sehr gewöhnlicher Name, Schönes Geläute bedeutet er. Die Priester nennen sie Margarete.»

«Das ist doch ein hübscher Name», hatte Francis geantwortet.

Margaretes bescheidenes Auftreten und ihr fröhliches Wesen fand er sehr sympathisch, und ihm gefiel die Offenheit ihres Vaters, die so anders war als die Unaufrichtigkeit der Mandarine.

«Wir sollten eine chinesische Bibel haben, damit wir darin lesen können, wann immer wir wollen. Vor allem, weil es so wenig Priester gibt.»

«Selbst in Europa, Meister Yao», warf Francis ein, «haben wenige Christen ihre eigene Bibel. Die meisten sind auf ihre Priester angewiesen.»

«Das ist auch ganz richtig», fand Candida. «Wir sind nicht befähigt, die Weisheit des Herrn direkt zu verstehen. Wir brauchen die Priester, damit sie uns über die Wahrheit belehren.»

«*Soo Fu-jen, ni chih-tao.*» Johannes Yao fand das nicht. «Wißt Ihr nicht, Frau Soo, daß nicht alle Priester einer Meinung sind?»

«Unmöglich! Wie könnte das sein?»

«Francis, was sagst du dazu?» Marta war fast unterwürfig, als sie sich an ihren Mann wandte; ein Europäer mußte doch über religiöse Dinge Bescheid wissen. «Stimmt das?»

«Ja, leider.» Francis war hin- und hergerissen zwischen seiner Verpflichtung gegenüber der Mission und der Wahrheit, die bei den chinesischen Konvertiten vielleicht Anstoß erregen würde. «Priester sind auch Menschen, und alle Menschen sind fehlbar. Manchmal sind sie nicht einer Meinung.»

«Siehe da!» rief Johannes Yao aus. «Vor Jahren habe ich in Nanking einige Priester kennengelernt, die keine Jesuiten waren. Sie nannten sich nach dem heiligen Franz von Assisi. Und sie stimmten in vielen Punkten mit den Jesuiten nicht überein.»

«Wie das?» fuhr Simon Wu ihn an. «Könnt Ihr es uns genau sagen?»

«Erstens hinsichtlich des Namens, mit dem das höchste Wesen der Chinesen bezeichnet werden sollte.» Johannes Yao, der sich Ministern und Polizeirichtern widersetzt hatte, ließ sich von einem Oberst nicht einschüchtern. «Manche wollen es *Shang-ti* nennen, den Kaiser droben, während andere, wie Pater Matteo Ricci, *Tien-chu* vorziehen, den Herrn des Himmels. Wieder andere sind für *Dei-yan-sze,* den lateinischen Namen Gottes.»

«Wie können Priester uneins sein und sich streiten – wie Mandarine oder Palasteunuchen?» Candida schüttelte bestürzt den Kopf. «Dann sind Europäer und sogar Priester nicht besser als wir, aber . . .»

«Wißt Ihr, welches die wichtigste Frage ist, die diese Priester des heiligen Franz von Assisi aufgeworfen haben?» unterbrach sie Johannes Yao. «Die wichtigste Frage von allen für chinesische Christen?»

«Was mag das sein, Meister Yao?» fragte Simon Wu sehr von oben herab, als ob er ihn verhörte.

«Ob wir ein Sakrileg begehen, wenn wir Weihrauch verbrennen und uns vor unseren Ahnentafeln verbeugen. Und auch, ob ein christlicher Mandarin Konfuzius verehren darf.»

«Wenn er es nicht täte», bemerkte Simon Wu trocken, «wäre er nicht lange Mandarin.»

«Das ist die Schwierigkeit, nicht wahr, Major Pfeilschmied?»

«Diese Frage wird bereits der Ritenstreit genannt.» Francis widerstrebte es, sich in diese verzwickte Diskussion hineinziehen zu lassen. «Die Franziskaner erheben Einwendungen, aber . . .»

«Und was sagt Ihr, Pfeilschmied?» fragte Simon Wu.

«Mich betrifft es nicht, aber Euch. Verehrt Ihr Eure Vorfahren und betet sie an wie Gottheiten?»

«Nun ja, ich . . . Ihr ebenfalls, Pfeilschmied, wir müssen Konfuzius verehren, und unsere Vorfahren auch», sagte Simon Wu nachdenklich. «Die Dynastie verlangt es von uns, wenn wir ein Amt innehaben. Aber ich glaube, ich verehre meine Vorfahren nicht so oder bete sie nicht so an wie den Herrn des Himmels. Es ist etwas ganz anderes.»

«Francis, was sagen die anderen Priester über die Jesuiten?» fragte Candida. «Worum geht es dabei?»

«Es ist einfach menschlich, Candida. Die Franziskaner und Dominikaner sind bloß eifersüchtig auf die Jesuiten. Sie möchten nach China kommen mit ihren groben Kutten, den Kopf kahlgeschoren und das Kinn rasiert wie Bonzen. Sie wollen vor dem einfachen Volk predigen und die Mandarine übergehen. Doch können sie kaum Chinesisch sprechen, geschweige denn lesen. Sie verurteilen die Jesuiten, weil sie chinesische Sitten und Kleidung übernommen haben und die Beamtensprache und die konfuzianischen Klassiker studieren.»

«Was bleibt den Jesuiten denn anderes übrig?» Candida war verdutzt. «Wären sie nicht so kultiviert und gelehrt wie Mandarine, würde man ihnen nicht erlauben, in China zu leben. Und außerdem, wie viele Chinesen würden Christen werden, wenn sie ihre Vorfahren und Konfuzius nicht verehren dürften?»

«Candida hat recht», fand Marta. «Die Franziskaner tun, als ob die christliche Religion in erster Linie europäisch und bloß in zweiter Linie christlich wäre. Warum sollten wir alles so machen wie die Europäer?»

« Fu-jen-men, wo kan-pu-kan?» Margarete Yao sprach zum erstenmal und wandte sich bescheiden nur an die Frauen. «Meine Damen, darf ich in aller Demut anregen, daß wir Chinesen uns ein wenig ändern sollten? Sonst würde sich ein Christ nicht von einem Heiden unterscheiden.»

«Ein wenig natürlich.» Candida klang gereizt. «Aber wir dürfen nicht unchinesisch werden. Wir müssen *chinesische* Christen sein, nicht nachgemachte Europäer.»

«Mit alledem sind wir weit abgeschweift von der Uneinigkeit der Priester, die ich erwähnt habe», erinnerte Johannes Yao. «Major Pfeilschmied, was sagen denn diese eifersüchtigen Priester noch über unsere Jesuiten? Wir müssen uns vor ihren Irrtümern hüten.»

«Muß ich es also sagen?» fragte Francis mehr sich selbst als die anderen. «In Europa wird den Patres vorgeworfen, sie seien mehr jesuitisch als katholisch, und in China mehr chinesisch als christlich, eher Mandarine als Priester. Ihre Kritiker behaupten, die Jesuiten seien verlockt durch weltliche Ehren und weltliche Macht. Schließlich werfen sie den Jesuiten ihre Begeisterung für die weltliche Wissenschaft vor – von der Astronomie bis zum Geschützgießen. Die Franziskaner fordern, die Jesuiten sollten nur predigen, sie sagen, es sei weniger Gelehrsamkeit nötig, aber mehr Glauben, weniger Scharfsinn, aber mehr Frömmigkeit.»

«Diese anderen Priester kommen mir vor wie Barbaren, die Bildung verabscheuen», sagte Johannes Yao. «Major Pfeilschmied, würdet Ihr

Euch herablassen, mich zu besuchen? Ich möchte mich gern mit Euch unterhalten, aber Eure Gastfreundschaft nicht über Gebühr in Anspruch nehmen.»

«Wir freuen uns immer, Euch hier zu sehen, Meister Yao, aber ich besuche Euch gern.»

Als die Gäste aufbrachen, erhielt Francis Arrowsmith eine weitere, weniger willkommene Einladung.

«Ich glaube, Pfeilschmied, es wäre gut, wenn Ihr mich aufsuchtet», sagte Simon Wu. «Wir haben einiges zu besprechen, praktische Dinge, nicht theologische Streitfragen.»

Am Nachmittag des dritten Tages nach der heiligen Messe im Gartenhaus entließ Francis Arrowsmith seine Sänftenträger und machte sich zu Fuß auf, um den Laden und das Haus von Johannes Yao in der Straße der Literarischen Gerätschaften zu suchen. Sogar in seinen Selbstgesprächen nannte er den Tag *hsing-chi san,* den dritten Tag der Woche, und nicht Mittwoch. Er bediente sich fast ausschließlich des Chinesischen. Ebenso wie die Jesuiten hatte er sich an die chinesische Sprache und chinesische Bräuche gewöhnt.

Die Franziskaner und Dominikaner nahmen offenbar an, alle Heiden müßten langsam und deutlich gesprochenes Portugiesisch oder Spanisch verstehen. Er lachte laut auf bei dem Gedanken an die langen Predigten der Franziskaner, von denen die Chinesen kein Wort verstanden.

Als er einer Sänfte auswich, die zwischen zwei Pferden hing, fragte er sich, warum es auf den gepflasterten Straßen der Nördlichen Hauptstadt zweier Pferde und zweier Stallknechte bedurfte, um einen Mann zu befördern? Gewiß wäre ein Karren mit einem Pferd und vier Sitzplätzen vernünftiger. Aber hätte er die Frage laut geäußert, hätte man ihm geantwortet: «Wir haben es immer so gehabt. Warum sollen wir es ändern?» Einmal hatte er einem Stellmacher gegenüber erwähnt, die auf dem Land üblichen Karren würden stoßfreier und schneller fahren, wenn die Fußbodenbretter auf mit Leder bezogenen Federn ruhen würden. «Wozu?» hatte der Handwerker geantwortet. «Schließlich fahren nur Bauern und Schweine in solchen Karren. Die besseren Leute haben ihre schönen Sänften.»

Das erste Erkennungszeichen, das Johannes Yao beschrieben hatte, war ein strohgedecktes Dach mit einer langen Stange, an der rotweiß-grüne Wimpel flatterten. Diese Weinfahne war ein Wirtshausschild. Zwar war es noch nicht vier Uhr nachmittags, aber alle Bänke an den Tischen, die unter einem Mattenvordach die halbe Straße einnahmen, waren besetzt. Der bärtige Wirt saß hinter der Theke und scharrte die Kupfermünzen zusammen, die ihm schwitzende Kellner zuwarfen.

Francis war verwundert über seine Erregung, als er das Straßentor neben dem Wirtshaus sah. Das alte Tor mit den rosa Blüten der Klematis, die an den verwitterten roten Ziegeln rankten, war reizend, aber nicht so bemerkenswert, um solches Entzücken hervorzurufen. Doch nachdem er es durchschritten hatte, war er von demselben Staunen erfüllt wie vor Jahren, als er Peking entdeckte. Die von Fußgängern wimmelnde Gasse unterschied sich in nichts von anderen Gassen der Stadt, aber ihm klopfte das Herz.

Das Haus von Johannes Yao erkannte er an dem Ebenholzkreuz über dem offenen Laden, und da überkam ihn ein geradezu heimatliches Gefühl. Angestellte bedienten Kunden an Ladentischen, die in der Gasse standen und auf denen Schreibpinsel, Tuschstangen und Tintensteine ausgelegt waren. Johannes Yao saß auf einem Hocker im Geschäft und versah einen Bambusstiel mit Zobelhaaren. Margarete Yao neben ihm mühte sich mit derselben schwierigen Aufgabe ab.

«*Ni tze-chi hui kan*», sagte Johannes Yao freundlich. «Hier seht Ihr, daß Männer und Frauen gleich sind, wie es der heilige Petrus gelehrt hat. Willkommen in meiner armseligen Hütte, Major Pfeilschmied.»

Francis konnte sich später nicht erinnern, worüber sie an jenem ersten Tag gesprochen hatten, abgesehen von den Fragen des Pinselmachers nach der heiligen Kirche. Auch konnte er einen Monat später nicht ganz verstehen, warum er immer wieder in das bescheidene Haus in der Straße der Literarischen Gerätschaften gegangen war. Wahrscheinlich, dachte er, weil ihm diese schlichten, ehrlichen und frommen Menschen mehr lagen als die weltlichen Mandarine, unter denen er sich nie sehr wohlgefühlt hatte, und das traf auch auf seine eigene Familie zu. Bei den Yaos brauchte er sich nicht zu verstellen oder jedes Wort auf die Goldwaage zu legen.

Francis war herzlich wie ein Onkel gegenüber Margarete Yao, dem einzigen Kind eines nachsichtigen Vaters, der nach dem Tod der Mutter vor vier Jahren nicht wieder geheiratet hatte. Sie war von Natur aus humorvoll und ungekünstelt, wie Francis sich ein gut erzogenes europäisches Mädchen vorstellte. Begleitet von ihrer Dienerin, kaufte Margarete auf den offenen Märkten ein und sah den Schaustellern auf der Straße zu. Wenn Francis sie begleitete, sah er, daß ihre Bewegungen durch die spät eingebundenen Füße nur wenig behindert waren. Aber er freute sich, wenn sie seinen Arm nahm.

Francis wurde bald ein Freund des Hauses. Vater und Tochter nannten ihn beide einfach Pfeilschmied, und er war bei ihnen so entspannt und gelöst wie bei niemandem sonst.

Selbst Johannes Yaos streng bibelgläubiger Katholismus war eine Wohltat im Vergleich zu den verschlungenen Gedankengängen der Konvertiten aus der Mandarinenschicht. Zum Glück hatte Marta nichts gegen seine häufigen Besuche bei den Yaos. Nur Maria beklagte, daß er so oft abwesend war.

Francis hatte sich bei Oberst Simon Wu nicht gemeldet. Wenn seine Einladung nur eine Laune gewesen war, dann würde er sie bald vergessen haben, sie andernfalls aber gebieterisch wiederholen. Mitte August nahm Francis an, daß die Sache erledigt sei.

Doch als er am späten Nachmittag des 16. August von den Kaiserlichen Feldzeug-Werkstätten nach Hause kam, lag eine große rote Karte auf dem niedrigen Tisch im Empfangszimmer.

«Was ist das?» fragte er Marta, die grünen Tee trank und Melonenkerne knabberte. Seit drei Wochen hatten sie keine ernstliche Meinungsverschiedenheit gehabt und in der letzten Nacht sogar zusammen geschlafen. Die Leidenschaft, die sie einst verbunden hatte, setzte sich gelegentlich hinweg über den gelinden Abscheu, den sie voreinander empfanden.

«Sieh doch selbst nach», erwiderte sie gleichmütig. «Gewiß braucht ein Mandarin doch keine Frau, damit sie für ihn liest.»

«Hör auf, mich zu necken. Ich habe nur aus üblicher Höflichkeit gefragt.»

«Und aus üblicher Höflichkeit werde ich es dir sagen. Simon Wu möchte, daß du heute abend mit ihm ißt. Es muß eine große Gesellschaft sein. Die Einladung kommt von der Halle der Fernen Harmonie.»

«Was ist das, die Halle der Fernen Harmonie?» Francis war es gewohnt, in letzter Minute zu Herrenessen in protzigen Restaurants gebeten zu werden, die ihren Stammgästen die Gefälligkeit erwiesen, ihre eigenen gedruckten Einladungskarten zu verschicken. «Ich habe nie davon gehört.»

«Ein überaus vornehmes Blumenhaus. Es wundert mich, daß du nie davon gehört hast.»

«Du weißt ganz genau, Marta, daß ich im Gegensatz zu chinesischen Ehemännern, sogar einigen christlichen chinesischen Ehemännern, nicht . . .»

«Das ist wohl wahr. Ich sollte vermutlich dankbar sein. Aber ich möchte nicht, daß du heute damit anfängst.»

«Das werde ich bestimmt nicht. Deswegen werde ich auch nicht hingehen.»

«Du mußt aber. Candida und ich, wir sind da einer Meinung. Es ist besser, Simon Wu nicht zu kränken. Er wird leicht wütend, und er hegt seit Jahren einen Groll. Außerdem ist es eine halb offizielle Einladung. Diese Halle der Fernen Harmonie ist ein staatliches Blumenhaus.»

«Und du erwartest wirklich von mir, daß ich hingehe?»

«Ich bin überzeugt, daß du hingehen mußt. Wir dürfen Simon Wu nicht die kalte Schulter zeigen. Die Halle der Fernen Harmonie ist erstklassig, übersteigt Simon Wus Rang sogar ein wenig. Es muß wichtig sein, dieses große Abendessen.»

«Ich könnte auf seine Gesellschaft verzichten, aber wenn es sein muß . . .»

«Du bist verpflichtet, hinzugehen. Aber du bist nicht verpflichtet, mit einem Blumenmädchen zu schlafen.»

«Das tue ich nicht. Das weißt du auch.»

«Wirklich? Aber ich werde den Mädchen sagen, sie sollen dir ein Bad richten. Du mußt dich beeilen.»

Der verblaßte orangefarbene Anstrich war blasig und blätterte ab, und die Angeln des Tors, vor dem Francis Arrowsmith' Sänftenträger ihn in der sommerlichen Abenddämmerung absetzten, waren verrostet. Die Mauern um die Halle der Fernen Harmonie sahen selbst für Peking sehr verwahrlost aus, wo die Wohlhabenden jeden äußeren Prunk scheuten, der die beiden Plagegeister anlockte: Diebe und Steuereinnehmer.

Ein tatteriger Pförtner stand schwerfällig auf und schlurfte in zerfetzten Strohsandalen zu dem verzogenen Tor, um den Gast hereinzulassen.

Francis betrat eine Zauberwelt, in der Pavillons mit zinnoberfarbenen Säulen in einem Meer von Blumen lagen. Irgendwo zwischen den gold- und grüngekachelten Fassaden spielte ein unsichtbarer Musiker auf einer alten Laute die «Ballade des vergessenen Soldaten». Aus der Ferne blies ein einsamer Flötist eine Sopran-Antwort auf die dunkelklingende Klage. Die Instrumente sprachen miteinander in einer Tonfolge, die bald unterbrochen und zögernd, bald rasch und leidenschaftlich war.

Eine zinnoberrote gewölbte Brücke überspannte den künstlichen Bach, der den Lustgarten umgab und in dem sich eine Gruppe verkrüppelter Föhren spiegelte. Die junge Frau, die an der Brücke stand, verbeugte sich tief. Sie war stark geschminkt, und ihr geblümtes Brokatgewand hüllte sie vom Nacken bis zu den winzigen rosa Satinpantoffeln ein. Es war den Kimonos ähnlich, die die Geishas in Macao trugen, aber mit einer rosa Schärpe statt des breiten Obi. In der einen Hand hielt sie einen Becher aus Rhinozeroshorn und in der anderen einen bronzenen Weinkrug mit gebogener Tülle.

«Huan-ying Ko-hsia lai fang-wen.» Das Blumenmädchen erhob die Stimme zum Singsang der formellen Sprache. «Willkommen, Euer Exzellenz. Ihr ehrt unsere armselige Hütte mit Eurem Glanz. Wollt Ihr geruhen, mit mir zu kommen, nachdem Ihr Eure Lippen mit unserem bitteren Getränk besudelt habt?»

Francis nahm den Becher, den sie ihm reichte, und trank den leicht gelblichen Wein. Als er der Kurtisane auf einem gewundenen Korridor folgte, von dem viele Schiebetüren abgingen, hörte er das Klingen von Glocken, den Widerhall tiefer Männerstimmen und helles Frauenlachen. Zwischen den einzelnen Gebäuden führte der Verbindungsgang unter spitzen Holzdächern durch Beete mit weiß-blauen Hortensien und rotgefiederten Dahlien. Die Kurtisane blieb vor einer Tür stehen, die mit Goldpapier über einem Rautengitter bedeckt war. Sie ließ sich auf die Knie nieder und schob die Tür auf.

Der Raum war so spärlich möbliert, daß Francis das Gefühl hatte, aus der prunkvollen Ming-Zeit herauszutreten. Ein Rollbild, das eine ätherische Tänzerin in der schlichten Tracht der Han-Dynastie darstellte, hing in einer Nische, deren glänzende, elfenbeinfarbene Tapete mit silbernen Arabesken verziert war. Die achtzehnhundert Jahre alte Tänzerin wirbelte über einer durchsichtigen Schale der Sung-Dynastie, die nur ein halbes Jahrtausend zurücklag. Eine einzige purpurne Aster schwamm auf dem klaren Wasser.

Eine einzige Deckenlampe leuchtete in dem rosa-goldenen Zwielicht, das durch das gitterartige Papierfenster drang. Im Lichtkreis stand ein runder Tisch aus poliertem Bruyèreholz, in dessen gemaserter Oberfläche sich ein Weinkrug aus Zinn spiegelte.

An diesem Tisch saß Simon Wu auf einem Rosenholzhocker. Mit dem Zeigefinger der rechten Hand, den er mit Wein befeuchtet hatte, zeichnete er ein planloses Muster auf das schimmernde Holz, und in der Linken hielt er den Bambusstiel einer Tabakpfeife. Sein leichtes Sommergewand aus beigem Pongé war, wie das von Francis, ohne Verzierung bis auf die schwarzseidene Schärpe, die farblich dem Schalkragen entsprach.

«Willkommen, Pfeilschmied. Willkommen in der Tang-Dynastie. Wie gefällt es Euch, ein Jahrtausend zurückzugehen?»

«Ich hoffe, es geht Euch gut, Simon. Aber ich verstehe nicht, was Ihr meint.»

«Nein? Seht Euch nur die Gewänder der Damen an. Direkt aus der Tang-Zeit. Und auch die Möbel. Etwas so Einfaches sieht man heutzutage nicht. Nur noch in der Halle der Fernen Harmonie.»

Francis hatte die zweite Kurtisane nicht bemerkt, die neben dem Tisch stand. Ihr Kleid wirkte eher europäisch als chinesisch, wenngleich um Jahrhunderte altmodisch. Es war aus reiner amethystfarbener Seide und fiel lose herab von einer breiten, gefältelten Schulterpasse, die den Hals freiließ, bis zu den Pantöffelchen aus roter Seide, die sie an den goldenen Lilien trug. Die Zipfel der weiten Ärmel reichten bis zu den Knien. An einer runden Kappe war ein gleichfarbiges Kopftuch befestigt und bedeckte ihr Haar.

«Ich verstehe, was Ihr meint, Simon.» Francis setzte sich auf den einzigen freien Hocker. «Aber warum seid Ihr so erpicht, der Gegenwart zu entfliehen?»

«Seid Ihr es nicht? Sind wir es nicht alle? Meine Brille und Eure Geschütze sind die einzigen modernen Dinge, die ich vermissen würde, wenn ich in die Tang-Zeit zurückkehren könnte. Und natürlich meine Pfeife. Wenigstens dürfen wir wieder rauchen.»

Seltsamerweise hatte der Kaiser ein Jahr zuvor ein Verbot des Tabakrauchens erlassen und es ebenso willkürlich zehn Monate später wieder aufgehoben. Der Grund war nicht die Kostspieligkeit des Tabaks oder seine ebenso schädliche Wirkung wie das Opium, das er genau wie sein Vater und Großvater rauchte. Vielmehr hatte er geträumt, Peking stehe in Flammen, und als er aufwachte, hatte er seinen sämtlichen Untertanen den Genuß von *hsiang-yen,* duftendem Rauch, untersagt. Yen-ching, Hauptstadt von Yen, war ein anderer Name für Peking, das ursprünglich die Hauptstadt des Feudalstaates Yen gewesen war. *Shao yen,* Tabak verbrennen, klang wie «Peking verbrennen», und der Kaiser fürchtete, es könnte ein Omen sein.

«Das war reiner Aberglaube, den Tabak zu verbieten», bemerkte Francis herausfordernd, während er seine eigene Pfeife stopfte. «Übelster Aberglaube!»

«Das kann man wohl sagen», stimmte sein Gastgeber zu. «Übler Aberglaube.»

Francis wußte, daß sich sein früherer Adjutant für unangreifbar hielt, weil er im Dienst des Göttlichen Strangs stand. Sonst hätte er eine Bemerkung, die an Majestätsbeleidigung grenzte, nicht ohne einen Widerspruch durchgehen lassen, den die anwesenden Blumenmädchen ebenso wie Francis' Worte der Geheimpolizei gemeldet hätten.

«Wenigstens darüber sind wir uns einig», fuhr Francis fort. «Aber warum habt Ihr mich herkommen lassen? Ich hatte gedacht, es würde eine große Gesellschaft sein. Aber das war offenbar ein Irrtum.»

«Nein, nur wir beide, Pfeilschmied. So ist es gemütlicher.»

«Wieso liegt Euch plötzlich an meiner Gesellschaft, Simon?»

«Nur in Erinnerung an alte Zeiten. Es ist wirklich schon lange her, nicht wahr?»

«Auch darüber sind wir uns einig. Aber sagt mir, warum Ihr mich sehen wolltet.»

«Können wir das nicht auf später verschieben, Pfeilschmied? Nachdem wir gegessen und den Wein genossen haben, nachdem die Damen uns mit Gesang und Tanz unterhalten haben. Es hat keine Eile. Wir haben die ganze Nacht, bis morgen früh, wenn Ihr wollt.»

«Möchte ich eigentlich nicht, Simon. Mir wäre es lieber, wir würden jetzt zur Sache kommen. Ich hätte sonst keinen Spaß an dem Abend.»

«Nun gut, wenn Ihr darauf besteht.» Der Oberst gab den Blumenmädchen einen Wink, sich zurückzuziehen.

«So, Pfeilschmied, jetzt können wir offen miteinander reden», sagte er, als die jungen Frauen die Schiebetür hinter sich geschlossen hatten. «Es handelt sich um Euch und den ... äh ... Strang, den Göttlichen Strang. Ihr müßt verzeihen, daß ich so mit der Tür ins Haus falle, aber

373

wie ich hörte, zieht Ihr Bar ... äh ... Ihr verehrten westlichen Meeresmenschen eine klare Sprache vor.»

«Das stimmt, wenn auch nicht immer. Aber in diesem Fall gewiß.» Francis zog an seiner Pfeife, um sein Lächeln über Simon Wus ungeschickten Rückzieher von dem Wort Barbaren zu verbergen. «Aber was habt Ihr im Sinn?»

«Euch zum Strang zurückzubringen. Wir vermissen Eure besonderen Kenntnisse.»

«Ihr scherzt natürlich. Der Schwarze Premier schätzt mich ganz und gar nicht. Meine Berichte aus Mukden gefielen ihm doch bestimmt nicht?»

«Mag sein, aber die Verhältnisse ändern sich. Jetzt brauchen wir Euer Wissen.»

«Und alles ist vergeben und vergessen? Daß ich Euch über die Macht der Mandschu getäuscht habe? Es ist kaum zu glauben.»

«Wie ich schon sagte, die Verhältnisse ändern sich. Vielleicht gibt es nichts zu verzeihen. Was vor sieben Jahren schlecht gewesen sein mag, kann heute in einem ganz anderen Licht gesehen werden. Es könnte heute sogar gut sein.»

«Was wollt Ihr damit sagen, Simon? Mir geht Euer chinesischer Scharfsinn ab, wie Ihr wißt.»

«Ich werde es so deutlich machen wie schwarze Ideogramme auf weißem Papier. Wir sind vor allem an viererlei interessiert: Mandschu, Jesuiten, Geschütze und Rebellen. Nur bei Letzteren könnt Ihr uns nicht helfen. Was die anderen Punkte betrifft, wißt Ihr soviel, wie nur irgend jemand unter dem Himmel – und könnt noch mehr erfahren. Wir brauchen Euch und werden gut dafür bezahlen.»

«Ihr könnt sehr unverblümt sein, Simon, nicht wahr?»

«Wie Ihr es wolltet, Pfeilschmied. Schenkt Euch doch noch Wein ein.»

«Setzt Ihr auf einen Sieg der Mandschu?» fragte Francis. «Wie könntet Ihr sonst meine Berichte aus Mukden entschuldigen?»

Simon Wu nahm seine Schildpattbrille ab und wischte mit einem seidenen Taschentuch den Niederschlag des warmen Weines und der feuchten Luft von den Gläsern.

«Nun, Simon, wie steht's damit?» hakte Francis nach. «Man könnte sagen, daß – äh – nicht ganz zutreffende Berichte über ihre Schwäche für die Mandschu nützlich waren. Setzt Ihr auf ihren Sieg?»

Simon Wu lächelte, aber die rosa Flecken auf seinen Backenknochen wurden puterrot. Er tat noch einen Zug an seiner Pfeife, ehe er mit wohlbedachter Offenheit antwortete: «Wir schließen ihn nicht völlig aus, das muß ich zugeben. Sagen wir, wir ziehen alle Möglichkeiten in Betracht. Und das ist unbedingt eine Möglichkeit.»

«Wieviel», fragte Francis unvermittelt, «wieviel genau bin ich Euch wert?»

«Nun, laßt mich überlegen . . . Für einen guten Doppelagenten wären zwanzig Taels viel, aber nicht übermäßig viel. Für einen dreifachen Agenten wie Euch, sagen wir dreißig Taels im Monat. Was meint Ihr zu dreißig Taels?»

«Tut mir leid, das kann ich nicht sagen, ehe ich weiß, was Ihr von mir erwartet.»

«Darauf werden wir später zu sprechen kommen. Aber faßt noch heute abend einen Entschluß – wenn Ihr nicht die Nacht hier verbringen wollt.»

«Die Zeit reicht mir nicht. Ich brauche eine Woche – mindestens eine Woche.»

«Ich sehe nicht ein, warum. Aber einverstanden, sofern Ihr Euch bei mir meldet. Ich werde Euch keine Einladungen mehr schicken.»

«Selbstverständlich, Simon.»

«Und denkt daran, Pfeilschmied», sagte der Oberst des Geheimdienstes genüßlich, «einige andere sind Euch nicht so wohlgesonnen wie ich.»

Oberst Simon Wu schickte weder weitere Einladungen, noch ließ er sich in den folgenden vier Wochen im Gartenhaus sehen. Es wurde September, und Francis Arrowsmith war sich immer noch nicht darüber klar, ob er dem Göttlichen Strang wieder angehören wollte – oder es müßte. Gegen seinen Abscheu vor Spionage wog er Vorsicht und die großzügige Vergütung ab.

Da er weder den Ming noch den Mandschu wirkliche Treue schuldete, stand es ihm frei, den vorteilhaftesten Weg zu wählen. Auch hielt ihn seine Zuneigung zum Pekinger Volk nicht von freier Wahl ab. Die meisten Mandarine der Nördlichen Hauptstadt sahen praktisch keine Hoffnung mehr für die herrschende Dynastie und dachten nur an ihre persönlichen Interessen. Der Ausländer unterschied sich in seinem

Opportunismus kaum von Männern, deren Familien seit Jahrhunderten der Ming-Dynastie treu gedient hatten.

Es gab eine Gegenströmung, aber sie war schwach. Unbeteiligt, da er weder Weib noch Kind hatte, wies Adam Schall darauf hin, daß eine erstaunliche Zahl von Mandarinen der Ming-Dynastie ergeben sei, und sollte es auch ihren Tod bedeuten. Das waren nicht die Kriecher, die sich bereichert hatten, indem sie dem Kaiser schmeichelten, sondern die hartnäckigen Kritiker, die wegen ihrer Offenheit beim Kaiser in Ungnade gefallen waren und schwere Bestrafungen erlitten hatten.

«Es handelt sich nicht darum, wer zuerst zugrunde geht, diese Getreuen oder ihre Dynastie», hatte der Jesuit hinzugefügt. «Indes verhalten sich die meisten Mandarine und fast alle Eunuchen ganz normal. Sie sind nur an ihrem eigenen Überleben und an ihrer eigenen Bereicherung interessiert. Die meisten Chinesen treffen jetzt die Entscheidung, wen sie verraten wollen und zu welchem Preis. Schade, daß wir es nicht ebenso machen können.»

Im Gegensatz zu den Jesuiten war Francis durch keinerlei unantastbare Gelübde gebunden. Er schob die Entscheidung hinaus, weil er, wie er schließlich erkannte, lieber nicht zwischen zwei unerfreulichen Möglichkeiten wählen wollte. Seit mehr als einem Jahrzehnt war er ein Spielball von Kräften gewesen, auf die er keinen Einfluß hatte, und jetzt zog er es vor, es dem Schicksal zu überlassen, statt selbst eine schicksalhafte Entscheidung zu treffen. Joseph King, der gewöhnlich entschlossenes Handeln befürwortete, war überdies wenig hilfreich, denn er war wieder zum Fatalismus seiner Vorfahren zurückgekehrt.

«Die einzig mögliche Verhaltensweise», bemerkte er, «ist das taoistische *wu-wei*. Es bedeutet Nichttun, bewußte Untätigkeit, nicht Willenlosigkeit. Nur Gott selbst weiß, ob die Mandschu oder der Einäugige Li siegen oder wider Erwarten die Ming überleben. Man kann lediglich beschließen, nichts zu tun.»

«Kurz und gut, auf der Hut sein und abwarten», meinte Francis.

«So könnt Ihr es ausdrücken. Aber ich nenne es lieber entschiedenes Nichttun.»

Indem er sich dem Schicksal unterwarf, gelangte Francis zu einem paradoxen Seelenfrieden. Die Pfeile, die Marta auf seine Selbstachtung abschoß, trafen ihn nicht mehr. Auch sie war weniger angriffslustig. Erstaunt über seine frühe Rückkehr von der Halle der Fernen Harmonie, ließ sie die Kompromisse gelten, die für das Zusammenleben notwendig waren, denn sie mußten zusammen leben. Als er sie ausnahmsweise an seinen Überlegungen teilnehmen ließ, pflichtete sie ihm bei, daß *wu-wei* die einzig mögliche Verhaltensweise sei.

Genau wie ihre Nachbarn ergriffen Francis und Marta gierig jede Gelegenheit, sich zu amüsieren. Ganz Peking wußte, daß es vielleicht bald keinerlei Vergnügungen mehr geben würde. Die Reichen und Mächtigen lebten, als wären sie durch eine Überschwemmung in der Ebene auf den Hängen eines rauchenden Vulkans gefangen. Sie vermochten ihrem Schicksal nicht zu entgehen, aber sie konnten die Zeit genießen, die ihnen noch blieb.

Eine Gruppe war, vielleicht weil sie weniger zu verlieren hatte, bestrebt, sowohl sich am Leben als auch ihren Besitz zu erhalten. Kaufleute und Handwerker verkauften nicht nur ihren Warenbestand, sondern auch ihre ererbten Schätze. Antiquitätengeschäfte und Pfandhäuser quollen über von Jade, Porzellan, Bronzeskulpturen, Rollbildern und Schmuck, die sich seit Generationen im Familienbesitz befunden hatten und jetzt in Werte verwandelt wurden, die auf der unvermeidlichen Flucht mitgenommen werden konnten – Gold, Silber und Edelsteine.

Die in der Stadt herrschende Stimmung vom Tanz auf dem Vulkan bewirkte, daß Francis seine Leidenschaft für die Keramik-Grabbeigaben der Tang-Dynastie, insbesondere die erlesenen Figürchen von Pferden, Elefanten und Kamelen, entdeckte. Er gab seine Taels unbedenklich aus und kam fast jeden Tag mit Neuerwerbungen nach Hause.

Marta spottete über seine bösen Vorahnungen. Für sie und fast die gesamte Schicht der Mandarine war es unvorstellbar, daß die Ming in tödlicher Gefahr seien. Einige Mandarine spürten, daß eine dreihundertjährige Ära ihrem Ende zuging, wollten es aber nicht wahrhaben. Marta und ihre Tante Candida gaben widerwillig zu, daß Francis recht haben könnte. Aber sie meinten, schlimmstenfalls würden die Ming durch eine andere chinesische Dynastie ersetzt, die bald die Ordnung wiederherstellen und sich auf die unentbehrlichen Mandarine stützen würde. Die Mandschu taten sie ab als einen Haufen schwerfälliger Barbarenstämme, die das Reich niemals erobern könnten. In dem höchst unwahrscheinlichen Fall eines Sieges der Mandschu würden auch sie die Mandarine für die Verwaltung des konfuzianischen Staates brauchen.

Marta hielt es für unter ihrer Würde, mit Francis zusammen «die Schätze der Vergangenheit zu erbeuten». Aber sie hinderte ihn nicht, seiner Kaufleidenschaft zu frönen, und hatte auch nichts dagegen, daß Margarete Yao ihn begleitete, wenn er die Antiquitätengeschäfte aufsuchte. Vernünftigerweise nahm sie seine jünglingshafte Vernarrtheit in «dieses nette, wenn auch gewöhnliche Kind» auf die leichte Schulter, denn die Tochter des Pinselmachers gefährdete weder ihren Rang in Francis' Haushalt noch den Platz, den sie vielleicht in seinem Herzen einnahm. Früher hätte ihr Mann die kleine Yao möglicherweise zu seiner Konkubine gemacht. Als Christ konnte er natürlich keine Konkubine haben.

Mit Martas stillschweigender Einwilligung machte sich Francis am frühen Mittwochnachmittag, dem 10. September 1643, mit Margarete Yao und ihrer Dienerin zu der Straße im Südwestlichen Bezirk auf, die Liu-li Chang hieß, die Porzellanwerkstätten. Die kaiserliche Ziegelfabrik in dieser Straße hatte die Dachziegel für die Verbotene Stadt hergestellt, als die Ming im 15. Jahrhundert die Hauptstadt nach Peking verlegten. In Liu-li Chang hatten sich später Buchläden und Antiquitätengeschäfte niedergelassen. Francis hatte gehört, daß in einem Geschäft mit Namen Alte Schatzkammer in der Straße des Tempels des äußerst langen Lebens, die von Liu-li Chang abging, die Statuette eines Pferdes aus der Tang-Zeit feilgeboten wurde. Selbst wenn er sie nicht bekommen würde, könnte er vielleicht wenigstens das Geschirr eines lebenden kaiserlichen Elefanten erwerben, die gehämmerten Messingringe und mit Halbedelsteinen besetzte Schnallen. Die Palasteunuchen waren äußerst kühn geworden, vielleicht verzweifelt. Sie verkauften kleinere Kunstgegenstände, die eindeutig Eigentum des Herrscherhauses waren.

Margarete Yao und ihre Dienerin wurden in einer gemieteten Sänfte getragen, deren Vorhänge zugezogen waren. Die Träger stießen schrille Warnrufe aus, ehe sie von Liu-li Chang scharf nach links in die Straße des Tempels des äußerst langen Lebens einbogen. Zwei Jahre zuvor war bei Grabarbeiten für einen neuen Abwasserkanal eine Tafel mit der Inschrift *Ta Chin Yen Shou Sze,* Tempel des äußerst langen Lebens der Großen Goldenen Dynastie, gefunden worden. Unter diesem dynastischen Titel hatten die Vorfahren der Mandschu im 12. Jahrhundert Nordchina beherrscht.

Die Tempelstraße wimmelte von Menschen in Feiertagskleidung, während Gruppen buddhistischer und taoistischer Bonzen Zimbeln schlugen und Teile aus ihren heiligen Büchern rezitierten. Ehe sie in das Menschengewühl gerieten, gab Francis den Sänftenträgern ein Zeichen, anzuhalten, und hob den Vorhang hoch, damit Margarete Yao hinausschauen konnte.

«Was wird denn hier gefeiert?» Er war überzeugt, daß Margarete, die in Peking aufgewachsen war, über alle Vorgänge in der Stadt Bescheid wissen müsse.

«Nur irgendein heidnisches Fest, es hat nichts mit uns zu tun.» Als gläubige Christin verachtete Margarete die anderen Religionen. «Darum brauchen wir uns nicht zu kümmern. Und ich möchte wirklich Euren Elefanten sehen.»

«Ich bin nicht so sicher, daß es ungefährlich ist.» Francis war mißtrauisch, wenn sich die Pekinger zusammenrotteten.

«Natürlich ist es ungefährlich, Pfeilschmied», erwiderte Margarete. «Kein Grund, sich Sorgen zu machen.»

Die Träger nahmen die Sänfte wieder auf, riefen laut, man solle ihnen den Weg freimachen, und stürzten sich ins Gewühl. Die Menge war freundlich, ging aber nur zögernd beiseite. Männer und Jungen schrien zotige Vermutungen über die Damen in der Sänfte. Ihre Witze regten Dienstmädchen und Leibeigene in dünnen rosa und flaschengrünen Baumwollröcken zu anerkennendem Gekicher an. Billiges Parfum vermischte sich mit dem Geruch von saurem Schweiß und Kampferschwaden von selten getragenen Sonntagskleidern. Die Sonne schimmerte auf den kahlen Köpfen von taoistischen Mönchen und verwandelte die in jeden Schädel eingebrannten zwölf rituellen Narben in schwarze Löcher. Die safrangelben Gewänder der buddhistischen Mönche, die Trommeln schlugen und Tamburine schüttelten, waren fleckig von Schweiß.

In einem von der Tempelstraße abgehenden gewundenen *hutung* war das Ladenschild des Alten Schatzhauses an einem schwarzen *shang*-Ideogramm zu erkennen, dem Zeichen des Pfandleihers, der oft Antiquitätenhändler war und auch Bankgeschäfte betrieb.

Da sie in den *hutung* nicht hineinkonnten, setzten die Träger die Frauen ab. Francis betrachtete besorgt die Menge, die sich um die nur aus dünnem Strohgeflecht bestehende Sänfte drängte, und sagte: «Zuviel Menschen hier. Sollten wir nicht umkehren?»

«Pfeilschmied, Ihr seid heute reizbar», lachte Margarete. «Es besteht doch gar keine Gefahr.»

Ein Landeskind, dachte Francis, wird es wohl besser wissen als ein Ausländer. Er bahnte sich einen Weg zu dem Ladenschild und war erstaunt, daß die Fenster mit dicken Brettern und die Tür mit einem schweren Vorhängeschloß gesichert waren. Gewöhnlich waren Geschäfte nur am Mondneujahrstag geschlossen, also mußte es ein besonderer Feiertag sein, wenn die Alte Schatzkammer heute zu war.

Plötzlich begannen Hunderte von Stimmen rhythmisch zu singen. Er erstarrte, als er die Worte verstand.

«Ta-tao Chi-tu Tien-chu!» Der Gesang wurde lauter. «Stürzt den christlichen Herrn des Himmels! Vernichtet den falschen Gott! Vertreibt die Meeresteufel!»

Francis drückte sich an die verschlossene Tür der Alten Schatzkammer. Er kam sich verlassen und verraten vor unter Millionen von Feinden in einem fremden Land. Er war wehrlos gegen die Böswilligkeit des Pöbels. Im Handumdrehen wäre er überwältigt, sollte der ringsum aufgestaute Haß in Gewalttätigkeit umschlagen.

Er stand etwa vierzig Sekunden da, ehe ihm Margarete Yao einfiel, die etwa sechzig Ellen entfernt in der Sänfte saß. Seine Furcht verwandelte sich in Wut, und er stürzte sich in die Menge. Zu seiner Verwunderung wich sie vor ihm zurück. Zwei stämmige Kulis senkten ihre Tragestangen und traten beiseite.

«Ta-sha yang-kueirh!» Sie verbeugten sich respektvoll und schrien dabei: «Tötet die Meeresteufel!»

Francis wollte fast das Herz zerspringen, und seine Kehle war wie zugeschnürt. Auf keinem Schlachtfeld war er je in größerer Gefahr gewesen, aber seine Willenskraft trieb ihn weiter.

«Pieh ta yang-kueirh!» Eine Stimme übertönte den Gesang der Masse. «Schlagt den fremden Teufel nicht! Greift ihn nicht an!»

Francis sah, daß sich die Menge an der Straßenecke um die Sänfte ballte. Tragestangen von Kulis hoben und senkten sich wie Dreschflügel. Er stieß zwei schwitzende buddhistische Mönche beiseite, die schrill aufschrien.

«Ta-ta Han-chien!» brüllte der Pöbel unablässig. «Schlagt die Verräter. Schlagt die Buhle des Meeresteufels tot! Tötet die christlichen Huren!»

Die Menge begann sich zu zerstreuen. Als Francis Sekunden später zur Straßenecke kam, waren der *hutung* und die Tempelstraße menschenleer. Die Sänftenträger hatten sich davongemacht, und Margaretes Dienerin lehnte betäubt an einer Mauer. Nur zerfetztes gelbes Stroh war von der Sänfte übriggeblieben und wie makabres Konfetti auf dem Kopfsteinpflaster verstreut. Margarete Yao lag inmitten dieser Strohreste, und ihr rechter Arm war in einem unmöglichen Winkel hinter ihrem Kopf verdreht. Ihr lohfarbenes Überkleid und das weißseidene Hemd waren zerrissen, ihre kleinen Brüste entblößt. Aus einer flachen Wunde am Brustkasten sickerte Blut. Ihre Röcke waren hochgeschlagen und ließen ihre schlanken Beine in jämmerlicher Nacktheit sehen. Ein Pantoffel aus rosa Satin lag ein Stück weiter weg auf dem Pflaster, aber die weißseidene Socke, die ihren verstümmelten Fuß verhüllte, war fleckenlos. Die Sonne vergoldete ihren stummen Mund und die geschlossenen Lider.

Francis starrte wortlos auf die Polizisten, die an der Kreuzung der Tempelstraße mit Liu-li Chang erschienen und ihre nutzlosen Langschwerter schwangen.

«Fünf Tage sind schon vergangen, und es geht ihr noch nicht besser.» Francis nahm Martas Hand. «Der Arm ist gebrochen, und auch fünf Rippen. Sie werden heilen, sagen die Ärzte, aber sie fürchten, sie werde nie wieder sprechen und kein einziges Wort verstehen können.»

«Du kannst nur beten.» Marta starrte auf den Goldfischteich im Hof, und ihre Hand war schlaff in seiner. «Bete um ein Wunder.»

«Und wer wird meine Gebete erhören, Marta? Ich bin unwürdig zu beten. Gott hat sein Angesicht von mir gewandt.»

«Du kannst nur beten», wiederholte sie. «Nur ein Wunder kann Margarete heilen.»

«Es war schon ein Wunder, daß sie noch lebte bei den schweren Verletzungen.»

«Ich kann dir nur raten, zu beten.» Marta bot ihm nicht den Trost, nach dem er trachtete. Sie konnte den niedergeschlagenen und sanften Francis besser ertragen als den erfolgreichen und herrischen Francis. Aber schließlich war es seine Schuld.

«Es war meine Schuld, allein meine Schuld.» Ohne ihre Kühle zu bemerken, sprach Francis Martas Gedanken aus. «Ich habe mich über Simon Wus Warnung hinweggesetzt, seine offensichtliche Drohung. Ich stand, vor Angst gelähmt, wer weiß wie lange an dem Laden. Wäre ich eine Minute früher zu ihr gekommen, wäre alles vielleicht anders ausgegangen.»

«Gottes Wege sind rätselhaft, Francis.»

«Ein unschuldiges Mädchen zu bestrafen für meine . . . meine Sünden!»

«Es läßt sich jetzt nicht mehr ändern. Du kannst nichts tun als beten.»

Eine Woche lang, als er noch hoffen konnte, daß Margarete Yao wieder gesund werden würde, war Francis gramgebeugt. Als alle Hoffnung geschwunden war, schien es anderen, als habe er diese Last abgeschüttelt. Aber im stillen sprach er sich immer noch schuldig und machte auch von dem Trost durch die Beichte keinen Gebrauch. Er ertrug diese Gewissensqualen, als ob er dadurch für seine Nachlässigkeit und Feigheit büße. Sein Schuldgefühl verstärkte sich, als Simon Wu ihn zwei Wochen später nach der heiligen Messe beiseitenahm.

«Pfeilschmied, ich habe Euch gewarnt. Ich habe diese sinnlose Gewalttätigkeit nicht veranlaßt. Aber ich habe Euch gewarnt, daß Ihr viele Feinde habt. Jetzt *müßt* Ihr Euch uns anschließen, damit ich Euch und Eure Familie vor Euren Feinden im Göttlichen Strang und außerhalb schützen kann.»

Da sein Selbstvertrauen erschüttert war, sah Francis keine andere Möglichkeit. Würde er sich dem Geheimdienst nicht wieder zur Verfügung stellen, könnte der nächste Angriff Marta oder seine Tochter Maria treffen. Trotz seines Abscheus vor dem verruchten Spionagegeschäft wartete er Simon Wus Anweisungen ab.

Erst später konnte Francis ganz sachlich den Gang der Ereignisse rekonstruieren. Erst später fragte er sich, woher Simon Wu, der den Überfall angestiftet haben mußte, wußte, wo er an jenem Septembernachmittag sein werde. Außer Marta hatte niemand gewußt, daß er zum Alten Schatzhaus gehen wollte. Kein Späher, der ihn beschattete, hätte Simon Wu sein Ziel noch rechtzeitig gemeldet haben können, um diese Massendemonstration aufzuziehen. Nur seine Frau hatte lange genug im voraus gewußt, wohin er gehen würde.

Das Verhältnis zwischen Francis und Marta war wie immer gespannt. Simon Wu hatte Marta gegenüber ständig gelogen, als er behauptete, er habe Francis angeboten, ihr aus Mukden Nachricht zukommen zu lassen. Gekränkter Stolz hatte sie beide daran gehindert, darüber zu sprechen, warum sie sich auch nach seiner Flucht nach

Macao nicht geschrieben hatten. Auch hatte er ihr gegenüber nie seinen Verdacht hinsichtlich ihrer Beziehungen zu Simon Wu geäußert.

Francis konnte Marta nicht fragen, ob sie ihn wiederum verraten habe. Die Anschuldigung war zu ungeheuerlich. Er stellte die Frage nie – und gab ihr nie Gelegenheit, seine Verdächtigungen zu widerlegen.

PEKING – DER ERSTE TAG DES SIEBZEHNTEN JAHRES DES CHUNG CHEN-KAISERS

14. Februar 1644

«Ich habe mich umgeschaut und nachgedacht.» Joseph King war betont gleichmütig.

«Wann hast du je aufgehört, dich umzuschauen und nachzudenken?» Francis Arrowsmith' Hand strich nervös über die karmesinroten Quasten seines Schwertgriffs, aber sein Ton war scherzhaft. «Was jetzt? Eine Katastrophe oder nur ein Unglück?»

«Keins von beiden, vorläufig.» Der Schreiber senkte die Stimme, obwohl die Volksmenge nur auf ihr Vergnügen bedacht war. Am Mondneujahrstag zog nicht einmal sein hochgewachsener blonder Herr starrende Blicke auf sich. «Aber sagt mal, glaubt Ihr an Flüche?»

«Flüche? Ja, natürlich. Ich habe es zwar noch nie erlebt, daß sich ein Fluch erfüllt. Aber so viele Menschen haben es erlebt, daß man nicht umhin kann, daran zu glauben.»

«Bis vor kurzem habe ich nicht daran geglaubt, obwohl es unzählige Geschichten von chinesischen Familien gibt, die verflucht wurden. Ich war der Meinung, das habe nichts mit uns zu tun. Unser Christengott, dachte ich, habe Flüche abgeschafft.»

«Moses wurde verflucht, nachdem er den Fels geschlagen hatte, der Wasser gab. Weil er nicht glaubte, hat der Herr Moses verflucht, und er kam nie ins Gelobte Land.»

«Ich dachte an einen stärkeren Fluch – daß die Kinder Israels verdammt wurden, vierzig Jahre in der Wüste zu wandern wegen ihrer Missetaten. Eine Strafe, die einem ganzen Volk auferlegt wurde, nicht nur den Führern.»

«Du sprichst doch nicht etwa vom Mandat des Himmels?»

«Doch, Pfeilschmied, ich spreche vom Mandat des Himmels.» Joseph lächelte, dabei bildeten sich Falten auf seinen Wangen und verstärkten seine Ähnlichkeit mit einem intelligenten Pekinesen-Hund. «Es ist ein heidnischer Begriff, aber dennoch . . .»

«Ich sehe keinen wirklichen Unterschied, Joseph.» Francis fand es belustigend, daß sein Schreiber genau wie seine Frau ihn als eine Quelle theologischer Weisheit ansah, weil er zufällig ein europäischer Christ war, der eine Jesuitenschule besucht hatte. «Die Dynastie und das Volk werden wegen ihrer Sünden verflucht. Das Mandat des Himmels, das Wohlwollen Gottes wird ihnen entzogen, so daß die Herrscher zugrunde gehen und das Volk leidet. Es ist möglich, aber was . . .»

Ein kleiner Junge stieß mit Francis zusammen, und er hielt sich an Josephs Schulter fest. Die Flut der Zuschauer strömte durch die schmale Straße zwischen den kaiserlichen Ministerien zum Tor der Billigung des Himmels, diesem massiven Bau aus rotem Backstein, gekrönt von einem dreistufigen goldenen Ziegeldach. Francis, der die Menge um Haupteslänge überragte, konnte die vier schimmernden Bögen und die Reiter in silberner Rüstung vor diesem prächtigen Eingang zur Kaiserlichen Stadt sehen. Infanteristen in blauen Röcken mit grünen Aufschlägen und einer roten Perlenschnur an den Helmen bildeten mit ihren waagrecht gehaltenen Piken einen Zaun um das Tor.

Es war windig und kalt zu Beginn der Doppelstunde der Schlange, neun Uhr morgens nach europäischer Berechnung, am 14. Februar 1644, dem ersten Tag des siebzehnten Jahrs der Regierung des Chung Chen-Kaisers der Großen Ming-Dynastie. Zum Schutz gegen die Kälte trug Francis unter seinem blauen Waffenrock ein mit Rohseide wattiertes langes Gewand. Auch wenn Joseph ein böses Vorzeichen darin sehen mochte, daß er an einem solchen Tag zum erstenmal die Insignien eines Oberstleutnants, einen zähnefletschenden Bär, anstelle des Luchses eines Majors trug, hatte er die vermutlich von Simon Wu bewerkstelligte Beförderung nicht ablehnen können. Joseph fühlte sich offensichtlich unbehaglich in dem grünen Waffenrock eines Leutnants mit einem Nashorn als Rangabzeichen.

Der Kaiserhof hatte Oberstleutnant Hsü Shih-jen, den Pfeil-schmied, und seinen Schreiber, Leutnant King Chou-sze, zu der gro-ßen Audienz in der Verbotenen Stadt geladen, mit der gleichzeitig das Mondneujahr und der Geburtstag des Kaisers vor wenigen Tagen gefeiert wurde. Einmal im Jahr bestellte der Kaiser seine Minister und die höheren Mandarine in die Rote oder Verbotene Stadt, wo er inmitten von Hofeunuchen und Palastfrauen lebte. Eine Einladung an einen militärischen Mandarin mittleren Ranges war nicht nur eine überwältigende Ehre, sondern ein strikter Befehl. Einige Mandarine Ersten Grades standen lebenslänglich im Dienst des Kaisers, ohne je mit einer Audienz belohnt zu werden.

Francis vermutete, daß er hinzugezogen wurde, um die Aufmerk-samkeit auf die gewaltigen Waffen zu lenken, die sich die Große Ming-Dynastie verschaffte, indem sie europäische Diener beschäf-tigte. Vielleicht könnten diese Bronzekanonen in ihren roten Seiden-mänteln dem mutlosen Regime wieder Entschlußkraft verleihen. Herrscher und Untertanen hatten endlich erkannt, daß die Mandschu wie Habichte im Norden lauerten, während der Rebell Einäugiger Li im Westen einen Sieg nach dem anderen errang und der Nördlichen Hauptstadt immer näher rückte.

Welche Hoffnungen auch immer auf die Geschützgießer gesetzt wurden, das Amt der Hofeunuchen für das Palastzeremoniell hatte den geringen Rang des Meeresbarbaren nicht übersehen und angeord-net, daß er zu Fuß kommen müsse «wegen des Andrangs der Sänften von hochrangigen Mandarinen».

«Du hast von Flüchen und dem Mandat des Himmels gesprochen, Joseph», nahm Francis das Gespräch wieder auf, nachdem ihnen das zinnoberrote Siegel auf der Einladung Zugang zum Platz vor dem Tor der Billigung des Himmels verschafft hatte. «Was bekümmert dich denn besonders?»

«Ich frage mich, ob die Pest, die das Konkurrenzunternehmen der Eunuchen, die Kaiserliche Geschützgießerei, befiel, ein Fluch war, ein Gottesurteil?»

«Mag sein, Joseph, obwohl Pater Adam solche Reden verboten hat.»

«Und keiner blieb am Leben, dabei hat Pater Adam sie aufopfernd gepflegt. War das nicht eine Strafe Gottes für die Verschnittenen, weil sie sich die Aufgabe angemaßt hatten, Kanonen herzustellen, die Gott der Gesellschaft Jesu und uns aufgetragen hatte?»

«Es könnte gut sein. Aber es war eine unbedeutende Angelegenheit, kaum die Entziehung des Mandats des Himmels.»

«Natürlich gibt es wichtigere Anzeichen, etwa gewaltige Naturkatastrophen, Überschwemmungen und Seuchen, die ganze Provinzen befallen. Und ständige Niederlagen durch die Mandschu und die Rebellen. Aber ich habe ein unmißverständliches Zeichen gesehen, daß die Dynastie durch ihre eigene Torheit das Mandat des Himmels verloren hat. Die Ming sind verflucht, unwiderruflich dem Untergang geweiht. Aus Dummheit und Geiz hat der Hof seine beste Aussicht verspielt, die Mandschu zu besiegen.»

«Wir alle wissen das, mein lieber Joseph. Nur dir fällt es schwer, dich damit abzufinden.»

«Pfeilschmied, ich spreche nicht im allgemeinen, sondern von einer bestimmten Maßnahme. Nachdem die Mandschu vor anderthalb Jahren an einem Tag sechsundzwanzig Städte eingenommen hatten, waren der Kaiser und sogar die Hofeunuchen wirklich beunruhigt. Der Ministerrat plante einen vernichtenden Gegenangriff. Da wir erstklassige Werften und immer noch die besten Seeleute der Welt haben, schlugen die Minister vor, das Bollwerk der Mandschu in Liaotung vom Meer aus anzugreifen. Hirten und Reiter können es zur See nicht mit uns aufnehmen.»

«Ein großartiger Plan, Joseph. Vorausgesetzt, es gibt genügend Geschütze, könnten die Mandschu immer noch besiegt werden. Was ist dann geschehen?»

«Der Vorschlag sah den Bau von dreitausend Hochsee-Kriegsschiffen vor, bestückt mit Bombarden, Feldschlangen, Falkonetten und Flammenwerfern. Und dann . . .»

«Das ganze Reich besitzt nicht genug Bronzegeschütze, um auch nur hundert Schiffe auszurüsten», wandte Francis ein. «Und um sie zu gießen . . .»

«Zur See, aus nächster Nähe, würden eiserne Geschütze ausreichen, ebenso zum Beschuß des Küstengebiets. Für nur sechs Millionen Silber-Taels hätte die Flotte gebaut, bewaffnet und bemannt werden können. Sie hätte die Pohai-Straße überqueren und eine überwältigende Streitmacht im Kernland der Mandschu landen können.»

«Wo wären die Artilleristen hergekommen, Joseph? Trotz all unseren Bemühungen haben Schall und ich nur ein paar hundert ausgebildet – und noch nicht einmal hundert Geschütze gegossen.»

«Wir hätten unsere sämtlichen Hilfsquellen ausschöpfen können, Pfeilschmied. Ihr schätzt die Größe und Macht dieses Reiches immer noch nicht richtig ein. Wir hätten es fertigbringen und uns nachher in aller Ruhe die Rebellen vornehmen können.»

«Was wurde aus dem großartigen Plan?»

«Na was? Wie Ihr wißt, wurde die große Flotte nie gebaut.»

«Einfach so? Es klappte einfach nicht?»

«Nicht einfach. Der Fehlschlag war, wie immer, verwickelt. Nachdem der Kaiser den Plan gebilligt hatte, konnten die Minister die armseligen sechs Millionen Silber-Taels nicht auftreiben. Die kaiserliche Schatzkammer hätte das Fünfzigfache der Summe bereitstellen können, aber der Kaiser erklärte, er werde das Erbe seiner verehrten Vorfahren nicht vergeuden. Vergeuden! Er befahl den Ministern, das Geld durch Steuern und Anleihen zu beschaffen. Aber niemand konnte neue Steuern eintreiben. Das Volk stöhnte bereits . . .»

«Und Anleihen?»

«Die Ehre, eine Anleihe zu zeichnen, war den Kaufleuten in Südchina vorbehalten, die mit Reis und Geweben handeln. Aber die Kaufleute machten Ausflüchte, denn sie wußten, daß weder in dieser Welt noch der nächsten oder überhaupt Aussicht bestand, ihr Geld zurückzubekommen. Schließlich zeichneten sie lumpige fünfzigtausend Taels.»

«Also kein Geld und keine Schiffe, nehme ich an.» Francis wollte das Ende der Geschichte hören, ehe sie durch das Tor der Billigung des Himmels gingen.

«Nichtsdestoweniger haben die Minister an dem Plan festgehalten und einen Schiffsbaumeister beauftragt. Da er wußte, daß er um einen Kopf kürzer gemacht würde, wenn er es nicht fertigbrachte, bemühte er sich um Material und Zimmerleute in den Provinzen Kwantung und Fukien im Süden.»

«Und dann?»

«Natürlich weigerten sich die Leute im Süden wiederum. Sie hatten das Gefühl, daß Scherereien im Norden sie nichts angingen, geschweige denn, sie bedrohten.»

«Also gaben die Minister es auf?»

«Nicht ganz. Ein hervorragender Mandarin fragte: Warum bauen wir nicht einige unserer Zehntausende von Fluß- und Kanalbooten zu seetüchtigen Kriegsschiffen um? Der Schiffsbauer erwiderte, die einzige Ähnlichkeit zwischen Hochsee- und Flußschiffen sei, daß beide schwimmen. Alles andere sei anders, von den Masten bis zu den Kielen, vom Takelwerk bis zum Ruder. Ich glaube immer noch, daß er Schwierigkeiten erfand, um Kopf und Kragen zu retten.»

«Und das war das Ende der Großen Flotte?»

«Es gab noch ein Nachspiel. Die Große Flotte wurde offiziell versenkt, ehe sie überhaupt vom Stapel gelaufen war. Die Mandarine von Südchina unterbreiteten dem Drachenthron in aller Demut eine Denkschrift: ‹Die Mandschu haben sich jetzt aus Nordchina zurückgezogen. Auf den Meeren herrscht Frieden, und alle Unruhen unter dem Himmel sind unterdrückt. Daher besteht keine Notwendigkeit, die Große Flotte zu bauen.›»

«Und damit hatte es sich?»

«Der Kaiser nahm seinen Schreibpinsel, tauchte ihn in zinnoberrote Tusche und schrieb ein einziges Ideogramm auf die Denkschrift: *Shih* – genehmigt.»

«So einfach?» fragte Francis.

«Mit sechs Pinselstrichen zerstörte er alle Hoffnungen, die Dynastie zu retten. Und jetzt müssen wir diesem Kaiser huldigen. Es fällt mir nicht leicht, ehrfürchtige Treue zu bekunden, wenn ihm das Mandat des Himmels entzogen ist.»

Der Kavallerieleutnant, der das Tor der Billigung des Himmels bewachte, sah den hochgewachsenen Engländer und winkte den beiden, durchzugehen. Manchmal ist es von Vorteil, wenn man auffällt.

Die Straße, die vom Tor der Billigung des Himmels zum Südtor der Verbotenen Stadt führt, war eine Viertelmeile lang und gut hundert Ellen breit. Ihre Pflastersteine waren kaum zu sehen vor lauter scharlachroten, blauen und grünen Gewändern der zivilen und militärischen Mandarine. Francis blickte zu den Kaiserlichen Feldzeug-Werkstätten hinüber, wo neben acht in rote Seide gehüllten Feldschlangen eine Ehrenwache von Gottes Bataillon stand. Zum Schutz der Schmelzöfen waren im Herbst, als die Regenfälle einsetzten, mit Matten abgedeckte Gerüste aufgestellt worden. Pater Adam Schalls Bitte um ein festes Gebäude war vom Amt der Hofeunuchen für Palastarbeiten mit der knappen Bemerkung abgelehnt worden: «Die Anlage zur Herstellung von Rotmantelkanonen wird nur für die kurze Zeit in Betrieb bleiben müssen, bis die Mandschu und die Rebellen überwältigt sind.»

Die kaiserliche Elefantenherde war in steinernen Ställen untergebracht, obwohl sich schon vor zwei Jahrhunderten herausgestellt
hatte, daß sie bei Schlachten nicht eingesetzt werden konnten. Die
gewichtigen Tiere stellten lediglich die Macht und den Reichtum der
Großen Ming-Dynastie zur Schau. Die Macht von Kanonen zeigte
sich indes nur auf dem Schlachtfeld. Francis hielt die zwölf Elefanten
für einen kostspieligen Luxus, eine um so größere Belastung für die
Staatskasse, als die Eunuchen, die die Tiere versorgten, Beträge erhielten, mit denen Futter für hundert Dickhäuter hätte gekauft werden
können.

Dennoch waren die am Straßenrand aufgestellten Elefanten ein
eindrucksvoller Anblick. Die Zügel aus vergoldetem Leder unter
ihren runzligen Rüsseln wurden an den Köpfen durch Bronzeschnal-
len festgehalten, die mit Halbedelsteinen besetzt waren. Stirn und
Rüssel waren mit silbernen und grünen Arabesken bemalt und die
Augen weiß umrandet. Die bis auf den Boden reichenden Schabracken
waren in den buddhistischen Farben gelb, blau, orange, weiß und
grün gestreift.

Die Elefanten, dachte Francis mißmutig, waren genau wie die
Große Ming-Dynastie: prächtig, aber nutzlos. Ihre Zeit war abgelaufen.

Ein Vorhang aus orangefarbenem Licht schimmerte vor dem zinnoberroten Südlichen Tor, und Hunderte von Mönchen in safrangelben Gewändern sangen in chinesisch getöntem Sanskrit buddhistische
Sutras, während aus ihren Weihrauchstäben blaue Schwaden zum
Himmel aufstiegen. Ihre hölzernen Klappern klangen wie das Rasseln
alter Knochen.

Alle Mandarine waren stehengeblieben. Über ihre schwarzen Roß-
haarkappen hinweg sah Francis, daß die Mönche einen Halbkreis
bildeten, der sich wie ein Fächer um das Südliche Tor öffnete. In der
Mitte dieses Halbkreises war ein mit Pech und Öl getränkter Scheiterhaufen errichtet, auf dem ein bleicher junger Mönch saß. Er hatte die
Augen geschlossen und trotz der Kälte das Gewand von den Schultern geschüttelt; es lag in Falten über dem Strick, mit dem er sich
gegürtet hatte, und ließ seinen mageren Oberkörper frei, an dem man
alle Rippen zählen konnte. Seine Lippen zuckten, als er das Mantra
murmelte: «*Pradjna Paramita Dharani!*»

«Das hört also nicht auf.» Joseph King bekreuzigte sich verstohlen. «Ich hatte gehofft, jemand würde sich eines Besseren besinnen.»

«Warum? Der arme verdammte Heide glaubt, er werde gleich ein Bodhisattva im Nirwana werden.»

«Kein Heiliger kommt so leicht ins Paradies, Pfeilschmied. Und bestimmt nicht durch Selbstmord.»

«Will er wirklich sterben? Oder hat er Rauschgift genommen?»

«Rauschgift ist nicht nötig. Er ist trunken vor Erwartung. Durch seine Selbstverbrennung zur Feier des Geburtstags des Kaisers glaubt er, dem Reich großes Glück zu sichern. Und wie Ihr schon sagtet, mit einem Sprung ins Nirwana zu gelangen, statt unzählige schmerzhafte Reinkarnationen zu erdulden.»

«Wahrscheinlicher ist, daß er einem Volk, das über Selbstmord frohlockt, die Verdammnis sichert. Habe ich dir erzählt, wer das Geschenk des Kaisers als Entgelt für das Opfer ins Kloster Lungfu gebracht hat?»

«Nein, aber ich kann es erraten.»

«Du hast richtig geraten, mein Freund.» Francis senkte die Stimme, wenngleich keiner der anwesenden Mandarine sein Portugiesisch verstehen konnte. «Mein verehrter Vorgesetzter, der Oberhofeunuch Tsao Chung-hua, der Schwarze Premier. Er gebietet über den Göttlichen Strang und dessen Flammende Mäntel, fand es aber nicht unter seiner Würde, persönlich dreitausend Taels für den Abt von Lungfu aus der kaiserlichen Schatzkammer zu holen.»

«Pfeilschmied, der Abt bekam nur tausend Taels. Die übrigen blieben offenbar an den Fingern des Schwarzen Premiers kleben. Der Abt stellte natürlich eine Quittung über dreitausend Taels aus. Er ist nicht so töricht, den Zorn der Flammenden Mäntel auf sich zu laden. Nach diesem Autodafé wird er sowieso Spenden in Höhe von hunderttausend Taels bekommen.»

Ein einziger Seufzer entrang sich einigen hundert Mandarinen, als gelbe und rote Flammen züngelten und eine halbe Minute später der ganze Scheiterhaufen loderte. Der junge Mönch saß immer noch reglos da, nur die zuckenden Lippen zeigten, daß in seinem abgezehrten Körper noch Leben war. Als sein Gewand Feuer fing, stand er auf und schlug mit den Händen auf seinen gemarterten Körper. Der Gesang von dreihundert Mönchen schwoll an, und dreihundert hölzerne Klappern rasselten. Ohne sich zu rühren, umstanden die Zuschauer den Scheiterhaufen und hörten die unmenschlich schrillen Schreie des Märtyrers. Einige Gesichter waren vor Entsetzen verzerrt, andere spiegelten lüsterne Verzückung wider.

Immer schriller wurden die Schreie des Mönchs und übertönten den Gesang und das Klappern. Die Flammen leckten an seinen vorstehenden Rippen, und seine weiße Haut glühte rosenrot. Er bückte sich und scharrte zwischen den brennenden Scheiten mit Händen, die schwarz verkohlt waren. Eine halbe Minute lang wand er sich in den Flammen, dann brach er zusammen und lag still.

Schwarzer, fettiger Rauch ballte sich über den Flammen, und der Geruch von gebratenem Fleisch stieg den Zuschauern in die Nase.

«Er war erst achtzehn Jahre alt, dieser Mönch», sagte Joseph King tonlos. «Sie versichern dem Märtyrer immer, sie würden zu seinen Füßen eine Lücke lassen, durch die er sich retten könne, falls er beschließt, nicht zu sterben. Das sagen sie immer, aber die Lücke lassen sie nie.»

Eine Glocke läutete am Südlichen Tor, und mehrere hundert würdige Mandarine huschten wie Schuljungen, die sich verspätet hatten, durch die Seitentüren des Haupteingangs. Francis Arrowsmith und Joseph King kamen als letzte. Hinter ihnen trompeteten zwölf Elefanten auf Befehl, und die beiden vor dem Südlichen Tor kreuzten ihre Rüssel, um Nachzügler auszusperren.

Es hatte zu nieseln begonnen, und der Himmel war grau in grau. Die Mandarine überquerten den Graben, der Goldener Bach genannt wurde, auf fünf Brücken für Fußgänger aus weißem Marmor, die die fünf konfuzianischen Haupttugenden versinnbildlichten. Der weiße Schaum auf dem Wasser war gesprenkelt mit schwarzem Ruß des Scheiterhaufens, und das kaiserliche Gelb der Ziegel auf den umliegenden Palästen war glanzlos geworden. Durch diesen schmierigen Niederschlag in ihrer Pracht etwas gemindert, gewährte die Verbotene Stadt den angsterfüllten Mandarinen Einlaß.

Offiziere der kaiserlichen Garde in silberner Rüstung mit regenbogenfarbenen Mänteln darüber standen an den beiden breiten Marmortreppen Spalier. Still wie in Nebel gehüllte Statuen präsentierten sie goldziselierte Prunkpiken. Hinter dieser Leibwache, der der Kaiser nicht ganz traute, standen vier Reihen von Standartenträgern.

Rußige Tröpfchen rannen an den scharlachroten Fahnenstangen herunter. Auf Wimpeln mit blauen Borten griffen kaiserliche Drachen mit ihren fünfklauigen Füßen nach Wolken, während sich Tiger auf Wimpeln mit roten Borten in Blumenbeeten auf die Hinterbeine stellten. Yakschwänze hingen unter winzigen grünen Baldachinen an Stangen, die mit goldenen Drachenköpfen gekrönt waren, und speerartige Stangen prunkten mit Leopardenschwänzen.

Für europäische Augen war es befremdlich, daß die Fahnen keine Wappenschilder zeigten, sondern nur die Tiere, die Sinnbilder der unzähligen Aspekte der allumfassenden Macht des Kaisers waren. In China herrschte nur er. Alle Macht, alle Gnade, alle Gerechtigkeit und alle Gunst stammten von ihm. Der Kaiser beherrschte das ganze Leben seiner sämtlichen Untertanen. Das Reich war wie ein riesiges Zelt, das von einer einzigen großen Zeltstange getragen wurde, auf die sich alle übrigen Stangen und Halteseile stützten. Wenn diese zentrale Zeltstange schwankte, wurde die ganze gewaltige Struktur erschüttert; sollte sie brechen, würde das ganze Reich einstürzen.

War der Kaiser klug, eifrig und gütig, waren alle Menschen gesichert und glücklich. War der Kaiser töricht, nachlässig und boshaft, waren alle Menschen von Elend bedroht. Der Chung Chen-Kaiser war schwach, verderbt und geizig, und deshalb war ganz China unglücklich.

Francis nahm seinen Platz unter den militärischen Mandarinen ein, lauter Feldmarschällen, Generälen und Brigadekommandeuren, die zur kaiserlichen Audienz befohlen worden waren. Allein Joseph hatte einen niedrigeren Rang als er. Die zivilen Mandarine hatten den Ehrenplatz gegenüber den Marmorstufen inne. Zwischen einem rotlackierten Geländer und fünf vergoldeten Filigranpaneelen stand der kaiserliche Thron auf einem Podest über den Stufen unter einem marmornen Dachvorsprung, in den ein Drachenfries eingemeißelt war.

Ein Hofeunuch in scharlachrotem Gewand kam wichtigtuerisch aus dem Schatten hinter dem Drachenthron in das wäßrige Licht unter dem Marmorvorsprung. Er hob einen rotlackierten Stab mit einem goldenen Drachenkopf und knallte dreimal mit einer dreizehn Fuß langen Peitsche aus geflochtener gelber Seide, die sich auf den Marmorstufen schlängelte. Dabei rief er mit seiner Fistelstimme: «Seine Kaiserliche Majestät ist eingetroffen!»

Der Chung Chen-Kaiser entstieg einer Sänfte mit goldenen Vorhängen, die von zwölf Eunuchen getragen worden war. Sechzehn

Mandarine, neben ihnen ranghohe Eunuchen, gingen rückwärts vor ihm her und verbeugten sich bei jedem Schritt. Mißmutig vor sich hinmurmelnd, bestieg der Kaiser den goldenen Thron und setzte sich hinter ein niedriges, mit gelber Seide verkleidetes und mit Drachen verziertes Schreibpult. Seine Krone bestand aus zwei Drachen, die so geschickt miteinander verschlungen waren, daß ihre Flügel genau über seinen Schläfen saßen. Sein steifes Gewand aus gelber Seide war mit zwei größeren Drachen in derselben Stellung bestickt. Alles rings um den Kaiser schimmerte golden.

In dieser Aura wirkte sein Gesicht hager und blaß. Seine schmalen Lippen waren mürrisch verzogen und die eingefallenen Wangen faltig. Der Schnurrbart hing lang und dünn unter der gebogenen Nase, und die blutunterlaufenen Augen blickten mißtrauisch auf seine Minister und ranghohen Mandarine.

Wenn seine kaiserlichen Vorfahren Audienzen gaben, warteten ihnen neun Eunuchen auf. Fünf hielten gelbseidene Schirme an hohen Stangen über ihnen, die anderen vier schwenkten gelbseidene Fächer. Der Chung Chen-Kaiser duldete wegen seines ständigen Mißtrauens nur drei Eunuchen um sich. Ein einziger Schirm schützte ihn vor dem Nebel, während die beiden sich hinter ihm kreuzenden Fächer in ihren oberen Teilen stählerne Schilde und in ihren Schäften Schwerter verbargen. Die Angst, ermordet zu werden, verließ den Kaiser selten, und nicht einmal den drei Eunuchen, die er seit seiner Kindheit kannte, traute er ganz. Aber jemandem mußte er vertrauen, denn seine ständige Furcht wurde ihm nicht genommen durch das beschämende Wissen, daß die Feinde der Dynastie es vorzogen, sich seine Untüchtigkeit zu erhalten.

Der Obereunuch trat aus dem Dunkel hinter dem Drachenthron und verkündete: «Alle Beamten mögen jetzt Seiner Kaiserlichen Majestät ihre Reverenz erweisen!»

Die Mandarine fielen auf die Knie. «Köpfe beugen!» befahl der Obereunuch, und sie berührten die Marmorplatten mit der Stirn. «Köpfe heben!» rief er, und die Mandarine richteten den Rücken auf, blieben aber knien. Noch zweimal befahl ihnen der Obereunuch, die Fußbodenplatten mit der Stirn zu berühren.

Francis Arrowsmith erhob sich, als der Obereunuch rief: «Alle aufstehen!» Er wußte, daß auch diese demütigende Huldigung noch zweimal wiederholt werden mußte, ehe dem Abgott auf dem Drachenthron die volle Reverenz erwiesen war. Als er auf Befehl des Obereunuchen zum drittenmal aufstand, schwitzte er vor unterdrückter Wut.

Er wurde noch wütender, als der prächtig gekleidete Eunuch vor dem Thron niederkniete, um die Ergebenheitsadresse zu verlesen, die die tiefempfundenen Geburtstagsglückwünsche einschloß. Er war schlank für einen Verschnittenen, und er hatte keine Falsettstimme, sondern einen hellen Bariton.

Die Mandarine blickten auf die Bodenplatten, statt auf den knienden Eunuchen. Alle normalen Menschen haßten und fürchteten Tsao Chun-hua, den Schwarzen Premier, den Herrn der Geheimpolizei und der Flammenden Mäntel.

Alle wandten die Köpfe, als der Schwarze Premier seine blumenreiche Ansprache beendet hatte. In der Ferne dröhnte eine Trommel und störte die respektvolle Stille innerhalb der Verbotenen Stadt.

«Was für ein ekelhafter Krach ist das?» Der Kaiser blickte verdrossen von der Liste der zur Audienz befohlenen Mandarine auf. «Haben Wir nicht angeordnet, daß die Bittsteller aus der Provinz Schantung sich zerstreuen sollen? Haben Wir nicht befohlen, sie zu beschwichtigen und wegzuschicken? Der verantwortliche Minister soll vortreten und sich rechtfertigen!»

Der betagte Finanzminister warf sich vor dem Drachenthron nieder. Als er die Hand hob, um zu sprechen, fiel ihm der Hut vom kahlen Kopf.

«Majestät, ich bitte in aller Demut um Verzeihung. Ich befahl den Abordnungen, sich zu zerstreuen. Ich versprach ihnen Hilfe im Namen des Kaisers. Aber sie sind nicht weggegangen. Jetzt, vermute ich, schlagen sie die Trommel, um des Kaisers Gerechtigkeit zu erflehen – was ihr Recht ist. Ich habe schwer gefehlt. Ich habe in meinem Amt versagt und bitte Euer Majestät, mich zu bestrafen, wie ich es verdiene.»

«Unsinn», erwiderte der Kaiser. «Diesmal hast du nicht gefehlt. Ich betrachte das Volk als meine Kinder und habe immer Verständnis für seine Bedürfnisse, wie es die Weisen empfehlen. Wir wissen, daß Schantung von Hungersnot und Heuschreckenplagen heimgesucht wurde und auch von den Raubzügen der Mandschu und allerlei tückischen Rebellen, denen jetzt ein Ende bereitet wurde dank der Güte des Himmels . . .»

«. . . und der weisen und kraftvollen Führung durch Eure Majestät.» Der Minister flocht die erwartete Schmeichelei ein.

«Wir haben nicht immer den von Unseren kaiserlichen Ahnen gesetzten hohen Maßstäben entsprochen», antwortete der Kaiser, denn die konfuzianische Etikette verlangte diese Selbsterniedrigung sogar von ihm. «Unsere Leistung ist in vieler Hinsicht unzulänglich, ebenso wie es Uns an Tugend mangelt. Aber wir haben es nicht an Verständnis für die Leiden Unserer getreuen Untertanen in Schantung fehlen lassen. Ist ihnen nicht gesagt worden, daß ihnen für die Dauer von drei Jahren alle Steuern erlassen werden, wie Wir angeordnet haben?»

«Es ist ihnen gesagt worden, Majestät. Aber sie beklagen sich immer noch und bitten, die kaiserliche Schatulle möge geöffnet werden, um sie zu unterstützen.»

«Dann sind sie unvernünftig, unwürdig und untreu mit ihren hartnäckigen Forderungen. Vertreibt sie von den Toren mit Peitschen und Knütteln, damit ihre ungebührlichen Klagen nicht diese glückverheißende Veranstaltung stören, die geweiht wurde durch das erhabene Opfer Unseres ergebenen Untertans, des Mönchs vom Kloster Lungfu. Indes sollen ihnen die Steuern nicht wieder auferlegt werden. Wir widerrufen niemals Unsere Versprechungen, obwohl nur der Himmel weiß, woher Wir die zur Verteidigung Unseres Reiches notwendigen Geldmittel erhalten sollen.»

Ein Eunuch Dritten Grades und ein Brigadekommandeur machten sich auf, um den Befehl des Kaisers, seine hilfeflehenden Untertanen zu verjagen, zur Wache vor der Kaiserlichen Stadt zu bringen. Seine Entscheidung, ihnen auf drei Jahre die Steuern zu erlassen, war übrigens eine sehr kleine Gnade. Ganze Landstriche waren von Steuereinnehmern, Briganten und Mandschu ausgeplündert und zudem durch Naturkatastrophen ihrer Lebensgrundlage beraubt worden, so daß die Leute keine Steuern zahlen konnten, selbst wenn sie gewollt hätten. Außerdem konnte kein Mensch in Nordchina mit Gewißheit sagen, ob er – oder der Kaiser – in drei Jahren noch leben würde.

«Woher sollen Wir die Geldmittel erhalten, um Unser Reich, das Erbe Unserer Vorfahren, vor den Raubzügen verderbter Rebellen und ruchloser Barbaren zu schützen? Kann Uns einer unter Unseren getreuen Ministern sagen, wo das Geld herkommen soll?»

«Majestät, darf ich in aller Demut einen Vorschlag unterbreiten?» fragte der Finanzminister, der immer noch vor dem Drachenthron lag.

«Die Bevölkerung der Nördlichen Hauptstadt ist Eurer Majestät leidenschaftlich ergeben. Es möge jeder Haus- oder Geschäftsinhaber jetzt eine Steuer in Höhe einer Jahresmiete bezahlen. Ob Kaufleute oder Handwerker, Theater oder Freudenhäuser, Läden oder Werkstätten, jeder möge zahlen. Später können sie durch Erlaß anderer Steuern entschädigt werden.»

Der Kaiser hörte sich diesen Vorschlag aufmerksam an. Zuerst hoffnungsvoll, dann vorübergehend niedergeschlagen, war er schließlich nur noch erpicht auf diese neue Einnahme. Er antwortete mit einer einzigen Silbe: «*Shih!* Genehmigt!»

Die versammelten Mandarine wußten, daß ihr Herr die Pekinger Bürger schon bis aufs Hemd ausgezogen hatte, daß das einfache Volk kaum mehr hergeben konnte und die Reichen nichts geben wollten. Aber sie ließen sich nichts anmerken, zumal die Agenten der Geheimpolizei sogar in der Verbotenen Stadt scharf aufpaßten, ob das Mienenspiel verräterische Gedanken preisgab. Sie fragten sich, ob der Kaiser wirklich glaubte, er könne die Katastrophe abwenden, wenn er einem Schreinermeister oder einer Bordellmutter ein paar Silber-Taels und dessen Gesellen oder deren Freudenmädchen eine Handvoll Kupfermünzen abpreßte.

Sie durften keine «ehrfurchtslosen Schriften» verfassen und auch nicht die kleinste Andeutung fallen lassen, daß der Kaiser womöglich nicht ganz und gar weise oder nicht ganz und gar tugendhaft sei. Dennoch klatschten die Mandarine ebenso wie das einfache Volk hinter verschlossenen Türen, wenn sie sich sicher fühlten vor den vielen Spionen, die der Oberhofeunuch Tsao Chun-hua, der schwarze Premier, aussandte.

In der Gerüchteküche, die Peking war, wußte jedermann, vom Mandarin bis zum Straßenkehrer, daß der Kaiser kürzlich drei schwere finanzielle Rückschläge erlitten hatte. Der erste war die Mißlichkeit mit den kaiserlichen Prinzen, der zweite der Trotz des Markgrafen von Wuching, der dritte das Entgegenkommen des Grafen von Chaiting.

Vor dreihundert Jahren hatte der Begründer der Dynastie dafür gesorgt, daß seine absolute Macht weder von einem Premierminister noch von Feudalherren geschmälert werde. Sein Nachfolger duldete nicht nur die Schwarze Regierung der Hofeunuchen, sondern auch regionale Magnaten, die große Macht ausübten, ohne Verantwortung zu übernehmen. Spätere Kaiser hatten ihren Brüdern Lehen in den Provinzen übertragen, um sie von der Hauptstadt fernzuhalten. Diese Prinzen hatten ihre Titel und ihren Reichtum ihren Nachkommen vererbt. Überall im Reich lebten unzählige kaiserliche Prinzen in königlichem Prunk, besaßen große Ländereien und erhielten großzügige Unterstützungen aus dem Staatsschatz. Der korpulente Prinz von Fu, den der Einäugige Li 1642 in der Nähe von Kaifeng hatte umbringen lassen, war einer dieser prinzlichen Schmarotzer gewesen.

Als die Geldnot zu groß wurde, hatte der Kaiser die Prinzen, die seine Brüder, Onkel und Vettern waren, gebeten, die Dynastie zu unterstützen. Hätte ein Dutzend von ihnen den Geldbeutel aufgemacht, wäre die Große Flotte schon dem Sieg entgegen gesegelt, und die kaiserlichen Heere hätten auf Jahre hinaus ihren Sold erhalten.

Keiner der kaiserlichen Prinzen war zu einer nennenswerten Spende bereit, obwohl viele von ihnen unbrauchbaren Rat und Zauberamulette anboten. Der Kaiser wagte nicht, sie stärker zu drängen, um das gute Einvernehmen innerhalb der kaiserlichen Familie, der tragenden Säule des Reiches, nicht zu gefährden.

Da er entschlossen war, den kaiserlichen Schatz unangetastet zu lassen, sah er sich woanders um. Die angeheirateten Verwandten der herrschenden Familie Chu waren ebenfalls außerordentlich wohlhabend. Der reichste war der Markgraf von Wuching, der Bruder der Kaiserinwitwe, seiner Großmutter. Er besaß mehrere Schlösser in der Umgebung von Peking und erzielte gewaltige Gewinne aus seinen Handelsunternehmungen in Tientsin, Schanghai und Kanton.

Der Kaiser schickte einen Hofeunuchen zu seinem Großonkel und ließ ihn um eine Spende von einer halben Million Taels bitten. Der Markgraf war empört und nicht gewillt, etwas zu geben. Er bestach den Eunuchen, damit er den Kaiser hinhalte, und bildete mit den anderen kaiserlichen Verwandten eine geschlossene Front. Sie waren gewohnt, vom Kaiser etwas zu bekommen, aber nicht, dem Staat etwas zu schenken. Der Eunuch ging hin und her zwischen der Verbotenen Stadt und dem Palast des Markgrafen und bekam jedesmal weitere Bestechungssummen.

Anschläge, die *ta-tze pao* hießen, Plakate mit großen Ideogrammen, erschienen an den Mauern von Peking. Da der Markgraf sie bezahlte, bekräftigten die meisten seinen «grundsätzlichen Standpunkt». Nur wenige unterstützten den Kaiser. Der Eunuch, der die zunehmend dringenden Bitten des Kaisers und die schlauen Ausflüchte seines Großonkels übermittelte, hatte derweil dreißigtausend Silber-Taels in die eigene Tasche gesteckt, aber nicht eine einzige Kupfermünze für das Kriegsministerium erhalten.

Schließlich stellte der Markgraf seine Habe auf der Straße vor seinem Palast zur Schau. Anschläge verkündeten, ein armer Edelmann sei gezwungen, seine Familienerbstücke versteigern zu lassen, um unmäßige kaiserliche Forderungen zu erfüllen. Der erbitterte Kaiser befahl, den Markgrafen ins Gefängnis zu werfen, und der Markgraf ergriff die einzige Maßnahme, die seinen Besitz für seine Erben zu retten vermochte. Sein Selbstmord war der schwerste Vorwurf, den ein Untertan gegen einen ungerechten Herrscher erheben konnte.

Die kaiserlichen Verwandten weinten um den Markgrafen von Wuching und freuten sich über seinen Mut. Denn nach seinem Selbstmord war es für den Kaiser unmöglich, wenn er seine Würde wahren wollte, Spenden von ihnen zu verlangen. Aber der verschlagene Graf von Chaiting mit dem Ehrentitel Prinz Kuei, der Vater der derzeitigen Kaiserin, schickte freiwillig zehntausend Taels in die Verbotene Stadt.

Das scheinbare Entgegenkommen seines Schwiegervaters war für den Kaiser bitterer als die vorsätzliche Verständnislosigkeit der kaiserlichen Prinzen oder der Trotz des Markgrafen. Hinter der schicklichen Miene, die sie für die Geheimpolizei aufsetzten, lachten die Pekinger über einen Kaiser, der mehr als hundert Millionen Taels einkassieren wollte und dann ganze zehntausend bekam.

Einige höhere Mandarine fanden die vergeblichen Bemühungen des Kaisers belustigend, anderen war nach Weinen zumute. Keiner wagte es, den Zorn seines Herrn auf sich zu lenken durch den Hinweis, das einfache Volk von Peking wäre über neue Steuern erbost, wenn die Reichsten sich weigerten, auch nur eine Kupfermünze herzugeben, und nicht unter Druck gesetzt würden.

«Gibt es noch irgend etwas, was Unsere Aufmerksamkeit erfordert? Wünscht jemand das Wort zu ergreifen?» Der Kaiser, der keine Antwort erwartete, bot seinen Mandarinen die obligatorische Gelegenheit. «In diesem Fall . . .»

Als ein magerer, grauhaariger Mandarin mit dem Pfau des Dritten Grades aus den Reihen der zivilen Mandarine vortrat, stupste Francis Arrowsmith seinen Schreiber fragend an.

«Yen Ho-li, ein Zensor, einstmals Schüler von Pater Matteo Ricci», flüsterte Joseph King, ohne die Lippen zu bewegen, was er im Gefängnis gelernt hatte. «Wäre fast Christ geworden. Wollte aber seine geliebte Konkubine nicht aufgeben. Für einen hervorragenden Gelehrten von fast siebzig Jahren hat er einen niedrigen Rang, weil er immer zu freimütig war.»

Der Mandarin Yen Ho-li warf sich vor dem Kaiser nieder, dann kniete er sich hin, um zu sprechen. Es war seine unerfreuliche Pflicht als Zensor, dem chinesischen Gegenstück zu einem römischen Volkstribun, den Kaiser über die Missetaten und Fehler anderer Mandarine zu unterrichten. Es war seine gefährliche Pflicht als Zensor, dem Kaiser eine ehrliche Beurteilung der kaiserlichen Maßnahmen zu unterbreiten.

«Euer Majestät, ich möchte in aller Demut etwas vortragen.» Die Mandarine spitzten die Ohren, um die schwache Stimme des alten Mannes zu hören, und hofften, er würde sagen, was sie nicht zu sagen wagten. «Werden der geduldigen Bevölkerung von Peking neue Steuern auferlegt, so wird sie das zu verdrossenem Ungehorsam oder, schlimmer noch, zu offenem Widerstand treiben. Da sich Rebellen und Mandschu der Nördlichen Hauptstadt nähern, ist es nicht klug, ihren Bürgern das Herz herauszureißen. Wenn das Volk weiter unterdrückt wird, wird es einen Herrscher für so gut – oder so schlecht – halten wie einen anderen. Unter neuen Steuern schmachtend, wird es keinen Unterschied sehen zwischen der Regierung der Großen Dynastie, getragen vom Mandat des Himmels, und den frevlerischen Rebellen oder gar den nördlichen Barbaren. Ich bitte Euer Majestät, diese Verfügung aufzuheben.»

«Du Narr!» Die bleichen Wangen des Kaisers röteten sich, sein schütterer schwarzer Bart sträubte sich, und er vergaß die Höflichkeiten der zeremoniellen Sprache. «Erkläre mir nur eins: Wo soll das Geld herkommen? Geld, um das Heer zu bezahlen, Geld, um neue Schiffe zu bauen, und Geld, um neue Geschütze zu gießen? Mit bereitwilligen Soldaten, einer Flotte von Kriegsschiffen und mehr Geschützen werden Wir siegen. Aber woher soll das Geld kommen, woher?»

Der betagte Mandarin erbleichte angesichts des heftigen Zorns, den er heraufbeschworen hatte. Peinlich berührt, weil sein Kaiser die Selbstbeherrschung verloren hatte, senkte er den Kopf auf die Bodenplatten.

«Euer Majestät haben wie immer unfehlbar den Kern der Frage getroffen.» Yen Ho-li brachte die übliche Schmeichelei vor, um Zeit zu gewinnen und eine Lösung zu finden, die den Kaiser beschwichtigen würde. «Da ich töricht und feige bin, hatte ich nicht vorgehabt, so schnell zur Sache zu kommen. Euer Majestät haben eine nutzlose Zeremonie entscheidend abgekürzt. Ich bitte um die Nachsicht Eurer Majestät für . . .»

«Antworte Uns! Sofort!» wütete der Kaiser, und Francis Arrowsmith hörte Joseph King das Vaterunser murmeln, ohne daß sich seine Lippen bewegten.

«So sei es.» Der Zensor setzte sein Leben aufs Spiel, um das Leben der Dynastie zu retten. «Majestät, es gibt nur eine Quelle für die riesigen Summen, die die Große Dynastie benötigt. Wenn aus dieser vorhandenen Quelle geschöpft wird, dann wird sich überdies das einfache Volk um den Drachenthron scharen. Ich spreche nicht nur von den kaiserlichen Prinzen, deren übermäßigen Reichtum ich bereits in Denkschriften angeprangert habe, sondern auch von den kaiserlichen Verwandten. Und das ist erst der Anfang.»

Der Kaiser runzelte die Stirn, und seine Hände zuckten auf den Lehnen des Throns. Aber der Zensor Yen Ho-li fuhr fort:

«Zehntausende von Großgrundbesitzern stecken mit korrupten Mandarinen unter einer Decke und zahlen überhaupt keine Steuern. Majestät brauchen nur dafür zu sorgen, daß alle diese Schmarotzer die angemessenen Steuern entrichten. Die aufgeblasenen Reichen, die in dieser Stunde höchster Gefahr nicht freiwillig spenden, müssen die Beträge zurückzahlen, die sie dem Volk und Eurer Majestät gestohlen haben. Dann wird der Staatsschatz groß genug sein, um jeden Bedarf zu decken. Dann wird das Volk sehen, daß der Gerechtigkeit Genüge getan wurde, und wieder zur Verteidigung des Reiches bereit sein, weil es weiß, daß der Kaiser klug und gerecht ist. Wenn meine Worte Eurer Majestät mißfallen, verfahrt mit mir nach Belieben.»

Nachdem der Zensor Yen Ho-li seinen kühnen Vorschlag mit der obligatorischen Floskel tiefster Unterwürfigkeit beendet hatte, hielt der Kaiser seinen Zorn eine Zeitlang in Schach. Aus dem Nieseln war ein regelrechter Regen geworden, der den Ruß von den Dachziegeln abwusch und die Gewänder der Mandarine durchweichte. Die steifen seidenen Fahnen wurden schlaff, und rote Farbe rann von den Yakschwänzen. Aber der Kaiser saß immer noch grübelnd unter dem Marmorvorsprung.

«Und wie sollen Wir dieses Ziel erreichen?» Seine Stimme war vor Verblüffung fast sanft geworden. «Es ist unschicklich, daß Wir die kaiserlichen Prinzen und die kaiserlichen Verwandten so bedrängen, wie Wir es schon getan haben. Unsere verehrten Ahnen blicken bereits voll Zorn herab auf Unser ehrfurchtsloses Verhalten gegenüber der kaiserlichen Familie, die der Staat ist. Sage Uns das, Zensor.»

«Majestät, das Volk ist der Staat, das Volk und der Kaiser. Alle anderen sind bedeutungslos.»

«Das ist lästerlich! Im höchsten Grade lästerlich!» Die aufgestaute Wut des Kaisers entlud sich mit diesem Aufschrei. «Dein Rat zielt darauf ab, die Große Dynastie zu vernichten. Du würdest den Zorn des Himmels und Unserer kaiserlichen Vorfahren auf uns laden. Dein Rat ist Verrat, reiner Verrat. Zieh dich sofort zurück und erwarte Unser Urteil.»

Der Zensor Yen Ho-li seufzte; er ließ alle Hoffnung für die Ming-Dynastie fahren und hatte sich auch bereits in sein Schicksal ergeben. Sich bei jedem dritten Schritt verbeugend, ging er rückwärts durch die Reihen der durchnäßten Mandarine.

«Warte mal!» Der schrille Befehl des Kaisers ließ die schmächtige Gestalt im scharlachroten Gewand auf den regenbenetzten Marmorplatten anhalten. «Wie kannst du es wagen, herzukommen und die Größten im Reich zu verleumden?»

«Majestät, ich bin kein Verleumder, sondern ein getreuer Untertan. Ich nehme die Pflichten meines Amtes als Zensor wahr. In meinem Alter habe ich nichts zu gewinnen und sehr wenig zu verlieren. Deshalb spreche ich die Wahrheit. Mehr kann ich nicht sagen. Ich erwarte die Strafe, die Euer Majestät mir auferlegt.»

«Dieser Schurke widersetzt sich dem Willen des Himmels mit seiner ungeheuerlichen Unbotmäßigkeit», schrie der Kaiser. «Züchtigt ihn. Züchtigt den lästernden Verräter.»

Zwei Wachtposten schleiften den Zensor zum Südlichen Tor. Der Kaiser ging zu seiner Sänfte, ohne den Massen-Kotau abzuwarten, der das Ritual abschloß. Ein Eunuch verkündete hastig: «Die kaiserliche Audienz ist beendet.»

«Ich habe schon früher Prügelstrafen gesehen», sagte Francis Arrowsmith zu Joseph King. «Wir müssen zu unseren Pflichten zurückkehren.» Nicht einmal auf portugiesisch wagte er hinzuzufügen, er habe niemals gesehen, daß ein Soldat oder ein schwarzer Sklave aus so geringem Anlaß ausgepeitscht oder geprügelt wurde. In den Augen des Kaisers war aufrichtige Ergebenheit sträflicher als unehrliches Katzbuckeln.

Die Richtigkeit seiner gefühlsmäßigen Entscheidung sah Francis durch kühle Logik bestätigt: Lieber die Mandschu als die korrupten Ming oder der verderbte Rebell, der Einäugige Li. Solange der schwache, sadistische Chung Chen-Kaiser auf dem Drachenthron saß, konnte Francis Arrowsmith weder Gott in China dienen noch sein eigenes Schicksal sichern. Daher wollte er dadurch für sein Wohlergehen sorgen, daß er den Mandschu soviel Beistand leistete, wie er konnte – durch den verräterischen Göttlichen Strang. Da der Kaiser eine Atmosphäre geschaffen hatte, in der Verrat blühte und gedieh, würde auch sein widerstrebender Untertan, Oberstleutnant Hsü Shih-jen, genannt der Pfeilschmied, nicht vor Verrat zurückschrecken.

Als Joseph und er durch die Seitentüren des Südlichen Tors gingen, waren Francis' Gedanken auf die Kaiserlichen Feldzug-Werkstätten gerichtet, die eine Viertelmeile entfernt lagen, aber seine Augen wurden angezogen von den Vorbereitungen für die öffentliche Prügelstrafe des betagten Zensors Yen Ho-li.

Die Rache des Kaisers beraubte seine Opfer als erstes aller Würde. Der Zensor lag mit dem Gesicht nach unten im Schmutz vor dem Westflügel des Südlichen Tors, Arme und Beine gespreizt, sein Gewand war aufgeschnitten und entblößte Gesäß und Rücken wie bei einem ungezogenen Kind, das gezüchtigt werden sollte. Er konnte nur den Kopf bewegen, denn die um seine Knöchel und Handgelenke geknüpften Stricke wurden von vier Soldaten der Flammenden Mäntel in gestickten roten Waffenröcken und schwarzen Hosen straffgezogen. Vier Offiziere und fünfzig Mann in derselben Uniform bildeten einen Kreis um den hageren Greis.

Die Verletzung seines Schamgefühls und die Tatsache, daß ein Hofeunuch die Aufsicht über seine Demütigung führte, war bereits Folter genug für den Zensor Yen Ho-li. Der Schwarze Premier Tsao Chun-hua ermahnte seine Soldaten, fest zuzuschlagen, um ihre Treue zum Kaiser zu beweisen. Der Entmannte, von dem Francis wußte, daß er ein Verräter war, leckte sich die Lippen, denn die Bestrafung des mutigen Zensors bereitete ihm ein wollüstiges Vergnügen.

Ein stämmiger Soldat hob eine rotlackierte Bambusstange und legte ihr Ende auf den Rücken des Zensors. Der Schwarze Premier sagte etwas, und ein Offizier brüllte den Befehl, mit dem Prügeln zu beginnen. Fünfzig Mann wiederholten schreiend seine Worte. Der Soldat hob die Bambusstange hoch über seinen Kopf und ließ sie auf das Gesäß des Zensors niedersausen, der zusammenzuckte. Ein roter Striemen quoll aus dem mageren Fleisch. Fünfmal schlug der Soldat zu, dann wurde er abgelöst; die Ermüdung des Folterknechts sollte die Qual des Opfers nicht mindern.

«Ihr werdet es nicht glauben, Pfeilschmied», sagte Joseph King leise, «aber sie halten sich tatsächlich zurück. In seinem Alter müßten ihn zehn kräftige Hiebe bewußtlos machen – und zwanzig wahrscheinlich umbringen. Das würde das Vergnügen zu schnell beenden.»

«Wie auch immer, Joseph, mehr kann ich nicht ertragen. Laß uns gehen.»

Noch aus der Ferne hörte Francis das Gebrüll der Soldaten, das jeden Hieb ankündigte, ehe die Bambusstange pfeifend niedersauste. Erst beim zwölften Hieb begann der Zensor zu schreien, und nach dem achtzehnten hörten seine Schreie auf.

«Bewußtlos», bemerkte Joseph King, und sein gequälter Ausdruck strafte seinen gleichmütigen Ton Lügen. «Sie werden warten, bis er wieder zu sich kommt, und dann weitermachen.»

Donner grummelte im Osten, und Blitze zuckten am Himmel über der kaiserlichen Stadt. Der sanfte Regen wurde zu einem Wolkenbruch aus schwarzen Gewitterwolken. Das Tageslicht wich um elf Uhr vormittags, zu Beginn der Doppelstunde des Pferdes, einem Halbdunkel. Die Schreie des Zensors beim dreißigsten Hieb übertönten den Donner. Vor den nur mit Matten geschützten Kaiserlichen Feldzeug-Werkstätten liefen farbige Bäche von den roten Mänteln der acht schweigenden Geschütze herab.

Der «Herr von allem unter dem Himmel» schritt um neun Uhr fünfzehn an jenem Abend, kurz nach Beginn der Doppelstunde des Hundes, im Schlafzimmer des Palastes der Vollkommenen Reinheit auf und ab. Er trug ein Nachtgewand aus orangefarbener Tributseide und hatte Filzpantoffeln an den Füßen. Die zwischen zwei gewaltigen Säulen angebrachten Vorhänge des kaiserlichen Brautbetts waren aufgezogen und ließen einen violetten Überwurf sehen. Der Kaiser nahm keine Notiz von dem knienden Eunuchen, der ihm eine offene Schatulle aus grüner Seide hinhielt. Er fröstelte trotz der Hitzewellen, die von den Holzkohlepfannen aufstiegen. Weder Schlaf noch die Freuden, die der Eunuch anbot, konnten den Beherrscher des reichsten Landes der Welt verlocken.

Mutlos und unentschlossen ging er einen Korridor entlang und öffnete die Tür zum Thronsaal. Einen Augenblick allein, starrte der Kaiser auf vier blau emaillierte Kraniche, die in ihren nach oben gebogenen Schnäbeln dünne weiße Kerzen hielten. Das Licht spielte schwach auf dem goldenen Thron und der großen schwarzen Schmuckplatte mit den goldenen Ideogrammen: Cheng ta kuang ming, Wahrlich gerecht und erleuchtet.

Hinter diese Schmuckplatte hatten frühere Kaiser Umschläge gesteckt, in denen sich versiegelte Pergamenturkunden mit dem Namen des ausersehenen Erben befanden – so hofften sie, eine geordnete Nachfolge ohne dynastischen Hader zu gewährleisten. Wann, fragte sich der Kaiser, würde er unter seinen drei Söhnen den Erben auswählen und dessen Namen hinterlegen müssen? Noch nicht so bald, versicherte er sich, denn er war jung und kräftig trotz gelegentlicher Kopfschmerzen. Wahrlich gerecht und erleuchtet! Der Kaiser dachte über die Mahnung nach. Sind Wir wirklich gerecht und erleuchtet? Hätten Wir den Zensor Yen Ho-li zu der Prügelstrafe verurteilen sollen, durch die er starb? War das gerecht? Wichtiger noch: war es klug, erleuchtet?

Erst langsam, dann eindeutig, tauchte die Antwort aus seinen Gedanken auf, die gewunden waren wie kaiserliche Drachen: Natürlich waren Wir gerecht. Wie könnten Wir die Würde des Throns, der die Grundfeste des Reiches ist, wahren, wenn Wir zulassen, daß Uns Untertanen tadeln, wie er es tat? Und erleuchtet? Ja, auch erleuchtet. Der Zensor ist – war – kein schwachsinniger Greis. Er wußte, welcher Gefahr er sich aussetzte. Er war pflichtvergessen. Er wollte Selbstmord begehen, um Uns damit einen Vorwurf zu machen – genau wie der verschlagene Markgraf von Wuching. Nein, Uns blieb kein anderer Weg – in Gerechtigkeit und Erleuchtung. Aber woher sollen die Geldmittel kommen, die Wir brauchen?

Der Kaiser glaubte, diese Antwort habe ihn befriedigt, schloß die Tür des Thronsaals und ging langsam zurück zum Brautgemach. Doch war er nicht zufrieden. Die Denkschriften, die er an diesem Tag gelesen hatte, berichteten von neuem Unheil in den Provinzen. Die Rebellen rückten vom Westen her vor, und die Mandschu standen im Norden. Die kaiserlichen Prinzen und die Großgrundbesitzer waren die Säulen, die das Reich trugen, und diese Säulen barsten, während Minister und Mandarine dem Kaiser ins Gesicht höhnten. Nur die Hofeunuchen waren treu. Ohne ihre ergebenen Dienste wäre er hilflos. Ohne die Eunuchen wäre die Große Ming-Dynastie verloren.

Der Kaiser lächelte dem Eunuchen zu, der eine Botschaft überbrachte und mit regendurchnäßtem Mantel im Brautgemach kniete. Den anderen Eunuchen, der immer noch die grünseidene Schatulle auf den ausgestreckten Händen hielt, übersah er. Der Bote überreichte ihm eine halb aufgeweichte Schriftrolle.

Stafetten waren durch Schnee und Schlamm geritten, hatten zugefrorene Flüsse und vereiste Pässe überquert, um die Schriftrolle herzubringen, die ein Spion aus dem Heerlager des Einäugigen Li in Sian, sechshundert Meilen südwestlich, geschickt hatte. Der Schwarze Premier war mit sich zu Rate gegangen und zu dem Schluß gelangt, daß es gefährlicher sei, die Botschaft zu unterschlagen, als sie zu übermitteln. Aber er wollte sie dem Kaiser nicht selbst übergeben.

«Sian, am 15. Tag des zwölften Monats des sechzehnten Jahrs von Chung Chen», las der Kaiser. «Der Rebell Li Tze-cheng, genannt der Einäugige Li und erfüllt von Bosheit, wird sich am ersten Tag des ersten Monats des siebzehnten Jahres zum Yung Chang (Ewiger Glanz)-Kaiser der Ta Shun Chao (Große Himmelfürchtende)-Dynastie ausrufen, die Herrschaft über ganz China beanspruchen und dann zur Nördlichen Hauptstadt marschieren.»

Der Kaiser warf die Rolle auf den Boden. Er hielt sich den Kopf und setzte sich auf das Brautbett. Die Glöckchen an den Dachvorsprüngen des Palastes läuteten leise im Wind, und seine pochenden Schläfenadern kündigten Kopfschmerzen an. Der Kaiser blickte teilnahmslos auf die beiden knienden Eunuchen. In der immer noch hochgehaltenen grünseidenen Schatulle lagen Elfenbeintäfelchen, jedes mit dem Namen einer kaiserlichen Konkubine beschriftet. Der Blick des Eunuchen flehte den Sohn des Himmels an, er möge geruhen, ein Täfelchen herauszunehmen, damit die erwählte, zehnfach glückliche Dame sich bereitmachen könne für seine Liebesgunst.

«Hinaus!» murmelte der Kaiser. «Verschwindet beide. Ich will heute nacht nichts als Ruhe.»

Die Eunuchen gingen rückwärts unter Verbeugungen aus dem Brautgemach, beglückt, daß sie ohne Bestrafung davongekommen waren. Als sich die Tür schloß, durchdrang eine hohe Stimme das Trommeln des Regens und das Läuten der Glöckchen. Der Kaiser bemühte sich, die Worte zu verstehen. Manchmal, das wußte er, offenbart der Himmel einem würdigen Kaiser seinen Willen durch einen unirdischen Boten.

«Das Reich . . . ruht . . . in Frieden! Das Reich . . . ruht . . . in Frieden!» Der Kaiser glaubte seinen Ohren nicht zu trauen und fürchtete, der Himmel verhöhne ihn. «Das Reich . . . ruht . . . in Frieden. Das Reich . . . ruht . . . in Frieden!»

Eine Frau war es, ein Mensch, kein himmlischer Bote. Der Kaiser erinnerte sich, daß eine in der Schule der Hofdamen verhängte Strafe darin bestand, daß die Missetäterin von einem Tor der Verbotenen Stadt zum anderen gehen, eine Glocke läuten und rufen mußte: «Das Reich ruht in Frieden.»

Der Kaiser schlug einen Gong, um einen Eunuchen zu rufen, damit er die Frau zum Schweigen bringe. Während das Dröhnen des Gongs verklang, drang die unirdische Stimme wieder in das Brautgemach des Palastes der Vollkommenen Reinheit, und eine Handglocke läutete eine Totenklage.

«Das Reich . . . ruht . . . in Frieden!»

14. Februar 1644

An jenem Mondneujahrstag, dem 14. Februar 1644, behaupteten drei
Kaiser von sich, sie beherrschten das ganze große Reich. Der Chung
Chen-Kaiser der Ming-Dynastie hielt in Peking seine unheilvolle
Audienz. In Sian wurde der Einäugige Li zum Yung Chang-Kaiser
der Ta Shun Chao ausgerufen – der Ewige Glanz der Großen Himmelfürchtenden Dynastie. In Mukden nahm ein Kind die Huldigung
der Mandschu entgegen.

Sein Herrschername war Shun Chih, was Himmelfürchtende Regierung bedeutet, und erst in einem Monat sollte er sechs Jahre alt
werden. Seine Audienz war überschattet von der Trauer um seinen
Vater, den Kaiser Abahai, der vier Monate zuvor gestorben war.
Doch der Himmel hatten den Mandschu nicht nur ohne brudermör-
derischen Hader einen neuen Kaiser geschenkt, sondern ihnen auch
die Straße nach Peking freigemacht.

Der Shun Chih-Kaiser saß aufrecht auf dem mit Perlmutt eingelegten Ebenholzthron, obwohl die nach oben gebogenen Spitzen seiner
Filzstiefel über den Thronstufen baumelten. Aber seine Augen in dem
rundlichen Gesicht waren hellwach, und er beobachtete die Fürsten,
Minister und Generale scharf, die ihm Treue gelobten. Eine Miniatur-
krone aus grünem Samt mit einer Fiale aus fünf goldenen Kugeln saß
auf seinem kahlgeschorenen Kopf, und sein kurzer Zopf hing ihm
über den Rücken. Er war ein Wunderkind, außerordentlich weit für
sein Alter.

Der kleine Kaiser nahm ernst die Huldigung entgegen, die in
dreimaligem Kniefall und neunmaligem Berühren des Kaschgartep-
pichs vor dem Thron mit der Stirn bestand. Ein Fürst war unbeholfen,
stand anmutslos auf und hielt inne, ehe er den Kopf senkte.

«Woher kommt dieser Mann?» fragte der Kaiser den Zeremonienmeister, der sich hinter dem Thron aufhielt, weil er Verstöße des
Kindes gegen die Etikette befürchtete. «Er ist sehr ungeschickt.»

«Er gehört zum Stamm der Kalka, Majestät», flüsterte der Zeremonienmeister. «Sein Volk hat sich erst kürzlich unterworfen, und er ist
noch nicht an höfische Umgangsformen gewöhnt.»

«Belohnt ihn besonders», befahl der kleine Kaiser. «Er bemüht sich sehr, es richtig zu machen. Er muß schon ein treuer Untertan sein.» Ein beifälliges Raunen ging durch die Thronhalle. Fürsten und Minister brachten flüsternd ihr aufrichtiges oder geheucheltes Entzücken zum Ausdruck.

«Er ist schon ein richtiger Kaiser, und noch so jung», sagte der chinesische Großsekretär zu Prinz Dorgon, der nicht nur Oberbefehlshaber der Acht Banner war, sondern als Regent für seinen Neffen auch der tatsächliche Herrscher. «Wir können große Leistungen von einem erwarten, der jetzt schon so gescheit ist.»

«Das ist er gewiß», erwiderte der Prinz. «Meine Aufgabe wird daher leichter sein bis zu dem glücklichen Tag, an dem er die Regierung selbst in die Hand nimmt.»

Der Großsekretär beobachtete Dorgon, dessen großer Ehrgeiz allgemein bekannt war, während der langwährenden Zeremonie, bei der alle Regeln konfuzianischer Schicklichkeit eingehalten wurden. Als der kleine Kaiser gerade aufbrechen sollte, erhob sich Dorgon von seinem Stuhl am Fuße des Throns.

«Darf ich Euer Majestät um Erlaubnis bitten, eine Frage anzuschneiden, die das Wohl des Reiches betrifft?»

«Ihr dürft, Prinz Dorgon», erwiderte der Kaiser, ohne daß der Zeremonienmeister es ihm vorgesagt hatte. «Wir sind begierig, Eure weisen Reden zu hören.»

«Es handelt sich um eine Frage von einiger Bedeutung. Der König von Korea, der Vasall Eurer kaiserlichen Majestät, hat mir seit mehreren Jahren reichere Geschenke geschickt als anderen Fürsten. Er möchte mich, wie er erklärte, milde stimmen, damit ich seine Gemahlin und seine Kinder verschone, falls ich sie gefangennehme.»

Die Großen der Mandschu blickten einander verstohlen an. Auf welche neue Weise, fragten sie sich, würde Dorgon seinen Hochmut diesmal geltend machen?

«Wie es meine Pflicht war», fuhr der Prinz fort, «berichtete ich dem verstorbenen Kaiser von diesen Geschenken. Als Seine Majestät mir befahl, sie anzunehmen, tat ich es. Indes wird das Reich jetzt durch eine Regentschaft regiert, bis Euer Majestät volljährig wird. Ein Regent darf sich keine persönlichen Beziehungen erlauben, die seine staatliche Tätigkeit beeinflussen könnten. Ich schlage daher vor, diese Geschenke dem König von Korea zurückzugeben.»

Die Versammlung stieß einen Seufzer der Erleichterung über Dorgons Selbstlosigkeit aus.

«Wenn ich solche reichen Geschenke annehme, würden unsere sämtlichen Vasallen darum wetteifern, nicht nur mich, sondern auch die anderen Fürsten mit Schätzen zu erfreuen. Da das schädlich wäre, schlage ich vor, daß persönliche Geschenke an die hier Versammelten ein für allemal verboten werden.»

«Weise! Weise!» Die Würdenträger der Mandschu sprachen im Chor die herkömmliche Beifallsfloskel. «Hört die Worte des Weisen Kriegers, des Prinzregenten!»

Dorgon setzte sich und lächelte betont freundlich. Er hatte seinen Standesgenossen, die glaubten, er strebe nach mehr Reichtum und Macht, den Wind aus den Segeln genommen. Jetzt würden sie auch nicht mehr glauben, daß er in Wirklichkeit Kaiser werden wollte.

Der Großsekretär lächelte ebenfalls befriedigt. Dorgon ist listig, dachte er, listiger, als ich gedacht hatte. Sein gutes Beispiel wird Harmonie unter den Fürsten statt Zwist hervorrufen.

Nach dem Tod von Kaiser Abahai war ein bitterer Streit entbrannt. Der Rat der Fürsten war unvorbereitet und hatte geglaubt, noch viel Zeit zu haben, die Nachfolgefrage zu regeln, als Abahai am 21. September 1643 mit zweiundfünfzig Jahren verschied. Siebzehn Tage lang hatten sie miteinander gehadert, ehe sie sich auf Abahais neunten Sohn einigten, den fünfjährigen Prinzen Fu Lin, der einstweilen ihre Vorrechte nicht gefährden konnte.

Auf ihn, behaupteten sie, wäre Abahais Wahl gefallen – und es rankte sich schon eine Legende um ihn. Denn während ihrer Schwangerschaft sei die Kaiserin oft von einem roten Schein umgeben gewesen, der «wie die Schatten von Drachen» leuchtete, erinnerte sich eine Hofdame, als es ihr vorgesagt wurde. Kurz vor der Geburt des Kindes am 15. März 1638 habe der Kaiser im Traum eine Gestalt gesehen, die erklärte: «Hier ist der Gebieter, der die ganze Welt unter seinem Zepter vereinigen wird!»

Der Kaiser Abahai habe sich über diese Offenbarung gefreut. Mit ebensolcher Freude habe er die borstigen Büschel auf dem Kopf seines neugeborenen Sohns bemerkt, «ganz anders als das Haar gewöhnlicher Sterblicher»; er habe gestaunt über den roten Schimmer im kaiserlichen Palast und «den wunderbar süßen Duft in den Gemächern der Kaiserin». Abahais Überzeugung, daß sein neunter Sohn zu Großem ausersehen sei, wurde später durch die Frühreife des Kindes bestätigt.

Die Fürsten wählten den Shun Chi-Kaiser wegen seiner offenkundigen Schwäche und nicht wegen seiner möglichen Stärke. Die Nomadenhäuptlinge zogen ein Kind als Kaiser und eine lange Regentschaft einem blutigen Hader vor, der womöglich die Folge gewesen wäre, wenn sie einen aus ihrer Mitte gewählt hätten. Die Regentschaft von Dorgon, dem einunddreißigjährigen Stiefbruder des Kaisers Abahai, der sich als ihr größter Heerführer erwiesen hatte, war unumgänglich, und die Fürsten hofften, er werde ein unparteiischer Regent sein.

Dorgon schien es zu genügen, ohne den kaiserlichen Titel kaiserliche Macht zu besitzen. Unter seiner klugen Führung nahm der große Plan der Mandschu bereits Gestalt an. Abahai hatte zugelassen, daß die große befestigte Stadt Ningyüan in der Mandschurei in der Hand der Ming blieb. Dorgon wußte jedoch, daß die Nichteinnahme dieser Festung seinem Vater das Herz gebrochen hatte. Er war Ende 1627 gestorben, nachdem die Banner durch die Rotmantelkanonen des Feldmarschalls der Ming vor Ningyüan zurückgetrieben worden waren. Dorgons erste wichtige Entscheidung als Regent war der Angriff seines Heeres auf Ningyüan, das fünfundsiebzig Meilen nordwestlich von Shanhaikwan lag, dem «Paß zwischen den Bergen und dem Meer», der durch die Große Mauer nach Peking führte.

Als erstes nahm Dorgon die Reihe der von den Ming besetzten Städte ein, die zwischen Ningyüan und dem Paß lagen. In den ersten beiden Novemberwochen 1643 fielen den Mandschu drei mauerbewehrte Städte und schließlich Ningyüan selbst in die Hände. Die Banner nahmen siebentausendvierhundert Ming-Soldaten gefangen und erbeuteten «unermeßliche Mengen von Feuerwaffen sowie Kanonen, Pferde, Kamele, Rindvieh, Silber und Gold.»

Die überall siegreichen Mandschu töteten drei Generäle, dreißig Oberste, fünfzig Subalternoffiziere und achttausendfünfhundert Soldaten.

Nach drei Jahrhunderten militärischer Besetzung waren die Ming aus der gesamten Mandschurei vertrieben. Die Straße nach Peking war frei für die Acht Banner, aber der Prinzregent gedachte noch ein wenig zu warten, ehe er die Hand ausstreckte, um das Reich der großen Ming zu erobern.

8. April bis 8. Mai 1644

Der April rüttelte Nordchina aus der winterlichen Erstarrung auf. Die Schneeschmelze ließ den Gelben Fluß anschwellen, und die schlammigen Fluten traten über die Deiche. Die goldenen Bänder der Forsythien auf den Hügeln kündeten das Wiedererwachen der Erde an. Rings um die Gräber der verehrten Ahnen blühten violette Krokusse, die Sonne prunkte mit ihrem neuen Gewand in kaiserlichem Gelb, und die kerzengeraden Pappeln entfalteten ihre hellgrünen Blätter.

Als die Nachtigall wieder in Nordchina sang, belebten sich die schwachen Hoffnungen der Menschen. Minister und Prinzen schmiedeten von neuem ihre Ränke; Generäle und Reiter brachten ihre Waffen in Ordnung; Priester und Bonzen nahmen ihre Gebete wieder auf.

Aus der Provinz Schansi kommend, dem «Land innerhalb der Pässe», waren die Heere des Rebellen-Kaisers, den die Menschen Einäugiger Li nannten, auf dem Marsch zur Nördlichen Hauptstadt der Großen Ming-Dynastie. Eine Million Mann folgten dem ehemaligen Post-Kurier, der sich selbst Yung Chang, Ewiger Glanz, nannte. Obwohl es seinen straff disziplinierten Truppen an modernen Feuerwaffen mangelte, waren sie die stärkste Streitmacht in ganz China.

Anfang März hatte das Heer des Einäugigen Li den Gelben Fluß überschritten und den Weg nach Nordosten eingeschlagen. Die triumphierenden Rebellen hielten auf dem platten Land weder an, um sich auszuruhen, noch um zu plündern, sondern stürmten Taiyüan, die Hauptstadt der Provinz Schansi. Die alte Gesellschaftsordnung stürzte augenblicklich ein wie eine von Termiten ausgehöhlte Eiche.

Mitte März machten fliegende Kolonnen durch die Talschlucht, die Alter Paß genannt wurde, einen Scheinangriff auf die Provinz Tschili. Der Rebellen-Kaiser aber führte seine Hauptstreitmacht nach Norden, um die Mark Tai zu überwältigen, die seit fast zweitausend Jahren ein Grenzlehen zum Schutz der Hauptstadt gewesen war. Das Heer nahm sich kaum Zeit, um den kaiserlichen Prinzen von Tai zu erschlagen, dann schwenkte es nach Süden durch die Große Mauer zum Nankou-Paß und zum Tal der Gräber, wo Francis Arrowsmith einst Gottes Bataillon ausgebildet hatte. Am 19. April 1644, dem dreizehnten Tag des dritten Monats im siebzehnten Jahr des Chung Chen-Kaisers der Ming, zerstörte der Einäugige Li die Stadt Changping, nur achtzehn Meilen nordwestlich von Peking.

«Das Volk nennt ihn *wu-ge shao-ping Huang-ti,* den Fünf Brötchen-Kaiser», sagte Pater Adam Schall mißmutig. «Unser hervorragender, unser erleuchteter Kaiser hat seine treuen Truppen zu guter Letzt belohnt – in der Hoffnung, daß sie treu bleiben. Er konnte nur zwölf Heller für jeden Mann entbehren. Gerade genug, sagen die Soldaten, um fünf Brötchen zu kaufen.»

«Das stimmt nicht», ereiferte sich Marta. «Sesambrötchen kosten nicht mehr als zwei Heller, sogar heute. Jeder Soldat könnte sich sechs, vielleicht sogar sieben kaufen.»

«Das ist ein großer Unterschied, nicht wahr, meine Liebe?» Francis schmunzelte über die hausfrauliche Genauigkeit der Dame, die vielleicht zweimal im Monat ihre eigene Küche betrat. «Ein Brötchen mehr für jeden Soldaten, und wir können Peking für immer halten.»

«Es läuft immer auf Geld hinaus», sagte Adam Schall nachdenklich. «Judas verkaufte den Herrn um dreißig Silberlinge. Der Kaiser bietet zwölf Kupferlinge, um die Dynastie zu retten. Und beide Beträge sind ein wenig gering.»

«Pater Adam, Ihr lästert!» Marta bekreuzigte sich und hoffte, Adam Schalls leichtfertige Reden würden ihnen die Stimmung beim Frühstück nicht verderben, denn es könnte sehr wohl das letzte sein, das er zusammen mit ihnen einnahm. «Der Kaiser hat doch gewiß viel mehr. Was ist aus dem kaiserlichen Schatz geworden?»

«Der wird immer noch in der Verbotenen Stadt verwahrt», antwortete Francis. «Gott allein weiß, wofür unser prächtiger Kaiser ihn aufhebt, vielleicht für sein Begräbnis.»

Maria legte ihre Eßstäbchen hin und sprach mit der Ernsthaftigkeit einer Zwölfjährigen: «Papa, du kannst Peking doch bestimmt retten. Du und Pater Adam, ihr könnt doch mit euren Rotmantelkanonen den Banditen Einäugiger Li besiegen?»

«Leider nicht, mein Liebes. Wenn die Soldaten nicht kämpfen wollen, dann sind alle Kanonen der Welt nutzlos.»

Maria schüttelte bestürzt den Kopf. «Aber Papa, du und Pater Adam, ihr müßt doch etwas tun können!»

412

«Oh, wir können eine Menge tun», antwortete der Jesuit. «Wir können inspizieren. Wir können die Soldaten anfeuern und unterweisen. Wir können ihnen alles mögliche versprechen. Aber wir können sie nicht dazu bringen zu kämpfen, wenn sie nicht kämpfen wollen. Wir alle müssen beten. Du auch, Maria.»

«Jetzt wollen wir uns aber lieber beeilen, Pater Adam», unterbrach ihn Francis. «Laßt uns unsere Inspektion machen, solange es noch etwas zu inspizieren gibt. Aber es ist hoffnungslos, ganz und gar hoffnungslos.»

«Manchmal, mein Sohn, bist du zu pessimistisch. Der Wille Gottes wird sich durchsetzen.»

«Ihr, Pater Adam, seid manchmal ein bißchen scheinheilig», erwiderte Francis. «Ihr wißt ebensogut wie ich, das Volk hat sich mit Lis Sieg abgefunden. Es ist natürlich ängstlich, aber auch erleichtert, daß die Posse schließlich ein Ende nimmt. Die Truppen stehen kurz vor der Meuterei. Eunuchen und Flammende Mäntel bewachen die Stadtmauern, verstärkt durch städtische Polizei, soweit sie nicht auf den Straßen für Ordnung zu sorgen hat. Würde der Kaiser alle Diensttauglichen auffordern, die Wälle zu bemannen, wie viele würden seinem Ruf folgen? Kaum tausend oder zweitausend.»

«Wir können beten, Francis. Denke an die Wunder von Dr. Paul und bete.»

«Ich bete ständig. Vor allem, wenn ich daran denke, daß der Schwarze Premier Tsao Chun-hua die Verteidigung leitet. Vielleicht weiß Gott, wem er ergeben ist, ich weiß es nicht. Doch Ihr sagt, ich sei pessimistisch. Wäre ich realistisch, wäre ich mit Marta und Maria geflohen.»

«Können wir weggehen, Francis?» Die Hoffnung beflügelte Martas Stimme. «Wann? Wohin können wir gehen?»

«Ins Chaos, Marta», erwiderte Francis. «Entschuldige, ich wollte keine falschen Hoffnungen wecken. Du weißt, daß wir nirgendwo hingehen können. Im ganzen Land flammt die Rebellion auf, und im Norden stehen die Mandschu . . .»

«Wir alle wollen Regenbögen erklimmen, als ob sie Brücken zum Paradies wären.» Der Jesuit bediente sich der traditionellen chinesischen Metapher für Verzweiflung. «Obwohl wir nicht vor Schmetterlingen fliehen wollen, sondern vor Menschen mit blutigen Händen.»

«Gott wird doch nicht zulassen, daß uns etwas Schreckliches widerfährt?» fragte Maria. «Er bestraft doch nur die Bösen. Und wir sind doch nicht böse, nicht wahr?»

«Natürlich nicht, mein Liebes.» Marta wünschte, sie hätte Maria nicht erlaubt, mit ihnen zu frühstücken. «Wir sind nicht böse, und Gott wird nicht zulassen, daß uns etwas Schreckliches widerfährt. Francis, Pater, Ihr macht dem Kind Angst. Aber ich habe keine Angst, Maria, wirklich nicht.»

«Dein Glaube ist wahrlich groß», sagte der Jesuit.

Adam Schall wollte in Peking bleiben, obwohl seine sämtlichen Kollegen schon auf Befehl des Vize-Provinzials nach Süden geflohen waren. Er konnte seine Gemeinde nicht im Stich lassen. Er fürchtete, die Frauen würden Selbstmord begehen, um nicht geschändet zu werden, und so Verdammnis auf sich laden, wenn er nicht dabliebe und es ihnen ausredete. Er trachtete nicht nach dem Märtyrertod, aber er fürchtete ihn auch nicht mehr.

«Es freut mich, daß du keine Angst hast, Marta.» Francis war verwundert über die Standhaftigkeit seiner Frau. «Aber wie kannst du so sicher sein?»

«Gott wird für uns sorgen, wie Pater Adam sagt. Selbst wenn die Rebellen Peking erobern, wird es nicht so schlimm sein. Sie werden die Stadt nicht zerstören und dem Volk kein Leid tun. Sie wollen eine neue Dynastie begründen, deshalb brauchen sie die Hauptstadt. Und sie brauchen die Mandarine, um das Reich zu verwalten.»

«Papa, ich glaube, diesmal hast du unrecht», meinte Maria. «Diesmal, glaube ich, hat Mama recht.»

«Wir können nur hoffen und beten, Maria», sagte Adam Schall. «Viele Christen haben in der Vergangenheit wie wir erwartet, von der Wut der Barbaren überwältigt zu werden. Wir müssen zu Gott beten, daß er die Barbaren zur Umkehr veranlaßt oder ihre Wut mäßigt.»

Die Acht Banner der Mandschu, die Speerspitze eines Volks in Waffen, warteten nördlich der Großen Mauer. Die Krieger schärften ihre Schwerter und übten sich im Gebrauch ihrer wenigen Arkebusen und Geschütze. Prinzregent Dorgon, der über die ganzen nördlichen Steppen gebot, beschloß, sich aus dem Bürgerkrieg in China herauszuhalten und es den chinesischen Rebellen zu überlassen, die Ming-Dynastie zu Fall zu bringen.

Während die Heere des Einäugigen Li Peking einkreisten, zog der

Prinzregent seine Streitkräfte nördlich des Passes Schanhaikwan zusammen, der von dem Grafen des Befriedeten Westens, Generalleutnant Wu San-kuei, mit etwa hunderttausend Mann Reiterei und Fußsoldaten verteidigt wurde.

Den Grafen, der ein tüchtiger Heerführer war, hatte Francis Arrowsmith bei einem Trinkgelage im Haus des Prinzen Kuei, des Schwiegervaters des Ming-Kaisers, kennengelernt und gleich bemerkt, daß der Graf in Liebe zu der Sängerin, die Dame Cheng genannt wurde, entbrannte, als sie für die Gäste des Prinzen sang. Prinz Kuei, der Wert auf das Wohlwollen des mächtigsten Generals im Reich legte, hatte den Vertrag der Dame Chen für zehntausend Taels gekauft, dieselbe Summe, die er zur Verteidigung des Reiches gespendet hatte, und die Sängerin dem Grafen des Befriedeten Westens geschenkt.

Da der Graf die Soldateska des Einäugigen Li nicht für eine ernstliche Bedrohung hielt, glaubte er, die Dame Cheng sei im Haus seines Vaters in Peking in Sicherheit, während er selbst die Grenze schützte. In Anbetracht der persönlichen Möglichkeiten, die die Unruhen boten, zauderte der Graf, als der Kaiser ihm befahl, zum Entsatz nach Peking zu marschieren. Seines Erachtens, erklärte er, könne er als Soldat der Ming-Dynastie am besten dienen, wenn er den Paß zwischen den Bergen und dem Meer gegen die Mandschu halte.

Um sieben Uhr morgens am 24. April 1644, zu Beginn der Doppelstunde des Drachen, vergoldete die Sonne den viereckigen Turm über Changyi Men, dem Tor der Offenbaren Tugend. Die Gewänder der verschiedenen Ränge der Eunuchen-Offiziere schimmerten in dem sanften Licht wie Saphire, Smaragde und Rubine. Kalt glänzte es auf den rostig-gelben Uniformen der Flammenden Mäntel, und der Tau glitzerte auf den Rotmantelkanonen, die nach Westen gerichtet waren. Erfreuliche Frühstücksfeuer vertrieben den Dunst und warfen einen rötlichen Schein auf die Gesichter der Mannschaften.

Oberstleutnant Francis Arrowsmith und Pater Adam Schall hielten auf der Rampe inne, die zu den Wällen führte, erstaunt über die ausgesprochen dramatische Haltung der Soldaten. Die Illusion war vollendet. Der Vorhang hatte sich soeben gehoben, und man sah die erste Szene eines kriegerischen Theaterstücks – und der Sieg war diesen wachsamen Truppen zweifellos sicher.

«Man sollte es fast glauben», sagte Adam Schall leise auf portugiesisch. «Es ist kaum vorstellbar, daß das alles nur leerer Schein ist.»

«Vielleicht sind wir beide zu pessimistisch, Pater Adam. Selbst der Schwarze Premier muß sich darüber klar sein, daß er alles verliert, wenn der Einäugige Li Peking einnimmt.»

«Meine Herren, Ihr versteht China immer noch nicht ganz», sagte eine leise Stimme neben ihnen auf portugiesisch. «Aber ich muß zugeben, auch ich möchte fast glauben, daß der Eunuch Tsao Chunhua kämpfen will.»

«Und wird er es nicht tun, Joseph?» fragte Francis. «Wenn er es nicht tut, wird er alles verlieren, auch das Leben.»

«Er glaubt das nicht, Pfeilschmied. Er glaubt, er könne mit dem Einäugigen Li fertig werden, er glaubt, er werde für den neuen Kaiser unentbehrlich sein.»

«Wie kannst du so sicher sein, mein Sohn?» fragte Adam Schall. «Selbst ich bin halb und halb überzeugt, daß er kämpfen wird, und ich habe keine hohe Meinung von Eunuchen und bestimmt nicht von diesem. Aber sonst wäre er töricht, und er ist schlau. Es scheint, als müsse er kämpfen. Woher kannst du es wissen?»

«Nicht die geringste Aussicht, daß er kämpft, Pater. Mit Verlaub, ich weiß es, weil ich mein eigenes Volk kenne. Ihr habt mich hierher geschickt, damit ich beobachte, nicht wahr?»

«Ja, Joseph», bestätigte Francis. «Sag uns, was vorgeht.»

«Gestern sind den ganzen Tag seltsame Leute durch die Seitentore gehuscht, und die Wachen haben getan, als sähen sie nichts. Das waren die Spione des Einäugigen Li, die zu ihrem Herrn zurückkehrten. Seit Monaten hat er Agenten nach Peking geschickt, verkleidet als Kaufleute oder Bauern, die ihre Erzeugnisse verkaufen wollten. Und in jedem Ministerium hat er Spitzel. Nicht nur der Kaiser hat die Verwaltung und das Heer mit Geheimagenten durchsetzt . . .»

«Was ist gestern noch geschehen, Joseph», unterbrach ihn Francis. «Erzähle uns nicht, was wir schon wissen.»

«Unsere eigenen Späher, die nach Changping geschickt wurden, um festzustellen, wie stark die Rebellen sind, sind nicht zurückgekommen. Wäre ich einer von ihnen gewesen, wäre ich auch zum Einäugigen Li übergelaufen.»

«Und der Kaiser?» wollte Adam Schall wissen. «Was gibt es von ihm zu berichten? Was hat er unternommen?»

«Nichts von Bedeutung, Pater. Gestern abend rief er die hohen Mandarine zu sich, Großsekretäre, Minister, Zensoren. Als er um Rat bat, hat keiner geantwortet, aber einige haben geweint. Da der Kaiser nichts zu sagen hatte, gingen sie. Das war, nachdem die Rebellen alle neun Stadttore abgeriegelt hatten und drei Regimenter, die außerhalb der Stadtmauern standen, zu ihnen übergelaufen waren. Welchen Rat kann da jemand geben?»

«Ich verstehe, warum der Schwarze Premier nicht kämpfen will», sagte Francis. «Wir verschwenden hier unsere Zeit. Wir sollten alle Christen auf das Missionsgrundstück holen und uns gegen Mörder und Plünderer verbarrikadieren.»

«Das habe ich versucht, Francis, wie du weißt», sagte Adam Schall. «Aber meine Gemeinde nennt mich einen Schwarzseher. Später, sagen sie, wenn es nötig ist. Aber später wird zu spät sein.»

«In China ist immer alles zu spät, nicht wahr, Pater Adam?»

«Diesmal bestimmt. Wenn man bedenkt, daß du und ich Peking uneinnehmbar hätten machen können mit der Hälfte der jetzigen Garnison – wenn die Soldaten nur kämpfen wollten.»

«Schon gut, Pater Adam, schon gut. Wir konnten nichts tun, weil sie nichts tun wollten. Und jetzt können wir . . .»

«Pfeilschmied», unterbrach ihn Joseph King. «Der Eunuch Tsao Chun-hua verlangt Euer Erscheinen. Verzeihung. Ich sollte es Euch gleich sagen, wenn Ihr kommt.»

«Macht nichts, Joseph. Ich bin nicht versessen darauf, Seine Schwarze Exzellenz zu sehen. Aber es ist wohl besser, wenn ich zu ihm gehe, sonst trifft dich sein Zorn.»

Der Oberhofeunuch war umringt von Untergebenen, die seine Befehle erwarteten. Sein mageres Gesicht war eingerahmt von dem hochgeschlagenen Kragen des Zobelmantels, mit dem er sich vor der morgendlichen Kühle schützte. Unter dem Pelz bauschte sich seine Amtsrobe aus Tributseide in scharlachroten Falten. Er lächelte dünn, als er Francis sah, und winkte ihm mit einer juwelenglitzernden Hand.

«Ah, Pfeilschmied, ich bin hocherfreut, Euch zu sehen.» Die für einen Entmannten unwahrscheinlich tiefe Stimme klang einschmeichelnd. «Ich werde Euch vielleicht brauchen. Aber zuerst sagt mir, ob ich mich recht erinnere? Ihr seid ein Freund des Grafen des Befriedeten Westens, nicht wahr?»

«Kaum ein Freund, ein Bekannter, mehr nicht.»

«Das reicht, Pfeilschmied. Ich habe mir gedacht . . .»

Eine einzelne Trompete erschallte, und Hufgeklapper, das von den Pflastersteinen widerhallte, näherte sich und war begleitet vom Klingen silberner Glöckchen am Zaumzeug. Der Schwarze Premier warf seinen Adjutanten einen Blick zu, und zwei machten sich auf, um über die innere Mauer zu schauen.

«Der Kaiser kommt!» wurde von den Wällen gemeldet. «Der Kaiser reitet durch die Nördliche Hauptstadt!»

Der Schwarze Premier ging eilig die Rampe hinunter, die zur Stadt führte, um scheinbar demütig vor dem inneren Tor zu warten.

Zwei Reiter kamen aus einer schmalen Gasse, und ihre Rüstungen und Helme schimmerten silbern in der Sonne. Der eine schwenkte ein dreieckiges Drachenbanner, der andere eine Bronzetrompete, und so galoppierten sie auf den Platz vor dem Tor der Offenbaren Tugend. Hinter den Herolden kamen dreizehn Offiziere der kaiserlichen Garde, in ihrer Mitte der Kaiser auf einem schwarzen Schlachtroß mit weißen Fesseln. Die Platte aus gehämmertem Gold auf der Stirn des Pferdes war V-förmig mit Fasanenfedern geschmückt.

Francis wußte, wie sehr dieser Anblick die Chinesen verwundern mußte. Kein Herrscher hatte sich mehr in der Nördlichen Hauptstadt gezeigt, seit der Wan Li-Kaiser vor einem halben Jahrhundert beschlossen hatte, sich hinter den Vorhängen einer Sänfte zu verbergen, weil seine Korpulenz alle Würde unmöglich machte und er fürchtete, ermordet zu werden. Ein Kaiser zu Pferde auf den öffentlichen Straßen mußte die abergläubischen Eunuchen und flammenden Mäntel aufs höchste verwirren. Überdies war der Kaiser von keinem einzigen Eunuchen begleitet, sondern von jungen Offizieren der kaiserlichen Garde, der er bei seiner Neujahrsaudienz vor zwei Monaten so offensichtlich mißtraut hatte.

Der Schwarze Premier schien ungerührt. Er verbeugte sich so tief vor seinem Herrscher, daß sein schwarzer Hut auf den Boden fiel. Der Kaiser blickte vom Sattel aus auf ihn herab. Über seiner goldenen Rüstung, die in der Sonne glitzerte, trug er einen mit goldenen Drachen bestickten Mantel, und sein Helmbusch waren ein roter Yakschwanz und zwei weiße Reiherfedern. Das bärtige Gesicht unter dem Helmkranz aus Goldfiligran strahlte kaiserliche Würde aus. Der Ming-Kaiser war nicht mehr, wie bei der Neujahrsaudienz, ein mißmutiger Schwächling, sondern eine wahrlich majestätische Erscheinung.

«Majestät, ich bin wie immer in aller Demut gehorsam.» Die Worte des Schwarzen Premiers waren auf dem Tor der Offenbaren Tugend, vierzig Fuß über dem Platz, deutlich zu hören. «Was wünschen Majestät?»

«Öffne die Tore, Tsao», befahl der Kaiser. «Wir haben den verräterischen Eunuchen Tu Hsün weggeschickt, deinen ehemaligen Schützling, wie Wir uns erinnern. Wir haben ihn weggeschickt, damit er seinem Herrn, dem Briganten Einäugiger Li, sagt, daß Wir Uns niemals ergeben. Jetzt ziehen Wir selbst in die Schlacht – um zu siegen oder zugrunde zu gehen.»

«Ich bedauere, Majestät, das ist nicht ratsam.» Der Ton des Oberhofeunuchen ließ weder Mitleid noch Schadenfreude über die mißliche Lage des Mannes erkennen, den er ins Unglück gebracht hatte, des Monarchen, dessen Launen ihn seit fast zwei Jahrzehnten abwechselnd bereichert und erschreckt hatten. «Der Feind steht fast am Tor.»

«Dennoch wollen Wir in die Schlacht reiten. Wenn der Himmel es will, werden Wir Unsere getreuen Untertanen im Süden um Uns scharen und siegreich in die Nördliche Hauptstadt zurückkehren. Wir hätten in den Süden gehen sollen, als Unsere ergebenen Minister es uns rieten, und Uns nicht von den Hofeunuchen zum Bleiben überreden lassen dürfen. Wenn der Himmel anders entscheidet, werden Wir sterben. Wer folgt Uns in die Schlacht?»

Die dreizehn jungen Offiziere der kaiserlichen Garde zogen ihre Säbel und stießen einen heiseren Zuruf aus, während sich das Drachenbanner des Kaisers grüßend senkte und die einzige Trompete des Kaisers erschallte. Auf den Wällen des Tors der Offenbaren Tugend packten die Mannschaften ihre Schwertgriffe. Aber die Eunuchen-Offiziere der Flammenden Mäntel runzelten warnend die Stirn, und keine andere Stimme meldete sich auf die Bitte des Kaisers. Zur Unterstützung des Herrschers, der einst über drei Millionen Schwerter geboten hatte, wurden nur dreizehn Säbel gezogen.

«Tsao, überlege es dir genau, ehe du dich deinem Gebieter widersetzt.» Der Ton des Kaisers war ruhig, die Stimme eines Monarchen, der wußte, daß ihm gehorcht werden würde, denn niemals war ihm der Gehorsam verweigert worden. «Noch herrscht die Große Ming-Dynastie, und noch bist du ihr unwürdiger Diener.»

«So ist es, Majestät», erwiderte der Schwarze Premier ungerührt.

«Aber ich kann nicht zulassen, daß mein Kaiser sein Leben opfert. Täte ich es, wäre ich wahrlich unwürdig.»

«Dann geh Uns aus dem Weg. Unsere getreuen Untertanen werden das Tor auf Unseren Befehl öffnen.»

«So sei es, Majestät. Mit Eurer Majestät Erlaubnis werde ich mich zurückziehen.»

Der Oberhofeunuch setzte einen schwarzen Stiefel hinter den anderen und ging rückwärts bis zur Rampe, dann drehte er sich um und schritt rasch zum Wall hinauf.

Das Kinn auf die Brust gesenkt und umgeben von den Offizieren der Garde, saß der Kaiser auf seinem schwarzen Streitroß und spielte mit dem Jadebehang seines Zaumzeugs. Die kaiserliche Würde, die er vorübergehend ausgestrahlt hatte, war verflogen, und er wirkte wie ein Schauspieler in einer Ritterrüstung aus vergoldeter Pappe. Schließlich hob er das Kinn und zog an den Zügeln, so daß sein Pferd im Schritt ging. Die beiden Herolde verschwanden in der Dunkelheit der Gasse, und die dreizehn Offiziere der Garde ritten mit ihrem Kaiser zum inneren Tor, das geschlossen blieb.

«Fertigmachen!» kommandierte der Schwarze Premier, und zweiunddreißig Arkebusiere legten ihre Lunten an. Die Bedienungsmannschaften von zwei Feldschlangen wuchteten die Lafetten herum, bis die Mündungen auf die vierzehn Reiter gerichtet waren, die sich langsam den eisenbeschlagenen Innentüren des Tors der Offenbaren Tugend näherten.

«Meine . . . unsere Geschütze», flüsterte Adam Schall.

«. . . und meine Arkebusiere», erwiderte Francis Arrowsmith. «Wir haben der Ming-Dynastie große Dienste geleistet, nicht wahr?»

«Feuer!»

Dem Schwarzen Premier brach die Stimme bei dem frevlerischen Befehl, und keiner der Soldaten gehorchte. Von derselben ehrfürchtigen Scheu ergriffen wie die Besatzung der Wälle, legten die Flammenden Mäntel, die die Türen bewachten, die Hände auf die Balken, die die Türen verschlossen. Der Kaiser und die jungen Offiziere ritten ruhig weiter.

«Feuer! Feuer geben auf Befehl! Jetzt!» Die Stimme des Schwarzen Premiers überschlug sich. Als sich keine Hand rührte, brüllte er: «Wollt ihr auf die Folterbank kommen und wegen Ungehorsams geköpft werden? Feuer! Jetzt! Feuer!»

Ein Schuß fiel und hallte von den Gebäuden, die den Platz umgaben, wider. Der Rückstoß riß dem Soldaten die Arkebuse aus der Hand, und die Kugel ging in die Irre. Der Arkebusier schaute erstaunt auf seine rauchende Waffe und konnte nicht glauben, daß er auf seinen Kaiser geschossen hatte. Ein zweiter Schuß fiel. Die ehrfürchtige Scheu, die die Soldaten gelähmt hatte, verflog, alle Arkebusiere schossen, und die Kanoniere stießen ihre brennenden Lunten ins Zündloch der Feldschlangen. Als die Salve losging, duckten sich die Flammenden Mäntel.

«Sie werden das Schießen nie lernen», sagte Francis unbedacht. «Wie immer zuviel Pulver, und wie immer schlecht gezielt.»

«Pst, Francis!» flüsterte Adam Schall. «Sei jetzt still.»

Das bleiche Gesicht des Kaisers ließ weder Erstaunen noch Furcht erkennen. Die Lippen zusammengepreßt, den Blick auf sein Ziel gerichtet, ritt er den dreizehn Offizieren der Garde voran auf die verschlossenen Türen zu. Als er sie fast erreicht hatte, zog er die Zügel straff, und sein schwarzes Schlachtroß wendete würdevoll wie auf dem Paradeplatz. Die Offiziere folgten ihm. Ohne Hast ritt die Kavalkade zurück über den Platz, und es vergingen vier Minuten, bis der letzte Pferdeschweif in der dunklen Gasse verschwunden war.

Die Arkebusiere ließen ihre Waffen sinken. Das Geklapper der Kolben auf dem Pflaster riß den Eunuchen Tsao Chun-hua aus dem Bann, der auch auf ihm gelegen hatte. Er machte eine gebieterische Geste. Mit niedergeschlagenen Blicken stellten die Flammenden Mäntel ihre Arkebusen ab. Keiner sprach.

«Pater Adam! Pfeilschmied!» flüsterte Joseph King. «Heute haben wir den Tod einer Dynastie mitangesehen.»

Tatsächlich endete das Leben der Ming-Dynastie nach fast dreihundert Jahren, als die Flammenden Mäntel – die Truppe, der der krankhaft mißtrauische Kaiser am meisten, wenn auch nie ganz vertraut hatte – auf ihn schossen. Eine einzige Salve verursachte die tödliche Wunde, aber sie war kein Gnadenstoß. Das Herz der Großen Ming-Dynastie schlug noch einen Tag lang, und der Todeskampf war qualvoll.

Zum erstenmal in seinem dreiunddreißigjährigen Leben sah der Kaiser die Dinge, wie sie wirklich waren, und erkannte, daß er und das kaiserliche Haus dem Untergang geweiht waren. Vielleicht hätte er die

Dynastie retten können, hätte er zehn Jahre zuvor seine launenhafte Grausamkeit und seinen Geiz abgelegt, die Macht der Eunuchen beschnitten und das Schmarotzertum des Adels eingeschränkt. Aber selbst wenn er dazu imstande gewesen wäre, hätte er allein die Unmäßigkeit seiner Vorgänger nicht wiedergutmachen können.

Kurz nach Einbruch der Dämmerung am 24. April 1644 brachte der getreue Eunuch Wang Cheng-eng dem Kaiser die Nachricht, die er befürchtet hatte. Der Schwarze Premier Tsao Chun-hua hatte dem Einäugigen Li, der sich selbst zum Kaiser ernannt hatte, das Tor der Offenbaren Tugend geöffnet. Die Rebellen strömten nach Peking herein.

Der Kaiser vermochte es kaum zu glauben. Die überwältigende Erschütterung eines einzigen Tages konnte die Verblendung von dreißig Jahren nicht vertreiben. Nur von dem Eunuchen Wang Cheng-eng begleitet, erklomm er den Kohlenhügel nördlich der Verbotenen Stadt und blickte hinunter auf seine Hauptstadt. Alle Lampen in der Stadt waren gelöscht, doch der Nachthimmel war von einem unirdischen roten Schein erhellt. Überall flammten Brände auf, und die Fackeln der siegreichen Rebellen schimmerten wie Schuppen von Schlangen, die durch alle Viertel der Nördlichen Hauptstadt krochen.

«Der Himmel habe Mitleid mit meinem Volk», flehte der Kaiser den Nordwind an und stieg langsam vom Kohlenhügel herab.

Zögernd lenkte er seine Schritte zum Thronsaal im Palast der Vollkommenen Reinheit. Etwa zwanzig Minuten stand er vor dem goldenen Thron und starrte auf die schwarze Tafel mit den goldenen Ideogrammen: Cheng ta kuang ming, Wahrlich gerecht und erleuchtet.

Es war nicht nötig, den Namen des ausersehenen Erben versiegelt in einem Umschlag hinter diese Platte zu stecken. Der Kaiser hatte sich mit der unerbittlichen Wirklichkeit abgefunden und verbeugte sich tief vor dem Drachenthron seiner erhabenen Vorfahren. Dann folgte ihm nur der Eunuch Wang Cheng-eng auf den Flur, der am Tag zuvor noch von den Schritten Hunderter von Hofeunuchen und Palastfrauen widergehallte hatte.

Wang Cheng-eng rief die noch anwesenden Offiziere der kaiserlichen Garde zusammen, und der Kaiser erteilte seine letzten Befehle. In bürgerlicher Kleidung sollten der Kronprinz und seine beiden Brüder zu ihrem Großvater, Prinz Kuei, dem Vater der Kaiserin, gebracht werden. Die Kaiserin und ihre beiden Töchter warteten, wie der Kaiser wußte, in der Halle der Anhaltenden Ruhe. Nachdem er sich einen Krummsäbel umgeschnallt hatte, ging er vorsichtig die Stufen vom Palast der Vollkommenen Reinheit hinunter, die zum erstenmal seit zweihundert Jahren nicht beleuchtet waren, und zwischen den beiden goldenen Löwen in vierfacher Lebensgröße hindurch, die die Palasttore bewachten. Dann schlug er den Pfad ein, der zu den Gemächern der Kaiserin führte.

Die Damen der kaiserlichen Familie schluchzten und stöberten planlos in ihren Schmuckkästen. Als der Kaiser eintrat, fiel seine älteste Tochter auf die Knie und ergriff sein Gewand. Er blickte betrübt auf sie herab, denn er dachte daran, daß sie über sechzehn war, alt genug zum Heiraten. Sie war mit einem jungen Adligen verlobt, aber wegen der Wirren im Land war die Hochzeit immer wieder verschoben worden. Tränen traten dem Kaiser in die Augen, als er sich ihrer Wutanfälle deswegen erinnerte. Die Prinzessin, der in ihrem ganzen Leben nie etwas verweigert worden war, konnte nicht verstehen, warum ihr gerade das verweigert wurde, was sie am meisten ersehnte.

«Der Himmel helfe dir, mein Kind», murmelte der Kaiser leise, fast besinnlich, «die du als Tochter des Hauses Ming geboren wurdest.»

Gemächlich und sanft löste er die Hände der Prinzessin von seinem Gewand. Sie sank auf den Fußboden. Der Kaiser zog seinen Säbel und ließ ihn auf den gebeugten Kopf seiner Tochter niedersausen. Durch den Luftzug gewarnt, drehte sie sich zur Seite, und die Klinge spaltete ihr die linke Schulter bis zum Knochen. Die Kaiserin schrie auf, aber der Kaiser hörte es nicht.

Immer noch gemächlich, wandte er sich zu seiner Frau und seiner jüngeren Tochter um. Die Kaiserin riß die Prinzessin hinter sich, als der Säbel herabsauste. Dann schrie sie noch einmal auf, und der Kaiser blickte fassungslos auf die blutbefleckte Waffe und legte sie behutsam auf den Fußboden. Er starrte seine Gemahlin einen Augenblick an, ehe er sagte:

«Mach mit ihr, was du willst. Aber du weißt, was du zu tun hast, du und deine Damen. Wir werden einander nicht wiedersehen.»

Ohne ein weiteres Abschiedswort verließ der Kaiser die Halle der Anhaltenden Ruhe und kehrte in den Palast der Vollkommenen Reinheit zurück. Nach einer schlaflosen Nacht brachte ihm am frühen

Morgen der getreue Eunuch Wang Cheng-eng die Nachricht, die er erwartet hatte. Die Kaiserin und ein halbes Dutzend ihrer Hofdamen hatten sich in der Halle der Anhaltenden Ruhe erhängt, wie er befohlen hatte.

Nachdem er sich Gesicht und Hände gewaschen und die offizielle Hoftracht angelegt hatte, verließ der Kaiser den Palast und ging nach Süden. Kein Posten stand an der Straße, die vom Palast der Himmlischen Reinheit zum Südlichen Tor führte, dem Brennpunkt des Ming-Reiches. Kein einziger Eunuch und keine einzige Hofdame waren zu sehen. Sogar die Chow-Chows und Pekinesen waren aus der Verbotenen Stadt verschwunden.

Die kaiserlichen Elefanten, die noch vor dem Südlichen Tor Wache hielten, rollten die Rüssel auf und trompeteten einen Gruß. Der Kaiser folgerte daraus unsinniger Weise, daß noch nicht alles verloren sei, und zog an dem Seil, das die Audienzglocke am Südlichen Tor zum Schwingen brachte. Das klare Geläut hallte über die kaiserliche Stadt und sollte die Großsekretäre, Minister und hohen Mandarine der Großen Ming-Dynastie zur Beratung mit ihrem Herrscher herbeirufen.

Kein Mandarin folgte diesem Ruf. Gelassen wartete der Kaiser zehn Minuten, bis er die Glocke ein zweitesmal erschallen ließ. Er hatte den Kopf gebeugt, als meditiere er über die Launen des Schicksals. In Wirklichkeit fragte er sich, was aus seiner Sammlung europäischer Uhren, Spieldosen und Spielapparate werden würde. Als der Platz nach weiteren zehn Minuten immer noch leer war, nickte der Kaiser beiläufig, als habe das Nichterscheinen seiner Mandarine eine belanglose Vorahnung bestätigt. Er ging wieder nach Norden.

Auf seinem Weg durch die Verbotene Stadt an jenem Frühlingsmorgen sagte der Ming-Kaiser der Palastanlage Lebewohl, in der er sein ganzes Leben verbracht hatte, ein Gefangener seines eigenen Pomps wie seiner eigenen Schwäche. Vor den marmornen Eingangsstufen wandte er sich nach rechts und schlenderte an der östlichen Mauer des Palastes der Vollkommenen Reinheit entlang. Gedankenverloren zählte er die Werkstätten, Küchen und Wirtschaftsräume, wo Zehntausende von Hofeunuchen sich abgemüht hatten, es ihm behaglich zu machen, und sich zugleich maßlos bereicherten. Flüchtig dachte er an die kaiserlichen Schätze, die er angehäuft hatte, als wäre das Reich – und selbst der Kaiser – nur dazu da, damit diese gewaltigen

Reichtümer unangetastet blieben, statt sie dem Reich und dem Kaiser nutzbar zu machen. Er näherte sich der nördlichen Begrenzung der Verbotenen Stadt und verhielt unwillkürlich seinen Schritt, um diese letzten Augenblicke zu verlängern.

Rosa und weiß schimmerten die Kirschbäume im hellen Morgenlicht neben noch nicht erblühten Pflaumenbäumen. Der Kaier blieb stehen, um die Symmetrie von *Yü-hua Yüan* zu bewundern, dem «Garten des Herrschers». Hinter dem Tor der Wahrheitssuche in der Nordmauer dieses Gartens ragte das Tor der Göttlichen Tapferkeit auf. Seine karmesinroten Flügel hoben sich noch dunkel gegen den rosig angehauchten Morgenhimmel ab, als der Kaiser zum letztenmal unter den kaiserlich-gelben Dachvorsprüngen hindurchging. Er ließ die Verbotene Stadt hinter sich und begann den Kohlenhügel zu erklimmen, der so genannt wurde, weil frühere Dynastien dort für den Fall von Belagerungen Brennstoffe gelagert hatten. Der Eunuch Wang Cheng-eng im scharlachroten Gewand ging ehrerbietig sechs Schritt hinter dem goldenen Rücken seines Herrschers.

Weder eilig noch zögernd, stieg der Kaiser durch das dichte Laubwerk hinauf zum Kleinen Pavillon, der einen Rundblick über die Nördliche Hauptstadt gewährte. Der Kaiser erinnerte sich, daß er von diesem Pavillon aus in das südöstliche Viertel der kaiserlichen Stadt hinuntergeblickt und die Hofeunuchen beobachtet hatte, als sie die von den Meeresbarbaren gegossenen Rotmantelkanonen abfeuerten. Da die Eunuchen fürchteten, eine Kanone könnte explodieren, ließen sie ihn nicht näher heran. Vor allem der Kaiser mußte in Sicherheit sein, damit das Reich blühe und Bestand habe. Nun ja, jetzt gab es keine Sicherheit mehr. Reich und Kaiser gingen zugrunde.

Er setzte sich auf einen rohen Holzstuhl vor einen einfachen Tisch. Es hatte seiner Gemahlin und seinen Kindern Spaß gemacht, sich im Kleinen Pavillon mit ländlicher Schlichtheit zu umgeben. Er nahm die Kaiserkrone ab und fuhr mit den Fingerspitzen über das edelsteinbesetzte Goldgeflecht. Er sah nicht, daß die Rosetten aus Paradiesvogelfedern zerbrachen, als sie auf den Boden fielen, er sah auch nicht den Schmutz, der die fünfklauigen kaiserlichen Drachen besudelte, die mit Goldfäden auf die Krone aufgestickt waren. Der Eunuch Wang Cheng-eng kniete zu Füßen seines Herrn und zog ihm die Filzstiefel aus.

Der Kaiser nahm den Schreibpinsel, den der Eunuch ihm reichte.

Er tauchte die Zobelhaarspitze in die schwarze Tusche, die Wang Cheng-eng durch das Zerreiben eines Tintensteins in Wasser bereitet hatte, und begann zu schreiben. Er fand, er müsse seinen Abschiedserlaß verfassen, ehe er den letzten Vorwurf gegen sein streitsüchtiges Volk, seine verräterischen Eunuchen und untüchtigen Mandarine erhob – und auch gegen den launenhaften Himmel.

Die Soldaten des Einäugigen Li fanden den Chung Chen-Kaiser der Großen Ming-Dynastie an einem Balken des Kleinen Pavillons hängend, als sie auf ihrer Suche schließlich zum Kohlenhügel kamen. Seine Leiche war schmächtig in den steifen kaiserlichen Gewändern, und seine langen Haare verbargen die blutunterlaufenen Züge. Neben ihm hing der Eunuch Wang Cheng-eng, der letzte treue Diener des letzten wahren Herrschers der Ming.

Die Soldaten zögerten, unwillkürlich von Scheu ergriffen. Als sie die Leichen mit rauhbeiniger Ehrfurcht abschnitten, sah ein Unteroffizier den Bogen Reispapier, der am kaiserlichen Gewand festgesteckt war. Er gab das Blatt seinem Hauptmann, der für die Beamtenprüfungen studiert, sich aber den Briganten angeschlossen hatte, nachdem er in einem Weinhaus in Sian seinen Nebenbuhler um die Liebesgunst eines Blumenmädchens im Rausch erdrosselt hatte.

«Nur Unsere eigenen Schwächen sind die Ursache der bitteren Enttäuschung, die Unsere Minister Uns bereitet haben», las der Hauptmann und hielt inne, um seinen ungebildeten Soldaten die elidierten klassischen Redensarten zu erklären. «Unsere eigene unzulängliche Tugend und Unsere eigene erbärmliche Veranlagung haben dazu geführt, daß Wir wider den Himmel gesündigt haben. Wir sterben in dem Bewußtsein, daß Wir unwürdig sind, vor Unsere erhabenen Vorfahren zu treten. Wir haben Uns selbst die Kaiserkrone abgenommen und Unser Gesicht mit Unserem Haar bedeckt. Laßt die Rebellen Unseren elenden Leib in Stücke reißen. Aber keinem Unserer Untertanen sollen sie ein Haar krümmen.»

12. bis 27. Mai 1644

Die Karawane tauchte zwischen den Nachmittagsschatten auf, die Streifen auf die gelbbraunen Steine der Großen Mauer warfen. Jedesmal wenn die Kamele zierlich die zottigen Füße hoben, schwankten ihre beiden Höcker. Mit ihren hocherhobenen Köpfen und dem räudigen Fell erinnerten sie Francis Arrowsmith an alternde Animierdamen in mottenzerfressener Gala.

Kaum mehr als die Kamele waren sich die Treiber dieser Tiere über ihre Bedeutung für das größte Reich der Welt klar, das gerade durch den Sturz einer großen Dynastie erschüttert worden war. Solange Karawanen auf den Straßen des Nordens Waren beförderten, konnte das chinesische Volk sich wieder ein Leben aufbauen. Solange schwerfällige Frachtdschunken die Wasserwege des Südens befuhren, konnte das Volk auf bessere Zeiten hoffen.

Nordchina lebte in unablässiger Furcht. Jeden Morgen suchten Bauern den Horizont nach Briganten ab. In Peking, wo der Rebellen-Kaiser ganz verstört war über seine ungeheure Beute, lernten die Menschen den Terror kennen. Sie hatten das Ende der Welt, die die ihre gewesen war, überlebt. Aber sowohl die Landbevölkerung als auch die Einwohner der Hauptstadt wußten, daß das tragische Drama mit dem geschmacklosen Verrat des Schwarzen Premiers und dem verzweifelten Selbstmord des Kaisers nicht beendet war. Sie warteten gespannt auf den letzten Akt und widmeten sich tagtäglich verbissen der Aufgabe des Überlebens. Das gestern noch Undenkbare war heute alltäglich geworden.

Francis Arrowsmith starrte erstaunt auf die Karawane im Schatten der Großen Mauer und empfand es als störend, daß sie sich so prosaisch in die ungewöhnlichste Mission seines Lebens eindrängte.

Fünf Tage nach dem Aufbruch aus Peking war Francis immer noch einen Tagesritt entfernt von Schanhaikwan, dem Paß zwischen den Bergen und dem Meer. Es war der 12. Mai 1644, und erst vor zweieinhalb Wochen war der Einäugige Li durch das Tor der Offenbaren Tugend in Peking eingezogen. Die Aufregungen und Hektik dieses halben Monats hatten Francis körperlich und seelisch erschöpft.

Nach den ersten Plünderungen wurden die Rebellen durch die

brutale Disziplin ihrer Offiziere im Zaum gehalten. Dennoch hatten Francis Arrowsmith und Joseph King auf dem Grundstück des Mandarins Jakob Soo Wache gestanden, unterstützt von Dienern und ein paar alten Soldaten von Gottes Bataillon. Fast eine Woche lang hatte sich kein wohlhabender Mann – und erst recht keine Frau – auf die Straße gewagt aus Furcht, völlig entkleidet und erdrosselt zu werden.

In ihrer Bewegungsfreiheit eingeschränkt wie einst in Tungtschou, hatten Francis und Marta wieder zusammengefunden. Die Leidenschaft hatte sich gelegt, und Liebe war es nie gewesen. Aber sie empfanden eine nachsichtige Zuneigung füreinander. Francis wußte, daß er lebenslänglich an Marta gebunden war, und auf dem anstrengenden Ritt von Peking zum Golf von Pohai hielt ihn die Gewißheit aufrecht, daß sie einander wenigstens nicht länger grundlos Kummer bereiten würden.

«Wie lächerlich sind sie!» Lachend deutete Francis auf die räudigen Kamele und ihre schmutzigen Treiber. «Man könnte meinen, es sei nichts geschehen und heute sei ein gewöhnlicher Tag in einem gewöhnlichen Jahr.»

Die jungen Kavalleristen drehten sich im Sattel um und bestätigten nickend ihren Verdacht, daß alle Ausländer verrückt seien. Der Schwarze Premier, der die Unterhändler entsandt hatte, und deren Leiter Oberst Simon Wu hatten vorsichtshalber statt der verhaßten Flammenden Mäntel reguläre Soldaten als Begleitung abkommandiert. Der größte Teil der Elitetruppe der Geheimpolizei hatte bereits die rostgelben Mäntel und die bestickten Waffenröcke verbrannt und sich als Arbeiter verkleidet, um der Rache des Volkes zu entgehen.

Joseph King sah seinen Herrn prüfend an. Er wußte, daß er selbst durch die zwölf stürmischen Jahre seit der Belagerung von Tungtschou zäher geworden war. Im Alter von dreiundfünfzig Jahren war sein Körper drahtiger und sein Gesicht schmaler geworden. Doch trotz einiger Runzeln hatte er sich nicht wesentlich verändert.

Nicht so der Pfeilschmied. Er war jetzt siebenunddreißig, und seine feingeschnittenen Züge spiegelten nicht nur die Erschöpfung der letzten anstrengenden Jahre wider, sondern auch die Belastung durch das jahrelange Leben in einem fremden Volk. Als Joseph King ihn 1630 kennenlernte, hatte Francis ihn mit seinem dichten blonden Haar und dem klaren Blick seiner hellbraunen Augen an die Miniatur des Erzengels Michael erinnert, die Pater Adam Schall besaß.

Diese Ähnlichkeit war im Lauf der Jahre geringer geworden. Das blonde Haar war von einigen weißen Strähnen durchzogen, und das Gesicht wirkte etwas aufgedunsen. Joseph King wußte, daß die Muskeln seines Herrn noch hart waren unter dem Fett, das er angesetzt hatte. Denn mit Essen und Trinken milderte er die Spannung, die die zivilisierteren chinesischen Offiziere mit ein paar Opiumpfeifen betäubten.

Wann, fragte sich Joseph King, würden er und sein Herr sich wohl ausruhen können? Gewiß nicht so bald. Obwohl ein ehrenhafter Tod das unwürdige Leben des Ming-Kaisers beendet hatte, war das Reich nicht zur Ruhe gekommen. Außerdem hatte der Göttliche Strang sie zu Teilnehmern einer Mission gemacht, deren Gefahren genauso mannigfaltig waren wie ihre Ziele.

Francis hatte seine Frau und seine Tochter dem Schutz von Pater Adam Schall anvertraut. Sein Schwiegervater, der Mandarin Jakob Soo, war nach dem Untergang der Dynastie, der er sein Leben lang gedient hatte, ein gebrochener Mann. Dann waren Joseph King und er als widerstrebende Abgesandte des Rebellen-Kaisers durch Chaoyang Men, das Tor der Morgensonne, gen Osten geritten.

Der Briganten-General Einäugiger Li, der sich Yung Chang-Kaiser nannte, war am 26. April, am Morgen nach dem Selbstmord des Ming-Kaisers, feierlich in die kaiserliche Stadt eingezogen. Von Regen durchweicht, klebte ihm das hellblaue Gewand am Leib. Sein Räubergesicht war unter einem Regenhut verborgen, und seine triumphierenden Worte wurden vom Grollen des Donners übertönt. Als sein Schecke sich dem Tor der Billigung des Himmels näherte, erhob er sich in den Steigbügeln und zog seinen kurzen Reiterbogen. Er versicherte, der Pfeil würde das Ideogramm *tien,* Himmel, durchbohren, um zu beweisen, daß er jetzt *Tien Hsia* beherrsche, «Alles unter dem Himmel». Aber der Bogen war naß, und der Pfeil prallte an dem roten Backstein ab.

Lachend, um seine Bestürzung zu verbergen, galoppierte der Briganten-Kaiser durch das Südliche Tor in die Verbotene Stadt. Die nassen Steinplatten waren schlüpfrig unter seinen Stiefelsohlen, aber forsch stieg er die Marmorstufen zum goldenen Audienzthron hinauf. Forsch setzte er sich hinter das kleine Pult mit der kaiserlich-gelben Seidendecke, bestickt mit den kaiserlichen, fünfklauigen Drachen. Er gab seine Ernennungen zu den wichtigsten Ämtern im Reich bekannt, dann befaßte er sich forsch, aber gnädig, mit den noch lebenden Mitgliedern der kaiserlichen Familie.

Die drei Prinzen waren aus dem Palast ihres Großvaters, des Prinzen Kuei, in die Verbotene Stadt gebracht worden. Dem Kronprinzen Ming verlieh der Rebellen-Kaiser den Titel Prinz von Sung und forderte die kaiserlichen Ärzte auf, die verwundete Prinzessin zu behandeln. Er befahl auch, daß den im Justizministerium festgehaltenen Offizieren der kaiserlichen Garde die Handfesseln abgenommen und sie aus der Haft entlassen werden sollten.

Doch seine Truppen verhöhnten die hohen Mandarine, die kamen, um dem neuen Kaiser zu huldigen. Betagte Minister waren empört, wagten aber nicht zu protestieren, als einfache Soldaten ihnen die Roßhaarhüte vom Kopf schlugen. Beleibte Beamte keuchten, als die Soldaten sie mit Speeren stießen, machten aber demütig Kotau vor der barbarischen Gestalt auf dem Thron. Der noch nicht vierzigjährige Einäugige Li sah wie der Brigant aus, der er sein halbes Leben gewesen war, und nicht wie der Kaiser, zu dem er sich vor zwei Monaten gemacht hatte. Der nasse Schnurrbart hing ihm um den schlitzähnlichen Mund, und Tropfen glitzerten an seiner Nasenspitze. Die von seinem Gewand rinnende blaue Farbe bildete Pfützen um seine Füße und befleckte die gelbe Seide auf dem Pult.

Der Rebellen-Kaiser hatte schon gelernt, es Untergebenen zu überlassen, seinen Willen blutig durchzusetzen, aber seine Habgier zu zügeln hatte er noch nicht gelernt. Am nächsten Tag wurden tausend Adlige, Mandarine und Großgrundbesitzer vor seinen Untersuchungsrichter gebracht, den sogar die Rebellen den Grausamen General nannten. Der stellte den Gefangenen nur eine Frage: «Wo hast du deine Wertsachen versteckt?»

Die Mutlosen waren bereits völlig eingeschüchtert durch die bärtigen Folterknechte, die mit bloßen Oberkörpern um den Grausamen General herumstanden und ihre Muskeln zeigten. Selbst die Beherzten waren eingeschüchtert durch die Werkzeuge der Folterknechte: Breitbeile, vielriemige Peitschen, Schmiedehämmer, angespitzte Bambusstangen, Streckbänke und Gitterroste über Kohlenfeuern. Die meisten verängstigten Würdenträger der früheren Dynastie gaben ihre Schätze preis, noch ehe die Folterknechte sie anrührten.

Der Grausame General, der nicht zimperlich war, ließ einem störrischen Gefangenen mit einem einzigen Schlag eines Schmiedehammers das Schienbein zerschmettern. Daraufhin gaben die meisten Widerspenstigen nach. Einige reiche Mandarine, die immer noch an ihren Schätzen hingen, wurden auf die Gitterroste gelegt, während die Folterknechte mit Blasebälgen das Kohlenfeuer anfachten.

Der Vater der Ming-Kaiserin, Prinz Kuei, gab, nachdem er drei Minuten lang mit Bambusstöcken geschlagen worden war, sein ganzes Vermögen von zwanzig Millionen Taels preis. Seinen Schwiegersohn hatte er einst mit zehntausend Taels abgespeist.

Martas Vater, der Mandarin Jakob Soo, war weniger nachgiebig. Gedemütigt, nachdem die Folterknechte ihm sein scharlachrotes Gewand heruntergerissen hatten und er in Unterhosen dastand, schöpfte er neue Kraft, als ihm Peitschenschläge auf Brust und Rücken prasselten. Zwar hatte er keinen Grund, nach dem Hinscheiden der Ming weiterzuleben, aber er war entschlossen, das Erbe seiner Kinder zu bewahren. Seine Augen funkelten vor Trotz, als sich die Peitschenriemen um seine Schultern ringelten.

Ein Folterknecht packte Jakob Soo am Handgelenk und legte seine Hand auf einen Amboß. Als ihm der Schmiedehammer Knochen und Fleisch zermalmte, rannen ihm Tränen über die Wangen.

«Ich werde es sagen», keuchte er, als der Folterknecht den Hammer von neuem hob. «Unter dem . . . dem Dreschboden meines Gutes . . . in der Nähe von Nankou. Mein Gold und das meines Schwiegersohns. Ich werde Euch hinführen.»

Francis Arrowsmith und Adam Schall waren die einzigen Europäer in Peking. Sie hatten beschlossen, nicht zu fliehen, obwohl sie wußten, in welcher Gefahr sie sich befanden. Die bösen Vorahnungen wurden etwas gedämpft, als drei «Rebellen-Diebe», wie Schall sie nannte, aus dem Jesuitenhaus nur eine Khotan-Brücke mitnahmen. Zu ihrer Überraschung wurde an Schalls Türpfosten ein Anschlag mit dem Siegel des Grausamen Generals angebracht, daß alle Rebellen die Europäer in Frieden lassen sollten. Am dritten Tag nach dem Selbstmord des Ming-Kaisers, dem 28. April 1644, wurden sie in die Verbotene Stadt bestellt.

Voll Schadenfreude, daß auch die Europäer gefoltert werden sollten, klatschten die gefangenen Mandarine in die Hände und riefen boshaft: «Heil dem Lehrer des Göttlichen Willens! Heil dem Geschützmeister!» Was sie damit meinten, war klar: Auch die

Europäer hatten den Ming gedient und große Vermögen erworben.

Der Grausame General saß an einem Schreibtisch neben dem Clavicembalo im Musikzimmer des Palastes der Vollkommenen Reinheit und hatte den Zeigefinger auf die Stelle der Liste der vor ihn gebrachten Mandarine gelegt, bei der er angelangt war. Eine halbe Minute starrte er verblüfft auf die Namen, ehe er widerstrebend befahl: «Führt sie zum Kaiser.»

Angetan mit einem kaiserlich gelben und mit kaiserlichen Drachen bestickten Gewand, saß der Briganten-Kaiser auf dem goldenen Thron unter der schwarzen Schmucktafel mit der goldenen Mahnung Wahrlich gerecht und erleuchtet. Der Schwarze Premier der Ming beugte sich kriecherisch über seinen neuen Herrn, sein scharlachrotes Gewand schimmerte im Schein der Kerzen in den Schnäbeln der blau-emaillierten Kraniche. Die Bösen, dachte Francis, verstehen es immer, sich ins rechte Licht zu setzen.

«Einige nennen dich Hochwürden», wandte sich der Einäugige Li mit rauher Stimme an den Jesuiten. «Das tun Wir nicht, denn als Beamter der früheren Dynastie bist du nicht hochwürdig. Sage Uns, ehemaliger Beamter, bist du bereit, Uns zu dienen?»

«In jeder Weise, die meinen Pflichten gegenüber dem Herrn des Himmels und meiner Gemeinde nicht zuwiderläuft», antwortete Adam Schall.

«Hau! Hau!» bellte der Briganten-Kaiser. «Gut! Gut! Wir können von deinen Kenntnissen in der Geschützherstellung Gebrauch machen . . . und von deiner Gelehrsamkeit in bezug auf die Sterne. Du kannst den Willen des Himmels deuten, wie Wir hören.»

Der Priester machte den abergläubischen Rebellen nicht darauf aufmerksam, daß er nicht in den Sternen las, um zu weissagen, sondern lediglich die Bewegungen der Himmelskörper aufzeichnete. Als er sich stumm verbeugte, wandte sich der Einäugige Li an Francis.

«Und du, Oberstleutnant der Artillerie, kannst Uns auch nützlich sein. Du kannst in Unseren Heeren dienen. Wir müssen das Reich befrieden, das von Briganten und Rebellen heimgesucht wird. Aber zuerst haben Wir einen besonderen Auftrag für dich.»

«Pu kan-tang . . .» Instinktiv brachte Francis die rituellen Phrasen der Selbsterniedrigung vor. «Ich bin unwürdig . . . ich wage es nicht.»

«Du wirst es wagen – oder sterben», erwiderte der Einäugige Li.

«Eure Wahl ist einfach, Pfeilschmied.» Der Schwarze Premier sprach zum erstenmal. «Ehren und Reichtümer – oder ein langsamer, qualvoller Tod für Euch und Eure Familie. Euer Vermögen zurückerstattet oder Euer Leben verwirkt.»

«Ich werde mich bemühen, meine Unwürdigkeit zu überwinden», antwortete Francis, und der Jesuit preßte die Lippen zusammen, um ein Lächeln zu unterdrücken.

«Dann ist es gut», sagte der Briganten-Kaiser, aber er lächelte nicht.

«Ihr seid, wie ich höre», fuhr der Eunuch fort, «ein guter Freund des Grafen des Befriedeten Westens, Wu San-kuei. Ich bin . . .»

«Kein Freund, nur ein Bekannter», verwahrte sich Francis.

«Es wäre besser, er wäre Euer Freund», erwiderte der Schwarze Premier kurz angebunden. «Wenn er es nicht ist, werdet Ihr dringend andere Freunde brauchen, sehr dringend. Ich möchte, daß Ihr als Freund zu ihm geht und . . .»

«Vermutlich», sagte Francis zögernd, «könnte man ihn eine Art Freund nennen.»

«Das freut mich zu hören, Oberst Pfeilschmied.» Der Rebellen-Kaiser lächelte zum erstenmal. «Und erinnere ihn daran, daß die Dame Chen in Unserer Hand ist – im Augenblick noch unversehrt.»

Der Graf des Befriedeten Westens, Generalleutnant Wu San-kuei, hatte der Bitte des Ming-Kaisers nicht entsprochen, der Nördlichen Hauptstadt zu Hilfe zu kommen, sondern es für wichtiger gehalten, den Paß zwischen den Bergen und dem Meer gegen die Mandschu zu verteidigen.

Oberst Simon Wu und Oberstleutnant Francis Arrowsmith ritten also praktisch in diplomatischer Mission zu einem praktisch unabhängigen Fürsten. Die Botschaft, die sie von dem Rebellen-Kaiser überbrachten, wandte sich an den Grafen als einen chinesischen Patrioten. Wenn er der neuen Dynastie Treue gelobte, würde er mit einem hohen Amt, einem Herzogtum und vielen Barren Gold belohnt werden. Vereint, würden die chinesischen Streitkräfte die Mandschu zurückwerfen und dafür sorgen, daß «Alles unter dem Himmel» weiterhin von Chinesen beherrscht werde.

Als militärischer Vertrauensmann des Schwarzen Premiers war Simon Wu der Anführer der zu dem mächtigsten noch lebenden Ming-General entsandten Unterhändler. Francis Arrowsmith begleitete ihn nicht nur wegen seiner vermeintlichen Freundschaft mit dem Grafen, sondern auch, weil sein Ruhm als Feldzeugmeister ihm Gehör verschaffen würde. Außerdem wollte der Einäugige Li ihm den Befehl über seine Artillerie übertragen, wenn er seine unvermeidliche Schlacht gegen die Mandschu schlug.

Der Schwarze Premier hingegen hatte Francis Arrowsmith entsandt, weil er fürchtete, die chinesischen Heere würden sich *nicht* gegen die Mandschu vereinigen. Sollte der Graf die Aufforderung des Rebellen-Kaisers ablehnen oder sich den Mandschu anschließen, dann wollte der Eunuch einen Freund am Mandschu-Hof haben. Der größte Teil der geheimen Berichte, die der Göttliche Strang in den letzten zwei Jahren nach Mukden geschickt hatte, stammte angeblich von dem Pfeilschmied, was auf viele tatsächlich zutraf. Tsao Chun-hua glaubte daher, Francis erfreue sich der Zuneigung und des Vertrauens des Prinzregenten Dorgon, dem er ja als Artillerieberater in Mukden und Einkäufer in Macao gedient hatte.

Francis Arrowsmith war beauftragt, eine zweite Botschaft zu überbringen, falls der Graf sich weigerte, gemeinsame Sache mit der neuen Dynastie zu machen. Der Schwarze Premier traute keinem Mann mehr, als man ihm selbst trauen konnte. Mit seinem einschmeichelnden Bariton hatte er Francis daran erinnert, daß Marta, Maria und Candida für seinen Gehorsam bürgten. Sollte es ihm nicht gelingen, Einfluß auf die Mandschu zu gewinnen, wäre nicht nur deren Leben, sondern auch das von Adam Schall verwirkt. Er sollte die Mandschu der Loyalität des Schwarzen Premiers versichern und sein Versprechen übermitteln, ihnen die Tore von Peking zu öffnen.

«Mein verehrter Vater hat mir bereits geschrieben und mich gedrängt, mich der neuen Dynastie anzuschließen.» Der Graf des Befriedeten Westens, Generalleutnant Wu San-kuei, fand, der Thronräuber hätte Abgesandte wählen können, deren Beziehungen zum Göttlichen Strang weniger offenkundig waren. «Aber ich bin genötigt, seinen Befehl zu mißachten, ja, sogar respektlos zu handeln. Ich weiß, daß er unter Zwang geschrieben hat. Meine Pflicht den Ming gegenüber erfordert, daß ich mich über das Wort meines Vaters hinwegsetze.»

Der Graf starrte in seine Teetasse. Er hatte die beiden Botschafter überhaupt nur empfangen, weil er begierig war, Neuigkeiten aus Peking zu erfahren, aber er hatte sie im Vorraum empfangen, in dem gewöhnlich seine Meldegänger warteten und der sehr kärglich eingerichtet war.

«Ihr könntet niemals respektlos oder schändlich handeln, Herr», schmeichelte Oberst Wu. «Wir sind nicht hergekommen, um Euch zu drängen, sondern um die neue Lage in der Nördlichen Hauptstadt zu erklären. Natürlich werdet Ihr handeln, wie Eure Klugheit es Euch eingibt.»

«Wenn das der Fall ist, Oberst, warum spart Ihr Euch nicht Eure Worte?»

«Herr, es geziemt allen Chinesen, sich zusammenzuschließen, damit die nördlichen Barbaren nicht das Reich überwältigen. Nur wenn wir uns zusammenschließen, können wir Chinesen . . .»

«Ihr habt nicht völlig unrecht, Oberst. Aber warum habt Ihr dann einen westlichen Meeresbarbaren mitgebracht?»

«Es ist ein harmloser Barbar, ein nützlicher Barbar, Herr Graf. Seine Stärke sind die Geschütze, die Rotmantelkanonen, die die Mandschu in die Flucht schlagen könnten, und wären sie auch zehntausendmal stärker, als sie sind. Aber ich sprach von . . .»

Francis langweilten die Argumente, die sich Simon Wu auf dem Sechstageritt zum Feldlager des Grafen zur Probe immer wieder vorgesagt hatte. Er knabberte die Sonnenblumenkerne und aß ein paar Häppchen von dem Dörrfleisch und den eingelegten Rettichen, die der Graf ihnen an Stelle einer richtigen Mahlzeit hatte vorsetzen lassen. Er hatte nicht verabsäumt, ihnen etwas anzubieten, wie es die chinesische Etikette erforderte, aber so wenig, daß die beabsichtigte Beleidigung deutlich wurde. Während er an grünem Tee nippte, beobachtete Francis ihren widerwilligen Gastgeber unter gesenkten Lidern.

Der Graf sah sanft aus, irreführend sanft für einen zweiunddreißigjährigen General, der brillant die Nachhut befehligt hatte, als die Ming sich im letzten Herbst gegen seinen Einspruch aus der ganzen Mandschurei zurückzogen. Sein Gesicht war füllig wie das vieler chinesischer Offiziere. Francis hätte ihn für einen Liebhaber von Kurtisanen und guter Küche gehalten, hätte er nicht den Ruf des Grafen gekannt und bei dem Trinkgelage des Prinzen Kuei mit ihm gezecht. Doch die aufrichtige Leidenschaft für die Dame Chen hätte er dem Grafen nicht zugetraut. Aber diese Leidenschaft beherrschte ihn, wie die Klatschmäuler in Peking wußten, und wuchs mit jedem Tag, den er von ihr getrennt war.

Unter dem kultivierten, nachgiebigen Äußeren erkannte Francis einen skrupellosen Ehrgeiz. Der Graf war kürzlich außer der Reihe zum Generalleutnant befördert worden. Zweifellos war sein Aufstieg durch den Einfluß seines Vaters beschleunigt worden, der selbst General und seit einiger Zeit Befehlshaber der Pekinger Garnison war, aber seine eigene Tüchtigkeit hatte gewiß den Ausschlag gegeben.

Der Graf seinerseits schätzte seine Besucher ab und dachte über seine Zukunft nach. Simon Wu tat er im Geist mit einer Handbewegung ab. Je früher dieser Speichellecker des Göttlichen Strangs verschwand, desto wohler würde er sich fühlen. Er wollte nicht, daß der Spitzel-Oberst mit den restlichen Agenten unter seinen eigenen Truppen Ränke schmiede. Der Engländer dagegen würde ein nützlicher Verbündeter sein, wenn der Befehlshaber des letzten Ming-Heeres zu einer hohen Stellung aufsteigen könnte, und sei es der Drachenthron. Er war unzufrieden mit den Leistungen seiner Artilleristen, und die Salven seiner Arkebusiere waren ungleichmäßig. Während Simon Wu einschmeichelnd weiterredete, faßte der Graf endgültig den Entschluß, so zu handeln, wie es schon vorgehabt hatte. Er stand auf und wischte sich mit einem grünseidenen Taschentuch den verschwitzten Hals ab.

«Uns stehen nicht, Oberst, all die Äonen zur Verfügung, die vergangen sind, seit der große Yü die Sintflut bezwang.» Der Graf bediente sich der Hochsprache mit ihrem schwungvollen Rhythmus. «Ich weiß Eure klaren Erläuterungen zu würdigen, aber der damit verfolgte Zweck ist mir rätselhaft. Glaubt Ihr wirklich, ich würde für Euch tun, was ich für meinen eigenen Vater nicht tun konnte? Meine Treue gehört der Großen Ming-Dynastie, und mit Rebellen kann ich nicht gemeinsame Sache machen.»

Der Graf setzte sich und trank seinen Tee aus zum Zeichen, daß die Besprechung beendet sei. Ausgesprochen unhöflich, stellte er die Teetasse umgekehrt auf den Tisch. Das sollte besagen, daß weder Simon Wu noch natürlich der Barbar wohlerzogen genug war, um zu begreifen, daß schon das Austrinken des Gastgebers das Signal zum Aufbruch gewesen war.

Simon Wu konnte seine Verlegenheit nicht verbergen. Er stand auf und verbeugte sich, das Gesicht von Röte übergossen.

«Da Ihr alles gesagt habt, Oberst, was Ihr mir zu sagen habt, will ich Euch nicht länger aufhalten. Ich biete Euch kein Nachtquartier an, denn ich möchte Euch nicht in die peinliche Lage versetzen, die Unhöflichkeit begehen zu müssen, daß Ihr meine Einladung ablehnt. Ich weiß, wie begierig Ihr seid, Euren Auftraggebern Bericht zu erstatten.»

Die Abgesandten des Einäugigen Li schickten sich an, den kärglich eingerichteten Vorraum zu verlassen. Simon Wu brachte nicht einmal die üblichen Abschiedsfloskeln über die zusammengepreßten Lippen, und Francis legte keinen Wert darauf.

«Pfeilschmied, wollt Ihr noch einen Augenblick hierbleiben?» Der Graf lächelte freundlich und bedeutete ihm, wieder Platz zu nehmen. Dann schlug er mit der Faust auf den Tisch, um einen Diener herbeizurufen.

«Bring sofort etwas zu essen und zu trinken», befahl er.

«Es ist mir eine Ehre, Euer Exzellenz», sagte Francis. «Aber was ist mit Oberst Wu? Auch er würde sicher gern . . . und mein Schreiber?»

«Um Euren Schreiber werden wir uns kümmern. Den Spitzel will ich indes nicht länger in meinem Lager haben. Aber ich freue mich wirklich, Euch wiederzusehen, Pfeilschmied.»

«Es ist mir eine zweifache Ehre, Euer Exzellenz.» Francis zog sich hinter den Schirm der konventionellen Etikette zurück. «Ihr tut meiner Unwürdigkeit viel zuviel Ehre an.»

«Laßt die Exzellenz beiseite. Ich bin wirklich froh, Euch wiederzusehen. Das war ein schöner Abend damals beim Prinzen Kuei. Wie geht es ihm übrigens?»

«Bis aufs Hemd ausgezogen, sein ganzes Vermögen vom Einäugigen Li und dem Grausamen General beschlagnahmt. Kuei hat keine Kupfermünze, um sich einen Verband für seine gebrochenen Rippen zu kaufen. Und er braucht dringend Salben für seine Wunden, und auch Opium, damit er vergessen kann, wie sie ihn gefoltert haben.»

«So schlimm ist es? Und die anderen? Alle meine Freunde und Waffengefährten, wie geht es ihnen?»

«Ungewähr so wie Kuei. Peking ist heute keine fröhliche Stadt.»

«Aber Ihr dient diesem Briganten, diesem einäugigen Rebellen?»

«Nicht freiwillig, das kann ich Euch versichern. Wenn die Familie eines Mannes als Geiseln genommen wird, was kann . . .»

«Angenommen, ich halte Euch hier gewaltsam zurück, verhafte Euch – sagen wir, wegen Ungebührlichkeit? Und lasse den Spitzel dann die Geschichte in Peking berichten. Wäre das nützlich?»

«Eine Zeitlang, General, wäre es nützlich. Meine Familie würde nicht leiden. Solange Peking glaubt, ich könne nicht weg, solange die Rebellen glauben, sie könnten mich mit meiner Familie erpressen.»

«Was immer geschieht, wird schnell geschehen. Zeit ist also kein Problem. Meine Artilleristen und Arkebusiere müssen auf Trab gebracht werden. Dafür seid Ihr genau der richtige Mann, glaube ich.»

«Wenn Ihr es wünscht, General.»

«Gut, das ist also abgemacht. Aber erzählt mir mehr von Peking. Meinem Vater geht es gut? Seit einer Woche habe ich nichts von ihm gehört.»

«Ja, ihm geht es natürlich gut, weil der Einäugige Li glaubt, er könne Euren verehrten Vater einspannen, um Euch auf seine Seite zu ziehen.»

«Wir werden sehen, was sich tun läßt. Aber ich sage Euch, es ist sehr betrüblich, den Kopf des alten Herrn in Gefahr bringen zu müssen.»

Francis nickte diskret zustimmend und wagte keine Bemerkung. Mit seinem verschrobenen Sinn für Humor schätzte er die erfinderischen Ausreden, mit denen die Chinesen die unabdingbare Pflicht des Kindesgehorsams umgingen, wenn Klugheit oder Bequemlichkeit ein anderes Verhalten erforderten.

«Und übrigens noch etwas», sagte der Graf betont beiläufig. «Wißt Ihr zufällig etwas von der Dame Chen? Ist sie noch in Sicherheit bei meinem Vater, unter seinem Schutz?»

«Ich muß mal überlegen, was ich gehört habe.» Francis versuchte Zeit zu gewinnen, um sich klar zu werden, ob er so tun könne, als wisse er nichts, oder ob er die Wahrheit beschönigen sollte.

«Heraus mit der Sprache!» befahl der General. «Schont mich nicht mit klugen Worten. Sie ist doch nicht verletzt? Die Kerle haben ihr doch nichts zuleide getan?»

«Nein, General, das nicht.» Francis kam plötzlich zu dem Schluß, daß hier nur die unerfreuliche Wahrheit angebracht sei und ihm außerdem der Schwarze Premier nichts mehr anhaben könne, wenn der Einäugige Li gestürzt würde. «Das nicht, General. Aber sie ist dem Untersuchungsrichter des Einäugigen Li geschenkt worden, den man den Grausamen General nennt.»

«Und sie haben es gewagt, Unterhändler zu mir zu schicken!» Der Graf lief rot an vor Zorn, und seine Hände zitterten.

«Euer Exzellenz», murmelte Francis, denn er fürchtete, der Graf würde sich erinnern, daß er einer dieser Unterhändler war.

«Oh, nichts gegen Euch. Macht Euch keine Sorgen. Ich bin nicht so töricht, Euch wegen eines ehrlichen Berichts zu bestrafen.» Der Graf gewann seine übliche Selbstbeherrschung wieder. «Sie haben sie also dem Grausamen General geschenkt. Nun . . . nicht für lange!»

«Noch etwas mag Euch interessieren, General.» Francis stachelte den Grafen zu der Entscheidung an, die den Untergang des Einäugigen Li und des Schwarzen Premiers vollenden würde. «Ich überbringe noch eine Botschaft, aber nicht an Euch.»

«An wen denn? Und was besagt sie?»

«An den Prinzregenten Dorgon der Mandschu vom Eunuchen Tsao Chun-hua, der anbietet, Peking den Mandschu zu übergeben.»

«Nun, diese Botschaft werdet Ihr jetzt nicht überbringen, nicht wahr? Aber nicht nur er kann dieses Spiel treiben.»

Eine halbe Stunde später, als Simon Wu und seine Reiter niedergeschlagen den Rückweg nach Peking antraten, wies der Graf seinen Adjutanten an, seine Artillerie und seine Arkebusiere zur Ausbildung vorläufig dem Befehl des ausländischen Oberstleutnants zu unterstellen. Dann schloß er sich im Empfangszimmer mit seinen Truppenführern ein. Nach zwei Stunden kamen diese Offiziere freudig erregt heraus. Ihr Befehlshaber blieb, seinen Schreiber neben sich, am Schreibtisch sitzen und rief von Zeit zu Zeit andere Berater herein.

Zwei Tage später befahl er seinem Heer, zum Schanhaikwan zu marschieren, dem Paß zwischen den Bergen und dem Meer. Einen Oberst und einen Major schickte er voraus, um dem Prinzregenten Dorgon einen Brief zu bringen, der in der dritten Person abgefaßt war und auszugsweise wie folgt lautete:

«Seit ihn der verstorbene Kaiser zum General von Liaotung ernannte, hat sich Wu San-kuei bei seinen schweren Pflichten abgemüht, obwohl seine Fähigkeit nicht mehr wiegt als eine Mücke. Er hat den Prinzen lange bewundert, sich aber nicht erlaubt, ihm persönlich seine Aufwartung zu machen. Das Rebellengesindel hat sich über den Willen des Himmels hinweggesetzt und die Verbotene Stadt besetzt, nachdem Verräter die Tore geöffnet haben . . . Jetzt raubt und plündert der Pöbel. Die Frevler werden vom Himmel verabscheut und von der Menschheit verachtet. Möge ihr Sturz schnell kommen! Freiwilligeneinheiten bilden sich bereits, beseelt von der Liebe zur Ming-Dynastie . . . Wu San-kuei wird bald zur Hauptstadt marschieren, um Rache an den Rebellen zu üben. Indes bittet er um Beistand, da seine Streitmacht unzureichend ist. Prinz Dorgon, der alle an heldenhaftem Mut übertrifft, kann sich durch die Niederwerfung eines gottlosen Thronräubers große Verdienste erwerben. Die Gelegenheit wird sich nicht wieder bieten! Der niedergeschlagene Diener einer unglücklichen Dynastie ersucht demütig um einige Elite-Einheiten zur Unterstützung seiner Truppen . . . Gemeinsam werden wir den Pöbel aus der Verbotenen Stadt vertreiben. Da er die richtigen Formen der Anrede nicht kennt, bittet Wu San-kuei den Prinzen Dorgon, Seiner Majestät, dem Kaiser des würdigen Herrscherhauses der Mandschu, seine Botschaft zu übermitteln.»

Da die Acht Banner China erobern konnten, wann immer Prinzregent Dorgon es wünschte, war der Graf in der Tat der demütige Bittsteller, als den er sich bezeichnete. Der Prinz lachte über die Behauptung des Grafen, es gebe die Ming-Dynastie noch, und lächelte über seine Bitte, den kleinen Kaiser zu unterrichten. Er wartete drei Tage mit seiner Antwort, um dem Grafen klarzumachen, daß er vom guten Willen der Mandschu völlig abhängig sei.

«Als ich hörte, daß der Pöbel die Hauptstadt eingenommen und der Herrscher der Ming ein schreckliches Ende gefunden hat, standen mir die Haare zu Berge», schrieb Dorgon am 21. Mai 1644. «Ich beschloß sofort, das Heer nach China zu führen, um die Rebellen zu vernichten und das chinesische Volk zu retten.»

Erfreut, weil die Bitte des Grafen die lang erwartete Gelegenheit bot, das Reich mit geringen Kosten zu erobern, war Dorgon großzügig. Würde sich der Graf den Mandschu unterwerfen und zugeben, daß die Ming-Dynastie vernichtet sei, dann sollte er große Landgüter und den Fürstentitel erhalten.

«Es ist Euch bestimmt, die gestürzte Dynastie zu rächen», betonte Dorgon. «Ihr könnt auch Euer eigenes Haus so fest begründen, daß spätere Generationen Reichtum und Ehren genießen werden, die so ewig sind wie Berge und Flüsse.»

Die Antwort des Grafen aus seinem Hauptquartier am Schanhaikwan erreichte Dorgons Lager nordöstlich des Passes am 25. Mai 1644. Nach einer blumenreichen Einleitung befaßte sich Wu San-kuei mit strategischen Fragen. Mehr als zweihunderttausend Rebellen unter

Führung des Einäugigen Li «wimmelten wie Ameisen» nur fünfzehn Meilen südwestlich des Passes herum. Wenn der Prinz seinen Tiger-Bataillonen Marschbefehl erteilen würde, könnten die Rebellen zangenförmig umfaßt werden. Wären sie erst besiegt, würde eine gemeinsame Proklamation das Volk beruhigen und die Ordnung wiederherstellen. Etwas zweideutig bat der Graf, «das große Heer der Mandschu möge angewiesen werden, die Grenzen nicht zu überschreiten».

So machte der Graf, als er seine «guten Nachbarn» aufforderte, ihn bei der Niederschlagung des Aufstands im Reich zu unterstützen, unausgesprochen die chinesische Unabhängigkeit geltend.

Am 27. Mai 1644 trafen sich die Befehlshaber des letzten Ming-Heeres und der Acht Banner am Paß zwischen den Bergen und dem Meer. Beide waren siegessicher, denn bei allen Vorgeplänkeln waren die Rebellen in die Flucht geschlagen worden.

Die Große Mauer verlief von den Bergen nach Süden zum Meer, und das Tor des Passes blickte genau nach Osten. Unter dem mit grünen Ziegeln gedeckten, zweistufigen Dach hing eine Tafel mit der Inschrift TIEN HSIA TI-YI KUAN – DER WICHTIGSTE PASS UNTER DEM HIMMEL. Dieser Turm wurde zur Steppe hin durch ein Vorwerk geschützt. Auf der chinesischen Seite wurden zwei konzentrische Mauern von zwei Prunktoren durchbrochen.

Francis Arrowsmith ritt mit den chinesischen Stabsoffizieren hinter dem Grafen des Befriedeten Westens in den Burghof. Als er durch das Prunktor kam, staunte er wieder über die Leidenschaft der Chinesen, ummauerte Festungen innerhalb von ummauerten Festungen anzulegen wie die Verbotene Stadt innerhalb der kaiserlichen Stadt, die ihrerseits innerhalb der Stadtmauern von Peking lag. Ironischerweise waren die Burghöfe hier der Großen Mauer angefügt, die den Chinesen Sicherheit vor den Schrecken der nördlichen Steppe vorgaukelte.

Es war offenkundig, daß der Paß zwischen den Bergen und dem Meer von einem einzigen Regiment verteidigt werden konnte. Die Befestigungen waren indes nutzlos, wenn ihre Besatzung nicht entschlossen war – wie die Mandschu mehrfach bewiesen hatten. Sie waren Kinder der Steppe, die geborenen Reiter, die im Sattel Krieg führten, während den Chinesen Befestigungen und der Belagerungskrieg mehr lagen.

Die Vertreter dieser beiden unterschiedlichen Lebensweisen trafen sich jetzt im innersten Burghof neben einem kleinen konfuzianischen Tempel mit Säulen, deren rote Farbe abblätterte. Als sie absaßen, überragte der silberne Helm des Grafen den goldenen von Dorgon nur um ein paar Zoll. Der Mandschu-Prinz war groß, wenn auch schmächtig.

Die beiden Heerführer verbrannten Weihrauch vor dem schäbigen konfuzianischen Altar und richteten ihre getrennten Gebete um Sieg an die nebelhafte Gottheit, die von beiden Himmel genannt wurde. Nach der Zeremonie berieten sie noch kurz und saßen dann wieder auf.

Prinz Dorgons Blick fiel auf Francis. Er hielt sein Pferd an und winkte ihm.

«Du bist es, Pfeilschmied, wie ich sehe.» Dorgon sprach Mandschu. «Du hast einige Zeit gebraucht, um dich wieder unter mein Kommando zu begeben. Acht Jahre, schätze ich. Etwas lange für einen Sklaven, der geschworen hatte, zurückzukehren, wenn ich ihn rufe. Aber jetzt sind wir alle Freunde und Verbündete – solange du die Artillerie des Grafen kommandierst.»

Dann rief er dem Chinesen zu: «Kehrt jetzt zu Euren Truppen zurück und sagt ihnen, sie sollen sich weiße Tücher um den Arm binden. Da sie Chinesen sind wie die Rebellen, können meine Leute sie sonst nicht auseinanderhalten. Es wäre schade, wenn wir aus Versehen Eure Leute umbrächten.»

Weder freudig gestimmt, daß er sich den Beistand der Mandschu gesichert hatte, noch frohlockend über den bevorstehenden Sieg, war der Graf des Befriedeten Westens von bösen Ahnungen erfüllt, als er zu seinen kampfbereiten Truppen zurückkehrte. Dorgon hatte deutlich zu erkennen gegeben, ihr vorgebliches Bündnis erfordere, daß er sich den mit Mandschu-Arroganz gepfefferten Mandschu-Befehlen füge. Er würde also mit barbarischer Unzivilisiertheit leben und lächelnd Demütigungen hinnehmen müssen wie Dorgons lässige Unterstellung, daß die Mandschu den Chinesen immer überlegen seien.

Der Graf hatte die Acht Banner ins Land gerufen. Weder mit List noch mit Gewalt könnten die Mandschu dazu gebracht werden, sich wieder zurückzuziehen, nachdem sie ihre unentbehrliche Hilfe bei der Überwältigung des Einäugigen Li geleistet hatten. Weder vermochte er die Ming-Dynastie wieder auf den Drachenthron zu setzen noch ihn selbst einzunehmen. Die Mandschu-Banner, zweifellos die gewaltigste

Streitmacht in Asien, wurden unterstützt durch eine Zivilverwaltung, die von chinesischen Beratern zur leistungsfähigsten auf dem Kontinent gemacht worden war. Prinzregent Dorgon würde im ehemaligen Ming-Reich eine Mandschu-Herrschaft errichten, und die Chinesen wären ein unterworfenes Volk.

Aber es war zu spät für Vorbehalte. Der Einäugige Li hatte westlich des Schanhaikwan zweihunderttausend Mann zusammengezogen, fast doppelt soviel wie die Truppen des Grafen und der Mandschu. Die Berichte über die eiserne Disziplin der Rebellen glaubte er nicht und wußte, daß es ihnen an modernen Feuerwaffen mangelte. Der Abschaum von einem halben Dutzend Provinzen konnte weder seinen kampferfahrenen Truppen noch der Mandschu-Reiterei überlegen sein. Nur ihre große Überzahl fürchtete er. Aber diesen offenbaren Vorteil würde er in einen Nachteil verwandeln für den zerlumpten Haufen, der nach seinem zweihundertfünfzig Meilen-Gewaltmarsch aus Peking schon erschöpft war.

Der Einäugige Li stand auf einem Hügel, der ihm einen weiten Ausblick auf das Schlachtfeld gewährte. Er kannte die großartige Disziplin seiner Leute und konnte ihre große Überzahl sehen, aber er zupfte nervös an seinem Bart. Sein Heer hatte niemals eine regelrechte, sorgfältig im voraus geplante Schlacht geschlagen. Da er fürchtete, daß eine so umfangreiche Streitmacht schwerfällig wäre, schickte er wiederholt Befehle an seine unbeweglichen Formationen, keinen Zoll Boden preiszugeben. Der Feind sollte sich zu Tode rennen an der felsenfesten Kampflinie seiner Truppen.

Der Rebellen-Kaiser wurde ermutigt durch seine eigene kaiserliche Würde. Ein goldener Schuppenpanzer bedeckte seine Arme, und kaiserliche Drachen wanden sich auf seinem blauen Mantel mit den scharlachroten und goldenen Fransen. Sein Schlachtroß trug auf der Stirn die gehämmerte Goldplatte mit den V-förmigen Fasanenfedern der Ming-Kaiser. Sein Helm war mit goldenen Arabesken verziert, und von der Helmspitze hing unter einer goldenen, mit Reiherfedern gekrönten Kugel ein Yakschwanz herab.

Besorgt vergewisserte sich der Einäugige Li, daß die Wachen gut auf seine beiden Geiseln aufpaßten, den Ming-Kronprinzen und General Wu Hsiang, den Vater des Grafen. Dann betrachtete er wieder die vielfarbigen Wimpel, die seine fünf Meilen lange Front von der Großen Mauer bis zum Golf von Pohai anzeigten, und schätzte die achtzigtausend Mann des letzten Ming-Heeres ab, die in geschlossenen Reihen aufgestellt waren. Diese Formation verlockte zur Einkreisung, die der Einäugige Li nicht zu befehlen wagte, weil er fürchtete, seine Leute könnten sie nicht ausführen. Auf der rechten Flanke des Grafen hielten sich etwa zwanzigtausend Reiter von Dorgons Tiger-Bataillonen angriffsbereit. Die vierundzwanzig Geschütze des Grafen in ihren roten Seidenmänteln waren der Angelpunkt zwischen seinem Haupttheer und den Mandschu.

Oberstleutnant Francis Arrowsmith zog nervös an seiner Tabakpfeife. Sein Rang und sein Ruf als bester Artillerist des Reiches hatten bewirkt, daß er praktisch den Major abgelöst hatte, der die Geschütze offiziell befehligte. Die Batterieführer erwarteten instinktiv Befehle von ihm, der sie ausgebildet hatte. Arkebusiere des ehemaligen Bataillons Gottes gaben den Kanonen Deckung.

Auf seinem Hügel war der Einäugige Li gereizt, weil er es seinen Leuten nicht zutraute, daß sie sich das verspätete Eintreffen der Feinde auf dem Schlachtfeld zunutze machen würden. Er konnte die Kampfhandlung nicht beginnen, sondern nur warten, bis er angegriffen würde. Es war elf Uhr vormittags, ehe die Truppenaufstellung der Mandschu und der Ming beendet war. Der Rebellen-Kaiser hielt seine fünf Meilen lange Front in einer Linie, ihre Spannung zeigte sich in dem leichten Wogen der Wimpel, wenn die Standartenträger von einem Fuß auf den anderen traten.

Der Himmel war noch hell und die Sicht ausgezeichnet. Doch im Osten kam Wind auf, und schwarze Gewitterwolken zogen vom Golf von Pohai zur Großen Mauer.

Kurz vor Mittag donnerten die Rotmantelkanonen. Zwei Reiterregimenter der Ming griffen in der Lücke an, die die Salve in den Reihen der Rebellen gerissen hatte. Als die Kanonen wieder feuerten, freute sich der Graf des Befriedeten Westens auf den leichten Sieg in greifbarer Nähe. Vielleicht hätte er die Mandschu gar nicht gebraucht. Die Reihen der Rebellen schlossen sich indes wieder und umzingelten die Ming-Reiter. Die Artillerie konnte nicht in das Getümmel schießen, ohne die eigenen Leute zu gefährden.

Der Graf warf seine Reiterregimenter nacheinander in die Schlacht, bis zwanzigtausend Chinesen inmitten der Rebellen kämpften. Die Reiter konnten weder vor noch zurück, sondern nur die Stöße von Piken, die Hiebe von Schwertern und das Prasseln von Pfeilen erdulden. Wu San-kuei erkannte besorgt, daß er die Zähigkeit der Rebellen erheblich unterschätzt hatte. Wo, fragte er sich, waren die Mandschu, wenn er sie brauchte?

Hundert Kesselpauken dröhnten, hundert Tritonshörner erschallten und hundert Trompeten schmetterten. Die Acht Banner flatterten rot, gelb, blau und weiß im Wind, als zehntausend Mandschu-Reiter sich mitten unter die Rebellen stürzten. Das Donnern der Hufe übertönte das Schwertergeklirr und die Schreie der Verwundeten. Auf seinem Hügel riß der Einäugige Li in ohnmächtiger Wut an seinem Bart, als er seine Linien zurückweichen sah.

Aber während er schon die Hoffnung aufgab, sammelten sich seine Leute wieder mit dem Mut der Verzweiflung und beflügelt von ihrer Beutegier. Sie waren soviel zahlreicher als ihre Feinde. Die Rotmantelkanonen donnerten mit Unterbrechungen. Francis Arrowsmith ließ keine Salven mehr abfeuern, sondern befahl seinen Leuten, nur zu schießen, wenn sie ihrer Ziele sicher waren. Die Kanoniere schwenkten ihre Waffen, aber die Schlacht zog sich so weit auseinander, daß die Abstände zwischen ihren Schüssen immer größer wurden.

Als der Wind den Schwarzpulverqualm verwehte, sah Francis, daß das Getümmel sich von seiner Front entfernt hatte.

«Feuer einstellen!» schrie er. «Feuer einstellen und zweimal Kartätschen laden für eine Salve!»

Minuten vergingen, bis vierundzwanzig Geschützführer meldeten: «Schußbereit!»

«Feuer jetzt!» schrie Francis. «Feuer jetzt!»

Tausende von Kugeln metzelten die Rebellen nieder. Trotz des wallenden grauen Rauchs sah Francis zum erstenmal Tageslicht zwischen den feindlichen Reihen, einen schwachen Schimmer, der verschwand, als die verzweifelten Rebellen die Glieder wieder schlossen.

Die Sonne war hinter schwarzen Gewitterwolken verborgen, und am frühen Nachmittag wurde es plötzlich dunkel. Das Gewitter brach los, der Donner grollte und übertönte den Nachhall der Salve. Ostwind, der Sand aufwirbelte, und Regen peitschten den Rebellen ins Gesicht.

Auf seinem Hügel stöhnte der Einäugige Li laut auf und befahl: «Tötet Wu Hsiang! Tötet jetzt den Vater des Grafen!» Er sah seine Kampflinie unter neuen Angriffen der Reiterei zurückweichen. Als Dorgon und der Graf ihre Reserven in die Schlacht führten, begannen die Rebellen ihre Waffen wegzuwerfen und die Flucht zu ergreifen. Ihr Kaiser sprang auf sein Pferd und galoppierte gen Westen nach Peking, und die Männer, die den Kronprinzen der Ming bewachten, folgten ihm.

Erstaunt und erschüttert, ging Francis Arrowsmith zwischen seinen abkühlenden Geschützen auf und ab und war froh, daß seine Kanoniere keinen einzigen Verlust erlitten hatten, obwohl das Schlachtfeld mit Leichen übersät war. Betrübt betrachtete er die Verwundeten, die sich taumelnd auf weggeworfene Schwerter und Speere stützten, und zuckte jedesmal zusammen, wenn ein verletztes Pferd einen Todesschrei ausstieß. Seine pulvergeschwärzten Hände zitterten, als er den Porzellankopf seiner Pfeife stopfte.

Auch der Mandschu-Prinz und der chinesische Graf waren erstaunt. Eine Niederlage der Rebellen hatten sie erwartet, aber keine wilde Flucht. Da sie eine List befürchteten, riefen sie ihre verfolgende Reiterei zurück und stellten ihre Truppen neu auf.

Als kein Gegenangriff erfolgte, ordnete Prinzregent Dorgon am späten Nachmittag eine Danksagungszeremonie an. Der Graf des Befriedeten Westens, Generalleutnant Wu San-kuei, wurde unter dem Siegel des Mandschu-Kaisers Shun Chih zum Fürsten des Befriedeten Westens erhoben. Er gelobte den Mandschu Treue, denn er hatte keine andere Wahl. Dorgon belohnte ihn überdies mit üppigen Geschenken, wie sie ein Fürst einem anderen macht: ein Gürtel aus schimmernder *fei-tsui*-Jade, ein weiter Zobelumhang, ein Mantel aus blauer Tributseide, bestickt mit sprungbereiten goldenen Drachen, und ein Hengst, dessen Sattel mit Amethysten, Topasen, Türkisen und Korallen verziert war.

Dann befahl der Prinzregent, daß der neue Fürst und seine Offiziere mit dem sichtbaren Kennzeichen ihrer Unterwerfung versehen werden sollten. Mandschu-Barbiere schoren ihnen die Schädel und flochten das übrige lange Haar zu Zöpfen, wie sie auch Dorgon und alle seine Soldaten trugen. In gehobener Stimmung, weil dieser symbolische Akt die Mandschu-Herrschaft über das ganze Reich kundtat, ging der Prinzregent zwischen den chinesischen Offizieren auf und ab.

«Keine Sorge, wenn der Zopf zuerst ein bißchen kurz ist. Dieser da weiß, daß er länger wird.» Lachend deutete Dorgon mit dem Kinn auf Francis Arrowsmith.

«Sobald Eure Leute ausgeruht sind, werdet Ihr mit zehntausend

meiner Leute nach Westen reiten», sagte Dorgon zu dem neuen
Fürsten. «Alle unterstehen Eurem Befehl, da Ihr jetzt ein Fürst und
General der Mandschu-Dynastie seid. Ihr sollt den Einäugigen Li
verfolgen, der Euren Vater umgebracht hat. Ihr werdet mir seinen
Kopf bringen – und wenn es auch Monate oder gar ein Jahr dauert.»

Der Fürst des Befriedeten Westens verbeugte sich vor dem Prinzregenten. Francis, der sich hinter ihm verbeugte, las von seinem
starren Rücken Enttäuschung und Wut ab. Den Chinesen verlangte
es, nach Peking zu reiten, um seine Geliebte wiederzufinden und sie
vor dem Gemetzel zu retten, das den Rückzug der Rebellen aus der
Hauptstadt begleiten würde. Beide mußten sie den besiegten Rebellen-Kaiser verfolgen, und beide waren sie von Besorgnis geplagt, der
neue Fürst um die Dame Chen und Francis um seine Familie.

PEKING

30. Mai bis 6. Juni 1644

Am 1. Mai 1644 hatte Johann Adam Schall von Bell in aller Stille
seinen dreiundfünfzigsten Geburtstag gefeiert und im Lauf des Mo-
nats seine Gemeinde zu sich ins Missionshaus geholt, um sie vor dem
aufkommenden Sturm zu schützen. Seine angebliche astrologische
Zauberkunst, die von ihm nicht bestritten worden war, hatte dem
Einäugigen Li mehr Eindruck gemacht als seine wissenschaftlichen
Fähigkeiten. Daher hatte der Briganten-Kaiser seine Truppen ange-
wiesen, die Christen zu schonen. Aber Adam Schall wußte, daß ein
Orkan von Mord, Raub, Brandstiftung und Plünderung über die
Nördliche Hauptstadt hinwegfegen würde, sobald die Herrschaft der
Rebellen zerbrach.

Die Entschlossenheit des Priesters wurde nicht gemindert durch
seine Befürchtung, daß nur ein Wunder seine Gemeinde vor dieser
Raserei retten könne. Wunder waren sozusagen seine Sache. Er trachtete nicht gerade nach dem Märtyrertod, aber er war bereit, ihn zu
erdulden. Wenn er sich den Plünderern stellte, bangte er nicht um sich,
aber sehr um seine Pfarrkinder.

Als die Nachricht von der überwältigenden Niederlage des Einäugigen Li Peking in den letzten Maitagen erreichte, wurde Adam Schalls Mut auf eine schwere Probe gestellt. Die Plünderer, die wußten, daß ihr Leben praktisch verwirkt war, suchten nach Schätzen, mit denen sie sich an anderen Orten, wo sie nicht bekannt waren, ein neues Leben aufbauen könnten. Sie häuften Seide, wertvolle Möbel, sperrige Kunstgegenstände und Gold und Silber auf gestohlene Karren. Da die Polizei nicht mehr für Ordnung sorgte, schloß sich der Pekinger Pöbel den Plünderern an, und es ging das Gerücht, hinter den Mauern des Jesuiten-Grundstücks seien unermeßliche Schätze verborgen.

Nur die Furcht vor dem Christengott und seinem kriegerischen Priester schützte das Missionshaus vor Massenangriffen. Pater Adam und Diener mit Knüppeln und Speeren wechselten sich regelmäßig beim Wachdienst am Haupteingang ab. In der silbernen Scheide an Pater Adams Gürtel hing der große japanische Säbel, den Pater Juan Rodriguez ihm vor einem Jahrzehnt geschenkt hatte.

Es wäre ihm lieber gewesen, die Gesellschaft Jesu hätte nicht danach getrachtet, in erster Linie die chinesischen Literaten-Beamten zu bekehren. Viele Mandarine erwiesen sich als schwanke Rohre. Sie waren bestürzt, weil weder die geistige Kraft ihres angenommenen Glaubens noch die Kriegskunst seiner Priester die Zerstörung ihrer Welt verhindert hatten. Ihre Machtstellung und ihren Reichtum hatten sie bereits verloren, und jetzt zitterten sie um ihr Leben.

Die weniger zahlreichen Handwerker und Kaufleute unter den Bekehrten waren vertrauter mit Not und Unglück. Die Beständigkeit des Reiches hatte niemals die Beständigkeit ihres Wohlergehens gewährleistet. Weniger niedergeschlagen als die höheren Stände waren die Angehörigen der unteren Schichten die Hauptstütze der christlichen Gemeinde in dieser äußerst kritischen Lage.

Johannes Yao, der Pinselmacher, teilte die Handwerker zur Überwachung der Mauern des Grundstücks ein, die seine verletzte Tochter schützten. Einige Söhne von Mandarinenfamilien schlossen sich der improvisierten Bürgerwehr an, die die Plünderer von den mehr als hundert Frauen, Kindern und älteren Männern fernhielten, die bei dem ausländischen Priester und seinem ausländischen Gott Zuflucht gesucht hatten. Die Säule der Verteidigung war indes Francis Arrowsmith' ehemaliger Adjutant, Simon Wu.

Mitte Mai war der Oberst der Geheimpolizei gedemütigt von seiner

Mission beim Grafen des Befriedeten Westens zurückgekehrt. Er war entschlossen, sich für die Erhaltung der Rebellenherrschaft einzusetzen, aber sein Gönner, der Schwarze Premier, genoß nicht länger die Gunst des Briganten-Kaisers. Die Weigerung des Grafen, gemeinsame Sache mit ihm zu machen, hatte bewirkt, daß der Einäugige Li den Obereunuchen Tsao Chun-hua als Verräter verachtete, und der Schwarze Premier verschwand aus der Verbotenen Stadt. Die Leute erzählten sich, er sei in zerlumpter Kleidung und mit dem Sack eines Hausierers aufs Land geflohen.

Zutiefst enttäuscht von der Großen Ming-Dynastie und ihrem selbsternannten Nachfolger hatte Simon Wu sich wieder auf das besonnen, was ihm am meisten am Herzen lag: die christliche Gemeinde, die ihn immer noch willkommen hieß, und Marta Hsü, der seine Zuneigung galt, seit er sie kennengelernt hatte.

Sie hatte seine Unterstützung sehr nötig. Zwei Tage nach Simon Wus Rückkehr war Martas Vater Jakob Soo der Verzweiflung erlegen. Die Dynastie, der er sein Leben lang und seine Familie seit neun Generationen gedient hatten, war zusammengebrochen wie ein verfaulter Baumstamm. Wenngleich sein neuer Glaube den Selbstmord untersagte, folgte er den Bräuchen seiner Vorfahren und dem Beispiel seines Kaisers. Er erhängte sich in seinem Gartenhaus.

Obwohl die Straßen von Peking so gefährlich waren wie ein Schlachtfeld, kam Pater Adam Schall auf Martas Bitten zu ihr. Sie führte an, ihr Vater sei durch sein Unglück geistesgestört gewesen und verdiene deshalb trotz des Selbstmords, in geweihtem Boden beerdigt zu werden. Dennoch konnte der Priester nur ein Gebet an dem Sarg sprechen, da ein Begräbnis wegen der Unruhen unmöglich war. Aber er unterstützte Simon Wus dringende Bitten, daß Candida, Marta, Maria sowie die Dienerin Ying im Missionshaus Zuflucht suchen sollten. Begleitet von sechs christlichen Musketieren des ehemaligen Bataillons Gottes brachten zwei schlichte Sänften die Damen in die einstweilige Sicherheit des Jesuitenhauses.

Am 31. Mai 1644 kehrte der Einäugige Li in die Nördliche Hauptstadt zurück. Er hatte sich nicht gleich in seine Hochburg im Westen begeben, wie Prinzregent Dorgon angenommen hatte, weil er seine Sache in Peking noch nicht vollendet hatte. Drei Pferde hatte er auf seiner überstürzten Flucht zuschanden- und sich selbst wundgeritten.

Auch hatte er alle Hoffnung aufgegeben, obwohl er noch über viele Zehntausende von Soldaten gebot. Die Stadt war ihm vor einem Monat in den Schoß gefallen, weil ihre Garnison nicht gewillt gewesen war, die praktisch uneinnehmbaren Wälle zu verteidigen. Der Briganten-Kaiser, dessen Entschlossenheit durch seine entscheidende Niederlage erschüttert war, wußte, daß seine entmutigten Soldaten diese Wälle gegen Rotmantelkanonen nicht würden halten können.

Obwohl der «Ewige Glanz» seines Regierungsnamens verblaßte, war der Yung Chang-Kaiser entschlossen, diesen Namen unauslöschlich in die Annalen Chinas einzutragen. Außerdem könnte sich seine Niederlage am Paß zwischen den Bergen und dem Meer immer noch als ein lediglich zeitweiliger Rückschlag erweisen. Nachdem er seiner Leibwache befohlen hatte, die silbernen und goldenen Gefäße des kaiserlichen Schatzes zu Barren zu schmelzen, bereitete er eilig seine Krönung vor.

Zwar hatte er schon auf dem Drachenthron im Palast der Vollkommenen Reinheit gesessen und sich huldigen lassen, die Krönung aber verschoben, um erst den Grafen des Befriedeten Westens für sich zu gewinnen – oder zu besiegen. Er hatte nicht gewollt, daß nach seiner Krönung auch nur der mindeste Rückschlag einen Schatten auf seine Regierungszeit werfe. Die Krönung war nicht eilig, denn seine Dynastie würde nicht nur Jahre oder Jahrzehnte, sondern Jahrhunderte überdauern. Außerdem hatten die Astrologen noch keinen Tag als besonders günstig erklärt.

Alle diese Überlegungen spielten jetzt keine Rolle mehr, denn was er am meisten gefürchtet hatte, war bereits eingetreten. Der Einäugige Li war gewillt, den Schrecken die Stirn zu bieten, die ihm schon widerfahren waren. Denn jedesmal, wenn er auf dem Drachenthron saß, war er von entsetzlichen Kopfschmerzen befallen und von einem weißgewandeten Gespenst mit einem riesigen Säbel bedroht worden. «Voller Entsetzen sprang der Briganten-Kaiser vom Thron und kauerte sich auf den Boden, schnatternd wie ein Affe», vermerkte Adam Schall in seinem Tagebuch.

Am 3. Juni 1644, dem neunundzwanzigsten Tag im vierten Monat seiner Regierung, wurde der Yung Chang-Kaiser der Großen Himmelfürchtenden Dynastie feierlich gekrönt. Er saß auf dem großen Drachenthron in der Halle der Kriegshelden, erhielt die weltlichen Sakramente der Inthronisation und hörte die Hof-Herolde die Erhebung von sieben Generationen seiner Vorfahren in den Rang von Kaisern verkünden. Beschützt von Tausenden seiner Soldaten, zog die kaiserliche Prozession dann zum Tempel des Himmels im südöstlichen Bezirk, um den Himmlischen Mächten die Thronbesteigung zu melden.

An jenem Abend befahl der neugekrönte Kaiser, die Verbotene Stadt, die Kaiserliche Stadt und die neun Tortürme auf den Stadtmauern in Brand zu stecken. Am nächsten Morgen verließ er die Stadt, die er nicht halten konnte.

Hinter ihm her zogen Tausende von Mauleseln, beladen mit Zehntausenden von Gold- und Silberbarren. Das war nur ein Teil der kaiserlichen Schätze, der aber ausgereicht hätte für den Bau und die Bemannung von drei oder vier großen Flotten, um die Mandschu zu besiegen. Doch schleppten die fliehenden Rebellen noch weit mehr Kostbarkeiten aus der brennenden Hauptstadt weg. Auf Hunderten von Meilen säumten weggeworfene Staatsgewänder und Ballen von Tributseide, wertvolle Möbel, Hausaltäre und Schmuckschatullen aus rotem Leder, Weihgefäße und Tafelgeschirr aus Gold, Silber, Jade und Rhinozeroshorn ihren Weg nach Sian.

Der Einäugige Li wußte im Grund seines Herzens, daß er nie nach Peking zurückkehren würde, und die verkohlten und ausgebrannten Ruinen der Hauptstadt sollten sein Denkmal sein. Etwa dreitausend Rebellen hatten nach seiner Rückkehr vom Schanhaikwan planmäßig die Holzhäuser in Brand gesteckt und in den steinernen Gebäuden Kisten mit Schießpulver aus den Kaiserlichen Feldzug-Werkstätten zur Explosion gebracht. Als ihr Befehlshaber sich beklagte, die Stadt sei zu groß, kommandierte der Einäugige Li weitere dreitausend Mann zur Zerstörung von Peking ab. Noch nach seinem Abzug war diese Nachhut mit diabolischer Tatkraft am Werk.

Brennende Gebäude umgaben die Jesuitenmission mit einem Feuerwall, und die Blätter der Bäume in den Höfen kräuselten sich verdorrt in der Hitze. Die Ziegeldächer des Missionshauses widerstanden den Flammen, aber die hölzernen Dachvorsprünge wurden angesengt. Die Gebete der christlichen Gemeinde stärkten die Wachsamkeit der Männer, die mit Wassereimern auf den Dächern standen, und die plötzlich unter den Ziegeln hervorzüngelnden Flammen wurden immer wieder erstickt.

Anderswo übersprangen die Brände die schmalen *hutungs* wie feuerspeiende Drachen, aber das Missionshaus blieb eine Insel in einem Feuermeer. Sogar das Nebengebäude, in dem Adam Schalls Bibliothek und seine Druckplatten untergebracht waren, konnte trotz des Strohdachs vor den Flammen bewahrt werden.

In der achteckigen Kapelle dankten die christlichen Damen dem Herrn des Himmels für seine Wunder, die sie schützten. Pater Adam Schall bemerkte mürrisch, er sehe nichts, was nicht durch menschliches Wissen erklärbar sei. Ihre Rettung sei die Folge von ständiger Wachsamkeit und Mut. Aber sie könnten dem Herrn des Himmels dafür danken, daß er seine Kinder zu solchen Anstrengungen ermutigte. Allerdings räumte er ein, daß es vielleicht ein Wunder war, als eine Rebellengruppe sich über Simon Wus Arkebusiere hinwegsetzte und einen ölgetränkten, mehrere hundert Pfund schweren Ballen Reisstroh an das Haupttor wuchtete. Ein Wirbelwind stieg von den Bränden ringsum auf, hob den lodernden Ballen in die Luft und setzte ihn auf dem Dach eines fünfzig Ellen entfernten taoistischen Tempels ab.

Im nächsten Augenblick rissen etwa dreißig Räuber das brüchige Haupttor nieder und drangen in die christliche Zufluchtsstätte ein. Gesicht und Arme rußbedeckt, Bart und Soutane voller Brandspuren, schwang Pater Adam seinen zweihändigen japanischen Säbel, und die scharfe Klinge blitzte silbern inmitten der Flammen. Einem der Angreifer spaltete der Säbel die Schulter bis auf den Knochen und hätte fast zwei andere geköpft, dann flohen die Räuber.

Aber während der Jesuit diesen Angriff abwehrte, kamen dreißig weitere Plünderer durch die Seitentüren und kletterten über die Mauern. Der Kampf am hinteren Teil des Grundstücks war nicht so schnell entschieden, denn die christlichen Wachen bekämpften das Feuer an den Mauern. Mit nassen Kleidern und feuchten Tüchern über Mund und Nase tasteten sich mehrere Plünderer durch den dichten Rauch und traten die Tür zur Kapelle ein, wo die Frauen und Kinder saßen. Sie packten fünf verängstigte Frauen und flüchteten mit ihnen. Gerade hatten sie den *hutung* erreicht, als drei Verteidiger unter Führung von Simon Wu und Johannes Yao durch die zerstörte Tür hereinkamen.

«Gott sei Dank, Simon, du bist es!» schrie Marta Hsü. «Sie haben Maria mitgenommen, Maria und Candida auch.»

Draußen explodierte eine Mine und übertönte Simon Wus Antwort von der inneren Kapellentür. Gedrängt und gestützt von ihrer Dienerin Ying, wankte Marta durch die Außentür in die Flammen. Keuchend in der sengenden Hitze, folgten ihnen Simon Wu und Johannes Yao. Sie sahen Marta und Ying noch in dem verlassenen *hutung,* während die anderen christlichen Frauen und ihre Entführer in dem dichten Rauch verschwunden waren.

«Ich sehe sie!» rief Ying. «Da bewegt sich etwas, da drüben, hinter dem taoistischen Tempel! Schnell, Herrin!»

Marta humpelte mit ihren verkrüppelten Füßen auf den in Flammen stehenden Tempel zu, gestützt auf den Arm ihrer Dienerin, die um ihr Pflegekind Maria weinte. Simon Wu und Johannes Yao folgten ihnen immer noch, obwohl sie keine Bewegung sehen konnten.

Ein Balken, lodernd wie ein gewaltiger Feuerpfeil, bohrte sich hinter Marta in den Boden. Voll Entsetzen sahen die Männer, daß der brennende Balken umstürzte und die beiden Frauen unter sich begrub. Marta schrie noch gellend auf, aber Ying war schon still. Der Oberst und der Pinselmacher schirmten ihre Gesichter mit ihren langen Ärmeln ab und kämpften sich durch das Flammenmeer zu Marta. Als sie sich niederbeugten, um sie unter dem Balken hervorzuziehen, verstummten Martas Schreie.

Die beiden Christen knieten inmitten des Krachens zersplitterter Balken, des Donners einstürzender Mauern und des Prasselns der Feuersbrunst. Geblendet, betäubt und vor Schreck gelähmt verharrten sie etwa zwanzig Sekunden. Dann war es zu spät, als das Dach des taoistischen Tempels einstürzte.

Marta Hsü und Ying, Simon Wu und Johannes Yao wurden vom Feuer verzehrt. Die Flammen ihres Scheiterhaufens loderten hoch über den Rauchwolken.

Am Nachmittag des 6. Juni im Jahre des Herrn 1644, dem ersten Jahr des Shun Chi-Kaisers, zog Prinzregent Dorgon in Peking ein. Er führte seine Truppen an den rußgeschwärzten Resten der kaiserlichen Ministerien vorbei zur Kaiserlichen Stadt und rief den Kind-Kaiser der Mandschu zum Nachfolger der Ming-Dynastie aus.

«Huang-ti wan-sui! Wan-sui! Wan-wan-sui!» riefen die Chinesen, die die Straßen säumten. «Möge der Kaiser zehntausend Jahre leben! Zehntausend Jahre! Zehntausendmal zehntausend Jahre!»

Des Haders müde, angewidert vom Gemetzel und dem Grauen der

Schreckensherrschaft, entboten die Bewohner der Nördlichen Hauptstadt den Mandschu den Gruß, der dem rechtmäßigen Kaiser gebührte. So ging das Mandat des Himmels auf die Mandschu über, und eine neue Ära begann in der ewigen Geschichte Chinas.

DAS MANDAT
DES HIMMELS

Januar 1645 bis September 1652

PROVINZ SCHENSI, PEKING

15. Januar 1645 bis 5. Juni 1648

Stolz auf ihren Sieg am Paß zwischen den Bergen und dem Meer, waren sie über die weite nordchinesische Ebene geritten. Die überzivilisierte und unendlich korrupte Ming-Dynastie hatte den halbzivilisierten Mandschu weichen müssen, die kräftig und unverdorben waren, wenn auch ungeschliffen. Dieser Übergang des Mandats des Himmels hatte das Leben aller Menschen unter dem Himmel verwandelt.

So erschien es wenigstens Oberstleutnant Francis Arrowsmith im herrlichen Sommer und strahlenden Herbst des Jahres 1644. Er hoffte auf eine bessere Zukunft, eine geruhsamere als die grausame und turbulente Vergangenheit. Der Teil der Menschheit, mit dem sein Schicksal auf Gedeih und Verderb verbunden war, schien eine Wiedergeburt erlebt zu haben, die so wohltätig war wie das alljährliche Wunder des Frühlings für die Erde. Die bewaffnete Auseinandersetzung von dreihunderttausend Mann war offenbar nicht nur für die Herrschaft über ein Reich, sondern für das Geschick einer Zivilisation entscheidend gewesen.

Wie alle Sieger, blickte Francis voll Zuversicht in die Zukunft – bis der Zweifel an ihm zu nagen begann. Als der harte nordchinesische Winter hereinbrach, änderte sich seine Stimmung, und seine Hoffnungen schwanden.

Die Lagerfeuer des Heeres des Fürsten des Befriedeten Westens schimmerten rot in der Nacht, die die gebirgige Provinz Schensi einhüllte. Der von den Mandschu zum Fürsten erhobene General wärmte sich in seinem prächtigen Zelt an Holzkohlenpfannen. Seine Truppen, Chinesen und Mandschu, hockten in der bitteren Januarkälte 1645 an Lagerfeuern. Sie durften keine Zelte aufschlagen, denn bei Tagesanbruch sollten sie die endlose Verfolgung des Briganten Einäugiger Li wieder aufnehmen.

Sogar Stabsoffizieren der Vorhut wurde der Luxus von Zelten verweigert. Francis Arrowsmith fröstelte in seinem Rotfuchsmantel, und seine Gedanken waren kalt und bitter.

«Ich bin, glaube ich, nicht übermäßig empfindlich», sagte er nachdenklich zu seinem Schreiber Joseph King. «Auch lasse ich mich durch häusliche Besorgnisse nicht leicht von meiner Pflicht ablenken, was meinst du?»

«Keineswegs, Pfeilschmied. Wenn Ihr fehlgeht, dann in der entgegengesetzten Richtung.»

Francis beachtete die bissige Bemerkung nicht, sondern grübelte weiter darüber nach, wie es seiner Familie bei der Plünderung Pekings wohl ergangen sein mochte. Er sehnte sich ebenso nach seiner Frau Marta, sogar nach ihrer spitzen Zunge, wie nach seiner liebevollen Tochter Maria.

«Ich neige doch nicht dazu, mir etwas einzubilden, nicht wahr, Joseph? Es ist doch nicht meine Art, Mißlichkeiten den Ränke schmiedenden Feinden zuzuschreiben, oder?»

«Pfeilschmied, Ihr lebt in einem Volk von Verschwörern», antwortete Joseph schlaftrunken. «Es sind keine Trugbilder, sondern Menschen, die uns wie Schachfiguren hin- und herschieben.»

Da Joseph offenbar schlafen wollte, schloß auch Francis die Augen. Aber er konnte nicht aufhören, an die ständige Vereitelung seiner Bemühungen zu denken, Nachricht von seiner Familie zu erhalten, seit Prinzregent Dorgon befohlen hatte, ohne Aufenthalt in Peking den Einäugigen Li zu verfolgen. Er hatte versucht, nach Peking zu kommen, wann immer das Heer eine Pause einlegte, damit sich Mann und Roß ausruhen konnten. Aber es wurde nie etwas daraus. Der Fürst des Befriedeten Westens wollte ihm Urlaub geben, aber jedesmal ergab sich eine kritische Lage, die seine Anwesenheit erforderte. Einmal widerrief der Fürst den Urlaub auch ohne Erklärung.

Der Fürst, dachte Francis verbittert, wußte, daß seine Geliebte, die Dame Chen, die Plünderung der Hauptstadt überlebt hatte und von loyalen Dienern betreut wurde, nachdem der Einäugige Li ihre Freilassung befohlen hatte, vermutlich, um ihren Liebsten versöhnlich zu stimmen. Wu San-kuei hatte sie mehrmals aufgesucht, aber immer behauptet, er wisse nichts über das Schicksal von Francis' Familie, weil in der Hauptstadt immer noch Unruhe herrsche.

Francis versuchte, seine aufsässigen Gedanken zu unterdrücken, die ihm die dringend benötigte Ruhe raubten. Aber er konnte nicht schlafen und wurde gequält von Befürchtungen, daß entweder der Fürst oder eine höhergestellte Persönlichkeit ihm feindlich gesonnen sei. Nicht ein einziger Kurier aus Peking hatte ihm eine Nachricht von Marta oder Pater Adam gebracht, und alle Kuriere wichen seinen Fragen aus. Der Jesuit, sagten sie, erfreue sich der Gönnerschaft der Mandschu, aber keiner wußte angeblich etwas von der Familie des Pfeilschmieds.

Vielleicht, dachte er, hintertrieb Prinzregent Dorgon seinen Urlaub und fing alle Nachrichten aus Peking ab. Dorgons Groll, den er so beiläufig zu erkennen gegeben hatte, als sie sich am Paß zwischen den Bergen und dem Meer trafen, mußte stark sein. Daß Francis von Macao nicht nach Mukden zurückgekehrt war, sah Dorgon offenbar als ein schweres Vergehen an.

«Wer sonst außer Dorgon könnte es sein?» sagte Francis laut. «Wenn er nicht glaubte, meine Fähigkeiten könnten ihm noch nützlich sein, würde er mich womöglich hinrichten lassen, Joseph.»

Aber sein Schreiber schnarchte neben dem Feuer, und das Lager war still.

Nicht nur Francis, sondern auch andere Offiziere gewannen allmählich den Eindruck, daß sich ihre Welt nicht so völlig gewandelt hatte, wie sie nach ihrem Sieg in der Schlacht am Paß geglaubt hatten. Enttäuschung befiel das Heer bei der nicht enden wollenden Verfolgung des Einäugigen Li. Wenig schien sich geändert zu haben, obwohl die Nördliche Hauptstadt in der Hand der Mandschu war.

Der kleine Shun Chih-Kaiser war im Oktober 1644 in Peking eingezogen und hatte seine Oberherrschaft über alle bisher von den Ming regierten Länder und Völker verkündet. Die Acht Banner der Mandschu konnten nach ganz China vorstoßen. Aber eigentlich hatten sie nur Peking erobert. Der Besitz des Reiches wurde ihnen streitig gemacht durch rivalisierende Ming-Prätendenten, denn die direkte Erbfolge hatte der Einäugige Li durch die Ermordung des Kronprinzen und seiner Brüder unterbrochen.

Nicht einmal mit diesem Thronräuber waren die Mandschu fertig geworden. Er hatte immer noch eine halbe Million Mann unter den Waffen und behauptete, ihm, einem chinesischen Patrioten, sei das Mandat des Himmels übertragen worden, und nicht den nördlichen Barbaren.

Die Verfolgung dauerte bis zum Herbst 1645. Der Einäugige Li handelte schändlich auf der Flucht und metzelte nicht nur unglückliche Zivilisten nieder, sondern auch seine eigenen Soldaten und Offiziere. Aus Angst vor den Kupferschwertern der Scharfrichter des Briganten-Kaisers stellten sich seine Truppen tapfer allen Mandschu-Verfolgern. Erst mehrere große Gefechte brachen ihren Widerstand. Im Oktober 1645, achtzehn Monate nach der Schlacht am Paß, wurde der Einäugige Li in Tschikungschan eingeschlossen, dem Sieben-Burgen-Gebirge zwischen den Provinzen Hupei und Hunan.

Francis Arrowsmith erholte sich gerade von dem heftigen Fieber, das die Chinesen *chang-ping* nennen, die Miasma-Krankheit, und die Europäer *mal aria,* schlechte Luft. Aber der Fürst entsandte ihn zur Untersuchung eines Vorfalls tief im Gebirge, weil Francis den Einäugigen Li von Angesicht kannte.

«Euer Exzellenz, zwanzig Furiere der Rebellen unter Führung eines einzigen Offiziers wurden in einem Hohlweg von Bauern überfallen, die wütend waren über ihre Ausplünderung», schrieb Francis in seinem Bericht. «Mehrere hundert Landleute erschlugen sie mit Mistgabeln, Hacken und Sicheln. Als sie die Leiche des Offiziers entkleideten, fanden sie unter seinem Mantel ein Gewand mit kaiserlichen Drachen und in seiner Satteltasche ein goldenes Staatssiegel. Die Leiche war außerdem einäugig. Aber als ich sie schließlich sah, war sie schon zu stark verwest, um sie zu erkennen. Sie war auch entsetzlich verstümmelt, so daß ich nicht sagen kann, ob das fehlende Auge eine alte oder eine neue Wunde war. Euer Exzellenz, ich glaube nicht, daß der Rebellenführer von den Bauern umgebracht wurde, die er abwechselnd beschützte und ausbeutete. Das Staatssiegel ist verschwunden, und das angeblich kaiserliche Gewand ist aus billigem Stoff, die Drachen sind in gelber Baumwolle und nicht in echtem Gold darauf gestickt. Vor allem aber, warum sollte der Befehlshaber mehrerer hunderttausend Mann einen kleinen Fouragierzug angeführt haben? Ich glaube nicht, Euer Exzellenz, daß der in dem Engpaß erschlagene Mann der Einäugige Li war, sondern einer der Neffen, die er zu kaiserlichen Prinzen gemacht hat. Wir müssen also ernstlich in Betracht ziehen, was sich das Volk erzählt, nämlich daß der Thronräuber in einem buddhistischen Kloster Zuflucht gefunden und das Mönchsgelübde abgelegt habe.»

Der Fürst, dem daran lag, die langwierige Verfolgung zu beenden, unterschlug Francis' Bericht, teilte dem Prinzregenten mit, der Einäugige Li sei tot, und führte sein Heer zurück nach Peking.

Zwanzig Monate nachdem sie zu der Mission aufgebrochen waren, von der sie glaubten, daß sie nur ein paar Wochen erfordern würde, kamen Francis Arrowsmith und Joseph King nach Peking zurück. Persönliche Befehle des Prinzregenten Dorgon hatten, wie der Fürst des Befriedeten Westens schließlich zugab, ihre Heimkehr noch weiter verzögert, denn sie wurden auf sinnlose Reisen geschickt, um herauszufinden, welche Feuerwaffen aus dem mageren Arsenal der Rebellen noch verwendbar seien. Aber am 23. Dezember 1645 ritten sie dann endlich durch Fucheng Men, das Bergtor.

Eine Schneedecke verhüllte die schweren Wunden, die der Einäugige Li der Nördlichen Hauptstadt geschlagen hatte. Schneewehen lagen auf den Ziegeldächern, und glitzernde Eiszapfen hingen an den Dachvorsprüngen. Sie ritten am Jesuitenhaus vorbei, das allein auf einer kahlen, weißen Fläche stand. Die Rohbauten neuer Häuser, die rings um das christliche Grundstück errichtet wurden, trugen weiße Büschel, wie Schafwolle, die an Zäunen hängengeblieben war.

Da der frisch gefallene Schnee noch nicht festgetreten war, galoppierten sie, ohne befürchten zu müssen, daß die Hufe ihrer Pferde ausrutschen würden. Sie trafen nur wenige Fußgänger, die in dicke Mäntel vermummt waren. Der Duft von Öl und Gewürzen zog durch den Silberfuchs-*hutung,* der zum Haus des Mandarins Jakob Soo führte. Jedesmal wenn sich in den grauen Mauern, die die Gasse begrenzten, ein Tor öffnete, warfen Laternen einen gelben Schein auf die Schneedecke. Weder das Aussehen noch die Gerüche des Viertels hatten sich verändert. Als sie sich der letzten Biegung des *hutung* näherten, war Francis voll freudiger Erwartung. Er hatte vielleicht zum erstenmal im Leben das Gefühl, nach Hause zu kommen. Seine Augen suchten das vertraute Tor, und er schnupperte das rauchige Holzfeuer, das irgendwie einmalig war unter allen Feuern Pekings. Die Diener würden fluchen und Witze machen bei ihren Vorbereitungen für das Weihnachtsfestmahl.

Sie kamen um die Biegung und befanden sich in einer Wüstenei. Ungehindert trabten ihre Pferde über den schneebedeckten Platz, auf dem einst das Haus des Mandarins Jakob Soo gestanden hatte.

«Das Haus ist verschwunden, Oberst. Aber das bedeutet nicht viel. Es bedeutet nicht, daß die Familie zerstreut ist. Wir müssen die Nachbarn fragen.»

«Sei doch nicht albern, Joseph. Es gibt keine Nachbarn. Alle sind weg . . . verjagt.»

«Der Maronenverkäufer an der Ecke. Er ist seit eh und je hier. Er wird es wissen.»

Das zerfurchte, verwitterte Gesicht des alten Maronenverkäufers spähte aus dem aus wattierten Mänteln bestehenden Zelt hervor, das ihn und seine Holzkohlenpfanne umhüllte. Er zwinkerte mit den Augen, und Francis fragte sich, obwohl es ganz unwichtig war, was für Kunden er wohl an diesem eiskalten Nachmittag anzulocken hoffte.

«*Ai-yah . . . chiu shih ninrh, Tuan-chang?*» fragte der Maronenverkäufer. «Oberst, Ihr seid es? Der Pfeilschmied? Ihr seid weg gewesen, nicht wahr?»

«Richtig.» Francis ging nicht auf die Aufforderung zum Plaudern ein. «Ich wollte Euch fragen, das Haus meines Schwiegervaters ist verschwunden. Und die Familie, wo ist sie? Geht es allen gut?»

«Das ist schwer zu sagen, Oberst. Was den alten Herrn betrifft, so weiß ich, was mit ihm ist. Er hat sich aufgehängt, kurz ehe die Banditen abzogen. Hat sich aufgeknüpft wie der alte Kaiser. Als das Haus brannte, ging er in seinem schönen Sarg auch in Rauch auf.»

«Heraus mit der Sprache, Alter», sagte Joseph King drohend. «Beantworte die Fragen des Obersten richtig.»

«Wie Ihr befehlt, Leutnant. Die Familie ging an dem Tag weg, nachdem er alte Mandarin sich erhängt hatte. Die beiden Damen, das kleine Mädchen und die Dienerin, sie sind alle mit dem ausländischen Priester weggegangen. Das ist alles, was ich weiß.»

Sie ritten schleunigst zum Jesuitenhaus zurück. Als hätte er ihre Ankunft erwartet, begrüßte Pater Adam sie eine halbe Minute nachdem Francis mit dem Schwertgriff ans Tor gehämmert hatte.

«Ich freue mich, euch beide heil und unversehrt zu sehen, Francis und Joseph.» Der Jesuit gab sich gelassen, aber er lächelte nicht. «Seid ihr gerade erst angekommen?»

«Nein, Pater Adam», antwortete Joseph. «Wir waren schon im Silberfuchs-*hutung*.»

«Dann habt ihr es also gesehen.» Der Priester führte sie durch den Hof auf dem Pfad, den er im Schnee getreten hatte. «Ein tragischer Anblick, doch nicht so schlimm, wie es scheint. Aber das habe ich euch ja alles geschrieben.»

«Wir haben nie ein Wort erhalten», fuhr Francis auf. «Um Jesu willen, beruhigt uns nicht mit priesterlichem Gerede. Wo sind Marta und Maria? Was ist aus ihnen geworden? Warum sind sie nicht hier, um uns zu begrüßen?»

«Francis, zu meiner großen Freude kann ich dir sagen, daß Maria und ihre Tante Candida am Leben sind . . . Das heißt, meines Wissens waren sie es am . . .»

«Und Marta, Pater? Was ist mit meiner Frau?»

«Ich weiß es wirklich nicht, Francis. Da Maria und Candida am Leben sind, besteht natürlich auch Hoffnung für Marta – sogar für Simon Wu und Johannes Yao. Aber ich kann nicht . . .»

«Pater Adam», unterbrach ihn Francis, «ich glaube, Ihr erzählt mir die Geschichte besser von Anfang an.»

Der Jesuit berichtete ihnen also von dem großen Brand und davon, wie die Plünderer ins Missionshaus eingedrungen waren und Marta, der Simon Wu und Johannes Yao dann folgten, den Entführern von Candida und Maria nachgegangen war. «Wir haben niemals einen Fetzen ihrer Kleidung gefunden», schloß er seinen Bericht. «Überhaupt nichts, wovon man sagen könnte, es gehörte ihnen. In dieser entsetzlichen Woche sind viele Männer und Frauen auf den Straßen umgekommen, sehr viele . . . Ich las eine Totenmesse und gedenke ihrer in meinen täglichen Gebeten. Indes besteht keine Gewißheit, daß . . .»

«Aber wenig Hoffnung, Pater Adam?» Francis' Stimme zitterte. «Gott sei Dank, daß Maria am Leben ist. Aber was ist mit ihr und Candida? Ihr sagtet, sie . . .»

«Ja, Francis, wahrhaftig wenig Hoffnung für Marta. Aber im vorigen Sommer lebten Maria und Candida und waren im Süden, wie ich dir mehrmals schrieb.»

«Kein Wort habe ich bekommen. Aber habt Ihr meine Briefe erhalten?»

«Keinen einzigen. Hätte ich nicht andere Berichte gehabt, hätte ich geglaubt, ihr beide, Joseph und du, seid umgekommen.»

«Das war das Werk des Teufels. Aber was ist mit Maria? Geht es ihr gut? Und Candida auch?»

«Am ersten Juni ging es beiden gut, und sie waren in Nanking. Mehr weiß ich nicht.»

«Aber seitdem habt Ihr nichts gehört, nichts in diesen sechs Monaten? Und wie sind sie nach Nanking gekommen, Pater?»

«Nachdem die Räuber die Hoffnung auf Lösegeld aufgegeben hatten, ließen sie die Damen ein paar Meilen südlich der Stadt frei. Einige loyale Mandarine, die vor den Mandschu flohen, erkannten die Enkelinnen des Großsekretärs Paul Hsü und nahmen sie mit nach Nanking, wo der kaiserliche Prinz von Fu sich niedergelassen hatte.»

«Der Sohn des dicken Prinzen von Fu, den der Einäugige Li umbrachte? Wir hörten nur verworrene Berichte. Vielleicht erzählt Ihr mir auch diese Geschichte, Pater Adam. Wie habt Ihr erfahren, daß Maria am Leben war?»

«Ich bekam einen Brief von Candida, als der junge Prinz von Fu eine Gesandtschaft zu Prinzregent Dorgon schickte. Du wirst es verstehen, wenn ich dir erzähle, was anderswo geschah, während du den Einäugigen Li verfolgtest.»

«Aber Ihr habt seit Juni kein Wort, überhaupt keinen Hinweis auf Maria erhalten?»

«Du wirst sehen, warum, wenn du meine Geschichte hörst. Und du wirst verstehen, warum ich den Mandschu diene, und nicht den Überbleibseln der Ming. Als sie in Nanking hörten, daß der Kaiser tot sei, verhielten sie sich so, wie zu erwarten war. Es gab Streit unter den Anhängern des jungen Prinzen von Fu, dem Enkel des Wan Li-Kaisers, und den Anhängern des Neffen dieses Kaisers. Der Neffe war tüchtig und aufrichtig, der Enkel ein zügelloser Trunkenbold und Weiberheld. Natürlich wurde der Tunichtgut zum Kaiser der Südlichen Ming ausgerufen. Spaßvögel nannten ihn den Froschkaiser, weil er gern Fröschen bei ihren Spielen zusah. Seinen Großsekretär nannten sie den Grillenpremier, weil er Grillenkämpfe liebte, und . . .»

«Was hat dieses verrückte chinesische Märchen mit meiner Tochter zu tun, Pater Adam?»

«Sehr viel, wie du noch sehen wirst. Im Sommer des vorigen Jahres schickte der Froschkaiser eine Botschaft an ‹seinen getreuen Mandschu-Vasallen› und sprach ihm ein Lob aus, weil er den Einäugigen Li vertrieben hatte. In der Botschaft wurde angeboten, das gesamte Gebiet nördlich der Großen Mauer an die Mandschu abzutreten, sofern sich Dorgon aus Peking zurückziehe, nachdem er dem neuen Ming-Kaiser den Treueid geleistet habe. Einer der Botschafter brachte mir Candidas ersten Brief. Sie schrieb, es gehe ihnen beiden gut, doch machten sie sich Sorgen um dich, Francis.»

«Aber habt Ihr dann später noch von ihr gehört?»

«Darauf komme ich noch, denn alles gehört zusammen. Dorgon seinerseits bot an, den sogenannten Ming-Kaiser unbehelligt zu lassen, wenn er die Oberhoheit der Mandschu anerkenne. Das lehnte der Südliche Ming-Hof hochmütig ab und verfiel wieder in Streitereien. Der Grillenpremier vernachlässigte die Verteidigungsanlagen von Nanking, sogar noch, als die Mandschu Mitte April Jangtschou überfielen. Zehn Tage lang wurde diese Stadt grausam geplündert. Diese Seite der Mandschu ist dir nicht unvertraut, nicht wahr?»

«Wirklich nicht, Pater Adam. Als sie Peking verschonten, dachte ich . . . Aber warum sollten sie sich besser aufführen als ein christliches Heer. Doch was wolltet Ihr sagen?»

«Nanking fiel einen Monat später. Die Posse des Froschkaisers fand ein Ende, als die Mandschu ihn Ende Juni gefangennahmen.»

«Und Maria . . . und Candida?»

«Ich antwortete Candida auf ihren Brief und drängte sie, mit Maria nach Peking zurückzukommen. Aber sie wollte nicht unter den Mandschu leben. In ihrem letzten Brief vom 1. Juni dieses Jahres schrieb sie, sie fliehe mit dem Froschkaiser. Nach seiner Gefangennahme habe ich nichts mehr gehört. Sie und Maria müssen irgendwo unter den rivalisierenden Südlichen Ming-Prätendenten leben. Ich hätte es gehört, wenn ihnen ein Leid geschehen wäre.»

«Habt Ihr an den Jesuiten-Provinzial in Macao geschrieben?»

«Ja, Francis. Und an meine Brüder in Christo im Süden. Wir müssen bald etwas hören.»

Francis Arrowsmith schwor, er werde seine hellhaarige Tochter finden, und Joseph King versprach, er wolle sich bei seinen Verwandten im Süden erkundigen. Die beiden Enkelinnen von Dr. Paul Hsü waren keine unbedeutenden Persönlichkeiten und konnten nicht unbemerkt bleiben. Er versprach auch, durch die Überbleibsel des Göttlichen Strangs Erkundigungen einzuziehen, obwohl er seine Verbindungen mit den streitbaren Geheimgesellschaften, die einen Eidschwur geleistet hatten, die Mandschu zu vertreiben, vor Adam Schall nicht eingestehen wollte.

Aber daß Marta für immer für ihn verloren war, wollte Francis einfach nicht glauben. Er erinnerte sich nicht mehr ihrer erbitterten

Streitereien, sondern nur noch ihrer erfreulichen Versöhnungen. Für ihn verkörperte sie alle Liebe und alles Glück, die er je erlebt hatte. So kurz nachdem sie die geistige Grundlage für ein neues, gemeinsames Leben geschaffen hatten, konnte doch Marta nicht gestorben sein.

Doch ließ sich nichts mehr darüber sagen. Beim Abendessen legte Adam Schall seine optimistische Ansicht über die Zukunft der Mission unter den Mandschu dar. Dann bot er seinen Gästen Nachtquartier an und sagte, er müsse in die Kapelle gehen und wieder darum beten, daß Maria und Candida – und auch Marta – zu ihnen zurückkehren mögen. An der Tür hielt der Priester inne.

«Francis, noch etwas. Ich habe einen jungen Mandschu in der kirchlichen Lehre, in Portugiesisch und Mathematik unterrichtet. Der Junge ist zwölf. Er ist aufgeweckt und lernbegierig. Sein Name ist Babaoge, aber er besteht darauf, daß ich ihn Robert nenne, wie ihn sein Vater genannt habe. Und er prahlt damit, daß sein Vater der größte Feldzeugmeister im Reich sei.»

Francis Arrowsmith hatte selten an seine Mandschu-Konkubine Barbara und ihren gemeinsamen Sohn Robert gedacht, an die er sich nach fast einem Jahrzehnt nur noch undeutlich erinnerte. Aber Adam Schall hatte ihm gerade wieder ins Gedächtnis gerufen, daß er nicht nur für die eine Familie verantwortlich sei, die so tragisch zerstreut war, sondern auch für eine andere, von der er von Herzen wünschte, daß sie verschwunden wäre.

Fröstelnd schlüpfte Francis unter die Steppdecken. Seine Erschöpfung verbannte jedes Gefühl außer der angenehmen Erkenntnis, daß Adam Schalls Diener das Bett mit einer Messingpfanne voll glühender Kohlen angewärmt hatten. Als er die Augen schloß, kam ihm plötzlich alles zum Bewußtsein. Er setzte sich mit einem Ruck auf, weil ein kaltes Gewicht auf seiner Brust lastete. Keuchend krümmte er sich zusammen und wußte, er werde seine Frau nie wiedersehen. Er würgte, und bittere Galle kam ihm hoch. Seine Hände verkrallten sich in seine Brust, und er fürchtete, er werde seine Tochter Maria nie wiedersehen.

Seelenqual und körperliche Pein warfen ihn zurück auf sein Kissen, aber er leerte den vergifteten Kelch des Wissens. Die Familie, nach der er sich sehnte, war für ihn verloren, aber die Familie, die er nie gewollt hatte, nahm ihn in die Pflicht. So hatte Gott ihn dafür bestraft, daß er mit Barbara in sündigem Konkubinat gelebt hatte.

Francis hat später nie sagen können, ob er in dieser ersten Nacht in Peking seit zwanzig Monaten geschlafen hatte oder nicht. Seine Ängste, wenn er wach war, und seine Visionen im Dämmerzustand waren zu eng miteinander verflochten.

Am nächsten Morgen wurde er gepeinigt vom Fieber und Schüttelfrost der Malaria. Abwechselnd schwitzte er in Strömen, fror trotz der auf ihn gehäuften Steppdecken, und zitterte so heftig, daß das niedrige Bett bebte. Gehorsam trank er den bitteren Aufguß der Chinarinde aus dem Becher, den Adam Schall ihm an die Lippen hielt. Wenn er ihn ausbrach, brühte Schall einen neuen Aufguß auf. Vier Tage lang saß Joseph King an seinem Bett, wechselte die verschwitzte Bettwäsche und machte die in Tücher eingewickelten Steine heiß, die seinen Herrn wärmten. Wenn Francis' Zähne unbeherrschbar klapperten und der Schüttelfrost ihn hin- und herwarf wie eine Puppe, hielt Joseph ihm die Hand.

Während der Genesung geriet Francis in einen Zustand, den Adam Schall, kurz und bündig wie immer, «gewollte Schwäche» nannte. Das neue Jahr brach an, und Francis lag immer noch im Bett. Er las billige Drucke von volkstümlichen chinesischen Romanen und lateinische Texte aus der Bibliothek des Jesuiten und verstand den Wortlaut von beiden, aber den Sinn von keinem. Er wußte, er mußte seinen Geist beschäftigen, sonst würde die Verzweiflung ihn übermannen. Wenn ihm die Buchstaben vor den Augen tanzten, trank er süßen chinesischen Schnaps oder rauchte Opium.

Im übrigen betete er, wie Adam Schall ihm dringend empfahl. Drei Wochen lag er im Bett und sah dann und wann in die grauen Augen, die ihn aus der Miniatur seiner Mutter auf dem Nachttisch anstarrten. Aber weder seine Gebete noch der gelassene Blick seiner Mutter trösteten ihn.

Wenn die Sopranstimme seines Sohnes Robert, der seine Lektionen aufsagte, durch den Korridor hallte, zog sich Francis die Decken über den Kopf. Robert wisse nicht, daß sein Vater zurückgekommen sei, sagte Adam Schall, aber Barbara sei natürlich im Bilde. Ergebenheit konnte der Jesuit von seinen Dienern verlangen, aber nicht Verschwiegenheit. Sie klatschten nicht nur über Francis' Rückkehr, sondern auch über seinen heftigen Malaria-Anfall und daß er sich anschließend in sein Schlafzimmer zurückgezogen habe.

Nach seiner völligen Genesung war Francis Barbara dankbar, daß sie ihn nicht zu sich gerufen hatte. Als seine gesetzliche Konkubine konnte sie erwarten, daß er sich um sie kümmere. Als Tochter eines Edelmannes des Eroberervolkes konnte sie seine Anwesenheit verlangen.

Zu guter Letzt verband sich Dankbarkeit mit Pflichtgefühl und trieb Francis zu Barbara. Zwar hatte Adam Schall ihn nicht zu beeinflussen versucht, aber Francis' eigenes schlechtes Gewissen deutete einen flüchtigen Blick des Priesters als Vorwurf. Schließlich schickte er Joseph King zu Barbara, um sie zu fragen, wann es ihr genehm sei, ihn zu empfangen.

Joseph kam lächelnd mit ihrer Antwort zurück: «Es steht seiner ehrerbietigen Konkubine nicht zu, zu bestimmen, wann ihr Gebieter sie aufsuchen könne. Sie lebt dank seiner Güte in seinem Haus. Sie wird da sein, wann immer ihr Gebieter geruht, sie mit seiner strahlenden Erscheinung zu beehren. Sie möchte nur demütig bitten, eine Stunde vorher benachrichtigt zu werden, damit sie sich gebührend vorbereiten kann.»

Francis bezichtigte Joseph, Barbaras schlichte Mandschu-Antwort mit chinesischer Beredsamkeit zu verschönen.

«Keineswegs, Oberst», antwortete Joseph empört. «Die Dame hat sich im Lauf von zehn Jahren natürlich verändert. Die Wörter flossen ihr in Gegenwart ihrer Dienerinnen und ihres Haushofmeisters von den Lippen.»

Barbaras Haus, fügte Joseph hinzu, erfordere eine zahlreiche Dienerschaft, und im Empfangszimmer seien Rollbilder und Statuetten zur Schau gestellt, die den Geschmack eines Kunstkenners verraten. Francis fragte, warum Barbara gesagt habe, sie lebe in seinem Haus, denn er besitze kein Haus in Peking oder anderswo. Darauf erwiderte Joseph King, die Dame könne dieses Rätsel besser erklären als er in seiner Unwissenheit.

Francis schickte seinen Schreiber wieder zu seiner Konkubine, um ihr sagen zu lassen, er werde nach der halben Doppelstunde des Affen, also um vier Uhr nachmittags am 28. Januar 1646, bei ihr erscheinen. Er wollte weder so früh kommen, daß er sich lange bei ihr aufhalten müßte, noch so spät, daß sie erwarten würde, er werde die Nacht bei ihr verbringen.

Dennoch bat er die Diener, seinen blauen Waffenrock mit dem Abzeichen eines Oberstleutnants, einem silbernen Bären, mit Holzkohleneisen zu bügeln. Dann ging er in ein Badehaus und aalte sich im dampfenden Wasser, ehe er sich den knetenden Fingern und hämmernden Fäusten eines kräftigen Masseurs überließ. Die Feldzüge hatten ihn wieder schlank gemacht und seinen Körper gestählt, und auch sein Gesicht war nicht mehr aufgedunsen.

Bart und Schnurrbart, die er sich im Feld hatte stehen lassen, wurden gestutzt. Der unterwürfige Barbier murmelte, die Mode habe sich geändert. Vielleicht würde der Herr Oberst auch lieber glatt rasiert sein wie so viele feine Herren heutzutage. Auch Prinzregent Dorgon trage jetzt keinen Bart. Francis unterdrückte die Bemerkung, daß er zu seinem Leidwesen die Gewohnheiten des Prinzregenten schon zu gut kennengelernt habe und sie nie nachäffen werde. Der Barbier sagte nichts, als er Francis den Kopf kahlschor und seinen Zopf einölte. Ebensowenig wie ein westlicher Meeresbarbar wollte ein chinesischer Barbier die Haartracht der Mandschu loben, die sie beide zum Zeichen ihrer Unterwerfung unter die neue Dynastie trugen.

«Du bist gründlicher gesäubert und gesalbt und geschniegelt als seit Jahren», bemerkte Adam Schall, als Francis widerstrebend in einer gemieteten Sänfte Platz nahm.

Als die Träger schon eine Viertelmeile durch den Schneematsch getrabt waren, befahl er ihnen umzukehren. Er hatte das Geschenk vergessen, das ursprünglich für jemand anderen bestimmt gewesen war, das Diadem aus schimmernder, rautenförmig geschliffener *feitsui*-Jade und großen, in Rotgold gefaßten Perlen, das er einem toten Rebellen abgenommen hatte.

Francis bat einen Diener, das Diadem mit Lammwolle blankzuputzen. Wenn er wirklich der Herr von Barbaras Haus war, dann konnte er kommen, wann es ihm paßte. Sie sollte die Unterwürfigkeit, die sie bekundet hatte, beweisen, indem sie geduldig wartete. Es war weit nach dem Beginn der Doppelstunde der Schlange, lange nach fünf Uhr nachmittags, als er wieder in der Sänfte Platz nahm. Die Träger, die im Schneetreiben gewartet hatten, hoben die Stangen an und trugen ihn schaukelnd durch die Dämmerung.

Gegen die Kälte in seinen Rotfuchsmantel gehüllt, staunte Francis über sein Herzklopfen. Angst war es nicht, und Abneigung beschleunigt den Herzschlag nicht.

Als die Träger die Sänfte absetzten, war es schon dunkel. Weder

Mond noch Sterne schimmerten durch die Wolkendecke über der Nördlichen Hauptstadt. Das einzige Licht in dem *hutung* spendeten die Kerzen, die in den kugeligen Laternen auf den Sänftenstangen flackerten.

Francis hob die Hand, um zu läuten, aber schon öffnete sich die Tür; ein untersetzter Mandschu-Soldat, der eine Laterne trug, verbeugte sich und sagte unbeholfen auf chinesisch: «*Hwan-ying Chu-jen!* Ich heiße den Herrn willkommen. Bitte kommt mit diesem unwürdigen Diener mit.»

Unter einem Schirm aus Ölpapier gegen den Schneeregen geleitete der Soldat Francis durch den Hof und klopfte an eine grüne Tür. Eine weibliche Stimme rief: «*Ching chin-lai* – herein.»

Kerzen in Wandarmen und hohen Kandelabern erhellten den Empfangsraum, aber niemand bewegte sich zwischen den allzuvielen Möbeln oder auf dem Teppich vor drei niedrigen Stufen. Dicht an dicht hängende Rollbilder wurden eingerahmt von Ebenholzregalen, auf denen bunt glasierte Statuetten, Grabbeigaben aus der Tang-Zeit, leuchtende Seladon-Schalen aus der Sung-Zeit und blaue und weiße Ming-Krüge zur Schau gestellt waren. Holzkohlenpfannen erwärmten das Gemach, dessen Fensterläden geschlossen waren, und Francis' Pelzmantel war bedrückend warm.

Der Raum selbst war bedrückend, erkannte er, weil er in dem blumenreichen Stil der Ming-Dekadenz so übertrieben wirkte und mit der Vielzahl von Kunstgegenständen einfach überladen war. Man hatte versucht, ihn völlig chinesisch zu gestalten, und nur erreicht, daß er geschmacklos chinesisch war.

«*Hwan-ying Chu-jen!*» Barbaras Stimme war unverkennbar, auch wenn sie mit starkem Akzent Chinesisch sprach. «Willkommen sei der Herr des Hauses!»

Orangefarbene Seide raschelte am Fuß der Stufen fast unter Francis' Füßen. Barbara sah zu ihm auf, ehe sie mit der Stirn wieder den farbenprächtigen Teppich berührte. Sie hatte sich so still verhalten, daß er ihren gebeugten Rücken für ein weiteres Möbelstück gehalten hatte.

«Barbara, mach doch nicht Kotau vor mir. Das schickt sich nicht . . . es ist ungehörig.»

Francis hob seine Konkubine auf. Sie trat einen Schritt zurück und verbeugte sich tief, kniete aber nicht wieder.

«*Shih fei-chang cheng-chüeh . . .*» Ihr fließendes Chinesisch verblüffte Francis. «Es ist absolut angemessen. Es ist reine Höflichkeit, daß ich meinen Gebieter mit einem Kotau begrüße.»

Francis fand ihre konfuzianische Etikette erstaunlich. Die junge Mandschu-Frau hatte sich in das Abbild einer kultivierten Chinesin verwandelt. Verlegen suchte er nach den richtigen Worten. Er mußte Barbara sagen, daß sie ihre frühere Beziehung nicht wiederaufnehmen könnten, obwohl er natürlich für ihren und ihres Sohnes Unterhalt aufkommen würde. Als er sie ansah, empfand er eine Spur Bedauern und einen Anflug jener freundlichen Gefühle, die er nach ihrer Mandschu-Heirat für sie gehegt hatte.

Sie trug ein mit chinesischer Kunstfertigkeit verschöntes Mandschu-Gewand. Trotz des Gewichts der hüftlangen Tunika aus brokatgemusterter Tributseide bewegte sie sich mit geschmeidiger Anmut. Der enge Rock aus dem gleichen Stoff und die schwere Stickerei aus Metallfäden auf den Manschetten ihrer weiten Ärmel behinderten sie nicht. Ihr Gesicht war vergeistigt durch die Reife ihrer siebenundzwanzig Jahre, aber die grüngefleckten, haselnußbraunen Augen erwiderten Francis' forschenden Blick. Sie war stark geschminkt, und ihr blauschwarzes Haar hing nicht mehr lose herab, sondern war mit diamanten- und perlenbesetzten Nadeln zu einem doppelten Knoten aufgesteckt. Ebenso wie das Empfangszimmer wirkte Barbara selbst übertrieben zurechtgemacht. Ein Kunstprodukt, aber dabei eine höchst anziehende Frau.

«Dein Chinesisch», sagte Francis, «hat sich unglaublich verbessert.»

«Danke, Francis. Ich bin sehr fleißig gewesen. Wir wußten alle, daß wir eines Tages nach Peking kommen würden. Von den Chinesen konnten wir nicht erwarten, daß sie richtiges Mandschu lernen würden. Und ich wußte, daß ich als Herrin deines Hauses nach Peking kommen würde. Deshalb war ich doppelt fleißig.»

«*Meines* Hauses? Warum hast du zu Joseph gesagt, es sei mein Haus?»

«Weil es deins ist. Es ist auf deinen Namen im Grundbuch eingetragen. Robert wird es natürlich erben. Mit seinem Gold ist das Haus gekauft worden, dèm Gold, das du für ihn zurückgelegt hast.»

«Sein Gold? Für ihn zurückgelegt? Ach, natürlich, das hatte ich vergessen.»

«Du hast vieles vergessen, nicht wahr, Francis?» Sie tadelte ihn wie eine freimütige Mandschu-Frau, denn keine chinesische Dame würde so unverblümt mit dem Mann sprechen, den sie ihren Gebieter nannte.

«Was habe ich noch vergessen, Barbara?»

«Du hast vergessen, zu mir zurückzukommen. Das war das Wichtigste. Du hast auch vergessen, dein Prinz Dorgon gegebenes Versprechen zu halten. Das war fast ebenso wichtig. Deswegen hat er bis jetzt absichtlich verhindert, daß wir uns wiedersehen.»

«Dann war es also wirklich Dorgon? So nachtragend wegen eines kleinen Versäumnisses?»

«Ein dem Prinzregenten gegebenes Versprechen zu brechen ist keine Kleinigkeit. Mandschu-Offiziere sind wegen geringerer Vergehen hingerichtet worden. Aber mein Vater hat dich gerettet, um meinetwillen. Sogar er hat zuerst verlangt, daß ich dich aufgebe und einen Mandschu heirate. Aber schließlich konnte ich sie umstimmen, zuerst Vater, dann den Prinzregenten. So bist du also zu mir zurückgekommen, wenn auch reichlich spät.»

«Deine Wünsche, deines Vaters Wünsche, Dorgons Wünsche . . . Aber meine Wünsche spielen keine Rolle!» Wider Willen war Francis gerührt über ihre Treue, aber es gefiel ihm nicht, daß sie ihn daran erinnerte, welche Macht sie als adlige Angehörige des Eroberervolkes besaß. «Hat jemand *meine* Wünsche berücksichtigt?»

«Ich immer, Francis. Und du denkst immer nur an deine Wünsche. Aber deine Pflicht?»

«Meine Pflicht? Wem gegenüber?»

«Wenn niemand anderem gegenüber, dann deinem Sohn. Deine Pflicht deinem Sohn gegenüber, den du im Stich gelassen hast, als du nicht aus Macao zurückgekommen bist, wie dir befohlen war.»

«Was das betrifft, so hatte ich kaum eine Wahl.»

«Kaum eine Wahl, Francis? Konnte der Pfeilschmied bei den Portugiesen nicht tun, was er wollte?»

«Sie haben mir zuletzt verboten, nach Mukden zurückzugehen. Außerdem habe ich deinem Mandschu-Prinzen gute Dienste geleistet. Ohne die Kanonen, die ich ihm schickte, hätten die Acht Banner mehrere Jahre länger gebraucht, um Peking zu erobern.»

«Das gab Dorgon zu. Obwohl er hinzufügte, daß der Einäugige Li noch eine größere Hilfe gewesen sei. Aber haben wir uns wiedergefunden, um über Politik zu reden?»

«Nein, Barbara. Ich will bestimmt nicht . . . aber du hast das Thema angeschnitten, daß ich nicht zurückgekommen bin, meine Pflicht, mein . . .»

«Pflicht schließt Lust nicht aus.»

Barbara blickte auf die gebogenen Emailhüllen, die ihre langen Fingernägel schützten, und Francis spürte, daß er mit einer Straffung seiner Lenden auf die Verlockung reagierte, der nicht zu erliegen er sich geschworen hatte. In den letzten Monaten hatte er überhaupt mit keiner Frau geschlafen und seit zwanzig Monaten mit keiner anderen Frau als den abgetakelten Offiziersdirnen, die mit dem Heer mitzogen.

«Lust kann der Pflicht Würze verleihen», murmelte sie. «Und mir gefällt dein Bart. Ein wenig dunkler, aber sehr reizvoll.»

«Wie dem auch sei . . .»

Sie hatten sich gegenübergestanden wie Ringer, die darauf warteten, den Kampf zu eröffnen. Da er vergessen hatte, was er sagen wollte, setzte sich Francis auf einen Rosenholzsessel und zog seine lange Tabakpfeife aus dem Stiefelschaft.

«Ich habe zu unserer Lust eine kleine Mahlzeit bestellt.» Barbara kniete auf einem farbenprächtigen Kissen neben einem niedrigen Tisch. «Meine Diener werden sie auf meinen Befehl anrichten.»

Er fragte sich, wie die an Bewegung gewöhnten Mandschu-Beine die verkrampfte Stellung aushalten konnten, die die konfuzianische Etikette vorschrieb, und unterdrückte ein Lächeln über Barbaras Chinesisch, das überaus förmlich, ja, gestelzt war. Trotz ihres fleißigen Studiums besaß Barbara kein Sprachgefühl, und derselbe Mangel an Einfühlungsvermögen hatte dazu geführt, daß sie die schönen Proportionen ihres Empfangszimmers mit allzu vielen protzigen Möbeln und Kunstgegenständen verdarb. Er reagierte darauf damit, daß er ihr das Jade-Diadem aufdrängte.

In seiner Mißbilligung ihrer Geschmacksverirrung war er chinesischer als die Chinesen, obwohl er spürte, daß Barbara versucht hatte, sich ihm zu Gefallen chinesischer zu machen. Nachdem er die konfuzianischen Maßstäbe übernommen hatte, dabei aber glaubte, er sei zu aufgeklärt für deren Einschränkungen, empfand er die Verachtung eines erfahrenen Konvertiten für einen unerfahrenen.

Weder diese mit Mitleid vermischte Verachtung noch sein Vorsatz, sich nicht verführen zu lassen, hielt ihn in jener Nacht von Barbaras Bett fern. Sie war zu offensichtlich gewillt und zu anziehend. Er empfand für Barbara immer noch die leichte Zuneigung, mit der er früher auf ihre große Liebe reagiert hatte, ohne diese Liebe entgelten zu können. Außerdem war ihre frühere Beziehung zwar dem Buchstaben nach sündig, aber nicht dem Geist nach. Sie hatten als Mann und Frau zusammengelebt und ein Kind gezeugt, das sie beide liebten.

Es lief also darauf hinaus, überlegte er sich, daß er ein Recht habe, mit Barbara zu schlafen; sie behauptete, es sei seine Pflicht, und beide begehrten es sehr. Als sie sich liebten, glaubten beide, es sei nicht nur eine Befriedigung körperlicher Gelüste, sondern vielleicht sogar eine seelische Vereinigung.

Dennoch stand Francis früh auf und kehrte in sein Zimmer in Adam Schalls Haus zurück. Er war entsetzt, daß er, nachdem er erst vor ein paar Wochen vom Verschwinden, vielleicht vom Tod seiner angetrauten Frau gehört hatte, in Barbaras Armen seinen Kummer betäubte. Er hatte sich mittlerweile eingeredet, seine Ehe mit Marta sei eine auf gegenseitiger Liebe und gegenseitiger Wertschätzung beruhende Beziehung gewesen und nur getrübt worden durch normale Meinungsverschiedenheiten, die durch lange Trennungen verschärft wurden. Als er dann Barbaras Reizen wieder erlag und in ihr Haus zog, was Adam Schall von Anfang an für unvermeidlich gehalten hatte, warf er sich immer noch vor, Marta zu betrügen, wie er sie in Mukden mit Barbara betrogen hatte. Barbara fand seine Selbstanklagen unbegreiflich.

«Was kann denn daran auszusetzen sein, daß du dich einer anderen Frau zuwendest, wenn deine erste Frau gestorben ist?» fragte sie ihn einmal. «Was kann daran schlimm sein?»

«Es ist einfach nicht recht», antwortete Francis. «Ich weiß ja gar nicht, ob Marta wirklich tot ist.»

«Francis, warum sich ein natürliches Vergnügen versagen? Es ist doch nur natürlich, daß ein Mann eine lebende Frau hat.»

«Du verstehst das nicht, Barbara. Ich bin mit Marta verbunden, bis ihr Tod bewiesen ist. Ebensowenig, wie eine chinesische Witwe sich wieder verheiratet, sollte ich mit dir leben.»

«Das ist Unsinn, Francis. Die Chinesen haben viele gute Bräuche, aber das ist Unsinn. Eine Frau braucht einen Mann, genau wie ein Mann eine Frau braucht.»

«Da hast du wieder unrecht.» Obwohl er sich selbst gegenüber halb und halb zugab, daß er Barbaras heitere Einfachheit erfrischend fand nach Martas manchmal mürrischer Verworrenheit, widersprach er ihr hitzig. «Erstens empfinden Männer anders als Frauen.»

«Ich habe genug gesehen, um zu wissen, daß eine chinesische Witwe nur vorgibt, untröstlich zu sein, weil die Menschen, meistens Männer, von ihr erwarten, daß sie sich so verhält. In Wirklichkeit empfinden Frauen nicht viel anders als Männer.»

«Wenn du das tatsächlich glaubst, Barbara, dann hast du wenig von der Zivilisation gelernt, trotz deiner konfuzianischen Schicklichkeit. Du bist immer noch eine Barbarin aus der Steppe.»

«Aber *deine* Barbarin, Francis.» Sie lachte, denn sie wußte, daß sie ihn nicht gleich zu sehr bedrängen durfte. «Eine Barbarin, die dich liebt.»

Francis lachte auch und beschwichtigte sein Gewissen nachher mit dem Gedanken, nicht nur seine Lüsternheit und ihre unverhohlene Sinnenlust hätten ihn wieder in Barbaras Bett getrieben, sondern auch der unwiderstehliche Druck, der auf ihn ausgeübt wurde. Dennoch kam er sich manchmal wie eine Fliege vor, gefangen in einem von vielen Spinnen gewebten Netz.

Adam Schall war der wichtigste unter denjenigen, die Barbaras Partei ergriffen, und zwar aus jesuitischen Gründen. Gleichermaßen respektiert wegen des Beistands, den er den Opfern geleistet hatte, als der Einäugige Li Peking plünderte, wie wegen seiner Gelehrsamkeit, stand der Priester bei den Mandschu in noch höherer Gunst als bei den Ming. Seinerzeit hatte er Francis gedrängt, Marta zu heiraten, damit ein Europäer in der chinesischen Gesellschaft Fuß faßte, und jetzt wollte er Francis mit Barbara verheiraten, damit das Christentum im Adelsstand der Mandschu Fuß fasse. Deshalb erklärte er, es sei Francis' Pflicht, sein Verhältnis zu Robert und Barbara durch den heiligen Stand der Ehe zu besiegeln.

Prinzregent Dorgon erlaubte ihnen, ungestört zusammenzuleben, nachdem er Francis' Rang als Oberstleutnant bestätigt hatte. Er zügelte seinen Groll, tat damit seinem mächtigen Untergebenen, dem Herrn Baron, der Barbaras Vater war, einen Gefallen und behielt einen erfahrenen und befähigten Offizier. Allerdings glaubte er, die Acht Banner könnten das Reich «befrieden», ohne allzu sehr auf Geschütze und Arkebusen angewiesen zu sein. Wie die meisten Chinesen und Mandschu hatte er für die ausländischen Waffen nicht viel übrig, wollte sie aber vorsichtshalber verfügbar haben.

Der Herr Baron, überlegte Francis, war der aufrichtigste. Nach Martas vermutlichem Tod war Barbara nun seine Haupt-Frau, sowohl gesetzlich als auch praktisch. Da der Baron sich von seiner Tochter hatte beschwatzen lassen, war es eine Ehrensache für ihn, daß Francis und sie zusammenblieben.

Francis fand es befremdlich und belustigend, daß sich auch sein Sklave Joseph King der Kabale anschloß. Er hatte das aufregende Leben in Francis' Diensten einfach satt und wollte endlich Ruhe haben. Außerdem, sagte er, gefalle ihm Barbaras Mandschu-Freimütigkeit, und es mache ihm Freude, Robert in den konfuzianischen Klassikern zu unterrichten.

Barbaras Liebe schmeichelte Francis, verwunderte ihn aber auch. Während ihrer langen Trennung hätte sie einen anderen Mann heiraten können, statt auf seine Rückkehr zu warten und Pläne dafür zu schmieden. Offenbar hatte sie an dem ihr einst aufgezwungenen Ausländer Gefallen gefunden.

Der auf Francis ausgeübte Druck erreichte seinen Höhepunkt, als Barbara wieder eine kirchliche Trauung verlangte. Sie hatte sich bereits über das dynastische Gesetz der Mandschu hinweggesetzt, indem sie sich und ihren Sohn Robert von Adam Schall hatte taufen lassen. Die Mandschu mißbilligten die Bekehrung ihrer Adligen, während sie ihren chinesischen Untertanen keine Hindernisse in den Weg legten. Barbara wußte inzwischen, daß sie erst nach Vollziehung des christlichen Ritus richtig verheiratet wäre. Anfang 1647 begann sie, auf dieses heilige Sakrament hinzuarbeiten.

Sie versuchte Francis zu überreden, indem sie ihre große Liebe und seine Liebe zu ihrem Sohn anführte und warnte, sie beide würden im Höllenfeuer brennen. Als er halsstarrig blieb, verlegte sie sich darauf, ihm zu drohen, sie werde Dorgon überreden, ihn ins Gefängnis zu werfen und das Haus, sein einziges Eigentum, auf Robert zu überschreiben.

«Wenn du deine Drohungen wahrmachst», sagte er eines Abends im November 1647 zu ihr, «wirst du nur erreichen, was du am wenigsten willst.»

«Wieso, Francis?»

«Du kannst mich nicht behalten, wenn du mich hinauswirfst. Wenn du dich bei Dorgon über mich beklagst, wird er mich vielleicht ins Gefängnis stecken, aber ebensogut könnte er mich ausweisen oder hinrichten lassen. Was immer er zu tun beliebt, für dich bin ich unerreichbar.»

«Aber, Francis, warum willst du mich nicht heiraten?» Barbara weinte, weil ihre Liebe zurückgewiesen wurde und ihr Stolz verletzt war. «Wir leben doch so gut miteinander, nicht wahr?»

«Natürlich, Barbara», beschwichtigte Francis sie. «Und das muß genügen. Schließlich sind wir in den Augen deines Volkes verheiratet.»

«Warum dann nicht in deinen Augen – und in den Augen des Herrn des Himmels?»

«Das darf ich einfach nicht, Barbara. Ich habe nur eine Frau, und ich darf nur eine Frau haben. Marta war meine Frau in den Augen Gottes, und . . .»

«Marta war, sagst du. Also gibst du es zu. Sie ist tot, und du darfst, du mußt mich heiraten.»

«Marta war meine Frau in den Augen Gottes und bleibt es, bis ihr Tod bewiesen ist. Du hast mich nicht ausreden lassen. Ich kann dich nicht heiraten und Bigamie begehen.»

«Ist es besser, in Sünde zu leben? Wenn Pater Adam bereit ist, uns zu trauen, wie kannst du dann sagen . . .»

«Das muß er mit seinem Gewissen ausmachen – wenn er überzeugt ist, daß Marta wirklich tot ist. Was mich betrifft – mein Gewissen . . . ich glaube, sie mag tot sein, aber ich bin nicht überzeugt. Deshalb kann ich dich nicht heiraten, selbst wenn du mich fesselst und mir einen Dolch an die Kehle setzt, um mein Ja zu erzwingen. Es wäre keine wahre Ehe.»

«Aber ich darf deine Konkubine sein?»

«Das war – ist – deine Entscheidung. Aber eine Heirat ist unmöglich.»

Francis sagte Barbara fast die ganze Wahrheit, und er vertraute darauf, daß Adam Schall ihn nicht ausdrücklich widerlegen und Barbara erklären würde, Francis könne vom Zweifel freigesprochen werden und eine gültige Ehe schließen. Natürlich würde ihn der Jesuit im Beichtstuhl drängen, seine Gründe zu offenbaren, warum er Barbara nicht heiraten wolle. Aber er ging nicht zur Beichte, denn er konnte weder Reue bekunden noch versprechen, nicht mehr zu sündigen.

Francis Arrowsmith' Halsstarrigkeit hatte tatsächlich ganz einfache

Gründe. Er hatte eingesehen, daß Marta für ihn in dieser Welt verloren war, obwohl er immer noch eine Spur Hoffnung hegte. Und die Erinnerung an Marta war auch nicht sein Hauptgrund. Er hatte gerade seinen vierzigsten Geburtstag gefeiert und sich ermahnt, endlich die Rolle des Mannes zu spielen statt der eines Männchens, das von den Umständen oder dem Willen anderer Menschen angetrieben wird. Er wollte nicht wieder unter Zwang heiraten und nie wieder eine Marionette sein, an deren Drähten eine Frau zieht. Solange er sich weigerte, Barbara zu heiraten, hatte er die Oberhand. Nachzugeben bedeutete, daß er sich in jeder Hinsicht ihren Wünschen fügte und ihr unbeschnittener Eunuch werden würde.

Kurz vor Weihnachten 1647 lenkte ein anderes Geschehnis seine Gedanken von diesem Streit ab. Ein Kurier kam vom kaiserlichen Prinzen, der als Yung Li-Kaiser der Südlichen Ming-Dynastie in der Nähe von Kanton Hof hielt. Verborgen unter den Töpfen und Pfannen, die seine Verkleidung als wandernder Kesselflicker glaubhaft machten, brachte der Kurier drei Päckchen mit.

Das erste enthielt einen Brief des christlichen Großsekretärs der Südlichen Ming, Thomas Chü, der Adam Schall beschwor, er möge seinen großen Einfluß nicht gegen die Beistandsgesuche der Ming bei den katholischen Herrschern in Europa geltend machen.

«Ich beklage die tragische Einfältigkeit unseres Bruders in Christo», sagte der Jesuit zu Francis, nachdem er den Brief verbrannt hatte. «Thomas Chü weiß nicht, daß Christen oft gegeneinander Krieg führen, in Europa wie in Asien.»

Das zweite Päckchen enthielt die kürzlich veröffentlichten *Rudolfinischen Tafeln* des großen Astronomen Johannes Kepler. Dieses Werk stützte nicht nur Schalls Glauben an ein heliozentrisches Universum, eine Streitfrage, der die Gesellschaft Jesu vorsichtig ausgewichen war, seit man Galilei zum Widerruf seiner Lehre gezwungen hatte, sondern ermöglichte mit seinen Logarithmentafeln auch eine genauere Voraussage von Erscheinungen wie Mond- und Sonnenfinsternisse, die die Chinesen fürchteten.

Adam Schall hielt das funkelnagelneue Exemplar beglückt im Arm wie ein Vater seinen neugeborenen Sohn, und erklärte, er schätze Keplers Tafeln höher als sämtliche siebentausend Bücher in der Bibliothek des Jesuitenhauses und werde in seinen Gebeten dankbar des polnischen Jesuiten gedenken, Pater Michal Piotr Boym, der sie ihm durch den Kurier des Ming-Kaisers geschickt hatte.

Im dritten Päckchen befanden sich ein Brief von Candida Soo, der erste seit Juni 1645, sowie ein weiterer von Francis' Tochter Maria. Candida erwog, nach Schanghai zurückzukehren, da das unstete Leben im Gefolge eines auf der Flucht befindlichen Kaisers für eine vierzigjährige Frau zu anstrengend sei. Candida hoffte, Maria werde sie begleiten, war aber nicht sicher, ob sie mitkommen wolle. Beide lebten im Haushalt von Thomas Chü, der ebenfalls aus Schanghai stammte, und der Großsekretär der Ming wünschte Maria mit seinem ältesten Sohn zu verheiraten. Maria bestätigte das in ihrem Brief, schrieb, daß es ihnen beiden gutgehe, und ließ ihren Vater von Herzen grüßen.

Als er diesen Brief gelesen hatte, beschloß Francis, sofort nach Süden zu reiten, aber Adam Schall redete es ihm aus.

«Wenn du so überstürzt nach Süden gehst, wirst du das Mißtrauen der Mandschu gegen alle Christen erregen.»

«Das sehe ich überhaupt nicht ein, Pater Adam. Man kann doch seine Tochter besuchen. Das ist eine einfache Familienangelegenheit und hat nichts mit Politik zu tun.»

«Francis, wenn es den Anschein hat, als würdest du fahnenflüchtig und wolltest dich den Ming anschließen, werden die Mandschu glauben, daß alle Christen insgeheim diese Dynastie unterstützen. Es ist deine Pflicht als Christ, hier in Peking zu bleiben. Du mußt eine Zeitlang abwarten.»

Francis war ärgerlich, daß er sich zum Bleiben hatte überreden lassen, denn im Frühsommer 1648 schrieb Candida aus Schanghai, daß sie und Maria bei dem Rückzug nach der unvermuteten Niederlage durch die Mandschu getrennt worden seien, Maria sei jetzt offiziell mit dem ältesten Sohn des Großsekretärs Thomas Chü verlobt, aber sie wisse nicht, wo sie sich aufhalte. Als sie Maria zuletzt sah, sei es ihr gut gegangen, und sie sei glücklich gewesen. Wütend auf Adam Schall und auf sich, weil er auf den Rat des Priesters gehört hatte, konnte Francis jetzt nur auf neue Nachrichten aus Südchina warten.

12. *August 1648 bis 14. Februar 1649*

«Vater, was ist besser, Asien oder Europa?» Der stämmige Junge auf dem gescheckten Pony blinzelte in die Sonne, die hinter der Großen Mauer unterging. «Wo wärst du lieber?»

«Ich bin hier in Asien bei dir, Robert», lachte Francis. «Ist das nicht eine ausreichende Antwort?»

«Nein, Vater, eigentlich nicht. Mutter sagt manchmal, du würdest in Europa glücklicher sein, obwohl sie nicht weiß, was Europa ist. Joseph King meint, du seist innerlich hin- und hergerissen. Aber natürlich weißt du mehr über Europa als irgend jemand außer den Patres.»

«Das ist doch klar, Robert. Schließlich ist niemand sonst in Europa gewesen.»

«Aber was gefällt dir denn besser?» beharrte sein Sohn. Er hielt mit einer Hand die Zügel, und auf der anderen saß ein Jagdfalke mit Haube.

«Es geht nicht darum, was besser ist, Robert. Beide sind gut auf ihre Weise. Aber warum machst du dir Gedanken über den Unterschied? Sprichst du mit deinen Vettern über Europa?»

«Mit meinen Vettern, Vater? Kaum! Sie wissen nicht einmal genau, wo Kanton liegt oder wie groß das Reich ist. Sie glauben, die ganze Welt sei wie die Mandschurei und Nordchina.»

«Mit deinen Onkeln, Robert?»

«Meine Onkel sind schlimmer. Für sie ist das Reich nur ein riesiges Jagdgebiet und Schlachtfeld. Sie haben das Reich zu Pferde erobert, sagt Joseph King, und ihr Verstand sei noch im Sattel.»

«Was sagt Joseph noch? Und was erzählst du ihm über die Mandschu?»

«Die Mandschu sind die größten Krieger der Welt. Wer könnte das leugnen? Aber ich streite nicht mit Joseph, wenn er sagt, meine Onkel leben in Herrenhäusern mit Marmortreppen, aber ihre Gedanken seien so beschränkt, als ob sie noch in den Zelten wohnten, die ihnen besser gefielen. Er hat recht. Meine Onkel lächeln nur, wenn ich ihnen von Konfuzius und Jesus erzähle.»

«Also die Mandschu sind die größten Krieger der Welt? Was ist mit Europa? Gibt es dort keine großen Krieger?»

«Darüber möchte ich gern von dir etwas hören, Vater.»

«Es ist schon lange her, ich habe viel vergessen. Aber weißt du, daß alle Menschen in Europa Christen sind und es viele große christliche Krieger gibt?»

«Was ist Besonderes daran, Christ zu sein, wenn alle Christen sind?»

«Christ zu sein soll nichts Besonderes sein. Jedermann, selbst der niedrigste, ist ein Kind des Herrn des Himmels und betet Ihn nach dem wahren Ritus an.»

«Wie wir natürlich», sagte Robert selbstgefällig. «Aber ich mag es nicht, daß jedermann ein Christ ist. Da könnte ja genausogut jedermann adlig sein. Dann ist das ja keine Ehre.»

«Sie sind nicht Christen um weltlicher Ehre willen, sondern um Gottes Gnade und ihres Seelenheils willen.»

«Davon halte ich nicht viel. Aber erzähle mir mehr darüber, wie alle in Europa mit Rotmantelkanonen und Arkebusen kämpfen.»

Francis seufzte, als ob es ihm widerstrebte, aber seine Begeisterung, mit der er von den großen Schlachten der Vergangenheit berichtete, war bald ebenso groß wie die seines Sohnes, der ihm immer neue Fragen stellte.

Die untergehende Sonne warf einen rosa Dunstschleier über die Große Mauer, und ein Flug Wildenten verdunkelte den Himmel. Das Schlagen ihrer Flügel war wie ein gewaltiges Murmeln über den Hügeln.

Robert nahm seinem Falken die Haube ab, und der Beizvogel schwang sich hoch über die Enten hinaus. Robert schirmte die Augen mit der Hand ab und beobachtete, wie der Falke seine Kreise zog. Er hielt den Atem an, als der Falke auf die Enten hinabstieß und sich mit einer Ente zwischen den Klauen aus dem Flug löste.

Er kehrte sofort auf Roberts lederbehandschuhte Hand zurück, und Francis staunte wieder, wie großartig er abgerichtet war. Robert befreite die blutige Ente aus den Klauen und steckte sie in seine Jagdtasche. Den Falken belohnte er mit einem rohen Fleischbrocken aus seiner Satteltasche und leckte sich das Blut von der rechten Hand ab.

Francis Arrowsmith wurde sich darüber klar, daß sein Sohn sehr bald ein blutrünstiger Mandschu-Reiter sein würde. Aber an dem Jungen war mehr dran als die unerschütterliche Entschlossenheit und rohe Angriffslust des Volks seiner Mutter. Sein Geist war rege, was man von vielen Mandschu nicht sagen konnte, und außerdem besaß Robert chinesisches Feingefühl und europäische Wißbegierde, die seinen Mandschu-Verwandten fremd waren.

Auch äußerlich unterschied er sich von ihnen. Zwar war er stämmig und kurzbeinig wie sie, aber seine langen Finger waren geschickt beim Dreieckzielen, mit dem Einsatzzirkel und dem Mechanismus von Radschloßmusketen ebenso wie mit Schwert, Speer und Bogen. Die weit offenen Augen und die Haut, die heller und zarter war als die seiner Vettern, zeigten, daß europäisches Blut in seinen Adern floß. Seine eigenen Züge erkannte Francis hauptsächlich in der hohen Stirn und den raschen Bewegungen des Jungen. Er sah weg, als Robert vor ihm ritt und der lange Zopf ihm gegen den Rücken schlug. Noch mehr als seinen eigenen haßte Francis den langen schwarzen Mandschu-Zopf, der vom geschorenen Kopf seines Sohnes herabhing.

«Mir gefällt Asien sehr, Robert.» Francis nahm das Gespräch wieder auf, als hätte es keine Unterbrechung gegeben. «Und ich bin gern mit dir auf der Jagd. Aber manchmal, das muß ich zugeben, verlangt es mich, Europa wiederzusehen.»

«Wirst du mich dann mitnehmen, Vater?»

«Das wäre schwierig, sehr schwierig. Was würde deine Mutter sagen, wenn ich dich entführe?»

«Wir könnten doch zurückkommen, Vater. Ich würde Europa gern besuchen.»

«Es ist ein weiter Weg, sehr weit. Aber ich würde auch gern hinfahren.»

Der Junge ließ seinen Falken wieder fliegen und ritt im leichten Galopp, um zu sehen, wie er auf die Enten herabstieß.

Adam Schall, dachte Francis, hat nicht völlig unrecht, wenn er sagt, meine Wünsche seien gemischt, sehr gemischt. Er hat recht, wenn er sagt, daß ich manchmal darauf brenne, Maria zu suchen, aber von Robert zurückgehalten werde, der ein Sohn und keine Tochter ist. Er hat auch recht, was meine Sehnsucht nach Europa betrifft, während er die seine, wie er sagt, überwunden habe. Aber ich kann nicht glauben, daß er recht hat, wenn er behauptet, Maria sei für mich ein Symbol, mein heiliger Gral, weil sie eine Fortsetzung von Marta sei. Und er hat unrecht, wenn er sagt, daß es die Marta, an die ich mich erinnere, niemals gab. Natürlich will er, daß ich Barbara heirate und mich für immer an Peking binde. Das werde ich nicht tun, wieviel Freude auch immer ich an Robert habe.

Am nächsten Abend kamen sie mit Unmengen von Enten in ihren Jagdtaschen nach Peking zurück, und Barbara hörte entzückt zu, als Francis die Reitkunst und Falkenbeize ihres Sohnes rühmte. Aber sie senkte den Blick auf ihre Stickerei, als er den scharfen Verstand des Jungen lobte.

Der chinesische Koch servierte Francis eine zahme Ente, während Robert und Barbara die Wildenten aßen, die der Koch zerlegt und nur zehn Minuten über einem offenen Feuer gebraten hatte. Blut rann ihnen über das Kinn, als sie das halbrohe Fleisch von den rosa Knochen abnagten.

Nach dem Essen schaute Francis Barbara bei ihrer Stickerei und Robert bei seinen chinesischen Schreibübungen zu, aber seine Gedanken schweiften ab zu seinem anderen Kind. Er müßte bald nach Süden reiten, um Maria zu finden, und es nicht zu lange aufschieben, obwohl er jetzt mit Robert beschäftigt war. Ein Sohn brauchte seinen Vater. Francis wußte, daß er sich bisher um keines seiner Kinder richtig gekümmert hatte. Da er so oft und so lange abwesend gewesen war, hatte er sie nicht von lallenden Säuglingen zu kleinen Menschen heranwachsen sehen. Mit vierzehn Jahren war Robert alt genug, um nicht nur die Liebe seines Vaters auf sich zu lenken, sondern auch seinen Intellekt. Nach Mandschu-Maßstäben war er fast ein richtiger Krieger.

Robert war kein Hitzkopf wie Dschingis Khan, den die Mandschu verehrten, jedenfalls jetzt noch nicht. Die schulische Disziplin, die Adam Schall in Mathematik und Joseph King in den konfuzianischen Klassikern verlangten, hatte wahrscheinlich die Erlangung militärischer Fähigkeiten verzögert, die einzige Leistung, die von den Mandschu vom alten Schrot und Korn gewürdigt wurde. Aber er war ein geschickter und eifriger Schüler, wenn sein Vater ihn diesen beiden Schulmeistern abspenstig machte und ihn im Musketenschießen und Geschützwesen unterwies.

Prinzregent Dorgon hatte Francis befohlen, ausgewählte Offiziere an Feldschlangen auszubilden, um eine Stammtruppe erfahrener Artilleristen zu haben. Aber Robert begriff die wesentlichen Grundsätze viel schneller als diese Offiziere. Roberts Verstand war in seiner Wendigkeit und Logik völlig europäisch. Darüber waren sich Adam Schall und Francis einig, obwohl sie zu jener Zeit so wenig übereinstimmten. Joseph King behauptete, der Scharfsinn und die leichte

Auffassungsgabe des Jungen seien – durch ein Wunder – chinesisch. Jedenfalls waren sich Roberts drei Lehrer völlig darüber einig, daß sein Verstand, was immer er sonst sein mochte, kein Mandschu-Verstand war.

Francis schaute auf. Der Diener, der den Tisch abräumte, war gestolpert und hatte seinen Sohn angestoßen. Schwarze Tusche ergoß sich auf den Tisch und durchweichte Roberts Papier.

«Tölpel!» schrie der Junge und schlug dem Diener mit der Handkante auf den Oberschenkel.

«*Na chiu-shih-la*», sagte Francis streng. «Das reicht, Robert. Wenn ich dich nochmal erwische, daß du die Diener mißhandelst, schlage ich dich mit dem Schwert. Entschuldige dich jetzt!»

«Ich muß mich bei dem jungen Herrn entschuldigen.» Der Diener verbeugte sich. «Es war ganz und gar meine Schuld. Seine Bestrafung war nicht nur gerecht, sondern milde.»

«Trotzdem, Robert», sagte Francis zu seinem grinsenden Sohn, «werde ich dich nächstesmal verprügeln, wenn ich sehe, daß du einen Diener schlägst.»

Obwohl es nicht das erstemal war, daß Robert wegen desselben Vergehens getadelt wurde, sah er seinen Vater erstaunt an. Wie sorgt man in Europa für Ordnung unter den Dienern, wenn man sie nicht schlägt?

Barbara machte den Mund auf, dann schloß sie ihn wieder. Es hatte wirklich keinen Zweck. Diesmal wollte sie nicht dagegen protestieren, daß Francis ihrem Sohn die Hölle heiß machte wegen eines ganz normalen Verhaltens. Die Diener würden aus dem Haushalt weglaufen, wenn sie und Robert sie so zart behandelten, wie Francis es verlangte. Nein, diesmal lieber nichts sagen. Aber sie würde dafür sorgen, daß der Diener ausgepeitscht würde, weil er ihren Gebieter zu ungerechtfertigtem Zorn auf Robert herausgefordert hatte.

Sein Sohn, dachte Francis, vergaß nie, daß er der Enkel des Herrn Baron war. Sein Hauptfehler war Überheblichkeit. Von Dienern und Spielgefährten erwartete er, mit einer Ehrerbietung behandelt zu werden, die man in Europa gegenüber einem Prinzen von Geblüt als etwas übertrieben angesehen hätte. Hier lebten sie in einer anderen Welt, und es wäre merkwürdig gewesen, hätte sein Sohn nicht den Hochmut eines jungen Adligen jenes Volkes gezeigt, das dabei war, das mächtigste Reich der Welt zu erobern.

Das Verhältnis zwischen Francis und Pater Adam Schall hatte sich hauptsächlich deswegen abgekühlt, weil Francis seine christliche Konkubine nicht heiraten wollte. Da Pater Giulio di Giaccomo nach dem Sturz der Ming nicht nach Peking zurückgekehrt war, fühlte sich Francis den Jesuiten, die seine Gefährten und Mentoren hätten sein sollen, entfremdet. Dennoch freute er sich über Adam Schalls Erfolge bei den Mandschu.

Schon unter den Ming hatte sich herausgestellt, daß Adam Schalls Eklipsenberechnungen genauer waren als die der chinesischen und moslemischen Astronomen. Ebenso wie die Ming legten die Mandschu Wert auf völlige Genauigkeit des Kalenders. Sie zwangen ihren chinesischen Untertanen ihre religiösen Bräuche nicht auf, sondern waren vielmehr bestrebt, sich durch die Beibehaltung des konfuzianischen Denkens sowohl in der Religion als auch in der Verwaltung als die legitimen Erben der Ming zu erweisen. Nicht anders als Barbara übernahmen die Mandschu die chinesische Etikette und den chinesischen Geschmack – ausgenommen vielleicht in der Ernährung. Die neue Dynastie verlangte nur, daß die Chinesen ihre Loyalität dadurch bekundeten, daß sie den Mandschu-Zopf und Mandschu-Kleidung trugen. In allem übrigen paßten sich die Eroberer den Eroberten an, insbesondere hinsichtlich der von den Planeten bestimmten geheiligten Rituale.

Adam Schalls Anstellung als Direktor des Amtes für Sternkunde wurde also bestätigt und ihm der Rang eines Mandarins Fünften Grades verliehen. Wie Candida und Marta selbstgefällig vorausgesetzt hatten, übernahmen die Mandschu die Institution der Mandarine praktisch unverändert.

Da er fand, das Kreuz müsse sein einziges Abzeichen sein, lehnte der Jesuit die erste einem Europäer angetragene Ernennung zum Mandarin ab. Sein Superior schaltete sich ein, weil er fürchtete, diese Weigerung könnte dem Verdacht der Mandschu neue Nahrung geben, daß alle Christen insgeheim die Restauration der Ming wünschten. Adam Schall wurde also angewiesen, den Rang eines Mandarins anzunehmen und das Abzeichen zu tragen. Das ihm als Direktor des Amtes für Sternkunde zustehende Gehalt lehnte er dennoch ab mit der Begründung, die Ordensregel der Gesellschaft Jesu verbiete die Entlohnung für weltliche Tätigkeit, wobei er vergaß, daß er sich von den Ming seelenruhig ein Gehalt für das Geschützgießen hatte zahlen lassen. Zu guter Letzt war er einverstanden, daß ihm die Palastküche täglich zwei Mahlzeiten vom Tisch des Kaisers schickte.

Niemandem entging die Bescheidenheit des Jesuiten, und alle lobten seine Selbstlosigkeit. Aber ganz Peking war entsetzt, als Adam Schall dickköpfig den Prinzregenten herausforderte, der sich gegen Ende des Jahrzehnts zu einem Tyrannen entwickelte. Er hatte seinen Mitregenten durch seinen Bruder ersetzt, den er stellvertretender Regent nannte, herrschte aber weiterhin allein unter dem Titel Kaiserlicher Vater-Regent, was Vater des Volkes bedeutete. Fast alle kaiserlichen Prinzen waren durch den Regenten gedemütigt worden. Einer, der grundlos eingekerkert worden war, beging Selbstmord.

Aber Dorgon leistete Hervorragendes für die Befriedung eines Reiches, das immer noch bedroht wurde durch Banditen und Rebellen und die Ansprüche von Ming-Prinzen auf den Drachenthron. Niemand konnte Dorgons Tüchtigkeit leugnen, doch die meisten Menschen haßten ihn. Indes wagte niemand Einspruch zu erheben, als er einen Palast von kaiserlicher Großartigkeit baute, kaiserliche Gewänder trug und Erlasse im eigenen statt im Namen des Kind-Kaisers herausgab.

Der Prinzregent plante auch eine neue Hauptstadt, in der der Kaiser vom Volk abgesondert leben sollte, nicht nur getrennt durch hohe Mauern und undurchdringliche Bräuche wie in Peking. Um diese Hauptstadt zu bauen, erhöhte Dorgon die Steuern übermäßig, ließ Baumaterial und Zugtiere beschlagnahmen und Zehntausende von Arbeitern und Handwerkern zwangsverpflichten. Sie wurden kaum besser behandelt als die Sklaven, die im 3. Jahrhundert v. Chr. für den Ersten Erhabenen Kaiser die Große Mauer bauten und deren Knochen den Mörtel mit Kalk anreicherten.

Dorgons Hybris kostete Francis Arrowsmith und Adam Schall fast das Leben, als im unruhigen Schansi, der Heimatprovinz des Einäugigen Li, eine Rebellion ausbrach. Eine Gruppe von Mandschu-Fürsten kam auf dem Weg in die Mongolei, wo sie eine Prinzessin für den Harem des Kind-Kaisers holen sollten, durch die Stadt Tatung. Stark betrunken, mandschurisch betrunken, vergewaltigten sie respektable Frauen, sogar eine aus ihrer roten Blumensänfte geraubte Braut. Als die Städter die Fürsten angriffen, unterstützte sie der von den Mandschu eingesetzte chinesische Gouverneur. Diese Unruhen arteten zu einer Revolte aus, an der sich auch Mongolen beteiligten und die zu einer Bedrohung der neuen Dynastie wurde.

Prinzregent Dorgon bestellte die Europäer in seinen Palast. Er saß auf einem goldenen Thron, der nur wenig kleiner war als der Drachenthron, und starrte sie wortlos eine volle Minute an, nachdem sie sich tief verbeugt hatten. Sie erwiderten seinen Blick. Sein Gesicht war verkrampft, und er rieb sich die linke Seite, als habe er Schmerzen, aber seine Stimme war kalt und klar.

«*Wo chiao-kuo ni-men.*» Der Prinzregent sprach Chinesisch, denn er wußte, daß der Jesuit das Mandschu noch nicht gut beherrschte. «Pfeilschmied, jetzt hast du Gelegenheit zu beweisen, daß ich recht hatte, dein Leben zu schonen und dir deinen Rang zu lassen. Ich habe beschlossen, den Feldzug gegen die Rebellen selbst anzuführen, und ich brauche deine Dienste.»

«Hoheit, was kann der mächtigste General in Asien von uns benötigen?» Adam Schall kam einer ärgerlichen Antwort von Francis zuvor. «Wir erwarten Eure Befehle!»

«Meine Artillerie liegt im argen wegen der Nachlässigkeit meiner Untergebenen», erwiderte Dorgon. «Ich kann nicht alles selbst machen. Ich brauche binnen eines Monats wenigstens zwanzig Batterien Rotmantelkanonen. Wenn Ihr und der Pfeilschmied diesen Auftrag gut ausführt, soll er meine Artillerie befehligen. Und ich befördere ihn, gebe ihm den Leopard eines Obersten.»

«Hoheit, wir können Euch eine ganze Anzahl Geschütze verschaffen. Wie viele genau kann ich erst sagen, wenn wir die Arsenale überprüft haben. Und notfalls werden wir neue Kanonen gießen.»

«Dann ist alles gut.» Dorgon bemerkte nicht, wie verwundert Francis über das Versprechen des Priesters war, neue Geschütze zu gießen. «Ich erwarte Euren Bericht binnen drei Tagen.»

Damit waren sie entlassen, aber Adam Schall nahm keine Notiz davon und auch nicht von der Anweisung der Gesellschaft Jesu, sich niemals mit Astrologie zu befassen. Er gab Francis einen Wink, still zu sein, und verbeugte sich von neuem.

«Als Direktor des Amtes für Sternkunde ist es meine Pflicht, Eurer Hoheit Rat zu erteilen», sagte er. «Ich muß Euch davon in Kenntnis setzen, daß die Vorzeichen des Himmels nicht günstig sind für eine Strafexpedition. Ebensowenig sind sie günstig für den Bau einer neuen Hauptstadt.»

«Was sagst du da, Priester?» Dorgons hageres Gesicht rötete sich vor Zorn. «Wie kannst du es wagen!»

«Es ist meine Pflicht, Hoheit», erwiderte Schall ruhig. «Die Botschaft der Sterne ist unmißverständlich. Wenn der Bau der neuen Hauptstadt nicht sofort eingestellt wird, wenn nicht alle dienstverpflichteten Arbeiter freigelassen werden, sehe ich Unheil für die Dynastie voraus.»

«Hinaus!» schrie Dorgon. «Wachtposten, bringt sie weg, ehe ich sie mit dem Schwert niedermache! Und sperrt sie ein!»

Adam Schall verbrachte die Nacht mit Beten, und Francis schrieb Abschiedsbriefe an seine Tochter und seinen Sohn. Als sie am nächsten Morgen vor den Prinzregenten gebracht wurden, waren beide auf den Tod vorbereitet.

«Ich habe Eure Warnung sorgfältig erwogen, Hochwürden.» Der Prinzregent lächelte auf seinem goldenen Thron. «Ich bin überzeugt, daß Ihr sie aus Pflichtgefühl ausgesprochen habt und nicht, um mich zu verhöhnen oder zu täuschen.»

«Es ist mir eine Ehre, Hoheit», antwortete Adam Schall und verharrte in tiefer Verbeugung. «Ich bin sicher, Ihr werdet Eure weise Entscheidung nicht bereuen.»

«Ich werde den Bau der neuen Hauptstadt einstellen und die zwangsverpflichteten Arbeiter entlassen, damit der Himmel die Dynastie nicht wegen einer solchen Anmaßung bestrafe», sagte Dorgon.

«*Mergen Daising . . .*» Francis redete ihn mit dem Titel an, von dem er wußte, daß er Dorgon der liebste war. «Weiser Krieger, diese Entscheidung bestätigt Eure ungeheure Weisheit.»

«Wir sind doppelt geehrt durch Eure Weisheit.» Schall wußte, daß er ihm nicht genug schmeicheln konnte, und Dorgon war wirklich weise, die Unzufriedenheit zu dämpfen, die selbst in der Nördlichen Hauptstadt zu einer Revolte hätte führen können.

«Ihr werdet mir also die zwanzig Batterien beschaffen, die ich brauche», befahl Dorgon. «Du, Pfeilschmied, wirst meine Artilleristen ausbilden und diese Batterien befehligen, wenn wir gen Tatung marschieren.»

Als sie wieder auf Pekings Straßen waren, sagte Francis: «Ihr habt alles aufs Spiel gesetzt, Pater Adam. Ich hätte nie geglaubt . . .»

«Gott hat sein Herz gerührt. Aber das Wagnis war nötig. Unsere heilige Mission verlangt von uns, daß wir allen Menschen in Not zu

Hilfe kommen. Selbst durch die Herstellung von Kanonen können wir unseren leidenden Mitmenschen helfen.»

«Dennoch war es ein großes Wagnis. Für Euch, Pater Adam, und für mich auch. Natürlich werden wir keine neuen Kanonen brauchen, sondern nur Lafetten.»

«Es wird also kein großes Kunststück sein, in den Arsenalen das Richtige zu finden. Und du hast aktiven Dienst nötig.»

Am selben Nachmittag versammelten sich die ersten tausend Arbeiter, die aus dem Zwangsfron entlassen waren, in dem *hutung* vor dem Jesuitenhaus. Während sie Kotau machten, verlas ein bärtiger Mandarin eine Dankadresse. Adam Schall strahlte, und Francis klopfte ihm freudig auf den Rücken.

Aber er war sich immer noch nicht klar, ob sie Christus in China eigentlich dienten, wenn sie wieder Kanonen zum Morden herstellten. Er konnte Schalls Behauptung nicht widerlegen, daß es wichtig sei, Dorgon mit Geschützen zu versorgen, weil die Mission in China nur Erfolg haben könne, wenn die Beziehungen zwischen den Jesuiten und den Mandschu gut seien. Doch ausnahmsweise war die untadelige jesuitische Beweisführung nicht überzeugend, denn der logische Schluß würde sein, daß sie aus Liebe zu Christus den Mandschu bei jedem grausamen Unterdrückungsakt Beistand leisten müßten.

Francis' persönliche Entscheidung nahm in den folgenden beiden Monaten feste Formen an. Er gelangte zu der Überzeugung, daß die unbeirrbare Unterstützung der Mandschu durch die Jesuiten in Peking unklug sei. Würde er wieder ins Feld ziehen, was er nicht ungern täte, dann würde er lieber für die berechtigten Ansprüche der Südlichen Ming auf den Drachenthron kämpfen. Schließlich wurden die Ming-Prinzen von Christen beraten, die ihre wichtigsten Minister waren. Obwohl er glaubte, sich weitgehend von prosaischem Eigennutz leiten zu lassen, war Francis Arrowsmith nach wie vor ein romantischer Idealist.

Als der Prinzregent sich anschickte, unterstützt von zwanzig Batterien ein großes Heer nach Tatung zu führen, lag Francis auf dem breiten Ehebett in seinem Haus. Barbara schalt ihn, weil er sich durch sein Krankspielen die Beförderung verscherzte, aber er ließ sich nicht umstimmen. Eine Krankheit vorzuschützen war vielleicht nicht die feinste Art, um sich einer unmoralischen Aufgabe zu entziehen, aber sie erfüllte ihren Zweck.

Die angebliche Krankheit hielt Francis nicht lange im Bett. Das war nicht notwendig. Nach ein paar Tagen stand er auf und ging schlurfend im Haus herum, damit die Dienstboten nicht Dorgons Spionen melden könnten, er sei wieder gesund. Die Last der Entscheidung, die ihn bedrückte, verlangsamte seine Schritte ebenfalls. Sein Gewissen hatte ihn gezwungen, Dorgons Angebot der Beförderung und des Truppenkommandos abzulehnen. Damit hatte er sich aller Hoffnung auf Beschäftigung und Aufstieg unter den Mandschu begeben. Er hatte entscheidender gehandelt, als er sich klar gemacht hatte.

Nur wenige Tage trennten ihn von seinem zweiundvierzigsten Geburtstag am 13. Februar 1649; er war also fast ein alter Mann, der in dieser Welt versorgt sein müßte und sich hauptsächlich Gedanken um seinen Platz im Jenseits machen sollte. Doch war er immer noch tatkräftig und litt unter dem Müßiggang.

«Francis, es ist nicht so wichtig, daß du nicht mit Dorgon ins Feld ziehst, obwohl wir darüber geteilter Meinung sind, du und ich», hatte Adam Schall eindringlich zu ihm gesagt. «Viel wichtiger ist, daß du das Nichtstun leid bist. Du läßt deine irdischen Talente und deine religiösen Gaben in Untätigkeit brachliegen.»

Zwar behauptete Francis, er habe recht mit seiner Weigerung, Dorgons Artillerie zu befehligen, aber er wußte, daß der Priester auch recht hatte. Tatsächlich verkam er und wurde träge und konnte mit keiner anderen Beschäftigung rechnen als mit der Jagd und dem planlosen Studium der chinesischen Klassiker, diesem dunklen, unergründlichen Born des Wissens, in dem manche Gelehrte auf Lebenszeit spurlos untergingen.

In seinen Rotfuchsmantel gehüllt, betrat Francis vor sich hinbrütend den Innenhof. Als er die Mondtür öffnete, empfing ihn plätscherndes jugendliches Gelächter. Stolz wie der Kaiser persönlich, saß sein Robert auf einem mit kaiserlich gelbem Brokat bedeckten Sessel und ließ die Kinder der Dienerschaft und seine Spielgefährten von niederer Herkunft vor sich Kotau machen.

Einen Augenblick starrte Francis verständnislos auf die Szene, ehe ihn der Zorn über die Anmaßung seines Sohnes packte. Ohne nachzudenken, riß er den Jungen vom Sessel, trug ihn ins Schlafzimmer und verprügelte ihn mit einer Reitpeitsche. Er wußte, daß Roberts Schreie halb Angabe und halb verletzter Stolz waren, denn in seiner dicken Winterkleidung konnte er die Schläge kaum spüren.

«Das soll dir eine Lehre sein, muß dir eine Lehre sein», schrie Francis. «Ein bißchen Demut steht einem Christen wohl an. Du bist nicht der Kaiser und wirst es auch nie sein. Aber mach nur so weiter, dann wirst du ein kleiner Tyrann in deinem Regiment werden. Du bist ein Menschenkind, kein Göttersohn.»

Robert brach erst in Tränen aus, als seine Mutter, durch den Lärm angelockt, ins Zimmer stürmte.

«Was tust du dem Jungen an, Francis?» Barbaras Augen sprühten Blitze. «Ich habe dir gesagt, du sollst ihn in Frieden lassen. Er ist noch ein Kind. Und du weißt nicht, wie man einen Mandschu-Krieger erzieht.»

«Ein Kind? Er ist fast sechzehn! Unsinn, Barbara. Er wird mehr sein als bloß ein weiterer einfältiger, Kumyß saufender Mandschu-Reiteroffizier, wenn es nach mir geht. Er wird ein guter christlicher Soldat sein. Er wird ein Mann sein, ein Mann mit Verstand, den er gebrauchen kann.»

«Muß es nach dir gehen?» Barbara schrie ebenso laut. «Das ist nicht nötig. Nein, das ist nicht . . .»

«Wenn ich meinen Sohn nicht erziehen kann, wie ich es für richtig halte, dann . . .»

«Dann ist es besser, wenn du uns verläßt, Francis . . .» Barbara hielt inne, entsetzt über ihre erregten Worte, dann fuhr sie ruhiger fort: «Ja, es ist besser, wenn du uns verläßt. Es hat keinen Wert, daß du hier bist, weder für dich noch für uns.»

«Dann werde ich weggehen, Barbara. Es ist für alle am besten.»

«Ja, Francis, leider ist es am besten.» Barbara hatte immer gewußt, daß dieser Augenblick kommen mußte, seit Francis ganz deutlich gemacht hatte, daß er sich nie mit ihr würde christlich trauen lassen. «Ich habe lange genug als deine Konkubine gelebt. Pater Adam sagt, das gefährdet nicht mehr nur unser Seelenheil, sondern bedeutet die sichere Verdammnis, wenn wir damit fortfahren. Und du willst mich ja nicht heiraten.»

«Ich habe erklärt, Barbara, warum . . .»

Er liebte sie nicht und würde sie nie lieben. Barbara fand sich schließlich mit der Wirklichkeit ab, der sie so lange ausgewichen war. Sie überlegte sich, was für sie ungewöhnlich war, daß sie ihren Sohn deshalb so liebte, weil er Francis in vielem ähnelte. Es war seltsam, daß sie, um Robert zu verteidigen, seinen Vater vertrieb.

«Ich habe diesen Unsinn satt, Francis. Um Roberts willen, um meinetwillen, um deinetwillen ist es besser, wenn du Peking verläßt. Vielleicht findest du irgendwo deine sagenhafte Tochter.»

Barbara ging mit hoch erhobenem Kopf aus dem Schlafzimmer. Die Tränen in ihren Augen waren nicht länger Zähren des Zorns.

«Es tut mir leid, Barbara, sehr leid», rief Francis hinter ihr her. «Es tut mir entsetzlich leid, aber du hast recht.»

Ein unbedeutender Streit hatte zu einer wichtigen Entscheidung geführt. Nachdem diese Entscheidung getroffen war, sah Francis keinen Grund, noch länger zu zögern. Barbaras Tränen waren ein Vorwurf für ihn, während er seine Vorbereitungen traf, und unmittelbar vor ihrer Trennung liebte er sie fast. Sie war untröstlich, aber beide wußten, daß die Entscheidung nicht rückgängig gemacht werden konnte oder sollte.

Francis schied in Freundschaft von Adam Schall, obwohl ihr Verhältnis etwas gespannt war. «Warum sollte ich hierbleiben und auf Dorgons Rache warten?» fragte Francis.

«Du bist ein Stein in Dorgons Reis, ein Balken in seinem Auge», stimmte der Jesuit zu. «Ich fürchte, wenn er sich an dir rächen will, wird er die Patres und die christliche Gemeinde in diese Rache einbeziehen. Da du weggehen mußt, gehe bald.»

«Ihr habt es mir nicht verziehen, daß ich mich weigerte, Barbara zu heiraten oder mit Dorgon ins Feld zu ziehen, nicht wahr, Pater Adam?»

«Nein, Francis, das stimmt nicht», erwiderte der Priester nachdenklich. «Es wäre mir lieber gewesen, um der Mission willen, für deinen Seelenfrieden. Aber da du es nicht kannst, ist es weit besser, wenn du bald gehst.»

Der Jesuit war beunruhigt, weil Barbaras Klagen, daß Francis ihre Liebe zurückwies und die Ehe verweigerte, ein öffentliches Ärgernis hervorgerufen hatten. Weder diese Klagen noch die Tatsache, daß ein europäischer Christ mit einer Mandschu-Dame in Sünde lebte, waren der China-Mission förderlich. Adam Schall hatte gehofft, Francis werde eine Brücke zwischen der Mandschu-Gesellschaft und den Christen schlagen, aber jetzt war er zu dem Schluß gelangt, daß Francis ein Hindernis auf dem Weg zur Bekehrung des Reiches darstellte. Selbst wenn sein Weggehen Verdächtigungen hervorrufen könnte, daß die Christen die Ming begünstigten, so war das immer noch weniger schädlich als seine Anwesenheit und seine ständige Fehde mit dem Prinzregenten.

«Ich gebe dir aus ganzem Herzen meinen Segen, Francis», fuhr der Priester fort. «Aber, um des Herrn willen, gehe!»

Francis Arrowsmith wollte nach Süden reiten, um die allzu lange hinausgezögerte Suche nach Maria unter den Ming-Getreuen in Südchina aufzunehmen. Die Absicht, seine Tochter nach Peking zurückzubringen, war ein glaubwürdiger Vorwand für seine Abreise.

Übrigens sollte auch Robert mit dem Regiment seines Onkels gen Süden reiten, um seinem Herrscher, dem Shun Chi-Kaiser, durch den Kampf gegen Banditen und Rebellen zu dienen. Francis wußte, er würde seinen Sohn nie wieder schlagen oder unterrichten. Er konnte nicht wissen, ob sie sich auf dem Schlachtfeld treffen würden. Aber er wußte genau, daß die Kindheit seines Sohnes vorbei war. Wie er selbst zu Barbara gesagt hatte, war Robert fast erwachsen und ein hochmütiger Mandschu-Krieger. Sie umarmten sich, aber die unbefangene Liebe, die Vater und Sohn kurz für einander empfunden hatten, gehörte ebenfalls der Vergangenheit an.

Francis hatte nicht erwartet, daß Joseph King ihn begleiten würde. Reichlich spät hatte er Joseph aus der Leibeigenschaft entlassen, und seinem ehemaligen Sklaven mochte es unter der neuen Dynastie gut ergehen. Barbara hatte dem Lehrer ihres Sohnes, der schon siebenundfünfzig Jahre alt war, eine großzügige Rente angeboten. Aber Joseph stand an jenem Morgen gestiefelt und gespornt neben ihren Pferden.

«Ich bin an Eure Schwächen gewöhnt, Pfeilschmied», erklärte er. «Und ich bin zu alt, um mich auf eine neue Lebensweise umzustellen.»

«Ich bin geschmeichelt, Joseph.» Francis schlug ihm herzhaft auf die Schulter. «Aber ist das alles?»

«Nein, Pfeilschmied, wie Ihr richtig vermutet. Ich möchte einer chinesischen Dynastie dienen, nicht diesen Mandschu-Thronräubern. Und ich würde unsere kleine Maria sehr gern wiedersehen.»

Ihr ganzer Reichtum bestand aus ihrer Kleidung und ihren Waffen, fünf Pferden und Josephs wertvollsten Büchern, einem von Adam Schall unterzeichneten Brief und zwanzig Tael Gold in ihren Satteltaschen. Ihr letztes Ziel war der Hof des Yung Li-Kaisers der Südlichen Ming-Dynastie. Dieser Kaiser, ein redlicher, aber schwacher

Mann, wurde von drei mutigen Christen unterstützt, einem Großsekretär, einem General und einem Eunuchen. Aber zuerst wollten
sie zur Hochburg der Ming in der Provinz Fukien gegenüber der
Insel Taiwan, die die Portugiesen Ilha Formosa, die schöne Insel,
nannten.

«Welche Mängel sie auch haben», sagte Francis nachdenklich, als sie
aufsaßen, «die Ming und ihre Minister, seien sie Heiden oder Christen,
sie sind mit ihrer Standhaftigkeit christlicher als die Gesinnungslumpen in Peking, die Adam Schall hochschätzt.»

Ohne etwas für sich zu erwarten und ausnahmsweise bereit, sich
voll und ganz einzusetzen, ritten Francis Arrowsmith und Joseph
King am 14. Februar 1649 gen Süden.

TSCHUANTSCHOU, ANHAI

23. Juli bis 30. Oktober 1649

Das alte Land wandelte sich. Das zerfurchte, narbige und karfunkelige
Antlitz der Erde änderte seinen Ausdruck alle zehn Meilen, die Francis
Arrowsmith und Joseph King auf ihrer sechzehnhundert Meilen
langen Flucht durch das unruhige Reich zurücklegten. Auch die
Gesichter der Menschen änderten sich, sie wurden dunkler und lebhafter, als die beiden auf Umwegen, um etwaige Verfolger zu verwirren, nach Süden kamen.

Sogar der Name der Zeit änderte sich. In den Ebenen der hauptstäd-
tischen Provinz Tschili und der Provinz Honan lebten die Menschen
im sechsten Jahr des Shun Chih-Kaisers der Mandschu-Dynastie. Als
sie in die Provinzen Kiangsu und Tschekiang kamen, befanden sie sich
im dritten Jahr des Yung Li-Kaisers der wiederauflebenden Großen
Ming-Dynastie. Dieser Kaiser, dessen Regierungsname Ewige Tage
bedeutete, herrschte in der Provinz zwischen den violetten Bergen
und dem blauen Meer, die Fukien hieß.

Die Menschen in Fukien waren begeisterte Anhänger der Südlichen
Ming und erbitterte Feinde der Mandschu. Ihre Provinz war die
nördlichste Hochburg des chinesischen Kaiserhauses, das über acht

ausgedehnte Provinzen in Südchina gebot. Nachdem die Ming-Truppen die meisten Briganten beseitigt hatten, verteidigten sie die Grenzen gegen die Angriffe der Mandschu.

Der lange Ritt der Flüchtlinge endete um die Mitte der Doppelstunde der Ratte, um Mitternacht nach europäischen Uhren, am 23. Juli 1649, nicht weit von den Doppeltoren der alten Stadt Tschuantschou. Ihre Pferde waren von Antschi vier Stunden lang nach Südosten galoppiert, während die purpurne Dämmerung in schwarze Nacht überging. Ihre von starkem Regen durchnäßten schwarzen Gewänder ähnelten den Soutanen, die die Jesuiten in China trugen. Es wäre töricht gewesen, in den ineinanderübergehenden Kampfgebieten eines im Bürgerkrieg befindlichen Reiches die deutlich erkennbaren Uniformen einer der beiden Dynastien zu tragen. Die überall anzutreffenden Priester indes wurden von den Ming wie von den Mandschu wegen ihrer Gelehrsamkeit geduldet oder wegen ihrer Geschützkenntnisse umworben.

Francis versuchte, durch den strömenden Regen die Lichter von Tschuantschou zu sehen. Die Hufe der Pferde rutschten auf dem glitschigen Pflaster der Straße in der dunklen Nacht. Der böige Wind von der Küste vier Meilen östlich peitschte ihnen die durchnäßten Kleider an den Körper und zerrte an den formlosen Hüten, die ihr Haar verbargen. Sie hatten ihre Zöpfe abgeschnitten, als sie nach Tschekiang kamen, aber die Stoppeln auf den Köpfen ließen erkennen, daß sie noch vor kurzem die Mandschu-Tonsur getragen hatten.

Als die Straße eine Anhöhe erklomm, sah Francis einen Schimmer in der Küstenebene. Er und Joseph ritten nebeneinander, und am Kamm des Hügels angekommen, erkannten sie in der Dunkelheit unten einen gelben Kreis mit einer Kuppel in der Mitte, die abwechselnd von Fackeln erleuchtet und von flackernden Schatten verdunkelt wurde, aber verschwand, als der Regen heftiger prasselte.

«*Hui-chiao-tang*», rief Joseph. «Die Moschee, ich sagte Euch ja . . .»

In seiner Vorfreude auf eine geruhsame Nacht in Tschuantschou war Francis weniger auf der Hut vor Gefahren. Als sich der Hufschlag seines Pferdes verlangsamte, fuhr er erstaunt zusammen. Nachdem das Tier die Kuppel der Moschee durch den Regen hatte schimmern sehen, hätte es seinen Schritt beschleunigen sollen, da der Lichtschein einen trockenen Stall und frisches Futter verhieß.

Sechs Sekunden später zerbrach er sich immer noch den Kopf, als sein Pferd gegen eine brusthohe Schranke prallte, die es als eine deutlichere Schwärze in der schwarzen Nacht erkannt hatte. Francis wurde über den Kopf des Pferdes geschleudert und landete auf seinem empfindlichen linken Bein im Schlamm neben der Straße. Sekunden später lag Joseph neben ihm, und Francis mußte trotz seiner Schmerzen lachen.

Eine Speerspitze bohrte sich Francis in die Brust und nagelte ihn am Boden fest. Eine Öllampe, die ein körperloser Arm hielt, blendete ihn.

«Man-yi di chien-tierh», brummte eine heisere Stimme. «Spione der Mandschu-Barbaren. Wie ich gesagt habe.»

Harte Hände zerrten Francis hoch, und er sah, daß der Mann, der die Lampe hielt, einen Waffenrock mit dem Abzeichen eines Leutnants im Dienste der Ming trug, einen Schimmel, der in stilisierten Wogen schwamm. Die Lampe wurde hochgehoben, um die Stoppeln auf Francis' Kopf zu beleuchten.

«Mei wen-ti», brummte der Leutnant. «Kein Zweifel. Das sind bestimmt Mandschu-Spione. Man sollte denken, sie würden warten, bis ihr Haar nachwächst, aber sie sind so verdammt dumm . . .»

«Sieh mich doch an, du Narr», fuhr Oberst Arrowsmith den Subalternoffizier an. «Sehe ich aus wie ein Mandschu? Hast du je einen Mandschu gesehen, der aussieht wie ich?»

«Die Haarfarbe ist merkwürdig», sagte eine zweite Stimme in der Dunkelheit. «Und die Nase. Ich hab nie von einem Mandschu mit einem solchen Zinken gehört. Mehr wie ein Ameisenbär als ein Mensch.»

«Das ist kein Mensch», beharrte der Leutnant. «Ein Mandschu-Teufel. Sie kommen in allen möglichen Gestalten, alle häßlicher als Teufel. Und der andere ist zweifellos ein Kantonese. Schlau, einen Kantonesen zu schicken, selbst wenn noch eine Provinz an seinem Ziel fehlt.»

«Ni hwen-tan», unterbrach Francis die Tirade des Leutnants. «Du verdammter Narr, ich bin ein westlicher Meeresmensch, kein Mandschu.»

«Schlau, spricht sogar die Beamtensprache. Schlau, diese Mandschu. Aber es hat keinen Zweck, sie mit zurückzunehmen. Wang, gib mir 'ne Schnur. Wir erdrosseln sie hier, und damit hat es sich.»

«Angenommen, er ist wirklich ein westlicher Meeresbarbar, Leutnant?» fragte eine dritte Stimme. «Dann könnte er doch kein Mandschu-Spion sein, oder?»

«Warum nicht? Die Mandschu haben Meeresbarbaren in ihrem Dienst, eine Menge Kanoniere, hab ich gehört. Gib mir die Schnur.»

«Als Spione? Kaum!» mischte sich Joseph King ein. «Außerdem werden deine Vorgesetzten uns vernehmen wollen.»

«Halt den Mund. Du kannst alles sagen, was du willst, wenn du dich bei den Vorfahren deines Mandschu-Kaisers in der Hölle meldest. Aber jetzt halt den Mund und streck den Hals vor.»

«Für einen, der unbesiegbar mit Dummheit gewappnet ist», zitierte Joseph, «sind die schnellsten Pfeile des Verstandes geknickte Strohhalme.»

«Dafür sollst du qualvoller sterben, du Schmarotzer.»

«Shao Lin Ssu lao-ko ssu-pu-liao!» Josephs Worte waren für Francis verständlich und ergaben auch einen zusammenhängenden Satz, aber keinen Sinn: «Die älteren Brüder des Shao Lin-Tempels sterben nicht!»

«Er kennt die Losung, Leutnant. Vielleicht sind sie . . .»

«Ein Spion würde die Losung auch kennen, Wang. Aber immerhin, vielleicht schicke ich sie doch zur Vernehmung.»

«Könnte gut sein, Leutnant. Erst ausquetschen und dann erdrosseln.»

Zwischen berittenen Soldaten schlugen die beiden Christen wieder den Weg zur Moschee ein, deren Kuppel durch den Regen schimmerte. Francis fürchtete, die Vorgesetzten des Leutnants würden sich als ebenso begriffsstutzig erweisen. Er ärgerte sich über seine eigene Ungeschicklichkeit, daß er in den Hinterhalt geraten war, und war neugierig, was Josephs rätselhafte Äußerung bedeuten könnte. Dann fiel ihm die Geheimgesellschaft ein, die im Shao Lin-Tempel gegründet worden war, um alle Chinesen gegen die Mandschu zu einigen. Doch woher wußte Joseph die jetzt gültige Losung?

Offenbar hatte sein Schreiber den systematischen Täuschungen, die sie heil durch das Chaos des Bürgerkriegs gebracht hatten, noch einen Ableger hinzugefügt. Den Mandschu-Truppen, auf die sie stießen, hatten sie gesagt, sie seien im Auftrag des Prinzregenten unterwegs. Alle Offiziere, die nicht von dem blonden Pfeilschmied gehört hatten, waren im Bild über die Weisheit von Tang Jo-wang *Shen-fu* – wie der chinesische Name von Pater Adam Schall lautete. Der Brief des Priesters mit dem persönlichen Siegel hatte ihnen mehr genützt als ein Paß. Doch bei den Ming-Loyalisten konnte er ihnen nur schaden. Auch sie kannten Schall – als den Jesuiten, der den Mandschu diente.

Josephs Verbindung mit der Shao Lin-Bruderschaft bot die meiste Hoffnung. Allerdings verachteten einige höhere Ming-Offiziere die plebejische Bruderschaft. Womöglich würden sie mutmaßliche Spione um die Ecke bringen und sich hinterher nicht allzu viele Sorgen darüber machen, ob sie sich geirrt hatten. Womöglich würden Joseph und er auf der Stelle hingerichtet. Auf so dumme Weise zu sterben! Doch die Wahrheit würde sie nicht schützen, und ihm fiel keine glaubwürdige Unwahrheit ein.

Die Nacht und seine bösen Ahnungen verbargen vor Francis die Wunder von Tschuantschou, von denen Joseph King geschwärmt hatte. Der Hafen war jahrhundertelang der wichtigste Treffpunkt zwischen den Chinesen und den seefahrenden Völkern des Westens gewesen, und erst kürzlich hatte Kanton ihm den Rang abgelaufen.

Nicht nur die Moschee, deren Kuppel über der Stadt schwebte, sondern auch die Gräber von zwei Missionaren erinnerten an die erste Landung von Moslems in China. Seit dem dritten Jahr der Mongolen-Dynastie, dem Jahr des Herrn 1323, hatten fromme chinesische Moslems immer wieder Tausende von Meilen zurückgelegt, um sich vor diesen wundertätigen Sarkophagen auf den Boden zu werfen. Eine verwitterte Statue gedachte der früheren Ankunft des buddhistischen Missionars aus Indien, den die Chinesen Abt Chu nannten. Im 13. Jahrhundert hatte Marco Polo Tschuantschou besucht, lange nachdem syrische Christen sich dort niedergelassen hatten, deren Gräber Inschriften in ihrer eigenen Sprache aufwiesen.

Landeinwärts erhoben sich schroffe Berge, und von See her war der Hafen durch eine schmale Bucht zu erreichen, die ihn vor Taifunen und Piraten schützte. Diese günstige Lage machte Tschuantschou geeignet als östlichen Stützpunkt der wiedererstehenden Ming-Dynastie, die im Ausland Hilfe zu erlangen suchte bei ihrem Bestreben, Nordchina zurückzuerobern.

Als er unter Bewachung in dem feuchten Vorraum wartete, hielt Francis seine Angst in Schach, indem er an die vergehende Pracht der Hafenstadt dachte. Würde das «wundertätige Grab des blonden Mandschu» in späteren Jahren eine weitere Sehenswürdigkeit von Tschuantschou sein?

Eine innere Tür öffnete sich, und die Wächter verbeugten sich vor zwei höheren Offizieren in scharlachroten Waffenröcken. Der erste trug das Einhorn-Abzeichen eines Herzogs. Francis nahm an, daß der Rang erblich war, denn der Offizier konnte ihn kaum durch langwährenden Dienst erworben haben. Obwohl er sehr bestimmt auftrat, ließ sein Äußeres erkennen, daß er nicht älter als fünfundzwanzig Jahre sein konnte. Der zweite Offizier war etwa gleichaltrig und trug den Leoparden eines Obersten.

«Was haben wir denn hier?» fragte der Herzog. «Heb den Kopf, Bursche, und laß dich anschauen.»

Francis merkte, daß der Herzog ihn wiedererkannte, und erinnerte sich im selben Augenblick an den halb japanischen jungen Mann, der Adam Schalls Vorarbeiter in den Kaiserlichen Feldzeug-Werkstätten gewesen war.

«Pfeilschmied!» rief der junge Herzog aus. «Ihr seid der Pfeilschmied, nicht wahr?»

«Das bin ich, erlauchter Herzog. Euch kannte ich als Cheng Cheng-kung.»

«Ihr könnt mich Cheng-kung nennen. Oder Herzog Chu, wenn Ihr das vorzieht. Der Kaiser hat mein geringes Verdienst belohnt, indem er mir den kaiserlichen Beinamen verlieh.»

«*Kuo-hsing-yeh* – Koxinga, der Herr des kaiserlichen Namens . . . natürlich», erinnerte sich Francis. «Und jetzt haltet Ihr über mich Gericht.»

«Was das betrifft, Pfeilschmied, so weiß ich zumindest, daß Ihr kein portugiesischer Artillerist und neuerdings im Dienste der Mandschu seid. Warum Ihr herkommt, ist eine andere Frage. Warum heimlich mitten in der Nacht?»

«Wir hatten viel früher kommen wollen, aber der Regen hielt uns auf, und der Weg war länger, als ich geglaubt hatte. Nicht mehr als neunzig Li von Antschi, kaum dreißig Meilen, doch . . .»

«In Berg-Li hundertzwanzig, Pfeilschmied.» Joseph Kings schulmeisterlicher Trieb ließ sich nicht unterdrücken. «Ich habe Euch gesagt, daß Berg-Li kürzer seien als Ebenen-Li, aber Ihr habt einfach auf der Karte gemessen.»

«So untüchtig, der berühmte Pfeilschmied?» fragte der Herzog. «Und so klug wie immer sein Diener? Ja, ich entsinne mich dessen.»

«Ich bin Artillerist, kein Kavallerist. Und vermutlich untüchtig, wenn mein Sinn auf andere Dinge gerichtet ist.»

«Welche anderen Dinge sind so wichtig, daß Ihr Euch hereinschleicht wie Spione?»

«Euer Gnaden, Euer höchst erhabene Exzellenz, ich . . .»

«Ich habe Euch gesagt, ihr sollt mich Cheng-kung nennen, oder auch Herzog Chu, wenn Euch das lieber ist. Wir kennen einander zu lange, Ihr und ich, Pfeilschmied, für solche Förmlichkeit.»

«Herzog Chu also, Ihr müßt wissen, wenn Ihr mich kennt, daß . . .»

«Ich kenne Euch, aber sonst weiß ich nichts, Pfeilschmied. Ich weiß nur, daß Ihr freundlich wart zu dem jungen Sohn des Admirals der Küstengewässer. Viele Mandarine verachteten mich wegen meiner niedrigen Geburt und meiner Blutmischung. Aber Ihr wart freundlich.»

«In dem Fall . . .»

«Das hat nichts mit heute zu tun, mit diesem Augenblick und diesem Ort. Ich kenne Euch. Das bedeutet nicht, daß ich Euch traue. Meine Sache ist die Sache des Kaisers. Wie kann ich wissen, ob Ihr Euch nicht gegen den Kaiser verschworen habt? Aber sagt mir, was Ihr im Sinn habt.»

«Ich bin bestrebt, dem Herrn des Himmels und dem Yung Li-Kaiser der Ming zu dienen. Und außerdem suche ich meine Tochter Maria. Habt Ihr etwas von einer blondhaarigen Dame gehört?»

«Auch das ist eine andere Angelegenheit, Pfeilschmied. Hat nichts mit Eurer geheimen Mission zu tun. Ihr habt Dorgon gut gedient, nicht wahr?»

«Dorgon haßt mich, er meint, ich habe ihn betrogen. Laßt Euch von Euren Spionen darüber berichten. Fragt sie, was Dorgon vom Pfeilschmied hält.»

«Das werde ich tun, da alte Freundschaft mir verbietet, Euch kurzerhand hinzurichten. Aber Ihr werdet den Bescheid im Gefängnis erwarten und . . .»

Der Oberst hatte während des scharfen Verhörs durch seinen Vorgesetzten schweigend dabei gestanden. Als er diese Entscheidung hörte, legte er dem Herzog die Hand auf den Arm mit einer unbefangenen Vertraulichkeit, die Francis die Augen aufreißen ließ. Oberste gingen nicht so zwanglos mit Generalen um, geschweige denn mit Herzögen. Nicht einmal Joseph King würde durch eine solche Geste in der Öffentlichkeit das Ansehen seines Herrn verletzen. Aber der Herzog, der Herr des kaiserlichen Beinamens, hörte sich lächelnd an, was der Oberst ihm zuflüsterte. Die Offiziere berieten sich mehrere Minuten mit leiser Stimme. Dann zuckte der Herzog die Schultern und nickte.

«Ich habe den Verbindungsoffizier des Kaisers nicht vorgestellt», sagte er. «Wollt Ihr mein Versehen entschuldigen, Pfeilschmied, und Ihr auch, Meister King?»

Francis war verblüfft, daß der Herzog so unvermittelt von milder Einschüchterung zu einschmeichelnder Liebenswürdigkeit überging. Machte er sich über sie lustig, oder war seine übertriebene Höflichkeit aufrichtig?

«Er ist Oberst Chü Wei-man, auch Edmond genannt. Der Name sagt Euch, daß er Euer Glaubensgenosse ist. Meiner auch, nehme ich an, nach den Bräuchen meines Vaters und meiner vielen Onkel, Tanten und Vettern. Lauter Christen. Ich ehre meinen Vater, wie es Meister Konfuzius vorschrieb, wie es Euer – unser – Herr Jesus befahl. Aber ich ehre seine Entscheidung nicht, sich den Mandschu anzuschließen – bloß um den Rang eines Vicomte.»

«Oberst Pfeilschmied, wir heißen Euch in Tschuantschou willkommen.» Oberst Edmond Chü war respektvoll. «Und es tut uns leid, daß Ihr so rauh behandelt wurdet.»

Der junge Edmond Chü legte vollendete konfuzianische, vollendete chinesische Höflichkeit an den Tag. War das alles, wie seine geschmeidigen Gesten und die sanfte Stimme zu verstehen gaben? Oder verbargen sich Härte unter dem Deckmantel vortrefflicher Umgangsformen und Entschlossenheit hinter dem schlanken Wuchs und dem schmalen Gesicht mit den großen Augen?

«Ich habe angeregt, der Herzog möge Euch Haftverschonung gewähren, bis wir den Beweis haben, daß Eure Geschichte auf Wahrheit beruht.» Der junge Oberst war wenigstens offen. «Wollt Ihr beim Herrn des Himmels schwören, daß Ihr weder fliehen noch Verbindung zu Außenstehenden aufnehmen werdet?»

«Selbstverständlich, Oberst Chü. Und mein Schreiber natürlich auch.»

«Dann sehe ich vorläufig keine Schwierigkeiten», lächelte der Oberst. «Der Herzog erlaubt mir freundlicherweise, morgen einen Ausflug mit Euch zu machen. Weniger als zwanzig Meilen entfernt liegt eine reizende Stadt mit Namen Anhai. Ich bin sicher, sie wird Euch gefallen.»

Als sie auf der sich windenden Straße zum Meer ritten, war Francis entzückt von der Landschaft, die so anders war als das rauhe Nordchina. Reis wogte auf den silbern schimmernden Feldern, wenn der Wind durch die golden blühenden Ähren fuhr. Zum Trocknen aufgehängte Fische umrandeten die Vorsprünge von Strohdächern. Enten watschelten, eine hinter der anderen, über die Deiche zwischen den überfluteten Reisfeldern; langbeinige braune Hühner mit gelben Schwanzfedern scharrten in der feuchten Erde; und Mutterschweine mit rosa Bäuchen ließen ganze Regimenter grunzender Ferkel aufmarschieren. Fischerdschunken zogen mit gerefften purpurroten Segeln langsam über den Meeresarm zwischen dem Festland und einer baumbestandenen Insel.

Edmond Chü plauderte vergnüglich, gab aber keine Erklärung für ihren Ausflug oder die Haftverschonung durch den Herzog. Francis dachte, das Geheimnis werde sich schon zur rechten Zeit enthüllen. Er hatte in China Geduld gelernt, nicht etwa, weil die Chinesen selbst geduldig waren, sondern weil sie so aufreizend wirkten, daß man sie nur mit viel Geduld ertragen konnte.

Die Brise des Spätnachmittags vertrieb die feuchte Hitze, als sie begannen, nach Anhai hinunterzureiten. Der Name, der Frieden des Meeres bedeutete, erwies sich als außerordentlich zutreffend, als die Dschunken ihre langen Netze einholten und auf dem goldenen Streifen, den die sinkende Sonne auf das Wasser warf, in den Hafen segelten und die Ziegeldächer von Anhai sich schimmernd von dem blauen Dunst auf den Hügeln abhoben.

Edmond Chü ließ die Zügel locker hängen, während sein Pferd sich durch die schmalen Gassen schlängelte und schließlich vor einem weißgetünchten Haus anhielt. Das schwarze Ziegeldach ragte über die Gasse, aber die Tür und die Fenster eines niedrigen Flügels gingen auf die belebte Straße. Der andere Flügel war ein offenes Ladengeschäft.

Selbst in Tschuantschou wurde nur der Bezirksgouverneur durch hohe Mauern wie in Peking geschützt. In Südchina waren die Menschen aufgeschlossen und lebhaft und nicht so erpicht darauf, ihre Würde zu wahren, wie im kaiserlichen Peking. Hier würde ein wohlhabender Kaufmann es sich nicht im Traum einfallen lassen, sich von dem Leben und Treiben auf den Straßen abzusondern, wo die Leute schrien und lachten. Das Haus, in das eine gleichgültige Dienerin sie einließ, gehörte offensichtlich einem solchen wohlhabenden Kaufmann. Das Schild über der Ladenfront lautete: KAO-TENG MI – Hochwertiger Reis.

Eine junge Frau stand in dem Hof zwischen der Eingangshalle und den Wohnräumen. Sie war vielleicht zwanzig Jahre alt, gewiß nicht älter, womöglich jünger, aber das Alter von Chinesinnen ließ sich schwer schätzen. Sie war schlank und rank, das von einem blauen Kopftuch eingerahmte Gesicht war schmal, die Haut viel heller, als man bei einer Südchinesin erwarten würde. Die großen Augen waren hellbraun und die zarte Nase leicht gebogen. Insgesamt ein zu aristokratisches und irgendwie zu ungewöhnliches Gesicht für die Tochter eines Reishändlers.

Eine Vorahnung befiel Francis Arrowsmith, ein vages Gefühl großer Freude. Er war praktisch sicher, als die junge Frau niederkniete und den Kopf beugte. Er löste den Knoten ihres Kopftuches unter dem Kinn, das Tuch fiel herab, und blondes Haar kam zum Vorschein.

«Maria . . . bist du es?»

«Ja, Vater, ich bin es.»

Er hob seine Tochter auf und nahm sie in die Arme. Er konnte nicht sprechen, und Tränen traten ihm in die Augen. Edmond Chü und Joseph King wandten sich ab von dieser ungehörigen Bekundung unchinesischer Gefühlsaufwallung. Ausländer waren anders, erkannte Edmond, sehr anders. Selbst Maria war anders, wenn ihr europäisches Blut durchschlug, wie im Augenblick.

«Maria, meine kleine Maria, du hast mir gefehlt, in all den Jahren hast du mir gefehlt.»

«Ich wäre so gern zu dir gekommen, Vater, aber ich konnte nicht.»

«Geht es dir gut, Maria? Bist du glücklich? Weißt du von deiner Mutter? Kein Lebenszeichen von ihr, und . . .»

«Ja, ich weiß, Vater. Ich bete für ihre Seele. Ja, ich bin jetzt glücklich, sehr glücklich.»

Maria wandte sich von ihrem Vater ab und umarmte seinen Schreiber. «Onkel Joseph, ich freue mich, daß du auch da bist.»

Joseph King erwiderte ihre Umarmung flüchtig. Sein schmales Gesicht war rot vor Verlegenheit, aber seine Augen schimmerten feucht.

«Ihr seht also, ich konnte unmöglich zulassen, daß der Herzog Euch einsperrt.» Edmond Chüs taktvolle Höflichkeit überbrückte die allgemeine Befangenheit, während die Dienerin Tee servierte. «Ich werde natürlich in aller Form um Marias Hand bei Euch anhalten. Aber abgesehen von Eurer gütigen Erlaubnis sind wir verlobt. Da konnte ich doch wirklich den Herzog nicht meinen Schwiegervater ins Gefängnis werfen lassen! Der Herzog ist manchmal ein bißchen grob, aber trotz alledem ein Ehrenmann. Er hat es natürlich verstanden, und . . . Ich hoffe, es hat Euch nicht gequält, daß ich nichts sagte, aber es war besser, daß Maria selbst . . .»

«Wie konnte ich nur so dumm sein?» fragte sich Francis laut. «Der Name Edmond Chü – das hätte ich doch sofort begreifen müssen. Aber ich bin gar nicht auf den Gedanken gekommen. Als ob mein Verstand abgeschaltet gewesen wäre.»

«Ich habe es vermutet, Pfeilschmied.» Joseph King war wie immer allwissend. «Aber ich wollte keine falschen Hoffnungen wecken.»

«Ich stehe tief in Eurer Schuld, Edmond. Ich hatte wirklich keine Lust, Wochen hinter Gittern zu verbringen, während Ihr auf Berichte aus dem Norden wartet.»

«Was das betrifft, so ist es eine reine Formalität. Ich glaube nicht, daß wir uns allzuviel Mühe machen werden, Eure Angaben nachzuprüfen. Der Herzog ist meinem Vater zu Dank verpflichtet, und mein Vater hält Euch für einen echten Christen und einen glaubwürdigen Mann, obwohl er Euch nur kurz kennengelernt hat.»

«Und dem Großsekretär Thomas Chü geht es gut?» Joseph King stellte die obligatorische Frage.

«Es geht ihm gut, aber er ist stark beschäftigt. Wir werden von den Mandschu noch nicht sehr bedrängt, aber die Gewinne der letzten achtzehn Monate sind gefährdet. Mein Vater ist sehr beschäftigt, zu beschäftigt vielleicht.»

Francis konnte sich noch keine Meinung von seinem zukünftigen Schwiegersohn bilden. Edmonds Wohlerzogenheit und sein sicheres Auftreten verhüllten seinen wahren Charakter. Indes sprach er über Staatsangelegenheiten und persönliche Dinge mit lebhafter Offenheit.

Maria sprach wenig. Sie zog es vor, sich in die politische Diskussion der Männer nicht einzumischen. Sie wahrte die Zurückhaltung einer chinesischen Dame, nahm aber durchaus Anteil an dem Gespräch über den Rechtsanspruch des Ming-Kaisers auf den Drachenthron als Enkel der jüngeren Linie des Wang Li-Kaisers. Während Edmond Chü sich durch das Dickicht der kaiserlichen Genealogie schlug und Joseph King ihm dicht auf den Fersen war, hatte sie die Augen niedergeschlagen, aber ein Lächeln umspielte ihre Lippen. Als den beiden Gelehrten vorübergehend nichts mehr einfiel, ergriff sie das Wort.

«Ihr vergeßt etwas, Edmond, mein Lieber, und Onkel Joseph auch. Kein anderer Thronanwärter kann seinen Anspruch aufrechterhalten. Deshalb ist er der wahre Kaiser, denn der Anspruch der Mandschu ist falsch. Außerdem ist der Kaiser fast ein Christ, nicht wahr? Also ist sein Anspruch in jeder Hinsicht gerechtfertigt!»

Francis war belustigt. Nach ihrer äußerst sachlichen Bemerkung, daß der Kaiser berechtigt sei, zu herrschen, weil er die Macht dazu besaß, kam seine Tochter zu dem völlig unlogischen Schluß, der Kaiser habe unbestreitbar das konfuzianische Mandat des Himmels geerbt, weil er fast ein Christ sei.

Er wußte nicht so recht, was er von der siebzehnjährigen Maria halten sollte, die er immerhin seit fünf Jahren nicht gesehen hatte. Durch die harten Zeiten hatte sie offenbar eine Reife erlangt, die ihre Mutter erst in ihrem letzten Lebensjahr besessen hatte. Seine Schwierigkeit war nicht Mangel an väterlicher Liebe, sondern bestand darin, daß er sein Herz nicht an sie hängen dürfte. Aber warum eigentlich nicht? Zu oft hatte er in seinem Leben menschliche Bindungen vermieden, zu oft seine spontanen Gefühle unterdrückt. Er konnte es sich wirklich zugestehen, seine Tochter zu lieben.

«Der Kaiser ist fast ein Christ, sagst du? Ich habe so etwas gehört, aber . . .»

«*Fast* ein Christ», antwortete Edmond. «Maria übertreibt ein bißchen. Ihr Herz ist zu stark für ihren Kopf.»

«Gar nicht, Edmond. Ich weiß, was ich sage. Seine kaiserliche Majestät kann sich noch nicht als Christ bekennen. Aber denke doch an seine Familie, alle sind getauft, die Kaiserinwitwe Helena und die Kaiserinwitwe Maria, selbst die Kaiserin Anna. Kann ich noch mehr sagen?»

«Mehr, meine Liebe, wenn die Bescheidenheit es nicht verböte.» Edmond sprach mit ihr als einer Gleichgestellten, einer gebildeten christlichen Dame. «Mein Vater Thomas ist Großsekretär, während der Oberbefehlshaber Chiao Lien vor Jahren als Lukas getauft wurde. Und Achilles Pang, der Oberhofeunuch, bekehrte die Hofdamen.

China hat *fast* seine erste christliche Dynastie, abgesehen von der Zurückhaltung des Kaisers . . .»

«Christlicher Eifer wird standhalten», warf Joseph ein, «zumindest solange, wie christliche Kanonen die Dynastie unterstützen.»

«Christliche Kanonen und christliche Gebete», fügte Edmond hinzu. «Ohne unsere Gebete hätten wir Kweilin nicht halten können, die Schlüsselstellung für Südchina. Mehrere hundert portugiesische Kanoniere unter Hauptmann Nicolau Ferreira haben sich als unschätzbar erwiesen.»

«So viele?» fragte Francis. «Wir hörten einiges darüber, aber nicht, daß es so viele waren.»

«Selbst die Jesuiten wagen es nicht, solche Nachrichten nach Peking zu schicken, nicht einmal auf lateinisch», erklärte Edmond. «Unsere Jesuiten und die Jesuiten in Peking sind nicht einer Meinung. Unsere unterstützen den rechtmäßigen Kaiser, die anderen den Mandschu-Thronräuber.»

«Was sagt der Pater Provinzial?»

«Daß wir auf den Herrn vertrauen müssen. Gottes Wege sind geheimnisvoll. Was kann er schon zu der eigensinnigen Hartnäckigkeit von Pater Schall sagen?»

«Ich wünschte, Ihr könntet Adam Schall kennenlernen.» Francis fand Edmonds freimütigen Zorn verständlich. «Aber gerechterweise muß man bedenken, daß er im Norden ist. Gott hat Schall dort behalten, damit er Sein Werk tue – und im Norden herrschen die Mandschu.»

«Vorläufig. Aber ich kann nicht glauben . . . der Herr des Himmels kann doch nicht wollen, daß Sein Priester den Thronräubern dient.»

«Was das betrifft, Oberst Chü», sagte Joseph King, «so kann ein Mensch, selbst ein Priester, seine Pflicht nur sehen, soweit er sehen kann. Auch mit seinem Fernrohr kann Pater Adam das Herrschaftsgebiet der Ming in Südchina nicht sehen.»

«Aber eine christliche – nun ja, annähernd christliche Dynastie bekämpfen und für barbarische Götzendiener arbeiten und sogar Kanonen für sie gießen. Wie kann das ein Priester?»

«Angenommen, Ihr verliert?» murmelte Joseph. «Ist es dann nicht besser, daß die Mandschu ihre eigenen christlichen Priester haben? Die Hoffnung auf den Sieg Christi in China würde dann nicht zugleich mit den Ming zu Grabe getragen.»

«Wir werden *nicht* verlieren, Meister King», erwiderte Edmond. «Wir werden den Kaiser wieder auf den ihm zustehenden Drachenthron in Peking setzen. Mit Gottes Hilfe, natürlich.»

«Natürlich!» stimmte ihm Joseph zu. «Mit Gottes Hilfe, natürlich.»

Der Juli wich dem August, und die Bauern standen gebückt auf den Feldern und schnitten mit Sicheln den goldenen Reis. Anhai bot wenig Unterhaltung, und Edmond Chü war nach Tschuantschou zurückgekehrt. Aber Francis Arrowsmith freute sich über die Gelegenheit, seine Beziehung zu Maria zu festigen.

Als die Ernte eingebracht war und die Garben zum Trocknen auf den Wegen lagen, erkannten die Bewohner von Anhai an der in der Bucht herrschenden Flaute, daß ein Taifun drohte. Männer und Frauen beeilten sich, die Garben in die Scheunen zu tragen. Der Himmel verdunkelte sich tatsächlich, und Ströme von Regen prasselten gegen Fenster und Türen. Am Abend drangen Wasserfluten in die Häuser und durchnäßten Bettzeug und Strohmatten, das in den Höfen zusammengedrängte Vieh und den gerade geernteten Reis. Die ganze Nacht waren die Leute wach und verrammelten ihre Häuser, wenn Läden oder Türen zu Bruch gegangen waren. Kurz vor der Morgendämmerung legte sich der Taifun.

Vier schwarze Dschunken mit Geschützpforten an den Seiten segelten spät an jenem Nachmittag hart am nachlassenden Wind in die Bucht. Die Bauern, die wieder ihre Reisgarben auf den Wegen ausbreiteten, schenkten den Schiffen nur einen kurzen Blick. Edmond Chü war besorgt aus Tschuantschou hergeritten, um sich zu vergewissern, daß seiner Verlobten und seinen Gästen kein Leid widerfahren sei; er lachte, als Francis fragte, welche neue Bedrohung diese Schiffe, die keine Boote an Land schickten, für Anhai darstellten.

«Vom Meer aus droht uns keine Gefahr», sagte er. «Die Flotten des Herzogs beherrschen die chinesische Küste von der Insel Hainan bis zur Halbinsel Schantung. Wenn die Dschunken die Sturmschäden ausgebessert haben, werden sie Boote schicken, um Wasser und Vorräte an Bord zu nehmen. Die Besatzung kommt heute abend an Land, darunter fünfzehn riesige Mohren.»

«Mit welchem Auftrag?»

«Die Mannschaften sind auf der Suche nach dem, wonach Matrosen immer der Sinn steht – Weiber und Wein. Die Mohren allerdings wollen die heilige Messe hören.»

«Mohren zur heiligen Messe?» Joseph war skeptisch. «Eine seltsame Leidenschaft für halbe Heiden.»

«Diese Mohren sind fromme Christen, Meister King. Sie waren die Leibwache des Vaters des Herzogs, des Admirals der Küstengewässer. Er ließ sie zurück, als er zu den Mandschu überging, weil er fürchtete, ihre Frömmigkeit würde ihn in Verlegenheit bringen.»

«Habt Ihr mit dem Herzog darüber gesprochen, wie ich den Ming am besten dienlich sein kann?» unterbrach ihn Francis.

«Ja. Er meint, Ihr solltet nach Macao gehen.»

«Und was dort tun, Edmond?»

«Unsere Sache vor dem *Leal Senado* vertreten. Und Waffenlieferungen weiterleiten, die uns versprochen wurden. Der Kaiser ist noch in Tschaotsching in Kwangtung. Er braucht diese Geschütze, um neue Angriffe der Mandschu zurückzuschlagen.»

«So sei es denn. Hier kann ich vermutlich wenig tun. Ist die Bewaffnung Eurer Schiffe ausreichend?»

«Ja. Von See her ist unsere Grenze gesichert, aber nicht zu Lande. Ich erwarte sehr bald neue Angriffe.»

«Was wird dann aus Maria? Ich würde sie nicht gern zurücklassen, Edmond.»

«Ich hätte es auch nicht gern, wenn sie hier bleibt. Die nächsten Monate werden gefährlich sein.»

«Dann muß sie mit mir nach Macao kommen. Ich werde mit ihr reden.»

«Selbst wenn du recht hast, Vater, mag ich es nicht, wenn andere für mich Entschlüsse fassen.» Marias Wangen röteten sich. «Ich möchte zu Rate gezogen werden, wenn es sich um mein Schicksal handelt.»

«Nicht um dein Schicksal, Maria, nur um eine vorübergehende Vorsichtsmaßnahme.» Francis sprach gegen das Brausen der Brandung an. «Ein besorgter Vater verdient, daß man auf ihn hört, und Edmond stimmt aus vollem Herzen zu.»

«Ich bin jetzt zu alt, Vater, um da anzufangen, wo wir nie aufgehört haben. Ich möchte eine gehorsame Tochter sein, aber ich bin kein Kind mehr. Und was Edmond betrifft, so sind wir noch nicht verheiratet.»

«Auf wen willst du dann hören?»

«Auf mich selbst, Vater.» Ihre verkrüppelten Füße sanken bei jedem Schritt in den weichen Sand. «Ich bin eine Christin, keine Sklavin, kein Spielzeug, das man von einer Hand zur anderen weiterreicht.»

«Wir wollen doch nur, daß du vorsichtig bist. Diese schwarzen Dschunken sind ein böses Vorzeichen. Anhai könnte zum Schlachtfeld werden. Möchtest du auf Gnade und Ungnade den Mandschu ausgeliefert sein?»

«Dann müssen Edmond und ich jetzt heiraten. Pater de Caballero wird bald zurückkommen . . .»

«Wird das Ehegelöbnis dich vor den Mandschu schützen? Edmond wird in der Schlacht sein und um sein Leben kämpfen, und du . . .»

«Du meinst, ich wäre eine Behinderung?»

«Nicht bloß eine Behinderung. Ein Mühlstein um seinen Hals, während er in einem stürmischen Meer schwimmt. Wenn er dich morgen heiraten wollte, jetzt ist nicht die Zeit . . .»

«Wie du willst, Vater.» Maria gab plötzlich nach, und Francis war hocherfreut über ihre Verständigkeit. «Ich werde mit dir nach Macao gehen, aber was ich da machen soll . . .»

«Du wirst etwas über dein europäisches Erbe lernen, Maria. Du mußt neugierig sein auf Europa.»

«Macao ist nicht Europa und bietet, wie ich gehört habe, wenig Gelegenheit zum Lernen. Nur wenn ich Kurtisane werden wollte, wäre Macao ideal.»

«Genug, Maria. Dieser Scherz ist zu geschmacklos. Und ich verspreche dir, du sollst Edmond heiraten, sobald er es für ungefährlich hält. Einverstanden?»

«Einverstanden, Vater», lächelte Maria. «Aber nächstesmal ziehe mich bitte gleich zu Rate, nicht erst, wenn du schon eine Entscheidung getroffen hast.»

24. Dezember 1649 bis 18. April 1650

Die silberhellen Klänge der Musik schwangen sich zum Kreuzgewölbe der Decke empor. Glockenförmige Röcke schwebten über den Mahagonifußboden, als die Damen im Kreis um die hochgehaltenen Hände ihrer Partner herumschritten. Seidene Mieder knicksten vor Samtwämsen. Die Goldlitze auf den Manschetten der Herren überstrahlte die Lochstickerei auf den Jabots der Damen. Die schwarzen Wangen der Musiker blähten sich, als Schalmeien und Oboen jubilierend in das Menuett einfielen.

Die Reihen der Tänzer machten kehrt und zogen zu der Estrade, auf der Macaos Gouverneur, Dom João Peirreira, und seine Begleitung saßen. Doch gerieten sie aus dem Takt, als sieben Herren ihre Degen, die sie auf dem Galaball nicht hätten tragen dürfen, aus den Röcken ihrer Damen befreien mußten. Mit gekrümmtem Rücken wirbelten junge Offiziere ihre Partnerinnen herum, dabei fielen die scharlachroten Aufschläge ihrer grünen Waffenröcke zurück und ließen den dunklen Schimmer von Brustharnischen sehen. Hinter dem Gouverneur hielten behelmte Leibwächter ihre Hellebarden in der Faust und blickten sich wachsam in der großen Halle um.

Eine Atmosphäre des Mißtrauens zwischen Gouverneur und Garnison herrschte in dem Ballsaal, in dem der Geburtstag des Herrn Jesus in Bethlehem vor etwa sechzehneinhalb Jahrhunderten gefeiert wurde. Doch weder Herren noch Damen ließen sich durch diesen Argwohn davon abhalten, einander ihre Aufmerksamkeit zu schenken. Als das Menuett mit einer prächtigen Coda endete, spazierten die Paare durch die von Mohren mit weißen Perücken aufgehaltenen Türen hinaus.

Francis Arrowsmith saß unbequem auf einem zierlichen, vergoldeten Stuhl und sehnte sich nach der handfesten Behaglichkeit eines chinesischen Hockers. Er sehnte sich auch danach, seine engen Kniehosen und das lästige Wams aus weinrotem Samt gegen ein chinesisches Gewand zu vertauschen, in dem man sich wohlfühlte. Aber er pries die Laune der Mode, die vor kurzem die gestärkten Halskrausen durch breite Leinenkragen ersetzt hatte.

Schwellende Busen wogten herausfordernd in tiefen Ausschnitten.

Weiche Wangen, nur leicht gepudert, und begehrlich geöffnete Lippen, die kaum geschminkt waren, erschienen ihm unanständig nackt, wenn er daran dachte, wie schicklich verbergend sich die chinesischen Damen zurechtmachten. Schrille Frauenstimmen klangen rauh in seinen Ohren, und er staunte darüber, daß respektable Frauen nicht nur sich selbst, sondern auch ihre Ansichten zur Schau stellten. Die mit Parfum geschwängerte Luft benebelte ihm die Sinne: Moschus stritt gegen Rosenöl; Jasmin und Lavendel, Myrrhen und Sandelholz taten sich zu einer bedrückenden Mischung zusammen.

Er rümpfte voll Abscheu die Nase über den süßsauren Duft des mit Nelken und Zimt angemachten Glühweins. Nach achtjähriger Abwesenheit war er erst vor einer Woche nach Macao zurückgekehrt, und ihm schauderte vor dem starken Geruch von Europäern. Da sich die meisten Portugiesen selten und nur flüchtig wuschen, wurde schaler Schweißgestank mit Parfum überdeckt. Francis zuckte die Schultern, rieb sich die schmerzende Stirn und warf einen Blick auf seine Tochter Maria, die neben ihm saß.

Unter der Reispuderschicht auf ihrem Gesicht und der Schminke auf Wangen, Lidern und Mund war ihr Ausdruck nicht zu erkennen. Er hatte ihr zwar gesagt, daß sich portugiesische Damen nicht so stark schminkten, aber sie hatte es klugerweise so gemacht, wie sie es gewohnt war. Sonst wäre ihr Abscheu zu deutlich geworden für die Augen, die das von dem englischen Artilleristen mitgebrachte seltsame Wesen heimlich begutachteten.

Maria richtete eine gemurmelte Entschuldigung an den beleibten Jesuiten Giulio di Giaccomo, der mit ihr in makelloser chinesischer Beamtensprache geplaudert hatte. Als sie sich zu Francis umwandte, war er erstaunt, daß sie lächelte und ihre Augen strahlten.

«*Ta-men tiao-wu-de.*» Er merkte, daß sie trotz ihres frühreifen Ernstes ein junges Mädchen war. «Sie tanzen wunderbar. Ich wünschte, ich könnte so tanzen, aber natürlich . . .»

«Ist das dein Ernst, Maria?» Francis war zuerst überrascht, dann betrübt. Mit ihren verkrüppelten Füßen würde sie niemals ein Menuett tanzen können.

«Ja, Vater, wirklich. Es ist wunderbar.»

Einer plötzlichen Eingebung folgend, nahm Maria ihren mit Pfauenfedern besteckten Kopfputz aus Golddraht ab. Als ihr blondes Haar im Kerzenschein aufleuchtete, zuckte Francis zusammen. Er wünschte

– nicht seinetwegen, sondern ihretwegen –, sie würde nicht so viel Aufmerksamkeit auf sich lenken.

Doch hatte er bereits für Aufmerksamkeit gesorgt. Ihr Kleid aus zinnoberroter Tributseide ließ ihre diamantenbesetzten goldenen Haarnadeln und ihre Ohrringe aus Jade und Perlen hervortreten und unterstrich, wie einmalig dieser Schmuck war. Die anerkennenden und neidischen Blicke der portugiesischen Damen bewiesen, daß es ihm gelungen war, mit dem einzigen Reichtum, den Vater und Tochter noch besaßen, Eindruck zu machen.

«Vater, du hörst nicht zu. Ich fragte, ob du dieses Menuett tanzen kannst?»

«Früher konnte ich es, Maria. Aber es ist lange her.»

«Zeig es mir, Vater.» Sie schmeichelte wie ein kleines Mädchen. «Bitte, zeige es mir.»

«Wo soll ich eine Partnerin finden? Tut mir leid, aber es geht nicht.»

«Keineswegs, Francis», protestierte Giulio di Giaccomo. «Wie ist es mit der Dame, die gerade hereinkommt?»

«Dolores! Senhorina do Amaral!»

«Nicht Senhorina Dolores do Amaral», lächelte der Priester. «Senhora Dolores do Amaral de Albuquerque.»

«Ach so.» Unerklärlicherweise sank Francis' Stimmung. «Sie ist natürlich verheiratet.»

«War verheiratet, Francis. Sie verlor ihren Mann vor zwei Jahren.»

«Ach.»

«Sie ist gekränkt, daß du sie noch nicht besucht hast. Aber ich sagte ihr, du habest nach ihr gefragt und seiest begierig, sie zu sehen.»

«Und wer war ihr Mann?» fragte Francis gleichgültig. «Ein Mitgiftjäger vermutlich.»

«Keineswegs, mein Sohn. Ein wohlhabender junger Mann, wie der adlige Name verrät. Sein Nachlaß verdoppelte die Summe, die ihr Vater ihr hinterließ. Sie ist die reichste Erbin in Macao.»

«Und bestimmt heftig umworben.»

«Natürlich. Aber sie bevorzugt keinen bestimmten Freier. Eine sehr selbständige Dame seit eh und je.»

«Das stimmt», lachte Francis. «Erinnert Ihr Euch, wie sie sich über ihren Vater hinwegsetzte, um mich zu besuchen?»

«Aber sie kann ihre Selbständigkeit nicht mehr lange bewahren. Dolores wird vom Gouverneur und vom Bischof unter Druck gesetzt.

Der Gouverneur mißbilligt die Streitereien und Duelle ihrer Freier. Der Bischof fürchtet für ihr Seelenheil.»

«Aber sie können sie doch nicht unter Druck setzen . . .»

«O ja, Francis. Sehr bald muß sie entweder heiraten oder in das Klarissenkloster eintreten. Die Äbtissin verlangt es nach ihrem Reichtum.»

«Und Dolores? Wie steht sie dazu?»

«Sie hat nicht wieder geheiratet, und das Leben einer Nonne ist nicht . . . Aber sie sieht zu uns herüber. Warum zeigst du Maria nicht, daß du immer noch tanzen kannst?»

Francis schob sich mit einem Lächeln an seinem alten Freund und früheren Arbeitgeber Manuel Tavares Bocarro vorbei. Der kräftige Geschützgießer schlug ihm auf den Rücken und flüsterte: «Guten Erfolg und viel Glück!»

Auch ohne diese theatralische Ermunterung wären Francis alle Blicke gefolgt, als er durch den Saal auf die Dame zuging, die von einem afrikanischen Pagen in rotseidenem rotem Wams und grünsamtener Kniehose begleitet war.

Allein wegen ihrer Selbständigkeit wäre Dolores bemerkenswert gewesen, und würdige alte Damen hätten sie vielleicht deswegen gemieden. Aber im handeltreibenden Macao entschuldigte großer Reichtum Verstöße gegen die Konvention nicht nur, sondern umgab sie geradezu mit einem Heiligenschein.

Obwohl ihr Lächeln herausfordernd war, blickte Francis sie schweigend an. Ihr kleiner Mund und ihre winzige Stupsnase waren immer noch täuschend kindlich, aber die vergangenen acht Jahre hatten das jugendlich-volle Gesicht schmaler werden lassen. Sie war jetzt siebenundzwanzig, und ihre frühere Hübschheit hatte sich in anmutige Schönheit verwandelt.

«War es ein erfreulicher Abstecher, Senhor?» fragte sie. «Habt Ihr Euch gut unterhalten?»

«Vortrefflich, Senhora. Ein Tagesausflug mit Chinesen ist immer ein Vergnügen.»

«Das freut mich, Senhor. Aber dauerte der Ausflug nicht länger als einen Tag?»

«Vielleicht etwas länger, o du vollkommene Päonie unter bleichen Narzissen.» Er parodierte die schwerfälligen Galanterien der *fidalgos* von Macao. «Jeder Tag fern von Euch war tausend Tage. Eine

Ewigkeit war ich abwesend. Und es überwältigt mich, daß ich Euch strahlender denn je erblicke.»

«Ihr schmeichelt mir.»

«Bei Gott, das tue ich nicht, Dolores.» Francis gab die plumpe Schäkerei auf. «Eure Schönheit ist wirklich strahlend.»

«Ich würde es gern glauben, Francis. Aber Eure englische Zunge ist auf Schmeichelei gestimmt.»

«Wir Engländer stehen im Ruf der Unaufrichtigkeit, ich gebe es zu. Aber ich schwöre, meine Zunge spricht nur, was mein Herz fühlt. Kein Hindernis liegt zwischen dem Stimmorgan und dem Gefühlsorgan.»

«Selbst Eure Einfältigkeiten sind blumig, Francis. Dennoch, irgendwie glaube ich Euch. Vielleicht weil ich es möchte . . .»

«Glaubt es mit aller Überzeugung, Dolores, glaubt an die Wahrheit.»

«Keine Sorge. Aber könnt Ihr noch eine Pavane tanzen, Francis?»

«Weil man dabei schweigen muß, Dolores?»

Sie legte die Fingerspitzen auf die Goldlitze seines weinroten Samtärmels, und begleitet vom Gemurmel der Klatschbasen schritten sie gemessen über den Mahagonifußboden. Sein blonder Kopf neigte sich zu ihrem schwarzen Kopf; sein dunkler Samtrock ließ ihr golddurchwirktes Ballkleid doppelt schimmern.

In dem kleinen Haus neben der Kirche São Paulo, das den Jesuiten gehörte, machte Francis Arrowsmith am Weihnachtsmorgen Bilanz. Er schätzte seine Vergangenheit ab und plante seine Zukunft in einem engen Zimmer, das nach Weihrauch, Tinte und Frömmigkeit roch.

Pater Giulio di Giaccomo hatte sich über das Widerstreben seiner Brüder in Christo, dem lästigen Engländer Obdach zu gewähren, hinweggesetzt. Einige der Jesuiten waren beunruhigt, weil sich der Artillerist die Mandschu zu Feinden gemacht hatte. Andere fürchteten, seine den Mandschu früher geleisteten Dienste seien ein Ärgernis für die Südlichen Ming. Fast alle waren sich einig, daß Großzügigkeit gegenüber jemandem in einer so ungewissen Lage unklug sei. Der italienische Priester fragte sich, wem der frühere Geheimagent jetzt diene. Aber er fand, die Gesellschaft Jesu sei Francis zu Dank verpflichtet, und er als Schatzmeister traf die Entscheidung.

«Der Engländer ist auf unser Geheiß viele Male nach China gegangen und wieder zurückgekommen», rechtfertigte Giulio di Giaccomo seine Entscheidung dem Pater Provinzial gegenüber. «Er und seine Tochter sollten schicklicherweise nicht länger bei Meister Antonio Castro wohnen, obwohl der Marrano ein gehorsamer Sohn der heiligen Kirche zu sein scheint. Ich habe Arrowsmith daher Unterkunft angeboten.»

«Bist du ganz sicher, Giulio, daß er die Gesellschaft nicht in üblen Ruf bringen wird?» fragte der besorgte Portugiese, der Superior der China-Mission. «Wir müssen in diesen gefährlichen Zeiten Vorsicht walten lassen.»

«Pater, sicher bin ich nur der Gnade Gottes und der Bekehrung der Chinesen. Sonst gibt es nichts, dessen ich sicher bin.» Der Italiener zuckte die Schultern. «Dennoch hat sich Arrowsmith nicht so stark engagiert wie viele unserer eigenen tollkühnen Priester, weniger als manche. Ich bin auch sicher, daß wir ihm Dank schulden.»

«Ja, und er mag sich auch wieder als nützlich erweisen. Ich bin einverstanden. Gib ihm Unterkunft, solange er will – oder bis sein Verhalten es anders gebietet. Aber vermeide jede Verwicklung in seine dunklen Pläne.»

Francis Arrowsmith wußte nichts von diesem Gespräch. Die Vorbehalte des Provinzials erschienen nicht unter den Verbindlichkeiten, die er notierte. Die Liste war schon lang genug.

Nach Europa zurückzukehren war sinnlos. Kein Kaufmann in Macao brauchte einen ausländischen Vertreter in Lissabon oder anderswo. Auch die Kriege in Europa boten ihm wenig Möglichkeiten. Da es Hunderte von Artillerieoffizieren gab, die ebenso erfahren waren wie er, würde kein katholischer Fürst auf einen zweiundvierzigjährigen Landsknecht warten, der seit mehr als zwei Jahrzehnten von der raschen Entwicklung der Kriegskunst abgeschnitten gewesen war. Da er in Europa weder einflußreiche Freunde noch Vermögen besaß, mußte er sein Glück in Asien versuchen.

Allerdings war er auch hier mit Freunden und Vermögen nicht gerade reich gesegnet. Für den Auftrag des Herzogs Koxinga, die Ming in Macao zu vertreten, hatte er kein Gold erhalten, weder um Waffen zu kaufen noch für seinen Unterhalt. Obwohl die Aussichten gut waren, befand sich der Ming-Kaiser im Augenblick in der Defensive. Francis kam zu dem Schluß, daß er wieder ganz von vorn würde anfangen müssen. Er war fast so arm wie vor fünfundzwanzig Jahren und weit weniger hoffnungsvoll.

Militärisch war er indes durch ständige Übung auf der Höhe, und das Labyrinth des chinesischen Handels kannte er so gut wie nur irgendein Europäer. Kein anderer Laie konnte von sich behaupten, mit der chinesischen Sprache und chinesischen Bräuchen so vertraut zu sein wie er, obwohl Adam Schall und einige andere Jesuiten ihn übertrafen. Auch hatte er ein Geschick für Spionage, wußte, wie man in dieser unmoralischen Halbwelt am Leben bleibt, obwohl er gegen chinesische Agenten ein Waisenknabe war. Viele chinesische und Mandschu-Offiziere hielten im übrigen viel von ihm.

Dennoch waren die Konten seines bisherigen Lebens betrüblich unausgeglichen, und von kleinen Handelsgeschäften konnte er in Macao nicht lange leben. Der Glanz seiner großen Leistungen im verbotenen China faszinierte die Damen, erweckte aber bei den meisten Herren neidische Feindseligkeit. Außerdem war der Glanz des Ruhms ein Aktivposten, der sich verminderte, nach sechs Monaten unbedeutend und nach einem Jahr verschwunden sein würde. Er mußte daher unverzüglich aus dem Glanz des Ruhms Gewinn schlagen und seine anderen armseligen Aktivposten zu Geld machen. Die Nachfrage würde nicht lange anhalten.

Auf die letzte Zeile seiner Bilanz schrieb er einen einzigen Namen: Teresa Dolores Angela do Amaral de Albuquerque hatte offensichtliches Interesse an ihm bekundet. Sie besaß nicht nur das Vermögen, das ihm fehlte, sondern war auch unwiderstehlich anziehend.

Was immer die von Dichtern besungene Liebe war, Francis wurde sich klar, daß er Liebe nie erlebt hatte. Diese Frau aus seiner eigenen Welt berührte sein Inneres mehr als seine chinesische Frau und seine Mandschu-Konkubine. Er vermutete, daß Dolores nicht Martas Sinnlichkeit und wahrscheinlich auch nicht Barbaras wilde Leidenschaft besaß. Aber auch er war kein lüsterner Jüngling mehr. Diesmal wollte er derjenige sein, der Dolores eroberte, und kein anderer, weder Priester noch Mandarin, Prinz oder General, sollte sich bei dieser Werbung einmischen.

In einen Kaschmir-Kimono gehüllt gegen den feuchten Nebel, der durch die geschlossenen Fenster in das Boudoir ihrer Villa auf dem Monte Guia drang, beobachtete Dolores de Albuquerque die Flammen im weißen Marmorkamin und überdachte ihre Pläne. Wie, fragte sie sich, könnte sie dem Engländer so überzeugend entfliehen, daß er sie bestimmt einholte? Wie könnte sie diesen selbstbewußten Mann so geschickt um den Finger wickeln, daß er keinen Verdacht schöpfte? Er durfte sich nie darüber klar werden, daß sie ganz kühl beschlossen hatte, sich zusammen mit ihm ein neues Leben aufzubauen, auf das er indes keinen Einfluß haben sollte.

Sie wollte einen Ehemann haben, damit er sie von den Beschränkungen befreie, denen eine unverheiratete Frau in Macao, wo sie bleiben wollte, unterlag. In Lissabon wäre sie bloß eine weitere Erbin eines im Orient reich gewordenen Mannes. In Macao waren ihr Reichtum und ihre Macht einmalig, und sie gedachte, ihre Selbständigkeit zu wahren.

Dolores hatte Vicente de Albuquerque 1645 geheiratet, weil ihr geliebter Vater Enkelkinder haben wollte und diese Ehe wünschte, denn Vicente war reich und ein Nachkomme des Herzogs Alfonso de Albuquerque, des Eroberers des Orients. Überdies war er bereit gewesen, einen Ehevertrag zu unterzeichnen, der Dolores weitgehend die Verfügungsgewalt über ihr Vermögen gab. Sie ihrerseits nahm seinen Antrag an, weil er der am wenigsten unangenehme unter den Verehrern war, die es auf ihre Hand und ihre Mitgift abgesehen hatten.

Sie hatte Trauer angelegt und ihre Tränen hinter einem schwarzen Schleier verborgen, als Vicente 1647 bei einem Aufstand der Garnison gegen den habgierigen Gouverneur, der den Soldaten die Löhnung vorenthalten hatte, ums Leben kam. Den Witwenschleier trug sie für Vicente, aber die Tränen vergoß sie für Dom Sebastião, der von einem Offiziersdegen niedergemetzelt wurde, als er im Namen der Kaufmannschaft um Frieden bat. Die Verbitterung über diesen bürgerkriegsähnlichen Zustand entzweite die Stadt noch immer.

Derselbe Gouverneur war jetzt darauf erpicht, die reichste und freieste Frau von Macao unter staatliche Vormundschaft zu stellen. Es lag auf der Hand, daß eine Frau nicht ihre eigenen Geschäfte führen konnte, und als ihr Vormund würde er sehr hübsch in die eigene Tasche wirtschaften. Sie konnte dieser Willkür nur entgehen, indem sie entweder heiratete oder sich dem Wunsch des Bischofs fügte, sich und ihr Gold der Äbtissin der Klarissen auszuhändigen. Eine Heirat war der am wenigsten lästige Ausweg. Aber sie wollte nur eine Ehe eingehen, die ihr Handlungsfreiheit ließ, und nur mit einem Mann, der ihr zumindest nicht zuwider war.

Francis erfüllte ihre Bedingungen allein schon deswegen, weil er kein Portugiese war. Als Außenseiter in einer Enklave am Rand eines fremden Reiches würde er nicht versuchen, sie oder ihre geschäftlichen Unternehmen zu beherrschen. Außerdem war er zu stolz, um sich dadurch zu erniedrigen, daß er seine Frau einsperrte oder entwürdigenden Gehorsam von ihr verlangte. Ebenso wie Marta und Barbara vor ihr, hielt sie Francis für einen nachsichtigen Ehemann, weil sein Wohlergehen weitgehend von der Stellung seiner Frau unter ihren Landsleuten abhing.

Genau wie Francis verhehlte sich Dolores die empfindsame Seite ihres Wesens. Seine offensichtliche Notlage erregte ihr Mitleid, und sein ungewöhnliches Aussehen fand sie ebenso anziehend wie seine Haltung, die oft eher chinesisch als europäisch erschien. Er schlurfte beim Gehen nicht nur leicht wie jemand, der an die Filzsohlen chinesischer Schuhe gewöhnt ist, sondern hatte auch die eigentümliche Gewohnheit, den Kopf schräg zu legen und geduldig zu warten, bis andere ausgeredet hatten, eine konfuzianische Höflichkeit. Dolores fühlte sich überdies zu Francis hingezogen, weil sie die Verzweiflung hinter seinem sicheren Auftreten spürte. Er sprach zwei Hauptzüge ihres Wesens an: das fürsorgliche, fast mütterliche Gefühl und das Machtstreben. Sie wollte nicht beherrscht werden und trachtete instinktiv nach Herrschaft. Sie war überzeugt, sie könne aus Francis einen idealen Ehemann machen und ihre Macht durch ihn ausüben.

Da sie weder mit ihren Altersgenossinnen reden konnte, die natürlich Nebenbuhlerinnen waren, noch mit gleichaltrigen Männern, die sie bloß für sich gewinnen wollten, sprach Dolores mit ihrer Amah, die indes von Dolores' Portugiesisch nur jedes vierte Wort verstand und nichts erwidern konnte. Deshalb vertraute sie sich ihrem Beichtvater an, Giulio di Giaccomo, dessen jesuitischer Scharfblick durch italienische Toleranz gemildert wurde. Er hörte ihr in tröstlichem Schweigen zu und ermutigte sie durch improvisierte Gleichnisse. Er liebte Intrigen, und sei es nur die harmlose Intrige der Ehestiftung.

Francis konnte über Dolores nicht mit ihrem Vetter Manuel Tavares Bocarro reden, und irgendwie widerstrebte es ihm, mit seinem Geschäftspartner Antonio Castro über sie zu sprechen. Aber da er nicht so töricht war, Rat zu verschmähen, und gewöhnt war, ihn von den Jesuiten zu erhalten, wandte auch er sich an Giulio di Giaccomo, der ein alter Freund war.

Der Italiener lobte Francis' Plan, stichelte aber: «Also wird alt gegen neu getauscht? Eine Dolores für eine Barbara!»

«Das ist ungerecht, Pater Giulio. Ihr wißt doch, ich habe Barbara nie gewollt. Aber was kann ein Sklave schon tun?»

«Du warst immer so etwas wie eine Wetterfahne, Francis. Von den Ming zu den Mandschu, dann zurück zu den Ming und später wieder zu den Mandschu. Jetzt sind es die Südlichen Ming. Das nenne ich wetterwendisch.»

«Das liegt an der Zeit, in der wir leben, Pater Giulio. Denkt an Adam Schall. Er ging bedenkenlos von den Ming zu den Mandschu über. Auch ihr Jesuiten wechselt bereitwillig die Seiten, so wie ihr die Riten umändert, damit sie den Chinesen zusagen.»

«Aber immer aus guten Gründen, Francis. Eine Flut des Christentums überschwemmt China. Hunderte hervorragender Männer und Frauen der Südlichen Ming sind in letzter Zeit getauft worden. Und in Peking zieht Adam Schall durch sein liebenswürdiges Wesen den jungen Mandschu-Kaiser zum Christentum hinüber.»

«Liebenswürdig? Adam Schall? Ihr denkt an einen ganz anderen Mann.»

Giulio di Giaccomo überhörte den Spott geflissentlich. «Ich gebe es bereitwillig zu, Francis, wir Jesuiten lassen uns vom Nützlichkeitsdenken leiten, aber nur um dem Herrn zu dienen und die Chinesen zu bekehren.»

«Und diese Spitzfindigkeit rechtfertigt euer Nützlichkeitsdenken? Die Dominikaner finden das nicht. Die Franziskaner wenden sich voll Abscheu ab.»

«Die Dominikaner, die Franziskaner – pah! Sieh mal, Francis, wir von der Gesellschaft Jesu haben nur das Wohl Gottes im Auge. Du hast nur dein eigenes Wohl im Auge, und das könnte dein Verhängnis sein.»

«Pater Giulio, auch ich strebe nach einem größeren Ziel, demselben wir Ihr: Gott zu dienen. Aber ich muß am Leben bleiben, um Ihm zu dienen. Ich werde nicht gestützt durch einen mächtigen Orden, ich muß mich allein durchschlagen. Außerdem habe ich nicht das Gelübde abgelegt, auf persönliches Glück zu verzichten.»

«Francis, ich wünsche dir viel Glück in der Ehe mit Dolores. Paß nur auf, daß deine Wünsche nicht dein Ziel verdrängen. Vollkommenes Glück kannst du nur im selbstlosen Dienst Gottes finden – mit Gelübden oder ohne.»

Als er im Nieselregen die Praia Grande zur Rua do Chunambeiro entlangging, war Francis nachdenklich und staunte über die Gelassenheit des Priesters. Giulio di Giaccomos Freundlichkeit hatte wieder einmal einen Austausch von Wahrheiten überdauert, den ein Laie mit einer Duellforderung beendet hätte. Der Jesuit hatte ihm indes auf den Rücken geklopft und ihm zum Abschied eine letzte Ermahnung verabfolgt.

«Francis, wir alle mögen dich gern. Auch Adam Schall, selbst wenn du es nicht glaubst. Du kannst dich unserer Zuneigung nicht entziehen. Ich hoffe, du wirst Dolores heiraten. Aber du darfst sie nur heiraten, wenn du für sie wahre irdische Liebe empfindest. Du mußt sie unbedingt lieben wollen, mehr als alles auf der Welt, und ihr Leben lang für sie sorgen.»

«Ich bin nicht ganz sicher, Pater Giulio, aber ich glaube, ich liebe sie so.»

«Dann gebe ich dir aus ganzem Herzen meinen Segen, Francis. Aber denke daran, du mußt auch aufgeschlossen sein für die Liebe deiner Mitmenschen und sie deinerseits lieben.»

Das Nieseln hatte sich vestärkt, und Regentropfen prallten wie Kieselsteine von seinem Ölpapierschirm ab. Rinnsale zwischen den Pflastersteinen sickerten Francis in die Schuhe, und seine Kniehosen waren durchnäßt. Er merkte den Regen kaum. Zum erstenmal in seinem Leben prüfte er sich selbst und nicht seine Aussichten, und was er entdeckte, erfreute ihn nicht.

Er hatte, wie er sich bei seiner Gewissensprüfung eingestand, sich immer dafür entschieden, ein Fremder zu sein. Er hatte es immer vermieden, sich ganz auf einen Menschen oder ein Ziel festzulegen mit der Begründung, es sei ja nicht sein Volk oder sein Ziel. Da er nur seinen Eigennutz im Sinn hatte, hatte er andere hauptsächlich nach ihrer Nützlichkeit beurteilt. Wie ein Einsiedlerkrebs hatte er sich in ein Schneckenhaus zurückgezogen, um den aufdringlichen Chinesen mit ihren Intrigen und ihrer Grausamkeit zu entgehen. Aber die Selbstsucht war eine Gewohnheit geworden. Sein Schneckenhaus hatte ihn nicht nur von den Chinesen, sondern von der ganzen Menschheit getrennt.

Er hatte sich die Freundschaft von Männern wie Adam Schall und Giulio di Giaccomo, Antonio Castro und Manuel Tavares Bocarro, sogar von Paul Hsü und Joseph King gefallen lassen, doch ihnen ihre Zuneigung kaum entgolten. Dieselbe Gefühlsarmut hatte seine Beziehungen zu Marta und Barbara gekennzeichnet. Selbst seine Kinder, Maria und Robert, hatte er sich vom Leibe gehalten. Keinem Mann, keiner Frau, keinem Kind hatte er freiwillig sein Herz ausgeschüttet. Er hatte sich des Einflusses und der Vorteile bedient, die andere boten, aber ihnen wenig geschenkt, nicht einmal Treue. Doch jetzt beschloß er, in Zukunft mehr zu geben, als er erhielt. Er konnte nur Herr seines eigenen Schicksals sein, wenn er sich wirklich um das Schicksal der anderen kümmerte.

Er mußte aus seinem Schneckenhaus herauskommen. Und er mußte mit Dolores anfangen, die der wichtigste Mensch in seiner Welt war. Nein, der wichtigste Mensch in der ganzen Welt, viel wichtiger als er selbst.

Francis war entzückt, als er den Lärm der Gießerei von Manuel Tavares Bocarro hörte, der den prasselnden Regen übertönte. Er beschloß von neuem, sich für den Sieg der Ming einzusetzen, und glaubte, Gott habe es ihm eingegeben, seine Schritte zur Gießerei zu lenken. Manuel Bocarro, der weltweit berühmte Geschützgießer, würde nicht nur wissen, was an Waffen verfügbar war, sondern dank seinem großen Einfluß in Macao auch den Gouverneur und den *Leal Senado* überreden können, diese Waffen dem Ming-Kaiser anzubieten.

Die rauchige Höhle der Gießerei wurde von Flammen erhellt, wenn sich die Ofentüren öffneten. Nur mit einer schmierigen Lederhose bekleidet, hatte sich Manuel Bocarro hingehockt, um das Verkeilen eines Formkastens zu beaufsichtigen. Mit der rechten Hand hielt er eine Wasserwaage an den Kasten, mit der linken deutete er seine Anweisungen an. Er blickte auf, als der Formkasten im Lot war, und seine Zähne schimmerten weiß in dem rußgeschwärzten Gesicht.

«Grüß dich, Francis», rief er. «Ich freue mich, dich zu sehen. Trinkst du einen Schluck mit mir?»

«Gern, Manuel.» Francis folgte dem Geschützgießer in das mit Papieren übersäte winzige Kämmerchen, das sein Büro war. Die Kaufmannschaft war ebenso entrüstet darüber, daß Bocarro wie ein einfacher Arbeiter schuftete, wie über seine nachlässigen Geschäftsmethoden.

Als sich die Tür hinter ihnen geschlossen hatte, wischte sich der Geschützgießer das Gesicht mit einem feuchten Lappen ab und schenkte aus einem silbernen Krug den Rotwein aus Porto in zwei Kelchgläser.

«*Saude*, Francis», lächelte er, als er ihm ein Glas reichte. «Bist du bloß gekommen, um einen Schluck zu schnorren, oder hast du etwas Geschäftliches zu besprechen?»

Francis zuckte zusammen. Mit seiner neuen Empfindsamkeit deutete er diesen gutgemeinten Witz als Vorwurf. Glaubten alle seine Freunde, fragte er sich, daß er nur zu ihnen kam, um seine eigenen Interessen zu fördern?

«Ich brauche Hilfe, Manuel», sagte Francis unverblümt. «Deshalb bin ich zu dir gekommen. Wozu hat man schließlich Freunde?»

«Das ist schön, Francis.» Manuel Bocarro sah ihn forschend an; solche Offenheit, fast Überschwenglichkeit, kannte er an ihm nicht. «Ich hoffe, deine Schwierigkeiten haben dir nicht den Verstand geraubt. Natürlich brauchst du Hilfe, dringend sogar!»

«Meine Schwierigkeiten? Was für Schwierigkeiten?»

Der Waffenschmied nippte an seinem Wein. «Meine Base Dolores war vor ungefähr einer Stunde hier. Du weißt, daß sie meine Teilhaberin ist, oder vielmehr bin ich ihr Teilhaber. Ihr gehören sechzig Prozent von dieser heruntergekommenen Gießerei.»

«Das wußte ich nicht. Geschäftlich war sie hier?»

«Sozusagen. Obwohl die Gießerei nur ein kleiner Teil, ein sehr kleiner Teil dessen ist, was sie besitzt. Sie ist so reich wie der Vizekönig in Goa, fast so reich wie König João selbst.»

«Das ist alles schön und gut, Manuel.» Francis war entsetzt über den Wink mit dem Zaunpfahl. «Aber das hat nichts mit mir zu tun. Was ich dich fragen wollte . . .»

«Bei Gott, ich habe gehört, daß Engländer kühl und unaufrichtig seien, aber du bist der Gipfel! Natürlich hat das mit dir zu tun. Seit fast zwei Monaten hast du der Armen den Kopf verdreht. Wie konnte sie noch an etwas anderes denken? Weißt du, Francis, ich werde dich vielleicht fordern müssen, weil du mit der Zuneigung meiner Base dein Spiel treibst.»

«Und das größte Aufsehen erregen, das es in Macao seit Monaten gegeben hat?» Francis feixte über den groben Scherz. «Dolores' Klugheit steht ihrer Schönheit kaum nach. Sie wäre über ein Duell ihretwegen so froh wie über Sumpffieber. Du erwartest doch nicht, daß ich das ernst nehme?»

«Nein, natürlich nicht. Aber immerhin, ich habe eine Verpflichtung. Die arme Dolores, fast im selben Augenblick Waise und Witwe geworden. Ich bin nur ihr Vetter, aber sie hat sonst niemanden, der sich um sie kümmern kann . . .»

«Sie wird deinen Schutz vielleicht nicht mehr lange brauchen.»

«Gut, Francis, aber warte nicht zu lange. Es sind noch andere da, weißt du.»

«Überlaß es mir, Manuel, bitte. Nun, was ich eigentlich wollte . . .»

Ende Februar war Dolores de Albuquerque in ihrem Stolz gekränkt durch Francis Arrowsmith' Zögern, sich zu erklären, und ärgerlich auf sich selbst, daß sie vor diesem kühlen Engländer ihre Weiblichkeit so dreist ausgespielt hatte. Sie ließ ihre Sänfte kommen und sich in die Rua do Chunambeiro tragen. Dort war der einzige, mit dem sie offen reden konnte. Aber sie hatte Manuel Bocarro nicht veranlassen wollen, auf ihren säumigen Freier Druck auszuüben, als sie Geschäfte vorschützte, um ihn von seinen Essen und Öfen wegzulocken.

«Ich habe endlich einen Entschluß gefaßt.» Dolores starrte in das Weinglas und drehte den langen Stiel zwischen den Fingern.

«Und was hast du beschlossen, meine Liebe?»

«Ich war eine Närrin, Manuel, daß ich je an Francis gedacht habe. Ich habe mich lächerlich gemacht. Er ist ein eiskalter Engländer, und sein Werben war langsam wie eine Pavane, bei der sich die Tänzer nie berühren. Und ich glaubte – hoffte, es würde ein Menuett sein.»

«Meine liebe Dolores, ich verstehe nicht recht. Sind wir im Ballsaal, im Wohnzimmer oder im Gemach einer Dame?»

«Niemals im Gemach einer Dame. Er ist viel zu kalt.» Trotz ihres Zorns lachte Dolores über die ungehobelte Frage ihres Vetters. «Und auch nie wieder im Ballsaal. Ich habe einen Entschluß gefaßt, einen endgültigen Entschluß. Wenn er heute nachmittag um mich anhalten sollte, würde ich zu ihm sagen: ‹Nein, bestimmt nicht! Eine Ehe mit Euch habe ich nie in Erwägung gezogen, und würde sie nie in Erwägung ziehen!› Das würde ich zu ihm sagen.»

«Bist du ganz sicher, Dolores? Du hast fast jede, nein, alle anderen Möglichkeiten abgelehnt.»

«Natürlich bin ich sicher. Ich habe beschlossen, überhaupt nicht zu heiraten, niemals. Ich gehe lieber ins Kloster. Da habe ich dann Frieden . . . und keine flegelhaften Männer, die mich zum Narren halten.»

«Wenn das deine Meinung ist, dann ist dazu nichts mehr zu sagen. Aber deine Unternehmen? Wer wird sie für dich leiten?»

«Der Teufel soll die Unternehmen holen, was nützen sie mir schon? Ich bin eine Frau, kein Buchhalter. Und ich werde tun und lassen, was ich will.»

«Das wirst du gewiß, meine Liebe, natürlich, wenn du ganz und gar sicher bist.»

In ihrem Wohnzimmer rief sich Dolores die letzten Worte von Manuel wieder ins Gedächtnis, ehe sie sich geschäftlichen Dingen zugewandt hatten. War sie wirklich ganz sicher, fragte sie sich, ganz und gar sicher?

Doch, sie blieb bei ihrem Entschluß. So saft- und kraftlos, wie Francis ihr den Hof gemacht hatte, würde wohl auch die Ehe mit ihm sein. Sie wollte einen liebenswürdigen Gefährten, aber auch einen Liebhaber, keinen Schoßhund. Nein, sie würde das unergiebige Getändel mit dem Glücksritter nicht fortsetzen. Sie strich sich die nachdenklichen Falten weg, die sich vorübergehend zwischen ihren schwarzen Augenbrauen eingegraben hatten, und schlug ein Kassenbuch auf. Jetzt wollte sie sich erst mal ums Geschäft kümmern und alle Männer vergessen.

Die Tür vibrierte unter den kratzenden Fingernägeln ihres Haushofmeisters José Rivera, und er kam auf chinesischen Filzsohlen herein.

«Senhora, Oberst Arrowsmith fragt, ob Ihr zu Haus seid.»

«Ich habe dir schon früher gesagt, José, daß er keinen Gebrauch von dem Titel macht. Er möchte nicht Oberst genannt werden. Nein, ich bin nicht da – nicht für ihn. Geh und sage es ihm.»

Der Haushofmeister nickte und schickte sich an, die Tür hinter sich zuzumachen.

«Einen Augenblick, José», rief Dolores. «Laß mich einen Augenblick nachdenken. Nein, schicke ihn nicht weg. Führe ihn herein. Ich werde mir das Vergnügen selbst machen.»

Der kauernde Leopard eines Obersten der Ming-Dynastie auf Francis' scharlachrotem Waffenrock fletschte die Zähne, als Francis den Helm unter den Arm klemmte und sich verbeugte.

«Senhora», sagte er, «es ist mir eine Ehre, daß Ihr mir gestattet, bei Euch vorzusprechen.»

«Ihr habt immer freien Zutritt zu diesem Haus, Francis.» Neugier brachte Dolores von ihrem Ärger ab. «Aber warum die Uniform? Ich dachte, Ihr . . . Wenn Ihr nicht Oberst genannt werden wollt, warum tragt Ihr dann die Uniform?»

«Männer ändern sich, Dolores. Gestern, vorige Woche habe ich es nicht gewollt. Aber heute trage ich voller Stolz die Uniform Seiner kaiserlichen Majestät.»

«Dem Gouverneur wird es nicht gefallen, solange er auf dem Seil zwischen zwei Dynastien tanzt.»

«Er muß sich damit abfinden, Dolores. Ich habe mich eidlich verpflichtet, dem Ming-Kaiser zu dienen. Keine andere Kleidung wäre ehrenvoll genug für diese Gelegenheit.»

Dolores beugte sich vor, um die Madeira-Karaffe auf dem Tisch zuzustöpseln und deutlich zu machen, daß sie ihm kein Glas anbieten wollte. Er war offenbar im Begriff, jetzt, da es zu spät war, um ihre Hand anzuhalten, und sie konnte sich dafür rächen, daß er es nicht früher getan hatte. Sie lächelte und wartete ab.

«Dolores, meine Liebe, ich möchte . . . ich würde gern . . .» Francis wurde sich klar, daß er niemals einen formgerechten Heiratsantrag gemacht hatte. «Das heißt, es ist wohl unerwartet, aber . . .»

«Ja, Francis, worum handelt es sich denn?»

«Ach, einfach darum, daß . . . Ich möchte, daß Ihr mich heiratet», platzte er heraus. «Ich weiß, ich war . . . ich habe es an Galanterie fehlen lassen. Und ich bitte um Vergebung für meine Hastigkeit. Aber, meine liebe Dolores, ich liebe Euch und flehe Euch an, mich mit Eurer Hand zu beehren. Ich werde Euch gut beschützen.»

«Wie hätte ich das je vermuten können? Eure Hastigkeit . . . Hastigkeit . . .»

Dolores suchte in ihrem golddurchwirkten Mieder nach einem Spitzentaschentuch. Sie konnte sich nicht beherrschen. Sie wollte sich nicht beherrschen. Sie kicherte wie ein Schulmädchen, lachte unverhüllt und juchzte dann.

«Bei Gott, Francis, ich bin überrascht, entsetzlich überrascht, daß . . .» Wieder wurde sie von Lachen geschüttelt. «Das heißt, ich . . . ich . . . O Gott, es ist zu komisch.»

«Komisch? Komisch, sagt Ihr? Und das ist alles?»

«Nein, bei der Heiligen Jungfrau, es ist nicht alles. Dennoch ist es komisch. Was ich mir so sehr gewünscht habe . . . jetzt, da es angeboten wird, ist es einfach komisch. Aber das ist nicht alles.»

«Senhora, wollt Ihr die Güte haben, mich wissen zu lassen, was nach Eurem Gelächter noch gesagt werden kann?»

«Mit Vergnügen, Oberst. Hastig seid Ihr *nicht* gewesen. Ich bin gedemütigt worden durch Euer Zögern, Euer Säumen. Alle sahen uns vor einem Monat schon verheiratet, aber Ihr, Ihr konntet es nicht über Euch bringen . . . Jetzt ist es zu spät.»

«In diesem Fall, Senhora, werde ich . . .»

Francis verbeugte sich steif und wandte sich zur Tür. Er hatte schon die Klinke in der Hand, als er sich plötzlich umdrehte.

«Nein, ich denke nicht daran, mich gekränkt und beleidigt zurückzuziehen. Gestern hätte ich es noch getan, heute nicht. Jetzt hört mich mal an, Dolores. Wenn Ihr mich vor einem Monat haben wolltet, dann liebtet Ihr mich damals, nicht wahr?»

«Vermutlich . . . Ja, damals wohl.» Sie nickte, dann brauste sie auf. «Aber jetzt nicht . . . niemals wieder.»

«Seid Ihr so wankelmütig? Nach vier Wochen liebt Ihr mich nicht mehr! Wenn ich das glaubte, würde ich meinen Antrag zurücknehmen, aber ich glaube es nicht, und ich werde . . .»

«Was werdet Ihr, Francis?» Dolores ärgerte sich, daß Ihre Stimme bebte, aber sie konnte es nicht verhindern. «Was werdet Ihr tun, Francis?»

«Ich werde Euch irgendwie zwingen . . . werde zu diesem endlosen Beschwatzen verurteilt sein, Dolores. Jetzt sagt mir klar und deutlich, ob Ihr mich heiraten wollt oder nicht. Sagt es klar und deutlich ohne kindisches Gekicher. Ja oder nein?»

«Und wenn es nein ist?»

«Dann werde ich halb erleichtert sein, nehme ich an, und halb untröstlich. Nein, ganz und gar untröstlich. Und ich werde mich an den Ming-Hof begeben, um dem Kaiser zu dienen und Euch die Peinlichkeit meiner Anwesenheit zu ersparen. Der Dienst wird es entschuldigen, daß ich Euch scheinbar sitzen lasse. Aber ich werde äußerst untröstlich sein.»

«Untröstlich, Francis . . . äußerst, unheilbar und völlig untröstlich?»

«Natürlich, Dolores. Ich liebe Euch leidenschaftlich. Weit mehr, als ich je geliebt habe oder lieben werde . . .»

«Das freut mich, Francis», unterbrach sie ihn. «Aber Ihr habt das nie gesagt. Ihr habt noch nie angedeutet, daß ich nicht bloß eine unter vielen sei, daß Ihr wirklich . . .»

«Untröstlich ist ein zu gelinder Ausdruck für . . .»

«Wollt Ihr damit sagen, Francis», fragte sie listig, «daß Ihr ohne mich nicht leben könnt?»

«Unsinn, Dolores!» sagte er nachdrücklich, aber ermuntert, weil ihr gewohnter Humor sich wieder meldete. «Ich werde auch ohne Euch am Leben bleiben . . . Aber ich werde nicht leben wollen.»

«Ihr laßt mir wenig Wahl, Francis. Wenn dem so ist, wie könnte ich dann nein sagen?»

Maria Arrowsmith saß in der vordersten Kirchenbank der Kathedrale und starrte auf den mit Rosen, Lilien und Nelken geschmückten Hochaltar. Unter ihren langen Ärmeln rang sie die Hände, und unaufhörlich zuckten ihre Finger.

Joseph King neben ihr beobachtete ihr ausdrucksloses Gesicht. Impulsiv legte er ihr die Hand auf den Ärmel und drückte ihren Arm. Über seine liebevolle Geste war er selbst entsetzt, denn ihm fiel die Ermahnung des weisen Mencius ein: «*Nan nü shou shou pu chin* – Selbst wenn sie einander Geschenke überreichen, dürfen Männer und Frauen sich nicht berühren.» Trotzdem drückte er Marias Arm noch einmal, denn sie brauchte allen Trost, den er ihr spenden konnte.

Halb Chinesin und halb Europäerin, halb Frau und halb Mädchen und angetan mit dem Prunkgewand, das sie auf dem Weihnachtsball getragen hatte, kam sich Maria bei der Brautmesse am 18. April 1650 ganz verloren vor. Sie lächelte Joseph King dankbar zu und ließ ihre Gedanken vom Vater abschweifen, der sie nach so langer Zeit gefunden hatte und nun wieder verlassen würde.

Sie dachte über sich nach und suchte ihr wahres Ich hinter den unterschiedlichen Persönlichkeiten, die die Welt ihr beigelegt hatte. War sie Maria Arrowsmith oder Hsü Mai-lo, Maria getauft? Und die andere wichtige Frage: War sie Europäerin oder Chinesin? War sie beides? Oder beides nicht ganz?

Nur eines stand zweifelsfrei fest: Sie war natürlich Christin. Die Treue zu dem von ihrer Mutter übernommenen Glauben, der katholischen Religion, der auch ihr Vater angehörte, war der Kernpunkt ihres Daseins. An ihrem Christentum konnte sie ebensowenig zweifeln wie an ihrem weiblichen Geschlecht.

Die Fragen, über die Maria nachdachte, betrafen nicht nur ihre geistige oder gefühlsmäßige Haltung, sondern die Antworten darauf würden unmittelbar praktische Auswirkungen haben. Wäre sie Maria Arrowsmith, würde sie notgedrungen in Macao bleiben und versuchen, sich der europäischen Lebensweise anzupassen. Wäre sie Hsü Mai-lo, Maria getauft, müßte sie zu ihrem Verlobten Chü Wei-man, Edmond getauft, an den Hof des Kaisers der Südlichen Ming-Dynastie zurückkehren. Trotz immer wieder auftretender Unruhen in der portugiesischen Niederlassung wäre sie in Macao viel sicherer als in der Umgebung des Kaisers, der unter dem Druck der Mandschu seine Hauptstadt wiederum verlegt hatte. Aber sie würde ihrem eigentlichen Wesen treu bleiben, selbst wenn sie auf trügerische Sicherheit verzichten müßte. Außerdem hatte ihr Vater, der sie wegen einer Frau verließ, die nur neun Jahre älter war als sie, ihre Entscheidung schon vorweggenommen.

Aufmerksam geworden durch den sonoren Orgelklang, sah Maria auf den Bischof von Macao, der mit verschlossener Miene vor dem Hochaltar stand; rechts neben ihm strahlte unbußfertig Pater Giulio di Giaccomo. Reihen von Kerzen warfen ihr Licht auf die Moiréseide der bischöflichen Mitra und schimmerten auf der Stickerei seines Meßgewands. Maria lächelte flüchtig, ihre Belustigung hatte einen Anflug von Bosheit.

Wie sie wußte, hatte sich der Bischof nachdrücklich der Heirat widersetzt, die der Kirche den Reichtum von Dolores de Albuquerque entzog. Als er schließlich seine Zustimmung hatte geben müssen, weigerte er sich rundweg, eine Brautmesse zu zelebrieren, mit der Begründung, die Wiederverheiratung einer Witwe müsse in einem bescheidenen Rahmen stattfinden. Aber Dolores und ihr einflußreicher Vetter Manuel Bocarro hatten den Gouverneur, dem die Verbindung ebensowenig gefiel wie dem Bischof, veranlaßt, die Macht des Staates gegen die widerspenstige Kirche aufzubieten, und so erhielt Dolores die feierliche Hochzeit, die sie haben wollte.

Jetzt kam Dolores durch den Mittelgang. In taubengraue, golddurchwirkte Seide gekleidet, ging sie sehr aufrecht. Ein Schwarm Brautjungfern folgte ihr bis zum Altargitter, wo Francis mit Manuel Bocarro wartete. Beide trugen rote Samtwämser und Kniehosen. Die

Samtbarette, die sie unter dem Arm hielten, waren mit goldenen Federn geschmückt. Maria wußte, daß ihr Vater sich nur widerstrebend bereit erklärt hatte, auf die Ming-Uniform zu verzichten, die den Gouverneur verärgern würde und, wie Manuel Bocarro erklärte, bei einer eindeutig europäischen und christlichen Zeremonie fehl am Platze wäre.

Als Dolores neben ihm niederkniete, erinnerte sich Francis beim Duft von Weihrauch und Blumen an eine andere Hochzeit vor neunzehn Jahren, und seine Freude wurde einen Augenblick getrübt. Aber dann wurde er sich klar, daß er sich jetzt zum erstenmal wirklich ohne Einschränkung ganz hingab und eine völlige seelische Bindung einging. Als er den Kopf senkte, um den Segen des Bischofs zu empfangen, wußte Francis, daß endlich die Muschelschale aufgebrochen war, die ihn von der Welt getrennt hatte.

Maria beobachtete das ausdrucksvolle Gesicht ihres Vaters, das von selbstloser Liebe erfüllt war, als er der Portugiesin einen goldenen Ring an den Finger steckte, und Maria dachte an ihre Mutter Marta. Sie dachte auch wieder an sich und ihre Zukunft, als der Bischof die Brautleute mit den Worten entließ: «Gehet hin in Frieden, und der Herr sei allezeit mit euch!»

Ihr Vater brauchte sie nicht. Sie wäre für ihn und seine europäische Frau nur eine Belastung. Außerdem könnte sie nie als Europäerin leben, da ihre verkrüppelten Füße ihr alle Betätigungen europäischer Damen versagten. Überdies würde sie nie einen europäischen Ehemann finden, selbst wenn sie ihr Versprechen brechen sollte, das sie Edmond Chü gegeben hatte, nach dem sie sich plötzlich sehnte.

Sie war Hsü Mai-lo, Maria getauft. Sie war Chinesin, in erster Linie und im wesentlichen Chinesin, wenn auch mit einer europäischen Zugabe. Sie beschloß, mit dem polnischen Jesuiten Michal Piotr Boym nach Wutschou in der Provinz Kwangsi zu reisen, wo der Ming-Kaiser Hof hielt und Edmond auf sie wartete. Da Joseph King angeboten hatte, sie zu begleiten, würde ihre Verbindung mit der Welt ihres Vaters nicht völlig abreißen. Außerdem hatte sich Francis Arrowsmith zum Dienst für den Kaiser verpflichtet, und sie würde ihn häufig sehen.

1650, im siebenten Regierungsjahr des Shun Chi-Kaisers der Mandschu-Dynastie und im vierten des Yung Li-Kaisers der Südlichen Ming-Dynastie, kam Wutschou eher wegen seiner strategischen Lage und seinen sich kurz dort aufhaltenden Gästen Bedeutung zu als wegen seines eigenen Charakters. Die Stadt lag einige Meilen nördlich des Wendekreises des Krebses und einige Meilen westlich der Grenze zwischen den Provinzen Kwangsi und Kwangtung am Zusammenfluß des Hsikiang und des Kueikiang. Wutschou lebte nicht nur vom Ackerbau, sondern auch von den vielbefahrenen Wasserwegen. Sein Binnenhafen war das Tor zu Kwangsi, einer rückständigen Provinz, die es Dichtern und Malern seit Jahrhunderten schwergemacht hatte, etwas ihren Herrlichkeiten Entsprechendes in Tusche oder Farbe zu schaffen.

Wutschou, auf dem Wasserweg etwa zweihundert Meilen von Kanton entfernt, beneidete die weltoffene Hauptstadt Südchinas nicht um ihren Reichtum. Es war selbstzufrieden, vielleicht selbstgefällig, und blickte weder hinaus auf die wogengepeitschten Handelsrouten des endlosen Ozeans noch landeinwärts auf die Gebirgsketten, wo sich bewaldete Gipfel über schmalen Flußtälern bis zu den Wolken auftürmten und die klassische Landschaft beherrschten, die selbst die Menschen des Nordens als urchinesisch erachteten. Wutschou war eine beschränkte Provinzstadt und lebte von den bescheidenen Abgaben, die es für Waren, Dienstleistungen und Zollgebühren von jeder Dschunke erhob, die an ihrem Kai vorbeikam.

Im Juli 1650 war der Ming-Kaiser wieder vorübergehend ein Bewohner der Stadt. Sollte sich das Geschick der Dynastie zum Guten wenden, würde er von neuem Tschaotsching hundertzwanzig Meilen weiter östlich zu seiner Hauptstadt machen, oder sogar Kanton, das noch von den Mandschu belagert wurde. Sollten seine Heere weitere Niederlagen erleiden, würde er in die westlichen Winkel von Kwangsi flüchten.

Seit er 1645 als kleiner Prinz auf der Flucht zum erstenmal nach Wutschou gekommen war, hatten die Wechselfälle des Schicksals den Yung Li-Kaiser im März zum sechstenmal dorthin verschlagen. Der schwache Kaiser, dessen Anhänger eher seine Liebenswürdigkeit als seine Begabung schätzten, hatte ein Viertel seines siebenundzwanzigjährigen Lebens als Flüchtling verbracht. Als er sich im vierten Jahr seiner unruhigen Regierungszeit wieder in Wutschou niederließ, vermied er allen Pomp seiner Vorfahren und brachte seinen Kaiserhof auf einer Flotte von Barken unter, die im schlammigen Fluß ankerten. Wie es der kaiserlichen Würde zukam, wurden diese Barken *Shui Tien* genannt, die Wasserpaläste.

Der Großsekretär, der diese Bezeichnung gewählt hatte, war der 1623 auf den Namen Thomas getaufte Mandarin Chü Shin-ssu. 1647 wurde er zum Grafen von Kwangsi erhoben, nachdem er, von etwa dreihundert portugiesischen Artilleristen unterstützt, die Provinzhauptstadt Kweilin tapfer verteidigt hatte. Wiederholt hatte Thomas Chü Angebote der Mandschu abgelehnt, die mit einem hohen Rang verbunden gewesen wären, und ließ sich weder durch das Drängen der Jesuiten in Peking noch durch seinen eigenen Pessimismus hinsichtlich der Zukunft der Dynastie bewegen, seinen Kaiser im Stich zu lassen. An den Ming mit ihrer dekadenten Pracht in Peking hatte er beißende Kritik geübt, aber den Ming in ihrem unsteten Exil war er bis zum letzten ergeben.

Am Nachmittag des 21. Juli wurde Thomas Chü durch einen freudigen und bedeutungsvollen Anlaß von seinen bösen Ahnungen abgelenkt. Auf persönlichen Befehl des Kaisers war er aus dem belagerten Kanton nach Wutschou gekommen, wo sein ältester Sohn Chü Wei-man, nach seiner Geburt in Peking im Jahre 1624 auf den Namen Edmond getauft, Hsü Mai-lo, nach ihrer Geburt in Tungtschou im Jahre 1632 Maria getauft, heiraten sollte. In den Lumpen eines Kloakenkulis, die zu schäbig waren, als daß sein nicht geschorener Kopf und das nicht geflochtene Haar den Zorn der Mandschu hätten erregen können, entwich Thomas Chü aus Kanton. Der Sechzigjährige legte den Weg nach Wutschou versteckt unter einer Ladung Stockfisch in einer Flußschunke zurück.

Die Barken der Hochzeitsgesellschaft strahlten in allen Farben. Die feuchte Hitze hatte die Höflinge nicht davon abgehalten, ihre prächtigen Staatsgewänder zu tragen, die den kaiserlichen Glanz versinnbildlichten. Maria wußte, daß ihre Hochzeit die Brautmesse von Dolores de Albuquerque in der Kathedrale von Macao vor drei Monaten in den Schatten stellen würde. Gewiß, kein Bischof las die

Messe, sondern zwei Jesuitenpatres, Andreas Xaver Koffler und Michal Piotr Boym. Doch der Kaiser zeichnete die Zeremonie durch seine erlauchte Anwesenheit aus, und Kaiserin Anna wischte sich mit einem gelben Seidentuch die Tränen ab. Die Palmen, die ihre grünbefiederten Wipfel über den Fluß neigten, waren überdies ein lebendes Gebäude, eindrucksvoller als die kalten, steinernen Gewölbe der Kathedrale. Auch Marias Hochzeitskleid aus schimmernder scharlachroter Tributseide war prächtiger als die golddurchwirkte graue Seide der Portugiesin – und angemessener für eine chinesische Braut. Nicht zuletzt waren die wie Mandarinengewänder geschnittenen schwarzseidenen Soutanen der Jesuiten angemessener als das bunte Meßgewand des Bischofs von Macao.

An diesem schönsten Tag ihres Lebens fühlte sich Maria ganz und gar chinesisch. Sie freute sich, daß Joseph King in seiner grünen Leutnantsuniform unter den Gästen war. Er war ein lebendes Bindeglied zu ihrem Vater und ihrem früheren Leben, aber ein chinesisches Bindeglied. Maria hielt den Atem an, als sie ihren Bräutigam im scharlachroten Waffenrock eines Obersten erblickte. Die ergreifende Begleitmusik zu dem Liebesgedicht «Des Flußkaufmanns Frau» des überragenden Dichters der Tang-Dynastie, Li Tai Po, erklang von zweisaitigen chinesischen Geigen und dreizehnsaitigen chinesischen Leiern. Dickbäuchige chinesische Trompeten bliesen den Refrain, und der Rauch von Zehntausenden knallender Feuerwerkskörper lag in blauen Schwaden über dem Fluß.

Maria strahlte im Glanz des kaiserlichen Paares, das unter einem Baldachin aus gelber Seide auf seiner eigenen Barke thronte. Seit Jahrhunderten war keiner anderen Braut, die nicht von kaiserlichem Blut war, eine solche Ehre widerfahren. Der Kaiser, der nicht mehr wie seine Vorgänger vom Volk abgesondert war, zeigte sich seinen ergebenen Untertanen gern, um seinen Ersten Minister auszuzeichnen.

Er saß auf einem Thron aus vergoldetem Bambus, und seine goldgeflochtenen Schuhe ruhten auf einem goldenen Fußschemel. Der pflaumenblauen Seide seines Gewands war das Ideogramm für langes Leben eingepreßt, und sein vergoldeter Ledergürtel war mit einer Schnalle aus weißer Jade geschlossen. Sein sanftes Gesicht war nicht zerfurcht von Sorgen um den Staat, und die dunklen Augen blickten unter Wimpern hervor, die so spärlich waren wie der um die geschürzten Lippen hängende Schnurrbart. Der schüttere Kinnbart zuckte, als er die gelblichen Zähne entblößte, um seinen kaiserlichen Beifall zu äußern: «*Hau! Hau! Hau chi-la!* Hübsch! Hübsch! Wundervoll! Wir sind heute alle glücklich!»

Die christliche Kaiserin Anna saß neben ihrem Gebieter. Ihr langes Gesicht war eingerahmt von Jadeketten, die von einem mit Rubinen und Perlen besetzten Kopfputz herabhingen. Ihr violettes Kleid war mit Paaren von grün- und scharlachrotgefiederten Papageien bestickt, dem Symbol kaiserlichen Eheglücks. Sie spielte mit dem Kruzifix aus rosa Jade an einer silbernen Halskette und hielt mit der anderen Hand die des zweijährigen Kronprinzen Konstantin.

Vor dem Altar auf der Hochzeitsbarke standen der österreichische Pater Andreas Koffler, fünfzigjährig, mager und mit bläßlicher Haut, und neben ihm der zehn Jahre jüngere und kräftige polnische Pater Michal Piotr Boym. Da sie keine gemeinsame Muttersprache hatten, verständigten sich die beiden Jesuiten gewöhnlich auf chinesisch und lasen jetzt die Brautmesse in der Beamtensprache.

Während Maria sich der Zeremonie unterzog, die ihre Mutter Marta ihr beschrieben hatte, schweiften ihre Gedanken zu den Abbildungen im Lehrbuch für Liebeskunst ihrer Mutter. Sie befahl ihren widerspenstigen Gedanken, sich ausschließlich auf das heilige Sakrament zu konzentrieren, aber ehe sie das tat, lobte eine respektlose innere Stimme Maria dafür, daß sie dieses Buch studiert hatte. Nichts am Christentum, behauptete diese Stimme, erfordere, daß das Ehebett eine freudlose Wüste sei. Ein christlicher Ehemann verdiene nicht nur viele Kinder, sondern auch Sinneslust von seiner einzigen Ehefrau. Eine heidnische erste Frau, die in der Liebeskunst versagt, kann immer noch glücklich sein, wenn sie über Nebenfrauen und Konkubinen, die die Bedürfnisse ihres Gebieters befriedigen, die Aufsicht führt. Eine christliche Ehefrau, die versagt, kann unmöglich glücklich sein, denn es wäre eine Qual für sie, daß ihr Gebieter mit Kurtisanen gegen die Ehegelübde verstößt. Die Monogamie verlangte viel mehr von einer Ehefrau als die Polygamie, die ihre Vorteile hatte, auch wenn die Kirche sie verurteilte.

«*Ho-ping-di chu-chü . . .*» Die Schlußworte des Gottesdienstes riefen Maria in die Wirklichkeit zurück. «Gehet hin in Frieden, und der Herr sei allezeit mit euch!»

Die Braut stand auf und verbeugte sich vor ihrem Mann. In China zeigten Mann und Frau ihre Liebe nicht. Es wäre obszön, wenn sie sich küßten, und unzüchtig, wenn sie sich die Hände reichten. Dennoch bebte Maria, als spüre sie Edmonds Hände schon auf ihrem Körper. Ihre Sinne waren verwirrt, als sie sich vor den Ahnentafeln der Familie Chü verbeugte und zu den rituellen Trinksprüchen aus einem antiken Becher aus Rhinozeroshorn trank.

Myriaden von Feuerwerkskörpern schwirrten durch die subtropische Dämmerung. Raketen stiegen weißglühend in den violetten Himmel auf, Kanonen grummelten einen Salut, und der Großsekretär Thomas Chü runzelte die Stirn ob dieser Verschwendung von Schießpulver. Der Kaiser war entzückt und lächelte und steckte dem nörgelnden Kronprinzen mit höchsteigener Hand einen kandierten Lotusstengel in den Mund.

Eunuchen stakten die Bankettboote zu der Barke, auf der die Hochzeitsgesellschaft zwischen den vor den Ahnentafeln der Familie Chü schwelenden Weihrauchstäbchen und den vor dem Altar des Herrn des Himmels brennenden Kerzen stand. Die Gäste waren erpicht darauf, dem jungen Paar mit *Mao-Tai* zuzuprosten, aber als Thomas Chü, Graf in Kwangsi, die knochige Hand hob, um Schweigen zu gebieten, fanden sie sich damit ab, daß sie nun die Rede eines liebevollen Vaters über sich ergehen lassen mußten.

Thomas Chü warf Achilles Pang einen Blick zu, dem Obereunuchen, der hinter dem Kaiser stand und einen riesigen himmelblauen Fächer hielt. Der Eunuch nickte lächelnd. Dann sah Thomas Chü zu General Lukas Chiao hinüber. Der Oberbefehlshaber nickte so nachdrücklich, daß sein Helm zitterte. Das goldene Ideogramm *yung*, tapfer, war ein aufmunterndes Zeichen für den Großsekretär, den Führer des Triumvirats, das den Ming-Kaiser beriet.

Thomas Chü setzte seinen Roßhaarhut auf. Sein Gesicht war leichenblaß. Die Gäste merkten, daß der sonst so beherrschte Graf heftig erregt war.

«Höchst vortreffliche Minister und höchst tapfere Generale, edle Herren und Damen! Ich bin heute nicht hergekommen, um meinen geliebten Sohn und seine liebenswürdige Frau zu rühmen oder um für ihr Glück zu beten. Ich habe die gefährliche Fahrt von Kanton nicht unternommen, um Euch mit Gemeinplätzen zu überschütten. Diejenigen, die nur förmliche Höflichkeiten vor mir erwarten, mögen fortgehen.»

Die bunte Menge summte wie ein durch eine ferne Gefahr aufgescheuchter Bienenstock. Niemand rührte sich, nicht einer der Prinzen und Eunuchen, der Tagediebe und Standhaften, der Gesinnungslumpen und Eiferer, die alle ihre Gründe hatten, der bedrängten Dynastie treu zu bleiben. Keiner wollte den Großsekretär des Pavillons der Gelehrsamkeit, den Premierminister der Südlichen Ming, beleidigen.

«Die Ehe ist eine Bestätigung!» Thomas Chü fesselte die Aufmerksamkeit von einigen hundert Männern, deren Anstrengungen darüber entscheiden würden, ob die Ming das Reich zurückerobern oder zugrunde gehen würden. «Die Ehe bestätigt den Glauben an die Menschheit und unsere verehrten Ahnen. Die Ehe zeugt von Vertrauen auf die richtige Weltordnung unter dem Kaiser und verpflichtet zu Gehorsam gegen den Herrn des Himmels. Warum sonst das Gelöbnis, zusammenzuhalten, um Kinder zu zeugen und aufzuziehen? Das Beste liegt in uns. Nur unser Bestes kann eine Ehe erfolgreich machen – oder die Dynastie wieder auf die Höhe der Macht führen. Niemals hat sich die Dynastie in größerer Gefahr befunden. Wenn es uns an Mannesmut fehlt, wird die Dynastie bestimmt zugrunde gehen, und die gottlosen nördlichen Barbaren werden das Volk der Han beherrschen.»

Die Menge surrte wie wütende Bienen. Kein Mandarin, nicht einmal der mutigste Zensor, hatte je die kaiserliche Gegenwart entweiht durch die Behauptung, daß der Dynastie die Gefahr der Auflösung drohe.

«Wie Ihr wißt, wird Kweilin von dem angeblichen Feldmarschall Kung Yu-teh, unzutreffend Tugendhafter Kung genannt, belagert, dem die Mandschu-Barbaren den lächerlichen Titel Fürst des Befriedeten Südens verliehen haben. Der Verlust von Kweilin würde uns zu landlosen Glücksrittern machen, die den Feind niemals besiegen können. Der Herr hat den Gefolgsmann des Tugendhaften Kung, Keng Chung-ming, genannt der Halbnarr, bereits niedergestreckt. Gemeinsam rebellierten sie 1632 in Tungtschou gegen die Dynastie und verursachten die Hinrichtung der heroischen Christen General Ignatius Sün und Botschafter Michael Chang. Der Vater der sittsamen und schönen Braut, Oberst Pfeilschmied, der leider heute nicht bei uns sein kann, geriet in Tungtschou in Gefangenschaft und wurde an die nördlichen Barbaren ausgeliefert. Die Thronräuber verliehen diesem Halbnarren den unwahren Titel Fürst des Beruhigten Südens. Aber im vorigen Jahr verübte der Halbnarr Keng Selbstmord, statt sich gegen die Vorwürfe der Thronräuber zu verteidigen, seine Offiziere hätten aus der Mandschu-Gefangenschaft entkommenen chinesischen Sklaven Obdach gewährt. Der Sohn des Halbnarren belagert jetzt Kanton. Sollte auch Kanton fallen, wären unsere Aussichten düster. Diese Teufel in Menschengestalt werden ihr Ziel erreichen, sofern wir nicht sofort entscheidende Schritte unternehmen. Der Himmel wird beben, und die Erde wird bersten!» Der Großsekretär hatte die Stimme erhoben, und Joseph King mußte an einen Propheten des Alten Testaments denken, der das Weltende verkündet.

«Wem ist dann die Schuld zuzuschreiben? Und was kann getan werden?» Die Fragen prasselten wie Peitschenhiebe auf die Zuhörer. «Euch ist die Schuld zuzuschreiben, Euch allen – und mir selbst. Nur wir können die Dynastie retten. Nur wir können das Problem lösen!»

Der Blick des Großsekretärs schweifte über die Gesellschaft. Joseph King las darin Verachtung, aber der Oberhofeunuch Achilles Pang erkannte quälendes Mitleid. Die Höflinge wanden sich, als Thomas Chü fortfuhr:

«Der weise Mencius beschrieb die treibende Kraft, die sich in einem Menschen aus höchster Mannestugend entwickelt. Ohne diese Kraft ist der Mensch in seiner Seele verkümmert und kann nicht erfolgreich handeln. Im Verein mit der treibenden Kraft ist alles möglich. Aber nur strenge Selbstzucht kann die treibende Kraft in Gang setzen. Die Weisen sagen uns, die Regierenden müßten Vorbild für alle Menschen sein. Ihr müßt Eure Mannestugend pflegen, damit die treibende Kraft in Euch eindringt. Dann werden alle Menschen so handeln wie Ihr, und die Welt wird Frieden haben unter einem rechtmäßigen Kaiser.»

Der Großsekretär setzte sich unvermittelt und überließ es seinem verdutzten Sohn, die ebenso verdutzten Gäste auf das Bankettboot zu geleiten. Joseph King schüttelte verzweifelt den Kopf. Natürlich bedurften die Ming moralischer Grundsätze, aber sie brauchten noch viel mehr.

Maria Chü war enttäuscht. Ihr Schwiegervater hatte weder ihre Tugend gelobt noch Segen auf ihre Ehe herabgefleht. Es war ihre Hochzeit, und sie nahm es übel, daß er diesen Tag benutzte, um eine trockene, politische Rede zu halten. Ihr Vater, dachte sie unwillkürlich, hätte es viel besser gemacht.

Maria streichelte den Wulst am Futter ihres Kleides, an dem sie

Francis' Geschenk festgesteckt hatte, und machte sich Vorwürfe, weil sie nicht gewagt hatte, die europäische Brosche sichtbar zu tragen. Sie wußte nicht, daß dieser herrliche Brillantschmuck Francis' gesamte Ersparnisse und zudem eine große von seinem Teilhaber Antonio Castro geborgte Summe gekostet hatte. Maria wäre sehr bekümmert gewesen, wenn sie erfahren hätte, daß die Großzügigkeit ihres Vaters ihn finanziell ganz und gar von seiner portugiesischen Frau abhängig machte.

Sie wußte auch nicht, daß Francis in Macao tagelang mit den Abgesandten von Thomas Chü verhandelt hatte. Die Heiratsvermittler hatten sich schließlich bereit erklärt, Francis' Dienste für die Dynastie als Anzahlung auf die üppige Mitgift anzusehen, die er zu zahlen versprach, wenn seine Verhältnisse sich gebessert hätten.

Marias Verstimmung legte sich rasch. Sie wußte, daß Edmond sie innig liebte, und das war das Wichtigste. Ihr Vater und ihr Schwiegervater liebten sie auch, jeder auf seine Weise, und das war fast ebenso wichtig. Außerdem ruhten aller Augen auf ihr, und das Hochzeitsbankett sollte beginnen.

Während die meisten Zuhörer die Rede von Thomas Chü zuerst langweilig und dann ärgerlich gefunden hatten, war Joseph King tief bewegt, begeistert und zugleich niedergeschlagen. Er, der viele Jahre ein Sklave gewesen war, staunte über die seltsame Einfalt der Mandarine der Ming-Dynastie, selbst derjenigen, die aus dem einfachen Volk aufgestiegen waren. Thomas Chü und seine Kollegen waren aus der Nördlichen Hauptstadt vertrieben worden, ohne ihren hohen Rang und ihre vielen Vorrechte einzubüßen. Sie hatten nie dieselbe demütigende Behandlung erfahren wie die unteren Schichten und konnten daher die Soldaten und Bauern einfach nicht verstehen, auf deren rückhaltloser Unterstützung doch ihre ganze Hoffnung beruhte. Und ebensowenig konnten sie verstehen, daß es für das Schicksal der Ming fast belanglos war, ob ein paar hundert Adlige und Mandarine eifrig ihre Mannestugend pflegten. Die Aufgabe, die Mandschu aus China zu vertreiben, erforderte viel eher Kanonen und Musketen als Moralvorschriften und persönlichen Mut, und außerdem viel Gold, um Haudegen zu entlohnen, die verzweifelt kämpfen würden, damit sie sich ihren Anteil an der Beute sicherten.

Der Großsekretär Thomas Chü, ein frommer Christ und Konfuzianer, mochte sich ruhig mit seinem eigenen Gewissen befassen, aber im übrigen sollte er den Soldaten versprechen, daß die riesigen Güter der Prinzen, des Adels und der Großgrundbesitzer unter ihnen aufgeteilt werden, wenn die Ming Nordchina zurückerobert haben. Einfache Menschen würden ihr Leben nicht aufs Spiel setzen wollen, bloß damit die großen Herren ihren Besitz zurückerhalten. Nur sofortige Belohnungen und die Aussicht auf größeren Wohlstand nach dem Sieg könnten im Ming-China ein siegreiches Heer auf die Beine bringen.

Joseph King kam zu dem Schluß, daß der Großsekretär trotz seiner persönlichen Tapferkeit und hohen Moral als Heerführer in einem modernen Krieg ungeeignet war, weil er sich nicht vorstellen konnte, daß andere Menschen sich lediglich von materiellen Überlegungen leiten ließen. Nur ein Eingreifen von Außenstehenden könnte die Ming-Dynastie retten, dachte Joseph.

«Ich zeige meine Tapferkeit lieber auf diese Weise.» Der Finanzminister neben Joseph lachte, als er mit silbernen Eßstäbchen eine kleine Garnele in der grünen Jadeterrine verfolgte.

«Und ich pflege Mannestugend lieber auf diese Weise», feixte der Minister für öffentliche Arbeiten, als er eine Garnele in den Mund steckte.

Trotz seines niedrigen Ranges saß Joseph zwischen den Ministern, weil er die Familie der Braut vertrat, und während er grübelte, machten auch seine Eßstäbchen Jagd auf die Garnelen, die von dem Wein und Essig benebelt waren, in dem sie lebend aufgetischt wurden.

Der Yung Li-Kaiser, der Herr der Ewigen Tage, hatte ein kaiserliches Bankett befohlen, um der Hochzeit des Sohnes seines Ersten Ministers Ehre zu erweisen. Er, ein Flüchtling in einem Provinznest, verfügte immer noch über die feinsten Gerichte aus allen Provinzen des Reiches. Nur eine Abweichung von der vor Jahrhunderten für die vierzig Gänge vorgeschriebenen Speisefolge war erlaubt. Die Eunuchen hatten zuerst *mi-yo ping* gereicht, in Öl gebackene Honigkuchen, ein Sinnbild der harmonischen Vereinigung von Braut und Bräutigam. Sie waren angerichtet unter einem silbernen Deckel, auf dem eine Biene aus massivem Gold thronte, während eine aus rosa Jade geschnitzte Garnele den Deckel der Terrine aus grüner Jade krönte, in der die betrunkenen Garnelen schwammen.

Maria und Edmond aßen von jedem Gericht ein paar Häppchen, um ihre Dankbarkeit für die kaiserliche Gunst zu bekunden. Sie saßen nebeneinander, und jeder vierte Gast war eine Dame. Ebenso wie der Kaiser geruhte, mit seinen Untertanen zu speisen, wenn auch auf einer gesonderten Barke, war wegen der zwangsläufigen Einfachheit eines Kaiserhofs im Exil auf die Tradition der getrennten Bankette für Männer und Frauen verzichtet worden. Das sich zwischen den rauhen Stimmen der Männer vernehmbare Gelächter von Frauen erinnerte Edmond an Trinkgelage in Blumenhäusern. Obwohl sein Schicklichkeitsgefühl verletzt war, plauderte er liebenswürdig mit dem Minister für Ritus zu seiner Linken.

«Ein sehr achtbarer Standpunkt, den Euer verehrter Vater vertritt», sagte der Minister und bediente sich mit gedünsteten Muscheln, nachdem der Eunuch den silbernen Deckel am goldenen Muschelschalengriff hochgehoben hatte.

«Wir alle müssen Selbstzucht üben», stimmte Edmond höflich zu, wenngleich sein christlicher Skeptizismus der Berufung seines Vaters auf die alten Tugenden mißtraute.

Der Großsekretär, der rechts von Maria saß, sah seinen Sohn forschend an und fragte: «Glaubst du, Edmond, daß die Pflege der treibenden Kraft sich sehr unterscheidet von den geistigen Übungen des Ignatius von Loyola, der die Gesellschaft Jesu gründete?»

«Nein, Vater, aber ich glaube, Rotmantelkanonen brauchen wir dringender als moralische Selbsterziehung.»

«Das auch», erwiderte Thomas Chü, «obwohl uns Kanonen gegen die Mandschu wenig genützt haben.»

«Aber Ihr braucht Kanonen, Exzellenz?» Joseph King beugte sich vor, um die Frage zu stellen.

«Ja, natürlich, Meister King. Doch die Männer, die sie bedienen, sind wichtiger als die Kanonen. Ihr Mut muß den Geschützen entsprechen, und keiner von meinen Leuten . . .»

«Ja, Exzellenz. Ich verstehe Eure Besorgnis.»

Francis Arrowsmiths Schreiber setzte die Unterhaltung mit dem Großsekretär nicht fort. Später würde sich eine Gelegenheit ergeben, jetzt fesselte ihn das Gericht, das der Eunuch auf den Tisch stellte. Auf dem silbernen Deckel einer mit goldenen Drachen und mythischen Vögeln bossierten silbernen Terrine erhob sich eine goldene Kobra mit aufgestellten Halsrippen. In kleinen Porzellanschälchen standen Blütenblätter von Chrysanthemen, gehackte Frühlingszwiebeln, geraspelter Koriander und kleine getrocknete Garnelen bereit.

«Ah, der Drache und der Phönix!» Joseph seufzte vor Wonne, als der Eunuch einzelne Portionen in Schälchen aus Eierschalenporzellan füllte. «Wie lange ist es her, daß ich . . .»

Er streute die Gewürze über die mit aromatischem Rettich gedünsteten Streifen von weißem Fleisch, hob die Schale an den Mund und genoß jeden Schluck.

«Ein beliebtes Gericht Eurer Heimatprovinz, nicht wahr?» fragte der Finanzminister. «Huhn und Schlange, habe ich recht?»

«Ja, Herr Minister. Aber für mich schmeckt es einfach wie Drachen und Phönixe.»

Durch die Palmblätter sickernde Mondstrahlen warfen ein kühles Licht auf die Barken, und Lampions glühten rot. Von einer Barke, die in dem silbernen Dunst auf dem Wasser schimmerte, erklang das ergreifende Volkslied *Des Soldaten Heimkehr,* das auf einer Flöte und einer Zither gespielt wurde. Edmond Chü überließ sich der Melodie, die seine eigene Rückkehr von der Schlacht besang. Er legte seine Eßstäbchen hin und ergriff unter dem Tisch Marias Hand, streichelte sie und dachte an die Zeit, da er nicht mehr in den Krieg ziehen müßte.

Maria hielt Edmonds Hand fest. Sie empfand jetzt weder Angst noch Verlangen beim Gedanken an das Brautbett, als läge die Hochzeitsnacht schon hinter ihr, als wären sie schon seit Jahren Mann und Frau und Edmond gerade nach einem langen Feldzug heimgekehrt. Doch eine Vorahnung befiel sie, daß er bald wieder in die Schlacht ziehen müsse.

Für die Mehrzahl der Gäste gab es weder Vergangenheit noch Zukunft. Sie waren vollauf beschäftigt mit der Gegenwart und der nicht enden wollenden Folge von Gängen: ganze Schwäne und Pfauen, die gebraten und zerlegt worden waren und danach ihr Gefieder zurückerhalten hatten, junge Tauben, Wachteln und Fasane in Honig mariniert, frische Muscheln und Austern, in Schnee aus den Bergen gebettet; Kamelhöcker, mit wildem Knoblauch geschmort, ein Gericht, das normalerweise dem Kaiser vorbehalten war, Schildkröten mit Kräutern, *ho-tun,* der köstliche Flußfisch, der, wenn er nicht richtig zubereitet wurde, giftig war, und eine Fülle von frischen und eingemachten Früchten als Gaumenkitzel.

Mitten während des Festmahls erklangen Trompeten, und die Eunuchen reichten korallenrote Lackschachteln herum, die achtfach unterteilt waren und acht verschiedene Delikatessen enthielten: gepö-

kelte Entenschwimmhäute; feingehacktes Schweinefleisch, leicht wie
eine Schaumspeise; Junghuhnflügel in Aspik, zerpflückten Nudel-
fisch, Maronenpüree, grüne Lotuskeime, eingelegte Walnüsse und in
Scheiben geschnittene Wasserkastanien. Die Gäste seufzten, beteuer-
ten, sie könnten nichts mehr essen, ließen sich ihre Weinbecher nach-
füllen und verschlangen die Delikatessen.

Wieder erschallten Trompeten. Auf der Barke der Musiker führten
Jungfrauen in wallenden Gewändern einen Tanz aus der Han-Zeit auf.
Noch einmal erklangen die Trompeten, und das Festmahl ging weiter.
Um zehn Uhr abends, fünf Stunden nach Beginn des Banketts, brach-
ten die Eunuchen auf silbernen Platten *pa-pao fan,* Reis mit acht
Kostbarkeiten. Als die Gäste diesen letzten zeremoniellen Gang in
ihre Schälchen gefüllt hatten, aber nicht mehr essen konnten, erhob
sich Thomas Chü und hob die Hand, um Schweigen zu gebieten.

«Ich werde Euch heute abend nicht mehr belästigen, außer um
einen Trinkspruch auf die schöne Braut und den tapferen Bräutigam
auszubringen. Seine kaiserliche Majestät war so freigebig, wie die
Braut lieblich ist. Sein kaiserliches Bankett war so vollkommen, wie
diese Ehe es sein wird. Jedes weitere Reiskorn wäre zuviel, ebenso wie
ein weiterer Tupfer Puder auf den zarten Wangen der Braut überflüssig wäre. Das Bankett ist beendet. Geht mit Gott!»

MACAO

5. September bis 3. November 1650

«Francis, mein Liebling, bist du ganz glücklich?» fragte Teresa Dolores Angela do Amaral de Albuquerque Arrowsmith Anfang September, als sie beim Frühstück saßen. «Manchmal glaube ich, es ist zu
vollkommen . . .»

«Natürlich, meine Liebe»; beruhigte Francis sie zerstreut. «Ich bin
nie glücklicher gewesen. Eine liebevolle und sinnliche Frau und ein
schönes Heim. Was sonst könnte ich . . .»

«Was mich betrifft, ich hätte gern bald ein Kind. Schließlich werde
ich nicht jünger, und . . .»

«Ich wohl auch nicht, mein Herz», lachte er. «Aber wir geben uns bestimmt alle Mühe. Wir könnten es gleich wieder versuchen, wenn du endlich mit deinem Fisch fertig bist.»

«Wenn wir es jetzt sofort wieder versuchen, wird es auch nicht viel nützen, Francis. Ich denke vielmehr an dich. Wirst du immer glücklich sein, wenn du kein bestimmtes Ziel hast? Wenn du dich nur gut unterhältst?»

«Ich unterhalte *uns* gut, Liebling, auf sehr zivilisierte Weise. Mit weltbewegenden Dingen will ich nichts mehr zu tun haben. Politik und Glaubenslehren machen gewöhnliche Männer und Frauen nur unglücklich. Priester und Prinzen sind Gottes Rache an der Menschheit.»

«Und das Versprechen, das du dem Ming-Kaiser gegeben hast?»

«Voreilig gegeben, um meine Zeit auszufüllen, ehe ich dich gefunden hatte.»

«Francis, du kannst deine Zeit nicht *nur* mit mir ausfüllen. Das ist . . .»

«Ich dachte, es wäre das, was jede gute Frau sich wünscht – die ganze Liebe eines einigermaßen guten Mannes.»

«Die Frau müßte entsetzlich gut sein, oder sie würde sich zu Tode langweilen mit einem Trottel, der den ganzen Tag nichts tut, als sie innig zu lieben. Höchst langweilig!»

«Ich langweile dich also?» Francis war fast beleidigt. «Wie kann man dem abhelfen?»

«Nimm nicht alles so persönlich, mein Lieber. Gelegentlich geht mir ein Gedanke durch den Kopf, der sich nicht auf dich bezieht. Ich meinte das ganz allgemein. Aber dennoch . . .»

«Dennoch was?»

«Dennoch wirst du mich langweilen, wenn du dich langweilst. Ich kann nicht die ganze Last tragen, dich zu amüsieren, dich zu unterhalten. Und ich werde dich langweilen, wenn du dich langweilst. Außerdem hast du einen Eid geschworen, hast dich verpflichtet, deine Dienste dem . . .»

«Dem Yung Li-Kaiser zur Verfügung zu stellen. Ja, das habe ich. Aber wie du weißt, sagt Joseph . . .»

«Joseph ist pessimistisch. Um so mehr Grund, an deinen Eid zu denken. Wenn du nicht treu bist, wenn du dich zurückziehst, weil die Ming in Gefahr sind, was wirst du dann tun, wenn ich alt und runzlig und griesgrämig werde? Wenn wir womöglich beide in Armut leben müssen? Wirst du mich dann verlassen?»

«Weibliche Logik! Gott bewahre mich vor solcher Wortverdrehung.»

Francis strich sich das Haar aus der Stirn, verärgert über Dolores' Hartnäckigkeit und die unausgesprochene Anspielung darauf, daß er von ihrem Geld lebte. «Was soll ich denn deiner Ansicht nach tun?»

«Mit Joseph reden, ganz ernstlich. Dir anhören, was er zu sagen hat.»

«Habe ich doch schon, aber ich werde es jetzt sofort noch mal tun. Es wird eine Wohltat sein, schlichtes und einfaches Chinesisch zu sprechen nach dem verworrenen Portugiesisch.»

Dolores' Gelächter über diesen absurden Seitenhieb hörte Francis noch, als er über den Hof zum Bibliothekszimmer der Villa auf dem Monte Guia ging. Sie konnte sich nicht vorstellen, daß er das Chinesische einfacher fand, denn wie die meisten Europäer fand sie es verteufelt schwierig.

Francis war eher verärgert als beunruhigt gewesen, daß sein Schreiber die Aussichten der Ming so ungünstig beurteilte. Er ging ganz in seinem Eheleben auf. Er hatte wenig mehr als häusliche Sicherheit erwartet, aber Glückseligkeit gefunden. Dolores war eine eifrige und gelehrige Schülerin in der *cama de casal,* dem breiten portugiesischen Ehebett. Zugleich mit ihrem leichten Korsett legte sie auch alle Hemmungen ab. Außerdem war sie so einfühlsam und reagierte auf ihn wie niemand je zuvor, und zum erstenmal in seinem Leben genoß er die seelische und geistige Gemeinschaft mit einem anderen Menschen und konnte sich von seinem ständigen Kampf ums Überleben und berufliche Weiterkommen erholen.

Francis wollte sich von Joseph King nicht in seinem Glück stören lassen. Stunden und ganze Tage verbrachte er mit ausgedehnten Mahlzeiten und geruhsamen Gesprächen mit seinen Freunden Antonio Castro, Manuel Bocarro und Giulio di Giaccomo, und wochenlang war er damit beschäftigt gewesen, die Dschunke *Maria* wieder flott zu machen.

Es würde noch einige Zeit dauern, ehe die Unzufriedenheit über dieses ziellose Dasein an Francis zu nagen begann. Aber Dolores erkannte, daß er des Müßigganges nicht lange froh sein würde. Sie hatte einen tatkräftigen und engagierten Mann geheiratet und wollte nicht dazu beitragen, daß er sich in einen Tagedieb verwandelte.

«Befehl von oben, mit dir wieder über die Ming zu sprechen.»
Francis' Verärgerung verstärkte sich durch Josephs gleichmütigen
Ausdruck. «Was soll ich denn tun?»

«Nun, Ihr könntet immerhin bei Dorgon Abbitte leisten, nicht
wahr? Pater Adam hat sich am Mandschu-Hof einen festen Platz
erobert. Er wäre vermutlich froh über Eure Hilfe.»

«Ich meine es ernst, Joseph. Mach keine Witze.»

«Ich meine es auch ernst. Ihr würdet offenbar keinen roten Heller
für die Ming geben, oder für Euren Eid. So bleibt also nichts übrig, als
sich den Mandschu zu unterwerfen und an ihrer Beute Anteil zu
haben.»

«Du gehst zu weit, Joseph. Ich warne dich, daß . . .»

«Daß was, Pfeilschmied? Wenn ich zu weit gehe, dann geht Ihr
nirgendwo hin. Wenn Ihr hier sitzen bleiben und verkommen wollt,
dann werde ich wieder nach Wutschou gehen – oder nach Kanton. In
Zeiten wie diesen wird sich der Kaiser sogar über meine dürftigen
Dienste freuen.»

«Es steht dir natürlich frei, zu gehen, wohin du willst, und zu tun,
was du willst. Aber ist das ein Ultimatum?»

«Wenn Ihr es so auffassen wollt, ja. Mein armes Land braucht mich.
Wenn der wahre Glaube sich durchsetzen soll, muß jeder Christ den
Ming dienen. Ich kann hier nicht versauern. Natürlich würde ich
lieber bei Euch bleiben, Pfeilschmied, aber . . .»

«Entschuldige, daß ich dich angeblafft habe, Joseph. Aber was
genau schlägst du vor?»

«Kanton ist die Schlüsselstellung. Wenn Kanton fällt, beginnt die
wilde Flucht. Wir können nicht darauf rechnen, Kanton zurückzuerobern, wir können nicht wieder ein Wunder erwarten wie 1647. Und
wenn Kanton verloren ist . . . dann werden, wie Thomas Chü sagte,
die Ming wenig mehr sein als landlose Briganten. Deshalb muß
Kanton entsetzt werden.»

«Es ist wieder dieselbe Geschichte, nicht wahr? Der Glaube ist in
Gefahr, wird aus China vertrieben werden, sofern wir nicht die Ming
retten. Immer dieselbe Geschichte, seit ich nach China kam, nicht
wahr?»

«Nicht ganz, Pfeilschmied. Wie gesagt, Ihr könnt immer noch zu
den Mandschu zurückgehen und mit Adam Schall arbeiten . . .»

«Das ist unmöglich, Joseph. Das weißt du auch. Meine Ehe . . .

Barbara würde mir nie verzeihen. Ich verachte die Mandschu sowieso. Ich könnte nicht zu ihnen zurückgehen, selbst wenn Dorgon nicht meinen Kopf wollte.»

«Er wird Euch, und mich auch, einen Kopf kürzer machen, wenn die Ming besiegt werden.»

«Na gut, also reden wir darüber . . . Was wir tun können.»

Joseph King legte überzeugend dar, daß die Gesichtspunkte, die für die früheren portugiesischen Feldzüge ausschlaggebend gewesen waren, immer noch galten. Damals sei es nur wegen der stümperhaften Durchführung nicht gelungen, die Mandschu aus dem Norden zu vertreiben. Eine gut bewaffnete Truppe, die in Südchina dicht bei ihrem Stützpunkt Macao ohne die langen Nachschubwege bis Nordchina eingesetzt wird, könne die Mandschu zurückwerfen. Die Lage, behauptete Joseph, sei außerordentlich günstig für eine wendige Einheit mit überragender Feuerkraft.

«Ich sehe die Mandschu schon auf dem Rückzug», schwärmte er, die kleinen Augen in die Ferne gerichtet. «Von panischem Schrecken gepackt, wird die Vorhut die Nachhut zertrampeln. Das Entsetzen vor den unbesieglichen christlichen Bataillonen wird ihre Niederlage besiegeln – wenn wir es richtig machen.»

Angefeuert von der Begeisterung seines Schreibers, vergaß Francis Arrowsmith seine Zweifel an den Südlichen Ming. Joseph King überzeugte ihn fast, daß die Woge des Sieges die kaisertreuen Heere bis zum Jangtsekiang und vielleicht sogar noch darüber hinaus tragen würde.

«Eine Einsatztruppe von tausend Mann mit ihren Offizieren, christliche Afrikaner und Inder unter der Führung portugiesischer Offiziere, unterstützt von portugiesischen Unteroffizieren, unter einem kampferprobten Befehlshaber – Euch, Pfeilschmied!» fuhr Joseph King fort. «Ein selbstständiges Kommando, nicht Ming-Generalen unterstellt und nicht behindert durch chinesische Einmischung. Mit Versorgungsgütern aus Macao wären wir für kein Quentchen Schieß pulver und keine Handvoll Reis auf die Ming angewiesen. Ich würde die Truppe die Unbesiegbare Streitmacht nennen.»

Im Augenblick war Francis von Josephs Beredsamkeit verwirrt. Später gestand er Dolores, daß ihn nicht nur die Gelegenheit gereizt habe, den wahren Glauben zu fördern, sondern ebenso die Möglichkeit, sich zu bewähren. Überschwenglich fügte er hinzu: «Du hast recht gehabt! Ich konnte nicht zulassen, daß mein Leben in träger Zufriedenheit endet. Gott verlangt diese letzte, diese größte Anstrengung von mir. Bete darum, daß ihr Erfolg beschieden sein möge!»

Sein Eifer brachte die weltliche und geistliche Obrigkeit Macaos auf seine Seite. Privat unterstützte der Gouverneur Francis' Vorhaben aus ganzem Herzen, aber in der Öffentlichkeit war er eher behutsam. Da der Bischof fürchtete, die Jesuiten würden sonst die ganze Anerkennung einheimsen, gab er dem Unternehmen seinen Segen. Die Jesuiten selbst waren hin- und hergerissen. Adam Schalls zunehmender Einfluß in Peking sprach dafür, die Ming abzuschreiben und alle missionarischen Bemühungen auf die Mandschu abzustellen. Aber so viele Priester überall in Südchina waren glühende Anhänger des Ming-Kaisers, daß der Provinzial seine Unterstützung nicht versagen konnte. Außerdem war Adam Schall nicht bei allen seinen Ordensbrüdern beliebt.

Die Kaufmannschaft war nicht begeistert. Antonio Castro spendete hundert Taels, weil er, als Marrano ständig verdächtigt, nicht umhin konnte, eine Art Kreuzzug zu unterstützen. Manuel Bocarro machte seinen politischen Einfluß geltend, sagte aber zu Francis: «Wäre ich der Leiter dieses Unternehmens, ließe ich die Chinesen zahlen. Der Kaiser muß ganze Lagerhäuser voll Gold haben. Und sieh mal, was mit dem kaiserlichen Schatz in Peking geschah - alles ungenutzt.»

Dennoch gab Manuel Bocarro fünfzig Taels, und sein Beispiel spornte andere Kaufleute und Fabrikanten an. Keiner ließ sich indes von Francis' Beredsamkeit zu einem namhaften Beitrag bewegen. Dolores ergänzte die fehlende Summe von zweitausend Taels in der Erwartung, die Dankbarkeit des Kaisers werde sie reichlich entschädigen.

Bis Mitte Oktober hatte Francis siebenhundertfünfzig indische und afrikanische Sklaven und Leibeigene angeworben, außerdem hundert japanische *ronin,* die immer begierig waren, gegen guten Sold ihre zweihändigen *katana* mit Blut zu beflecken. Herzog Koxinga, der seine Heere in die Provinz Kwangtung führte, um dem belagerten Kanton zu Hilfe zu kommen, versprach die Unterstützung seiner Flotten.

«Die Mandschu sind Landtiere», ließ der Herzog Francis Arrowsmith durch seinen Abgesandten, Oberst Edmond Chü, bestellen. «Treibt sie zum Meer, und ich werde sie vernichten.»

Francis suchte sich hundert unbeschäftigte portugiesische Soldaten als Offiziere und Unteroffiziere aus. Sein Stellvertreter war Nicolau Ferreira, unter dessen Befehl die portugiesische Artillerie damals Kweilin gerettet hatte. Schließlich bot Joseph King durch seine Verbindungen zu Geheimgesellschaften noch tausend Mann chinesische Hilfstruppen auf.

Geschütze waren natürlich das Kernstück der Unbesiegbaren Streitmacht. Nicht einmal Manuel Bocarro konnte sofort die vierundsechzig Feldgeschütze liefern, die Francis brauchte. Statt dessen stellte er Lafetten für jede in Macao verfügbare Kanone her. Einige waren unhandlich groß, andere lächerlich klein, aber die Artilleristen konnten damit üben, bis sie die neuen Geschütze aus der Gießerei in der Rua do Chunambeiro erhielten.

Ende Oktober kam Edmond Chü auf einer Kriegsdschunke von der Flotte des Herzogs nach Macao, um seine Frau Maria dem Schutz ihrer Stiefmutter anzuvertrauen, während er und ihr Vater zu Felde zogen. An das Zusammengehörigkeitsgefühl einer chinesischen Familie gewöhnt, kam Edmond gar nicht auf den Gedanken, daß Dolores vielleicht nicht entzückt davon wäre, eine nur neun Jahre jüngere halb-chinesische Stieftochter bei sich aufzunehmen. Jedenfalls hatte er viel zuviel anderes im Kopf, als daß er sich mit den Gefühlen von Frauen hätte abgeben können.

Kantons Lage, sagte er zu Francis, sei entsetzlich. Die Mandschu zögen die Schlinge zu, und sogar die Kloakenkulis durften ihre stinkenden Eimer nicht aus der Stadt hinausbringen. Die Lebensmittel seien knapp, und die Moral der Garnison sinke. Dann gab ihm Edmond einen herausgeschmuggelten Brief seines Vaters: «Hochgeschätzter Pfeilschmied, Christus zum Gruß! Möge Seine Liebe Euch Euer Leben lang behüten. Unsere Lage ist verzweifelt. Wenn Ihr nicht jetzt kommt, braucht Ihr gar nicht zu kommen.»

Die Zeit war abgelaufen, als die Unbesiegbare Streitmacht erst halb ausgebildet und halb ausgerüstet war. Am 3. November 1650 marschierten die christlichen Bataillone durch das Grenztor nach China. Die wenigen Zuschauer um drei Uhr morgens, in der glückverheißenden Doppelstunde des Affen, waren entsetzt über das geringe Aufgebot. Mehr als tausend Mann waren vor der Kathedrale angetreten, als der Bischof die Fahnen und Waffen segnete. Unter einem zinnoberroten Banner mit goldenem Kreuz hatte Francis Arrowsmith, Oberst der

Großen Ming-Dynastie, fünfhundert Mann und zweiunddreißig Feldgeschütze versammelt. Sein Gros marschierte nach Kanton, neunzig Meilen nordwestlich für Brieftauben, aber doppelt so weit für Geschützlafetten auf den rauhen Pfaden der Halbinsel.

Der Rest hatte sich bereits auf Herzog Koxingas Kriegsdschunken eingeschifft. Der linke Flügel sollte die hundertsechzig Meilen nach Sanshui auf dem gewundenen Westfluß hinaufsegeln, um die Belagerer im Rücken zu fassen. Der rechte Flügel unter Hauptmann Nicolau Ferreira sollte den Perlfluß hundertzehn Meilen weit hinaufsegeln und den befestigten Engpaß stürmen, den die Portugiesen Boca de Tigre nannten, das Maul des Tigers.

Francis Arrowsmith gefiel es nicht, seine Kräfte zu zersplittern. Tausend Mann waren sowieso eine lächerlich geringe Truppe gegen die fünfzigtausend der Mandschu. Selbst wenn man die chinesischen Hilfstruppen mitzählte, standen die Chancen fünfundzwanzig zu eins. Aber er würde den Gegenschlag der Mandschu auf sein Gros lenken, während die beiden Landungstruppen dem Feind in die Flanke fallen sollten. Dann würde das in Kanton belagerte Ming-Heer einen Ausfall machen und die zwanzigtausend Ming-Freischärler in der Umgegend würden in den Kampf eingreifen.

Weder diese Strategie noch die Kampfbereitschaft der Unbesiegbaren Streitmacht befriedigten Francis. Obwohl er seinen Leuten sagte, der Sieg sei ihnen sicher, wußte er, daß der Name der Truppe eine Prahlerei war. Er hatte vorgehabt, erst in zwei Monaten marschieren zu lassen, wenn er das Mandschu-Heer in einer sorgfältig geplanten Schlacht mit einer kampffähigen Truppe hätte angreifen können. Statt dessen mußte er nun sein unzureichendes Kontingent in drei Kolonnen aufspalten und sofort angreifen.

«Du rennst in dein Verderben», protestierte Dolores. «Warum habe ich dich bloß gedrängt, auf Joseph zu hören? Ihr seid beide verrückt!»

«Was kann ich denn sonst tun, meine Liebe?» erwiderte Francis. «Ich muß mein Versprechen halten. Kanton muß jetzt entsetzt werden!»

«Geh nicht, Francis. Laß die Chinesen ihre Kriege selbst führen.»

«Dolores, ich muß gehen, sonst bin ich mein Leben lang eine Zielscheibe des Spottes. Es ist nicht der beste Weg, die erste Truppe unter meinem Kommando so in die Schlacht zu führen, aber es ist der einzige.»

Francis bekreuzigte sich, als die Kolonne durch das Grenztor marschierte. Seine Leute waren Schatten in der dunklen Nacht, und Peitschen knallten, um die überladenen Fahrzeuge vorwärts zu treiben. Er empfahl Gott seine Seele und betete, der Himmel möge eingreifen, um seine irdischen Unzulänglichkeiten wettzumachen.

WUTSCHOU, KANTON, MACAO

3. November 1650 bis 4. Januar 1651

Nicht alle Lampions, die beim Mittherbstfest wie der orangefarbene Mond geleuchtet hatten, waren vom Wasserpalast der Ming-Dynastie in Wutschou abgenommen worden. Der Kaiser fand sie so fröhlich und festlich. Auch die runden Mondkuchen waren noch nicht alle verzehrt. Kinder und gefräßige Eunuchen hatten einen Vorrat des klebrigen Gebäcks gehamstert.

Die Untertanen der Ming hatten den zweihundertdreiundachtzigsten Jahrestag des Aufstands gegen die Mongolen begeistert gefeiert, der ihre Dynastie auf den Thron gebracht hatte. Wenn der jetzige Kaiser so entschlossen war wie der Gründer der Dynastie, wenn seine Anhänger ebenso entschlossen und so tapfer waren wie ihre Vorfahren, dann würden die neuen barbarischen Eindringlinge aus dem Reich vertrieben.

Die Dynastie, die Nordchina hauptsächlich wegen der Ausschweifungen der Hofeunuchen verloren hatte, wurde im Exil durch die Entschlossenheit des christlichen Oberhofeunuchen Achilles Pang aufrechterhalten. Doch Achilles Pang glaubte fast nicht mehr an die Fähigkeit Sterblicher, den Untergang der Dynastie zu verhüten, als er am 3. November 1650, dem Tag, an dem Francis Arrowsmith seine Unbesiegbare Streitmacht nach China geführt hatte, den farbenprächtigen Sonnenuntergang beobachtete. Seine Frömmigkeit war indes ungemindert, und er nahm sich vor, Gottes Stellvertreter auf Erden einzuschalten, damit er seine Gebete um die Rettung der Dynastie an den Herrn des Himmels übermittele.

Die Jesuiten Andreas Xaver Koffler und Michal Piotr Boym

waren gern bereit, Achilles Pang beim Aufsetzen von Briefen an Papst Innozenz X. und den General der Gesellschaft Jesu zu helfen. Sie wollten dazu beitragen, die Unterstützung der katholischen Fürsten in Europa für die Ming zu gewinnen, und waren außerdem bestrebt, das Ansehen der Gesellschaft Jesu zu heben, die in Rom nicht allgemein beliebt war, indem sie zeigten, daß der Jesuitengeneral von gleich zu gleich mit dem kaiserlichen Hof von China korrespondierte.

Die Jesuiten erkannten in der mißlichen Lage der Ming eine einmalige Gelegenheit. Tatkräftiger militärischer Beistand aus Europa könnte gewiß die Dynastie retten. Der dankbare Kaiser würde dann das Christentum annehmen und damit die Bekehrung aller Chinesen sichern. Ein überwältigender Erfolg im volkreichsten Gebiet der Erde würde nicht nur die Kritik an der Gesellschaft Jesu verstummen lassen, sondern ihr auch den größten Einfluß in der Kirche verschaffen.

Der Oberhofeunuch Achilles Pang seinerseits war überzeugt, die gemeinsamen Gebete des Heiligen Vaters und des Jesuitengenerals würden den Herrn des Himmels bewegen, die Mandschu niederzuwerfen. Die Entsendung weiterer Missionare, die er ebenfalls erbat, würde die Rettung der Ming gewährleisten, nicht nur, weil sie alle Chinesen zu christlicher Tugend bekehren würden, sondern auch durch ihr wissenschaftliches und militärisches Können. Da der Ordensgeneral schon so viele begabte Priester nach China geschickt hatte, hielt Achilles Pang ihn für den mächtigsten Mann in Europa. Sobald er die verzweifelte Lage der Ming erkannte, würde der Jesuitengeneral gewiß viele gut bewaffnete Regimenter entsenden. In seinen Briefen bat Achilles Pang nicht um militärische Unterstützung. Aber er hatte Pater Boym, der die Briefe nach Rom bringen sollte, beauftragt, sowohl den Papst als auch den Ordensgeneral auf die Notlage der Dynastie hinzuweisen.

«Das reicht nicht ganz aus, Meister Achilles!» Pater Andreas Koffler wandte den Blick vom Sonnenuntergang ab.

«Reicht nicht aus, Pater Andreas? Warum nicht?»

«Der Heilige Vater und der Ordensgeneral müssen zutiefst beeindruckt werden. Aber Ihr könnt Euch nicht als Kanzler bezeichnen, nicht wahr? Und Oberhofeunuch ist ein in Europa unbekannter Titel, wenn auch hochgeehrt in China.»

«Wenn sich der Kaiser nur bereitfinden würde, selbst zu schreiben!» Pater Michal Piotr Boym schüttelte theatralisch den Kopf.

«Das kann er nicht, unter keinen Umständen», erwiderte der Oberhofeunuch. «Da der Kaiser noch nicht Christ ist, versteht er die überweltliche geistige Macht des Heiligen Vaters nicht. Mein Gebieter kann nicht an den Beherrscher von ein paar italienischen Städten schreiben, als wäre er gleichrangig mit dem Kaiser von China.»

«Dann, fürchte ich, werden Eure Briefe nicht viel Erfolg haben», gab Andreas Koffler zu bedenken.

«Die Kaiserin vielleicht», meinte Michal Boym. «Die Kaiserinwitwe Helena. Wenn sie schreiben würde . . .»

«Sie würde es tun, wenn wir es vorschlagen.» Der Eunuch war verdutzt. «Aber was würde das nützen? Das Wort einer Frau . . .»

«Nicht das Wort einer Frau, sondern das Wort einer Kaiserin. In Europa würde die Bitte einer Kaiserin mit großem Respekt aufgenommen werden.»

«Wenn Ihr es wünscht, werde ich zu ihr gehen», sagte Achilles Pang. «Aber ich muß allein gehen.»

Auf einer Flußdschunke verließ Pater Michal Piotr Boym Wutschou, um sich nach Macao zu begeben. Er wußte, daß die Mandschu den Jesuiten gegenüber nachsichtig waren, weil Adam Schall in Peking so großen Einfluß besaß, und die beiden Abgesandten des Oberhofeunuchen waren als Diener verkleidet. In seinem Koffer hatte er vier lateinische Briefe, zwei von der Kaiserinwitwe Helena unterzeichnet, zwei von dem Oberhofeunuchen. Die fest zusammengerollten chinesischen Originale waren in den Saum seines Chorhemds eingenäht.

Die Stimmen einer Kaiserin und eines chinesischen Würdenträgers, die dank den Bemühungen der Gesellschaft Jesu fromme Christen waren, würden in Rom gewiß Gehör finden. Überdies war der nächste Ming-Kaiser bereits Christ. Kurz nach der Geburt des Kronprinzen im Mai 1648 hatte sich der Yung Li-Kaiser den Bitten seiner christlichen Frau und seiner christlichen Mutter gefügt. Als er Pater Andreas Koffler anwies, das Kind zu taufen, verlangte der Jesuit die Zusicherung, daß der Kronprinz niemals mehr als eine Frau nehmen würde. Der Kaiser lächelte, weigerte sich aber, der religiösen Manie der kaiserlichen Damen in diesem lächerlichen Ausmaß nachzugeben. Einige Tage danach wurde der neugeborene Prinz von einem heftigen

Fieber befallen. Als die kaiserlichen Leibärzte erklärten, er sei dem Tode nahe, lenkte der Kaiser ein. Nachdem der Kronprinz auf den Namen Konstantin getauft worden war, erholte er sich rasch.

Päpste hatten Heere aufgestellt, um den unterdrückten Christen in Palästina zu Hilfe zu kommen, dachte Michal Boym. Warum nicht ein neuer Kreuzzug? Der größte Kreuzzug von allen würde ein praktisch christliches Reich vor grausamer heidnischer Vorherrschaft retten und die Zahl der Katholiken auf Erden verdoppeln.

Die Insel Aochi, fünfzig Meilen nördlich von Macao in der Trichtermündung des Perlflusses, war am 15. November nur undeutlich in der Dämmerung zu erkennen. Die Salzdschunke, auf der sich Pater Michal Boym befand, schlüpfte an den Kriegsdschunken des Herzogs Koxinga vorbei, die den rechten Flügel von Francis Arrowsmiths Unbesiegbarer Streitmacht an Bord hatten. Die vor Anker liegenden Kriegsschiffe riefen die Salzdschunke nicht an, und so setzte sie die Fahrt fort, als der Steuermann die Schoten fierte und die Mattensegel sich blähten.

Der Jesuit sah, daß auf den Decks der Kriegsdschunken Leute um Kochstellen herumlungerten. Kleinere Fahrzeuge, die wie große hölzerne Entenmuscheln aussahen, waren an den Dschunken vertäut. Er konnte nicht verstehen, warum die festliegende Flottille mit Laternen beleuchtet war, so daß jeder Mandschu-Späher oben in den Hügeln sie sehen konnte, oder warum beachtlich stabile Bambusleitern die Kriegsdschunken mit den kleinen Fahrzeugen verbanden. Es sah alles so geruhsam aus, keine Spur von kriegerischer Hast. Pater Boym schüttelte betrübt den Kopf, als er die bunt angestrichenen Seiten der kleinen Fahrzeuge sah: Blumenboote, die schwimmenden Bordelle Südchinas.

Die Kriegsdschunken waren in der Nacht des 3. November aufgebrochen und zwei Wochen später immer noch sechzig Meilen von ihrem Ziel entfernt. Hauptmann Nicolau Ferreira war es leid, den Geschwaderführer des Herzogs Koxinga anzuflehen, die Anker zu lichten. Der Portugiese war ohnehin verstimmt, hauptsächlich darüber, daß nicht ihm, sondern dem chinesisch versippten Engländer der Oberbefehl übertragen worden war. Der Geschwaderführer lachte nur, als er ihm drohte, seine Musketen auf die Besatzung der Kriegsschiffe zu richten.

«Wer würde dann meine Dschunken für Euch segeln, Hauptmann?» fragte der Chinese.

Dann kehrte der Geschwaderführer zum ewigen Mah-Jongg-Spiel auf dem Heck zurück, und das Klappern der Elfenbeinplättchen drang wieder bis zum Ufer. Er wollte die Gefahren des Sturms auf den Engpaß am Maul des Tigers nicht auf sich nehmen. Ferreira wußte, daß der Geschwaderführer die Anker lichten und sich nach Süden aufmachen und in Sicherheit bringen würde, wenn er seine Truppen ausschiffte. Außerdem konnte er keine Zugtiere für seine Geschütze auftreiben. Der Chinese wollte nicht flußaufwärts nach Kanton segeln; der Portugiese wollte ihn nicht flußabwärts zum Meer segeln lassen. Und so kam die Truppe überhaupt nicht von der Stelle.

Am Morgen des 16. November 1650 hatte Francis Arrowsmith mit dem Gros der Unbesiegbaren Streitmacht nicht mehr als fünfzig Meilen von Macao zurückgelegt. Vor fünf Tagen hatte er Halt gemacht, als seine Kundschafter meldeten, daß die Flotille an der Insel Aochi ankerte, und seinen Verbindungsoffizier zu den Kriegsdschunken geschickt. Blaß vor Wut war Oberst Edmond Chü zurückgekommen und hatte berichtet, daß der Geschwaderführer des Herzogs sich dessen Befehlen widersetzt habe. Er wollte weder eine weitere Meile nach Norden segeln noch Francis' Leute ausschiffen, damit sie ihn nicht vom Ufer aus bombardierten.

«Warum sollte ich das tun?» fragte Francis. «Ich will doch nur nach Kanton.»

«Der Geschwaderführer täte es an Eurer Stelle», erwiderte Edmond. «Aus Rache, um das Gesicht zu wahren. Er kann sich nicht vorstellen, daß Ihr anders handeln würdet.»

«Und natürlich wird er nicht einlenken. Jetzt verstehe ich es.»

«Kaum. Unsere Leute sind seine Geiseln, die einzige Gewähr für seine Sicherheit.»

«Dann muß ich einen Kompromiß vorschlagen. Soll er die Geschütze behalten.»

«Er würde es genießen, mit Euch zu feilschen. Außerdem haben wir nichts zu verlieren.»

Zwei Tage später setzte die Unbesiegbare Streitmacht ihren Marsch nach dem sechzig Meilen entfernten Kanton fort, und die Kriegsdschunken segelten flußabwärts zum Meer. An Bord waren noch die sechzehn Feldgeschütze, mit deren Feuer Francis die Flanke der Mandschu hatte durchbrechen wollen. Nachdem sie sich mit ihren Kanonen freigekauft hatten, gingen Nicolau Ferreiras dreihundert Mann nur mit Musketen, Piken und Schwertern bewaffnet an Land.

Versuchsweise Angriffe lenkten Francis von dem Verlust einer großen Zahl seiner Geschütze ab. Aber die Reiterei, die die chinesischen Generäle der Mandschu-Heere gegen die Christen aussandten, hütete sich vor den Kanonen der Unbesiegbaren Streitmacht. Obwohl er jeden Tag ein paar Mann verlor, setzte Francis Arrowsmith seinen Vormarsch fort. In der Dämmerung des 22. November sah er schließlich Kantons graue Mauern über der Vereinigung des Westflusses mit dem Perlfluß aufragen. Die restlichen fünf Meilen könnte er trotz der vor ihm zusammengezogenen Infanterie der Mandschu in einem Tag zurücklegen.

Doch seine noch unerfahrenen Soldaten würden den Weg mit Salven freischießen müssen, dann müßte eine Hälfte zurückbleiben und Feuerschutz geben, während die andere Hälfte vorrückte und ihrerseits den Vormarsch der Nachhut schützte. Dieses Verfahren müßte zweimal wiederholt werden, ehe Francis seine Geschütze auf das Heer richten könnte, das Kanton belagerte. Er wußte, daß seine nur halb ausgebildeten Truppen dieses schwierige Manöver nicht durchführen konnten.

Widerstrebend befahl Oberst Francis Arrowsmith, Feldschanzen für ein Lager aufzuwerfen. Wie dringend auch immer Thomas Chü den Entlastungsangriff brauchte, seine christlichen Soldaten mußten sich unbedingt selbst beweisen, daß sie den Mandschu standhalten könnten. Wenn der Feind durch das vernichtende Geschützfeuer demoralisiert wäre, würde er sich vor dem erneuten Vormarsch zerstreuen. *Wenn* Thomas Chüs Truppen dann einen Ausfall machten, *wenn* die Ming-Freischärler auf dem Land und ebenso sein eigener linker Flügel in den Kampf eingriffen, *dann* könnte durch den Angriff der vier Keile die Belagerungsstreitmacht vernichtet werden.

Ein anderer Befehlshaber, sagte Francis zu Joseph King und Edmond Chü, würde sich vielleicht dafür entscheiden, seine Truppen zu schonen und sich aus einer praktisch hoffnungslosen Lage zurückziehen. Und dieser andere Befehlshaber könnte recht haben. Er aber würde dem Auftrag nicht ausweichen, den zu erfüllen er geschworen habe. Es gebe, fügte Francis hinzu, immerhin einigen Trost. Wenn er scheitere, dann nicht durch eigene Fehler, sondern wegen der von Thomas Chü geforderten Eile und der Feigheit des Geschwaderführers von Herzog Koxinga.

«Das mag ein Trost sein, wenn wir am Leben bleiben», fand Joseph. «Wenn die Mandschu uns hinrichten, wenn wir den Tod des tausendfachen Aufschlitzens erleiden, Pfeilschmied, wird unser Mut und unsere Weisheit überhaupt kein Trost sein. Ich bin dafür, jetzt gleich Reißaus zu nehmen.»

«Ich gebe dir Urlaub, Joseph. Ich werde dich mit Berichten nach Macao schicken.»

«Ich meinte, wir alle sollten uns aus dem Staub machen. Ich bin zu alt, um allein davonzulaufen. Außerdem, was würde Maria sagen oder Eure Frau? Wenn Ihr entschlossen seid, Dummheiten zu machen, leiste ich Euch Gesellschaft. Jemand muß ein Auge auf Euch haben.»

«Und Ihr, Edmond», lachte Francis, «würdet Ihr Berichte zu Koxinga bringen?»

«Ich wäre gern dabei, wenn der Geschwaderführer sich meldet», sagte Edmond lächelnd, «aber ich könnte Maria oder meinem Vater nicht ins Gesicht sehen, wenn ich Euch jetzt verließe.»

«Dann bleibt also nichts anderes übrig», schloß Francis, «als weiterzumachen».

«Ja, Pfeilschmied», erwiderte Edmond, «ich habe auch nie geglaubt, daß Ihr etwas anderes tun würdet.»

Macaos Siegesgewißheit verstärkte sich, als die Kriegsschiffe des Herzogs Koxinga auf dem Weg ins Südchinesische Meer vorbeifuhren. Der rechte Flügel der Unbesiegbaren Streitmacht war offenbar an den Toren Kantons gelandet. Endlich griff das christliche Europa tatkräftig in China ein. Der unvermeidliche christliche Sieg würde die Dankbarkeit des Ming-Kaisers zur Folge haben und die Kaufleute von Macao durch den uneingeschränkten Handel mit China reich machen.

Gerüchte gingen in Macao um: Ein bei Einbruch der Nacht mit einem Sampan an der Praia Grande gelandeter chinesischer Offizier erklärte, die Kriegsschiffe eilten sich, dem Herzog Koxinga von einem überwältigenden Sieg zu berichten. Die Behörden warteten nur auf Francis Arrowsmith' Bestätigung, um öffentliche Feiern anzuordnen.

Der Gouverneur trank auf Francis' Wohl. Der *Leal Senado* dachte über eine angemessene Belohnung für ihn nach. Der Bischof und der Jesuiten-Provinzial sprachen Dankgebete.

Pater Michal Boym berichtete dem Provinzial, er habe erst vor wenigen Tagen die Kriegsdschunken mit den christlichen Truppen an Bord vor Anker liegen sehen. Der entsetzte Provinzial bestätigte schleunigst die Briefe der Kaiserinwitwe Helena und des Oberhofeunuchen Achilles Pang. Nachdem die beiden christlichen Mandarine, die Michal Boym begleitet hatten, am 23. November vor dem kirchlichen Notariat ihre Echtheit beschworen, wurde die beunruhigende Nachricht bekannt, und Macaos Stimmung schlug von freudiger Erregung über Enttäuschung in Angst um.

Obwohl der Gouverneur ebensowenig bestimmt wußte, daß es der Unbesiegbaren Streitmacht nicht gelungen war, Kanton zu entsetzen, wie er am Tag zuvor ihres Sieges hatte sicher sein können, erklärte er, er habe dem Unterfangen immer mißtraut. Obwohl Francis Arrowsmith noch vor Kanton lagerte, gab der Gouverneur alle Hoffnung auf, Macao vor dem Zorn der siegreichen Mandschu schützen zu können. Immerhin hoffte er, die nach der Ausrüstung der Unbesiegbaren Streitmacht noch in den Forts vorhandenen Geschütze würden die Mandschu von einem Angriff auf die Niederlassung abschrecken. Sollten die Mandschu eine Handelssperre erlassen, wäre er machtlos. Aber er konnte wenigstens weitere feindliche Handlungen verhindern, die die Mandschu noch mehr erzürnen würden.

Daher verbot er Pater Michal Boym, auf der Karavelle *Santa Catarina* nach Goa zu segeln, der ersten Etappe auf seiner langen Reise nach Rom. Die Mandschu würden Macao wenigstens nicht vorwerfen können, bei der Aufnahme von Verbindungen zwischen den Ming und dem Vatikan geholfen zu haben. Was er mit dem lästigen Jesuiten und seinen aufwiegelnden Briefen machen sollte, wußte der Gouverneur nicht, aber er wollte unbedingt verhindern, daß Michal Boym Macao verließ.

Der Jesuiten-Provinzial wollte ebenso unbedingt, daß Boym sich auf der *Santa Catarina* einschiffte. Selbst wenn Kanton den Mandschu schon in die Hand gefallen wäre, selbst wenn sein englischer Schützling jämmerlich versagt haben sollte, war die Sache der Ming noch nicht verloren. Und selbst wenn die Ming-Dynastie zusammenbrechen sollte, würde es sich immer noch lohnen, seine letzte Karte auszuspielen. In China schritt die Zeit nicht so schnell voran, daß eine vom Papst im Namen der Gesellschaft Jesu aufgestellte starke Streitmacht den Gang der Ereignisse nicht umkehren könnte.

Der Provinzial schickte Pater Giulio di Giaccomo zum Gouverneur, um ihn zu drängen, seinen Entschluß zu überdenken. Nach vier Stunden kam der Italiener zurück. Seine Wangen waren vom Wein gerötet, aber seine Worte waren klar: «Ehrwürdiger Vater, die Sache ist hoffnungslos. Ich bat und bettelte. Aber der Mann ist unbeugsam. Er werde, erklärte er, seinen früheren Fehler, als er unseren Freund Francis bei seinem verrückten Streich gewähren ließ, nicht wiederholen. Er hat schreckliche Angst vor den Mandschu.»

«Und es erschreckt ihn weniger, sich in die Korrespondenz des Heiligen Vaters einzumischen?»

«Anscheinend. Der Papst sei in Rom, sagte er, aber die Mandschu in Kanton.»

«Wir müssen herausfinden, wie verängstigt er ist. Geh und sage ihm, er möge mich aufsuchen.»

«Er wird sich weigern, ehrwürdiger Vater. Er ist unnachgiebig.»

«Nicht, wenn du ihn daran erinnerst, daß es eine Angelegenheit der heiligen Kirche ist.»

Der Gouverneur nahm sich Zeit, um seine Unabhängigkeit zu demonstrieren, und erschien endlich um sechs Uhr abends, als der Provinzial beim Gebet war. Der Jesuit ließ seinen widerstrebenden Besucher eine Stunde warten, um seine größere Macht zu beweisen, und verhandelte dann stehend mit ihm in der Diele.

«Trifft Pater di Giaccomos Bericht zu, mein Sohn?» fragte der Provinzial freundlich. «Habe ich richtig verstanden, daß du Pater Boym nicht erlauben willst, seine Briefe dem Heiligen Vater und dem Jesuitengeneral zu überbringen?»

«Dafür bin ich verantwortlich, Pater», erwiderte der Gouverneur hitzig. «Das ist keine Sache, die Euch betrifft, sondern eine weltliche Angelegenheit. Ich werde *keine* Maßnahme dulden, die Macao noch mehr gefährdet.»

«Aber du wirst Briefe beschlagnahmen, die an den Heiligen Vater und an den Jesuitengeneral gerichtet sind?»

«Nötigenfalls, ja.»

«Dann ist es meine Angelegenheit als einfacher Untergebener dieser beiden großen Prälaten. Es berührt auch das Heil deiner unsterblichen Seele, denn . . .»

«Soviel wollt Ihr hermachen aus dieser unbedeutenden Geschichte?» fragte der Gouverneur.

«Nötigenfalls, ja! Wenn du darauf bestehst, bleibt mir keine andere Möglichkeit. Ich werde gezwungen sein, dich wegen anmaßender, lästerlicher Einmischung in die Angelegenheiten der Kirche zu exkommunizieren. Möchtest du dein Leben lang ohne den Segen der Kirche auskommen, mein Sohn?»

«Ich werde es noch einmal überdenken, Pater. Schließlich habe ich nur das Wohlergehen Macaos im Auge.»

«Und ich das Wohlergehen der Kirche auf Erden.»

Drei Stunden später wurde Pater Giulio di Giaccomo zum Gouverneur gerufen, um dessen Unterwerfung entgegenzunehmen. Als er zurückkam, erkühnte er sich dank der sechs Flaschen Wein, die er mit dem Gouverneur getrunken hatte, um dessen verletzte Eitelkeit zu beschwichtigen, dem Provinzial eine unbedachte Frage zu stellen.

«Hättet Ihr ihn tatsächlich exkommuniziert, ehrwürdiger Vater? Es erscheint etwas streng für sein Vergehen.»

«Keineswegs streng, Giulio. Diese Angelegenheit berührt die Ehre und auch die Überlegenheit der Gesellschaft Jesu.»

Von seinem Lager fünf Meilen südöstlich von Kanton blickte Francis prüfend auf die Silhouette der größten Stadt südlich des Jangtsekiang, die für die Südliche Ming-Dynastie so wichtig war. Die Reiterei der Mandschu, die seine Erdbefestigung umzingelte, hielt sich in respektvoller Entfernung von seinen Geschützen, so daß er Kantons Belagerung wie ein Theaterbesucher aus einer Loge hoch über dem Parkett beobachten konnte. Im Zyklopenauge seines Fernrohrs sah er auf den grauen Stadtmauern die Spuren der Belagerung, die am 24. November schon acht Monate dauerte. Die grünen Dachziegel der Pagoden hinter den Mauern waren gesprungen und geschwärzt. Roter Staub stieg von den Tortürmen auf, gegen die Sturmböcke rammten. Wie ein riesiges Spitzenmuster verzierten zerbrochene und verbogene Sturmleitern die Mauern. Kein Sonnenstrahl fiel auf Rüstungen und ließ Bewegungen der Verteidiger erkennen. Die Bogenschützen der Mandschu hatten bewirkt, daß sich die Ming-Truppen ängstlich hinter den Schießscharten des Wehrgangs duckten. Das Fernrohr zeigte mit entsetzlicher Deutlichkeit die Betriebsamkeit der Belagerer und die Apathie der Belagerten.

Francis wußte, warum der Großsekretär Thomas Chü ihn zu verzweifelter Eile angetrieben hatte. Erst fünfmal hatten an diesem Morgen Geschütze auf den Wällen gedonnert, und wenige Pfeile waren von den Brustwehren aufgestiegen. Praktisch ungehindert bereiteten die Mandschu-Truppen einen weiteren Sturmangriff vor. Die Backsteintunnel von Schildkröten erreichten den Fuß der Mauern, und neue Sturmleitern wurden herbeigebracht. Die sporadische Verteidigung war wie das schwache Zucken einer Raupe, die von einem Heer von Ameisen erlegt wird. Die Hauptstadt des Südens war dem Tod geweiht.

Ein Sturzbach von Lanzenfähnchen ergoß sich aus dem Lager der Mandschu und schimmerte rot, grün und gelb gegen den blassen Himmel. Stabsoffiziere in silberner Rüstung umgaben zwei Generäle in goldener Rüstung. Hundert Trompeter hoben ihre schmetternden Hörner, und hundert Kesselpauken dröhnten. Francis hörte es in dem Augenblick, in dem er sah, wie Sturmleitern an die Stadtmauern gelegt wurden.

Zum erstenmal zeigten sich die Verteidiger auf den Wällen, stemmten Leitern weg und schleuderten große Steine. Auf jede umgestürzte Leiter kamen zwei neue. In ihren königsblauen Waffenröcken mit weißen Hosen erklommen die Mandschu die Leitern. Zehn Minuten nach dem Trompetensignal erreichte die blau-weiße Welle die Zinnen, zögerte, zog sich einen Augenblick zurück und überflutete dann die Verteidigungsanlage.

«Jetzt werden wir ausrücken!» Francis Arrowsmith reichte Edmond Chü das Fernrohr und gab seinem stellvertretenden Kommandeur Nicolau Ferreira Anweisungen: «Zuerst eine Absicherung durch Musketiere. Dann die Hälfte der Geschütze. Die anderen geben Feuerschutz. Ich möchte, daß die vordere Batterie in weniger als einer Stunde feuert. Sonst wird es zu spät sein. Geht jetzt rasch, aber nicht tollkühn. Möge der Herr euch alle behüten . . .»

«Oberst, haltet ein!» rief Nicolau Ferreira. «Die Reiterei greift uns an!»

Die Reiter, die das Lager genau außer Reichweite der Geschütze umkreist hatten, kamen näher. Pfeile schwirrten durch die Luft, und Musketen gaben Salven ab.

«Kartätschen feuern und standhalten. Sie werden sich an unseren Feldschanzen den Kopf einrennen. Um so leichter wird das Ausrücken sein, wenn sie angeschlagen sind und fliehen. Kartätschen feuern», befahl Francis, «aber erst, wenn sie auf hundert Ellen herangekommen sind!»

Francis stülpte sich den Helm mit dem weißen Federbusch auf den Kopf und stieg auf die Schanze. Die linke Hand um die Fahnenstange, an der das Banner mit dem Kreuz flatterte, die rechte Hand auf dem Schwertgriff, so stand er reglos da.

Führe von vorn, nicht von hinten, hörte er Hauptmann Miguel Gonsalves Texeira Correa über die Jahre hinweg sagen. *Zeig den Leuten, daß es nichts zu fürchten gibt.*

Eine zweite Stimme sprach zu ihm, eine schrille Stimme, die er nie zuvor gehört hatte: *«Höchst anmaßend von dir, Francis, daß du mit siebenhundert Mann und ein paar Geschützen gegen fünfzigtausend Mandschu zu Felde ziehst. Jetzt stehst du da wie ein Narr, der zu dumm ist, um Angst zu haben.»*

«Meine Leute sind unerfahren, nur ein tollkühnes Unterfangen kann ihnen Selbstvertrauen geben, und ich muß . . .» Francis brach ab, als er zu seinem Verdruß merkte, daß er laut geantwortet hatte. Er hielt sich die Ohren zu gegen die weinerlichen Vorwürfe und schloß für einen Moment die Augen. Dann sprach der tote portugiesische Hauptmann wieder beruhigend zu ihm: *Nichts zu fürchten, Francis, mein Junge. Sie haben eine Todesangst vor den Kanonen. Wir haben das in Chochou gesehen. Ein paar Kartätschen, und alles ist vorbei. Sie werden wieder davonlaufen. Dann bringe deine Kanonen zu den Stadtmauern.*

Francis Arrowsmith nahm die Hände von den Ohren und machte die Augen auf, um zu sehen, wie weit entfernt die Angreifer von der Feldschanze waren. Dann hob er die rechte Hand zum Zeichen für seine Trompeter, den Feuerbefehl zu blasen. Als er sie senkte, wunderte er sich, warum sich sein Kopf für seine eiskalten Finger so heiß angefühlt hatte.

Als die Geschütze losdonnerten, erschütterte ihn ein Schauder. Er packte die Fahnenstange und spähte durch den Rauch, der die Reiterei verhüllte. Der Tag wurde dunkler, obwohl der Wind Rauch und Staub hätte vertreiben sollen.

Heftige Schauder überfielen ihn, und mit beiden Händen hielt er sich an der Fahnenstange fest. Seine Zähne klapperten lauter als der

Kampflärm, und sein Blick verschleierte sich. Er zitterte an allen Gliedern, als ein Pfeil den Spalt zwischen Brustharnisch und Halsberge traf. Das Bein mit der alten Wunde gab nach, und er brach zusammen.

Die Geschütze feuerten noch einmal, und Pfeile zerfetzten das scharlachrot-goldene Banner des Kreuzes, das über dem Schwarzpulverrauch flatterte.

«Das Unternehmen hat mir von Anfang an nicht gefallen . . .» Die harte Stimme von Hauptmann Nicolau Ferreira drang in die Fieberphantasien von Oberst Francis Arrowsmith ein. «Geschütze . . . zur Verteidigung . . . unbesiegbar . . . Aber . . . verrückt, sich gegen . . . Nur Gottes Gnade . . . erlaubte uns den Rückzug.»

«Wu-chih-di . . .» Edmond Chüs wütender Protest wurde von Joseph King ins Portugiesische übersetzt. «Schamlos! Schamlos! Wir hätten angreifen sollen. Jetzt wird mein Vater sterben . . .»

Ein goldenes, mit schimmernden Edelsteinen besetztes Gitter senkte sich zwischen Francis Arrowsmith und die Welt. Das Schaukeln der zwischen zwei Packpferden hängenden Bahre versetzte ihn in tiefe Bewußtlosigkeit.

Die Unbesiegbare Streitmacht schleppte sich südwärts durch eine in buntem Herbstlaub leuchtende Landschaft. Am dritten Tag warfen die Soldaten nur noch gelegentlich einen Blick auf die Mandschu-Reiter, die sich außerhalb der Reichweite ihrer Musketen hielten. Gedemütigt, weil sie sich nicht mit den Mandschu hatten messen können, hatten weder die Christen den Wunsch, die Reiterei anzugreifen, noch die Reiterei, sich deren Feuerwaffen auszusetzen. Nachdem der Vorstoß der Christen abgewehrt war, ließen die Mandschu-Generale die Unbesiegbare Streitmacht gern abziehen, und unter der Führung des verdrossenen Nicolau Ferreira zog sie sich gern mit geringen Verlusten zurück.

Der bewußtlose Francis Arrowsmith, Oberst der Ming, kam erst am sechsten Tag des Marsches zu sich.

«Ihr werdet schon wieder gesund werden», tröstete ihn Joseph King. «Alles ist gut – so gut es sein kann.»

Francis wußte, daß nicht alles gut war. Als er am nächsten Mittag wieder aufwachte, verlangte er eine Erklärung. Nicolau Ferreira drehte ihm einfach den Rücken zu. Aber Joseph King und Edmond

Chü waren sich einig gewesen, daß man ihm die Wahrheit nicht vorenthalten konnte.

«*Mei pan-fa, Shih-jen*», sagte Joseph. «Wir hatten keine Wahl, Pfeilschmied. Wir mußten abziehen, als die Mandschu-Generäle uns die Erlaubnis gaben. Es war zu spät, um Kanton zu retten . . .»

«Zu spät?» unterbrach ihn Francis. «Warum zu spät? Wieso zu spät?»

«Als Ihr zusammengebrochen seid, Pfeilschmied, hat Ferreira Eure Befehle zum Vorrücken widerrufen», erklärte Edmond Chü. «Behauptete steif und fest, wir könnten nichts tun, und er denke nicht daran, die Truppe zu opfern. So haben wir dabeistehen und zusehen müssen, wie die Stadt fiel. Aber wir hätten Kanton retten können, das weiß ich.»

«Dann ist der Großsekretär Thomas Chü, Euer Vater, Edmond, in Gefangenschaft?»

«Darauf kommen wir gleich, Pfeilschmied», sagte Joseph.

«Was ist mit mir geschehen?» fragte Francis. «Was ist los mit mir?»

«Zuerst ein Wechselfieber, ein Wechselfieber von *mal aria*. Hättet Ihr Euch nicht wie eine Bulldogge an dem Fahnenmast festgehalten, hätten wir Euch von der Feldschanze heruntergeholt, ehe Euch der Pfeil traf.»

«Und jetzt bin ich wieder nutzlos, diesmal endgültig erledigt.»

«Kaum, Pfeilschmied.» Joseph zwang sich zu einem Lachen. «Wir werden wieder den Kräuterdoktor holen. Er wird Euch gesund machen.»

«Aber der Feldzug ist erledigt, nicht wahr?»

«Leider. Der linke Flügel ist nämlich überhaupt nicht gelandet. Die Dschunken sind viermal auf Grund gelaufen. Dann hat der Geschwaderführer kehrtgemacht und ist nach Süden gesegelt.»

«So bestand also in Wirklichkeit gar keine Hoffnung. Ich hätte die Truppe niemals aufteilen dürfen.»

«Ihr hattet keine Wahl, und . . .» Joseph unterbrach sich, als er sah, daß Francis eingeschlafen war.

Spät an jenem Nachmittag wachte Francis wieder auf und fragte nach dem Großsekretär Thomas Chü, Graf in Kwangsi. Edmond und Joseph sahen sich an, jeder bat schweigend den anderen, er solle reden. Joseph preßte hartnäckig die Lippen zusammen, und schließlich sprach Edmond.

«Mein Vater war nicht in Kanton, Pfeilschmied. Er ist vor fünf Wochen entwischt, also ehe wir losmarschierten.»

«Und der Brief, seine Bitte um Beistand?»

«Eine List, offenbar. Der Ming-General in Kanton glaubte wohl, eine Nachricht von meinem Vater würde Euch antreiben wie keine andere.»

«Und er hat recht gehabt, verdammt recht! Ich wäre nie so früh marschiert, hätte niemals unsere Aussichten aufs Spiel gesetzt. Jetzt werden wir nie wissen, ob unsere Waffen die Mandschu niederzwingen könnten.»

«Es ist nun mal geschehen, Pfeilschmied», meinte Joseph. «Es ist Zeit, an die Zukunft zu denken, nicht an die Vergangenheit.»

«Die Zukunft, Joseph? Was kann mir die Zukunft bieten nach diesem Mißerfolg?»

«Die Unbesiegbare Streitmacht ist unversehrt. Es ist noch nicht zu Ende.»

«Vielleicht nicht. Aber was ist mit Thomas Chü?»

«Mein Vater ist nach Kweilin geflohen, Pfeilschmied. Er hat Kanton nicht im Stich gelassen, und uns auch nicht, sondern hat sich in die größte Gefahr begeben.»

«Dann lebt er also! Und Kweilin hält noch stand?»

«Soviel wir wissen, Pfeilschmied.»

«Dann besteht noch Hoffnung. Du hast recht, Joseph. Solange Thomas Chü Kweilin hält, besteht noch Hoffnung.»

In der Dämmerung desselben Tages saß Feldmarschall Kung Yu-teh, genannt der Tugendhafte, in seinem seidenen Zelt außerhalb der Stadt Kweilin, dreihundert Meilen nordwestlich von Kanton. Die Festung am Kweikiang hatte sein Heer am 27. November, also vor fast einer Woche, erobert. Aber der Mann, der ein Fürst der neuen Dynastie war, zog es vor, sein Hauptquartier erst dann in die ausgebrannte Residenz des Provinzgouverneurs zu verlegen, wenn das Gebäude wiederhergestellt wäre. Außerdem machten Kohlenpfannen sein Zelt viel wärmer, als die zugige Residenz je sein könnte.

Auch wollte der Tugendhafte Kung die kaiserlichen Insignien der neuen Dynastie nicht vor den ausgemergelten, frierenden Bürgern zur Schau tragen, die die fast ein Jahr dauernde Belagerung überlebt hatten. Es war an der Zeit, Gnade walten zu lassen; er wollte die Anhänger der Ming auf seine Seite ziehen und sie nicht niedermetzeln, wie es sonst nach Mandschu-Siegen üblich war. Dank seiner persönlichen Machtbefugnis konnte der Feldmarschall so verfahren, ohne sich mit dem fernen Peking abzustimmen.

Der Tugendhafte Kung ging langsam zum Eingang seines Zeltes. Er war dick geworden, seit seinem Verrat in Tungtschou hatte ihn der ständige Erfolg genährt. Er blickte durch die Dämmerung auf den Berggipfel, der Wildgansspitze genannt wurde, weil er einem fliegenden Vogel ähnelte, dann auf die umgebenden Gipfel, die sich düster von dem schwärzlichen Himmel abhoben. Er schüttelte den Kopf, als er die Rauchsäulen sah, die immer noch in der eroberten Stadt aufstiegen, und seine sanften Züge strafften sich.

Er ließ die Eingangsklappe fallen und kehrte zu seinem Ruhebett zurück. Dann nahm er seinen runden, mit einem Rubin gekrönten Hut ab, und sein schwarzer Zopf schlug gegen die kurze Jacke aus blauer Seide. Er hatte den Mandschu jetzt siebzehn Jahre gedient, und ihre charakteristische Tracht war ihm ebenso selbstverständlich geworden wie seine Treue zum Shun-Chi-Kaiser.

Seine größte Enttäuschung war die unvernünftige Halsstarrigkeit seiner Landsleute, die einfach nicht begreifen konnten, was für sie am besten war. Sie nannten ihn immer noch den Bluthund der Mandschu. Er sehnte sich danach, den Bruderkrieg zu beenden und ihnen klarzumachen, daß die Mandschu die Ming unwiderruflich abgelöst hatten. Er wollte die sogenannten Loyalisten davon überzeugen, daß die neue Dynastie Frieden, Kultur und Wohlstand für das gesamte Reich und das ganze Volk verhieß.

Die Eingangsklappe wurde angehoben, und der Großsekretär Thomas Chü trat ein. Der Ming-Graf verbeugte sich vor dem Mandschu-Fürsten. Das Schlachtenglück oder eine bittere Niederlage waren kein Grund, auf Höflichkeiten zu verzichten.

Die vier verhängnisvollen Monate seit der Hochzeit seines Sohnes Edmond hatten tiefe Furchen in Thomas Chüs schmales Gesicht gegraben. Seine verfallenen Wangen waren fahl und die langen Finger wirkten wie die Klauen eines Gerippes. Aber der graue Bart und das graumelierte Haar waren frisch gestutzt, und auf dem makellosen scharlachroten Gewand trug er als Zeichen seines Ranges das silberne Einhorn. Er war nicht mehr ausgehungert, obwohl selbst die Gastfreundschaft des Feldmarschalls die Entbehrungen von Monaten nicht in einer Woche ausgleichen konnte.

«Habt Ihr gut nachgedacht, mein Freund? Habt Ihr alle Umstände erwogen?» fragte der Tugendhafte Kung freundlich, nachdem er seinem Gast höflich einen Platz und einen Becher *mao-tai* angeboten hatte. «Wollt Ihr Euch jetzt mit der unbedeutenden Maßnahme einverstanden erklären, über die wir gesprochen haben?»

«Leider nein, mein Freund. Euer Weg ist nicht mein Weg, ich vermag es nicht.»

«Es ist so belanglos. Und ihr habt zugegeben, daß dieser Bürgerkrieg ein Verhängnis ist. Warum wollt Ihr nicht zulassen, daß wir Euch den Kopf scheren und Euer Haar flechten? Es ist nur ein Symbol.»

«Ein Symbol, das die Welt umfaßt, das alles bedeutet. Ihr könntet genausogut sagen, das kaiserlich-gelbe Gewand des Kaisers sei nur ein Symbol. Die Geste bedeutet Unterwerfung. Und ich kann mich nicht unterwerfen.»

«Ich verlange nicht mehr als die Geste. Ich fordere keine formelle Unterwerfung. Nur daß Ihr den Zopf tragt.»

«Es tut mir leid, mein Freund. Ich vermag es nicht.»

«Nun hört mal zu. Ich bin auch mit weniger zufrieden, mit viel weniger. Laßt Euch nur den Kopf scheren. Warum nicht die Tonsur eines buddhistischen Mönchs tragen? Gewiß würde das Eure Ehre nicht verletzen. Und es würde die Vorschrift dem Buchstaben nach erfüllen.»

«Ihr vergeßt, daß ich Christ bin. Wie kann ich die Tonsur eines Buddhisten tragen?»

«Dann eine christliche Tonsur. Ich erinnere mich, der alte Priester in Tungtschou . . . wie hieß er doch?»

«Rodriguez, Juan Rodriguez», antwortete Thomas Chü.

«Ja, richtig. Er trug eine Tonsur. Warum wollt Ihr nicht eine *christliche* Tonsur gelten lassen?»

«Weil ich kein Priester bin, nur ein schlichter Laie, der Jesus Christus und den Herrn des Himmels liebt.»

«Graf, Ihr verwirrt mich mit Euren vielen Loyalitäten. Ich verlange nur eine Geste, nennt sie, wie immer Ihr wollt.»

«Meine Loyalitäten sind mein Leben. Ich kann weder meiner Loyalität für den wahren Kaiser abschwören noch meiner Treue zum Sohn

Gottes. Ich würde mich gern unterwerfen, sehr gern, wenn ich es könnte, und mir damit das Leben erkaufen. Ich weiß, der Gedanke ist Euch schmerzlich, mich durch die seidene Schnur erdrosseln zu lassen. Ich versichere Euch, die Aussicht betrübt mich auch. Aber ich kann nicht anders.»

«Es betrübt mich in der Tat tief. Daher bemühe ich mich, die Notwendigkeit zu vermeiden. Nur ein paar Haare. Gewiß sind sie nicht Euer Leben wert?»

«Die Haare bekümmern mich nicht. Bedenkt Eure eigene Loyalität für den Thronräuber, Fürst, wie irregeleitet sie auch ist. Gewiß versteht Ihr, daß ich *meine* Loyalität nicht aufgeben kann, nicht einmal durch eine sogenannte Geste.»

«An Eurer Stelle würde ich es tun», seufzte der Tugendhafte Kung. «Laßt uns indes von anderen Dingen sprechen. Wir haben noch Zeit, uns zu unterhalten, obwohl die mir bewilligte Frist nicht unbegrenzt ist.»

Da gebildete und wohlerzogene Konfuzianer ihre Gefühle nicht zur Schau stellen, hatte der Feldmarschall beiläufig, fast gleichgültig, sein Angebot von neuem vorgebracht, und Thomas Chü hatte es wiederum abgelehnt. Dieses Gespräch wiederholte sich im Lauf des Dezembers ein dutzendmal und endete immer damit, daß Thomas Chü auch nur den Anschein einer Unterwerfung unter die Mandschu ablehnte. Anschließend pflegten sich der Graf und der Fürst über Essen und Trinken, Malerei und Poesie zu unterhalten.

Diese Plaudereien hörten auf, als der Feldmarschall erfuhr, daß seine Agenten einen Brief von Thomas Chü an den Ming-General Lukas Chiao abgefangen hatten. Der Wärter, der mit dem Versprechen einer großzügigen Belohnung bestochen worden war, wenn er den Brief überbringe, zog eine geringere Belohnung – und die größere Sicherheit – vor und übergab ihn den Agenten des Feldmarschalls. Thomas Chüs Vorschläge für neuerliche Angriffe auf die Mandschu zwangen den Tugendhaften Kung zum Handeln. Andernfalls würden seine Agenten dem Prinzregenten Dorgon seine Nachsichtigkeit melden, und sein eigenes Leben bewertete er doch höher als das seines Freundes.

Am Morgen des 4. Januar 1651, dem vierten Jahr der Regierung des Yung Li-Kaisers der Ming-Dynastie, dem er immer noch diente, wurde der Großsekretär Thomas Chü, Graf in Kwangsi, mit einer

Schnur aus zinnoberroter Seide erdrosselt. Ehe er sich dem Henker auslieferte, dankte er dem Tugendhafter Kung genannten Feldmarschall für seine Gastfreundschaft und Fürsorge.

Nachdem er dem Scharfrichter eine mit auserlesen kleinen Ideogrammen bepinselte Rolle Reispapier übergeben hatte, entblößte der Graf den Hals und betete ein Vaterunser. Die Handschrift, die der Feldmarschall bis zu seinem eigenen Tod wie einen Schatz aufbewahrte, enthielt die Gedichte, die Thomas Chü in der Gefangenschaft geschrieben hatte – «*Hao Chi Yin* – Ode an die treibende Kraft».

Hundertneunzig Meilen südwestlich, an der Grenze zwischen den Provinzen Kwangsi und Kweitschou, hielt am späten Nachmittag desselben Tages ein vorgeschobener Posten der Mandschu eine Flußdschunke an. In seiner gewohnten schwarzen Soutane, da er unwirksame Verkleidungen verschmähte, folgte Pater Andreas Xaver Koffler dem Ming-Hof nach Nanning an der vietnamesischen Grenze.

Weder sein geistlicher Stand noch seine Drohungen, weder sein mandarinähnlicher Rang noch seine Berufung auf Pater Adam Schall rührten die Soldaten, die Mandschu und keine Chinesen waren und Befehl erhalten hatten, nach den schwarzen Priestern Ausschau zu halten, die die Ming in ihrem Widerstand bestärkten. Eine Schnur aus geflochtener Baumwolle verhalf dem österreichischen Jesuiten zum Märtyrertod. Seine Leiche warfen die Soldaten in den Fluß Kwailo, der ebenso schnell fließt wie die Donau bei Regensburg, wo Koffler seine Kindheit verbracht hatte.

Es war weder dem Feldmarschall noch dem Feldwebel, die am 4. Januar diese Hinrichtungen befahlen, bekannt, daß Prinzregent Dorgon am letzten Tag des Jahres 1650 während einer Jagd in der Mandschurei einem schweren Herzanfall erlegen war. Hätte der Feldmarschall gewußt, daß der rachsüchtige Regent in seinem neununddreißigsten Jahr gestorben war, hätte er Thomas Chü verschont, zumindest eine Zeitlang. Aber nicht einmal die Nachricht von diesem bedeutungsvollen Tod hätte Andreas Koffler verschont. Gnade für einen Europäer oder einen Chinesen lag einem Mandschu-Feldwebel ebenso fern wie das Knien vor dem Kreuz.

18. Januar bis 28. Juni 1651

«Francis, denkst du manchmal an Europa?» Dolores blickte von dem ledergebundenen Hauptbuch auf, in dem die Abchlüsse ihrer Unternehmen für das gerade vergangene Jahr 1650 eingetragen waren. «Es war eine lange Zeit für dich, nicht wahr?»

Sie fragte es ganz beiläufig. Wenn sie sich erkundigte, was er gern zum Abendessen hätte, war ihr Ton gewichtiger. Aber Francis konnte nicht so gelassen antworten. Manchmal dachte er an den fernen Kontinent, den er seit einem Vierteljahrhundert nicht gesehen hatte. Seine Erinnerungen waren zugleich verschwommen und lebendig. Aber er dachte nicht allzu oft an Europa. Die Angst vor dem Unbekannten trennte ihn vom Land seiner Vorfahren.

«Gelegentlich.» Er blickte von der Terrasse hinab auf das vertraute Bild der roten und braunen Segel, die in der kalten Helligkeit des Januarnachmittags Dschunken über die trüben Gewässer des Perlflusses trieben. «Warum fragst du?»

«Kein besonderer Grund.» Dolores wußte selbst nicht genau, warum sie gefragt hatte. «Aber ich hätte nichts dagegen, Europa eines Tages wiederzusehen.»

«Ich auch nicht. Aber du hast gesagt, dir gefällt es hier, du möchtest nie weggehen. Du bist die ungekrönte Königin von Macao, und . . .»

«Ich freue mich, daß deine Zunge ihre englische Liebenswürdigkeit nicht verloren hat. Du weißt ja, daß ich dich nur geheiratet habe, weil du mir schmeichelst.»

«Und ich wollte gerade sagen, es gibt in Europa oder in China keine schönere gekrönte Königin. Rank und schlank, doch sinnlich und majestätisch, bist du auf dem Weg zur Blüte deiner Schönheit.»

«Du brauchst nicht zu beweisen, daß du mir noch schmeicheln kannst, Francis. Außerdem werde ich vielleicht nicht mehr sehr lange rank und schlank sein.»

«Machst du dir Sorgen, daß deine Schönheit verblaßt? Du bist noch nicht voll erblüht, und schon fürchtest du, die Blüte werde vergehen. Jetzt weiß ich, warum du nach Europa gefragt hast. Du denkst an deine Jugend.»

«Das ist es ganz und gar nicht. Ich war so klein, als ich Europa verließ, daß ich mich kaum daran erinnere. Ich bin einfach neugierig, obwohl ich Macao wirklich liebe.»

Vernünftigerweise fand Francis, daß er auf diese widersprüchliche Bemerkung nur mit Schweigen antworten könne. Er war nicht in der Stimmung für ernsthafte Erörterungen. Die neue Wunde in der Schulter rief bei jeder Bewegung auf dem Liegestuhl einen schneidenden Schmerz hervor. Die alte Wunde im Bein schmerzte immer noch dumpf, und neben der Narbe hatte sich eine kleine Entzündung gebildet. Auch war er noch etwas benommen nach dem heftigen Fieber während seines Malariaanfalls.

«Nein, Francis, ich sehne mich nicht nach Europa.» Dolores hielt inne und verspürte plötzlich die Sehnsucht, die sie gerade bestritten hatte. «Nur ist das Leben in Macao, im Orient, so unsicher. Und die Gefahren . . .»

«Es war deine Idee, daß ich aufbrechen sollte, um die Ming zu retten.» Francis litt nach dem Mißerfolg der Unbesiegbaren Streitmacht ebenso unter seinem verletzten Ehrgefühl wie an seinen Wunden. «Sonst hätte ich nie . . .»

«Du hättest etwas genau so Törichtes getan», unterbrach ihn Dolores. «Oder du hättest dir selbst nie verziehen. Du mußtest es versuchen.»

«Das ist vermutlich richtig», gab er zu.

«Natürlich. Aber jetzt frage ich mich . . . Vielleicht ist es an der Zeit, an eine Abwechslung zu denken. Du brauchst Ruhe, eine lange Ruhezeit.»

«So alt und schwach bin ich noch nicht, Dolores. Ich bin noch nicht bereit, auf einem sonnigen Platz in Lissabon anderen Greisen von vergangenen Schlachten zu erzählen. In meinen alten Knochen ist immer noch etwas Leben.»

«Oh, daran besteht kein Zweifel. Aber manchmal denke ich, eine *fazenda* in der Algarve, ein kleines Landgut, würde uns beiden mehr Behaglichkeit und Sicherheit bieten. Und anderen vielleicht auch.»

«In China gibt es noch viel zu tun. Ich kann mich nicht einfach zurückziehen. Aber was meinst du mit *anderen?*»

«Hier ist nicht der richtige Ort, um ein Kind großzuziehen. Das Klima, die Unruhen, die Krankheiten. Ich will nicht, daß mein Sohn wie ein Halbblut-Macanese aufwächst und weder sein eigenes Land noch sein eigenes Volk kennt.»

«Wenn die Zeit kommt, werden wir darüber nachdenken, Dolores. Aber vorläufig gibt es . . .»

«Francis, manchmal bist du begriffsstutzig. Die Zeit ist gekommen! Wir müssen jetzt darüber nachdenken. Kann ich es dir noch deutlicher sagen?»

«Dolores, ein Kind? Du bist . . .»

«Ja, Francis. Endlich begreifst du es, mein Lieber. Ein Kind . . . irgendwann im Juni oder Juli. Ein Junge, ich fühle es.»

«Ich bin wirklich begriffsstutzig. Aber es besteht kein Zweifel daran?»

«Kaum! Natürlich ist es nichts Neues für dich, Francis. Aber für mich ist es das erste, das allererste.»

«Die anderen waren nichts dagegen, mein Liebling. Es wird auch für mich das erste sein, unser erstes Kind, ein europäisches Kind, das zeitlebens bei uns sein wird.»

«Bist du erfreut, Francis?»

«Erfreut? Ich bin überglücklich, begeistert. Und jetzt verstehe ich, warum du von Europa gesprochen hast. Aber wir haben noch viel Zeit. Ein Junge, glaubst du, Liebling?»

Trotz seiner Beteuerungen war Francis nicht ganz so entzückt wie Dolores. Vater zu werden war wirklich nicht neu für ihn, dessen ältestes Kind schon eine verheiratete Frau war. Dennoch erfüllte ihn die Aussicht auf einen europäischen Nachkommen, der nicht wie seine halb chinesische Tochter und sein halber Mandschu-Sohn an China gebunden wäre, mit tiefer Befriedigung. Und er freute sich über die Beglücktheit seiner Frau, die ihm weit mehr bedeutete, als es ein Kind je könnte.

Obwohl er solche Schwächen Dolores gegenüber heftig bestritt, spürte Francis die vierundvierzig Jahre seines harten Lebens. Er war nicht nur körperlich durch Krankheit und Wunden erschöpft, sondern auch seelisch. Was, fragte er sich, hatte er in einem Vierteljahrhundert erlangt, abgesehen natürlich von seinen Kindern und vor allem von Dolores? Er hatte viel über China und die Chinesen gelernt. Aber im Augenblick konnte er von diesen Kenntnissen keinen Gebrauch machen, weder um seine eigenen Interessen zu fördern, noch um den Gang der Ereignisse in China zu beeinflussen. Er war, vermutete er, endlich reif geworden. Wenigstens war er mit sich im reinen.

War es verspätete Reife oder seelische Erschöpfung, daß ihm Europa viel anziehender erschien, als er Dolores gesagt hatte? Er konnte es nicht ergründen. Aber er wollte China nicht so bald nach seiner demütigenden Niederlage bei Kanton verlassen, und auch nicht gern, solange der Kampf zwischen den Mandschu und den Ming noch unentschieden war.

Trotz des Verlustes von Kanton und Kweilin und des Todes des Großsekretärs Thomas Chü waren die Ming noch keineswegs am Ende. Sie machten sich die neuerliche Uneinigkeit im Mandschu-Lager zunutze, was ihnen Aufschwung verlieh, und Adam Schall könnte es noch bereuen, daß er seine ganzen Hoffnungen auf die Mandschu gesetzt hatte. Joseph King meinte sogar, die Wiedererstarkung der Ming sei eine Folge des Verlustes des rechtschaffenen Großsekretärs, der kein Heerführer war, weil er nicht verstehen konnte, daß die meisten Menschen weniger tugendhaft seien als er.

Francis wurde durch seine eigenen geschäftlichen Angelegenheiten von der Politik abgelenkt. Als Dolores begann, die Zügel schleifen zu lassen, übernahm er die Leitung der Unternehmen, die in zunehmendem Maße mit dem von den Mandschu besetzten Kanton Handel trieben. Die Mandarine übergingen seinen unglückseligen Angriff auf die neue Dynastie und merkten offenbar nicht, daß er wieder begonnen hatte, Feuerwaffen zu den Ming zu schmuggeln. Vor allem aber war er zum erstenmal in seinem Leben ganz und gar von einer Frau gefesselt. Seine Liebe zu Dolores, stellte er fest, erzeugte eine fast gleichgroße Liebe zu seinem ungeborenen Kind.

Daß sie unter dieser Last plump wurde, bedauerte Francis. Aber ihre kleine Nase und die grauen Augen waren immer noch ausgesprochen kindlich, und sie verlor weder ihren Witz noch ihr Talent zum Lachen. Erstaunlicherweise fügte sie sich sogar seinem ausdrücklichen Wunsch, daß eine chinesische Hebamme bei der Geburt dabeisein müsse.

Daß Dolores die Chinesen nicht mehr fürchtete oder verachtete, lag hauptsächlich an ihrer Zuneigung zu Joseph. Francis dachte lächelnd daran, wie entsetzt sie gewesen war, als er seine Wunde aus dem Kampf mit den Piraten in Hongkong von einem Kräuterdoktor behandeln ließ. Außerdem lag ihr ebenso daran, ihn zu erfreuen, wie ihm an ihrem Wohlergehen.

Die Hebamme wies warnend darauf hin, daß es für eine verwöhnte Ausländerin nicht leicht sein würde, mit neunundzwanzig Jahren ihr erstes Kind zu bekommen. Da aber noch Wochen bis zur Niederkunft vergehen würden, segelten Francis und Joseph Mitte Juni unbesorgt mit der Dschunke *Maria* flußaufwärts nach Kanton, um Seide, Porzellan und Tee zu kaufen. Als sie sich am Mittag des 21. Juni 1651 Macao näherten, sahen sie, daß die Balkone der hellgrünen Villa auf dem Monte Guia mit Fahnen behängt waren. Ein Feuerwerk wurde abgebrannt, als die Dschunke an der Praia Grande festmachte. Francis verschmähte die Sänfte, die ihn erwartete, und stürzte die gewundenen Gassen hinauf, gefolgt von dem schwitzenden Joseph King, der kaum Schritt halten konnte. Er legte während des steilen Anstiegs keine Pause ein und verlangsamte seinen Schritt kaum, als er die Glückwünsche des Haushofmeisters José Rivera entgegennahm, der hinter ihm herrief: «Es ist ein Knabe, Dom Francis.»

«Schau, was ich . . . was wir vollbracht haben, Francis. Erst vier Tage alt, und er spricht schon fast.»

Der dunkelhaarige Säugling im Arm seiner Mutter auf der breiten *cama de casal* war nackt bis auf ein Lendentuch. Sein Gesicht war glatt und ohne Runzeln und, abgesehen von der hellen Haut, eine Miniaturausgabe des Gesichts seiner Mutter. Die graublauen Augen schienen vor Verstand zu sprühen, und die kleinen Hände hielten sich zäh an den Brüsten seiner Mutter fest.

«Ein gewaltiger Krieger wird er werden, Dolores», begeisterte sich Francis. «Aber geht es dir gut? War es sehr schlimm?»

«Nicht ermüdender als eine durchtanzte Nacht. Natürlich ist er ein wahres Wunder. Aber er wird eher Priester als Soldat werden.»

«Darüber können wir uns später klar werden, Liebling. Schließlich haben wir noch ein oder zwei Jahre Zeit!» scherzte Francis. «Aber dürfte er so nackt und der Luft so ausgesetzt sein? Wird er sich nicht erkälten?»

«Nun fang du nicht auch noch damit an!» lachte Dolores. «Die Hebamme und die Dienerinnen haben schon genug protestiert. Er würde zerfließen, wenn ich ihn so eingepackt ließe, wie sie es wollen.»

«Aber die Nachtluft kann tödlich sein», beharrte Francis.

«Nicht so tödlich wie Ersticken. Überlaß mir die Sorge für das Kind. Kümmere du dich um das Tauffest.»

«Das prächtigste, das Macao je gesehen hat. Hier im Garten mit afrikanischen Musikern, chinesischem Feuerwerk und einem großartigen Bankett.»

«Und der Gouverneur wird natürlich Pate sein und der Bischof ihn taufen.»

«Nein, nicht der Gouverneur. Manuel Bocarro.»

«Dann Manuel und der Gouverneur. Aber der Bischof muß ihn natürlich taufen.»

«Bei der Hochzeit hast du deinen Kopf durchgesetzt, aber meinen Sohn wird der Bischof nicht taufen. Es muß Giulio di Giaccomo sein. Und Antonio Castro der zweite Pate.»

«Ein Marrano? Aber Francis, das geht doch nicht!»

«Ein guter Christ und ein guter Freund. Du kannst die Patinnen auswählen.»

Erfüllt von väterlichen Gefühlen, stand Francis am 28. Juni neben dem Taufbecken, als Pater Giulio di Giaccomo seinen Sohn auf die Namen George Ignatius Francis do Amaral Arrowsmith taufte. Als erstes seiner Kinder würde dieser Säugling den Familiennamen seiner englischen Vorfahren tragen, der niemals durch einen chinesischen oder Mandschu-Namen ersetzt würde. Er hieß George nach dem heiligen Georg, dem Schutzpatron Englands, Ignatius nach Loyola, dem Gründer der Gesellschaft Jesu, Francis nicht nach seinem Vater, sondern nach dem heiligen Franz Xaver, dem «Apostel Indiens», und do Amaral zu Ehren von Dolores' Vater, Dom Sebastião, der vor der Geburt des ersehnten Enkels gestorben war. Aber Arrowsmith nach seinem Vater, und er würde das Kolleg von Saint-Omer besuchen, um sein englisches Erbgut kennenzulernen.

In der leichten Brise, die vom Meer her über den Monte Guia wehte, flackerten die Pechfackeln und erfüllten die tropische Nacht mit Kieferduft. Kirschrote Ferkel brieten über offenem Feuer, und ein Ochse brutzelte an einem riesigen Bratspieß. Aus Leuchtkugeln sprudelnde feurige Fontänen beleuchteten Chinas schwarze Berge, und Feuerräder loderten wie kleine Sonnen in der Dunkelheit. Der süße Duft von Jasmin mischte sich mit dem scharfen Geruch von wildem Ingwer.

Außerhalb des leuchtenden Rechtecks, das eine Bake für die Fischerdschunken auf dem Südchinesischen Meer war, trällerten eine silberne Flöte und ein Bambus-*sheng* einen wilden heidnischen Tanz. Innerhalb der Palisade aus Fackeln spielten schwarze Musiker ihre eigenen, unvergeßlichen Melodien. Trotz des eindringlichen Rhythmus erinnerte die Molltonart sowohl an die schwermütigen portugiesischen *fados* als auch an wehmütige chinesische Volkslieder. Als das Orchester eine Pause machte, stimmten malaiische Schlagzeugspieler einen Tempeltanz an. Vom Strand an der Praia Grande stieg das Dröhnen afrikanischer Trommeln in die asiatische Nacht auf.

Ein stilisiertes Löwenpaar tänzelte in den Lichtschein, die bunten Köpfe aus Papiermaché nickten im Takt des Gongs, die hervorquellenden blauen Augen schlossen und öffneten sich durch goldene Federn, und braune Füße hüpften unter ihren glitzernden Flanken. Mit einem tiefen Seufzer kamen sechs feurige Körpersegmente aus kleinen Pulverfässern heraus und vereinigten sich zu einem goldenen Drachen, der sich über den Berghang schlängelte, ehe er funkensprühend zerstob. Aufsteigende Raketen bildeten einen rotgoldenen Bogen über dem Monte Guia.

Durch diesen Bogen trat eine untersetzte Gestalt ins Licht. Eine weiße Reiherfeder überragte den rötlichen Yakschwanz an der Helmspitze. Das in den Helm eingravierte kobaltblaue Muster wiederholte sich auf der Halsberge, und ein kurzes Mandschu-Schwert hing in einer scharlachrot lackierten Scheide am Koppel. Der Waffenrock aus pflaumenblauer Seide war nach Mandschu-Art gerade und knapp geschnitten, ohne Aufschläge und Kragen. Der Offizier stand reglos da und schirmte die Augen mit der Hand gegen das grelle Licht ab.

«*Deus!* Wer ist dieser Barbar? Francis, hast du ihn eingeladen? Einen Mandschu?»

«*Wo tsai jer*», rief Francis. «Hier bin ich, Robert.»

Der Mandschu schritt stolz durch die Menge und kniete vor seinem Vater nieder. Die Wangen unter dem Helm waren glatt und bartlos, und die stramme Haltung war kein Zeichen von Arroganz, sondern von Unsicherheit, wie Francis erkannte.

«*Wo liang-ko ehr-tzu . . . Meu dois filhos.*» Francis sprach zuerst Chinesisch mit Robert, dann Portugiesisch mit Dolores. «Meine beiden Söhne sind heute abend bei mir. Ich heiße meinen Sohn Robert voll Freude willkommen.»

«Ihr seid willkommen.» Dolores begrüßte ihren Stiefsohn kühl, fügte aber herzlich hinzu: «Wirklich sehr willkommen.»

Robert verbeugte sich flüchtig. Er hätte seiner Stiefmutter gern die kalte Schulter gezeigt, was ein Chinese getan hätte, aber die den Mandschu angeborene Hochachtung vor Frauen versagte ihm dieses Vergnügen. Er war höflich, lächelte aber nicht. Dann wandte er sich gleich an Francis. «Ich muß mit dir reden, Vater.»

«Hat es nicht Zeit, Robert? Wie du siehst, habe ich Gäste. Wenn es bei deiner Angelegenheit nicht gerade um Leben und Tod geht, dann mußt du dich anstandshalber etwas gedulden.»

«Es hat Zeit, Vater. Es tut mir leid, wenn ich störe.»

«Du kannst gar nicht stören, mein lieber Junge.» Francis umarmte ihn, eine rauhe Zärtlichkeit, die ein Mandschu-Krieger in der Öffentlichkeit hinnehmen konnte, aber kein Chinese. «Ich freue mich, dich zu sehen, und bin betrübt, daß wir nicht sofort miteinander reden können. Aber hier ist Joseph King. Er wird dir zu essen und zu trinken geben.»

Nachdem Francis endlich seine letzten Gäste verabschiedet hatte, empfand auch er Roberts Kommen einen Augenblick lang als störend. Doch konnte er nicht erwarten, daß sich die verschiedenen Abschnitte seines Lebens immer getrennt halten ließen, und im Grunde liebte er seine beiden Söhne.

Schließlich saß er dann mit seinem älteren Sohn zusammen, und Joseph King gesellte sich zu ihnen, als habe er ein Recht dazu, da Robert ja sein Schüler gewesen war. Francis war belustigt, daß auch der stets neugierige Giulio di Giaccomo sich ihnen anschloß, der den Jungen bisher nur aus Erzählungen kannte.

«Laß dich anschauen, Robert», sagte Francis auf chinesisch. «Du bist natürlich gewachsen in den zweieinhalb Jahren. Aber ich freue mich zu sehen, daß du nicht verwundet worden bist.»

«Nein, Vater», antwortete Robert kühl auf mandschu. «Gar nicht verwundet.»

«Was führt dich her?» Francis überging die Zurückhaltung seines Sohnes, die er auf Schüchternheit zurückführte, und sprach ebenfalls Mandschu. «Ich bin natürlich entzückt. Wie lange kannst du bleiben?»

«Nur heute abend, Vater.» Robert ließ sich durch die väterliche Freundlichkeit nicht erwärmen. «Morgen muß ich zu meinem Regiment zurück.»

Francis gab es auf, seinen widerspenstigen Sohn umzustimmen. «Nun, mein Junge, dann sage, was du zu sagen hast, und bringe es hinter dich.»

«Es war nicht anständig, Vater, uns so im Stich zu lassen. Meine Mutter sendet dir ihre Grüße, und ich . . .»

«Hat sie dich hergeschickt, um mir Vorwürfe zu machen?» Francis wurde wütend. «Wenn das der Fall ist, kannst du sofort wieder gehen.»

«Mutter bat mich, freundlich mit dir zu sprechen und dir zu sagen, daß sie dir verziehen hat. Aber mir fällt es nicht so leicht, dir zu verzeihen, Vater.»

«Dann ist das also eine Angelegenheit zwischen dir und mir, Robert.» Francis war über sich selbst ärgerlich, daß er einem störrischen Jungen gegenüber die Fassung verloren hatte. «Du kannst mir alles sagen, was du willst, selbst in Gegenwart unserer Freunde. Aber übertünche deinen Zorn bitte mit Höflichkeit.»

«Ich bedauere meinen Ton, Vater.» Robert unterstrich seine Entschuldigung dadurch, daß er Chinesisch sprach. «Es gebührt einem Sohn nicht, so zu dir zu sprechen. Ich bin entsetzt über meine Unverschämtheit.»

«Nun, es ist geschehen und vergeben. Aber erzähle mir von dir.»

«Ich diene unter meinem vierten Onkel, Vater. Morgen abend brechen wir auf, um die neuerliche Rebellion gegen Seine kaiserliche Majestät niederzuwerfen. Die Rebellen, die sich die Ming-Dynastie nennen, erdreisten sich wieder, Kweilin zu bedrohen. Das wird mein erster Feldzug gegen diese Rebellen sein.»

«Nun, Robert, halte dich bedeckt mit dem Schild.» Francis nahm keine Notiz von Josephs ärgerlicher Bewegung, als Robert das Wort Rebellen wiederholte. «Und denke daran, nicht zuviel Eifer. Du hast eine lange Laufbahn vor dir, eine hervorragende Laufbahn. Du mußt in der Vorhut sein, Robert, aber nicht an der Spitze der Vorhut – nicht ehe du die Feuertaufe erlebt hast. Freundliche Worte können dich nicht anleiten. Nur der Feind kann dich lehren, wann es gilt, die Vorsicht um der Tapferkeit willen zurückzustellen. Und ein toter Offizier nützt niemandem . . .»

«Das sagt auch mein Onkel, Vater. Aber diese Rebellenhunde . . . Was können sie gegen Mandschu-Krieger ausrichten? Wie können sie . . .»

«Diese Rebellenhunde haben eure Mandschu-Reiterei seit fast zehn Jahren daran gehindert, Südchina zu erobern, Robert.» Joseph King sprach ohne Haß, ein Lehrer, der gelassen einen ungebärdigen Schüler zurechtweist. «Sie werden euch gewiß noch viele Jahre daran hindern. Mit Gottes Hilfe werden sie, wenn die Zeit gekommen ist, den rechtmäßigen Kaiser auf den Drachenthron in Peking setzen.»

«Das, Meister, glaube ich nicht.» Roberts Ton war respektvoll, sein bestimmtes Nein würdevoll. «Und wenn ich es sagen darf, Eure Weigerung, Euch dem einen wahren Kaiser zu unterwerfen, bedaure ich zutiefst.»

«Es gibt nur einen wahren Gott, Robert», warf Francis ein. «Irdische Herrscher, selbst Kaiser, sind etwas anderes. Die Menschen fassen das Mandat des Himmels unterschiedlich auf. Nur der Kampf wird zwischen den beiden Kaisern entscheiden. Aber ich nehme an, du gehörst noch der allein seligmachenden Kirche an?»

«Ja, Vater, obwohl ich mich nicht offen dazu bekennen kann.» Robert beugte sich zu Francis und senkte die Stimme. «Aber meine Mutter nicht. Sie ist abtrünnig.»

«Das bedaure ich sehr, mein Sohn.»

«Ich ebenfalls, Vater. Vielleicht bewahrt Mutter den Glauben in ihrem Herzen. Sie kann sich niemandem anvertrauen, nicht einmal mir.»

«Warum?»

«Weil sie wiederge . . . Sie hat einen Grafen des Grünen Banners geheiratet. Einen Heiden, natürlich. Sie sagte, du würdest dich über diese Nachricht freuen.»

«Ich freue mich, Robert. Ich wünsche ihr nichts als Glück, obwohl ich selbst nicht . . .»

«Mutter sagte, du würdest diese Worte sprechen. Und sie gebot mir zu sagen, daß sie dir verzeiht und dir viel Glück wünscht. Aber ich kann nicht glauben, daß dir wahres Glück beschieden ist, solange du den Ming-Prätendenten dienst.»

«Was soll ich denn deiner Ansicht nach tun, mein Sohn? Vielleicht nach Peking zurückkehren?»

«Warum nicht, Vater? Wie du weißt, ist Prinzregent Dorgon tot. Der Shun Chih-Kaiser hat die Regierung des Reiches selbst in die Hand genommen, obwohl er erst dreizehn ist, aber kluge Männer beraten ihn. An erster Stelle Pater Adam. Der Kaiser nennt ihn *Mafa,*

Großpapa. Pater Adam bittet dich, die Rückkehr nach Peking in Erwägung zu ziehen. Deswegen kam ich heute abend, um seine Botschaft zu überbringen. Und natürlich, um dich zu besuchen.»

«Sei dem, wie ihm wolle, Robert, erzähle uns mehr von Pater Adam.» Der Gedanke, Dolores Peking zu zeigen, begeisterte Francis, und der deutsche Jesuit hatte den Schlüssel zur Nördlichen Hauptstadt in der Hand. «Ist er so kurz nach Dorgons Tod wirklich so vertraut mit dem jungen Kaiser?»

«Der Kaiser bewundert Pater Adam sehr. Er benimmt sich genau wie ein Enkel. Er besucht Pater Adam im Jesuitenhaus und sitzt als sein Schüler neben ihm. Wenn der Kaiser Hof hält, sitzt Pater Adam auf einem Kissen neben dem Thron. Und er braucht nicht Kotau zu machen.»

«Nicht Kotau?» staunte Joseph King. «Ich dachte, nur sechs Großsekretäre und hohe Minister seien vom Kotau befreit.»

«Dann ist Pater Adam der siebente, Meister Joseph. Nicht nur das, noch vieles andere. Pater Adam reicht die Berichte des Amtes für Sternkunde nicht über die Hofbeamten ein. Er ist der einzige Mandarin, der dem Kaiser direkt untersteht. Außerdem besucht er den Kaiser zu jeder Tages- oder Nachtzeit, wann immer er es wünscht. Dieses Vorrecht genießt sonst niemand.»

«Ihr verblüfft mich, junger Mann», sagte Giulio di Giaccomo. «Das hatten wir hier noch nicht gehört.»

«Es ist wirklich wahr, Pater Giulio», erwiderte Robert. «Ich habe einen Brief an Euch von Pater Adam mitgebracht, in dem das alles steht. Er ist überzeugt, er werde den Kaiser bald dazu bringen, sich zum einzig wahren Gott zu bekennen. Dann kann ich mein Christentum offen zugeben.»

«Die unendliche Gnade des Herrn sei gelobt», rief Giulio di Giaccomo aus. «Pater Matteo Ricci hat immer das Ziel verfolgt, nahe an den Kaiser heranzukommen und ihn für den wahren Glauben zu gewinnen. Wenn Adam Schall diesen Kaiser bekehrt, wird ganz China christlich werden.»

«Einen Kaiser zu bekehren ist nicht so einfach», bemerkte Joseph King. «Vergeßt nicht die großen Hoffnungen, die Eure jesuitischen Kollegen auf den Ming-Kaiser setzen. Aber so betrüblich es ist, er bleibt Heide.»

«Vielleicht wünscht Gott, daß beide Kaiser im selben Augenblick dem wahren Glauben zugeführt werden», meinte Giulio di Giaccomo nachdenklich. «Daß das gesamte Reich auf einen Schlag christlich wird.»

«Vielleicht», stimmte Joseph zu, während Robert den Kopf schüttelte, um die Ansprüche des Ming-Kaisers zu bestreiten.

Francis empfand wieder die alte Zuneigung zu seinem schwierigen Sohn. Roberts Stolz war ungebrochen, aber er lernte es, nicht mehr grundlos Ärgernis zu erregen. Francis fragte sich, ob der Mandschu-Hochmut bei vielen durch chinesische Höflichkeit gemildert werden könnte, und er sehnte sich danach, Peking wiederzusehen. Warum sollte er die Reise eigentlich nicht unternehmen? Die Mandschu hatten chinesischen Generälen schlimmere Vergehen verziehen als seinen Überfall auf die Belagerer von Kanton.

Früh am nächsten Morgen ritt Robert zu seinem Regiment zurück. Vater und Sohn trennten sich in unbeschwerter Freundlichkeit, zufrieden, daß sie sich über den Abgrund des Grolls hinweg, der zwischen ihnen lag, die Hand gereicht hatten. Beide wußten, sie würden in der Zukunft genug Zeit haben, um diese Kluft zu überbrücken. Robert war überzeugt, daß sein Vater die Unterwerfung unter den Mandschu-Kaiser und einen ausgedehnten Besuch in Peking ins Auge fassen würde, und so winkte er mit seiner Lanze lässig einen Abschiedsgruß, als sein Pferd in leichtem Galopp durch das Grenztor ins Reich trabte. Francis war nicht betrübt, als sie sich trennten, sondern erfreut, daß sie einigermaßen versöhnt waren.

Seine Frau war indes nachdenklich, als er ihr von dem Gespräch mit Robert berichtete. Sie äußerte nicht einmal Freude über Adam Schalls Vertrautheit mit dem Mandschu-Kaiser. Die unmittelbar bevorstehende Bekehrung der Chinesen rührte die gehorsame Tochter der heiligen Kirche offenbar nicht.

Dolores wünschte, der zwanglose Abschied ihres Mannes von seinem älteren Sohn sollte der endgültige Abschied sein und nicht etwa der Auftakt zu einer engeren, liebevollen Verbindung. Sie sah in Robert eine Bedrohung ihres Glücks, die nur übertroffen wurde durch den Zauber, den China selbst auf Francis ausübte. Er sprach wieder davon, Peking zu besuchen, allerdings auch davon, ihr Peking zu zeigen. Aber keine Europäerin war jemals nach China hereingelassen worden. Sie fürchtete, er werde sie auf viele Monate, vielleicht Jahre verlassen um der Gelegenheit willen, sein geliebtes Nordchina wiederzusehen.

Francis würde ihr nur ganz gehören, wenn es ihn nicht mehr nach China zöge, und diese Verlockung würde erst ein Ende nehmen, wenn er fern von China lebte.

Dolores lächelte und pflichtete Francis bei, daß die Zuneigung des kleinen Mandschu-Kaisers zu Adam Schall das größte Ereignis seit Pater Matteo Riccis Ankunft in Peking vor mehr als einem halben Jahrhundert sei. Sie gratulierte Francis zu dem von neuem guten Verhältnis zu seinem älteren Sohn und hörte mit scheinbarer Anteilnahme zu, als er von einer Vergnügungsreise nach Peking schwärmte.

Am selben Nachmittag bestellte sie ihre Sänftenträger und ließ sich zu Manuel Tavares Bocarros Gießerei in der Rua do Chunambeiro tragen. Dolores do Amaral Arrowsmith und ihr Vetter saßen zwei Stunden in seinem winzigen Büro und stießen dann mit einem letzten Glas auf ihr gemeinsames Vorhaben an. Der Plan, den sie ausgeheckt hatten, würde sich erst nach einiger Zeit verwirklichen. Übereilung würde alles verderben. Aber Dolores konnte abwarten, solange sie wußte, daß sie ihrem Ziel näherkam.

PEKING, MACAO

23. April bis 18. Juni 1652

Johann Adam Schall von Bell strich sanft über die Brandnarbe auf dem Stamm des verkümmerten Pflaumenbaums. Die Wunde war dem Baum 1644 zugefügt worden, als ganz Peking brannte, und erinnerte an das Blutbad, das der Einäugige Li in der Nördlichen Hauptstadt angerichtet hatte. Adam Schall sah darin auch den Umriß des Herzens Jesu, ein Zeichen für Gottes besondere Anteilnahme an der China-Mission.

Alle Bäume im Hof des Jesuitenhauses waren nach dem Brand verdorrt mit Ausnahme dieses einzigen Pflaumenbaums, der mit einer Fülle von dunkelrosa Blüten prunkte, obwohl die kärglichen Früchte sauer waren. Aber die nach dem Einzug der Mandschu gepflanzten

Apfelbäume trugen jedes Jahr reichere Frucht. Ende April 1652, acht Jahre nach dem Selbstmord des letzten Ming-Kaisers, der auf dem Drachenthron in Peking gesessen hatte, stellten die goldenen Zypressen seine kaiserlichen Farben zur Schau.·

«In unserem Ende ist unser Beginnen enthalten», murmelte der Jesuit. «Der Herr verbietet uns, zu verzweifeln, und befiehlt uns, hoffnungsvoll zu sein.»

Der Kies auf dem Weg knirschte unter Pater Adams Filzsohlen, als er seinen Spaziergang wiederaufnahm, aber plötzlich machte er kehrt und begab sich zum Mondtor seines Arbeitszimmers. Seine dunkelblauen Augen leuchteten vor neuer Entschlossenheit, und er strich sich über den weißen Bart, der fast bis zu dem weißen Kranich auf dem Brustlatz seiner Soutane hinabwallte, der ihn als Mandarin Ersten Grades kennzeichnete. In einer Woche würde er seinen sechzigsten Geburtstag feiern, und er war im Alter magerer geworden. Aber seine Bewegungen waren noch kraftvoll.

Der Mandschu-Kaiser, dachte Adam Schall, war ein reizender Junge, den jeder Priester gern unterrichten würde, und wäre er auch der Sohn eines Krämers. Ein liebenswürdiger Knabe, abgesehen von seinen schrecklichen Wutanfällen, denen kein anderer Einhalt zu gebieten wagte. Aber in Adams Alter war es nicht einfach, immer auf die wechselnden Launen eines unreifen Jungen einzugehen.

Er wurde auf eine harte Probe gestellt durch die baulichen Aufgaben, die der jugendliche Kaiser ihm übertrug. Vor einem Jahrzehnt war es faszinierend gewesen, Pekings Befestigungen gegen Rebellen und Mandschu zu verstärken. Aber es war eine Ablenkung von seinen wissenschaftlichen Studien, neue Befestigungen zu planen, zumal kein Feind die Nördliche Hauptstadt bedrohte. Kanonen für die Ming zu gießen war wichtig gewesen, aber dem Verlangen des kleinen Kaisers nach neuen Kanonen Genüge zu tun, war eine Plage. Und eine höllische Plage, seine Neugier in bezug auf die Kriege in Europa zu befriedigen. Ein alternder Jesuit, der alle Geschichten über Blutvergießen und Kriegsruhm entsetzlich leid war, war kein geeigneter Lehrer, wenn es um Waffen und Strategie ging.

Der Priester nahm die golddurchwirkte Decke von seinem Lieblingssessel ab und faltete sie sorgfältig zusammen. Gleichartige Tücher bedeckten die Sitzfläche aller Sessel. Sein Diener hatte sie vor zwei Stunden ehrfurchtsvoll hingelegt, als der Kaiser aufgestanden war, um in die Verbotene Stadt zurückzukehren. Jedes Kissen eines Bürgerlichen, dem die Ehre widerfahren war, daß sich das kaiserliche Gesäß darauf niedergelassen hatte, wurde anschließend wie eine heilige Reliquie zugedeckt, um niemals wieder durch die Hinterteile gewöhnlicher Sterblicher entweiht zu werden.

Wie jeder gesunde Junge hatte auch der vierzehnjährige Kaiser Augenblicke knabenhaften Humors. Als der Jesuit zu ihm sagte, er könne sich in seinem eigenen Haus nirgends mehr hinsetzen, weil alle Sessel tabu seien, lachte der Kaiser und fragte: «Seid Ihr abergläubisch, Großpapa? Hört damit ja auf. Ich gebe Euch meine kaiserliche Erlaubnis, auf Euren eigenen Stühlen Platz zu nehmen.»

Obwohl er erschöpft war, durfte der Priester nicht einen Augenblick in seinen Bemühungen um den Kaiser erlahmen. Zu nahe war er dem Ziel, das die Gesellschaft Jesu seit vielen Jahrzehnten angestrebt hatte. Erst vor drei Wochen hatte er das Haupthindernis überwunden, das den Kaiser vom wahren Glauben abhielt. Die Kaiserinwitwe war lange Zeit die Beschützerin der mongolischen Lamas und der Mandschu-Schamanen und eine Feindin der Christen gewesen. Diese Schutzherrin des einheimischen Aberglaubens trug jetzt eine geweihte Medaille mit dem Lamm Gottes auf der Brust. Am Vortag hatte sie der Mission zwei kräftige Ochsen geschenkt. Er, Adam Schall, war Gottes Werkzeug gewesen. Der Sinneswandel der Kaiserinwitwe war darauf zurückzuführen, daß er eine mit dem Kaiser verlobte Prinzessin von einer Halsentzündung geheilt hatte, bei der die landesübliche Medizin versagte.

So dicht vor dem Ziel, mußte er seine Bemühungen verdoppeln. Sobald der kleine Kaiser den wahren Glauben angenommen hatte, würden alle seine Untertanen, Chinesen oder Mandschu, religiöse Unterweisung verlangen. Verstandesmäßig hatte der Kaiser die christliche Lehre schon angenommen, doch war ihm die Gabe des Glaubens noch nicht gewährt worden. Im Prinzip verstand er, was Monogamie bedeutete, und konnte das vielleicht akzeptieren, aber nur für Bürgerliche. Es erschien ihm undenkbar, daß ein Herrscher, der durch Heirat Verbündete gewinnt, sich auf eine einzige Ehefrau beschränken sollte. Auch das Siebente Gebot verwirrte den Jungen, dessen Vorfahren noch vor einem Menschenalter blutrünstige Nomaden der nördlichen Steppe gewesen waren.

«Euer Gott, Großpapa, sagt, ich dürfe nicht töten», hatte ihm der

Kaiser erst an diesem Nachmittag vorgehalten. «Aber muß ich es nicht? Meine Feinde werden mich töten, wenn ich sie nicht töte.»

Adam Schall sah sich in seinem Entschluß bestärkt. Er müßte dann nicht alle diese lästigen, naiven Fragen selbst beantworten. Der Junge brauchte einen Vertrauten, der ein bißchen kindlich war. Er brauchte einen Europäer, der mit ihm über Artilleriebeschuß und Reiterangriffe reden konnte. Kurz, er brauchte einen erwachsenen Spielgefährten, der behilflich ist, ihn zum wahren Glauben zu bringen, und Adam Schall einen Teil der Last abnimmt.

Der Jesuit lächelte, als er an die kaiserliche Erlaubnis dachte, sich auf seinen eigenen Stuhl zu setzen, und kniff die Augen zusammen, als sein Gänsekiel die lateinische Schrift auf das Reispapier kratzte:

«Mein innig geliebter Sohn Francis,
ich schreibe Dir, während ich mich zwischen Glorie und Bestürzung befinde. Es ist glorreich, daß ich, wie ich hoffe und bete, dem Ziel so nahe bin, von dem die Gesellschaft Jesu beseelt war, seit der selige Pater Matteo Ricci die Mauern erstürmte, die China von der Welt trennten. Ich bin bestürzt, denn meine Brüder in Christo führen sich mehr auf wie Affen mit geschorenem Schädel und leerem Hirn denn wie Priester des einen wahren Gottes. Aber nachher mehr über sie. Ich flehe Dich an, zu mir nach Peking zu kommen. Der Kaiser ist fast bereit, die Taufe anzunehmen. Nur einige Mißverständnisse halten ihn davon ab, sich selbst die Wahrheit einzugestehen, die er in seinem Herzen schon kennt. Er wird auch dadurch abgeschreckt, daß er die Rolle des gerechten Krieges im Christentum nicht versteht. Außerdem sage ich Dir ganz offen, daß er Gespräche mit einem Christen braucht, der sich unverblümter äußert, als ich es kann. Das Denken meiner Brüder in Christo ist so verwickelt und ihre Apologetik so spitzfindig, daß sie nur geeignet sind, betagte Doktoren der Hanlin-Akademie zu unterweisen.

Was würdest Du, Francis, zu einer Bestallung als General und Feldzeugmeister Seiner kaiserlichen Mandschu-Majestät sagen? Die Grafenwürde, die er mir angeboten hat, kann auch die Deine sein, wenn Du es wünschst. Vor allem aber flehe ich Dich im Namen des Auferstandenen an, der größten Aufgabe und der glorreichsten Gelegenheit für Christen, seit Petrus in Rom das Evangelium predigte, Deinen unschätzbaren Beistand zu leisten: der Bekehrung der Chinesen.»

Der Jesuit steckte den Gänsekiel wieder in das Tintenfaß. Welchen weiteren Anreiz könnte er Francis Arrowsmith' unruhigem Geist bieten? Die Wahrheit, dachte er, war für diesen hitzköpfigen und gefühlvollen Soldaten die größte Verlockung:

«Ich will nicht behaupten, daß die Aufgabe leicht oder der Erfolg gesichert sei, aber ich kann versprechen, daß sie fesselnd ist. Du, der Du immer von Macht fasziniert warst, wirst dann aus nächster Nähe die Vorgänge am mächtigsten Hof der Welt beobachten und den Herrscher, der über die gewaltigsten Heere der Welt gebietet, in moderner Kriegführung unterweisen. Auch fehlst du mir, Francis. Ich würde gern die Erinnerung an unser gespanntes Verhältnis beim Abschied durch ein frohes Wiedersehen auslöschen.»

Adam Schall beschrieb dann seine Schwierigkeiten mit seinen Jesuiten-Kollegen, von denen zwei nur durch seine Fürsprache beim Kaiser vor der Hinrichtung bewahrt worden waren, nachdem sie sich mit Rebellen eingelassen hatten. Diese portugiesischen Patres behaupteten jetzt, er verlange von seinen Konvertiten, daß sie an Sonn- und Feiertagen nicht arbeiten, obwohl ein päpstlicher Ablaß Pater Matteo Ricci recht gegeben habe, dem es widerstrebte, den Chinesen solche europäischen Bräuche aufzuzwingen. Die alte Streitfrage, ob die Verehrung von Konfuzius und der Ahnenkult nicht verboten werden sollten, wurde auch wieder aufgeworfen.

Da die Chinesen es als einen Fluch ansahen, kinderlos zu sein, fuhr der Priester dann in seinem Brief fort, habe ihm der Kaiser zugeredet, den jungen Sohn seines getreuen Dieners zu adoptieren. Die anderen Jesuiten fanden seine Zuneigung zu dem Jungen anstoßerregend, ebenso seine liebevolle Fürsorge für seine weiblichen Konvertiten. Neid auf seinen Rang als Mandarin hielt er für den Grund, warum ihn seine Brüder in Christo weltlichen Ehrgeizes ziehen. Sie beliebten zu vergessen, daß er Rang, Bezahlung und andere Ehren fünfmal abgelehnt hatte, ehe sein Superior ihm befahl, all das anzunehmen, um den Mandschu-Hof nicht zu beleidigen. Der Schluß des Briefes lautete:

«Diese ständigen Beschuldigungen halten mich von meiner Aufgabe ab. Bei meinen Auseinandersetzungen mit meinen zänkischen Amtsbrüdern wäre mir, einem schwachen Menschen, Dein handfester, gesunder Menschenverstand eine Stütze. Die ewige Gesellschaft streitsüchtiger Schwarzröcke bedrückt mich. Ich brauche einen europäischen Laien, Dich, mit dem ich lachen kann. Aus all diesen Gründen, Francis, flehe ich Dich an: Komm zurück nach Peking und werde General der Artillerie und Graf, wenn Dir das zusagt. Komm zurück und sichere den glorreichen Höhepunkt der heiligen Mission, die Du vor fast zweieinhalb Jahrzehnten begonnen hast.

In Christo der Deine
Johann Adam Schall von Bell»

Adam Schall lächelte, als er heißes Wachs auf den zusammengefalteten Brief träufelte und seinen goldenen Siegelring hineindrückte. Nach diesem Köder könnte eine fette Makrele schnappen – und nach der Makrele ein kaiserlicher Wal. Aber er mußte einen ganz und gar vertrauenswürdigen Boten finden. Er konnte nicht umhin, seine Schwierigkeiten mit den anderen Jesuiten darzulegen, nur so vermochte er Francis' Mitgefühl zu erregen. Aber er durfte sich nicht noch den Vorwurf zuziehen, er würde einen Laien von den Streitigkeiten innerhalb der Mission in Kenntnis setzen. So dringend der Brief auch war, er mußte liegenbleiben, bis sich ein chinesischer Überbringer fand, der ebenso loyal wie unbestechlich war.

«Der ungehobelte Kerl zog sich den Waffenrock aus und stand halbnackt vor Herzog Koxinga.» Edmond Chü lächelte leicht angewidert. «Dann drehte sich dieser General um, damit man die auf seinen Rücken eintätowierten vier Ideogramme lesen konnte: *Chih Hsin Pao Kuo* – Reine Herzen retten das Volk. Ist das zu fassen!»

«Oder, Edmond, wenn ich die klassische Sprache richtig verstanden habe: Aus ganzem Herzen der Ming-Dynastie verpflichtet!» unterbrach Francis Arrowsmith seinen Schwiegersohn.

«Eine bewundernswerte Gesinnung, aber was für ein geschmackloses, theatralisches Mätzchen!» Edmonds aristokratischer Hochmut dämpfte seine Freude über die mächtige Verstärkung der Ming-Truppen. «Immerhin werden wir wohl alle nehmen müssen, die dem Kaiser dienen wollen.»

«Ihr seid gut beraten, wenn Ihr das tut, trotz Eurer Siege in letzter Zeit», bemerkte Francis. «Dieser General kann nicht zu den Mandschu überlaufen, wenn seine Loyalität auf seinem Rücken eintätowiert ist.»

«Das ist weder dem Herzog noch mir entgangen, Pfeilschmied. Wenn unsere neue Offensive die Mandschu aus Südchina vertreiben soll, dann müssen wir Generäle haben, die nicht beim ersten Rückschlag desertieren können.»

«Edmond, ich freue mich natürlich, Euch zu sehen, aber was hat Euch an diesem schönen Junitag nach Macao geführt? Doch wohl nicht nur Marias Zustand.»

«Ich hätte Maria allein mit dem Schiff schicken können.» Der Ming-Oberst ging auf dem Balkon der Villa auf dem Monte Guia auf und ab, und seine raschen Bewegungen ließen seine drahtige Kraft erkennen. «Ich sollte bei den Heeren des Herzogs sein, die durch Fukien und Tschekiang vorrücken. Natürlich wäre ich lieber bei den Truppen, die den sogenannten Feldmarschall Tugendhafter Kung in Kweilin belagern.»

«Ihr werdet bald Rache für die Hinrichtung Eures Vaters üben können, Edmond. Aber was ist diese andere Angelegenheit?»

«Laßt mich überlegen, wie ich es erklären kann.» Edmond wollte Zeit gewinnen und blickte auf die Laternen, die wie ein Halbmond auf dem Meeresarm zwischen Macao und der Insel Lapa durch die Dämmerung schimmerten.

Francis war an das nächtliche Schauspiel der auf- und abtanzenden Sampans gewöhnt, die beleuchtet waren, um Fische anzulocken. Aber das unheimliche Bild von Feuer, das auf dem Wasser schwimmt, fesselte ihn immer noch genauso wie das rote Lodern der Sonne, die hinter den purpurnen Bergen der Provinz Kwantung unterging. Er nippte an seinem Rotwein und lauschte auf die Geräusche des Haushalts. Dolores und Maria waren bei seinem Sohn George, der schon fast ein Jahr alt war und dessen Kindermädchen ihrem Ärger über die Einmischung der Damen laut Ausdruck gaben. Nachdem Dolores die Schlacht gegen die Dienstboten gewonnen hatte, damit sie ihn durch fest gewickelte Windeln nicht schier ersticken ließen, predigte sie Maria jetzt ihr Dogma von der Freiheit für Säuglinge in dem Kauderwelsch aus Portugiesisch und Chinesisch, das sie miteinander sprachen.

Maria brauchte kein Interesse zu heucheln, denn sie erwartete ihr Kind Ende Juli, also in etwa einem Monat. Edmond hatte sie für die letzten Tage der Schwangerschaft hergebracht, damit sie in Macao in Sicherheit sei, wenn er wieder zu den Schlachten zurückkehrte, die die

Mandschu über den Jangtsekiang treiben sollten. Er nahm an, daß Dolores Maria nicht nur willkommen heißen, sondern auch mit mütterlicher Liebe für sie sorgen würde, wie es eine chinesische Stiefmutter täte.

Tatsächlich verhielt sich Dolores wie eine liebevolle chinesische Stiefmutter. Als Francis seine Frau und seine Tochter plaudern hörte, war er erstaunt über ihr gutes Einvernehmen. Wenn die beiden noch etwas gegeneinander hatten, dann verstanden sie jedenfalls, ihre wahren Gefühle zu verbergen.

«Nun, Edmond», fragte Francis schließlich, «was hat Euch nach Macao geführt?»

«Pfeilschmied, wir sind dankbar, daß Ihr uns Waffen besorgt habt. Herzog Koxinga sagt, Ihr habt im letzten Jahr ebensoviel für die Sache der Ming getan, wie die Aufhebung der Belagerung von Kanton bewirkt hätte. Übrigens haben wir im vorigen Monat diese beiden Geschwaderführer gefangengenommen, die mit Euren Leuten an Bord ihre Fahrt abbrachen. Sie sind beide erdrosselt worden.»

«Ich bin, glaube ich, nicht rachsüchtig, Edmond. Aber ich werde nicht um sie weinen.»

«Wir nahmen an, daß es Euch freut. Aber bedenkt die Lage der Ming. Je näher wir dem Sieg südlich des Jangtsekiang kommen, um so mehr versteift sich der Widerstand der Mandschu. Dennoch werden wir bald nach Norden, nach Peking durchbrechen.»

«Edmond, seid Ihr nach Macao gekommen, um mit einem erschöpften Oberst im halben Ruhestand über große Kriegspläne zu sprechen?»

«Ja, und um diesem Oberst, der, wie ich sehe, jetzt im Vollbesitz seiner Kräfte ist, einen Vorschlag zu unterbreiten. Der Kaiser bietet Euch den Posten eines Generalinspekteurs der Artillerie und Musketiere in allen kaiserlichen Heeren an mit einem Monatsgehalt von hundert Gold-Taels. Als erstes wird er Euch auch zum Baron ernennen.»

«Hüte dich vor Griechen, die Geschenke bringen, und vor Chinesen, die Adelstitel anbieten», murmelte Francis, halb vor sich hin. «Was wären meine Aufgaben?»

«Vor allem dafür zu sorgen, daß die modernen Waffen Seiner Majestät möglichst vorteilhaft eingesetzt werden. Truppen auszubilden und Euch an der Kriegsplanung zu beteiligen. Und insoweit Truppen in der Schlacht zu befehligen, als Ihr es wünscht.»

Francis war überwältigt von der Großzügigkeit des Ming-Vorschlags. Er starrte auf die feurige Mondsichel auf dem Wasser und sah, daß sich die beiden Spitzen einander näherten. Sollten sie sich in den nächsten fünf Minuten vereinigen, würde er den Vorschlag annehmen.

«Ist es nicht genug, um Euch zu verlocken?» fragte Edmond besorgt. «Im Rahmen des Möglichen alle zusätzlichen Vollmachten, die Ihr vielleicht benötigt . . .»

«Edmond, es ist genug, mehr als genug. Das ist es, wovon ich geträumt habe, als ich vor fast fünfundzwanzig Jahren nach China kam. Generalinspekteur aller mit Feuerwaffen ausgerüsteten Ming-Truppen. In Europa hätte ich niemals fast ein Feldmarschall werden können.»

«Im Augenblick können wir Euch den Rang eines Feldmarschalls noch nicht anbieten, Pfeilschmied. Als Euer Schwiegersohn kann ich es Euch sagen, daß wir wegen Eurer Ernennung einige Schwierigkeiten mit den konservativen Generälen hatten. Später könnte Euer Rang natürlich . . . und die Grafenwürde könnte eine Belohnung sein für . . .»

«Edmond, ich will nicht Feldmarschall oder Graf werden. General und Baron würden mich durchaus zufriedenstellen.»

«Dann seid Ihr einverstanden? Wann könnt Ihr zu uns stoßen?»

«Grundsätzlich . . .» Francis sah, daß sich die Spitzen der Laternen-Mondsichel zu einem leuchtenden Kreis zusammenschlossen. «Grundsätzlich bin ich durchaus einverstanden. Aber ich muß zuerst mit meiner Frau sprechen.»

Trotz seiner Begeisterung wunderte sich Francis wiederum über die Abhängigkeit der Chinesen nicht nur von europäischer Wissenschaft und Kriegskunst, sondern auch von Europäern. Er hatte Hunderte von chinesischen und viele Mandschu-Offiziere ausgebildet. Doch weder die wiedererstarkende Ming-Dynastie noch die Mandschu besaßen einen höheren Offizier, der imstande wäre, mit modernen Feuerwaffen ausgerüstete Truppen zu befehligen. Adam Schall hatte Hunderte von Chinesen im Kanonengießen unterwiesen, und Manuel Tavares Bocarros chinesische Arbeiter stellten die besten Geschütze der Welt her. Doch dreißig Jahre nachdem die ersten portugiesischen Artilleristen in den Norden gegangen waren, um die Ming zu unterstützen, konnten weder Chinesen noch Mandschu selbst Bronzekanonen herstellen.

Genauso reagierten die Chinesen auf die westliche Astronomie, die sie ebenso dringend brauchten wie Feuerwaffen: abwechselnd mit Begeisterung und Verachtung, abwechselnd mit Abhängigkeit und Ablehnung. Die Jesuiten hatten viele Mandarine im Gebrauch ihrer astronomischen Instrumente unterwiesen, aber immer noch waren Jesuiten im kaiserlichen Amt für Sternkunde tätig, und dauernd wurden sie aufgefordert, durch theatralische Voraussagen von Eklipsen ihre Fähigkeiten unter Beweis zu stellen.

Würde das Christentum dasselbe Schicksal erleiden und zu einem gedanklichen Spielzeug erniedrigt werden? Die Mission, die oft dicht vor dem Sieg zu stehen schien, war immer noch weit von der Bekehrung aller Chinesen entfernt. Begehrten die Chinesen wirklich den unschätzbaren Segen des Christentums, selbst die Christen unter ihnen? Begehrten die Chinesen wirklich die westliche Wissenschaft und Kriegskunst, selbst die Aufgeklärtesten unter ihnen? Würde ihr unerträglicher Stolz nicht immer im entscheidenden Augenblick diese ausländischen Gaben ablehnen? Oder wies der chinesische Verstand, wie hochkultiviert er auch war, womöglich einen Mangel auf, der ihn unfähig machte, Christentum oder Wissenschaft aufzunehmen?

Als er über diese Fragen nachgrübelte, bereute Francis, daß er Edmond Chüs Angebot so spontan angenommen hatte. Er war nicht mehr sicher, ob er den Oberbefehl haben wollte, nach dem er sein Leben lang getrachtet hatte. Vor allem aber kamen ihm Zweifel, ob er die Pflichten, die ihm der Oberbefehl auferlegte, erfolgreich erfüllen könnte, wenn sich ihm Hindernisse wie die Gegnerschaft konservativer Generäle, über die sein Schwiegersohn rasch hinweggegangen war, in den Weg stellten.

Doch mußte er sich selbst klar werden, ehe er mit Dolores sprach, deren Zustimmung er brauchte, welchen Weg er auch einschlug. Sie hatte ihn damals gedrängt, mit der Unbesiegbaren Streitmacht Kanton zu entsetzen. Aber in letzter Zeit hatte sie davon gesprochen, nach Lissabon zurückzukehren, vielleicht bald. Seit sie Mutter geworden war, hatte sich Dolores verändert, ihre Neigungen galten jetzt nicht mehr China, sondern Europa.

Mehrere Tage war Francis selbst unschlüssig und verschob das Gespräch mit seiner Frau. Schließlich gelangte er zu der Überzeugung, daß er sich keine ehrenhaftere Aufgabe vorstellen konnte, als die Truppen des Ming-Kaisers zu befehligen und eine fast christliche Dynastie wieder auf den Drachenthron zu setzen. Sein Entschluß wurde beschleunigt durch Edmond Chüs offenkundige Ungeduld. Zwar war der junge Ming-Oberst zu höflich, um ihn zu drängen, doch konnte er nicht verhehlen, daß er bald über das Einverständnis seines Schwiegervaters Bericht erstatten wollte. Beim Abendessen nahm sich Francis vor, mit Dolores zu sprechen, wenn alle anderen zu Bett gegangen wären.

«Oberst Pfeilschmied, ein jesuitischer Laienbruder wartet in der Diele», flüsterte ihm der Diener zu, als er Wein einschenkte. «Er sagt nur, er müsse mit Euch sprechen.»

«Ich bin Bruder Ignatius aus Peking», stellte er sich vor, als er Francis ein in Stoff eingenähtes Päckchen übergab. «Pater Adam bittet Euch, ihm so bald als möglich zu antworten.»

Als Bruder Ignatius ein Glas Wein ablehnte, kehrte Francis zum Tisch zurück. Er verbarg das Päckchen nicht, gab aber seiner neugierigen Familie keine Erklärung. Nach dem Dessert ging er allein ins Arbeitszimmer und öffnete das Päckchen.

«Mein innig geliebter Sohn Francis» las er und war tief gerührt über die herzliche Anrede. «Ich schreibe Dir, während ich mich zwischen Glorie und Bestürzung befinde . . .»

Francis Arrowsmith las Adam Schalls Brief dreimal und hatte ihn jedesmal anders aufgefaßt, wenn er am Schluß anlangte: «. . . und sichere den glorreichen Höhepunkt der heiligen Mission, die Du vor fast zweieinhalb Jahrzehnten begonnen hast.» Zuerst war er belustigt, dann empört und fand es zuletzt verlockend, daß der deutsche Priester ihn wieder nach Peking rief, nachdem er ihn vor drei Jahren so nachdrücklich weggeschickt hatte.

Die Aussichten der Ming waren gut, aber die Mandschu hielten Nordchina. Der Mandschu-Kaiser stand kurz vor der Bekehrung, aber der Ming-Kronprinz war bereits getauft. Wie wog man einen praktisch christlichen Kaiser gegen einen christlichen Kronprinzen ab, der erst vier Jahre alt war? Die Ming würden Peking vielleicht wieder einnehmen, aber die Mandschu könnten immer noch das ganze Reich unter ihrer Herrschaft vereinigen. Obwohl er die Ming begünstigte, fragte sich Francis, welche Dynastie dem Christentum bessere Aussichten bot. Den Rang eines Barons der Ming wog er nicht gegen die Grafenwürde der Mandschu ab.

Da er wußte, daß er Joseph Kings klugen Rat brauchte, ließ Francis seinen Schreiber holen. Joseph saß schweigend und reglos da, während Francis das Latein des Jesuiten ins Chinesische übersetzte. Sein Gesicht war ausdruckslos und sein Blick starr auf die Vase mit Oleanderblüten am Kamin gerichtet. Francis klopfte seine Pfeife aus und stopfte sie wieder.

«Nun, Joseph», fragte er schließlich, «was hältst du davon?»

«Ich bin beeindruckt, Pfeilschmied, tief beeindruckt. Wirklich großzügige Angebote von den Ming wie von den Mandschu.»

«Du weißt von dem Ming-Angebot?»

«Das ist kein Geheimnis, Pfeilschmied. Edmond sagte es mir – er hatte seine Gründe dafür.»

«Was würdest du tun, Joseph?»

«Pfeilschmied, was ich tun würde, kann nicht ausschlaggebend sein für das, was Ihr tun werdet und tun solltet. Mir ist nicht der Rang eines Barons oder eine Grafenwürde angeboten worden.»

«Bisher bist du nie so zurückhaltend gewesen, Joseph.»

«Nein, und manchmal zu Eurem Ärger. Aber in dieser Sache kann ich Euch nicht raten.»

«Ich verlange, fordere . . . Nein, ich bitte dich um deinen Rat.»

«So ausgedrückt, kann ich mich nicht weigern.» Joseph war für seine Verhältnisse immer noch ungewöhnlich wortkarg. «Für China sind die Ming am besten. Was für den wahren Glauben am besten ist, weiß ich nicht, aber ich glaube, die Ming. Was für Euch am besten ist, kann ich überhaupt nicht sagen. Das müßt Ihr selbst entscheiden.»

«Warum diese Zurückhaltung, Joseph?»

«Ich wäre heute abend sowieso zu Euch gekommen, auch wenn Ihr mich nicht gerufen hättet.» Josephs Gesicht war ernst. «Edmond hat auch mir einen Vorschlag gemacht. Nicht so großartig wie der Eure. Bloß das Amt eines Bezirksrichters in der zurückeroberten Provinz Kwangtung. Aber ich habe zugesagt. Ich möchte bei meinem Volk sein, wenn ich sterbe. Und ehe ich sterbe, möchte ich das Gewand eines Mandarins tragen, das mir mein Leben lang verweigert wurde.»

«Wann brichst du auf, Joseph?» Francis' Ratlosigkeit wurde überschattet durch den Verlust seines Gefährten von fast fünfundzwanzig Jahren. «Wann müssen wir Abschied nehmen?»

«Leider schon morgen.» Joseph beugte sich vor und legte Francis die Hand aufs Knie. «Der Herr des Himmels weiß, wie sehr es mich betrübt, Euch Lebewohl zu sagen. Ich hoffe, wir werden uns von Zeit zu Zeit wiedersehen, je nachdem, wie Ihr Euch entscheidet. Edmond ist entschlossen, morgen abend mit der Flut zu segeln. Er kann nicht länger auf Eure Antwort warten, und ich muß mit ihm fahren.»

«Ich bin erschüttert, Joseph.» Francis spürte, daß ihm die Tränen kamen, und auch Josephs dunkle Augen schimmerten feucht. «Wir sind eine lange Zeit zusammengewesen.»

«Ja, Pfeilschmied.» Joseph zögerte. «Aber wir trennen uns in aller Freundschaft. Und Ihr habt Eure Frau und Euren kleinen Sohn. Ihr werdet sie nicht lange allein lassen, das weiß ich. Diesmal nicht. Ihr werdet nicht wieder fliehen.»

«Wenigstens sehe ich dich morgen noch.» Francis nahm Joseph an der Schulter und umarmte ihn. «Um dir richtig Lebewohl zu sagen.»

Zehn Minuten lang saß er reglos auf seinem Ebenholzsessel, nachdem sein Schreiber gegangen war. Er fühlte sich schutzlos und einsam, als er sich klar wurde, wie sehr er Josephs ständige Gesellschaft und seinen ungeschminkten Rat vermissen werde. Aber er konnte seinen ehemaligen Sklaven nicht drängen, den so lange ersehnten Posten eines Mandarins abzulehnen.

Joseph hatte Francis eindringlich daran erinnert, daß seine persönlichen Entscheidungen nicht länger allein die seinen seien. Dolores würde er niemals verlassen, wie er sowohl Marta als auch Barbara verlassen hatte. Er konnte das Gespräch mit Dolores nicht länger hinauszögern, obwohl er plötzlich merkte, wie er sich davor fürchtete.

Er ging in den ersten Stock der Villa hinauf. Alle Lampen waren gelöscht, und die Kerze in seinem Zinnleuchter warf einen flackernden Schimmer auf die Teakstufen. Er klopfte an die Tür und betrat ein leeres Schlafzimmer.

«Francis?» Dolores' Stimme kam von einem Liegestuhl auf dem Balkon. «Wo warst du denn?»

«Ich komme etwas ratlos zu dir, mein Liebes.» Francis sprach die Worte, die er im Geist einstudiert hatte, zu der schlanken Gestalt im weißen Nachthemd. «Ich . . . wir . . . müssen eine wichtige Entscheidung treffen.»

«Das Päckchen, das du vorhin bekommen hast?» fragte Dolores.

«Nicht nur das, sondern auch eine andere Angelegenheit. Eine schwierige Entscheidung.»

«Steh doch nicht wie ein Schauspieler da, ganz feierlich und steif», lachte Dolores. «Nichts kann so schwierig sein. Komm, setz dich zu mir und erzähle es mir.»

Francis streckte die Beine auf einem Liegestuhl aus, den Blick auf den Lichtkreis auf dem Wasser gerichtet. Während er hinschaute, zerstreuten sich die gelben Laternen und erloschen. Die Fischer kehrten mit ihrem Fang zum stillen, dunklen Ufer zurück.

«Zwei Wege zum Ruhm haben sich mir erschlossen. Beide bieten großartige Gelegenheiten, das Christentum zu fördern.»

Dolores rührte sich nicht.

«Und welchen Weg meinst du, mein Liebes, sollte ich einschlagen – den der Ming oder den der Mandschu?»

«Das ist es nicht, was ich gehofft hatte», sagte sie nach einigen Sekunden.

«Und was hattest du gehofft?» Francis konnte ihrer unvermeidlichen Auseinandersetzung nicht länger ausweichen.

«Manuel Bocarro und ich haben über einen großartigen Plan gesprochen . . .»

«Ohne mich, Dolores?»

«Du hast dir deine Pläne auch ohne mich durch den Kopf gehen lassen. Aber höre erst mal zu, ehe du . . .»

«Gut», erwiderte er gereizt.

«Du weißt es nicht, mein Lieber, aber du bist nicht gesund. Du wirst nicht gesund werden, solange du in diesen Miasmen lebst, der unbekömmlichen Luft von Macao und China. Und dann ist das Kind da. George braucht für Körper und Seele ein besseres Klima. Ich möchte nicht, daß er ein verhutzelter, gelblicher Macanese wird . . .»

«Und dein Plan, Dolores?» unterbrach Francis sie. «Was ist das für ein großartiger Plan?»

«Bitte schlage nicht diesen Ton an, Liebling. Hör mich wenigstens erst an. Du klingst wie ein verschnupfter Elefant, der sich den Rüssel mit einem Damentaschentuch schneuzt.»

«Ich werde versuchen, wie ein gesunder Elefant zu klingen.» Francis lächelte trotz seiner Gereiztheit. «Aber ich versichere dir, ich habe mich nie besser gefühlt. Dieses Geschwür auf meinem Bein kommt und geht, doch ist es nicht so schlimm, daß ein Arzt es sich ansehen muß. Abgesehen davon, habe ich mich nie besser gefühlt.»

«Du siehst nicht so aus, Francis. Wirklich nicht. Aber hör dir bitte meinen Plan an.»

«Gut», wiederholte er.

«Wie du weißt, ist das Geschäft flau. Die Spanier, Engländer und Holländer brechen überall im Orient in unsere Märkte ein. Manuel und ich sind der Meinung, wir müßten das europäische Geschäft ausbauen. Wenn Manuel Gouverneur wird, haben wir Macao in der Tasche. Könnten wir den europäischen Markt erschließen, würden wir fabelhafte Gewinne erzielen. Aber wir brauchen einen energischen Vertreter in Lissabon, und . . .»

«Du würdest Erfolg haben in Lissabon, Dolores. Du bist bestimmt energisch genug.»

«Nicht ich, sondern du, du großer Dummkopf. Ich bin schon ausreichend beschäftigt, wenn ich für dich und George sorge. Und ich hoffe, es wird auch . . .»

«Ist das wieder eine Andeutung, Liebes?» Francis vergaß seinen Unwillen. «Bist du . . .»

«Noch nicht, doch können wir hoffen, nicht wahr? Aber unser Plan ist tadellos. Wir verlassen Macao, halten indes die Verbindung aufrecht. Und die Anregungen von Lissabon, das Theater, der Hof, die Bälle, guter Unterricht für George und weiterer Nachwuchs . . . Siehst du nicht ein, daß das großartig ist?»

«Für dich vielleicht, Dolores. Und ich habe immer vorgehabt, George nach Saint-Omer zu schicken. Aber für mich ist dieser Plan nichts. Ich kann China nicht verlassen, wenn der Erfolg der Mission greifbar nahe ist und die letzte Schlacht um das Reich bevorsteht. Nur ein Feigling würde sich der Aufgabe jetzt entziehen.»

«Francis, du wirst immer hin- und hergerissen sein. Unglücklich in China, weil du das Gefühl hast, du solltest in Macao sein. Unglücklich in Macao, weil du in China sein solltest.»

«Ich werde oft zurückkommen. Ich weiß, ich werde unglücklich sein, weil ich mich nach dir sehne, aber ich kann diese Gelegenheit nicht ausschlagen.»

«*Welche* Gelegenheit, Francis? Du weißt nicht einmal, wem du dienen willst. Der Kampf, nicht die Aufgabe verlockt dich, nicht wahr?»

«Der Kampf? Ja, bis zu einem gewissen Grad. Aber die Aufgabe ist die Bekehrung der Chinesen.»

«Du kannst nichts mehr tun. Du hast schon mehr als genug getan. Gleichgültig, wer gewinnt, die Ming oder die Mandschu, es wird noch

Jahrzehnte, vielleicht Jahrhunderte dauern, bis die Chinesen bekehrt sind. Mehr als sechzig Jahre sind vergangen, seit Matteo Ricci . . .»

«Dennoch muß ich es tun. Und die Ming brauchen mich mehr. Außerdem muß ich beweisen . . .»

«Mein Lieber, du hast schon alles bewiesen, was du in diesem Leben zu beweisen hast.»

Da es um ihr Glück, ihre Zukunft und die Zukunft ihres Sohnes ging, hielt Dolores ihren Ärger in Schach. Ihr gewöhnlich liebenswürdiger und liebevoller Mann war so unnachgiebig wie das steinerne Abbild eines Kreuzritters auf einem Grabmal.

«Du hast dich unzählige Male bewährt», fuhr sie fort. «Warum wollten dich sonst die Ming und auch die Mandschu haben, wenn du nicht der beste Soldat in Asien wärst? Laß uns jetzt weggehen. Sonst wirst du auf irgendeinem gottverlassenen Schlachtfeld sterben . . . Wenn du nicht am Fieber stirbst, und ich . . .»

«Dennoch muß ich es tun», wiederholte Francis. »Diesmal noch, bis die Auseinandersetzung zwischen den Dynastien entschieden ist.»

«Sie wird nicht entschieden werden, Francis. Nicht zu unseren Lebzeiten. Gewiß nicht während deines kurzen Lebens, wenn du darauf bestehst. Du bist nicht gesund, Francis. Du kannst nicht wieder ins Feld ziehen.»

«Ich muß mich den Ming anschließen, Dolores. Die Pflicht gebietet . . .»

«Deine eigene Ruhmsucht gebietet es!» Dolores ließ jetzt ihrem Ärger freien Lauf. «Du bist entschlossen, dich umzubringen, mich und das Kind zurückzulassen . . .»

«Ich habe nicht die Absicht, mich umzubringen, Dolores. Und ich verspreche dir, nach diesem letzten Feldzug werden wir darüber reden . . .»

«Das werden wir *nicht,* Francis. Wenn du am Leben bleibst, wird es immer wieder einen neuen Feldzug geben. Selbst wenn du alle Feldzüge überlebst, werde ich nicht hier sein, um . . .»

«Nicht hier? Wieso wirst du nicht hier sein?»

«Wenn du dich den Ming anschließt, werde ich Macao verlassen. Ich werde dich verlassen, Francis. Geh und spiele Soldat, wenn du nicht anders kannst. Aber ich werde nicht hier sein, wenn du zurückkommst.»

«Wenn du das tust, dann weiß ich, daß du mich nie geliebt hast. Ich war bloß ein bequemer . . .»

«Und was bin ich dann für dich? Was bin ich, daß du mich wegen eines heidnischen Kaisers im Stich läßt? Ich tauge nur dazu, dein Bett zu wärmen, dich zu ernähren und zu beherbergen.»

«Wenn du das wirklich glaubst, dann gibt es nichts mehr zu sagen!» Verletzt durch diesen Hinweis darauf, daß er vom Geld seiner Frau lebte, stand Francis auf und ging auf dem Balkon auf und ab. «Überhaupt nichts mehr zu sagen!»

Keiner von beiden konnte nach diesem bitteren Wortwechsel nachgeben, denn Dolores, die vorgab, falschen Stolz zu verachten, war ebenso stolz wie Francis, dessen Stolz ihn wieder auf das Schlachtfeld zwang.

Nachdem sie eine Weile schweigend dagesessen hatte, während Francis auf- und abgegangen war, stand Dolores auf und löschte die Öllampen und Kerzen. Ehe sie unter die Laken auf der breiten *cama de casal* schlüpfte, drehte sie ihm ostentativ den Rücken und ließ ihr Nachthemd auf den Boden gleiten. Als das Mondlicht auf ihren wohlgerundeten Hüften und zarten Schultern schimmerte, staunte Francis über das Opfer, das er dem wahren Glauben und China brachte.

MACAO
30. Juni bis 30. September 1652

Am Mittsommertag hatten in der portugiesischen Niederlassung die ausgiebigen Feiern zum dreißigsten Jahrestag des glorreichen Sieges über die holländische Invasionsflotte begonnen, der den Fernen Osten dem katholischen Glauben und dem portugiesischen Handel erhalten hatte. Noch gab es in der Stadt Menschen, die sich an die entschlossene Tapferkeit von Pater Adam Schall erinnerten. Ohne die Jesuiten hätte es überhaupt kein Macao gegeben. Ohne diesen Jesuiten wäre die Enklave den Ketzern anheimgefallen.

Am 29. Juni hatte der Galaball des Gouverneurs die Festlichkeiten abgeschlossen. In der Nacht hatte Francis Arrowsmith schlecht geschlafen, war wiederholt aufgewacht und hatte Wasser getrunken. Am frühen Morgen tat ihm nicht nur der Kopf, sondern der ganze Körper weh.

Da sie die Einladung des Gouverneurs nicht hatten ablehnen können, saßen Dolores und Francis gelangweilt am Tisch der Honoratioren. Sie sprachen nur, um in der Öffentlichkeit den Anschein guten Einvernehmens zu erwecken. Halb zögernd, halb erpicht darauf, mit seiner Frau zu tanzen, stellte Francis fest, daß er wegen des offenen Geschwürs an seinem linken Oberschenkel gar nicht tanzen konnte. Um den Schmerz zu betäuben, hatte er schon vor dem Bankett getrunken, dann zuviel Rotwein mit den paar Bissen, die er essen konnte, und nachher viel zuviel Branntwein.

Als er im Morgengrauen aufwachte, konnte er sich undeutlich an den Rückweg in der Sänfte zur Villa auf dem Monte Guia erinnern, aber überhaupt nicht daran, wie er sich ausgezogen und auf das schmale Bett im Ankleidezimmer gelegt hatte, wo er seit dem bitteren Streit mit Dolores schlief. Das luftige Schlafzimmer mit dem Kamin aus weißem Marmor war nach unausgesprochener Abmachung wieder wie vor ihrer Hochzeit Dolores' alleiniges Reich.

Als er in seiner Erschöpfung wieder einzuschlafen versuchte, verhinderten es die Sonnenstrahlen, die durch die Ritzen der Fensterläden drangen. Elstern schwätzten im Garten, und Möwen miauten wie verspielte Katzen. Die rosa Morgendämmerung, die das Ankleidezimmer durchflutete, glühte rot auf seinen brennenden Augäpfeln, und seine unsichere Hand stieß den Wasserkrug vom Nachttisch. Das Zerschellen des Porzellans auf den Bodenfliesen klang in seinen Ohren wie eine Musketensalve.

Der Branntwein war schuld, dachte Francis. Der helle spanische Schnaps ließ ihn immer schlecht schlafen und machte ihn durstig. Aber heute morgen war er entsetzlich durstig, und er konnte sich nicht erinnern, jemals solche Kopfschmerzen gehabt zu haben. Branntwein hatte niemals seine Stirn glühend heiß und seine Hände eiskalt gemacht oder seine Arme und Beine zittern und seine Zähne so wahnsinnig klappern lassen, daß er sie zusammenpressen mußte. Hätte er nicht soviel Branntwein getrunken, würde er glauben, es wäre wieder ein Anfall der Malaria, die ihn geplagt hatte, seit er vor acht Jahren dem Einäugigen Li nachgesetzt war.

Da seine Blase zum Bersten voll war, stand er auf. Die Fußbodenfliesen waren brennend heiß unter seinen Sohlen, aber er war zu bestrebt, das kleine Kabinett zu erreichen, um sich über diese Empfindung Gedanken zu machen oder den Sarong anzuziehen, der am

Fußende seines Bettes lag. Er hielt sich an den Möbeln fest und tastete sich an der Wand entlang bis zu dem Kabinett. Ihm war schwindlig, und die Umrisse des Zimmers tanzten ihm wie Hitzewellen vor den Augen.

Krampfhaft schluckte er, als er sich erbrechen mußte. Erschrocken über sein Herzjagen, lehnte er die Stirn an die kühlen Wandfliesen und wunderte sich, warum sie eiskalt und die Bodenfliesen glühend heiß waren. Mit unendlicher Erleichterung spürte er, wie sich sein Körper entspannte, als sich der Urin in den Nachttopf ergoß. Ein Krampf packte ihn, und er zitterte heftig. Er stützte sich mit den Händen an den Wandfliesen ab und sah nach unten. Entsetzen durchdrang seine halbe Betäubung. Der Urin war nicht weiß oder gelb, sondern dunkel, fast schwarz.

Irgend etwas stimmte nicht mit ihm. Er wollte nicht um Hilfe rufen, sondern sich nur wieder hinlegen, obwohl sein Bett tausend Meilen entfernt schien, und er wartete nur, daß der stinkende Urinstrom aufhörte.

Nebel umwogte ihn grau, und Blitze durchbohrten seine Schläfen. Plötzlich fühlte er sich viel besser; das Fieber ließ nach, und das Zittern legte sich. Einen Augenblick später gaben seine Beine nach, und seine Hände rutschten an den Wandfliesen nach unten. Er brach zusammen und lag mit dem Kopf neben dem Nachttopf.

«*Kuie huie ho.*» Eine quälend vertraute Stimme sprach Kantonesisch. «Er wird gesund werden, nach einiger Zeit.»

Francis blickte auf in das breite Gesicht des Mannes, den Joseph King *Daifoo* genannt hatte, Meister Arzt. Die Augen des Kräuterdoktors waren besorgt zusammengekniffen, und Dolores blickte ihm ängstlich über die Schulter. Francis merkte, daß er wieder in der *cama de casal* lag, ihrem Ehebett. Neben seiner Frau betete Maria den Rosenkranz. Hinter den Damen stand Pater Giulio di Giaccomo mit ernstem Gesicht und einem Kruzifix in der Hand.

«So schlimm ist es?» versuchte Francis krächzend zu scherzen. «So verzweifelt . . . brauche Giulios priesterlichen . . .»

«Sei still, Liebling», beschwichtigte ihn Dolores. «Alles wird gut werden, wenn du dich nicht überanstrengst.»

Francis schloß die Augen. Als er hörte, wie der Diener José Rivera das Kantonesisch des Kräuterdoktors ins Portugiesische übersetzte, krampfte sich sein Herz vor Kummer zusammen. Joseph King hatte das immer getan, aber Joseph war weg, weit weg. Er war verärgert über seine eigene Dummheit, denn er konnte sich nicht erinnern, wohin Joseph gegangen war.

«*Hak-niu-yit*», erklärte der Meister Arzt mit komisch hoher und schwacher Stimme. «Schwarzwasserfieber. Nicht nur der schwarze Urin. Seht nur, wie sein Fleisch eingebeult bleibt, nachdem ich darauf gedrückt habe. Ein großer Überschuß des Elements Wasser. Auch die gelbe Färbung der Haut und die kleinen Blutergüsse darunter. Ein klassischer Fall.»

Francis machte sich Sorgen in seiner halben Betäubung. Etwas stimmte nicht, aber er kam nicht darauf, was es war. Dann fiel es ihm ein: Maria! Sie stand kurz vor der Entbindung. Sie sollte sich ausruhen und nicht an seinem Bett sitzen. Er versuchte es ihr zu sagen, aber kein Wort kam aus seiner ausgetrockneten Kehle.

«Wird er wieder gesund werden?» fragte Dolores den Kräuterdoktor. «Er wird doch nicht . . .»

«Nein, Senhora. Der Meister Arzt ist sicher, daß der Oberst wieder gesund wird . . . mit Ruhe und richtiger Behandlung», beruhigte sie der Diener. «Er fragt, ob er sich recht erinnere, daß der Oberst an *mal aria* gelitten hat?»

«Ja, aber nicht in letzter Zeit», antwortete Dolores. «Ist es wieder *mal aria*? Ich habe ihn nie so krank gesehen.»

«Nein, ganz anders und schlimmer als *mal aria*», erwiderte der Doktor. «Aber wie ist er behandelt worden?»

«Das weiß ich leider nicht. Ist es wichtig?»

«Chin . . . Chin . . . Chinarinde», stammelte Francis. «Pater Adam in Peking . . . Chinarinde.»

«Dann ist meine Diagnose gesichert. Mit dem jagenden, unregelmäßigen Puls ist es zweifellos Schwarzwasserfieber. Ich habe das schon früher bei *mal aria*-Patienten erlebt, wenn sie mit der Fieberrinde behandelt worden waren, die die Priester nach China gebracht haben.»

«Und die Behandlung?» fragte Giulio di Giaccomo. «Habt Ihr ein Heilmittel?»

«Natürlich, aus dem alten chinesischen Arzneibuch. Herbstzeitlose, getrocknet und zerrieben, mit Fledermausblut. Auch Salben für das Geschwür. Es hätte nicht so lange unbehandelt bleiben dürfen.»

«Fledermausblut und Blumen», rief Dolores entsetzt aus. «Das ist schwarze Magie, aber keine Medizin! Wie könnt Ihr . . .»

«Die Priester behandeln die Miasma-Krankheit, die *mal aria,* mit Baumrinde, nicht wahr?» fragte der Meister Arzt. «Warum wollt Ihr dann meine Herbstzeitlosen verschmähen?»

Francis wurde von Krämpfen und Fieberanfällen geschüttelt, die weit schwerer waren als jene, als er nach der Verfolgung des Einäugigen Li nach Peking zurückgekommen war, und auch schwerer als der Malaria-Anfall, der den Überfall der Unbesiegbaren Streitmacht auf die Mandschu-Belagerer von Kanton beendet hatte. Trotz der Schar williger Dienstboten war Dolores erschöpft, ihre Wangen waren eingefallen, und sie hatte schwarze Ringe um die Augen. Am 5. Juli 1652 wurde der Haushalt auf dem Monte Guia in eine weitere Aufregung gestürzt. Francis war gerade ein paar Stunden bei klarem Bewußtsein gewesen, als er die schrillen Schreie seiner Tochter so undeutlich hörte, als wären sie durch unzählige Vliesschichten gedämpft.

Es war eine schwere Entbindung, denn Maria war noch schmaler gebaut als ihre Mutter. Die besorgte Hebamme zog den Kräuterdoktor zu Rate, der praktisch seinen Wohnsitz in der Villa aufgeschlagen hatte. Er erlaubte Maria zur Linderung der stärksten Schmerzen nur kleine Dosen Opium, weil ihre Muskeln sonst zu sehr erschlafften. Es dauerte fast achtzehn Stunden, bis ein neun Pfund schwerer Junge das Licht der Welt erblickte.

Die erschöpfte Mutter schlief einen ganzen Tag, und Dolores nahm ihre neue Rolle als Stiefgroßmutter wahr und hütete den Säugling. Sie schickte auch nach einer Amme, denn Maria war zu geschwächt, um ihr Kind selbst zu stillen. Trotz des geringen Altersunterschieds zwischen ihnen war Dolores mütterlich besorgt zu Maria. Ihre Voreingenommenheit gegen die halb chinesische Tochter ihres Mannes, von der sie befürchtete, sie könnte ihn in China zurückhalten, war ausgelöscht.

Als Francis gegen Ende der Woche bei völlig klarem Bewußtsein war, bat er, sein Enkel möge zu ihm gebracht werden. Er streichelte das runde Gesicht des Jungen und stellte betrübt fest, daß dessen Züge und Hautfarbe ganz und gar chinesisch waren. Abgesehen von einer gewissen, vielleicht eingebildeten Offenheit der Augen, hatte sich das chinesische Blut völlig gegen das europäische durchgesetzt. Dennoch war Francis erfreut, als er ein paar Tage später, auf seinen Diener gestützt, in das Schlafzimmer seiner Tochter humpelte und sie auf die Stirn küßte.

«Wenn sie die roten Eier bringen, um seine Geburt zu feiern, werde ich es ihnen sagen», flüsterte Maria. «Ich werde allen sagen, daß er nach seinen beiden Großvätern Francis Thomas heißen soll. Aber Francis an erster Stelle.»

Das würde er also auch noch in China zurücklassen, dachte Francis. Nur ein Name, ein ziemlich gewöhnlicher Name, aber seiner. Diese Überlegung verblüffte ihn. In Gedanken schien er schon bereit zu sein, China zu verlassen, obwohl Dolores ihn nicht wieder gedrängt hatte. Nun ja, eines Tages würde er China verlassen müssen, tot oder lebendig, und er würde sich freuen, wenn etwas mehr von ihm zurückbliebe. Nicht nur Maria und Robert, sondern auch sein Enkel Francis Thomas würde den kleinen Anteil von Europa in seinem Blut mit zukünftigen chinesischen Generationen vermischen.

Natürlich würden sie nicht so bald weggehen. Aber er wußte, daß er ein Nachhutgefecht lieferte. Viele Monate würden vergehen, ehe er auch nur daran denken konnte, zu Felde zu ziehen, und der Krieg zwischen den Dynastien näherte sich rasch einem Höhepunkt, da die Mandschu überall in Südchina zurückwichen. Als Dolores Anfang August den Kräuterdoktor an sein Bett brachte und sich demonstrativ zurückzog, wurde ihm klar, daß sein Nachhutgefecht so gut wie verloren war.

«*Tuen-jang Seen-sang.*» Francis bemühte sich, das Kantonesische zu verstehen. «Oberst, Ihr habt sehr viel Glück gehabt. Ich gratuliere Euch zu Eurer Wiederherstellung.»

«*Jeeyeh-jeeyeh nei*», erwiderte Francis auch auf kantonesisch, und der Kräuterdoktor lächelte. «Mein Dank und meine Glückwünsche für Euch, Meister Arzt. Ohne Euch . . .»

«Nicht unbedingt, aber sehr wahrscheinlich, Oberst. Ihr hättet sterben können. Ohne mich könntet Ihr gewiß nicht einer völligen Wiederherstellung entgegensehen.»

«Wann? Wann darf ich aufstehen? Wann kann ich wieder ins Feld rücken?»

«Bald könnt Ihr etwas spazierengehen, mehrere Stunden am Tag aufstehen. Nach einem Monat müßtet Ihr reisefähig sein – mit der Sänfte oder Dschunke. Aber Ihr werdet nie wieder ins Feld rücken. Nicht in China.»

«Was meint Ihr damit, Meister Arzt? Nicht in China? Warum?»

«In Macao werdet Ihr niemals ganz gesund werden. Das Klima ist zu ungünstig. Solange Ihr in Südchina bleibt, kann ich einen Rückfall nicht ausschließen.»

«Dann werde ich in den Norden gehen und . . .»

«. . . und auf dem Weg dahin sterben. Auch Nordchina ist für viele Monate ausgeschlossen, selbst mit der Dschunke. Vor allem werdet Ihr immer der Gefahr eines Rückfalls ausgesetzt sein, solange Ihr in China seid. Die giftigen Ausdünstungen der Miasma-Krankheit und des Schwarzwasserfiebers haben Euch das Leben gelassen, aber nur knapp. Ihr schädlicher Erreger lauert überall in China, und Ihr seid jetzt eine leichte Beute.»

«Das meint Ihr also, Meister Arzt. Aber anscheinend . . .»

«Hört mich an, Oberst. In ein paar Monaten werdet Ihr eine Seereise auf einem großen europäischen Schiff aushalten können. Aber nur fern von China könnt Ihr gesund bleiben. Eure Gemahlin und der Priester sagen mir, das Klima in Europa sei . . .»

Francis hörte sich diesen Urteilsspruch, der allen seinen Hoffnungen, seinem ganzen Streben seit fünfundzwanzig Jahren, ein Ende bereitete, mit verblüffender Ruhe an. Der Gedanke schoß ihm durch den Kopf, daß es ungefähr so sein müßte, wenn man zum Tode verurteilt wird. Zuerst kann man es nicht glauben, daß einem dieses abscheuliche Geschick bestimmt sei. Dann begreift man es allmählich und erleidet gleich darauf Seelenqualen.

Später, das wußte er, würde er das Schicksal verfluchen, das ihm den Lohn eines ganzen Lebens aus den geschwächten Händen riß. Später würde er über den unsterblichen Ruhm nachgrübeln, den er hätte erwerben können, wenn er den Ming-Kaiser mit einem Kruzifix in der Hand auf den Drachenthron gesetzt hätte. Aber vorläufig wollte er seine stinkende Medizin schlucken und versuchen, nicht dauernd über seine ungeheure Enttäuschung nachzudenken. Vorläufig könnte er sich nur bemühen, sich damit abzufinden, daß er diesen herrlichen Triumph anderen überlassen mußte. Es war Gottes Ratschluß, daß er wie Moses das Gelobte Land erblicken, aber nicht betreten sollte.

Oberst Edmond Chü kam Mitte August nach Macao, um seinen prächtigen Sohn zu bestaunen, seiner Frau die Hand zu halten und seinem niedergeschlagenen Schwiegervater sein Mitgefühl auszudrücken.

«Pfeilschmied, der große Sieg ist schon errungen», tröstete er Francis. «Kweilin haben die Truppen Seiner kaiserlichen Majestät am 7. August erobert. Ich bedaure nur, daß der sogenannte Feldmarschall Kung mit dem unzutreffenden Beinamen der Tugendhafte der Folter entging, die er meinem frommen Vater auferlegte – abwechselnd Hoffnung und Verzweiflung und zuletzt Erdrosselung durch die rotseidene Schnur. Der Tugendhafte Kung erhängte sich, als unsere Ming-Truppen in Kweilin eindrangen.»

«Edmond, der Tugendhafte Kung hat versucht, das Leben Eures Vaters zu schonen.» Francis erinnerte sich an die wiederholten Bitten des Mandschu-Feldmarschalls, der Großsekretär Thomas Chü möge sich den Kopf scheren lassen, um sein Leben zu retten. «Wie könnt Ihr als Christ so rachsüchtig sein?»

«Als Christ bin ich ein wenig beschämt über meine Rachsucht», erwiderte Edmond Chü zögernd. «Als Sohn kann ich mich nur freuen, daß den Mörder meines Vaters die Strafe ereilt hat, und weinen, daß er nicht gefoltert wurde.»

«Sagt Pater Giulio nicht, was Ihr empfindet.» Francis versuchte, die Wolke des Hasses, die das sonnige Zimmer plötzlich verdüsterte, mit einem Scherz zu zerstreuen. «Er wird es nicht gut aufnehmen.»

«Ich werde nicht zur Beichte gehen, ehe ich meine Rachsucht nicht wirklich bereuen kann. Nur der Herr des Himmels weiß, wann das sein mag.»

Francis fragte sich, ob die hartnäckige Rachsucht seines Schwiegersohns sich jemals legen würde. Aber er sprach mit Giulio di Giaccomo nicht über diesen verbissenen Kampf zwischen chinesischem Zorn und christlicher Vergebung, als der Priester ihn am nächsten Tag besuchte. Sein Schwiegersohn hatte sich ihm anvertraut unter dem Siegel der Kindesliebe, das ebenso unverletzlich war wie das Siegel des Beichtgeheimnisses.

Nachdem er Francis zu seiner Wiederherstellung beglückwünscht hatte, die jeden Tag sichtbarer werde, sprach Giulio von seinen Anliegen.

«Pater Michal Boym müßte jetzt schon fast in Rom sein.» Der italienische Priester erregte sich über andere Geschehnisse als die Wiedereroberung Kweilins durch die Ming, die er halb bedauerte, weil er immer noch die Mandschu begünstigte. «Ich kann ehrlicherweise und verstandesmäßig nicht Gott anflehen, der Heilige Vater möge ein Heer für die Ming aufstellen. Aber ich freue mich, daß der Einfluß der Gesellschaft Jesu in China durch die Briefe des Oberhofeunuchen und der Kaiserinwitwe, die Boym überbringt, offenbart wird.»

«Ein beachtliches Zugeständnis von einem Mandschu-Anhänger wie Euch, Pater Giulio», lachte Francis. «Was würde Adam Schall sagen?»

«Wegen Adam Schall bin ich hergekommen. Die Meinungsverschiedenheiten zwischen ihm und diesen abscheulichen portugiesischen Patres verschärfen sich, ebenso die Proteste der bösartigen Franziskaner. Ihre Briefe, mit denen sie Adam angreifen, sind schon nach Rom abgegangen. Der Provinzial ist der Meinung, er müsse die Kontroverse dem Jesuitengeneral und dem Heiligen Vater selbst unterbreiten. So schlimm sind diese ungehörigen Streitigkeiten geworden, so schwerwiegend die Vorwürfe gegen Adam Schall. Würde der Disput in Macao entschieden, könnte das die China-Mission unrettbar spalten.»

«Was für ein verdammter Unsinn!» fuhr Francis auf. «Jeder weiß, daß Adam seit eh und je anpassungsfähig ist, aber niemals, wirklich niemals ist er mit Worten oder Taten von der göttlichen Lehre abgewichen. Ich selbst habe einst daran gezweifelt. Aber jetzt weiß ich, daß sein Weg der einzige ist.»

«Dann mußt du Adam beistehen, Francis.»

«Pater Giulio, ich darf nicht in den Norden gehen. Ihr wißt, daß ich dazu verurteilt bin, nach Europa zurückzukehren. Was kann ich tun?»

«Sehr viel. Deine Aussage in Rom, die Aussage eines getreuen und tapferen Sohns der heiligen Kirche. Da du weder Jesuit noch Franziskaner bist, sondern ein objektiver Zeuge, wenn auch ein Laie, könntest du in Rom den Sieg für Adam Schall davontragen.»

«Pater Giulio, heißt Ihr mich, bald zu gehen? Ich erinnere mich, daß Adam Schall einst . . . Ich hätte nie geglaubt, daß ich noch einmal von einem guten Freund zur Abreise gedrängt werde.»

«Ich werde bei deiner Abreise weinen, Francis, aber ich bitte dich, so bald als möglich aufzubrechen. Ich dränge dich nicht gern, aber ich . . .»

«Aber Ihr würdet mich am liebsten von hinten sehen, Giulio, nicht

wahr? Selbst wenn ich mich in Rom auch für Pater Michal Boyms
Auftrag verwende, für Hilfe für die Ming?»

«Selbst dann, Francis, wenn das Gottes Wille ist. Aber gehe bald,
damit du Adam Schalls Sache vertreten kannst.»

Am frühen Abend des 30. September 1652 durchpflügte die Karavelle
Nossa Senhora de Vida die schlammigen Gewässer des Perlflusses, und
der Nordost-Monsun blähte ihre Segel. In der luxuriösen Heckkabine
führte der Diener José Rivera die Aufsicht über vier ängstliche Chinesinnen, die das Gepäck von Oberst und Senhora Arrowsmith für die
lange Seereise nach Lissabon über Goa und um Afrika herum auspack-
ten. Zwei Dienerinnen betreuten den fünfzehn Monate alten George.

Francis und Dolores Arrowsmith hielten sich an der Reling des
Achterdecks fest, als die *Nossa Senhora de Vida* durch den Monsun
Fahrt aufnahm und weißer Schaum von ihrem Bug spritzte. Ihr Blick
war auf die blaßgrüne Villa auf dem Monte Guia gerichtet, wo eine
riesige Fahne mit dem Doppelkreuz von Saint-Omer im Abendwind
wehte. Während sie noch hinschauten, brachten sich die an zwanzig
Fuß langen Schnüren vom Balkon herabhängenden Feuerwerkskörper in unzähligen goldenen Blitzen als Opfer dar. Das lang anhaltende
Geknatter hallte über dem Delta des Perlflusses wider, und er-
schrockene Fischer, die im Südchinesischen Meer reiche Ernte hielten,
blickten von ihren Netzen auf.

Auf dem Guia-Fort krachte eine Kanone, dann eine zweite und eine
dritte. Francis zählte die vierzehn Schuß des Saluts, der einem Baron
und General gebührte. Er legte seine Hand auf die von Dolores.

Sie lehnte sich an ihn. Ihre grauen Augen waren umwölkt, die Lippen fest zusammengepreßt und die Wangen vom rauhen Wind gerötet.
Sie war knapp über Dreißig und wußte, daß sie nie reizvoller gewesen
war. Sie sah zögernd zu ihrem Mann auf.

Francis war von neuem braungebrannt, und die durch die Krankheit
eingegrabenen Falten zwischen Nase und Mundwinkeln waren verschwunden. Er sah so gesund aus, daß Dolores sich fragte, ob ihre über-
stürzte Abreise überhaupt nötig gewesen sei. Aber sicher wäre er sonst
wieder krank geworden. Der Kräuterdoktor hatte warnend darauf hingewiesen, daß neue Anfälle ihn zum Invaliden machen könnten – wenn
er sie überlebte. Nun würden sie noch viele gemeinsame Jahre haben.
Als Francis ihr den Arm um die Taille legte, sagte sie:

«Edmond und Maria, Manuel Bocarro und Antonio Castro, und Pater Giulio . . . Sie haben uns den versprochenen großartigen Abschied bereitet. Es ist bitter für dich, das weiß ich, sehr bitter. Aber wir mußten weggehen . . .»

«Ich habe ihnen versprochen, eines Tages zurückzukommen. Aber ich frage mich . . .»

Unaufgefordert erschien José Rivera und brachte ihnen ein Glas Wein. Beide sprachen nicht mehr, sondern blickten hinüber nach Macao, schimmernd unter den breiten scharlachroten und purpurnen Streifen, die der Sonnenuntergang auf den asiatischen Himmel malte. Francis hob sein Glas und trank seiner Frau schweigend zu. Als Macaos grüne Hügel nicht mehr von Chinas dunklen Bergen zu unterscheiden waren, tranken Francis und Dolores Arrowsmith ihre Gläser aus und warfen sie in das weiße Kielwasser der Karavelle.

Francis wußte, daß er für immer von China schied und auf den so lange erstrebten Ruhm verzichten mußte, den er fast erworben hätte, als Gott es anders verfügte. Einen Augenblick packte ihn Zorn, aber dann wurde der Zorn von Traurigkeit verdrängt. Doch waren in Europa immer noch Schlachten zu schlagen – mit Worten.

Macao lag hinter ihnen, und Europa winkte. Eine große Zukunft und auch großer Friede erwarteten sie. Dennoch weinte Dolores um ihr Heim in Macao, in dem sie fast ihr ganzes Leben verbracht hatte. Sie fragte sich, ob Francis sich jemals mit seinem vorzeitigen Abschied von China abfinden würde. Und sie dankte Gott, daß nicht sie, sondern seine Krankheit ihm diesen Abschied aufgezwungen hatte.

Francis Arrowsmith sagte sich, daß er durch seine Entscheidung wegzugehen, wenn er hätte bleiben können trotz der bestimmt damit verbundenen Gefahren, sich China verweigert habe. Doch werde er niemals genau wissen, ob nicht letztlich China sich ihm verweigert habe.

«Wollen wir nach unten gehen, Liebes?» fragte er. «Ich habe dem Kapitän versprochen, ein Glas mit ihm zu trinken.»

R. S. Elegant

DIE DYNASTIE

Ein Handelshaus in Hongkong · Roman
Deutsch von Margaret Carroux · 785 Seiten
rororo Band 5000

Hongkong, brodelnde Hafenstadt am Gelben Meer, einst Tor zum
rätselhaften Reich der Mitte, heute Brückenkopf des Handels zwischen West und Ost, seit 1847 Kronkolonie Ihrer britischen Majestät.
Und Stammsitz der Sekloongs, der heimlichen Herren von Hongkong, einer reichen und mächtigen eurasischen Familie.
Ein großer, sieben Jahrzehnte umspannender Roman. Die Geschichte
eines Familienclans: Liebe und Feindschaft, Intrigen, Eheskandale,
die ewige Suche nach Glück, Reichtum und Macht und die beispiel-
lose Geschichte des Aufstiegs eines Handelshauses. Zugleich aber
gewinnen wir einen tiefen Einblick in die Welt Chinas und in die
chinesische Geschichte, vom Boxeraufstand und den Anfängen der
Republik unter Sun Yat-sen, über die Kämpfe zwischen der Kuomin-
tang und den Kommunisten, den Chinesisch-Japanischen Krieg und
den Zweiten Weltkrieg bis hin zu Mao Tse-tungs Kulturrevolution.

Welch fundamentales und reiches Wissen wird hier in erzählerische
Realität umgesetzt! Es gibt keine langweilige Seite. «Die Dynastie»
beweist, welch hohe Qualität die sogenannte Konsumliteratur haben
kann. Der in New York geborene, in Irland lebende Autor dürfte mit
diesem Buch sogar Spitzenkönner des Genres wie Morris L. West und
Leon Uris überboten haben. *Mannheimer Morgen*

Rowohlt

INHALT

**DAS REICH
DER GROSSEN MING
DYNASTIE**

*Die Reisen des
Francis Arrowsmith
im
Reich der Ming
und
in der Mandschurei*

1629-30	....	1642	-----
1632-34	-·-·-·	1644-45	----·-
1636	---·-·-	1649	———